ANTHONY RICHES

DIE VERGELTUNG DES ADLERS

Roman

Deutsch von Wolfgang Thon

blanvalet

Die Originalausgabe erschien 2013 unter dem Titel »Eagle's Vengeance (Empire 6)« bei Hodder & Stoughton Ltd, London.

MIX
Papier aus verantwortungsvollen Quellen
FSC® C014496

Penguin Random House Verlagsgruppe FSC® N001967

1. Auflage

Redaktion: Alexander Groß
Umschlaggestaltung: © Johannes Frick unter Verwendung
von Motiven von Trevillion Images (© Nik Keevil, © Stephen Mulcahey)
und iStock.com (worawut2524; oddrose; ToscaWhi; c1a1p1c1o1m1)
DN · Herstellung: sam
Satz: Uhl + Massopust, Aalen
Druck und Bindung: GGP Media GmbH, Pößneck
Printed in Germany
ISBN 978-3-7341-0953-9
www.blanvalet.de

Für Julie und Julian Dear

Prolog

»Ruhe! Ruhe für den König!«

Naradoc, der König der Venicones, lächelte kalt, als er die bei rituellen Anlässen übliche Aufforderung hörte. Normalerweise wurde sie den lärmenden Kriegerscharen zugerufen, die die Königshalle des Stammesführers bei seinen Audienzen vor dem Volk füllten. Wann immer die Elite des Stammes zusammentraf, um ihrem Anführer zu huldigen, dröhnte die Halle vom Krach der Männer, die darum wetteiferten, gesehen und gehört zu werden. Jeder von ihnen wurde von einem halben Dutzend der größten und angsteinflößendsten Mitglieder seiner Hausgemeinschaft begleitet, die alle mit blau leuchtenden Tätowierungen – dem Kennzeichen des Stammes – bedeckt waren. Ihre Waffen gaben sie am mächtigen Torbogen ab, der den Eingang zur Königshalle bildete, und wurden dabei sorgfältig von der Leibgarde des Königs überwacht. Die reich tätowierten Meisterkämpfer jedes Clans drängten sich aneinander und warteten auf die Ankunft des Königs. Freund- und Feindschaften äußerten sich in derben Scherzen und boshaften Sticheleien, denn alle wussten, dass sie umgehend bestraft werden würden, wenn sie sich zu Taten hinreißen ließen. Das Hämmern eines eisenbeschlagenen Stocks gegen die dicken Bodendielen aus Holz, das von Naradocs grimmig dreinschauendem Onkel Brem mit seinem rasierten Schädel als Vollstrecker des königlichen Willens ausgeführt wurde, ließ die Clanchefs auf der Stelle verstummen.

Geschlossen wie ein Mann verneigten sie sich dann vor dem Thron, auf dem Naradoc sich niederließ, wonach er mit einer majestätischen Geste ihre Ehrerbietung würdigte.

Heute aber war alles anders. Obwohl die Halle wie immer vom Rauch der wärmenden Feuer erfüllt wurde, war der offene Raum vor dem Königsthron so gut wie leer. Auf Brems Anordnung hatte man ihn anlässlich der Audienz freigelassen, und der ältere Mann hatte mit unergründlicher Miene seine Meinung darüber kundgetan, wie ihr ungebetener Gast sein Leben lassen sollte.

»Es wäre günstiger, das Blut dieses Mannes nicht öffentlich zu vergießen, mein Herr und König. Wenngleich er in Ungnade gefallen und verbannt worden ist, werden die Selgovae seine Ermordung nicht leichtnehmen.«

Naradoc hatte diesen klugen Rat mit einem bedächtigen Kopfnicken zur Kenntnis genommen und zugestimmt, in seiner Halle namens Der Hauer nur so viele Männer zuzulassen, wie für die Sicherheit vonnöten waren, also eine Handvoll Wachen, deren Gefolgstreue zweifelsfrei feststand. Hinter Naradoc waren Geräusche von vier Männern zu hören, die sich auf kleineren, in einem Halbkreis angeordneten Thronen niederließen. Es waren sein Onkel, sein Bruder, sein Vetter und sein Neffe – die einzigen Überlebenden der königlichen Familie, die zwei Jahre zuvor im Kampf gegen Rom drastisch dezimiert worden war, als der Stamm schmerzliche Verluste hinnehmen musste. Naradoc wandte sich um und erblickte Brems Jagdmeister, der aufgrund einer abscheulichen Entstellung »Fratze« genannt wurde.

In jener Schlacht, der auch Naradocs Bruder zum Opfer gefallen war, hatte er schreckliche Wunden davongetragen, sodass es eine Weile nicht danach aussah, als würde er je wieder gesund werden. Damals hatten die Römer ihn auf dem Schlachtfeld dem Tode überlassen, da es ohnehin unwahrscheinlich war, ihn als Sklaven verkaufen zu können. Das Wundmal, das die eine Hälfte seines Gesichts überzog, war zum Teil knochenweiß, teilweise von einer scheußlich roten Farbe und verlieh ihm ein so angsteinflößendes Äußeres, dass der König sich stets wunderte, wie es ihm gelungen war, eine Gruppe von mehr als zwanzig jungen Stammesfrauen um sich zu scharen. Im Laufe des vergangenen Jahres hatte er sie zu einer Schwesternschaft von Jägerinnen ausgebildet, deren zielstrebige Grausamkeit einzig darauf ausgerichtet war, Römer von den Wallkastellen gefangen zu nehmen und zu foltern. Dies erweckte in den Kriegern, die Seite an Seite mit ihnen kämpften, eine unangenehme Mischung aus unerwidertem Begehren – tatsächlich waren die »Fähen« bekannt für ihre Keuschheit und, wie zuweilen hinter vorgehaltener Hand gemurmelt wurde, für ihre gleichgeschlechtliche Zuneigung – und Unbehagen den Frauen gegenüber, die es genossen, ihren Gefangenen die Geschlechtsorgane abzuhacken und deren getrocknete Überreste an ihre Gürtel zu nähen. Als das Stühlekratzen und Geraschel verklungen waren, wartete der König noch einen Augenblick, bevor er über die Schulter eine Frage stellte. Dabei imitierte er bewusst den Stil, den sein Bruder Drust immer angewandt hatte, bevor er die unheilvolle Entscheidung traf, gemeinsame Sache mit dem Stamm der Selgovae zu machen und einen Krieg herbeizuführen.

»Wer ist der Erste, Kammerherr?«

Der Beschluss, in den Krieg zu ziehen, dachte Naradoc weiter, hatte Drust in jener Schlacht das Leben gekostet. Sein heldenhafter Tod wurde in einem Lied besungen, denn es war ein ehrenvolles Ableben gewesen, umringt von einem Dutzend niedergestreckter römischer Soldaten. Dennoch war er tot und hatte seinem Bruder die Pflicht hinterlassen, einen Thron zu besteigen, für den Drust geradezu geschaffen gewesen war, auf dem Naradoc sich jedoch höchst unwohl fühlte. Sein Onkel Brem beantwortete die Frage mit schroffer Stimme, um sein Missfallen bezüglich des Ankömmlings deutlich zum Ausdruck zu bringen.

»Ein Besucher aus den Ländern jenseits unseres Stammesgebiets, mein Herr und König. Es ist ein Adliger der Selgovae, der uns um Hilfe ersucht. Tretet näher, Calgus!«

Sie warteten schweigend, während eine hagere Gestalt sich langsam durch die leere Halle zu ihnen schleppte. Neben ihm trotteten hartgesottene Stammesangehörige – die einzigen Männer, die dem ehemaligen König der Selgovae noch Gefolgstreue leisteten. Zwei Jahre zuvor waren dem Stammesführer von einem rachelüsternen römischen Offizier die Achillessehnen durchtrennt worden, so jedenfalls erzählte man sich. Die Wunden waren schon lange verheilt, doch seitdem war er nur noch zu einem unbeholfen-langsamen Schlurfen imstande. Hinter ihm schritt ein halbes Dutzend Leibwachen, die Hände auf die Schwertgriffe gelegt. Es waren Veteranen aus dem Krieg gegen Rom, die, wie Brem ihm mehr als einmal erzählt hatte, zu seiner Verteidigung ohne Zögern ihr Leben hingegeben hätten. Als Calgus den Rand des Thronpodests erreichte, verbeugte er sich so tief, wie es ihm möglich war, wobei er sich an seinen Begleitern festhalten musste. Seine Stimme hatte seit dem letzten

Mal, als er in der großen Halle gesprochen hatte, an Kraft verloren, doch noch immer konnte Naradoc die stählerne Entschlossenheit in ihrem näselnden Klang vernehmen, weshalb er beim Gedanken an die Falschheit und Arglist, die den ehemaligen Selgovae-König einst ausgezeichnet hatten, unwillkürlich ein Schaudern unterdrücken musste.

»König Naradoc, ich danke Euch, dass Ihr mich in Eurer prunkvollen Halle empfangt. Ich komme als König der Selgovae und bitte Euch um Hilfe, von Stammesführer zu Stammesführer. Als Gegenleistung biete ich ...«

»*König* der Selgovae?«, unterbrach Naradoc ihn höhnisch und beantwortete seine eigene Frage sogleich mit einem Kopfschütteln. »Ein halb verkrüppelter Bettler mit den letzten beiden ihm verbliebenen Gefolgsmännern, würde ich meinen. Ihr mögt einst zwar ein mächtiger Fürst gewesen sein, der die Herrschaft der römischen Armee in diesem Land erschüttert hat, doch noch immer regiert Rom die Gebiete südlich des nördlichsten Walls. Und jetzt steht Ihr als Bittsteller vor dem Volk der Venicones.«

Nachdem er den Selgovae mit diesem Einwurf zum Schweigen gebracht hatte, lehnte sich der König an die aus Holz geschnitzte Rückenstütze seines Throns. Er hatte ein boshaftes Lächeln aufgesetzt und wandte sich um, denn er wollte seine Belustigung mit seinen Familienmitgliedern teilen.

»Ich muss zugeben, dass du noch immer Eier hast, Calgus, *ehemaliger* König der Selgovae. Man hat mir erzählt, dein jüngerer Bruder führe inzwischen den Stamm an und dass er mit den Römern ein Friedensabkommen auszuhandeln versucht, um dein Volk vor den grausamen Misshandlungen durch die Legionssoldaten zu schützen, die euch seit der verhängnisvollen Niederlage im Krieg gegen das Imperium heimsuchen. Ich habe gehört, man hat dir unter Androhung der Todesstrafe verboten, in dein einstiges Reich zurückzukehren, denn du hast das Verbrechen begangen, einen Krieg auf dem Gebiet der Römer anzuzetteln, den du niemals gewinnen konntest. Dennoch stehst du jetzt hier …« Naradoc schüttelte über diese Kühnheit des Selgovae erneut den Kopf. »Du stehst tatsächlich *hier*, im Herzen der Macht des Stammes der Venicones, ungeachtet der Niederlage, in die du meinen Bruder Drust mit deinen Umgarnungen und deinem übersteigerten Selbstbewusstsein geführt hast, nur weil du glaubtest, die römischen Legionen im Kampf schlagen zu können. Ich gebe zu: Du hast ziemlich viel Mut.«

Er verstummte einen Augenblick und betrachtete den vor ihm stehenden Mann, der von den Kriegern flankiert wurde, die ihn zu den Toren von Der Hauer, seiner Halle, getragen hatten.

»Nun, entweder großen Mut oder ebenso große Dummheit.« Er machte eine Geste in Richtung der Krieger. »Setzt ihn auf die Knie.«

Scharfes Eisen blitzte im Schein des Feuers auf, als Naradocs sorgsam positionierte Wachen Calgus' Gefolgsleute unversehens niederstreckten, indem sie ihre bis dahin verborgenen langen Messer in die Rücken und Hälse der Selgovae-Krieger rammten. Obgleich er sie selbst angeordnet hatte, ließ diese unvermittelte Gewaltexplosion den König zusammenzucken. Unter der Wucht glänzenden Eisens starben die beiden Männer, noch bevor sie ihre eigenen Klingen ziehen konnten, und ihre blutenden Körper fielen vor dem verbannten früheren König der Selgovae zu Boden. Letzterer schloss die Augen, schüttelte den Kopf und führte eine Hand an den Nasenrücken. Ein grober Stoß ins Kreuz reichte, um ihn vornüber auf den kalten Steinboden der Halle zu befördern und seine Hände in den Pfützen aus Blut landen zu lassen, das aus den nunmehr leblosen Körpern seiner Männer herausfloss. Naradoc nickte zu ihm hinab und drückte mit einem kalten Lächeln seine Genugtuung darüber aus, Calgus hilflos vor sich auf dem Boden liegen zu sehen.

»So ist es besser. Jetzt sehen wir Calgus, wie er wirklich ist, ohne jede Vortäuschung von Adel oder Macht. Hier liegst du und kriechst im Blut der letzten beiden Freunde, die du auf der großen weiten Welt noch hattest – ein ohnmächtiger Schatten des Mannes, der du einst zu sein behauptet hast. Erzähl mir, ehemaliger König und jetziger Bittsteller: Was wolltest du damit erreichen hierherzukommen? In Anbetracht deiner Rolle bei dem Desaster, das mein Königreich vor zwei Jahren befiel: Welche seltsamen Gedankenspiele haben in dir die Erwartung genährt, du könntest anders als mit scharfem Eisen begrüßt werden?«

Calgus stemmte sich mühsam vom Boden auf die Knie und wischte sich mit dem abgetragenen Umhang, den er um sich geschlungen hatte, das Blut seiner Gefährten von den Händen. Seine langen roten Haare waren seit seiner Verkrüppelung verblasst und von grauen Strähnen durchzogen. Dennoch hätte jeder, der ihn auf der Höhe seiner Macht erlebt hatte – damals, als der von ihm initiierte blutige Aufstand die Herrschaft der römischen Armee in Nordbritannien auf die Probe gestellt und beinahe zunichtegemacht hatte –, sofort das Glitzern in seinen Augen wiedererkannt.

»Auch ich grüße dich, Naradoc, König der Venicones. Ich danke dir für den überaus großherzigen Empfang« – er deutete auf die Leichen vor sich – »und dafür, dass du mich von der Last dieser beiden Männer befreit hast. In Wahrheit erschienen mir ihr Geist und ihr Charme schon seit Längerem ein wenig verblasst, obgleich ich mir eine sanftere Methode gewünscht hätte, von ihrer Gegenwart erlöst zu werden. Hinsichtlich des Grundes für mein jetziges Vorsprechen ist die Antwort simpel: Ich habe etwas, das deinem Stamm gute Dienste leisten kann. Es ist ein Symbol der römischen Macht, das nur wenige Menschen je in Händen hielten. Tatsächlich befindet sich das Feldzeichen des Adlers der Sechsten Legion noch immer in meinem Besitz. Ich habe es ihnen während der Schlacht entrissen, nachdem wir sie in einem frühen Stadium des Krieges überwältigt hatten. Der Verlust dieses Symbols ist eine Katastrophe für sie, und wenn es in den Besitz eines Mannes wie *dir* gelangte, wäre das Salz auf ihre Wunden. Insbesondere jetzt, wo sie begriffen haben, dass sie ihr Lager auf dem von Kaiser Antoninus errichteten Wall wohl kaum länger als bis zum Ende dieses Sommers werden halten können. Wie ich höre, empören sich die Legionen dagegen, so hoch in den Norden geschickt und gezwungen zu werden, sich dem Zorn deiner Krieger auszusetzen. Schon zwei Mal hat dieser gerechte Zorn sie veranlasst, den nördlichen Wall aufzugeben. Daher gehe ich davon aus, dass der Besitz des Adlers, wenn du ihn offen zur Schau stellst, der Tropfen ist, der das Fass zum Überlaufen bringen wird.« Er verstummte und ließ sich auf den Fersen seiner geschundenen Beine nieder, deren Muskeln aus Bewegungsmangel erschlafft waren.

Naradoc schüttelte bedächtig den Kopf. »Während du gesprochen hast, Calgus, habe ich mich gefragt, warum ich mich in deiner Anwesenheit so unwohl fühle. Und die Antwort fiel mir gleich darauf ein: Du bist eine Schlange, nichts anderes, ein verschlagenes, heimtückisches Reptil, dem ich mein Vertrauen nur unter größtem Risiko schenken könnte. Du willst mir einen römischen Adler anbieten?« Der König machte eine abschlägige Geste. »Behalte ihn! Das römische Volk ist beharrlich und rachsüchtig, daher weiß ich mit Bestimmtheit, dass sie nicht aufhören werden, nach der verlorenen Ikone ihrer Macht zu suchen, bis sie das Feldzeichen wiedergewonnen haben – egal, wie viel Blut es sie kosten sollte. Überdies weiß ich, dass sie dutzendfach Vergeltung bei jedem üben werden, der den Adler je in den Händen hielt, ungeachtet der Verluste, die sie zu diesem Zweck hinnehmen müssen. Sollte ihnen zu Ohren kommen, dass die Venicones das Emblem ihrer Macht besitzen, würden sie uns zur Bestrafung mit einer ganzen Legion überfallen. Unsere Festung ist zwar unbezwingbar und würde ihren Angriffen trotzen, doch es gibt Dutzende von Siedlungen, die ihnen nicht standhalten könnten. Nein, Calgus, behalte deinen Adler. Ebenso würde ich mir wünschen, du hättest dir damals die Einladung an meinen Bruder Drust verkniffen, bei deinem Aufstand mitzukämpfen. Das hat nicht nur ihn das Leben gekostet, sondern meinen Stamm um Tausende Krieger dezimiert. Ich kann mich noch bestens an deine Worte in dieser Halle erinnern. Damals saß *er* auf meinem jetzigen Platz, und du hast ihm reiche Beute und ewige Freiheit von der Bedrohung durch die Römer versprochen. Was aber hat dein Krieg meinem Volk gebracht? Nichts als Unglück und das verhängnisvolle Geschick, das mich auf einen Thron befördert hat, den Drust für viele weitere Jahre hätte innehaben sollen!« Er schnaubte verächtlich und schüttelte ärgerlich den Kopf. »Damit entlasse ich dich, denn du bist eine traurige Gestalt und nur noch die morsche Hülle des Mannes, der du einst warst. Geh nun, falls du nicht meinen unerbittlichen Zorn auf dich ziehen willst.« Als er sah, wie Calgus sich hilflos umblickte, wandelte sich Naradocs mitleidloser Ausdruck zu einem grimmigen Lächeln. »Aber natürlich! Du hast keinen Ort, an den du gehen könntest. Dein Volk hat sich gegen dich gewandt, und deine letzten Gefolgsleute liegen tot vor dir auf dem Boden. Sicherlich überrascht es dich nicht, dass ich vorhabe, deine Pferde zu behalten, die wahrscheinlich ohnehin meinem Stamm geraubt wurden. Welche Möglichkeiten hast du jetzt noch, Calgus? Wie sollen wir diese unangenehme Situation lösen, in die du dich selbst hineinmanövriert hast? Ich könnte meinen Männern befehlen, dich zu den Toren zu begleiten, aber was dann? Keiner in meinem Reich wird dich aus Mitleid mit Nahrung versorgen, das kann ich dir versichern. Dein Name weckt in dieser Gegend nicht sonderlich viel Zuneigung. Vielleicht wäre ein schneller Tod das Beste, was ich dir anbieten kann? Dann wärst du erlöst und müsstest nicht langsam verhungern oder würdest von Wölfen in Stücke gerissen, sobald du dich nicht mehr wehren kannst. Triff deine Wahl, Calgus, und nimm dir dafür so viel Zeit, wie du brauchst …«

Der Selgovae blickte mit einem freundlichen Lächeln zu ihm auf, weshalb Naradoc misstrauisch die Brauen zusammenzog. »Wenn man vor die Wahl zwischen einem langsamen und einem schnellen Tod gestellt wird, liegt es in der Natur des Menschen, nach einer dritten Option Ausschau zu halten, findest du nicht?« Der verkrüppelte Mann hob die Hand, um eine Antwort zu unterbinden, und lächelte den König weiterhin an, der sich sichtlich unbehaglich fühlte. »Nachdem ich wusste, dass mein wohldurchdachtes Ansinnen aller Voraussicht nach mit einer feindseligen Reaktion beantwortet werden würde, habe ich meine Ankunft vorsichtshalber über Monate geplant und sorgsame Verhandlungen mit Männern geführt, deren Gunst für dich unabdingbar ist. Es würde dich enttäuschen zu erfahren, wie leicht es für meine Diener war, meine Botschaften den hinter dir befindlichen Adligen zu überbringen, Naradoc. Mehr noch wird dich zweifellos die Bereitschaft betrüben, mit der sie meinen Vorschlag und meine Ratschläge angenommen haben, wie dein Stamm erheblich besser regiert werden könnte.«

Der König sprang auf die Füße und deutete mit zitterndem Finger auf die kniende Gestalt vor ihm. »Schlagt ihm den Kopf ab!« Mit geballter Faust trat er vor. »Ich werde deine Ohren an meine Dachbalken nageln, du verdorbene Ausgeburt einer missgestalteten Hure! Ich werde meinen Hunden deine Eingeweide zum Fraß vorwerfen! Ich werde …« Er unterbrach sich mitten im Satz und spürte voller Entsetzen plötzlich unangenehm kaltes Eisen an seinem Nacken.

Calgus betrachtete ihn mit hochgezogener Augenbraue und neigte den Kopf zur Seite, wodurch er absichtlich die Haltung des Königs einen Augenblick zuvor parodierte. »Wie so oft tritt der angsteinflößendste Augenblick im Leben eines Menschen immer dann ein, wenn man es am wenigsten erwartet, Naradoc, nicht wahr? Bei mir geschah es in Gesellschaft deines Bruders, als ich begriff, dass das römische Lager, das wir überfielen, nur ein Köder war und uns in eine Falle locken sollte. Ein Köder, dem dein hochverehrter Bruder ebenso wenig widerstehen konnte wie ein Rüde, der eine läufige Hündin riecht. Drust war ein halsstarriger, närrischer Mann, Naradoc. Hätte er nur ein *bisschen* mehr Voraussicht gehabt, würde er die Krone noch heute tragen, und du würdest hinter ihm sitzen, in einer Position, die deinen begrenzten Fähigkeiten wesentlich besser entspricht. Stattdessen dreht sich dir jetzt der Magen um, weil du die Schwertspitze an deinem Nacken spürst, obwohl doch eigentlich treue und mutige Adlige hinter dir stehen sollten – hättest du nur genug Verstand und den Mumm besessen, sie auf deine Seite zu ziehen. Ich würde dich ja *König* nennen, Naradoc, wäre es nicht so offensichtlich für uns beide, dass du nichts Wichtigeres mehr beherrschst als die Scheiße, die dir gerade aus dem Hintern zu laufen droht.«

Naradoc starrte ohnmächtig in Calgus' Augen und bemerkte voller Bangen, dass der verkrüppelte Selgovae ihn kopfschüttelnd mit eher mitleidigem als verächtlichem Blick betrachtete.

»Schau dich um, Majestät, und sieh, was von deinem Königreich übriggeblieben ist.«

Naradoc drehte den Kopf und sah den Angehörigen seiner Familie kurz in die Augen. Er musste feststellen, dass ihre Blicke größtenteils ungerührt waren. Sein Bruder hatte zumindest den Anstand, ein wenig beschämt auszusehen, doch die Gesichter seines Onkels, Vetters und Neffen hätten ebenso gut in Stein gemeißelt sein können. Das Schwert, das ihn am Nacken kitzelte, gehörte Jagdmeister Fratze, der seinem Onkel Brem die Treue geschworen hatte, seit dieser ihn vom Schlachtfeld gerettet und ihn gesund gepflegt hatte. Naradoc ließ niedergeschlagen die Schultern hängen, als er das bemerkte. Der Jäger starrte ihn ausdruckslos an, und die Wunde aus vernarbter Haut, die sich quer über sein

Gesicht zog, verbarg jegliche Regung. Der König versuchte zu sprechen, doch seine Worte waren nicht mehr als ein geflüstertes Krächzen.

»Ihr *Bastarde*...«

Calgus lachte, als er die Bitterkeit in seinem Tonfall vernahm. »Sie sind nur realistisch, Naradoc. Dein jüngerer Bruder wird die Krone erhalten, so viel ist offenkundig. Brem, der Bruder deiner Mutter, bekommt deine Frau, die er, wie er mir erzählt hat, schon seit Langem auf eine Weise begehrt, die einer Königin gegenüber nicht sonderlich angemessen war. Er sagte allerdings, er werde ihr ohnehin schon bald in eurem Bett die Beine spreizen, daher wird ihr Familienstand wohl kaum Bedeutung haben. Sein Sohn, also dein Vetter, wird deine älteste Tochter ehelichen, die, wie du sicher zugeben wirst, ein Alter erreicht hat, in dem sie bereits bestiegen werden kann. In Anbetracht ihrer ausladenden Hüften wird sie ihm gewiss eine hübsche Schar Söhne gebären. Der Sohn deines Bruders wiederum wird deine jüngere Tochter ehelichen. Sie ist zwar ein bisschen unreif für den Ehestand, doch andererseits ist er ja selbst noch ein Knabe. Ich bin mir sicher, sie werden es hinbekommen, nicht? Du aber...« Er machte eine kleine Pause und winkte dann den Männern hinter dem König. »Ihr Edlen, ich fühle mich zwar einigermaßen wohl in meiner Haltung als Bittsteller, doch vielleicht wäre es angemessener, wenn ich meine neue Stellung als Berater des zukünftigen Königs stehend antrete?«

Auf eine Geste von Naradocs Bruder hin traten zwei Männer vor und halfen dem Selgovae auf die Füße. Er verbeugte sich vor dem neuen König, hielt dabei aber den Blick fest auf Naradocs wutentbranntes Gesicht gerichtet.

»Du hast einen fatalen Fehler begangen, ehemaliger König:

Du hättest deine Stellung absichern müssen, als man dich verpflichtete, die Krone zu übernehmen. Die ersten Jahre auf dem Thron sind ja nie ganz einfach, nicht wahr? Man muss den Drahtseilakt beherrschen, weder zu hart zu sein, noch zu weich zu erscheinen. Im Nachhinein würde ich sagen, du hättest einen Weg finden müssen, dich in aller Stille deines jüngeren Bruders zu entledigen. Üblicherweise sind Jagdunfälle eine beliebte Methode, um zukünftige Zwistigkeiten zu vermeiden und den verbleibenden Familienmitgliedern die Zähne zu zeigen, doch das scheint nicht dein Stil zu sein. Wie schade, denn ein oder zwei zeitlich gut abgestimmte Morde können zuweilen große Unannehmlichkeiten abwenden ...« Er warf einen raschen Blick auf den jüngeren Bruder des Königs und lächelte, als er den raubtierartigen Ausdruck sah, mit dem dieser auf Naradocs Rücken starrte. »Dein Bruder hingegen scheint in moralischer Hinsicht kein Problem damit zu haben, sich deiner zu entledigen – jetzt, wo eure Rollen vertauscht sind.«

Als Naradoc begriff, dass er dem Tod ins Auge blickte, fand er seine Stimme wieder und wandte sich an seinen Bruder, der ihn so schrecklich verraten hatte. »Ihr verdammten Narren!«, brüllte er. »Dieser Mann wird in nur wenigen Tagen dafür sorgen, dass ihr euch gegenseitig an die Kehle geht! Und du, mein Bruder: Wie lange wird es dauern, bis du selbst einen Jagdunfall erleidest, um deinem Onkel den Weg auf den Thron freizumachen?«

In den Augen seines Bruders flammte Zweifel auf, ob er womöglich tatsächlich betrogen worden war, doch schon sprach Calgus erneut, und diesmal klang seine Stimme herzlich – ganz im Gegensatz zu den Worten, die das Schicksal des Möchtegern-Thronräubers besiegelten.

»Du weißt, dass er recht hat, Herr. Es war tatsächlich außerordentlich dumm, keine Vernunft walten zu lassen und dich auf die Seite deines Bruders, des Königs, zu stellen, doch leider hast du diese Lektion zu spät gelernt. Jetzt, wo ich darüber nachdenke, fürchte ich, dass ein Jagdunfall nicht allzu überzeugend wäre, nachdem wir zwei Opfer zu beklagen haben werden…« Er unterbrach sich einen Moment und richtete den Blick dann auf den bleichgesichtigen Sohn des Mannes. »Nein, falsch, es wird natürlich *drei* Opfer geben, nicht wahr?« Er wandte sich an den Onkel der beiden und breitete fragend die Hände aus. »Vielleicht wäre ein Familienzwist, ausgelöst durch ein Übermaß eures vortrefflichen Bieres, glaubwürdiger? Ein höchst bedauerlicher Zwischenfall, der dich dazu zwingen wird, den Thron zu besteigen – was du natürlich nur unter größtem Widerwillen auf dich nimmst. Was meinst du dazu, mein Herr und König Brem?«

1. Kapitel

Oceanus Germanicus, April, 184 n. Chr.

»*Mercurius*? Das ist doch der geflügelte Götterbote, oder?« Der hochrangige Zenturio der Ersten Tungrischen Kohorte schüttelte in überdrüssigem Unglauben den Kopf und strich mit der Hand durch sein dichtes schwarzes Haar. »Wir sind den ganzen Weg von Dakien bis zum Ufer der Nordsee marschiert, mehr als tausend Meilen durch jede Art von Wetterverhältnissen, von brennender Sonne bis hin zu eiskaltem Regen, und jetzt befinden sich nur noch ein oder zwei Meilen nebliges Wasser zwischen meinen Stiefeln und dem Heimatboden…« Er seufzte, schüttelte erneut den Kopf und starrte in den undurchdringlichen Dunstschleier hinaus. »Man möchte doch meinen, ein Boot, das den verdammten Namen *Mercurius* trägt und an dessen Rudern mehr als hundert große, starke Kerle sitzen, sollte sich ein wenig schneller fortbewegen als in langsamem Marschtempo. Immerhin ist es ein verfluchtes Kriegsschiff, also muss doch der Verantwortliche nur ein einziges Wort verlauten lassen, um uns rascher über die Wellen zu befördern.«

Tribun Scaurus wandte den Kopf und betrachtete seinen Kollegen Julius mit einem nachsichtigen Lächeln, während die drei Zenturionen hinter ihm anzügliche Blicke tauschten.

»Dann ist dir wohl immer noch übel, Erster Speer?«

Julius schüttelte mürrisch den Kopf. »Ich habe alles ausgekotzt, was sich in meinem Bauch befand. Dann habe ich zur Sicherheit noch einmal gespuckt und zu guter Letzt das runde rosa Ding zerkaut und hinuntergeschluckt. Ich habe nichts mehr, was ich ausscheiden könnte, Tribun, und mein Körper befindet sich in einem Zustand missmutigen Grolls, statt offen zu rebellieren. Mittlerweile bin ich lediglich gelangweilt von dem Schneckentempo, das anscheinend das Beste ist, was diese riesige Badewanne hervorzubringen imstande ist.«

»Bei Aphrodites Titten und ihrer haarigen Vulva! Lass den Kapitän bloß nicht hören, dass du das Objekt seines ganzen Stolzes eine *Badewanne* nennst! Ich habe ihn gestern dabei erwischt, wie er die Flanke des Schiffes streichelte, und als er mich sah, warf er mir lediglich einen dieser Blicke zu, die sagen wollen: ›Ich weiß, ich weiß, aber was soll ich dagegen machen?‹«

Scaurus drehte sich um und nickte dem zweitgrößten der vier Zenturionen zu, die um ihn herumstanden – ein muskelbepackter, bärtiger Kerl Ende zwanzig.

»Du hast recht, Zenturio Dubnus. Der Mann ist auf sein Kommando über dieses Schiff ebenso stolz wie der Adlerträger der Legion und, wie es aussieht, ebenso rasch bereit, nach der Polierpaste zu greifen. Hast du nicht bemerkt, wie missbilligend er die Stirn runzelte, als vor dem Ankerlichten das Blut der Opferziege über das ganze Deck spritzte?«

Der Tribun wandte sich wieder Julius zu. Der Erste Speer war ebenso stämmig wie Dubnus, trug ebenfalls einen dichten Bart und teilte dessen grüblerisches Wesen sowie die Bereitschaft, Nörglern und Bummlern mit unvermittelten

Gewaltausbrüchen zu begegnen. Allerdings war Dubnus jünger, seine dichte Mähne und der Bart waren noch immer tiefschwarz, wogegen das Haar des älteren Zenturios bereits sichtlich zu ergrauen begann.

»Was deine Eile anbelangt, die Füße auf festen Boden zu setzen, Erster Speer, so gehe ich davon aus, dass der Kapitän der *Mercurius* sicher ebenso begierig darauf ist, nicht im Nebel zu stranden. Sollten seine Navigationskünste der Aufgabe gewachsen sein, werden wir von den Trompeten vom Kastell Arbeia darauf hingewiesen, sobald wir Landnähe erreichen. Und behaltet bitte im Kopf, dass die Rückkehr nach Britannien für unseren Kameraden hier erneut die Frage aufwirft, *wer* uns bei unserer Ankunft erwarten könnte.«

Er deutete mit dem Kopf auf den am wenigsten muskulösen Zenturio, einen schlanken jungen Mann mit falkenartigem Gesicht, der zwei Jahre zuvor Zuflucht bei der tungrischen Kohorte gesucht hatte und ihrem Gespräch ungerührt zuhörte.

Der Tribun wandte sich wieder an den ranghöheren Zenturio. »Julius: Die Nachricht, dass wir in die Provinz heimkehren, wird uns bereits vorausgeeilt sein, und mit Sicherheit ist die Ankunft zweier vollzähliger Hilfskohorten für die Mitarbeiter des Statthalters von großem Interesse. Du weißt ebenso gut wie ich, dass nie genügend Soldaten zur Verfügung stehen. Wir haben keine Ahnung, ob beim Anlegen hochrangige Offiziere auf uns warten, womöglich von ein oder zwei Legionszenturien unterstützt, die den Briganten gerade erst den gebührenden Untertanengeist eingeprügelt haben. Es könnte sogar sein, dass der kaiserliche Haftbefehl für Marcus Valerius Aquila, ehemals Mitglied der Prätorianer-Garde, inzwischen auch erwähnt, dass der flüchtige Sohn des Senators mittlerweile Zenturio der Ersten Tungrischen Kohorte ist und den Decknamen Marcus Tribulus Corvus trägt. Immerhin hatten die Behörden lange genug Zeit, die Verbindung zwischen den beiden Namen aufzuspüren – insbesondere, wenn man bedenkt, dass wir schon vor mehr als einem Jahr dem verfluchten Frumentarius Excingus erlaubt haben zu fliehen und das Wissen um die wahre Identität unseres Kameraden mit sich zu nehmen.«

Ein Licht der Erkenntnis erhellte Julius' Gesicht. »Deshalb reisen wir also auf diesem Kriegsschiff, anstatt mit dem Rest der Männer in den grauenvollen Truppenschiffen übers Meer zu schaukeln? Das ist dann wohl auch der Grund dafür, warum wir vier Zeltmannschaften mit den größten und brutalsten Männern der Kohorte samt ihrem äußerst unangenehmen Zenturio verschifft haben?«

Der letzte der Offiziere grinste ihn unbekümmert an. »Gut erkannt, kleiner Bruder«, antwortete er knurrend.

Scaurus nickte und setzte ein ungerührtes Gesicht auf, obwohl er gerne laut darüber gelacht hätte, dass Titus, der Kommandeur der tungrischen Pionierzenturie, seinen Ersten Speer wie einen vorlauten jüngeren Bruder behandeln konnte, ohne dafür Strafmaßnahmen zu riskieren.

»So ist es, Erster Speer. Falls wir also auf ein Empfangskomitee stoßen sollten, könnte es klein genug sein, dass mein Rang und die Muskelkraft deiner Männer es lange genug in Schach halten können, bis Zenturio *Corvus* in die Berge fliehen kann. Im schlimmsten Fall, wenn wir von zu vielen Männern erwartet werden, um bluffen oder sie einschüchtern zu können, kann unser junger Kamerad sich zumindest mit intakter Würde ergeben, ohne dass seine Frau oder seine Soldaten ihm dabei zusehen müssten, wie er irgendwelche noblen, aber letztlich verhängnisvollen Heldentaten vollbringt.«

Scaurus machte scharf auf dem Absatz kehrt und wandte sich an seinen persönlichen Leibwächter, der mit undurchdringlichem Gesichtsausdruck etwa einen Meter entfernt stand. Er wusste aus Erfahrung, dass der Germane jedes Wort mitgehört hatte.

»Das gilt auch für dich, Arminius.«

Der Leibwächter knurrte und starrte griesgrämig in den Nebel hinaus. »Vergibst du mir, dass ich dir nicht versprechen kann, dein Kommando in dieser Angelegenheit vollumfänglich auszuführen, Rutilius Scaurus? Du weißt doch, dass ich dem Zenturio ...«

»Dein Leben schuldest? Wie könnte ich das vergessen? Wann immer ich mich nach dir umdrehe, bist du entweder gerade dabei, dem jungen Lupus zu zeigen, wie man Klingen durch die Gegend wirft, oder du bist fort und bewachst den Zenturio, während er sich zum wiederholten Mal in Gefahr begibt. Manchmal frage ich mich, ob du tatsächlich *mein* Sklave bist ...«

Aus dem Nebel drang schwach der Klang einer Trompete durch die Stille über der schwarzen Meeresoberfläche, doch der wabernde Dunst erstickte das Signal beinahe. Dann folgte ein zweiter, höherer Ton, worauf der Kapitän des Kriegsschiffes mit einem knappen Nicken vortrat.

»Das ist das Signal vom Kastell Arbeia. Es scheint, wir gehen wie geplant an Land, Tribun. Schon bald werden eure Füße wieder auf festem Boden sein, Männer.«

Titus legte seine spatengroße Hand auf Marcus' Schulter. »Keine Angst, kleiner Bruder. Egal, ob nur einer oder tausend auf dich warten – solange meine Männer und ich noch Luft in den Lungen haben, wirst du nicht gefangen genommen werden.«

Sein Freund schüttelte den Kopf und zuckte die Achseln, ohne dass sein Gesicht irgendeine Regung gezeigt hätte. »Nein, Bär, diesmal nicht. Wenn tatsächlich Männer auf mich warten sollten, werde ich mich ihnen widerstandslos ergeben und meine Hände nicht mit noch mehr unschuldigem Blut beflecken. Außerdem schicken mir nachts meine Träume noch immer die Botschaft, dass mein Schicksal in Rom auf mich wartet – ob mir das gefällt oder nicht.«

Dubnus nickte zustimmend. »Das ist wahr. Er hat sich die halbe Nacht im Bett herumgewälzt und murmelte die ganze Zeit etwas von Rache. Ich habe das auf die Menge an iberischem Wein vom Kapitän zurückgeführt, die er abends in sich hineingeschüttet hatte, während ich ihn als lärmenden Dreckskerl verfluchte und einzuschlafen versuchte…«

Marcus nickte und lächelte traurig. »Es gibt nur wenige Nächte, in denen mein Vater nicht aus der Unterwelt auftauchen würde, um mich daran zu erinnern, dass ich den Prätorianer-Präfekten Perennis für den Tod meiner Familie zur Rechenschaft ziehen muss. Auch unser verstorbener Kamerad Carius Sigilis schreibt, wann immer er in meinen Träumen eine glatte Oberfläche findet, mit blutigen Fingern stets dieselben anklagenden Worte.«

Julius und Dubnus verdrehten die Augen und tauschten einen vielsagenden Blick.

»Und diese Worte sind *›Die Messer des Kaisers‹*, nicht wahr?«

Marcus beantwortete Dubnus' Frage mit einem Nicken. Legionstribun Sigilis hatte Seite an Seite mit den Tungrern gekämpft, als sie an vorderster Front dem Einfall der Sarmaten in Dakien Einhalt geboten. Er war es auch gewesen, der ihm die Namen der Männer hatte nennen können, die Senator Aquila umgebracht und seine Familie niedergemetzelt hatten, bevor er selbst einen blutigen Tod durch die sarmatischen Verräter erdulden musste. Er hatte dem jungen Zenturio erzählt, er habe die Geschichte aus dem Mund eines Informanten gehört, den sein Vater angeheuert hatte – ein hochrangiges Mitglied der Senatorenklasse, dessen Beunruhigung über die immer häufiger stattfindenden Morde aus Geldgier, die unter dem neuen Kaiser Commodus geschahen, ihn dazu veranlasst hatte, die Angelegenheit auf diskrete Weise ein wenig genauer unter die Lupe zu nehmen.

»Ja, Julius, nach all den Monaten, die wir längs der Flüsse Danubius und Rhenus zurück in den Norden gereist sind, schreibt er noch immer dieselbe Botschaft. Die Schatten der Toten verfolgen mich jede Nacht und dürsten nach Blut, um ihr eigenes zu rächen, und nach Vergeltung, die anscheinend nur in Rom geübt werden kann. Ich gebe zu, ihre Halsstarrigkeit allmählich sattzuhaben, zumal es unwahrscheinlich ist, dass ich meine Geburtsstadt in diesem Leben je wieder erblicken werde.«

Das Nebelhorn vom Kastell Arbeia schickte erneut seine klagenden Töne durch den dichten Dunst.

Marcus wandte sich dorthin und starrte in den fast undurchdringlichen grauen Schleier. »Sollte die Zeit zur Gefangennahme und Rückkehr in die Heimat gekommen sein, werde ich dieses Schicksal widerstandslos annehmen. Mir scheint, ich bin lange genug davongelaufen.«

»Nur in Britannien, Tribun?«

»Exakt, Präfekt Castus. Genauso ist es…«

Der jüngere der beiden Männer, die an der Anlegestelle vor dem Kastell Arbeia standen, duckte sich tiefer in seinen Mantel, zog die dicke Wollkapuze über den Kopf und blickte verzweifelt in den Nebel, der um die Hafengebäude waberte. Seinem kleineren und etwas untersetzten Begleiter schien der eiskalte Wind nichts auszumachen, denn er warf ihm einen amüsierten Blick zu und betrachtete dann die drei Zenturien hartgesottener Legionäre, die in einer langen Zweierreihe hinter ihnen warteten. Augenscheinlich zufrieden mit dem, was er sah, beobachtete er darauf wieder wachsam das fast unsichtbare Wasser vor ihnen. Bevor er sprach, wartete er, bis die Nebelhörner verklangen.

»Ja, Fulvius Sorex, nur in Britannien ist der Nebel so undurchdringlich. Nach dreißig Jahren in römischen Diensten weiß ich, dass jede Provinz ihre reizenden kleinen Eigenarten hat, die man nie vergisst, wenn man sie erst einmal kennt. In Syrien waren es die Fliegen, die einem beim Kauen der Fleischbissen im Mund herumkrochen, wann immer man ihnen Gelegenheit dazu bot. In Judäa waren es die Juden mit ihrem blutrünstigen Groll gegen uns wegen unserer Anwesenheit in ihrem Land, und das fast ein Jahrhundert nachdem Vespasian ihren Widerstand gebrochen hatte. In Pannonien waren es die eisigen Winter, so kalt, dass die Flüsse bis zum Grund vereisten, in Dakien wiederum…«

Er verstummte plötzlich, und als der Jüngere zu ihm hinüberblickte, sah er, dass sein Kamerad mit unergründlichem Gesichtsausdruck in den Nebel starrte.

»Was war in Dakien?«

Castus schüttelte den Kopf, und ein nachdenkliches Lächeln zog über sein Gesicht. »Oh, der Rest des Morgens würde nicht ausreichen, um Dakien angemessen zu beschreiben. Was ich aber sagen will, ist, dass dieses neblige, sumpfige und verregnete Nest von bösartigen, blau bemalten Wahnsinnigen Dakien durchaus Konkurrenz machen kann. Belassen wir es also dabei ...« Sein Gesicht verhärtete sich. »Da! Da sind sie!« Er streckte die Hand aus und deutete auf einen dunklen Fleck in der Düsternis.

Sein Kamerad zog die Brauen zusammen und blickte angestrengt in die angedeutete Richtung. Dann nickte er bedächtig. »Ich glaube, du hast recht, Präfekt Castus. Ich kann das Schlagen der Ruder hören.«

Während sie weiter hinausblickten und sich zum Schutz gegen die Kälte fester in ihre Mäntel hüllten, löste sich allmählich eine undeutliche Form aus dem Nebel und nahm die raubtierartige Gestalt eines Kriegsschiffes an, das von langsamen, präzisen Schlägen der Ruderreihen über das dunkelgrüne Wasser des Hafens getrieben wurde.

»Ich vermute, darauf haben wir gewartet?«

Sorex beantwortete die Frage seines älteren Begleiters mit einem Nicken. »Das nehme ich ebenfalls an. Auf dieses Schiff und auf die Erste Tungrische Kohorte. So zumindest stand es in der Botschaft, denn die Zweite Kohorte soll erst in ein paar Tagen nachkommen. Verdammte Hilfstruppen ...«

Das Lächeln des Präfekten nahm einen ironischen Zug an. Er wandte sich mit gehobener Braue an seinen Vorgesetzten, der gute zwanzig Jahre jünger war als er und höchstens ein Jahr gedient hatte. »An deiner Stelle würde ich ihrem Kommandeur gegenüber nicht so einen Ton anschlagen, Tribun. Wenn ich mich recht entsinne, ist er nicht der Typ Mann, der Verunglimpfungen einfach so wegsteckt, ohne sie einem gleich wieder in den Hals zu rammen. Schon damals, als er nicht viel mehr war als ein Junge in der Tunika eines Erwachsenen, hatte er einen ausgeprägten Eigensinn. Seither hat er eine Menge Schlachterfahrung gesammelt, sodass sein Geduldsfaden gegenüber *unerfahreneren* Männern so dünn ist wie das Leder meines drittbesten Stiefelpaars.«

Sorex verzog schmollend das Gesicht und würdigte ihn keiner Antwort, während die Mannschaft sauber die Riemen einzog und das Schiff unter der fachkundigen Aufsicht des Steuermanns sanft an die Anlegestelle glitt. Nun, wo es aus dem dunklen Nebel aufgetaucht war, offenbarte es sich als eine wendige, dabei aber tödliche Zerstörungsmaschine: Ballisten waren an Bug und Heck angebracht, und eine Mannschaft von dreißig Seesoldaten hatte auf dem Hauptdeck Haltung angenommen. Männer sprangen geschickt auf die Holzplanken der Anlegestelle, vertäuten das Schiff am Hafendamm und schoben den Landungssteg aus dessen Flanke heraus. Der Kapitän ging als Erster über die schmale Brücke. Er war ein grimmig aussehender, bärtiger Mann, der nachlässig vor Sorex salutierte und Castus zunickte, während er mit der Hand auf das angedockte Kriegsschiff zeigte.

»Tribun Sorex, deine Fracht ist sicher. Prokurator Avus, eine Amtsperson des Kaisers, hat die Truhen auf dem ganzen Weg durch Germanien nicht einen Augenblick unbeaufsichtigt gelassen. Er ist übrigens der sprödeste und humorloseste Funktionär, den ich je auf der *Mercurius* begrüßen musste. Der Dummkopf hat sogar darauf bestanden, auf dem Deck neben den Kisten zu schlafen, obwohl ich ein halbes Dutzend Seeleute rund um die Uhr zu ihrer Bewachung abgestellt hatte.« Er drehte sich zum Schiff zurück und rief seinem Stellvertreter zu: »Lass die Truhen aufs Deck bringen und zum Löschen bereitmachen. Pass auf, dass die Mannschaft die Soldaten von ihnen fernhält, bis die Kisten das Schiff verlassen haben und ordnungsgemäß der Armee übergeben wurden! Diese räuberischen Mistkerle könnten eine von Vestas Priesterinnen besteigen, und erst wenn ihr Bauch dicker wird, würde sie bemerken, dass ihr die Jungfernschaft abhandengekommen ist.«

Hinter ihm stieg eine Gruppe von Männern die Landungsbrücke herunter und wurde von einem großen, kantigen Mann angeführt, der die nach seinem Oberkörper geformte Bronzerüstung eines hochrangigen Offiziers trug.

Präfekt Castus ging ihm mit ausgestreckter Hand entgegen und erreichte ihn, als er den Fuß auf den Kai setzte. »Rutilius Scaurus! Es gibt nicht viel, was mich mehr erfreuen könnte, als ausgerechnet *dich* in dieses Drecksloch von einer Provinz zurückkehren zu sehen.«

Der Neuankömmling starrte den Präfekten einen Augenblick an, doch dann erkannte er ihn und lächelte. Er ergriff die Hand des älteren Mannes und nickte bedächtig. »Artorius Castus! Ich habe dich seit gut zehn Jahren nicht mehr gesehen, und damals warst du der Erste Speer der Zwölften Fulminata. Ich hingegen war ein frischer junger Tribun, der zu nichts Besserem taugte, als Botschaften zu überbringen und meine vorgesetzten Zenturionen mit meinem Enthusiasmus und meiner Ignoranz zu nerven. Ich dachte, du hättest schon lange abgedankt, um die Früchte deiner zahlreichen Dienstjahre zu genießen.«

Castus schenkte ihm ein breites Lächeln, das seine Zuneigung ausdrückte. »Das Pensionärsdasein ist nichts für mich, junger Mann. Zur Belohnung für meinen langjährigen Dienst haben sie mich zum Profoss der Flotte im Kriegshafen von Misenum befördert, doch du weißt ebenso gut wie ich, dass die römischen Seeleute nichts anderes tun, als fingierte Seeschlachten im Flavischen Amphitheater aufzuführen und Planen über die Zuschauer zu ziehen, sobald die Sonne unerträglich wird. Das ist kein Leben für einen Soldaten, findest du nicht?« Scaurus warf ihm einen verständnisvollen Blick zu. »Also habe ich all meine Beziehungen spielen lassen, damit man mich zum Feldpräfekten der Siegreichen Sechsten Legion ernennt, und nun stecke ich wieder bis zum Arsch in diesem Sumpf übellauniger Eingeborener. Doch ich vergesse gerade meine Manieren…« Er deutete auf seinen Begleiter, der mit einem Ausdruck schwer zurückgehaltener Ungeduld neben ihm wartete. »Dies hier ist mein kommandierender Offizier, Tribun Gnaeus Fulvius Sorex. Fulvius Sorex, erlaube mir, dir Tribun Gaius Rutilius Scaurus vorzustellen, der die Erste und Zweite Tungrische Kohorte befehligt.«

Scaurus wandte sich dem Legionstribun zu und verbeugte sich in aller Form, obwohl er den Mann misstrauisch von oben bis unten musterte. »Tribun Sorex, ich muss zugeben, ein wenig verwirrt zu sein. Als wir die Provinz verlassen haben, stand die Sechste Legion unter dem Kommando von Legat Equitius, und der Aufstand der Barbaren war auf gutem Weg, unter Kontrolle gebracht zu werden. Vielleicht könntest du…«

Castus unterbrach ihn mit erhobener Hand, um jede Diskussion sofort zu unterbinden. »Wir könnten natürlich darüber sprechen, was seither geschehen ist, aber das sollten wir nicht *hier* tun. Vielleicht begeben wir uns zum Durchgangslager, wo wir ungestört miteinander plaudern können?«

Er blickte an Scaurus vorbei auf die fünf Männer hinter ihm, worauf der Tribun sich umwandte und diese heranwinkte.

»Entschuldigt mich. Es hat mich zerstreut, nach dem Verlassen des Schiffes gleich von einem so hoch angesehenen Kollegen begrüßt zu werden. Gestattet mir, euch Julius, den Ersten Speer der Ersten Tungrischen Kohorte, sowie meinen Gehilfen Zenturio Corvus vorzustellen. Falls mir etwas zustoßen sollte, wird Julius als mein vorläufiger Stellvertreter agieren, und Corvus würde im Bedarfsfall Julius' Posten des Ersten Zenturios einnehmen, weshalb ich die beiden überallhin mitnehme, um sicherzugehen, dass sie auf demselben Kenntnisstand sind wie ich. Was die anderen anbelangt: Dies hier ist Zenturio Dubnus, dieser langhaarige Edelmann ist mein Sklave und Leibwächter Arminius, und der Zenturio, dessen Gewicht den Landungssteg so durchbiegt, ist Titus, der Kommandeur meiner Pionierzenturie.« Er blickte auf das nebelverhangene Wasser zurück. »Ich nehme an, dass meine Leute einige Stunden brauchen, bis alle sicher von Bord gegangen und untergebracht sind, also werde ich die drei Letztgenannten hierlassen. Sie werden dafür sorgen, dass unsere Soldaten anständig behandelt werden, wenn sie von ihrem Transportmittel heruntergetaumelt sind. Lasst uns also, wie ihr vorgeschlagen habt, irgendwohin gehen, wo wir ungestört sprechen können und es womöglich etwas wärmer ist.«

Als er sich vom Kai abwandte, warf er dem Germanen einen eindringlichen Blick zu, hob eine Braue und starrte bedeutungsvoll auf die schweren Truhen, die mit zur Schau gestellter Sorgfalt von der Mannschaft über die Flanken des Schiffes an Land getragen wurden. Sobald sie den Boden berührten, befestigte eine Gruppe von sechs stämmig gebauten Männern dicke Seile an den Trageringen. Dann schleppten sie die Kisten zu einem weiteren halben Dutzend Marinesoldaten, die den Transport der Ladung beobachteten und genau zu wissen schienen, dass ihnen schlimme Zeiten bevorstanden, wenn sie ihre Pflicht nicht korrekt verrichteten. Das Ganze wurde von den wachsamen Augen des schmallippigen Offiziers überwacht, der sie auf ihrer Reise über den Ozean begleitet hatte. Der Feldpräfekt führte sie über die Kaianlage in die dahinter aufragende Festung und rasch weiter in eine Baracke des Durchgangslagers, aus deren Kaminen grauer Rauch emporstieg. Als sie ihre Mäntel ausgezogen und sich die Hände an dem glühenden Ofen gewärmt hatten, während der Feldpräfekt einen weiteren Scheit in dessen kirschrot glühenden Bauch warf und sie einlud, Platz zu nehmen, kam Scaurus direkt auf das Thema zurück, das ihn schon am Hafendamm bewegt hatte. Seine Stimme klang ebenso besorgt wie zuvor.

»Jetzt, wo wir unter uns sind, meine Herren, sagt mir bitte, ob ihr schlechte Neuigkeiten habt. Legat Equitius war nicht nur ein guter Mann, sondern auch ein Kollege und Freund von uns dreien.«

Präfekt Castus blickte zu seinem Begleiter, der ihm mit einem Kopfschütteln bedeutete, mit der Geschichte fortzufahren.

»Ihr fragt euch, ob der Legat umgebracht wurde? Das ist nicht so leicht zu beantworten.« Er setzte sich und bedeutete den Männern, es ihm gleichzutun. »Für diese Geschichte werde ich länger brauchen. Wie lange wart ihr in Germanien? Ein Jahr, etwa?«

Scaurus nickte. »Fünfzehn Monate. Die ursprüngliche Mission meiner Kohorten in Tungrorum in Niedergermanien endete damit, dass wir quer durch das halbe Imperium nach Dakien entsandt wurden, um dort eine kaiserliche Goldmine zu verteidigen. Wir haben für die Rückreise ein halbes Jahr gebraucht, was hauptsächlich damit zusammenhing, dass der Fluss Danubius fast zwei Monate zu Eis gefroren war.«

Castus lächelte wissend und zwinkerte Sorex zu. »Sieh an! Genau wie ich dir gesagt habe, Fulvius Sorex: Pannonien im Winter … Habt ihr aufgrund der eisigen Temperaturen Soldaten verloren?«

Julius nickte, und sein Gesicht verhärtete sich beim Gedanken daran. »Ein paar, bis wir gelernt hatten, in den schlimmsten Zeiten nach Einbruch der Dunkelheit keine Wachen mehr aufzustellen.«

»Eindeutig sinnvoll! Wer immer unter derartigen Wetterverhältnissen dumm genug wäre, einen Überfall zu wagen, wäre, lange bevor er sich in Angriffsposition begeben kann, selbst steif wie ein Brett. Aber wir schweifen ab. Lasst mich sagen, dass während eurer Abwesenheit in Britannien eine Menge passiert ist. Der Aufstand der Briganten südlich des Walls konnte relativ leicht niedergeschlagen werden, nachdem die nördlichen Stämme schon zuvor stark dezimiert waren. Ich glaube zu wissen, dass ihr eine Rolle darin gespielt habt?«

»Ja, wir haben unseren Teil dazu beigetragen. Doch sprich weiter, Präfekt.«

Castus lächelte Scaurus freundlich zu. »Wie ich sehe, bist du ungeduldig wie eh und je, Rutilius Scaurus, doch du hast recht. Nachdem die Selgovae, die Carvetii und die Votadini allesamt zurechtgestutzt waren, hatte Statthalter Marcellus kaum Schwierigkeiten, seine Legionen nach Süden marschieren und die Briganten niedermachen zu lassen. Das führte er so gründlich durch, dass sie wohl für lange Zeit den Mut zum Widerstand verloren haben dürften. Für jeden gefallenen Soldaten wurden zwei Männer im kampffähigen Alter gekreuzigt, bei jedem Anzeichen einer Zusammenarbeit mit den Rebellen wurden die Dörfer niedergebrannt – ihr kennt das ja. Als die Stammeskrieger begriffen hatten, wie ernst es uns mit der Unterdrückung der Revolte war, zerstreute sich der Aufstand fast über Nacht, also glaubten wir, das sei das Ende der Geschichte. Ich war zu jener Zeit bereits bei der Siegreichen Sechsten angekommen und mehr als zufrieden mit dem, was ich dort vorfand: eine gut ausgebildete und kampflustige Legion mit einem überaus fähigen Kommandeur, obgleich er keinen breiten Streifen auf der Tunika hatte.« Er schenkte dem Legionstribun, dessen Zugehörigkeit zur Senatorenklasse für alle offensichtlich war, ein kleines Lächeln.

Sorex zuckte ungerührt die Achseln. »Du kennst meine Meinung zu diesem Thema, Präfekt Castus. Man braucht keinen Senatorenrang, um eine Legion zu befehligen. Tatsächlich scheint der Prätorianer-Präfekt Perennis geneigt, diese Voraussetzung abzuschaffen – dies zumindest geht aus meiner Korrespondenz mit Rom hervor.«

Castus neigte leicht den Kopf, als Zeichen seiner Anerkennung. Dann sah er zu den tungrischen Offizieren hinüber und bemerkte, dass der junge Mann, der ihm als Zenturio Corvus vorgestellt worden war, Sorex mit zusammengezogenen Brauen anstarrte. Doch seine Miene glättete sich sogleich, als er den Blick des Präfekten auf sich spürte.

»Gut. Sämtliche Aufruhrbestrebungen im Einsatzgebiet der Legion waren also, wie ich dachte, vorerst niedergeschlagen. Die Männer freuten sich, ihre üblichen Aufgaben innerhalb der Garnison wieder aufzunehmen, und waren begeistert, endlich wieder ein Badehaus von innen sehen zu können. Die Zenturionen planten unterdessen ein paar nette, anstrengende Streifengänge, um ihre Truppen in Form zu halten, plus ein paar Überraschungsangriffe, um den Eingeborenen zu verdeutlichen, wer das Sagen im Land hatte. Ich muss zugeben, dass ich mit dieser Verfahrensweise durchaus einverstanden war, denn sie schien mir die vernünftigste, nachdem die Männer fast zwei Jahre im Krieg gewesen waren und dringend etwas Ruhe benötigten, außerdem sollten sie ihre Heimatfestungen wiedersehen.« Castus schwieg einen Augenblick bedeutsam. »Dummerweise wurde ich nur kurz darauf eines Besseren belehrt. Statthalter Marcellus war der Meinung, ein vollständiger Sieg sei ihm so gut wie sicher, doch in diesem Moment des Triumphs übernahm er sich. Er tat mehr, als nur die Ordnung nördlich des Hadrianswalls wiederherzustellen und den Frieden aus unseren bereits existierenden Kastellen heraus zu sichern. Stattdessen beschloss er, auch die Kontrolle über die Gebiete der nördlichen Stämme zu erlangen, und marschierte dort ein, anstatt sich schlicht an die Entscheidung zu halten, die vor zwanzig Jahren getroffen wurde: nämlich die Nordstämme außerhalb des Kaiserreichs zu belassen.«

Scaurus schüttelte ungläubig den Kopf. »Er hat doch nicht etwa … doch nicht den *nördlichen* Wall?«

»Er wird den Truhen nicht näher kommen als der Rest von uns, denn die Jungs hier bewachen sie ebenso scharf wie die Marinesoldaten. Und wenn deine Männer sich weiter so verhalten, werden sie sicher nicht freundlicher.«

Mit einem selbstgefälligen Nicken drückte Titus seine Zustimmung zu Dubnus' offen geäußerter Meinung aus. Die beiden Männer beobachteten nachdenklich, wie Arminius mit den Händen hinter dem Rücken den Hafendamm entlangspazierte und die etwa dreißig Zuschauer ignorierte, die sich damit vergnügten, sich über die Legionäre lustig zu machen und in Gelächter auszubrechen, als amüsierten sie sich über etwas, das nur sie verstanden.

Ihr Zenturio nahm einen tiefen Atemzug der Seeluft, wobei seine gewaltige Brust anschwoll, dann rollte er den massigen Schädel auf den Schultern, bevor er antwortete: »Warum sollte man ausgerechnet einem Barbaren eine Aufgabe übertragen, die ein gewisses Feingefühl verlangt? Der Junge ist einfach unglücklich, wenn er kein Schwert in der Hand hält und niemanden vor sich hat, gegen den er kämpfen kann.«

Wie vorauszusehen, kam der Germane den Truhen nicht näher als bis zu dem davorstehenden Legionär, der den Kopf schüttelte und wortlos auf die tungrischen Zenturionen zeigte, die das Schauspiel beobachteten. Arminius zuckte die Achseln und kehrte um. Als ein Windstoß vom Meer den Nebel aufwirbelte, der noch immer in der Luft hing, schlang er den Mantel fester um sich.

»Habe ich dir doch gesagt.« Titus zeigte mit dem Daumen über die Schulter auf die Männer, die ungeduldig hinter ihnen warteten. »Die einzige Möglichkeit zu sehen, was in den Kisten ist, wäre, meine Jungs auf diese Knaben loszulassen.«

Dubnus schüttelte sichtlich angewidert den Kopf. »Meine

Güte, Bär, wann hörst du endlich damit auf? Meine Jungs hier, meine Jungs da …« Er spuckte über den Hafendamm in das dunkle Wasser, das um die dicken Holzpfähle des Landungsstegs schwappte. »Ich sag dir was: Lass uns tauschen! Dann kannst du dich an *meiner* Zenturie versuchen und herausfinden, wie es sich anfühlt, Männer zu befehligen, die mehr als dicke Muskeln und laute Organe haben. Ich wiederum könnte deinen Jungs näherbringen, was echte Disziplin ist, statt nur dieses Geplapper von Bruderschaft unter Kriegern zu zelebrieren, mit dem du sie verzärtelst.«

Titus grinste seinen Kameraden zur Antwort nur an, richtete sich zu seiner vollen Höhe auf und sah auf den ärgerlichen Dubnus hinunter. »Disziplin? Bei dem Haufen von Weibsbildern, die du der Legion abgeschwatzt hast? Ihr Zenturio war sicher froh, sie endlich von hinten sehen zu dürfen, nachdem sie die Angewohnheit haben davonzulaufen, wann immer ein Kampf ansteht. Jeder meiner Jungs könnte deine Zenturie anführen, kleiner Bruder. Warum sollte ich mich also herablassen, so etwas zu tun?« Ein listiges Lächeln erhellte sein Gesicht. »Abgesehen davon: Es braucht einen großen, starken Kerl, um eine Bullenherde wie die Zehnte anzuführen, und da bin ich mir nicht sicher, ob du der richtige Typ von Zenturio dafür wärst, *Eure Hoheit*.«

Castus nickte dem Tribun des tungrischen Heeres finster zu. »Doch, hat er. Er hat alle drei Legionen wieder nach Norden entsandt, abgesehen von ein paar Kohorten, die die Briganten unter Kontrolle halten sollten. Dann hat er die drei Legionslegaten angewiesen, die römische Vorherrschaft über die nördlichen Stämme wiederherzustellen, und zwar auf die einzige Weise, die er für möglich hielt: indem er ihre

Stammesgebiete dem römischen Reich einverleibte. Er hat den Wall, den Kaiser Antoninus hundert Meilen nördlich des Sperrwerks seines Vorgängers Hadrian errichten ließ, wieder mit Garnisonen versehen.« Der Feldpräfekt seufzte kopfschüttelnd. »Der Trottel hat die Legionen nach Norden marschieren lassen, um eine Verteidigungslinie zu besetzen, die schon zweimal zuvor, als sie bemannt wurde, als unhaltbar eingestuft wurde. Sogar ich, der ich erst frisch in die Provinz gekommen war, begriff, dass das ein Fehler war, und die Götter wissen, dass die Legaten ihr Bestes taten, um ihn von der Idee abzubringen. Aber ihr wisst ja, was für ein sturer alter Bastard er sein kann, wenn er erst einmal einen Leckerbissen zwischen den Zähnen hält. Am schlimmsten war, dass er ohne jede Rücksprache mit Rom agierte, denn wir können mit Sicherheit annehmen, dass er von dort niemals die Erlaubnis für einen derart unbedachten Schachzug bekommen hätte.«

Scaurus starrte ungläubig auf den älteren Mann. »Ulpius Marcellus hat eigenmächtig in die Grenzpolitik des Kaiserreichs eingegriffen? Ist er denn völlig verrückt geworden?«

»Augenscheinlich nicht, aber vielleicht doch. Als die Legionen begriffen, dass sie die neue Verteidigungslinie nun für unbestimmte Zeit würden besetzen müssen, rebellierten sie nahezu einstimmig. Um die Aufmerksamkeit Roms auf sich zu lenken, gingen die Legionäre der Zwanzigsten sogar so weit, ihrem Legaten Priscus die Purpurrobe überzuhängen, doch er war bemerkenswerterweise vernünftig genug, ihr großzügiges Angebot der Kaiserwürde auszuschlagen. Als der Prätorianer-Präfekt von der armseligen Klüngelei erfuhr, warf er wie eine Brautmutter am Hochzeitstag mit Befehlen um sich. Denn er war ja derjenige, der faktisch das

Imperium führte und wusste, dass die Angelegenheit nicht gut für ihn ausgehen würde. Darauf wurde der Statthalter abgesetzt und von einem Eilboten nach Rom zurückzitiert, wo er sich vermutlich einer ernsthaften Unterredung mit ein paar ziemlich wichtigen Leuten stellen musste, bei der kein Wein angeboten wurde. Danach war seine Karriere natürlich beendet.« Er schüttelte erneut den Kopf. »Er kann schon froh sein, wenn er seinen Kopf auf den Schultern behalten darf. Logischerweise standen die Legionskommandanten als Nächste auf der Abschussliste, wenngleich ihnen nur befohlen wurde, ihren hochrangigen Tribunen die Befehlsgewalt zu übertragen und sich ruhig zu verhalten, bis Ersatz aus der Hauptstadt eintreffen würde. Ich habe den berittenen Boten ordentlich geschmiert, worauf er mir erzählte, Präfekt Perennis beabsichtige, Reiteroffizieren das Kommando über alle drei Legionen zu erteilen, um den Senatoren eindeutig klarzumachen, wie die Machtverhältnisse stehen. Damit würde er Männer befördern, die ihr Handwerk als Kommandeure von Hilfskohorten wie der deinen gelernt haben.«

»Jetzt kennt ihr die Geschichte, meine Herren.« Die Stimme von Tribun Sorex übertönte die seines Kollegen mit Leichtigkeit, wie es für einen Mann typisch war, der dazu geboren und erzogen wurde, seinen Mitmenschen Befehle zu erteilen. »Legat Equitius sitzt in der Festung Eburacum in Gewahrsam und wird natürlich mit dem Respekt behandelt, der seinem Rang gebührt. Ich dagegen habe unterdessen kommissarisch den Befehl über die Legion. Allerdings erwarte ich schon bald die Ankunft eines neuen Legaten, der das Kommando über die Siegreiche Sechste übernehmen wird. Sobald ein neuer Statthalter feststeht, wird er uns wohl den Befehl geben, wieder nach Süden zu ziehen.«

Julius betrachtete ihn mit fragendem Gesichtsausdruck. »Dann haltet ihr den Nordwall noch immer besetzt, Tribun?«

Sorex zuckte mit den Schultern. »Natürlich tun wir das, Zenturio, denn das wurde vom vorherigen Statthalter angeordnet. Bis jetzt haben wir keinen Abzugsbefehl erhalten, lediglich die Nachricht, dass Ulpius Marcellus nach Hause zurückkehren soll und die drei Legionslegaten ihres Kommandos enthoben sind. Ein unkontrollierter Rückzug könnte sich rasch in eine ungeordnete Flucht Richtung Süden verwandeln, oder schlimmer noch: Er könnte eine neue Rebellion auslösen. Daher halten wir vorerst die sechsundzwanzig Kastelle des Nordwalls und werden das weiter tun, bis die neuen Legionskommandeure deren Räumung anordnen.«

Tribun Scaurus rieb sich nachdenklich das Kinn. »All das ist hochinteressant, und ich schätze es außerordentlich, dass zwei so illustre Persönlichkeiten wie ihr den langen Weg bis zum Ende des Walls auf euch genommen habt, um mich aufzuklären – wenngleich ich bezweifle, dass es dazu zwei Personen oder überhaupt jemanden brauchte, denn ihr hättet die Nachricht leicht von einem Zenturio überbringen lassen können, selbst wenn dieser die Lage sicher nicht mit so großer Empfindsamkeit geschildert hätte.« Er stand auf, ging zum Ofen hinüber und genoss einen Augenblick die Wärme, bevor er die beiden Männer mit einer Mischung aus Neugier und leichter Verärgerung ansah. »Habe ich recht, meine Herren?«

Dubnus schüttelte in gespielter Verwunderung den Kopf.

»Der *richtige* Typ von Zenturio? Genau das ist das Problem! Du hast sie verweichlicht, *großer* Bruder, und nun sind sie echte Disziplin nicht mehr gewohnt! Ich bedaure schon jetzt jeden, der sie übernehmen muss, wenn du irgendwann in den Speer einer Blaunase läufst oder deine fünfundzwanzig Dienstjahre hinter dir hast, um den Rest deiner Tage mit einem abgrundtief hässlichen riesigen Weib zu verbringen, das von deinem massigen Körper nicht plattgewalzt wird. Der arme Kerl wird einen Baumstamm statt eines Rebholzstocks benutzen müssen! Und den Blödsinn mit ›Eure Hoheit‹ kannst du dir in deinen fetten Hintern stecken, denn die Tage, als mein Vater die Ländereien südlich des Hadrianswalls beherrschte, sind lange vorbei.«

Titus lachte laut, denn er war Streitgespräche darüber, wie er seine Männer anführte, gewohnt und freute sich, mit seiner Stichelei ins Schwarze getroffen zu haben. »Du solltest dir deinen hübschen Kopf nicht über dieses Thema zerbrechen, *Prinz* Dubnus, denn du wirst nie das Kommando über meine Jungs bekommen. Ich habe vor, länger als du zu leben, insbesondere, nachdem du die Angewohnheit hast, dich bei der ersten Gelegenheit ins Schlachtgetümmel zu werfen. Daher wirst *du* derjenige sein, der als Nadelkissen endet, nicht ich!«

Die beiden grinsten sich an und ignorierten Arminius, der über ihre Auseinandersetzung missbilligend den Kopf schüttelte.

»Zwei erwachsene Kerle, die sich darüber streiten, wer den größeren Schwanz hat? Könnte euer Erster Speer euch hören, würde er sagen, ihr sollt euch verdammt noch mal zusammenreißen.«

Die beiden Zenturionen schenkten ihm ein finsteres Lächeln, und Dubnus verzog amüsiert das Gesicht.

»Hört, hört! Und das von einem langhaarigen Sklaven,

dessen wichtigste Aufgabe es ist, die Temperatur des Badewassers für seinen Herrn zu überprüfen!«

Der Germane zog ironisch eine Augenbraue hoch. »Rutilius Scaurus zu dienen bringt eine Reihe von Vorteilen mit sich, die dir vielleicht nicht bewusst sind, Dubnus. Erinnerst du dich an die abendlichen Tischgesellschaften, zu denen er immer eingeladen war, als wir auf unserem Marsch längs des Flusses Rhenus vor den dortigen Kastellen lagerten? Während ihr euch damals mit der Auswahl von überteuerten und nicht sonderlich beeindruckenden Dirnen befasst habt, konnte *ich* mich nach einem Abendmahl mit den Dienerinnen in hübschen, warmen Küchen vergnügen. Außerdem möchte ich euch daran erinnern, dass ich Bescheid bekomme, wohin wir als Nächstes ziehen, lange bevor die Information bis zu euch hinuntergelangt.« Er verstummte kurz und betrachtete die Truhen, die längs des Hafendamms aufgestapelt waren. »Daher gebe ich euch aufgrund meiner Erfahrung einen kostenlosen Rat: Die Art und Weise, wie die beiden hochrangigen Offiziere unseren Freund zu einem privaten Gespräch eingeladen haben, sagt mir, dass wir keinesfalls in die stinkenden Kuhdörfer zurückkehren werden, die ihr beide so gerne wiedersehen würdet.«

Präfekt Castus betrachtete seinen Kollegen mit einer Miene, die deutlich ausdrückte, dass sein Part in dieser Besprechung beendet war. »Wie ich dir vorausgesagt hatte, Fulvius Sorex, hat Rutilius Scaurus über die letzten zehn Jahre weder seine feine Beobachtungsgabe noch seine direkte Ausdrucksweise verloren. Daher würde ich dir raten, ihn schnellstens darüber aufzuklären, aus welchem Grund wir hierhergekommen sind.«

Sorex nickte und trat vor. »Du bist wirklich sehr scharfsinnig, Rutilius Scaurus. Tatsächlich hätten wir einen jungen Offizier beauftragen können, dich über die Lage zu informieren. Wie du richtig erkannt hast, stellt eure Anwesenheit hier eine günstige Gelegenheit für uns dar.«

Marcus ergriff das Wort, und obwohl seine Frage einen scharfen Unterton hatte, klang seine Stimme angemessen respektvoll. »Da ist aber noch mehr, nicht wahr, Tribun? Wir sind für dich das einzige Mittel, etwas zu bewerkstelligen, das du für lebenswichtig erachtest?«

Scaurus betrachtete den jungen Zenturio einen Augenblick und wandte sich dann mit einem entwaffnenden Lächeln wieder an Sorex. »Vergib meinem Gehilfen die Kühnheit, Kamerad. Er hat die Neigung, alles auszusprechen, was ihm in den Sinn kommt, wenngleich ich in diesem Fall vermute, dass er damit ins Schwarze getroffen hat. Sprich weiter, Zenturio Corvus.«

Der junge Zenturio fuhr fort, und seine Stimme drang deutlich und entschlossen durch die Stille der Kaserne. »Nach dem, was du erzählt hast, Tribun, haben alle anderen militärischen Einheiten im nördlichen Bezirk den Befehl, ihre Stellung zu halten, und das von höchster Stelle im Einvernehmen mit dem Thron. Derartige Befehle zu missachten bedeutet für einen Mann, dass er seine Laufbahn, sein eigenes und sogar das Leben seiner Familie aufs Spiel setzt, sofern er sich verrechnen sollte. Und nun tauchen *wir* auf, als seien wir von unserem Gott Mithras höchstpersönlich geschickt worden, und stellen eine Antwort auf eure Gebete dar. Unsere Mannschaftsstärke ist groß genug, um zu erledigen, was immer ihr zu bewerkstelligen habt, und wir unterliegen auch nicht den Restriktionen, mit denen Präfekt Perennis eure Handlungsfreiheit eingeschränkt hat.«

Als der junge Zenturio den Prätorianer-Präfekten erwähnte, verzog sich sein Gesicht zu einem hasserfüllten Ausdruck. Er stieß den Namen durch zusammengebissene Zähne hervor, als müsse er Gift ausspucken, das er aus einem Schlangenbiss herausgesaugt hatte.

Schnell mischte sich Scaurus ein und lenkte mit bewusst unbekümmerter Stimme die Aufmerksamkeit zurück auf sich. »Mein Soldat Corvus hat es richtig erfasst, vermute ich. Was gibt es denn so Dringendes zu erledigen, dass ihr gemeinsam den langen Weg auf euch genommen habt, um ein paar müde Hilfskohorten zu treffen, die soeben von einem Schiff aus Niedergermanien gestiegen sind?«

Sorex lehnte sich vor und senkte die Stimme, obwohl sie völlig allein in der Kaserne waren. »Die Siegreiche Sechste hat ihre Mission nicht zu Ende geführt, Tribun Scaurus. In den ersten Tagen des Aufruhrs der Nordstämme haben wir einen Adler verloren und mit ihm den Kopf von Legat Sollemnis, dem Vorgänger von Legat Equitius. Beide fielen einem Hinterhalt zum Opfer, der nördlich des Walls von einem Stammesführer namens Calgus …«

Scaurus unterbrach ihn mit einer Geste. »Bemühe dich nicht um eine Geschichtslektion, Kamerad. Die Zenturionen hier haben beide in jener Schlacht gekämpft und den Verrat deiner Legion durch einen deiner Vorgänger miterlebt, wenngleich ich davon ausgehe, dass seine Rolle innerhalb des Desasters unter den Tisch gekehrt wurde, weil sein Vater eine mächtige Persönlichkeit ist.« Er hielt inne und wartete, ob Sorex sich anmerken ließ, ob er das offene Geheimnis kannte: Es war der Sohn des Prätorianer-Präfekten gewesen, der die katastrophalen Verluste der Sechsten Legion zu verantworten hatte, als er sein eigenes Süppchen gekocht hatte. »Zenturio Corvus hat auch an der erfolglosen Jagd nach dem verlorenen Adler der Legion teilgenommen. Danach haben wir alle drei Vergeltung an Calgus und seinem Stamm für ihre Missetaten geübt.«

Sorex brauchte eine Weile, um seinem Ärger Herr zu werden, dass ihm so rüde das Wort abgeschnitten worden war. »Ich verstehe. Nun, dann wirst du meine neuesten Informationen hinsichtlich des Adlers, des Kopfes des Legaten und dieses Calgus interessant finden. Wir haben erfahren, dass sich alle drei am selben Ort befinden und damit reif für die Ernte sind.«

Marcus schüttelte ungläubig den Kopf. »Das ist nicht möglich, Tribun. Ich habe Calgus getötet, bevor wir die Provinz verließen.«

Sorex hob in der kultivierten Art eines Patriziers die Augenbraue. »Du hast ihn *getötet*, Zenturio? Hast du ihn auch tatsächlich *sterben* sehen? Denn nach dem, was ich gehört habe, ist er von einem römischen Offizier zum Krüppel geschlagen und auf dem Schlachtfeld liegen gelassen worden, damit ihn die Wölfe finden und ihm einen langsamen und unangenehmen Tod bereiten. Nur scheint es ihm auf irgendeine Weise, die ich nicht kenne und die mir auch gleichgültig ist, gelungen zu sein, diesem grausamen Ende zu entkommen. Um es genauer zu sagen, Zenturio Corvus, ist er anscheinend noch immer im Besitz des Adlers der Legion. Wie ihr alle wisst, steht die Sechste aufgrund dieses Verlustes mit einem Bein im Abseits und riskiert, aufgelöst und als Verstärkung auf andere Legionen verteilt zu werden. Eine neue Legion wird an ihrer Stelle gegründet werden, und die Offiziere der Sechsten werden entweder zu anderen Truppen versetzt, wo sie unter Schande weiter ihren Dienst verrichten können, oder schlicht unehrenhaft entlassen – dann wäre ihre Laufbahn früh und schändlich beendet. Daher wird es euch nicht überraschen, dass Legat Equitius, bevor er mir offiziell das Kommando übertragen hat, mich mit nur *einer* Aufgabe betraut hat, die ich noch vor der Ankunft seines Nachfolgers zu erfüllen habe: Er befahl mir, keine Mühen zu scheuen, um den Adler der Sechsten Legion aufzuspüren und zurückzuholen, und ich habe ihm darauf mein Wort gegeben. Und lasst mich euch versichern: Was auch immer ich sein mag oder auch nicht, ich bin ganz gewiss ein Mann, der sein Wort hält.«

Präfekt Castus lehnte sich wieder nach vorn und richtete den Blick fest auf Scaurus. »Hier sitzen wir nun, Rutilius Scaurus, und haben detaillierte Informationen darüber, wo der Adler der Legion ungeduldig auf seine Rückgewinnung wartet. Doch wir haben nicht einen einzigen Mann, den wir mit der Mission betrauen könnten, ohne ihn dem Risiko grausamer Bestrafung auszusetzen, falls sein Ungehorsam entdeckt werden sollte. Ganz zu schweigen von der hohen Wahrscheinlichkeit, dass wir selbst dafür exekutiert werden würden. Du und deine Männer hingegen unterliegt diesen Einschränkungen nicht. Ihr könntet in wenigen Stunden ins Grenzgebiet vordringen und in wenigen Tagen das Feldzeichen in römische Hände zurückbringen. Dasselbe gilt für den Kopf des verstorbenen Legaten. Es wäre an der Zeit, dass der arme Mann wieder ganz ist und man ihm gestattet, nach der Wiederherstellung seines guten Rufs in Frieden zu ruhen. Meines Erachtens seid ihr genau die richtigen Männer dafür.«

Als Scaurus und seine Offiziere in Begleitung der Legionsoffiziere zum Hafenbecken zurückkehrten, schlingerte gerade das erste Boot der tungrischen Kohorte auf den Kai zu. Es besaß einen abgerundeten Rumpf und war eher auf den Transport schwerer Frachten als auf schnelles Fahren ausgelegt. Da die Segel größtenteils heruntergelassen waren und nur so viel Tuch gespannt war, um das Schiff sorgsam in den Hafen treiben zu können, schaukelte es auf der steigenden Flut, und Marcus wusste aus eigener Erfahrung, dass die Männer an Bord zweifellos Übelkeit verspürten und froh waren, an Land zu kommen.

»Das ist deine Zenturie, Dubnus, nicht wahr?«

Der stämmige Mann betrachtete das Schiff einen Augenblick aufmerksam und nickte zustimmend. »Ja. Dort steht mein armseliger Scheißkerl von einem Standartenträger und kotzt sein Frühstück über die Reling. Eine Schande, dem festen Boden so nahe zu sein und seinen Mageninhalt nicht bei sich behalten zu können.« Er zwinkerte Titus und Marcus zu, nahm Haltung an und salutierte vor dem Tribun und dem Ersten Speer. »Ich sollte sie lieber an Land bringen und in das Durchgangslager schicken. Du gestattest, Erster Speer?«

Julius nickte, und Titus winkte ihn mit einem missbilligenden Blick davon, dann lehnte er sich näher an Marcus heran und flüsterte seinem Kollegen mit grollender Stimme einen Kommentar ins Ohr, den nur er hören sollte.

»Irgendwer muss dem Jungen erklären, dass ihm die Schleimerei nichts bringen wird. Schau dir nur das Grinsen auf dem Gesicht des Feldpräfekten an!«

Die beiden Zenturionen beobachteten die Szene von den abgenutzten Planken der Anlegestelle aus. Die *Mercurius* hatte bereits ausgedockt und entfernte sich rückwärts vom Kai, während die Ruderer mit langsamen, rhythmischen Schlägen den schweren Schiffsrumpf vom Land wegbewegten. Die Seesoldaten auf Deck starrten indessen teilnahmslos auf die Legionszenturien herab, die Wache über die zehn Truhen aus Germanien hielten.

Julius warf einen raschen Blick zu den Legionären hinüber, dann beobachtete er wieder das sich langsam entfernende Kriegsschiff. »Sie werden im Kanal vor Anker gehen, um für den nächsten Transport Platz zu machen. Daher könnt ihr wetten, dass Tribun Sorex die Kisten wegbekommen will, bevor ihm eine weitere Zenturie unserer Leute in den Schoß geworfen wird. Vorausgesetzt, die Truhen enthalten tatsächlich, was wir alle annehmen.«

Der Legionstribun war derweil in ein lebhaftes Gespräch mit dem Prokurator vertieft, der die Fracht über die Nordsee begleitet hatte, und blickte auf eine Schreibtafel, die der andere ihm hinhielt. Unter den aufmerksamen Blicken der tungrischen Offiziere zog Avus einen Geldbeutel vom Gürtel und nahm eine Handvoll Münzen heraus. Sorex ergriff eine davon, hob sie hoch, um sie genauer zu betrachten, und Avus wartete.

Titus zog die Augenbrauen zusammen, als er die beiden Männer über den Inhalt der Kisten reden sah, und stieß schließlich mit knurrender Stimme ein einziges Wort hervor: »Gold.«

Marcus quittierte diese Einschätzung mit einem zustimmenden Nicken. »In der Tat. Wenn jede dieser Truhen mit solchen Münzen gefüllt ist, liegt genug Gold vor unseren Augen, um den Sold aller drei Legionen in Britannien mehr als ein Jahr lang bezahlen zu können.«

Sorex legte die Münze in die Hand des Beamten zurück, nickte und deutete dann auf die am nächsten stehende Kiste. Er wartete, bis das schwere Schloss geöffnet war, und scheuchte die umstehenden Soldaten weg, bevor er den Deckel hob und einen Moment in die Truhe blickte.

Julius schnaubte und tauschte einen amüsierten Blick mit seinem Tribun. »Da hat der gute Mann aber eine große Versuchung vor sich stehen.«

»Das bezweifle ich.« Marcus und Julius wandten sich um und sahen Präfekt Castus, der lautlos herangetreten war und sich neben den Ersten Speer gestellt hatte. »Der Vater unseres Tribuns ist ein überaus reicher Mann. Ich bezweifle, dass der Anblick so vielen Goldes eine Regung in ihm auslöst, wo die Besitztümer seines Vaters in Rom wohl leicht zwei- oder gar dreimal so wertvoll sind. Er wird aber dafür sorgen, dass die Kisten peinlich genau überwacht werden, indem er auch die Wachen von weiteren Wachen überprüfen lassen wird.«

Marcus runzelte die Stirn, als er sah, wie der Tribun zur nächsten Kiste ging und dem Prokurator mit der Hand bedeutete, sie für die Inspektion zu öffnen. »Wozu das viele Gold, Feldpräfekt? Warum transportiert man eine derart große Ladung Gold in nur einer Fracht übers Meer und riskiert dabei, im Falle eines Sturms alles zu verlieren?«

Castus zuckte die Achseln. »Informationen dieser Art werden mir nicht mitgeteilt, was mich eher erleichtert. Meine Aufgabe besteht lediglich darin sicherzustellen, dass es heil in Eburacum ankommt und nichts davon fehlt. Dort werde ich es fein säuberlich in der Schatzkammer neben dem Fahnenheiligtum unterbringen und beten, dass der leere Platz in der Aedes, wo eigentlich der Adler stehen sollte, wieder gefüllt wird, bevor das Imperium irgendwann die Geduld mit der Sechsten verliert.«

Er starrte in den Nebel hinaus und deutete mit dem Kopf auf einen schwarzen Fleck, der langsam die Gestalt eines weiteren Wasserfahrzeugs annahm. Langsam kroch es in den Hafen und nahm den Platz des nunmehr im Dunkel verschwundenen Kriegsschiffes ein.

»Hier kommt noch eines von euren Booten. Ich sollte besser gehen und das Gold fortschaffen, bevor Fulvius Sorex bei dem Gedanken nervös wird, eure Soldaten könnten nach seiner kostbaren Fracht geifern. Er zappelt schon jetzt herum wie ein Quartiermeister, der eine Zenturie frischer Rekruten auszustatten hat.«

Als die Soldaten der Fünften Tungrischen Zenturie von Bord gingen, taten sie dies mit zutiefst erleichterten Mienen. Nachdem sie eine Woche lang an den Küsten von Germanien, Gallien und Britannien entlanggeschaukelt waren, waren sie froh, ihre Stiefel auf festen Grund setzen zu dürfen. Ein paar abgekämpft aussehende Männer gingen sogar in die Knie, um die Holzplanken des Kais zu küssen, andere wiederum griffen nach ihren Glücksbringern oder murmelten Dankgebete, weil sie wieder auf sicherem Boden standen. Ihr Optio Quintus, der in der Abwesenheit von Marcus für die Zenturie verantwortlich war, befahl den Soldaten, in ihrer üblichen Marschformation neben den anderen Zenturien der Kohorte zur Parade aufzuziehen, und inspizierte die Ausstattung jedes Einzelnen, um sicherzugehen, dass keiner von ihnen vor Erleichterung, endlich an Land zu kommen, seine Sachen an Bord gelassen hatte. Als er feststellte, dass es einem der jüngeren Soldaten gelungen war, sowohl seinen

Dolch als auch den eisernen Lanzenschuh seines Speers zu verlieren, erhob er die Stimme zu einer Schimpftirade, worauf der Soldat beschämt den Landungssteg wieder hinaufeilte, in der Hoffnung, dass er seine Ausrüstungsgegenstände den gierigen Händen der Schiffsbesatzung entreißen konnte.

Der Standartenträger der Zenturie, ein gedrungener Mann mit wettergegerbtem, faltigem Gesicht, betrachtete ihn mit amüsiertem Blick. Dann lachte er und flüsterte einem der Männer hinter ihm zu: »Schon wieder einer, damit sind es vier. Noch einer, dann gewinne ich die Wette.«

Der hinter ihm stehende Veteran schüttelte grinsend den Kopf und sah zum Hafendamm hinunter, von wo eine Gestalt auf sie zukam. »Das bezweifle ich, Morban. Ich glaube, die Zeit ist bereits abgelaufen, alter Freund.«

Der Standartenträger schüttelte missmutig den Kopf und salutierte niedergeschlagen, als sein Zenturio vor ihm stehen blieb und Quintus' Salut entgegennahm, um damit das Kommando über die Fünfte offiziell wieder zu übernehmen.

»Oh ja, da steht er und sieht so frisch aus wie jemand, der die ganze Nacht durchgeschlafen hat. Es ist immer das Gleiche: Wir schlingern in einem lecken Kotzkübel über die See, während die vom Schicksal Begünstigten sich auf einem Kriegsschiff vergnügen können, das schnell wie ein Jagdhund übers Wasser flitzt. Wahrscheinlich sind sie schon vor Stunden angekommen und hatten Zeit für ein paar Becher Wein, während sie auf unser Einlaufen warteten.«

Marcus ignorierte die üblichen Unmutsbezeugungen seines Standartenträgers und blickte aufmerksam über die Reihen der Zenturie, um herauszufinden, in welchem physischen Zustand sich seine Soldaten nach einer Woche auf See befanden. Insgesamt erschienen ihm die Gesichter aber wesentlich heiterer, als er erwartet hatte. Er drehte sich zu dem nörgelnden Veteranen zurück, streckte die Hand nach der Standarte der Zenturie aus und lächelte grimmig, als er sah, wie ungern Morban sie ihm aushändigte.

»Dann war die Seeluft also nicht nur deiner *Laune* abträglich, Standartenträger?«

Der stämmige Soldat blickte verständnislos zu seinem Offizier auf und runzelte die Stirn. »Zenturio?«

Marcus senkte die Standarte, bis die von einem Lorbeerkranz umgebene Metallhand sich wenige Zentimeter vor Morbans Nase befand. »Sofern meine Augen mich nicht täuschen, Standartenträger, weist das einst makellose Symbol des Stolzes unserer Zenturie Rostspuren auf. Daher würde ich vorschlagen, du bringst es vor der nächsten Parade auf Hochglanz, sonst wirst du meine Enttäuschung nicht nur verbal, sondern auch über eine lange Zeit zu spüren bekommen.« Er drehte sich zu den Reihen seiner Soldaten zurück und erhob die Stimme, um von allen gehört zu werden. »Wie viele von euch haben auf der Fahrt unter Seekrankheit gelitten? Jeder, der es geschafft haben sollte, nicht den gesamten Weg von Germanien seinen Mageninhalt über die Reling zu spucken, möge die Hand heben.«

Etwa dreißig Hände schossen in die Luft, worauf der junge Zenturio sich lächelnd zu Morban zurückdrehte.

»Hattest du nicht Wetten darüber abgeschlossen, wie viele Männer seekrank werden würden, Morban? Waren es vierzig?«

Aus der vordersten Reihe erklang eine kratzige Stimme, die Sanga gehörte, einem von Marcus' getreuesten Anhängern. »Fünfundvierzig, Zenturio.«

»So, so. Na dann …« Marcus zog theatralisch seine Schreibtafel heraus und überprüfte die Zahlen darauf. Dann ergriff er erneut das Wort. »Wenn wir also achtundsechzig Männer in der Zenturie haben, von denen es fast der Hälfte gelungen ist, ihren Mageninhalt bei sich zu behalten ...« Mit ironisch mitleidiger Miene schüttelte Marcus den Kopf und wandte sich wieder an Morban. »Du hast ein hervorragendes Gedächtnis, was Wettquoten anbelangt, Standartenträger. Zweifellos erinnerst du dich an die Überfahrt nach Germanien im letzten Jahr, als wir die ganze Zeit gnadenlos von den Wogen hin und her geworfen wurden. Wenn ich mich recht entsinne, hat damals keiner von uns die Reise ohne Erbrechen überstanden, ich eingeschlossen. Ganz anders als diese Fahrt, wo wir kaum vom Wellengang beeinträchtigt wurden. Welche Quoten hast du uns diesmal angeboten?«

»Eins pro Mann oberhalb oder unterhalb der gewetteten Anzahl, Zenturio«, rief Sanga.

Marcus lächelte, als er seine Vermutung bestätigt hörte. »Ich verstehe. Eine rostige Standarte und ein wesentlich leichterer Geldbeutel, als du erhofft hattest. Ist das Leben nicht ein Jammer?« Er beugte sich dichter zu Morban und murmelte ihm leise und mit harter Stimme ins Ohr: »Polier die Standarte, Morban. Reib sie blank, auch wenn du das Metall dabei fast abschaben musst. Mach sie so glänzend, als wäre sie aus massivem Gold, das gerade aus der Werkstatt eines Goldschmieds gekommen ist. Falls nicht, wirst du einem anderen dabei zusehen müssen, wie er die Standarte trägt, und er wird auch deinen Status eines Immunis übernehmen. Du dagegen wirst dann eine aufregende neue Laufbahn bei der Abfallentsorgung antreten. Ja, Standartenträger, dir droht Latrinenputzen, sollte ich bei meiner nächsten Inspektion das erhabene Symbol des Stolzes meiner Zenturie nicht in einwandfreiem Zustand vorfinden.«

Er wandte sich wieder zu den Truppen um und beobachtete, wie seine Offiziersbrüder gemeinsam mit ihren Optios die Soldaten in Reih und Glied scheuchten. Julius' Trompeter blies das Hornsignal, das der Kohorte befahl stillzustehen. Es wurde sofort von den Signalgebern jeder Zenturie wiederholt, und Tribun Scaurus trat langsam, aber entschlossen vor seine Soldaten, hielt ein Dutzend Schritte vor den Reihen an und betrachtete die abgekämpften Gesichter. Unterdessen schoss der Soldat, der seine Ausrüstung einsammeln musste, die Laufplanke vom Schiff herunter und machte ein entsetztes Gesicht, als er Quintus die Stirn runzeln sah. Dann rannte er eilig an seinen Platz innerhalb der Zenturie, gerade als der Tribun einatmete und seine Rede begann. Tribun Sorex und Feldpräfekt Castus standen etwas abseits, und Marcus bemerkte vier weitere Männer hinter ihnen, die allesamt schwarze Umhänge über ihren dicken braunen Tuniken trugen.

»Soldaten der Ersten Tungrischen Kohorte! Seit ich die Ehre habe, als euer Anführer zu dienen, haben wir Dinge vollbracht, die ich noch vor zwei Jahren für unwahrscheinlich, vielleicht sogar für unmöglich gehalten hätte! Wir haben ein halbes Dutzend Mal auf dem Schlachtfeld den Stämmen gegenübergestanden, die den Norden dieser Provinz bewohnen! In Niedergermanien haben wir dem Banditenführer Obduro das Handwerk gelegt, und in Dakien haben wir nicht nur erfolgreich die Provinz verteidigt, sondern dem Verräter Gerwulf auch genug Gold abgenommen, um jeden Soldaten einer ganzen Legion drei Jahre lang zu besolden!« Er verstummte kurz und blickte mit stolzem

Lächeln über seine siebenhundert Soldaten. »Männer, jedes Mal, wenn andere Soldaten unter dem Druck widriger Umstände zusammengebrochen wären, hat es nicht ein Einziger von euch daran fehlen lassen, dem Kaiser, eurer Kohorte und euch gegenseitig treu zu bleiben!« Er legte eine weitere Pause ein und ließ seinen Blick über die schweigenden Reihen gleiten. »Soldaten der Ersten Tungrischen Kohorte, für diese Gefolgstreue entrichte ich euch meinen Salut.«

Er straffte die Schultern, salutierte in sämtliche Richtungen, und Marcus vernahm ein heiseres Flüstern, das jedoch laut genug war, um die Worte zu verstehen.

»Oh Mann, das hört sich nicht gut an. Welche Quote kannst du mir für die Behauptung anbieten, dass wir direkt wieder in irgendeine Scheißsituation entsandt werden? Wie sieht's aus, Morban?«

Eine Sekunde später hörte Marcus das laute Geräusch von Messing auf Eisen, als Quintus aus der Zenturie heraustrat und das glänzende, mit Messing eingefasste Ende seines sechs Fuß langen Stabs, der ihn als Optio auszeichnete, hart auf Sangas Helm schlug. In der gesamten Kohorte wandten hartgesottene Unteroffiziere ähnliche Strafmaßnahmen an, immer dort, wo das Erstaunen über die Geste des Tribuns die Soldaten ihre Disziplin hatte vergessen lassen.

Scaurus betrachtete seine Leute derweil mit einem vielsagenden Lächeln. »Tungrer, ich habe euch Neuigkeiten zu berichten!«

Unvermittelt verstummte der ganze Exerzierplatz, und das übliche Herumzappeln und Flüstern verwandelte sich in völlige Stille.

Der Tribun wartete einen Augenblick, als müsse er seine Worte gut abwägen. Dann lächelte er in die Gesichter der

Soldaten, die es kaum erwarten konnten, ihn weitersprechen zu hören. »Zweifellos seid ihr alle begierig darauf, in die Kaserne von Kastell Verovicium zu kommen – was zu gegebener Zeit auch geschehen wird. Zunächst aber werden wir zu einem anderen Kastell ziehen, das ein wenig weiter entfernt liegt.« Er wartete einen Augenblick, und alle hielten den Atem an. »Wir marschieren nach Norden und werden auf dem Wall Posten beziehen, der von Antoninus Pius errichtet wurde!«

Sogleich wurde die Stille von geflüsterten Kommentaren und Verwünschungen Hunderter Männer unterbrochen, die die Tragweite dieser Neuigkeit erst einmal verdauen mussten. Scaurus blickte sich mit demselben ungerührten Lächeln um, während seine Zenturionen finstere Mienen aufgesetzt hatten und manch einer zur Strafe seinen Rebstock auf die Hände oder Knie eines Soldaten niedergehen ließ. Erneut breitete sich Schweigen aus. Die Gesichter der Frontreihe ließen Empörung, Enttäuschung und in manchen Fällen sogar unverhüllte Angst erkennen.

»Mir ist klar, dass euch diese Neuigkeit kaum erfreuen wird, Männer, das war offensichtlich. Dennoch werden wir unsere Pflicht erfüllen, wie es uns befohlen wurde!« Er trat zurück und nickte Julius zu.

Der Erste Speer näherte sich, bis er nur wenige Meter vor den grimmigen Gesichtern der vordersten Reihe der Kohorte stand. »Wie der Tribun schon sagte, werden wir unsere Anweisungen befolgen und unsere Pflicht erfüllen! Sollte also einer von euch Mösenjägern mit dem Gedanken spielen, nach Einbruch der Dunkelheit stiften zu gehen, wo ihr den Freuden eurer Heimat gerade so nahe seid, überlegt es euch lieber gut! Erstens sind die örtlichen Gegebenheiten zur Unzucht auf ein paar besorgt aussehende Rindviecher beschränkt...« Julius legte eine Pause ein, um den Effekt seiner Worte zu vergrößern. »Und nein, das nächstgelegene Bordell liegt zu weit entfernt, als dass ihr auf einem Ochsen dorthin reiten könntet. Zweitens: Sollte morgen früh beim Appell irgendjemand fehlen, wird er nicht nur sofort exekutiert, sobald er eingefangen wurde, sondern ich lasse auch die Rücken seiner Zeltkameraden zu Hackfleisch peitschen.« Er wartete erneut und lächelte die Soldaten an, die vor ihm in Reih und Glied standen. »Nur damit das klar ist: Falls eine ganze Zeltmannschaft beschließen sollte, sich gemeinsam vom Acker zu machen, werde ich den Rest ihrer Zenturie bestrafen lassen, also spart euch eure schlauen Ideen. Zenturionen, bringt eure Zenturien in das Durchgangslager und schickt eure Leute dann in numerischer Reihenfolge zu den Lagerräumen, damit sie sich ihre Rationen und fehlende Ausrüstungsteile besorgen können. Beginnt mit der Zehnten Zenturie bis runter zur Ersten. Morgen früh bei Tagesanbruch marschieren wir nach Norden.«

»Was wir über den Verbleib des Adlers der Sechsten Legion wissen, basiert auf sehr wenigen gesicherten Informationen. Ehrlich gesagt handelt es sich dabei mehr um Vermutungen, als mir lieb ist. Ich sage das jetzt, wo Fulvius Sorex mit seiner optimistischen Sichtweise nicht unter uns weilt. Denn falls es jemanden gibt, der zu höheren Ämtern berufen ist...«

Feldpräfekt Castus lehnte sich vor und deutete mit dem Finger auf eine Landkarte, die er zwischen sich und Scaurus auf dem Tisch ausgebreitet hatte. Julius und Marcus betrachteten sie konzentriert. Tribun Sorex war weiter nach Westen geritten, sobald der Tribun der tungrischen

Kohorte den Auftrag für die Mission akzeptiert hatte, und hatte es seinem Kollegen überlassen, die Informationen weiterzugeben, die sie zum Verbleib des Feldzeichens der Sechsten Legion gesammelt hatten. An der hinteren Wand des Raumes lehnten die vier Männer mit schwarzen Umhängen, die Marcus auf dem Exerziergelände hinter sich hatte stehen sehen. Marcus versuchte, ihre Gesichter zu deuten, vermochte darin jedoch lediglich Langeweile zu entdecken.

»*Hier* wird meines Erachtens der Adler zu finden sein. In Anbetracht der Örtlichkeit dürfte seine Rückeroberung jedoch kein einfaches Unterfangen werden.«

Die tungrischen Offiziere neigten sich über die Landkarte, um genau zu sehen, wohin er zeigte.

Scaurus sog zischend den Atem ein, warf Castus einen grimmigen Blick zu und beugte sich dann mit zusammengekniffenen Augen wieder über die Karte. »Götter der Unterwelt! Hätte ich gewusst, wohin du uns entsenden willst, hätte ich deinen Auftrag wohl weniger beflissen angenommen, Artorius Castus!« Er wandte sich an seinen Ersten Speer und schüttelte den Kopf. »Wie gefällt dir das, Julius? Der verlorene Adler scheint sein Nachtquartier einen Tagesmarsch nördlich des Antoninuswalls aufgeschlagen zu haben, so tief im Gebiet der Venicones, dass wir es mit mehr tätowierten Wahnsinnigen zu tun bekommen werden, als uns lieb sein dürfte. Ganz zu schweigen von der Tatsache, dass ein paar von ihnen sich womöglich noch gut an den Tag erinnern, als wir den Vorposten Brocavum mit den Leichen ihrer Stammesgenossen gepflastert haben.«

Der tungrische Erste Speer blickte angewidert auf die Karte hinunter. »Können wir auf Unterstützung von den Legionen hoffen, die am Wall stationiert sind?«

Castus schüttelte bedauernd den Kopf. »Um es offen zu sagen, Erster Speer, glaube ich das nicht. Die Befehlshaber der Legionseinheiten haben klargemacht, dass jeder, der seine Stellung ohne eindeutige Anweisung verlässt, seines Rangs enthoben wird, wobei der Statusverlust wahrscheinlich das kleinste seiner Probleme wäre. Keiner von ihnen wird kampfbereite Soldaten entsenden, und mehr als kleine Gruppen beim Feuerholzsammeln werdet ihr kaum zu sehen bekommen.« Castus zuckte die Achseln und setzte eine entschuldigende Miene auf. »Tut mir wirklich leid, aber so ist es. Es hat keinen Sinn, die trüben Tatsachen beschönigen zu wollen.«

Marcus räusperte sich und trat vor, worauf sich die Blicke der Männer um den Tisch neugierig auf ihn richteten. »Dennoch habt ihr uns doch sicher irgendwelche Hilfe anzubieten, Präfekt? Warum sonst würden diese Männer hinter euch stehen und den Vorbereitungen zu einer Mission beiwohnen, die so heimlich wie möglich geplant werden soll?«

Castus nickte und musste offensichtlich ein Lächeln unterdrücken. »Alles zu seiner Zeit, Zenturio. Erst einmal müsst ihr euch darüber klar werden, worauf ihr euch eingelassen habt.« Er strich mit der Hand über das Gelände, welches das angenommene Versteck des Adlers umgab. »Der Antoninuswall wurde an zwei Meeresarmen errichtet – der Mündung des Clota im Westen und dem Bodotria, dem Trüben Fluss, im Osten. Nach Norden ist das Gelände größtenteils offen, doch ein Höhenzug verläuft vom Wall nach Nordosten. Dort, glauben wir, wurde der Adler hingebracht. Das Gebirge wird vom Flusstal des Trüben Flusses durchschnitten, und wo die Berge nördlich des Flusses wieder höher aufragen, erhebt sich ein steiler Gipfel. Dort haben die Venicones eine Festung erbaut, die so stark befestigt und so schwer zu erklimmen ist, dass sie von unseren Heeren noch nie angegriffen wurde – nicht einmal in den ruhmreichen Tagen, als Gnaeus Julius Agricola kurzzeitig den Norden erobern konnte. Er war jedoch weise genug, ein paar Kohorten vor der Festung zu stationieren, damit niemand hineingelangen oder sie verlassen konnte. Zu guter Letzt taumelten die Stammesmänner halb verhungert heraus, worauf der dortige Kommandeur die Tore der Festung entfernen und ein paar schöne große Löcher in die Mauern reißen ließ, um sie unhaltbar zu machen. Solange der Wall noch bemannt war, stand sie unter ständiger Beobachtung, doch als wir uns vor zwanzig Jahren zum südlichen Wall zurückgezogen und die Stämme ihrem eigenen Schicksal überlassen haben, wurde sie von den Venicones sofort wieder aufgebaut.« Er betrachtete die versammelten Offiziere mit einem ironischen Lächeln und zeigte auf die Stelle der Karte, wo die Festung der Venicones lag. »Stellt euch vor: eine Festung aus Stein auf einem fünfhundert Fuß hohen Hügel, dessen südlicher Abhang so steil abfällt, dass ein Mann in Rüstung ihn nur schwer hinaufklettern könnte, auch ohne dass man ihn mit Felsen bewirft oder mit Pfeilen beschießt. Sie thront über dem Tal des Trüben Flusses wie ein Zahn, der dem Gipfel entwachsen ist, weshalb die Venicones sie seit Langem ›Der Hauer‹ nennen, um ihre Feinde einzuschüchtern. Ein Stammeskrieger, den wir vor vierzehn Tagen gefangen nahmen, spuckte schließlich die Information aus, unser guter alter Freund Calgus habe dort sein Quartier aufgeschlagen und den Adler der Sechsten Legion mit dorthin genommen. Auf irgendeine hinterlistige Weise sei es ihm gelungen, einen neuen König einzusetzen, der ihm aus Dankbarkeit für diesen Dienst wohlgesinnt ist. Anstelle also gestorben zu sein, wo ihr ihn liegen gelassen habt, um seine Knochen von den Wölfen fortgetragen zu sehen, agiert eben der Stammesführer, der die blutige Rebellion damals angezettelt hat, nun als einflussreicher Hintermann beim gefährlichsten aller nördlichen Stämme. Ich brauche euch ja wohl kaum daran zu erinnern, dass die Venicones nicht vollständig besiegt werden konnten. Im Gegensatz zu den Damnonii und den Selgovae konnten sie einen Großteil ihrer Kampfesstärke aufrechterhalten und sind eine ebenso große Bedrohung wie eh und je. Damit ist eure Aufgabe relativ einfach zusammenzufassen: Ihr müsst zunächst das Flusstal des Bodotria durchqueren – ein von der Kartografie nicht erfasster Morast mit Sümpfen und Schlammlöchern, die einen Mann samt seiner Ausrüstung in Sekundenschnelle verschlingen. Danach müsst ihr heimlich oder offen in Den Hauer eindringen, den Adler zurückholen und, falls möglich, Calgus bei dieser Gelegenheit endgültig zur Strecke bringen. Solange der Kopf dieses Mannes nicht den Tisch des Legaten in Eburacum ziert, wird er nicht aufhören, uns zu behelligen.«

Scaurus wandte sich an seine Zenturionen. »Nun, ihr habt gehört, welche Optionen zur Wahl stehen. Möchtet ihr die Mission offen oder in aller Heimlichkeit angehen?«

Julius tauschte einen Blick mit Marcus, bevor er antwortete. »Bei einem offenen Angriff werden die Venicones über uns hereinbrechen wie ein Hammer auf ein Gelege mit Eiern. Letztes Mal sind wir ihrem Zorn nur entkommen, weil die Götter uns einen Sturm sandten, sodass der Fluss zwischen uns nicht zu durchqueren war. In Anbetracht der

Tatsache, wie viele ihrer Krieger wir an jenem Tag getötet haben, bin ich ziemlich sicher, dass sie sich gut an die Machart unserer Schilde erinnern werden. Daher wird schon der Anblick unserer Stiefelabdrücke auf dem Torfboden des Stammesgebiets ausreichen, dass sie uns in großer Zahl entgegentreten. Wenn wir aber einen Spähtrupp aussenden, der sich ohne Verstärkung in die Festung einschleichen soll, wird dieser, sofern die Streitmacht der Venicones um die Festung herum versammelt ist, höchstwahrscheinlich entdeckt und gefangen genommen, bevor er zum Wall zurückkehren kann. Daher müssen wir einen Weg finden, die Stammeskrieger aus Dem Hauer wegzulocken, sodass bei einer geheimen Mission zumindest die Chance besteht, den Adler zu finden und sich damit herauskämpfen zu können. Gestattest du mir, die Sache eine Weile zu bedenken und mich mit meinen Zenturionen zu beraten?«

Scaurus nickte und wandte sich wieder an den Feldpräfekten. »Und nun, Castus Artorius, wäre es vielleicht an der Zeit, dass ihr uns die stummen Mördergesellen vorstellt, die hinter euch lauern?«

Castus runzelte die Stirn und verzog konsterniert das Gesicht. »Mördergesellen, Tribun? Wer sagt dir, dass sie das sind?«

Der jüngere Mann schenkte ihm ein ironisches Lächeln und schüttelte amüsiert den Kopf. »Niemand. Und das muss auch niemand sagen, denn ich kann mich noch gut an vor zehn Jahre während der Germanenkriege erinnern. Damals hattest du eine ähnlich undefinierbare Truppe um dich: Männer, die sich stets im Hintergrund hielten und den Soldaten das Posieren überließen, während sie heimlich, still und leise ihren unangenehmen, aber notwendigen Aufgaben nachgingen. Sag mir also, Präfekt: Welche besonderen Talente hast du diesmal zusammengetragen, um die Drecksarbeit für dich zu erledigen?«

Der Präfekt zeigte auf den Größten der vier. »Ihr Anführer Drest kann dir besser erklären, wozu seine Männer imstande sind. Er ist ein seltenes Gut – ein Thraker mit Geduld und Scharfsinn, weshalb ich gelernt habe, seinem Urteil stets zu vertrauen. Nachdem meine müden alten Füße dringend ein heißes Bad benötigen, werde ich mich nun verabschieden. Drest?« Er ging hinaus, schloss die Tür hinter sich und ließ die beiden Gruppen allein, die sich misstrauisch beäugten.

Schließlich trat der Angesprochene vor, verbeugte sich knapp und deutete auf seine Kameraden. »Tribun und Zenturionen, gestattet mir, dass ich euch meine Kollegen vorstelle.« Seine Stimme klang sanft, doch als Marcus ihm in die Augen sah, traf er auf einen harten und unnachgiebigen Blick. »Diese beiden jungen Männer sind Ram und Radu. Sie sind Zwillinge, die in den Ebenen von Pannonien herangewachsen sind und einem Schwert huldigen …«

»Sie beten ein Schwert an? Dann sind sie *Sarmaten*?«

Julius sagte dies mit eiskaltem Ton, doch Drest behielt seinen ungerührten Gesichtsausdruck bei und antwortete ihm mit ruhiger Stimme.

»Sie *waren* Sarmaten, Erster Speer, bevor ihr Stamm, die Jazygen, sich gegen Rom auflehnte, worauf sie gefangen genommen und versklavt wurden. Präfekt Castus sah sie auf einem Sklavenmarkt, und auf mein Anraten überbot er ein Dutzend weiterer Interessenten.«

»Auf *dein* Anraten?«

Drest wandte sich an Marcus zurück. »In der Tat, Zenturio. Ich erfülle die angenehme Pflicht, Präfekt Castus zu dienen, und stelle ihm meine Erfahrung zur Verfügung, wann immer er Männer sucht, die über besondere, seltene Fähigkeiten gebieten. Männer, an die er seine Verantwortung gegenüber dem Kaiserreich delegieren kann. Nachdem du mich fragend anblickst, kann ich dir sagen, dass ich in diesem spezifischen Fall der Ansicht war, die Herkunft der Männer ließe auf ein besonderes Talent im Umgang mit Klingen schließen. Ihr Stamm ist berühmt für seine Speer- und Schwertkünste, und meine Erwartungen haben sich als wohlbegründet erwiesen.« Er musterte den Römer mit neugierigem Blick. »Und nachdem wir gerade von Waffenkünsten sprechen: Ich habe gehört, dass auch du, Zenturio, einen sehr guten Ruf im Umgang mit Schwertern besitzt. Deine Männer nennen dich ›Zwei-Klingen‹, in Anlehnung an die Dimachaeri, eine Gladiatorengattung, die mit zwei Dolchen oder Schwertern kämpft?«

Der junge Römer lächelte kühl. »Du hörst eine Menge, wie es scheint. Ist das die besondere Fähigkeit, die dich in den Dienst des Präfekten gebracht hat?«

Das Lächeln, das ihm der Anführer der Gruppe schenkte, war ebenso unverbindlich, und er war offensichtlich gänzlich ungerührt in Anbetracht des Rangs der Soldaten, die vor ihm standen. »Die Fähigkeit, gut zuhören zu können, ist tatsächlich eines der Talente, mit denen ich meinem Herrn dienlich bin, Zenturio. Was aber Ram und Radu anbelangt, würde ich vorschlagen, du trainierst bei passender Gelegenheit einmal mit ihnen, dann kannst du dir selbst ein Bild von ihren Fertigkeiten machen. Ich persönlich finde ihre Schnelligkeit geradezu atemberaubend, insbesondere, wenn sie auf Gegner stoßen, die sie an ihre Grenzen zu bringen imstande sind. Womöglich bist *du* ausreichend versiert, um das Beste aus ihnen herauszukitzeln?«

Julius schnaubte leise hinter vorgehaltener Hand, und Marcus lächelte erneut, wobei er aufrichtig amüsiert die Augenbrauen hochzog.

»Und schon sind wir auf ein weiteres deiner Talente gestoßen, weswegen der Präfekt dich in seinen Dienst genommen hat, nicht wahr? Die Fähigkeit, die Verteidigungskünste eines Mannes auf die Probe zu stellen, ohne dabei etwas anderes als Worte zu gebrauchen. Indem du an seinen Stolz appellierst und so eine Schwäche zutage förderst.«

Drest verbeugte sich und schien ebenso amüsiert. »Wie ich sehe, habe ich in dir einen Ebenbürtigen gefunden, Zenturio.«

Marcus schüttelte den Kopf. »Ich bezweifle, dass du es wirklich ernsthaft versucht hast. Wenn das Anstacheln des Stolzes nicht die erwünschten Resultate bringt, gehst du wohl dazu über, das Selbstwertgefühl eures Gegenübers zu streicheln?«

Der Thraker gab auf und hob die Hände. »Genug Geplänkel! Ich werde meine verbalen Fertigkeiten lieber zu einem späteren Zeitpunkt anwenden, wenn ich in Erfahrung gebracht habe, welche davon die erfolgversprechendste ist. Nach meiner Erfahrung gibt es keinen, der seinen Charakter lange vor mir verbergen kann – vorausgesetzt, ich finde das richtige Werkzeug, um ihn zu öffnen. Apropos Werkzeug: Lasst mich nun das letzte Mitglied unserer kleinen, doch effizienten Truppe vorstellen. Dies hier ist Tarion, ein Illyrer aus Virunum in der Provinz Noricum.«

Er winkte den letzten Mann heran, und als Tarion sich mit ausdrucksloser Miene vor den Offizieren verbeugte, schüttelte Julius verwirrt den Kopf und deutete auf den Dolch, der an dessen Hüftgürtel hing.

»Ich sehe kein Schwert an seinem Gürtel, nur diesen Zahnstocher. Wie soll er kämpfen, wenn er noch nicht einmal eine ordentliche Waffe besitzt?«

Drest nickte seinem Kollegen zu, der sogleich die Hand unter seine Tunika schob und sie wieder herauszog. Dabei spreizte er die Finger, als würde er einen Zaubertrick vorführen. Ein schmaler Silberstreifen polierten Eisens schoss zwischen Marcus und Julius durch den Raum und landete in der Holzwand hinter ihnen.

»Wärst du so freundlich zu überprüfen, wo die Klinge eingeschlagen ist, Zenturio?«

Marcus lächelte angesichts des Kommandotons in Drests Stimme und starrte ihn einen Augenblick an, um klarzumachen, dass er auch diesen verbalen Kunstgriff bemerkt hatte. Dann drehte er sich um und musterte eingängig die Stelle, wo die Klinge aus dem Holz hervorragte. Die Spitze des schmalen Messers, das noch immer vom Aufschlag bebte, hatte einen kleinen Knorren der dicken Holzplanke sauber durchtrennt.

»Tarion kann seine Klinge so genau werfen, dass er ein Ziel von der Größe eines menschlichen Auges trifft – und der ›Zahnstocher‹, den er am Gürtel trägt, ist auf kurze Distanz eine der tödlichsten Waffen, die ich je gesehen habe. Während ein Schwertträger sich noch abmühen muss, seine Waffe schlagbereit zu machen, ist Tarion bereits herangetreten, hat ihm den Hals durchtrennt und ist auf dem Weg zu seinem nächsten Opfer. Dennoch kann ich euch versichern, dass er nicht aufgrund seiner Fertigkeit mit Messern ausgesucht wurde, denn diese haben wir erst später entdeckt, nachdem wir ihn dem Magistrat in Virunum abgekauft hatten.«

Julius' Gesicht verdunkelte sich missbilligend. »Dann war er ein Bandit?«

Drest zuckte die Achseln. »Der Begriff ›Dieb‹ wäre in diesem Fall angebrachter. Tarion stand vor Gericht, weil er dabei erwischt wurde, wie er die Hand auf den Geldbeutel eines Mannes gelegt hatte. Sein Verbrechen wurde noch dadurch verschlimmert, dass er den dümmsten Fehler beging, den ein Mann in seinem Berufszweig machen kann: Als man mit Fingern auf ihn zeigte, rannte er nicht schnell genug davon.«

»Dann ist er also nicht nur ein Dieb, sondern sogar ein schlechter? Wozu sollten wir einen unredlichen Stümper brauchen können?«

Drest quittierte Julius' höhnischen Kommentar mit einem Schulterzucken. »Das kann ich schlecht beurteilen, da ich kaum eine Vergleichsbasis habe. Vielleicht möchte Tarion selbst etwas dazu sagen?«

Er gestikulierte zu dem Dieb hinüber, der, wie Marcus vermutete, einen Ausdruck professionellen Gleichmuts aufgesetzt hatte.

»Ich wurde nur geschnappt, weil ich meine eigenen Regeln verletzt und versucht hatte, mehr als ein Opfer am selben Ort zu bestehlen. Es war ein Kaufmann, und sein Geldbeutel war derart schwer, dass es mir nicht angebracht erschien, ihm diesen zu überlassen.« Er zuckte die Achseln. »Genau das war mein Fehler. Er hatte den Beutel mithilfe einer verborgenen Kette doppelt an seinem Gürtel gesichert, da er schon einmal beraubt worden war. Ob ich aber ein fähiger Dieb bin – nun, ich glaube, das kannst du,

Erster Speer, am besten beurteilen. In deiner Gürteltasche habe ich nämlich das hier gefunden, während wir den Raum betraten...« Er streckte eine geballte Hand aus und öffnete die Finger, worauf Julius' Messingpfeife auf der Handfläche zu sehen war.

Dubnus lachte leise hinter dem Rücken seines Kameraden und versuchte vergebens, sein unbezähmbares Vergnügen hinter vorgehaltener Hand zu verbergen. Selbst Marcus musste lächeln, als er das Unbehagen im Gesicht seines Offiziersbruders sah.

»Ich denke, das sollte uns als Beweis reichen: Dein Mann hat definitiv ein gewisses Talent in seinem Metier. Doch was sollte uns das bringen? Was uns bevorsteht, ist heimliches Einschleichen und Ermorden, nicht das Stehlen von Geldbeuteln irgendwelcher Kaufleute.«

Drest trat vor, nahm die Pfeife aus der vorgestreckten Hand seines Kameraden und erklärte: »Tarion ist wesentlich mehr als ein einfacher Dieb, Zenturio. Neben seinen schnellen Fingern verfügt er über lautlose Füße und ein frappierendes Talent im Umgang mit Schlössern. Wenn ich unbemerkt in Den Hauer eindringen wollte, wäre er der Erste, den ich über die Mauer schicken würde.«

Scaurus, der während der Vorstellung die ganze Zeit stumm geblieben war, ergriff das Wort. »Wie du so treffend gesagt hast, reden wir von ›wenn‹. Ganz offensichtlich hofft Artorius Castus, dass wir in dieser Angelegenheit eure Dienste in Anspruch nehmen. Ebenso offensichtlich ist, dass er euch eine Menge Vertrauen entgegenbringt, doch was eure Eignung anbelangt, muss ich sagen, dass ich seine Meinung noch immer nicht teile.« Drest wartete schweigend und mit ungerührter Miene, dass der Tribun weitersprechen möge, während Scaurus mit fragendem Blick seine Kameraden betrachtete. »Wir brauchen in jedem Fall einen Beweis für diese Fertigkeiten.«

Drest warf dem Tribun einen amüsierten Blick zu und zeigte sich von Scaurus' Rang gänzlich unbeeindruckt. »Ich nehme an, du hast eine ziemlich klare Vorstellung davon, wie ein derartiger Beweis aussehen sollte, Tribun?«

Der Römer schenkte ihm ein grimmiges Lächeln. »Die habe ich allerdings. Doch ihr solltet sorgfältig abwägen, ob ihr die Herausforderung annehmt. Ich denke, als Strafe auf das, was mir vorschwebt, steht eine heftige Geißelung, gefolgt vom Gebrauch eines Hammers und von drei großen Nägeln.«

2. Kapitel

Der nächste Morgen war sonnig und klar; der nächtliche Nebel hatte sich bereits in weniger als einer Stunde aufgelöst, als die Tungrer sich für den Marsch nach Norden bereitmachten. Marcus hatte sich den Helm unter den Arm geklemmt und beobachtete, wie die drei Zenturien der Sechsten Legion sich anschickten, die Truhen mit dem Gold von Tribun Sorex zur Festung Eburacum zu eskortieren. Während die Zenturionen letzte Vorbereitungen trafen und die wartenden Soldaten zusammen mit ihren finster dreinblickenden Optios überprüften, verzog sich Marcus' Gesicht zu einem Lächeln, und er nickte ihnen zu.

Feldpräfekt Castus stand neben ihm und betrachtete das Schauspiel mit einem Ausdruck höchster Zufriedenheit. »Gibt es etwas Besseres auf der ganzen Welt als ein paar Zenturien hartgesottener Infanteristen unter dem Kommando von Männern, die auf dem Gipfel ihrer Macht stehen? Ich bin über die Exerzierplätze des gesamten Kaiserreiches geschlendert, vom heißen Sand Syriens bis zum schneebedeckten Eis von Dakien, doch nichts rührt mich mehr als der Anblick tüchtiger Soldaten, die für alles bereit sind, was der Tag ihnen bringen wird.«

Er schwieg einen Moment, und Marcus betrachtete ihn mit verstohlenem Blick. Tatsächlich hatte der ältere Mann feuchte Augen, während er über die geordneten Reihen von Soldaten blickte.

»Dies ist meine letzte Dienststelle, Zenturio, und ich musste alle Hebel in Bewegung setzen, damit ich noch einmal als kämpfender Soldat antreten durfte ... auch wenn ich nur als höherer Offizier angeheuert wurde, um die Versorgung und Besoldung der Legion zu überwachen. Nimm dir ein Beispiel an mir, Zenturio, und lerne daraus: Von einem Moment auf den anderen klammert man sich an das bittere Ende seiner Laufbahn und fragt sich, wo all die Jahre geblieben sind. Mach das Beste aus jedem Tag, den du unter dem Adler dienen darfst.« Er lachte und schüttelte den Kopf, um seinen Anfall von Melancholie zu verscheuchen. »Nun, zumindest Prokurator Avus sollte froh sein, dass seine kostbare Fracht ihre Reise mit angemessenem Schutz antreten wird. Zweifellos erwartet die ein oder andere bedeutende Person einen ausführlichen Bericht über die Zustände, die er hier angetroffen hat ...«

Marcus folgte seinem Blick und sah, dass der kaiserliche Amtsträger nur ein kleines Stück von ihnen entfernt stand und zufrieden die aufgereihten Soldaten betrachtete. Als er sich umdrehte, erblickte er weiter hinten seine Frau Felicia mit ihrer Assistentin Annia – eine Insel der Weiblichkeit in einem Meer schwer bewaffneter Soldaten. Der junge Zenturio beobachtete sehnsüchtig, wie seine Frau ihren kleinen Sohn der mittlerweile hochschwangeren Annia hochreichte, die bereits im Reisewagen saß, der ihnen auf Castus' Anordnung zur Verfügung gestellt worden war. Der Feldpräfekt hatte bereitwillig zugestimmt, Marcus' Frau, den kleinen Appius sowie die Assistentin der Medica nach Eburacum, dem Legionskastell der Sechsten, mitzunehmen. Damit waren sie Teil des gut geschützten Wagenkonvois, der das Gold von Tribun Sorex zu der unterirdischen Schatzkammer hinter den dicken Steinwänden der Legionsfestung bringen sollte. Der letzte Mitreisende der kleinen Gruppe auf dem Wagen war Lupus, der Enkel des Standartenträgers, dessen wütende Proteste darüber, dass er die Frauen begleiten sollte, auf taube Ohren gestoßen waren. Nachdem sein erster Ärger verraucht und er in ein tränenreiches Schweigen verfallen war, hatte Marcus ihn zur Seite genommen, war neben ihm in die Hocke gegangen und hatte dem Kind in die vorwurfsvollen Augen geblickt.

»Man bekommt nicht immer alles, was man will, junger Mann, und das ist auch gut so. Wie sollte man seine Erfolge wertschätzen können, wenn man nicht hin und wieder eine Enttäuschung erleben muss? Heute wirst du mit Felicia und Annia fahren, da beißt die Maus keinen Faden ab.«

Lupus hatte den Kopf geschüttelt und eine bockige Antwort gegeben, obwohl er genau wusste, dass Widerspruch sinnlos war, wenn der Zenturio seinen Willen unmissverständlich äußerte.

»Aber letztes Mal, als du in den Kampf gezogen bist, durfte ich mitkommen.«

Marcus hatte kopfnickend gelächelt. »Ja, und wir hatten Glück, dass du bei der Unternehmung nicht dein Leben verloren hast. Diesmal musst du mit den Frauen reisen. Nicht zuletzt, weil ich mich wohler fühle, wenn zumindest einer von uns beiden in ihrer Nähe bleibt.«

Der Junge hatte bei diesen Worten die Augen aufgerissen und feierlich genickt. Dann hatte er zum größten Vergnügen der Soldaten die Hand auf den Griff seines Schwerts gelegt, das an seinem Gürtel hing.

Als der Präfekt sah, wohin Marcus so aufmerksam blickte, stieß er ihm den Ellbogen in die Seite und nickte in Richtung der Frauen. »Mach dir keine Sorgen, Zenturio. Ich werde dafür sorgen, dass die Soldaten sie nicht belästigen. In der Tat wird es mir eine Freude sein, zwei so hübsche Damen an einen sicheren Ort zu eskortieren. Wie ich hörte, ist deine Frau eine Medica und hat Erfahrung in der Behandlung von Schlachtwunden?«

Marcus lächelte. »Sie hat das Leben vieler Männer gerettet, denen ich selbst nur eine schnelle, barmherzige Erlösung von ihrem Leid hätte schenken können. Felicia kann Wunden aber ebenso gut heilen wie sie zufügen, falls das nötig sein sollte. Außerdem würde ich dir raten, ihre Assistentin mit Samthandschuhen anzufassen. Wie du sehen kannst, ist Annia hochschwanger, und aus meiner noch nicht so lange zurückliegenden Erfahrung darf ich anfügen, dass sie darüber nicht sonderlich glücklich ist. Ich denke, der Vater ihres Kindes freut sich sogar darauf, mit den Venicones herumbalgen zu können. So muss er sich nicht länger die verbitterten Reden anhören, dass ihm sein Mannesorgan noch immer nicht abgefallen ist, obwohl er sie damit in einen so beschwerlichen Zustand versetzt hat.«

Der ältere Mann lachte schnaubend. »Dann ist dein Erster Speer also froh, aus dieser Bratpfanne gesprungen zu sein? Hoffen wir in seinem Fall, dass das Feuer darunter nicht allzu heiß ist!« Gleich darauf wurde sein Gesichtsausdruck weicher, denn er sah, wie Felicia in den Wagen stieg und ihrer Freundin das Kind aus den Armen nahm. »Was deine Gemahlin anbelangt, so mach dir wegen ihrer Sicherheit keine Gedanken, während du den Barbaren an den Bärten ziehst. Im Vicus nahe bei Eburacum kenne ich eine Dame, die mit dem Leben einer Soldatengattin gut vertraut ist. Sie wird sicherstellen, dass die beiden gut versorgt sind.«

Marcus nickte dankbar und spannte sich an, denn er sah, dass Julius ihn herüberwinkte. »Entschuldige mich, Präfekt, mein Vorgesetzter verlangt nach mir.«

Der Präfekt nickte lächelnd. »Dann ist es wohl so weit? Nun denn, viel Vergnügen ...«

Der junge Zenturio salutierte vor Castus, drehte sich um und ging in Richtung des Exerzierplatzes, auf dem die Erste Tungrische Kohorte in Reih und Glied Aufstellung genommen hatte. Als er sich zwischen den Karren hindurchschlängeln wollte, auf denen das Gold verstaut war, versperrten ihm die sarmatischen Zwillinge Ram und Radu den Weg. Sie hatten die Hände fest auf ihre Schwertgriffe gelegt. Er hielt einen Augenblick inne und wartete darauf, dass sie zur Seite treten würden, doch keiner der beiden rührte sich.

»Meine Herren?«

Ram trat mit einem breiten Grinsen direkt vor den Römer. »Wir kämpfen. Jetzt.«

Marcus schüttelte den Kopf. »Oh nein. Jetzt *marschieren* wir. Wir haben später genügend Zeit für einen Kampf, und außerdem haben wir gerade keine Übungswaffen zur Hand.«

Die Antwort kam augenblicklich und wurde in einem Ton vorgebracht, der Marcus die Nackenhaare aufstellte.

»*Jetzt!* Wir üben genau so, wie wir im Ernstfall kämpfen – nicht mit Holz, sondern mit Eisen. Wir kämpfen wie Männer! Wir versprechen aber, dein hübsches Gesicht nicht zu verunstalten, Zenturio.« Ram schnitt eine Grimasse zu seinem Bruder und übersah daher Marcus' raschen Schritt nach hinten und das plötzliche Verengen seiner Augen, während er sich zum Kampf bereitmachte. »Aber vielleicht ist er gar kein Mann, vielleicht ist er ein …«

Was immer der Sarmate Marcus als Beleidigung an den Kopf hatte werfen wollen, verlor sich in einem plötzlichen Atemstoß, als der Zenturio flink vortrat und ihm seinen genagelten Stiefel in den Schritt stieß. Ram fiel nach hinten von den Karren weg, griff sich an die schmerzenden Hoden und schnappte nach Luft. Marcus fand sein Gleichgewicht wieder, warf seinen Helm zur Seite und zog blitzschnell sein glänzendes Schwert, als Radu bereits bei ihm war und der Römer gerade noch genug Zeit fand, sich in Verteidigungsstellung zu bringen. Das scharfe Eisen seines Schwerts wirbelte durch die Luft, und im Laufe des folgenden Dutzends von Herzschlägen konnte Marcus nichts anderes tun, als die Hiebe und Stöße des Mannes zu parieren.

Von fern bemerkte Marcus das Aufschreien der Soldaten und fragte sich, was seine Frau wohl von diesem unerwarteten Schauspiel halten würde. Dann aber zeigte er dem Daker voller Kampfeswut die Zähne und sprang ihn mit einer Wildheit an, die von blankem Ärger herrührte. Mittlerweile war er seiner anfänglichen Verwirrung über die Provokation der sarmatischen Zwillinge Herr geworden. Hieb um Hieb parierte er, schneller und schneller, während auch seine eigenen Schläge und Stiche sich so sehr beschleunigten, dass der Sarmate die Augen aufriss. Radu geriet überrascht ins Hintertreffen und konnte der Geschwindigkeit und Stärke des Römers nichts entgegensetzen. Schließlich wehrte er einen Stoß der entsetzlich scharfen, schillernden Damaszenerklinge der langen Spatha ab, drehte sich nach rechts, um den unaufhörlichen Attacken von Marcus einen Augenblick zu entkommen, und schrie seinem Bruder gepresst etwas zu.

Marcus warf einen Blick zu Ram hinüber und sah, dass dieser zwar noch vorgebeugt mit den Händen auf den Knien kauerte und keuchte, das Schlimmste jedoch bereits hinter sich hatte. Als er sich zu Radu zurückwandte, konnte er gerade noch mit seinem Gladius einen schlimmen Stich abwehren und verstand, dass der Gegner ihn lediglich in Schach zu halten gedachte, bis sein Bruder sich erholte und sie ihn gemeinsam bekämpfen konnten. Marcus wusste, dass die beiden ihn mit vereinten Kräften aufgrund ihrer Schnelligkeit und Wildheit überwältigen würden. Daher galt es, den Mann vor ihm mit den nächsten Schlägen zu besiegen. Er ging wieder zur Attacke über und hieb Radus Schwerter auseinander, um ihm einen Kopfstoß mitten ins Gesicht zu versetzen. Der heftige Aufprall schleuderte den Sarmaten zurück, und Blut rann ihm über das Gesicht. Sein Nasenbein war gebrochen.

Der Römer nutzte die Gelegenheit, um mit zwei raschen Schritten zu Ram hinüberzuhuschen, seine Waffen beiseitezuwerfen und den Kopf des Stammeskriegers mit einem gewaltigen Aufwärtshaken nach hinten zu schleudern. Dann griff er nach dessen Tunika, drehte ihn herum und schlang einen Arm um sein Gesicht. Er zog seinen Dolch hervor, setzte die Spitze der Waffe unter das Kinn seines Gegners und drückte sie an genau die Stelle, wo ein simpler Stoß die Adern unter der Haut durchtrennen würde. Der Sarmate reagierte instinktiv, biss fest auf den von der Tunika bedeckten Arm, der seinen Kopf umklammert hielt, und erstarrte mit einem Schmerzensschrei, als Marcus flink die Messerspitze zum weichen Fleisch hinter seiner Ohrmuschel führte und sie in die Lücke zwischen Knorpel und Schädel stieß, worauf ein dünnes Rinnsal Blut den Hals des Gefangenen herabfloss.

»Wenn du mich noch *einmal* beißt, säble ich dir das Ohr ab und schenke es dir, auf dass du unseren heutigen Kampf nie vergessen mögest. Als Dreingabe werde ich auch noch den Schädel deines Bruders dazugesellen.«

Radu schüttelte den Kopf und ging auf die beiden Männer zu. Er ignorierte das Blut, das ihm über Lippen und Kinn rann, und bewegte sich seitwärts, da er einen günstigen Winkel auszumachen versuchte, um einen neuen Angriff auf den Römer zu starten. Doch es gelang ihm nicht, denn Marcus wich der Bedrohung aus, indem er sich mit seinem Bruder drehte.

»Ihr habt verloren. Ich könnte ihm den Hals durchschneiden und ihm die Schwerter abnehmen. Das würde schneller gehen, als du bis drei zählen kannst, außerdem wärst du jetzt, wo ich euren ungehobelten Stil verstanden habe, keine sonderliche Herausforderung mehr für mich. Lass es also bleiben.«

Bevor der jüngere Zwilling Zeit fand, etwas zu entgegnen, erschallte hinter ihm eine gebieterische Stimme.

»Schluss damit!«

Marcus reckte den Hals über Rams Schulter und bewegte dabei die Dolchklinge ein wenig, um sicherzugehen, dass der Sarmate sich nicht bewegte. Drest schritt mit grimmigem Gesicht über den Exerzierplatz, und während er an Radu vorbeiging, klopfte er ihm leicht auf die Schulter.

»Du hast gegen einen Mann verloren, der über mehr Erfahrung auf dem Schlachtfeld verfügt. Am besten, du lernst daraus. Und das nächste Mal tätest du gut daran, ihn vorzuwarnen. Es scheint, unser Zenturio hat ein aufbrausendes Wesen, wenn man ihn provoziert.«

Radu schüttelte missmutig den Kopf und steckte seine

Schwerter in die Scheiden zurück, während er Marcus mit herablassendem Ton ansprach. »Bei einem *echten* Kampf hätte ich dich umgebracht, indem ich meine Klinge durch meinen Bruder hindurch in dich gestoßen hätte. Wir Sarmaten machen keine Gefangenen!«

Marcus schob Ram weg, beugte sich hinab, um die Spitze seines Messers im Gras abzuwischen, und steckte es gleichfalls in die Scheide. Dann griff er nach seinen Schwertern. »Das werde ich mir merken. Vielleicht kannst du mir vor der nächsten Übungseinheit etwas früher Bescheid geben, damit ich nicht zu derart unfeinen Mitteln greifen muss, um euch abzuwehren.« Er wandte sich an Drest. »Das war ein bisschen heftiger, als ich erwartet hatte. Ganz zu schweigen davon, dass es ein bisschen früher kam, als wir das *meiner* Erinnerung nach abgesprochen hatten.«

Der Thraker zuckte die Achseln. »Auf diese Weise wirkte es überzeugender als mit Vorwarnung. Außerdem hatten wir dadurch eine Menge blutrünstiger Zuschauer – und darunter einen, der abgelenkt genug war, um Tarions Künste an ihm erproben zu lassen.«

Der Römer widerstand der Versuchung, sich nach hinten zu drehen, wo Prokurator Avus soeben noch gestanden hatte. »Und? Hat es funktioniert?«

Drest hob erneut die Schultern. »Keine Ahnung. Allerdings habe ich nicht gehört, dass jemand ›Haltet den Dieb‹ rief, und das ist immer ein gutes Zeichen.«

Der Thraker deutete mit dem Kopf auf die wartende Kohorte, und Marcus wandte sich um, gerade als der Dieb Tribun Scaurus etwas zusteckte und sich durch die beiden Zenturien hindurch aus dem Staub machte. Aus dem Augenwinkel sah er das Aufblitzen von Gold, und ein Gegenstand wechselte von einer Hand in die andere. Er warf Drest einen vielsagenden Blick zu, dann ging er zu seinem Platz in der Reihe der Kohorte. Er schüttelte den Kopf angesichts der Jubelschreie, die vom Durchgangslager Arbeias zurückhallten, um seinem Sieg zu huldigen. Die Fünfte Zenturie hieß ihn willkommen, indem die Soldaten mit den Speerschäften auf die Messingumrandungen ihrer Schilde schlugen. Quintus rief sie sogleich zur Ordnung, und der Römer nahm seinen Platz neben Morban ein. Er warf einen Blick auf die Standarte, die auf ihrem Stab glänzte.

»Wie viel hast du dafür bezahlt, sie so sauber poliert zu bekommen?« Der Standartenträger öffnete den Mund, um zu protestieren, doch noch bevor er etwas sagen konnte, erklang eine vertraute Stimme hinter ihm.

»Zwei Dinar, Zenturio.«

Der junge Zenturio quittierte Sangas Einmischung mit einem erstaunten Kopfschütteln.

»Die du zweifellos leicht wieder ausgleichen konntest, indem du Wetten auf diese unerwartete Extempore-Einlage abgeschlossen hast.«

»Extemp… was?«

Marcus warf ihm die Worte über die Schulter zu, und seine Stimme hatte einen strengen Unterton. »Extempore, Soldat Sanga. Das bedeutet, unter Druck aus dem Stegreif reagieren zu können – eine Fähigkeit, die du gut genug zu kennen scheinst, wenn ich an deine legendären Ausflüchte denke, die du in der kurzen Zeit, die ich dein Zenturio bin, für jedes Fehlverhalten angeführt hast.«

Als Julius die Kohorte stillstehen ließ, schüttelte Morban den Kopf und richtete sich gerade auf, dann wisperte er aus dem Mundwinkel eine Entgegnung. »Ich habe nicht einen einzigen Sesterz verdient, denn keiner der Feiglinge wollte eine Wette abschließen.«

Marcus zuckte die Achseln. »Dafür kannst du sie kaum tadeln – immerhin wurde ich von zwei Männern gleichzeitig angegriffen.«

Sangas Stimme erklang erneut. »Das war nicht das Problem, Zwei-Klingen …«

»Sanga! Nenn unseren verdammten Zenturio auch ›*Zenturio*‹, sonst haue ich dir eine weitere Delle in den Helm!«

Marcus hörte, wie Sanga eine leise Verwünschung ausstieß, bevor er die von Quintus erwartete Antwort gab.

»Sehr wohl, *Optio*!«

»Schon besser! Jetzt kannst du weitererzählen.«

»Morban wollte, dass wir Wetten *gegen* dich abschließen, doch dazu war keiner von uns bereit.«

Marcus runzelte die Stirn und wusste nicht, ob er sich ärgern oder geschmeichelt fühlen sollte. »Tatsächlich?«

»Ja, Herr. Keiner von uns würde bei einem Schwertkampf gegen dich wetten, wo wir doch wissen, was für ein wahnsinniger Bastard du bist, sobald man dich anstachelt, wenn du meine Ausdrucksweise entschuldigen würd…«

Ein scharfer Schlag von Messing auf Eisen schnitt dem Soldaten das Wort ab, und nur einen Augenblick später ertönte das Kommando, das die siebenhundert Männer der Kohorte zur Rechtsdrehung aufforderte. Die Soldaten hoben ihre Speere und Schilde aus der Ruhestellung und wandten sich in Marschrichtung. Dabei ignorierten sie geflissentlich das hämische Lachen der Votadini-Krieger, das sie schon den ganzen Weg nach Dakien und wieder zurück begleitet hatte.

Morban starrte finster zu ihnen hinüber und schüttelte

missbilligend den Kopf. »Ich weiß gar nicht, was sie zu lachen haben, wo sie doch selber aussehen wie ein Rudel Hundemischlinge.«

Tatsächlich trugen die Votadini-Krieger einen kunterbunten Mischmasch von Rüstungen und Waffen römischer sowie sarmatischer Herkunft, die sie je nach Notwendigkeit und Gelegenheit von verstorbenen Freunden und Feinden abgestaubt hatten.

»Brustpanzer der Legion, Eisenhelme der Barbaren, die sogenannten Hundemützen, und natürlich tragen sie alle unsere genagelten Stiefel. Der arme Onkel Sextus hätte sich die Haare gerauft, wäre sein Kopf nicht kahl gewesen…«

Marcus blickte ihn stirnrunzelnd an. »Ich gebe zu, dass sie ein wenig unformell wirken, und ja, vielleicht hätte unser verstorbener Erster Speer – möge sein Geist in Frieden bei den Göttern ruhen – ihre Kleidung und Ausstattung mit Missbilligung betrachtet. Soll ich Martos in deinem Namen diese grausame Wahrheit mitteilen?«

Der Prinz der Votadini, ein furchterregender Krieger, der zwei Jahre zuvor ein Auge verloren hatte, als sie ihre Stammesfestung von Calgus' Männern befreiten, hatte schon lange seinen Frieden damit gemacht, als Verbündeter der Römer in der Kohorte zu dienen. Dennoch hielt er seine Männer von den Zenturien fern und achtete sorgsam darauf, ihnen ihre Unabhängigkeit und ihren guten Ruf zu erhalten.

Morban wich sichtlich zurück und schüttelte entschieden den Kopf. »Nicht nötig, Zenturio, das war nur eine unwichtige Anmerkung…«

Marcus ignorierte das Grummeln des Standartenträgers und hob die Hand zum Salut in Richtung Martos. »Du jammerst nur herum, weil *wir* nach Norden marschieren müssen, sie aber in ihre Heimat zurückkehren dürfen.«

Sollte der Römer erwartet haben, dass es Morbans Klagen beendet hätte, diese Wahrheit auszusprechen, wurde er enttäuscht.

»Jetzt, wo du es selbst sagst, Herr, erscheint mir das alles nicht gerecht. Wieso dürfen sie davonlaufen und sich vergnügen, während wir direkt gen Norden marschieren, ohne auch nur die Gelegenheit zu erhalten, unsere Nase kurz ins Kastell Verovicium stecken zu können?«

»Weil ihre Heimatfestung, wie du dich aufgrund des fehlenden Auges des Prinzen sicher erinnerst, von den Selgovae unter Calgus' Führung verwüstet wurde und seit unserer Rückeroberung unter römischer Kontrolle steht. Er wird sich vergewissern wollen, dass keiner der Stammesälteren auf die Idee gekommen ist, seinem Neffen den Thron abspenstig zu machen, und er wird am Grab seiner Frau und seines Sohnes eine Opfergabe entrichten. Abgesehen davon ist es sicher nicht die *Nase*, die du gern in unser ehemaliges Kastell stecken würdest, oder?«

»Richtig, Zenturio, es geht nicht um die Nase! Wenngleich ich der Meinung bin, sein greiser Schwanz würde keinesfalls um die Tür herumreichen – er ragt ja kaum aus dem Schamhaar hervor, und auch das nur, wenn er lange genug daran reibt!«

Sangas ruppige Stimme und das darauffolgende Lachen der Soldaten wurden unvermittelt von Trompetenschall unterbrochen, nachdem Julius die Kohorte für marschbereit befunden hatte. Der Erste Speer wusste, dass die Soldaten innerlich kochten, weil man ihnen die Rückkehr in ihre Heimat verweigert hatte. Daher hatte er lediglich gewartet, bis die letzte Zenturie das Kastell verlassen hatte, um seinen Trompeter das Signal zum Laufschritt blasen zu lassen. Das doppelte Schritttempo ließ die gemurmelten Klagen seiner Truppen verstummen, die stattdessen die Köpfe in den Nacken warfen und tief die kalte Morgenluft einsogen. Nach etwa einer Stunde begann die Anstrengung einigen Männern zuzusetzen, denn in den Tagen zuvor hatten sie lediglich in ihren Baracken darauf gewartet, dass der Transportkonvoi zusammengestellt wurde. Zudem war die Überfahrt unangenehm und beschwerlich gewesen. Marcus und Morban, die der Fünften Zenturie vorausgingen, tauschten einen vielsagenden Blick, während der Optio der Vierten Zenturie an der Reihe seiner Männer entlangging, nach Schwächelnden suchte und auf einen leicht hinkenden Soldaten stieß.

Julius hatte den grimmig dreinblickenden Optio bewusst als Gegenpart zu seinem Zenturio Caelius ausgewählt, um dessen ruhige und vernünftige Art auszugleichen, solange sie sich nicht im Wirrwarr einer Schlacht befanden – dann nämlich verwandelte sich Caelius in einen Anführer sagenumwobener Wildheit. Sein Optio wiederum hatte den Ruf, seine Leute mit einer Mischung aus gut platzierten Sticheleien und Drohungen in Schach zu halten, weshalb die keuchenden Soldaten in der vordersten Reihe der Fünften Zenturie erwartungsvoll die Ohren spitzten.

Schon stürzte er sich auf den abgekämpften Mann und brachte sein Gesicht nur wenige Zentimeter vor dessen Ohr. »Hast du ein Problem, Bürschchen?«

Was immer der Soldat antwortete, ging im Geräuschpegel unter, doch der Optio befriedigte sogleich ihre Neugier.

»Eine Blase? Eine *beschissene* Blase?! Dann wirst du wohl

so lange marschieren müssen, bis sie platzt, was, Junge? Es ist mir völlig gleichgültig, ob deine Stiefel sich mit Blut füllen wie deine Blase am Zahltag mit Wein. Du wirst verdammt noch mal weiterrennen, bis der Tribun anordnet, dass wir anhalten sollen!«

Marcus wechselte einen Blick mit Morban. »Dieser Ausbruch kommt mir bedenklich früh. Denn ganz offensichtlich steht uns ein langer und anstrengender Marsch bevor…«

Unterhalb der Mauern von Kastell Habitus auf der Straße nördlich des Walls, den Kaiser Hadrian sechzig Jahre zuvor erbaut hatte, errichteten sie ihr Marschlager samt den dazugehörigen Erdwällen. Als die Arbeit vollendet war, verließ Marcus seine Überwachungspflicht und stieß auf zwei seiner Soldaten, die Haltung annahmen, schneidig salutierten und darauf warteten, dass der Zenturio sie ansprach.

»Ach ja, Sanga und… Saratos, richtig? Optio Quintus sagte bereits, dass ihr um eine Unterredung mit mir gebeten habt. Was kann ich für euch tun?«

Sanga sprach für beide, und seine Stimme klang nervös, da er nur selten direkt mit dem Zenturio zu tun hatte. »Das hier ist die Siedlung, in der mein Kamerad Narbengesicht geboren wurde und aufgewachsen ist, Zenturio. Also dachten Saratos und ich, es wäre schön, den örtlichen Steinmetz mit dem Bau eines Altars für ihn zu beauftragen. So könnten wir auf dem Rückweg eine Opfergabe in seinem Namen entrichten. Er war zwar ein dämlicher Trottel, entschuldige diesen Ausdruck, Herr, doch die Jungs unserer Zeltgemeinschaft möchten sein Gedenken gerne auf irgendeine Art würdigen.« Er verstummte und wartete, was Marcus dazu sagen würde.

»Narbengesicht…« Der Römer legte die Hand über die

Augen, schüttelte bedächtig den Kopf und nickte den Männern dann zu. »Möge Mithras im Himmel mir vergeben, doch zu meiner Schande muss ich gestehen, dass ich in letzter Zeit selten an ihn gedacht habe. Danke, dass du mich daran erinnerst, Soldat Sanga.«

Sanga lächelte. »Wenn es ruhig ist im Zelt und der Rest der Kerle schnarcht oder vor sich hin furzt, kann ich noch immer seine Stimme in meinem Kopf hören. ›Hältst du auch ein Auge auf den jungen Herrn, wie du es mir versprochen hast, Sanga?‹ oder ›Vergiss unsere Absprache nicht, Sanga. Wenn er schon selbst nicht auf sein Wohlergehen bedacht ist, müssen wir doch einspringen und ihn vor Unheil bewahren, oder?‹«

Marcus nickte ernst. »Irgendwie schien er zu glauben, es sei seine heilige Pflicht, mich zu beschützen. Es gab eine Zeit, da konnte ich mich nicht umdrehen, ohne ihn irgendwo in meiner Nähe herumschleichen zu sehen, wenngleich er stets den Blick abwandte und mir auszuweichen versuchte. Das hat letztendlich dann auch zu seinem Tod geführt.« Er stöberte in seinem Beutel und zog eine Handvoll Silbermünzen heraus. »Ich weiß nicht, wie viel Morban euch aus dem Bestattungsfonds für den Altar gegeben hat. Aber fügt dieses Geld hinzu und sorgt dafür, dass oben auf dem Stein eine hübsche Inschrift steht. Morban *hat* euch doch Geld gegeben, oder?«

Sanga grinste zu seinem Offizier hoch und hob die Hand, um ihm die vernarbten Knöchel zu zeigen. »Ja, Herr, er hatte keine andere Wahl. Morban weiß, wann er sich Freiheiten erlauben kann beziehungsweise wann es sicherer ist, seine Füße in Reih und Glied zu halten und nicht das Risiko einzugehen, dass sie plattgetreten werden.«

Der Goldkonvoi lagerte über Nacht etwa zwanzig Meilen südlicher, in der Nähe der Straße, die von Arbeia heraufführte – genau an dem Ort, den sie mit ihrem Tagesmarsch hatten erreichen wollen. Auf Anweisung des Zenturios ertönte das bekannte Hornsignal, die taktische Formation gegen eine etwas weniger auffällige Annäherung zu tauschen, worauf sich die Kolonne einen rauen Pfad entlangbewegte, der von der gepflasterten Straße wegführte. Der Weg schlängelte sich um einen Hügel, der die Route nach Süden überragte und langsam zu einem flachen Gipfel anstieg.

»Die nächste Nacht, der nächste Erdwall.«

Felicia nickte, als sie Annias Worte hörte, und zügelte die Pferde, um den Wagen anzuhalten, während die Offiziere der drei Zenturien ihren Männern Befehle zuriefen. Die ordentlichen Reihen lösten sich zu einem auf den ersten Blick ziemlichen Chaos auf. Doch die beiden Frauen, die schon lange an den Ablauf gewöhnt waren, wie ein Marschlager errichtet wurde, beobachteten gelassen, wie die Soldaten Torf stachen und rasch einen vier Fuß hohen Wall hochzogen. Dieser umgab eng aneinandergedrängte Zelte, die von ihren Kameraden aufgestellt wurden, während wieder andere Soldaten Wache standen und aufmerksam die Landschaft um sie herum beobachteten. Kleine Gruppen entfernten sich, um frisches Wasser und Feuerholz zu besorgen, Jäger zogen bewaffnet davon, und auch die Männer, die das Lager errichteten, behielten Speere und Schilde in der Nähe. Die beiden Frauen wussten, dass dies die vorgeschriebene Routine war, wann immer Marschlager in feindlichem Territorium aufgeschlagen wurden. Lupus tauchte aus dem Karren auf, in dessen hinterem Teil er fast den ganzen Tag schmollend auf dem Wagenbett gelegen hatte. Mit glänzenden Augen und einer Hand auf dem Schwert an seinem Gürtel beobachtete er die Legionäre, wie sie den kahlen Berggipfel in ein verteidigungsbereites Lager verwandelten. Präfekt Castus schlenderte an den Karren entlang und ließ den Blick über die Reihen von bewaffneten Männern streifen, welche die Goldkarren bewachten. Neben dem Wagen der Frauen blieb er stehen.

»Guten Abend, Dominae. Ich hoffe, eure Reise war angenehm oder zumindest nicht allzu unangenehm...« Er unterbrach sich hüstelnd und drehte sich weg, als er Annias kalten Blick auf sich gerichtet sah, dann deutete er mit dem Arm auf das Lager. »Beunruhigt euch bitte nicht, dass die Männer noch immer ihre Waffen und Rüstungen tragen, denn das ist aufgrund der neuesten Ereignisse der allgemeine Usus. Sobald die Zelte aufgestellt sind, werden eure Karren in das offene Gelände in der Mitte gefahren, damit wir drei Zenturien zwischen eure Wagen und unfreundlich gesinnte Eingeborene stellen können. Ihr braucht ihnen nur zu folgen, dann seid ihr ebenso sicher wie das Gold des Kaisers, einverstanden?«

Felicia blickte ihm nach, während er seinen Weg an den Wagen entlang fortsetzte, und sah dann Annia an. »Ich denke, wir sollten uns mit dem Präfekten gut stellen, findest du nicht?«

Ihre hochschwangere Kameradin schnaubte und schüttelte ablehnend den Kopf. »Es ist die Schuld *genau* dieses Präfekten, dass ich mein Kind aller Voraussicht nach in einer Legionsfestung gebären muss, während mein Mann fröhlich und unbeschwert auf Abenteuerreise geht.«

Felicia lächelte sanft und legte ihrer Freundin eine Hand

auf den Arm. »Du hast sicher oft die Geburt von Kindern miterlebt, als du dein Lokal zur Vergnügung der Männer geführt hast?« Annia nickte. »Dann sag mir eins: Hast du bei den Geburten all dieser hilflosen winzigen Menschlein, bei denen deine Frauen keuchend und stöhnend ihre Kinder in die Welt hinauspressten, *jemals* einen Mann gesehen, der ihnen hilfreich gewesen wäre?«

Annia schüttelte widerstrebend den Kopf, und Felicia griff mit der Hand nach hinten und streichelte liebevoll über die Locken des Jungen.

»Außerdem haben wir alle männliche Unterstützung, die wir brauchen, nicht wahr, Lupus?« Sie blickte wieder auf das Lager vor ihnen und zeigte auf den ersten der Goldkarren, der langsam zu rollen begann. Er wurde von einem Pferdepaar gezogen, das sichtlich Mühe hatte, die schwere Ladung aus dem Stillstand wieder in Bewegung zu setzen. »Lass uns unseren Platz im Lager einnehmen; danach können wir uns überlegen, was wir heute Abend zubereiten sollen. Vielleicht kann der Präfekt einige Leute zu unserer Eskorte abkommandieren, während wir ein paar Kräuter für einen Eintopf suchen?«

»Es war grausam, die Kohorte so weit nach Westen zu führen, dass die Männer ihre Heimat praktisch riechen konnten, nur um dann am Kastell Hunnum nach Norden abzuschwenken und die Soldaten weitere zehn Meilen marschieren zu lassen.«

Dubnus hob eine Braue und sah seinen Freund an, der gerade die grob hochgezogenen Wände der Offiziersmesse des hastig instand gesetzten Kastells Habitus betrachtete, in der sie saßen. »Weniger grausam, als heute Nacht hier lagern zu müssen. Bei allen Marschlagern, die wir unterwegs hätten errichten können, musste es ausgerechnet dieses sein: Hier habe ich einer halben Zenturie ehemaliger Legionäre eine Geschichte erzählt, die sie von Feiglingen zu Männern machte. Und jetzt stolzieren sie herum, als seien sie die Eigentümer des Kastells, stoßen die Fäuste aneinander und murmeln sich gegenseitig ›Habitus‹ zu, als hätten sie eine Art Geheimbund geschlossen. Wenn sie herausfinden, dass ich die Anekdote über jenen Zenturio, der bei der Verteidigung seiner Männer ums Leben kam und dem Kastell den Namen gab, nur erfunden habe, steht mir eine Menge Ärger bevor, das ist sicher. Letztlich habe ich es aber bloß getan, um ihren Stolz zu wecken, als sie völlig abgekämpft in ihren Kinnriemen hingen.« Dubnus nahm einen kräftigen Schluck aus seinem Becher und wischte sich etwas Schaum vom Schnauzbart. »Ah, endlich ein gutes Bier. Der Wein, den du immer trinkst, mag zwar durchaus in Ordnung sein, ist aber eigentlich kein Getränk für einen richtigen Mann, findest du nicht?«

Marcus lächelte und hob seinerseits einen Becher Wein hoch. »Ich dachte mir schon, dass du das Bier zu schätzen wissen würdest, wenngleich ich selbst wohl nie auf den Geschmack kommen werde.«

Sein Freund leerte den Becher, rammte ihn fröhlich auf den Tisch und grinste ihn mit einem glückseligen Ausdruck an. »Zu schätzen wissen? Du hast keine Ahnung, wie wunderbar es schmeckt, nachdem ich ein Jahr lang das bittere germanische Gebräu trinken musste.«

Gedankenverloren und mit sehnsüchtiger Miene blickte Marcus ins Nichts. »Ich glaube, ich kann mir ziemlich genau vorstellen, wie gut sich das für dich anfühlt. Wohl ebenso gut wie ein Becher Wein vom besten Falernum meines Vaters, wenn ich ihn in seinem Garten trinken konnte, nach zwei erquicklichen Stunden im Badehaus, um mir den Staub und den Pferdegestank abzuwaschen.«

»Ja…« Der große Britannier hob seinen neu gefüllten Becher und stieß ihn gegen den des Römers. »Entschuldige, das war…«

Marcus schüttelte den Kopf. »Taktlos? Ganz und gar nicht. Warum solltest du es nicht genießen, wieder zu Hause zu sein?« Er hob ebenfalls den Becher. »Daher stoße ich gern mit dir an. Auf die Heimat!« Sie tranken. »Und wir werden erneut miteinander trinken, an jenem Tag, wenn ich meine Stiefel wieder auf die Steinplatten des Forums setze. Schau, da kommt Julius. Schenk ihm ein Bier ein, denn er wird wohl ebenfalls einen Becher gebrauchen können.«

Der Erste Speer ließ seinen Helm mit einem dumpfen Aufprall auf den Tisch fallen. Der Schankbursche der Offiziersmesse warf ihm einen vorwurfsvollen Blick zu und handelte sich damit sogleich eine Zurechtweisung ein.

»Starr mich nicht so an, Kleiner! Hol lieber gleich einen neuen Krug – es sei denn, du möchtest, dass ich dir den Arsch mit den Schnürösen meiner Stiefel tätowiere. Wir sind nämlich kampferprobte Soldaten und nicht die schwachköpfigen Weichlinge, mit denen du normalerweise zu tun hast. Ich war vor zwei Jahren schon einmal hier, und da war dieses Kastell nichts anderes als ein ausgebrannter Trümmerhaufen. Und jetzt bin ich unterwegs, um den Selgovae ordentlich den Hintern zu versohlen, weil sie sich mit *eurem* Scheißadler aus dem Staub gemacht haben.«

Mit einem unwilligen Kopfschütteln wandte er sich wieder seinen Kameraden zu und ignorierte die verwunderten

Blicke, die sein Ausbruch bei drei Legionszenturionen an einem Tisch in der hinteren Ecke des Raums ausgelöst hatte.

»Und ja, junger Corvus, du hast völlig recht: Ich brauche dringend ein Bier, und sei es nur, um die Erinnerung an eine Stunde meines Lebens wegzuwaschen, die ich auf immer verloren habe. Ich musste nämlich einem pickeligen Neunzehnjährigen zuhören, der versuchte, uns weiszumachen, er habe das Umland unter Kontrolle – dabei haben sich seine drei Zenturien in den Baracken verkrochen und verfeinern dort ihre militärischen Künste mit Wichsen und Würfelspielen. Bei der ersten Andeutung seitens Roms hinsichtlich eines Rückzugs wird sich der ganze Haufen auf der Stelle nach Süden aus dem Staub machen wie griechische Athleten, die um die letzte Flasche Öl rennen.«

Er setzte den Krug an und leerte ihn mit einem einzigen Zug. Dann streckte er den Arm aus und goss unter Dubnus' missbilligendem Blick den letzten Rest Bier auf den Tisch. Einer der Männer hinten in der Ecke stand auf und schritt mit entschlossener Miene auf sie zu, wobei ihm seine Kameraden mit einer Mischung aus Neugier und Besorgnis nachblickten. Er pflanzte sich im Sichtfeld des Ersten Speers auf und wartete, bis Julius ihn bemerkte. Dabei hielt er die Augen auf den stämmigen Tungrer gerichtet, bis der den Kopf wandte und ihn ansah.

»Was ist los?« Julius betrachtete den Neuankömmling mit leicht gekräuselten Lippen, ließ sich etwas bequemer in seinen Stuhl sinken und verschränkte die Arme, um seine gewaltigen Bizepse sichtbar zu machen. »Ich wäre an deiner Stelle schön vorsichtig, Junge. Du solltest nicht hier stehen und ein Gesicht aufsetzen, als hättest du noch ein zweites in Reserve. Wenn du gekommen bist, um dir ein paar Beulen einzuhandeln, helfe ich dir gern dabei, insbesondere in Anbetracht der großen Freuden, die ich meinen Männern heute bereiten musste.«

Der Legionszenturio schüttelte den Kopf und salutierte förmlich. Dann ergriff er das Wort. »Nichts dergleichen, Erster Speer. Doch ich konnte nicht umhin, deine Kommentare bezüglich meiner Kohorte mit anzuhören, daher wollte ich ein paar Dinge klarstellen.«

Julius hob gelangweilt eine Braue in Richtung seiner Offiziersbrüder. »Wollt ihr sein Klagelied hören?«

Zu Marcus' Überraschung nickte Dubnus und machte plötzlich ein ernstes Gesicht.

»Warum nicht? Es ist sicher viel passiert, seit wir das letzte Mal hier waren. Wenn wir schon nach Norden marschieren und unsere Schwänze im wahrsten Sinne des Wortes auf den Richtblock legen müssen, würde ich gerne hören, was der Zenturio uns mitzuteilen hat. Falls seine Geschichte dir nicht gefallen sollte, kannst du hinterher ja immer noch wie üblich ›Hau ab und stirb anderswo‹ sagen.« Er zwinkerte dem Legionszenturio zu. »Setz dich, Bruder, und trink einen Krug dieses exzellenten Biers, falls der Trottel hinter dem Schanktisch den Hintern bewegen sollte, um unsere Becher neu zu füllen.«

Der Zenturio lächelte ironisch. »Zumindest dabei kann ich euch helfen.« Er schnippte mit den Fingern in Richtung des Aufwärters und gab seiner Stimme einen befehlenden Klang. »Zwei Krüge Bier, und zwar schnell, sonst rede ich mit deinem Optio! Dann kannst du mit der kleinsten und schwersten Schaufel, die du je gesehen hast, Scheiße von einem Ort zum anderen befördern.«

Das Bier wurde umgehend gebracht und ausgeschenkt.

Der Zenturio nahm einen Schluck, lehnte sich vor und begann mit leiser Stimme zu sprechen, damit seine Kameraden die Worte nicht mit anhören konnten.

»Mein Name ist Tullo, Dritte Zenturie. Und ja, Erster Speer, unser Tribun ist wirklich ein unreifer Jüngling. Doch selbst wenn er mehr tun wollte, als die örtlichen Einwohner unter Kontrolle zu halten, lassen ihm seine Befehle keine Möglichkeit dazu. Sollten wir uns ohne Anweisung des neuen Legaten von hier wegbewegen, würde er sich selbst so tief in die Scheiße manövrieren, dass er fortan durch ein Schilfrohr Luft holen müsste. Und was die Männer anbelangt...« Er seufzte kopfschüttelnd und hob die Brauen, als er Dubnus fragend ansah. »Du kennst den Albtraum ja, weil er über uns allen schwebt: Wir führen Zenturien an, die größtenteils aus jungen Männern aus dem Umland bestehen, und dann sollen wir ihnen befehlen, ihre eigenen Leute niederzumetzeln? Nun, für mich ist das kein Albtraum mehr, denn ich habe ihn mit meinen Soldaten erlebt. Als die Briganten rebellierten, gehörte ich zu einer Truppe von drei Kohorten, die nach Süden entsandt wurde, um sicherzustellen, dass die unverschämten Dreckskerle nicht auf die Idee kamen, die Festung Eburacum niederzubrennen, während der Rest der Legion damit beschäftigt war zu verhindern, dass die Kastelle am Wall überrannt wurden. Natürlich reichten drei Kohorten bei weitem nicht aus. Wir hätten eine ganze Legion gebraucht, um die Aufgabe ordentlich zu verrichten. Doch da wir die einzige Streitmacht waren, die der Legat entbehren konnte, bat er uns, alles zu geben, und stellte uns den erfahrensten Tribun voran, über den er verfügte: einen hartgesottenen Mann, der bereits in den Germanenkriegen gekämpft hatte.« Tullo trank einen weiteren Schluck Bier und war sich bewusst, dass die Tungrer ihm ihre volle Aufmerksamkeit schenkten. »Zu Beginn lief die Sache halbherzig. Als die Briganten begriffen, welche Konsequenzen ihre Handlungen nach sich ziehen würden, bekamen sie Angst, weshalb sie uns größtenteils aus dem Weg gingen. Unsere Männer waren von den Geschehnissen etwas benommen, weil ihre eigenen Leute plötzlich wahllos Bauernhöfe niederbrannten, doch erst als wir den Vorposten Longovicium erreichten, verstanden wir, wie ernst die Lage wirklich war. Wir kannten die im Kastell stationierten Hilfstruppen gut, denn im Laufe der Jahre waren wir des Öfteren an Eburacum vorbeimarschiert. Als wir uns also etwa eine Meile davon entfernt befanden, zogen die Soldaten ziemlich unglückliche Gesichter.« Er trank erneut und blickte den Tungrern über den Rand seines Bechers in die Augen. »Wir haben die Situation am Geruch erkannt: dem Gestank verrottenden Fleisches. Richtig faulig roch es, wie auf einem Bauernhof, wenn ein Ochse im Sommer verendet und man seinen Kadaver erst eine Woche später entdeckt. Ich konnte das Summen der Fliegen hören, noch bevor wir ins Kastell vordrangen, und als wir sahen, was die Dreckskerle angerichtet hatten …« Er unterbrach sich und schüttelte mit feuchtem Blick den Kopf. »Vielleicht haltet ihr mich für verweichlicht, aber keiner von euch hätte das Schauspiel ansehen können, ohne dass es ihn wie ein Tritt in die Eier getroffen hätte. Sie hatten *alle* getötet, nicht nur die Soldaten, sondern jeden Einzelnen, der sich in der zum Kastell gehörigen Siedlung befand. Dann haben sie die Leichen auf dem Exerzierplatz aufgestapelt und sie dort verrotten lassen. Soldaten, alte Männer, Frauen, Kinder – alle abgeschlachtet und den Krähen überlassen, mit aufgeblähten Bäuchen und ausgepickten Augen. Die eine Hälfte der Männer kotzte sich die Lunge aus dem Leib, während die andere beim Anblick der kleinen Kinder, denen die Kehlen aufgeschlitzt worden waren, wie Säuglinge zu flennen begann. Als wir die Überreste verbrannt hatten, rief der Tribun die Zenturionen zusammen. Mit drohender Miene erklärte er uns, es sei an der Zeit, die Briganten zu lehren, was sie erwarte, wenn sie zu weit gingen. Damit hatte er natürlich recht, weshalb kein Einziger von uns auf die Idee kam, seine Befehle zu missachten...«

»Aber?«

Julius hatte sich über den Tisch gelehnt und den Blick fest auf Tullios Gesicht gerichtet.

»Man befahl uns, präventive Einsätze gegen jedes Dorf zu führen, das sich in einem Umkreis von zehn Meilen vom Kastell befand.« Der Legionszenturio gab diese Antwort mit steinernem Gesicht und starrte dabei die Holzwand der Offiziersmesse an. »Vielleicht fragt ihr euch, was präventiv in diesem Fall bedeutet? Die Befehle waren eindeutig und wurden den Kohorten auf dem Exerzierplatz vorgelesen, um sicherzustellen, dass niemand Zweifel haben würde, was man von ihm erwartete. Wir sollten jedes Dorf mit überwältigender Kampfstärke umzingeln, keine Fluchtwege freilassen, die Bevölkerung bändigen und jeden Mann im kampffähigen Alter versklaven. Sämtliche Wertgegenstände waren zu konfiszieren, jedes Haus niederzubrennen, und wer immer Widerstand übte, sollte ohne Vorwarnung getötet werden. Genau das haben wir also getan...« Er blickte mit einem schiefen Lächeln in die Runde der verständnislosen Gesichter. »Ihr versteht immer noch nicht? Die Sechste Legion rekrutiert ihre Soldaten nördlich und südlich von Eburacum, gewitzte junge Kerle, die vorankommen wollen und sich vom Dienst unter dem Adler eine bessere Zukunft versprechen als beim Jagen oder Bestellen des Landes, auf dem sie geboren wurden. Ein guter Teil von ihnen stammte aus eben den Dörfern, die sie nun verwüsten und niederbrennen sollten.«

Tullo verstummte, trank einen großen Schluck Bier, und Julius sprach die Frage aus, die alle Anwesenden stellen wollten.

»Wie haben sie darauf reagiert?«

Der Legionär zuckte die Achseln. »Ziemlich gut, würde ich sagen, zumindest in Anbetracht der Umstände. Ein paar beschlossen, lieber davonzulaufen, als ihren eigenen Leuten mit gezogenem Schwert gegenüberzutreten, doch selbstverständlich wurden die meisten von ihnen wieder eingefangen und der Militärjustiz überstellt.«

»Das übliche Prozedere?«

Tullio beantwortete Marcus' Frage mit einem Nicken. »Das übliche, ja. Nachdem sie ins Lager zurückgeschleppt worden waren, prügelten wir sie im Morgengrauen des folgenden Tages zu Tode. Ich sage ›wir‹, weil uns Offizieren klar war, dass wir uns einer Meuterei gegenübersehen würden, sollten wir den Zeltmannschaften der Männer befehlen, diese Strafmaßnahme durchzuführen, also übernahmen wir es für sie. Manche hassten uns danach mehr als zuvor, andere brachten uns mürrischen Respekt entgegen, weil wir sie vor der Entscheidung bewahrt hatten, entweder zu meutern oder ihre Freunde für etwas zu ermorden, was sie selbst womöglich auch getan hätten.« Er trank erneut.

Julius schürzte anerkennend die Lippen angesichts der grausamen Kriegshandlung, die die Legionäre gegen ihr eigenes Volk auszuführen gezwungen worden waren. »Dann habt ihr das Land um Longovicium also befriedet und seid danach hier hochmarschiert?«

Tullio senkte den Becher und nickte dankbar, als Dubnus ihn mit mitfühlendem Gesichtsausdruck neu füllte. »Ja. Und wir hatten noch Glück, nicht am Antoninuswall stationiert zu werden. Die Boten, die auf ihrem Weg nach Süden bei uns übernachteten, haben uns Geschichten darüber erzählt, was die Kohorten da oben zu leisten hatten. Sie mussten neben Kastellen hausen, die schon vor zwanzig Jahren abgebrannt und als Ruinen zurückgelassen wurden. Die Arbeiter, die Holz schlagen sollten, um sie wieder aufzubauen, wurden von den Venicones aus dem Norden bei jeder Gelegenheit überfallen oder in Hinterhalte gelockt. Ein paar Zenturien wurden derart aufgerieben, dass der Legat sich gezwungen sah zu verbieten, Abteilungen von weniger als einer halben Kohorte in das Gebiet nördlich des Walls zu entsenden. Ferner hört man unangenehme Gerüchte über Männer, die sich nachts in Wölfe verwandeln, und es wird von einer Horde Kriegerinnen berichtet, die jeden Mann, der einem Hinterhalt entkommt, jagen und ihm seine Männlichkeit abschneiden, bevor sie ihn zu Tode foltern. Das ist natürlich alles Unsinn, doch wenn man Männern einen derartigen Druck auferlegt, entsteht ein Haufen seltsamer Gerüchte, die sich rasant verbreiten. Daher kam es für uns kaum überraschend, als die Zwölfte Legion meuterte und Legat Priscus den Thron anbot, wenn er sie nur nach Süden zum alten Wall entsenden würde. Allerdings waren auch sie verdammte Narren …«

Julius nickte zustimmend. »Hätte der Legat das Angebot ernsthaft erwogen, hätte er euch allesamt nach Gallien oder Germanien entsandt, und dann hättet ihr mit euren drei

Legionen wahrscheinlich doppelt so vielen Feinden gegenübergestanden. Hättet ihr die Schlacht dann verloren, hättet ihr Eburacum ohnehin nie wiedergesehen – vorausgesetzt, ihr hättet überhaupt überlebt. Was hat Priscus also davon abgehalten, das Angebot auf den Thron abzulehnen?«

Tullo kippte den Rest seines Biers hinunter und wischte sich mit dem Handrücken den Mund ab, bevor er antwortete: »Schlichte Vernunft, würde ich sagen. Er kam vor etwa einem Monat hier vorbei, als er mit unserem Legaten in Richtung Süden nach Eburacum unterwegs war. Da war beiden das Kommando bereits entzogen worden, doch er machte den Eindruck eines besonnenen Mannes – ein ordentlicher römischer Feldherr. Ganz anders als dieser Narr von Statthalter Marcellus, der uns damals in den Norden abkommandiert hatte! Und jetzt muss er sich wieder aufopfernd um sein Anwesen in Rom kümmern, während der Rest von uns mit Blut und Schrecken den Preis für seine Sturheit zu entrichten hat...«

»Such bitte ein wenig Liebstöckel, Lupus. Wir brauchen das Kraut, um Lammfleisch wieder zum Leben zu erwecken, falls es schon länger tot ist, als uns lieb wäre. Du weißt doch, wonach du zu suchen hast? Die Pflanze mit den dreilappigen, gezahnten Blättern?«

Der Junge nickte Felicia zu und antwortete, ohne nachzudenken, wobei er mit glänzenden Augen den Boden vor ihnen nach dem Kraut absuchte. »Ja, Mutter.«

Die Medica betrachtete das Kind einen Augenblick liebevoll, bevor sie selbst wieder nach der Pflanze Ausschau hielt. Dabei schüttelte sie den Kopf beim Gedanken an die Schnelligkeit, mit der der Junge sie und Marcus als seine faktischen Eltern adoptiert hatte. Hinter ihnen durchforstete eine Zeltgemeinschaft von Soldaten aufmerksam die Bäume, denn sie waren gewarnt worden, welche Konsequenzen es nach sich ziehen würde, sollten sie zulassen, dass der Frau und dem Kind etwas zustieße.

Lupus roch das Kraut als Erster, zog jedoch die Nase kraus, da er überdies den schwachen, doch unverwechselbaren Geruch von verbranntem Holz wahrnahm. Mit fragendem Blick wandte er sich an Felicia, die ihm zunickte.

»Ja, ich rieche es auch.« Sie gingen durch wilden Bodenbewuchs auf einem kaum sichtbaren Pfad den Abhang hinunter, doch bevor das Kind weitere Nachforschungen anstellen konnte, legte der Anführer der Zeltgemeinschaft – ein hochgewachsener Soldat, der eine frische rosafarbene Narbe quer über dem Nasenrücken trug – ihm seine raue Hand auf die Schulter.

»Nicht so schnell, junger Mann.« Er wandte sich mit entschuldigendem Ausdruck an Felicia. »Verzeih, Domina, doch von nun an werden *wir* vorangehen. Wir könnten dort unten auf Dinge stoßen, die du und der Junge besser nicht sehen solltet.«

Die Medica bedachte ihn mit einem ironischen Lächeln. »Wir haben beide schon mehr ›Dinge‹ gesehen, als du dir vorstellen kannst, Soldat. Dennoch weiß ich deine Sorge um unsere Unversehrtheit zu schätzen. Geht also gerne voran.«

Der Soldat nickte ihr dankbar zu und befahl seinen Männern, eine Schützenreihe zu bilden und rechts und links des Pfades mit stoßbereiten Speeren vorzurücken. Hinter ihnen zog auch Lupus sein Kurzschwert, was ihm amüsiert lächelnde Blicke von den umstehenden Soldaten einbrachte. Er aber ignorierte sie und setzte eine Miene höchster Konzentration auf. Etwa hundert Schritte den Abhang hinunter öffnete sich das Wäldchen, worauf die späte Abenddämmerung mit ihrem roten Glanz zu sehen war. Die Soldaten hielten inne und starrten auf die Überreste eines einstmals vermutlich blühenden Dorfes, das erst vor Kurzem verwüstet worden war. Dreißig oder mehr ausgebrannte Gebäude reihten sich vor ihnen auf: Die wenigen noch stehenden Balken waren schwarz vor Ruß, und das Feuer hatte ihre einst geradlinige Form zerfressen, sodass sie nun krumm und schartig vor ihnen standen. Das Flammeninferno, das die Siedlung heimgesucht hatte, hatte den Ort in eine Geisterstadt verwandelt.

Als der hochgewachsene Soldat die Ruinen sah, verzog er kopfschüttelnd sein Gesicht. »Ein Präventiveinsatz. Alle Bewohner wurden getötet oder versklavt, alle Wertgegenstände konfisziert, dann brannte man sämtliche Häuser und Ernteerträge nieder. Wir haben selbst ein paar dieser Einsätze durchführen müssen, als der Aufstand zu heftig wurde. Nur, um ihnen zu zeigen, wer hier das Sagen hat …« Seine Stimme verklang, und er schaute sich mit leerem Blick um. »So sieht wohl auch mein eigenes Dorf aus, nehme ich an. Doch ihr werdet leicht finden, wonach ihr sucht, denn jedes Haus besitzt einen kleinen Kräutergarten.«

Er führte die Männer voran, legte sich den Speer über die Schulter und zuckte mit den Achseln in Richtung Lupus, der das Kurzschwert noch immer ausgestreckt vor sich hielt.

»Schön kräftige Handgelenke hast du da, Kleiner, aber du wirst die Klinge nicht brauchen. Es gibt hier keinen, der noch zu kämpfen imstande wäre, so viel ist sicher.« Er trat in den Kräutergarten eines halb eingestürzten Hauses, bückte sich, ergriff eine kniehohe Pflanze und zog sie samt ihren Wurzeln heraus. »Hier, Domina: Liebstöckel.«

Felicia betrachtete den Kräutergarten, in dem die Pflanzen aufgrund der Abwesenheit seiner früheren Besitzer wild emporwucherten. »Mehr als nur Liebstöckel, ich sehe auch Thymian und Fenchel. Sammelt bitte alles ein, insbesondere Liebstöckel. Was wir nicht heute Abend brauchen, können wir zu einem sehr wirksamen Sud verkochen, der zum Auswaschen von Wunden dient und Infektionen vorbeugt. Oh, und von *dem* hier möchte ich gerne so viel, wie deine Leute tragen können …« Sie lenkte die Aufmerksamkeit der Soldaten auf eine Pflanze, die im Schatten der Restbalken des Hauses wuchs, und musste lachen, als sie ihre verwirrten Blicke sah. »Dieser Busch dient nicht nur zur Erzeugung von Himbeeren im Herbst – auch seine Blätter sind ein wunderbarer Quell des Wohlergehens. Ich nehme an, wir werden dieses besondere Heilmittel schon bald gebrauchen können …« Als sie sich umdrehte, sah sie, wie Lupus sich zu einer dunkelpurpurnen Beere hochreckte, die von einem Busch herabhing. »Lass sie hängen, Lupus, denn das ist die giftigste Frucht, die wir kennen.« Sie wandte sich an den Soldaten. »Dennoch hätte ich gerne einen Helm voll von ihnen, aber pflückt sie so, dass sie dabei nicht aufplatzen. Jede Schlacht bringt Männer hervor, deren Wunden so schrecklich sind, dass sie nicht mehr weiterleben können – dennoch leiden sie viele Stunden und manchmal sogar tagelang. Ein paar Tropfen vom Saft dieser Beeren reichen für gewöhnlich aus, um sie ohne weitere Schmerzen ins Jenseits zu schicken.«

Tullo lehnte sich zurück und nippte wieder an seinem Bier. Dabei betrachtete er die drei Männer vor ihm mit einem Blick, den Marcus als abschätzend deutete.

»Jetzt, wo ihr wisst, was wir durchgemacht haben, könnt ihr vielleicht einräumen, dass ihr in unserer Situation ebenso ausgepumpt und erbärmlich aussehen würdet wie wir.«

Dubnus streckte den Becher vor und stieß mit dem Legionszenturio an. »Auf dich! Ich glaube kaum, dass unsere Männer besser reagiert hätten, wenn wir ihnen befohlen hätten, die Dörfer im Umkreis unserer Wallfestung zu brandschatzen.«

Julius nickte widerstrebend.

Tullo lehnte sich erneut vor, zog eine Holztafel aus der Tunika und legte sie neben seinem Becher auf den Tisch. Als er sprach, tat er es mit so leiser Stimme, dass die Tungrer sich anstrengen mussten, ihn zu verstehen. »Man erzählt sich, ihr würdet nach Norden marschieren, um unseren Adler zurückzuholen.« Er verstummte, betrachtete Julius aufmerksam und wartete darauf, dass der Erste Speer antworten würde.

Nach langer Stille setzte sich der stämmige Zenturio auf und zog fragend die Augenbrauen hoch. »Das sollte ein Geheimnis bleiben. Wer zum Teufel hat dir das erzählt?«

Tullo lächelte. »Mein Erster Speer. Und mach dir keine Sorgen: Ich bin durchaus imstande, den Mund zu halten.« Er zeigte mit vielsagender Miene auf die Holztafel. »Tatsächlich hatte er gute Gründe, mich in dieses kleine Geheimnis einzuweihen, denn er weiß, was hier geschrieben steht.«

Der Erste Speer verzog skeptisch das Gesicht und schüttelte den Kopf. »Das würde ich lieber selbst beurteilen, falls es dir recht ist.«

Tullo zuckte die Achseln und hob die Tafel hoch. »Sehr gerne. Doch hör meine Geschichte erst zu Ende an, dann kannst du mich immer noch zum Teufel jagen, wenn du das willst.« Er lehnte sich wieder vor. »Ich war nicht der Einzige, der vor vielen Jahren in den Dienst Roms trat – mein Bruder Harus hatte sich ebenfalls dem rekrutierenden Zenturio vorgestellt. Er war zwei Jahre jünger und ein mindestens doppelt so guter Soldat, wie ich es je hätte sein können. Er hätte durchaus die Arbeit eines Zenturios erledigen können, ohne auch nur einen Tropfen Schweiß dabei zu vergießen, und ich denke, er wäre sogar zu einem verdammt guten Ersten Speer aufgestiegen. Mit ein bisschen Glück hätte er es womöglich sogar zu einem hohen Amt an der Spitze der Ersten Legionszenturie gebracht. Doch das Befehlen war nicht seine Sache…« Er verstummte einen Moment, blickte zur Decke hinauf und schüttelte dann lächelnd den Kopf. »Nein, das Einzige, was Harus wollte, war, den Adler des Kaisers herumzutragen. Der Blödmann nervte mich die ganze Zeit, ihm zu diesem Rang zu verhelfen, gleich nachdem ich zum Zenturio befördert worden war. Er war der Liebling der hochrangigen Offiziere – von morgens bis abends redlich und rechtschaffen, ein tödlicher Gegner mit dem Schwert und genau die Art Mann mit markantem Kiefer, den sie zu den Dörfern mitnahmen, um bei ihren Rekrutierungen die jungen Kerle zu beeindrucken. Außerdem liebte er den Adler inniglich: Er muss jeden Tag Stunden damit zugebracht haben, diesen Vogel zu polieren, und ich schwöre euch, dass er ihn sogar auf die Latrine mitnahm, um sicherzugehen, dass keiner seine schmutzigen Fingerabdrücke darauf hinterlassen konnte.«

»Das ist ja alles sehr rührend, doch ich verliere allmählich die Geduld. Also komm zum Punkt!«

Tullo hob eine Augenbraue und betrachtete stirnrunzelnd den Ersten Speer. »Siehst du das?« Er zeigte auf einen dunklen Fleck am Rand der Holztafel. »Das ist *sein Blut*. Bei der Schlacht des Verlorenen Adlers bekam er einen Pfeil in den Hals und erstickte. Ich habe ihn später an jenem Nachmittag gefunden, nachdem wir für euch die Kohlen aus dem Feuer geholt hatten.« Einen Moment wurde sein Lächeln finster, und er lehnte sich über den Tisch. »Oh ja, ich erinnere mich gut daran! Wie ihr alleingelassen wurdet, um die Barbaren zur Strecke zu bringen, und wie der mürrische alte Kavallerietribun Licinius den kläglichen Rest der Sechsten durch den Wald führte, um eure Ärsche zu retten. Wie dem auch sei: Ich wusste, an welchem Ort ich nach meinem Bruder suchen musste, nämlich mitten in dem Kreis toter Legionäre, was alles war, was von den sechs Kohorten übrig geblieben war, nachdem Legat Sollemnis sie in einen Hinterhalt geführt hatte. Neben seinem Leichnam war ein Schwert versteckt, ein Schwert mit einem schön gearbeiteten Knauf in Form eines Adlerkopfes. Ziemlich ähnlich wie das hier, um es direkt zu sagen…« Er zeigte auf Marcus' Schwerter, die an die Wand gelehnt waren. »Als ich vorhin sah, wie du sie ablegtest, fragte ich mich, warum mir die Waffe so bekannt vorkam. Jetzt, wo ich sie aus der Nähe sehe, weiß ich, dass es sich um dasselbe Schwert handelt. Warum also, frage ich mich, trägt ein Zenturio ein Schwert, das meines Wissens Legat Sollemnis gehörte und unter Harus' Leichnam versteckt wurde, um es vor den Barbaren zu verbergen? Aber das ist wohl nicht meine Angelegenheit…«

»Ist es nicht, damit hast du verdammt noch mal recht.«

Tullo ignorierte Julius' Einwurf und fuhr fort. »Warum ich loszog, um meinen Bruder zu finden, wo es doch einen Haufen Barbaren gab, an denen es Rache zu üben galt? Zum einen wollte ich sichergehen, dass er tot und nicht von den

Blaunasen gefangen genommen worden war. Zum anderen wollte ich sehen, ob ich etwas finden konnte, um mich an ihn zu erinnern. Diese blaunasigen Mistkerle hatten nämlich keine Zeit, ihn auszuplündern, sonst würdest du dieses hübsche Schwert nicht tragen, Zenturio. Aber sie hatten sein Bärenfell mitgenommen, das einzige Kleidungsstück, das nicht zur Standardausrüstung der Legion gehörte. Und sie haben dies hier zurückgelassen ...« Er hob die Tafel erneut hoch. »Keiner von ihnen konnte lesen, nehme ich an. Und selbst wenn – wie hätten sie sich darauf einen Reim machen sollen?«

Er öffnete den Deckel der schmalen Holztafel, worauf die beschriebene Wachsfläche für die tungrischen Offiziere sichtbar wurde.

Dubnus blickte prüfend auf die eng aneinandergedrängten Worte, konnte deren Sinn jedoch nicht entziffern. »Ich kann das nicht lesen.«

Tullo lächelte wissend und tippte mit dem Finger an seine Nase. »Nur, weil du nicht weißt, wonach du suchen musst. Gestattet mir, es euch zu erklären ...«

»Ich habe Feierabend. Kommt morgen wieder.«

Der Steinmetz drehte sich von den beiden Soldaten weg, schloss die Tür seiner Werkstatt und fischte in seinem Beutel nach dem Schlüssel, um sie zu verriegeln. Sanga und Saratos tauschten einen Blick, worauf Ersterer in seinen Beutel griff und eine beeindruckende Handvoll Münzen zutage förderte. Er schüttelte die Hand, um sie zum Klingen zu bringen, wandte sich ab und sprach seine Entgegnung mit lauter Stimme.

»Na dann, Saratos, lass uns gehen und einen Steinmetz

suchen, der intelligent genug ist, keine Kunden fortzujagen, die bereit sind, für fachgerechte, schnelle Arbeit ein wenig mehr zu bezahlen. Wir sollten das viele Silber lieber einem Mann geben, der gutes Geld nicht auszuschlagen gedenkt…«

Der Steinmetz ließ seinen Arm vorschnellen und packte den Soldaten am Ärmel, ließ ihn aber sogleich wieder los, als er Sangas Gesichtsausdruck bemerkte.

»Nicht so hastig, Herr. Ich wollte nur sagen, dass mein übliches Tagewerk beendet ist. Für gute Kunden wie euch bin ich natürlich stets bereit, über Aufträge für schöne Steinarbeiten zu sprechen. Statuen, Grabmale…«

»Wir brauchen einen Altar. Einen schönen, großen, mit einer Inschrift darauf für einen Soldaten.«

Der Steinmetz lächelte breit. »Altäre sind meine Spezialität. An was für eine Inschrift hattet ihr denn gedacht?«

Sanga nickte Saratos zu, der dem Steinmetz eine Tafel reichte. Darauf hatte Morban mit viel Mühe die Worte geschrieben, auf die sich Sanga und seine Kameraden der Zeltgemeinschaft geeinigt hatten.

»*Für die Götter der Geistwesen…*«

Der Steinmetz strahlte die beiden an. »Ein sehr hübscher, der Tradition gemäßer Anfang, wenn ich mir die Bemerkung erlauben darf, meine Herren. Zu viele Leute verzichten heutzutage darauf, um Geld zu sparen, doch ich war immer der Meinung, es sei ein Fehler, wenn man den Schatten der Verstorbenen nicht den angemessenen Respekt entgegenbringt. Ich…«

Als er sah, dass Sangas Gesicht sich ungeduldig verzog, richtete er seine Aufmerksamkeit wieder auf die Tafel.

»*… dem Gedenken an den Soldaten Narbengesicht gewidmet…*«

Er warf einen verwirrten Blick auf Sanga. »Hatte er keinen *richtigen* Namen?«

Saratos schnaubte. »Doch, hatte er, aber er wurde von den Männern, die mit ihm kämpften und neben ihm starben, stets *Narbengesicht* genannt. Also soll *Narbengesicht* auch auf seinem Altar stehen.«

Sanga nickte mit tränenfeuchten Augen. »Besser hätte ich es nicht ausdrücken können.«

Der Steinmetz zuckte die Achseln. »Wie ihr wünscht. Also ... *dessen stolze Narben nur die Vorderseite seines Körpers zierten.* Ein edler Satz für einen Soldaten. Wir schnell soll die Arbeit fertig sein, und wo soll ich den Altar aufstellen?«

Mit vielsagendem Schütteln wog Sanga das Gewicht seiner Handvoll Münzen. »Hör zu: Morgen marschieren wir zum Nordwall und noch etwas weiter, doch wir werden in ein bis zwei Wochen wieder vorbeikommen. Bei unserer Rückkehr würden wir gerne einen hübschen neuen Altar sehen, der einen kämpfenden Soldaten zeigt, in vorderster Reihe, versteht sich, samt der Inschrift. Den Altar stellst du am Straßenrand auf, und zwar so nahe am Kastell, wie man es dir erlaubt. Meinst du, du kannst das bewerkstelligen?«

Der Steinmetz straffte die Schultern und streckte die Hände aus, wobei er die breiten, vernarbten Finger spreizte, die das Werkzeug seines Handwerks darstellten. »Mit diesen beiden Händen, meine Herren. Ich werde alle anderen Aufträge vertagen, bis die Aufgabe vollendet ist.«

Er spuckte in die Hand und hielt sie Sanga hin, der sogleich einschlug und sie kräftig schüttelte.

»Abgemacht.«

Er reichte ihm die Münzen und nickte, als der Steinmetz sie in seinen Beutel gleiten ließ.

»Aber lass mich bloß nicht hängen! Der gute alte Narbengesicht hat mir viel bedeutet. Solltest du meine Erwartungen enttäuschen, versichere ich dir, dass du deine Eier in Zukunft als Ohrringe tragen wirst.«

Bevor die Soldaten sich umwandten, verbeugte der Steinmetz sich ehrerbietig. Lächelnd wog er den Beutel in der Hand, während er den beiden Männern nachsah, die den Hügel hinunter zu ihrem Lager zogen.

Calgus schlurfte zu dem Schrein, in dem der Adler aufbewahrt wurde. Einen Moment verharrte er und sah sich in dem Raum mit den rauchgeschwärzten Wänden um. Mehrere Dutzend Männer erwiderten seinen prüfenden Blick mit ausdruckslosen Augen und starrten, ohne zu blinzeln, aus dem gedämpften Licht der Lampen zurück. Dieses Licht war Teil der mystischen Atmosphäre, die der Stammespriester um das Feldzeichen der Legion gewoben hatte, seit der verkrüppelte Selgovae-Anführer dem neuen König den Adler überlassen hatte, um sich damit eine sichere Stellung unter den Venicones zu verschaffen. Einen vorrangigen und stolzen Platz unter den abgehauenen Köpfen, die an der Wand des Schreins aufgereiht waren, nahm der Schädel des Legaten ein, den Calgus' eigener Leibwächter am selben Nachmittag getötet hatte, als sein ehemals mächtiger Stamm zwei Jahre zuvor in einem frühen Stadium der Revolte die Sechste Legion überrannt und den kostbaren Adler geraubt hatte. Viele Monate war er in einem mit Zedernöl gefüllten Krug aufbewahrt worden, um die Verwesung zu unterbinden. Dann wurde der Kopf in einer Räucherkammer getrocknet, bis sich die Haut straff gespannt hatte und er zur Größe eines Kinderschädels geschrumpft war. Doch noch immer war der Legionskommandeur deutlich zu erkennen.

»Bist du gekommen, um dem Adler zu huldigen?«

Der ehemalige König der Selgovae runzelte einen Augenblick die Stirn und lächelte, als er den Stammespriester in dem halbdunklen Raum erkannte. »Ich wollte lediglich meine Erinnerungen an den glorreichen Augenblick auffrischen, als ich den Römern den Adler raubte. Du wirst dich daran erinnern, dass mein Stamm bereits gegen die Invasoren kämpfte, lange bevor dein Volk sich herabließ, sich unserem Unterfangen anzuschließen.«

Der Stammespriester trat von der Holzkiste weg, in der er den Adler verwahrte. Sein Gesicht hatte einen warnenden Ausdruck angenommen. »Woran ich mich erinnere, ist, dass du uns in einen Krieg geführt hast, der mit dem Tod meines Königs endete und mit dem Verlust so vieler Männer, dass mein Stamm sich in sein eigenes Land zurückziehen musste. Würden uns die Römer jetzt angreifen, anstatt sich hinter ihrem Wall zu verkriechen, bezweifle ich, dass wir die Stärke hätten, ihnen zu trotzen. Es ist für uns alle – doch insbesondere für dich – ein großes Glück, dass sie anscheinend kein Verlangen mehr spüren, in den Norden zu ziehen.«

Calgus nickte und akzeptierte damit widerwillig diese Einschätzung. »Es scheint, alle sind des Krieges müde, Priester. Alle außer mir. Ich träume nämlich immer noch von einer letzten Schlacht und von einer Niederlage der Legion, die die Römer mit eingezogenem Schwanz gen Süden schicken könnte. Das Einzige, was wir dazu tun müssten, wäre, sie jenseits des Walls auf euer Stammesgebiet zu locken, und schon hätten wir sie an den Eiern.«

Der Druide verzog das Gesicht zu einer Grimasse. »Eine

letzte Schlacht, Calgus? Eine weitere Gelegenheit, das Blut meines Volkes zur Befriedigung deines Ehrgeizes zu vergießen? Du bist zwar kein König mehr, doch offensichtlich hegst du noch immer Ambitionen, die entweder zur Vernichtung der Macht Roms über die nördlichste Provinz führen oder damit enden, dass der Stamm der Venicones durch Legionärsstiefel in den Staub getreten wird. Dies würde geschehen, wenn man deinem Wunsch in dieser Angelegenheit nachkäme.« Er trat näher an Calgus heran, zog einen Dolch unter seiner Robe hervor und zeigte dem Selgovae die hellglänzende Klinge.

Der ehemalige König wich unwillkürlich zurück, bevor er sein Gleichgewicht wiederfand. »Wagst du es, mir zu *drohen*, Priester?«

Der Druide bedachte ihn mit einem hohlen Lachen. »Nein, Calgus, das tue ich nicht. Wünschte ich deinen Tod, müsste ich lediglich ein paar Sätze ins Ohr des Jagdmeisters von König Brem flüstern, damit er eine seiner Fähen auf dich ansetzt. Stell dir die Schande vor, Selgovae: durch die Hände einer Frau zu sterben!« Er beugte sich näher zu dem abgesetzten König und senkte die Stimme. »Das sind ungemein boshafte Weibsbilder, Calgus, die dir lieber die Eier abhacken und dich langsam verbluten lassen, als dir die Gnade eines schnellen Todes zu gewähren. Ich könnte sie dir jederzeit auf den Hals hetzen, um meinem Stamm die Gefahr zu ersparen, erneut ins Verderben zu laufen, und das würde ich auch tun, wenn ich nicht wüsste, dass dein Tod ohnehin bald bevorsteht.« Er hob erneut die Klinge. »Ich zeige dir diesen heiligen Dolch, den ich für meine Opferriten und meine Prophezeiung benutze, nur, um dir deutlich zu machen, mit welchem Instrument ich dein Schicksal vorausgesagt habe.«

Calgus lächelte breit und schüttelte ungläubig den Kopf. »Deine blutigen ›Prophezeiungen‹ mögen zwar die einfachen Gemüter deines Stammes beeindrucken, Priester, aber du kannst die Zukunft ebenso wenig anhand der Eingeweide eines toten Schafes voraussagen, wie für mich die Chance besteht, je wieder laufen zu können. Also nimm deine Weissagungen und steck sie dir dahin, wohin die Sonne niemals…«

Der Priester lachte erneut und bewegte die Dolchklinge, die den Schein der Lampen einfing und Lichtreflexe über Calgus' Gesicht tanzen ließ. »Die Sonne? Vielleicht meintest du eher den *Sohne*, nämlich das Kind jenes Mannes, der am Ende seines Lebens eine traurige Wende des Schicksals erleiden musste. Der Sohn aber kehrt zurück, Calgus. Der Sohn.«

Der Priester lächelte Calgus kaltblütig an, und als Letzterem die Bedeutung seiner Worte klar wurde, verengte er die Augen zu Schlitzen. »Was?« Augenblicklich war die ironische Heiterkeit aus seinem Gesicht verschwunden und wurde von aufquellendem Ärger ersetzt.

Sollte diese Gemütsänderung den Priester aus der Fassung gebracht haben, ließ er es sich nicht anmerken. »Ich kann deine Zukunft in der Leber eines makellosen Lammes lesen, Calgus, und nach deiner Reaktion zu urteilen, weißt du sehr gut, wovon ich spreche. Ich habe das Tier geopfert, um dein Schicksal zu erfragen, Calgus, und als ich die Leber auf den Altar legte, sah ich in deiner Zukunft drei Ereignisse.«

Calgus biss wütend die Zähne zusammen, weil er es sich nicht verkneifen konnte, die Geschichte des Schicksalsdeuters zu Ende zu hören. Er schob sein Gesicht bis auf wenige Zentimeter an das des Priesters heran. »Und?«

Der Stammespriester schüttelte in finsterem Vergnügen den Kopf. »Was? Willst du jetzt etwa meine ›blutigen Prophezeiungen‹ hören? Ich dachte, die könnten nur einfache Gemüter ...«

»Sag mir, was du gesehen hast, Priester!«

Der Druide spreizte die Hände. »Gut, Calgus, wenn du darauf bestehst ... Drei Dinge las ich in deiner Zukunft, die mir von den Göttern durch die Fähigkeit der Opfergabendeutung offenbart wurden. Ich sah einen Sohn, der noch immer von der dringlichen Sehnsucht nach Rache erfüllt ist. Zweifellos hast du genügend Männer umbringen lassen, dass einer ihrer Söhne überlebt hat und von Vergeltung träumt. Ich sah einen Prinzen, von anderem Wesen als die Männer, die ihn umgaben. Vielleicht sind er und der Sohn dieselbe Person? Das vermag ich nicht zu sagen. Und ich sah den Tod, Calgus, unverkennbar und unausweichlich. Den *Tod*.«

Der Selgovae schüttelte verwirrt den Kopf. »Der Sohn ... Es gibt einen solchen Sohn. Aber ich weiß nichts von einem Prinzen und auch nichts von einem König, den ich hätte töten lassen und dessen Sohn am Leben blieb, um Rache zu üben.« Er runzelte die Stirn. »Und der Tod? Wessen Tod, Priester?«

Der Druide schüttelte erneut den Kopf. »Meine Macht ist nicht so groß, als dass ich die Zukunft in allen Einzelheiten voraussagen könnte. Das Einzige, was ich weiß, ist, dass deine Zukunft vom Tod überschattet ist. Vielleicht droht er dem Sohn, oder er wird den Prinzen dahinraffen. Am wahrscheinlichsten aber ist, dass es sich um deinen eigenen Tod handelt, denn in den heiligen Worten, die ich vor der Opferung des Lammes sprach, habe ich deinen Namen genannt. Der Tod wird kommen, Calgus. Und das schon sehr bald.«

3. Kapitel

Beim ersten Licht des Morgengrauens zogen die Tungrer zur Parade auf, um dann nach Norden zu marschieren. Tullos Schreibtafel lag sicher in einer Ecke von Tribun Scaurus' Feldkiste verstaut. Drest und seine Kameraden hielten sich nahe an Marcus' angestammtem Posten an der Spitze der Fünften Zenturie, und als der Römer seine Männer auf den Exerzierplatz marschieren ließ, spürte er die Blicke der sarmatischen Zwillinge in seinem Rücken. Julius und Scaurus unterhielten sich eine Weile, wobei der Tribun seine Worte mit Gesten unterstrich, die aussahen, als zerhacke er etwas auf der leeren Handfläche. Der muskelbepackte Erste Speer schritt darauf die Reihe der Zenturien ab, gefolgt von zwei Männern, über die die Soldaten im vergangenen Jahr gelernt hatten, dass es besser war, sich nicht mit ihnen anzulegen. Dann baute Julius sich vor Castus' Söldnern auf. Der Hüne Lugos blickte ihm über die Schulter, und der stämmige Arminius, Scaurus' Leibwächter, stellte sich neben ihn. Julius schwieg einen Moment und ließ etwas Zeit verstreichen, um seine drohende Haltung durch einen finsteren Blick auf die zerschlagenen Gesichter der Sarmaten-Zwillinge deutlich zu machen. Die beiden Männer hinter ihm trugen ihre üblichen Waffen: Im Fall von Lugos war das ein Streithammer, so schwer, dass nur wenige Männer ihn anheben konnten, ohne vor Anstrengung zu ächzen, geschweige denn ihn mit der entsetzlichen Kraft und Schnelligkeit des Hünen zu schwingen. Das eine Ende des Hammers war zu einem spitzen, eisernen Schlagdorn geschmiedet, das andere bestand aus einer scharfen, hakenförmigen Axtklinge.

Julius deutete auf die Zwillinge und setzte eine entschlossene Miene auf. »Ihr zwei Verrückten seid für den Geschmack meines Tribuns ein wenig zu rasch mit scharfem Eisen bei der Hand. Daher hat er mir aufgetragen, euch unmissverständlich klarzumachen, dass die Benutzung echter Schwerter beim Training aus gutem Grund verboten ist.« Ram und Radu setzten Gesichter auf, von denen der nahebei stehende Marcus annahm, sie sollten Unverständnis ausdrücken, weshalb der Erste Speer mit einem seiner breiten Finger zu Drest hinüberdeutete, um ihn herbeizuholen. »Du da! Komm her und übersetze ihnen, was ich sage, damit es nachher nicht heißt, sie hätten mich nicht verstanden. Ihr zwei hört mir jetzt gut zu, und lasst es euch gefälligst nicht in den Sinn kommen, mich zu unterbrechen – es sei denn, ihr sehnt euch nach der Bekanntschaft mit der Peitsche.«

Er wartete, bis Drest seine Worte übersetzt hatte, und lächelte grimmig, als er sah, wie seine Androhung von Gewalt ihre Wirkung auf den Gesichtern der Zwillinge zeitigte.

»Diese beiden hier« – er deutete mit dem Daumen über die Schulter auf die Barbaren hinter ihm – »sind die widerlichsten Mistkerle, die ihr je getroffen habt oder treffen werdet. Beide scheinen aus mir unerfindlichen Gründen Zenturio Corvus sehr zugetan. Für den Fall, dass einer von euch *meinen* Zenturio ohne meine Erlaubnis mit einer blanken Klinge angreifen sollte, haben sie den Befehl, ihre Waffen mit ebenso großer Brutalität gegen *euch* zu führen. Und das,

Sarmaten, bedeutet, dass ihr um euer Leben kämpfen müsst. Habt-Ihr-Das-Verstanden?«

Die Männer lauschten der Übersetzung mit düsteren Gesichtern und nickten.

Julius nickte mürrisch zurück, und während er sich abwandte, um die Kolonne in Bewegung zu setzen, warf er zur Sicherheit den beiden Hünen noch ein paar Worte über die Schulter zu. »In Ordnung. Ihr beide, behaltet sie im Auge. Falls sie aufmucken, wartet nicht auf meinen Befehl, sondern verfahrt mit ihnen auf die Weise, die euch lieb ist. Über die Feinheiten unterhalten wir uns dann später.«

»Feinheiten?«

Arminius lächelte vielsagend, als er sah, wie Lugos die Stirn runzelte. Die Lateinkenntnisse des hünenhaften Selgovae-Kriegers hatten sich, seit er zu Beginn des Feldzugs gegen Calgus gefangen genommen worden war, über die Monate zwar verbessert, doch noch immer gab es viele Worte, die er nicht verstand.

»Ja, Feinheiten. Beispielsweise, eine kleine Münze aufzutreiben, die man in den Mund des Toten legen kann, um den Fährmann zu entlohnen. Oder das Sammeln von Holz für den Scheiterhaufen.«

Lugos nickte feierlich. »Feinheiten. Ein schönes Wort. Ich würde mich daran erinnern.«

»Ich *werde* mich daran erinnern.«

Der Riese drehte sich um und starrte erstaunt den Soldaten der Fünften Zenturie an, der ihn ungefragt und ohne nachzudenken korrigiert hatte.

»Das ist eine … warte, gleich fällt es mir ein … ja, das nennt man … *Verarschung*?«

»*Keinesfalls!*«

Der Tungrer riss die Augen auf und hob die Hände, um deutlich zu machen, dass er es nie im Leben gewagt hätte, sich über den riesenhaften Selgovae-Krieger lustig zu machen.

Lugos senkte den Kopf, bis sein Gesicht sich nahe vor dem des Soldaten befand, der unglücklicherweise nicht ausweichen konnte, da die Männer hinter ihm die Stellung hielten. Dann tätschelte er zärtlich den grob geschmiedeten Schlagdorn seines Streithammers. »Richtig, *werde*. Noch ein gutes Wort. Ich *werde* dich lehren, Lugos nicht zu verarschen. Ich *werde* dich mit Hammer kitzeln. Du werdest *Feinheiten* brauchen.«

Arminius blickte an dem Hünen vorbei auf den angstschlotternden Soldaten und hob eine Braue. »Was er *tatsächlich* brauchen wird, sind frische Beinkleider, würde ich meinen. Lass ihn in Ruhe, du schrecklicher Bastard! Du hast dich klar genug ausgedrückt.«

Die Tungrer marschierten an jenem Morgen wieder rasch Richtung Norden, wobei sie den ganzen Tag zwischen Laufschritt und schnellem Marsch wechselten, um gute dreißig Meilen hinter sich zu bringen. Eine Stunde vor Sonnenuntergang klatschten ihre genagelten Stiefel über den Exerzierplatz des Vorpostens Trimontium. Julius beobachtete anerkennend, wie seine abgekämpften Männer auf das flache Gelände taumelten, und war dankbar, dass er selbst bei diesem Tagesmarsch keinen Schild, Speere oder Gepäck hatte tragen müssen.

»Die Männer sind völlig fertig, Tribun, daher schlage ich vor, dass wir heute einmal die oberste Regel brechen und ihnen gestatten, das Feldlager zu benutzen, das noch vom letzten Jahr übrig ist, als die Ala Petriana die Venicones in dem zerfallenen Kastell in die Enge getrieben hat.«

Die ausgebrannte Ruine des großen Vorpostens, der die Straße nach Norden bewacht hatte, bevor die nördlichen Stämme rebellierten, erhob sich vor ihnen, und ihre rußgeschwärzten Steinwände zeichneten sich bedrohlich hinter dem Exerzierplatz ab – ein stummes Zeugnis der grausamen Auseinandersetzungen, die die nördlichste Verteidigungslinie des Kaiserreichs unter der Führung von König Calgus heimgesucht hatten.

Tribun Scaurus nickte bedächtig und musterte das Kastell mit finsterem Blick. »Sieht aus wie eine Richtstätte.«

Julius wandte sich ihm mit einem finsteren Lächeln zu. »Das ist es auch, denn vor nicht allzu langer Zeit wurde hier einer der Unseren gefoltert und hingerichtet. Ein Decurio der Ala Petriana hat unserem harmlosen Kavallerie-Decurio eine Geschichte erzählt, die Silus mir eines Abends nach ein paar Bier weitererzählte. Es scheint, einer der Offiziere der Petriana sei auf Schätze aus gewesen, weshalb er, wann immer er Gelegenheit dazu bekam, auf Raubzug ging. Silus kannte den Mann natürlich und erzählte mir, er habe das gestohlene Gold in einer verriegelten Eichenkiste verwahrt. Keiner der Soldaten habe den Mut gehabt, es ihm abzunehmen, da er ein überaus kampflustiger Mann war. Sie haben nie genau herausgefunden, wie es zugegangen ist, doch in derselben Nacht, als unser alter Freund Tribun Licinius die Venicones dort drinnen eingekesselt hatte« – er deutete mit dem Kopf auf die rußgeschwärzten Mauern des Kastells – »und sie nach der siegreichen Schlacht gegen Calgus im Wald wieder nach Norden scheuchte, schlichen sich die tätowierten Affen in der Dunkelheit heran und lockten den goldverliebten Trottel in einen Hinterhalt. Dann schleiften sie ihn ins Kastell, banden ihn auf dem Pranger fest und bearbeiteten ihn mit ihren Messern direkt vor den Augen der Kavalleristen. Sie haben ihm gut einhundert Schnitte zugefügt, einen Speer durch jeden seiner Schenkel gejagt und ihm den Bauch aufgeschlitzt – doch er hat die ganze Zeit keinen Mucks von sich gegeben. Egal, wie närrisch er gewesen sein mochte, hätte ich das unter denselben Umständen wohl kaum vermocht. Zu guter Letzt wurde dem Stammeskönig das Spektakel wohl zu langweilig, also schnitt er ihm den Hals durch und ließ ihn da oben hängen – als abschreckendes Beispiel für die Pferdejungs, auf dass sie in Zukunft Abstand hielten. Als der Tribun anordnete, die Feldkiste des Mannes zu öffnen, befand sich angeblich genügend Gold darin, um eine ganze Legionszenturie in Rente zu schicken, und es wäre noch immer genügend Geld übrig gewesen, um einen Monat lang jede Nacht ihr Saufen und Huren zu finanzieren.«

Scaurus lächelte den Ersten Speer ironisch an. »Und was ist die Moral der Geschichte? Man sollte nicht zu gierig werden, oder was?«

Julius lachte schallend. »Die Moral ist meines Erachtens: Man sollte nicht so blöd sein, seine Einheit des Nachts zu verlassen, solange Barbaren da draußen herumlungern. Doch wie dem auch sei – das Kastell ist unbenutzbar, sofern wir nicht ein paar Tage investieren, um neue Tore einzubauen. Die Männer sind heute aber nicht mehr zu gebrauchen, deshalb …«

Der Tribun nickte. »Einverstanden. Es sieht ja nicht so aus, als seien Barbarenhorden unterwegs. Wir werden also das bereits bestehende Marschlager nutzen, sollten dabei aber wachsam bleiben. Auf Horchposten können wir wohl verzichten, da es nichts zu horchen gibt, aber lass uns trotzdem die üblichen Schichten von Nachtwachen aufstellen.«

»Ich hätte nie gedacht, dass ich einmal so dankbar sein würde, eine verdammte Legionsfestung wiederzusehen.«

Felicia warf einen besorgten Blick auf ihre Assistentin und schloss aus deren blasser Gesichtsfarbe und dem unbehaglichen Aussehen, dass Annia dringend eine Pause vom kontinuierlichen Schaukeln über die Pflastersteine brauchte. Als die Straße sich den letzten Hügel hinaufzog, der zwischen dem Goldkonvoi und ihrem Zielpunkt lag, waren die hohen Steinmauern von Eburacum aus dem gedämpften Licht des Spätnachmittags aufgetaucht. Prompt hatten die Soldaten, die dem Konvoi vorausmarschierten, und ihre Kameraden am Ende des Zuges grölend ein Marschlied angestimmt.

»Sie hören sich ebenfalls ziemlich dankbar an.«

Auf die ungerührte Bemerkung ihrer Freundin hin schaffte es Annia, ein angestrengtes Lächeln aufzusetzen. »Ich nehme an, sie werden die Hurenhäuser des Vicus benachrichtigen – jetzt, wo sie nur noch eine Meile von einem heißen Bad und freier Zeit entfernt sind.«

Felicia lachte. »Wahrscheinlich hast du recht. Wann hätte ein Mann je mit einem anderen Organ gedacht als seinem Bauch und dem, was darunter baumelt?« Sie reichte Annia die Lederflasche, die sie abends zuvor mit einem Tee aus Himbeerblättern gefüllt hatte. »Vielleicht hilft dir ein weiterer Schluck, die Krämpfe zu besänftigen?«

Annia schob die Flasche mit angeekelter Miene weg. »Ich habe so viel von dem Zeug getrunken, dass es für mein ganzes Leben reicht. Die Hebammen mögen zwar darauf schwören, aber ich weiß nur, dass es nach Pferdepisse schmeckt. Bewahre dir den Tee lieber für deinen neuen Verehrer auf – vielleicht lässt ein Schluck davon seinen Schwanz für ein oder zwei Tage schrumpfen, sodass er nicht länger um dich herumschnüffelt wie ein Rüde hinter einer Hündin.«

Felicias Gesicht verfinsterte sich. Kurz nach Mittag war Tribun Sorex zum Konvoi gestoßen. Begleitet wurde er von mehreren Legionszenturien, die unter dem Kommando eines grimmig dreinblickenden Zenturios nach Norden marschierten. Er trug einen dichten schwarzen Bart und hatte eine lange Narbe im Gesicht, die eines seiner Augen durchtrennte und sich bis zum Kiefer hinabzog.

»Marschier nur weiter, Zenturio Gynax, ich werde das Gold zurück in die Festung eskortieren. Und viel Glück für deine Mission bezüglich des Adlers!«

Gynax hatte salutiert, wobei Felicia seinen vielsagenden Blick bemerkte, und Sorex hatte seine Männer lässig mit einem Winken seiner Hand gen Norden entsandt, bevor er sein Pferd neben das des Feldpräfekten geführt und eine Weile mit seinem erfahrenen Untergebenen geplaudert hatte. Nachdem er sich vergewissert hatte, dass seine kostbare Fracht unbeschadet war, hatte er sein Pferd gezügelt und gewartet, bis der Konvoi vorbeigezogen und der medizinische Versorgungswagen auf gleicher Höhe mit ihm war. Dann hatte er sich mit einem breiten Lächeln der Medica zugesellt.

»Nun, meine Damen, wie geht es euch? Ich schwöre, ihr seht noch strahlender aus als gestern, falls das überhaupt möglich sein sollte!«

Annia, die zusammengesackt auf der Wagenbank hockte, um sich so gut wie möglich vor den Schlaglöchern der Straße zu schützen, hatte ihn ungläubig angestarrt, worauf Felicia, die sein unehrliches Kompliment ebenso unangebracht fand, ihre Antwort mit Bedacht formulierte.

»Und du, Tribun, siehst wahrlich so aus, als hättest du nicht eine einzige Sorge auf der Welt. Wie schaffst du es, unter so beschwerlichen Umständen deine Gelassenheit aufrechtzuerhalten?«

Sorex hatte sie angelächelt und seinen starren Blick länger auf ihrem Körper verweilen lassen, als angemessen war. »Gelassenheit, Domina? Ganz einfach: Mein Gold wird gleich durch die massiven Steinmauern einer Legionsfestung rollen, wo man es ins Fahnenheiligtum schaffen und rund um die Uhr bewachen wird …«

»*Dein* Gold?«

Der Tribun tat, als hätte er Annias gemurmelte Worte überhört. »Abgesehen davon befinden sich einige meiner Zenturien auf dem Weg nach Norden, um einer neuen Information nachzugehen, die den Aufenthaltsort des verlorenen Legionsadlers anbelangt …«

Diesmal antwortete Annia lauter, wobei sie sich unter großer Anstrengung mit fragendem Blick vorbeugte. »Du hast doch unsere Männer schon gestern nach Norden entsandt, um deinen Adler zu jagen. Auch sie folgten, wie ich vernahm, ›unfehlbaren Informationen‹ hinsichtlich seines Verbleibs. Was sollte es nun also Neues geben?«

Sprachlos, von der simplen Gehilfin einer Medica ausgefragt zu werden, betrachtete er Annia einen Augenblick mit gerunzelter Stirn und entschied schließlich, sie einer Antwort zu würdigen. »Tatsächlich haben uns Informationen erreicht, dass der verlorene Adler *nicht* in der Festung der Venicones im hohen Norden weilt, Domina. Vielmehr könnte er nach Süden gebracht worden sein, wo die Briganten hausen. Eine Art doppelter Bluff, könnte man sagen: das Ding genau da zu verstecken, wo man am wenigsten danach suchen wird. Natürlich könnte der Hinweis falsch sein, aber ich würde meine Pflicht verletzen, wenn ich der Sache nicht nachgehen würde, findet ihr nicht?«

Felicia hatte genickt und ihre Assistentin warnend mit der Fußspitze am Knöchel angestoßen. »In der Tat, Tribun. Ich bin mir sicher, du wirst nichts unversucht lassen, um deine Suche nach einem so gefühlsträchtigen Emblem deiner stolzen Legion zum Erfolg zu führen.«

Sorex hatte anerkennend den Kopf geneigt und erneut das Lächeln eines Beutejägers aufgesetzt. »*Gefühlsträchtig!* Genau der Ausdruck, den ich selbst verwandt hätte! Du bist wahrhaftig eine Domina, Medica – nicht nur kultiviert, sondern auch mit einem Äußeren gesegnet, das Aphrodite vor Scham im Boden versinken lassen würde, wenn es zu einem Vergleich käme. Ich kann es kaum erwarten, dich besser kennenzulernen!«

Damit hatte er seinem Pferd die Sporen gegeben und war davongeritten, worauf die Frauen ihm mit ungläubiger Verwirrung hinterherstarrten.

Annia hatte angewidert den Kopf geschüttelt und sich auf der unbequemen Wagenbank zurückgelehnt. »Vor diesem ›Kennenlernen‹ solltest du dich besser hüten, würde ich meinen. Ich habe lange genug ein Bordell geführt und bin Tausenden sexhungrigen Männern begegnet, doch nur wenige hatten den Blick dieses Kerls. Er ist ein Nehmer, und zwar einer von der rücksichtslosen Sorte. Wenn du diesem Dreckskerl die Gelegenheit gibst, dich allein anzutreffen, wird er bis zu seinen Eiern in dir stecken, noch bevor du es merkst, und er wird dir dabei kaum eine Wahl lassen.«

Felicia sah dem sich entfernenden Tribun besorgt nach. »Auch ich kenne diesen Blick. Mein erster Mann bedachte damit Frauen, die seines Erachtens nur dazu da waren, erobert zu werden, nachdem er mich selbst durch unsere Heirat hinter Schloss und Riegel gebracht hatte. Wie du selbst sagst, wäre es wohl besser, ich würde meine Arbeit einstellen, um der Zuwendung des Tribuns so lange zu entgehen, bis unsere Männer aus dem Norden zurück sind.«

»Es scheint mir einfach nicht richtig. Das ist, als ob man in ein Hurenhaus ginge, ohne sich vorher ein paar Bier zu genehmigen.«

Nachdem sie von der üblichen Aufgabe, ein Feldlager mit Erdwällen zu errichten, befreit worden waren, verwirrte es die Tungrer, plötzlich nichts anderes zu tun zu haben, als in ihren Zelten herumzusitzen und zu plaudern. Gemeinsam warteten sie darauf, dass ihre Essensrationen fertig wurden – gekocht von den Soldaten, die als angemessen versiert in der Benutzung der großen Eisenkessel galten, die jede Zenturie auf Mauleselkarren zusammen mit ihren Zelten in den für sie bestimmten Abschnitt des Durchgangslagers bringen ließ.

Sanga grinste den Sprechenden schief an. Es war ein Soldat namens Horta, der aus der angrenzenden Zeltgemeinschaft stammte und dafür bekannt war, sich selbst für den Größten zu halten, obwohl er nie die Courage aufbrachte, dem tatsächlichen Anführer der Zeltmannschaft entgegenzutreten und für seine Ansichten einzustehen.

»Nach allem, was ich gehört habe, bist du eher einer, der vorher ein paar Bier zu viel kippt und seine Auserwählte des Abends dann mit einem nutzlosen Stück schlaffer Wurst beehrt!«

Sangas Kameraden lachten leise, denn sie waren diese

scharfen Kommentare gewohnt und gut darin geübt, es in Bezug auf Schlagfertigkeit mit ihm aufzunehmen, sofern seine Scherze auf ihre Kosten gingen. Doch Horta war, wie es schien, weniger gewandt im Hieb- und Stichspiel des Positionsgerangels, das zum Leben innerhalb einer Kohorte gehörte.

»Halt dein Maul, Sanga! Ich kann jedwede Frau dazu bringen, vor Wollust zu kreischen!«

Die Männer schüttelten bestürzt den Kopf, und mehr als einer von ihnen war sichtlich zusammengezuckt. Sie alle wussten, dass das Spiel auf diese Weise nicht zu gewinnen war.

Sanga grinste Horta erneut an und verengte berechnend die Augen, während er sich eine Antwort überlegte. »Um ehrlich zu sein, habe ich das tatsächlich von den Damen gehört.« Köpfe wurden wieder angehoben, während die Männer auf die Fortsetzung warteten, denn sie wussten, dass der grobschrötige Sanga im Geiste bereits zu zählen begonnen hatte. Horta hingegen nickte geschmeichelt und nahm das augenscheinliche Kompliment gerne an. »Mehr als eine der Huren, die wir beide bestiegen haben, erzählte mir, wie glücklich sie war, dein Geld für nichts Schlimmeres als einen Kniff in die Wange und ein paar aufmunternde Worte erhalten zu haben. Daher müssen ein, zwei von ihnen bei der Aussicht auf eine freie Stunde vor *Freude* gekreischt haben!«

Die beiden Zeltmannschaften hielten sich die Bäuche vor Lachen, nur Horta und sein Kamerad Sliga machten ein steinernes Gesicht.

»Du kannst uns mal, Sanga!«

Der Veteran schüttelte verblüfft den Kopf und hob die Stimme, um die seines Gegenspielers zu imitieren, wenngleich er sie zwei Oktaven höher hielt. »›*Du kannst uns mal, Sanga!*‹ Ist das alles, was du anzubieten hast, Freund Sliga? Keine geistreiche Entgegnung? Nichts Besseres als ›*Du kannst uns mal, Sanga!*‹?« Er erhob sich und wischte das feuchte Gras von seiner Tunika. »Hier ist in puncto Spaß nichts zu holen, also werde ich lieber Quintus meine Dienste anbieten und Wasser besorgen. Falls während meiner Abwesenheit das Abendessen kommen sollte, stellt sicher, dass etwas für mich übrig bleibt, sonst werde ich mir eine Scheibe eures Hinterns rösten. Kommst du mit, Saratos, du barbarischer Schwachkopf?«

Der Sarmate erhob sich mit einem grimmigen Lächeln und zeigte dem altgedienten Soldaten seinen Bizeps. »Ja, ich komme Wasser für dich tragen. Trage zwei Eimer mehr als du, denn du müde vom Ficken von Tieren.«

Sanga nickte anerkennend. »Siehst du Horta, *so* geht das. Wenn du beleidigt wirst, steckst du es weg und gibst es mit Zins zurück. Und hör auf, mich anzustarren, du Waschlappen – es sei denn, du möchtest auch diesen kleinen Kampf verlieren.« Horta blinzelte, und sein Peiniger schlug in ironischem Vergnügen die Augen zum Himmel. »Habt ihr das gesehen? Komm, Saratos. Bis später, ihr Versager, wir müssen jetzt los, um ein bisschen Zeit mit ein paar echten Kerlen zu verbringen.«

Felicia blickte sich mit erleichterter Miene in ihrem neuen Quartier um, das im Vicus der Festung Eburacum lag. Geistesabwesend streichelte sie das flaumige Haar des Babys, das sich entspannt in ihren Armen räkelte. Die elegant gekleidete Dame, die sie vom Tor zu ihrem Haus geführt hatte, bemerkte ihren Blick und nickte. Mit entschuldigender Miene zeigte sie auf das von einer Lampe erhellte freie Schlafzimmer, dessen Wände aus weiß getünchtem Gips bestanden. Zwei Betten standen auf einem einfachen Dielenboden.

»Es tut mir leid, dass ich dir nichts Besseres anbieten kann. Ich weiß, dass der Raum nicht viel hergibt.«

Annia wandte sich um, was mit ihrem dicken Bauch nur schwer gelang, und sah ihr in die Augen. »Du scherzt wohl! Üblicherweise wohnen wir in der medizinischen Abteilung der Festungen, wo verwundete Soldaten jede Bewegung von uns beobachten wie ausgehungerte Hunde, die auf einen Knochen hoffen. Oder aber wir schlafen in Zelten, inmitten eines Meers aus Waffen und Lederwaren. Hast du jemals auf freiem Gelände bei einer Kohorte genächtigt, die schon ein paar Tage auf Feldzug war?« Die zierliche Frau schüttelte den Kopf und betastete nervös den Kragen ihrer reich verzierten Wollstola, die das Kennzeichen der Gattinnen reicher Männer war, doch das Kleidungsstück wollte nicht so recht zu ihrer eleganten, schmalen Gestalt passen. »Dann solltest du es einmal ausprobieren, Domina! Nichts ist vergleichbar mit dem Geruch von achthundert Männern, die nach tagelang angesammeltem Schweiß stinken, abgesehen von schlecht gewischten Hintern und dem schalen Geruch der Flecken, die das heimliche nächtliche Wichsen auf ihren Tuniken hinterlässt.«

Die Frau hatte sich am Tor der Festung als Desidra vorgestellt und schien in Anwesenheit des Tribuns und seiner Männer etwas nervös zu sein. Sie hatte sich sichtlich beeilt, die Frauen fortzuführen und den gierigen Blicken der Männer zu entziehen.

Nun bemerkte Felicia erneut dieselbe Unsicherheit, denn

Desidra hob die Augenbrauen und war eindeutig verblüfft über Annias Worte. Daher ergriff sie herzlich die Hände ihrer Gastgeberin. »Beachte sie nicht, Domina; sie ist nur müde und missmutig, weil sie das Baby schon seit neun Monaten mit sich herumschleppt, ganz zu schweigen von einer zweitägigen Fahrt auf einem Karren von der Küste her, während der die Legionäre sie bei jeder Gelegenheit mit grobschlächtigen Handgesten bedachten.«

Annia nickte, und über ihr Gesicht huschte ein kleines Lächeln. »Diese frechen Kerle! Wo ich früher in meinem Lokal doch in einem Umkreis von fünfzig Meilen die Geißel eines jeden Soldaten war! Zu meinen besten Zeiten musste ich die Esel nur mit der Andeutung eines entmutigenden Blicks ansehen, und schon überschlugen sie sich, um meine Gunst zu erlangen. Ohne mein zustimmendes Lächeln hätte keines meiner Mädchen es gewagt, jemandem in derselben Nacht ihre hübsche Scham zur Verfügung zu stellen.«

Die akkurat zurechtgezupften Augenbrauen ihrer Gastgeberin hoben sich erneut, doch nun eher erstaunt als angeekelt. »Dann warst du …?«

»Oh ja, ich war die Vorsteherin eines Bordells in Germanien, und sogar eine ziemlich gute. Ich …«

Felicia hob die Hand, um ihre Assistentin zum Schweigen zu bringen, und lächelte ihre neue Bekanntschaft milde an. »Ich denke, es gibt bessere Wege, uns kennenzulernen, als nur wenige Minuten nach unserem Zusammentreffen derartige Offenbarungen auszutauschen. Doch nachdem wir gerade dabei sind – vielleicht sollte ich dir erklären, wer wir sind? Oder hat dein … *Gatte* … das bereits erklärt?«

Desidra schüttelte den Kopf. »Dazu bestand keine Gelegenheit. Er klopfte an die Tür, sagte mir, ich solle mich um euch kümmern, rannte davon und rief mir irgendetwas von ›Gold‹ hinterher. Ich hatte gerade noch Zeit, zum Haupttor der Festung zu gehen, als euer Wagen bereits heranrollte.«

Felicia lächelte. »Dann war das sicher alles ein wenig besorgniserregend für dich. Vielleicht sollten wir uns einen Augenblick auf diese überaus einladenden Betten setzen? Ich riskiere gern, dass eine von uns beiden vor lauter Freude, auf einem sauberen Laken liegen zu dürfen, einschlummert.«

Sie legte den schlafenden Appius auf die weiche, nachgiebige Oberfläche des am nächsten stehenden Bettes. Annia setzte sich mit einem genussvollen Seufzer und legte sich dann auf den Rücken, sodass ihr fülliger Bauch in die Höhe stand.

»Jede Minute, die ich das kleine Monster *nicht* durch die Gegend schleppen muss, ist eine gute Minute.«

Desidra nickte zustimmend. »Ich habe selbst nie ein Kind geboren, und die richtige Zeit dafür ist wohl bereits vorüber, doch ich sehe, dass du eine schwere Last zu tragen hast. Wenn ich euch richtig verstanden habe, bist du« – sie warf Felicia einen höchst ungläubigen Blick zu – »eine *Medica*? Und du, Domina, bist laut deinen jüngsten Äußerungen eine ehemalige …« Desidra suchte angestrengt nach einer höflichen Formel, um ihren Satz zu Ende zu bringen.

Annia, die in der sanften Umarmung des Bettzeugs ihre gute Laune wiedergefunden hatte, lächelte unbekümmert zur Decke hinauf. »Prostituierte, ja. Wenngleich wir normalerweise eher als ›Huren‹ bezeichnet werden. Lass mich dich also darauf hinweisen, dass du gerade in Gesellschaft der besten Medica und der besten Hure in diesem beschissenen, zerrütteten Land bist.«

Felicia wartete gespannt auf Desidras Antwort und hob

die Braue, als die ältere Dame Annias Lächeln erwiderte und mit leicht übermütigem Ton antwortete.

»Nun, meine Liebe, dann bist du in Anbetracht deines derzeitigen Zustands offensichtlich eine sehr fleißige Hure!«

Die Tungrerin sperrte einen Moment den Mund auf, lachte dann schallend und rappelte sich mühsam hoch. »Und du bist offenbar weniger prüde, als man in Anbetracht deiner Erscheinung annehmen würde.«

Desidra zuckte die Achseln, hob trotzig den Kopf, und als sie antwortete, waren ihre Kiefermuskeln angespannt. »Bevor Artorius Castus mich auf dem Sklavenmarkt erwarb, damit ich mich um seine Bedürfnisse kümmere, führte ich ein eigenständiges Leben. Er hat mich nur aus Mitleid zu sich geholt, weil ich so verhungert aussah, doch die Frau in mir hat er nie wahrgenommen. Mein Vater und meine Brüder kamen in den Germanenkriegen ums Leben, worauf ich mit einem Sklavenkonvoi an die Grenze des Kaiserreichs gelangte. Damals war ich mehr tot als lebendig, denn in den vier Monaten, die die Reise von meinem Dorf zum Sklavenmarkt dauerte, war ich Vergewaltigungen und Erniedrigungen jeder Art ausgesetzt. Wenn eine Frau während eines Grenzkrieges versklavt wird, lernt sie zu überleben und mit den bittersten Seiten des Lebens zurechtzukommen – ungeachtet der weichen Kleider, die ich jetzt trage, seit Artorius und ich Mann und Frau geworden sind.« Sie blickte durch den Raum und zuckte die Achseln angesichts der nackten, nur verputzten Wände. »Dennoch befindet ihr euch gerade in einer etwas enttäuschenden Umgebung, zumindest vorerst. Doch sobald Legat Equitius von seinem Besuch in der Festung Deva zurückkehrt, wird Artorius ihn sicher bitten, euch in seinem Anwesen unterzubringen. Bis dahin aber werden wir zu fünft sein: eine ehemalige Sklavin, eine ehemalige Hure, eine Medica mit ihrem kleinen Sohn und … wie heißt der Junge, der draußen spielt?«

Felicia lächelte und lehnte sich zurück, um aus dem Fenster zu blicken. Lupus war umringt von mehreren Kindern des Vicus, die mit aufgerissenen Augen einer seiner Abenteuergeschichten über die tungrische Kohorte lauschten.

»Lupus? Oh, das ist eine komplizierte Geschichte, Domina. Wenn es aber je einen Jungen gab, der dazu geboren wurde, von Soldaten zum Mann erzogen zu werden, so ist es Lupus. Er trainiert täglich mit einem Germanen, der ihn liebt wie ein Vater, nachdem der Junge seinen eigenen während des Barbarenaufstands verloren hat. Außerdem dient er meinem Gatten als Ersatz für seinen jüngeren Bruder, den er aufgrund mörderischer Intrigen in Rom verloren hat. Was seinen Großvater anbelangt …«

Felicia verstummte und runzelte die Stirn, denn sie bemerkte, dass Desidra ihr nicht mehr zuhörte. Vielmehr hatte sich die Dame des Hauses zu Annia hinübergewandt, deren glückseliger Ausdruck über das bequeme Bett gänzlich verschwunden war, als sie entsetzt auf den großen nassen Fleck starrte, der sich auf dem Laken unter ihr ausbreitete.

Tags darauf verlief der Marsch nach Norden durch eine niedere Bergkette. Die Tungrer hüllten sich fester in ihre Mäntel, da nebliger Regen über das Tal zog und in dichten Schleiern herabfiel. Zu allem Übel herrschte auch noch ein bitterkalter Nordwind. Das Wasser suchte sich seinen Weg und lief in Rinnsalen in die Nacken und Strümpfe der Soldaten, weshalb sie letztlich ebenso durchweicht waren, als wären sie in einen heftigen Schauer geraten. Nass und abgekämpft vom dritten Tag in Folge, den sie größtenteils im Laufschritt verbracht hatten, marschierte die Kohorte müde über die Brücke des Nassen Flusses und fand sich plötzlich den Ruinen des Kastells gegenüber, das einst die Flussquerung bewacht hatte.

»*Silus!*«

Der grauhaarige Decurio ritt auf Julius' Ruf hin die Kolonne entlang nach vorn, und seine Reiterabteilung folgte ihm in einer langen Reihe. Wie üblich flogen ihnen Schimpftiraden und grobe Scherze um die Ohren.

Silus zügelte sein Pferd, sprang aus dem Sattel und salutierte vor dem Ersten Speer. »Soll ich vorausreiten und einen Platz für das Marschlager suchen?«

Julius nickte. Er blickte sich in dem unwirtlichen Gelände um und zeigte auf die Überreste des Kastells am Nassen Fluss, das wie eine Reihe zerbrochener Zähne auf dem Hügel nördlich vor ihnen lag. »In keinem Fall dort in der Nähe. Die Ruine ist nicht nur völlig untauglich für eine effektive Verteidigung, sondern die zarter Besaiteten unter den Männern werden sich dort vor Angst in die Hose pinkeln. Außerdem würde Morban seine Kameraden sofort zu Wetten verführen, dass die Seelen der toten Soldaten noch immer durch die Trümmer streifen – und dann jemanden dafür bezahlen, wehklagend und mit dem Kettenhemd rasselnd durch die Gegend zu laufen, sobald die Sonne untergegangen ist.«

Bald darauf stieß die Kavallerie auf ein ehemaliges Feldlager, dessen einst stolze Erdwälle nach jahrzehntelanger Vernachlässigung abgesunken und von Lücken durchbrochen waren. Die Tungrer machten sich sogleich an den Wiederaufbau und taten dies mit dem Eifer von Männern, die ihr Tagewerk schnellstmöglich hinter sich bringen wollten. Wenig später war das Marschlager wieder in einem Zustand, der die Zustimmung des Ersten Speers fand.

Im letzten, verblassenden Licht des Tages schritt Julius um den vier Fuß hohen Wall und nickte seinen Offizieren anerkennend zu. »Sehr gut, die Bautrupps können abtreten. Wir werden heute Nacht aber doppelte Wachschichten einlegen, denn wir sind schon weit oben im Norden und wissen nicht, ob wir uns in freundlichem oder feindlichem Gelände befinden. Falls ihr euren Leuten ein wenig Aufmunterung zukommen lassen wollt, sagt ihnen, heute war der letzte Tag, an dem wir in so raschem Tempo marschierten. Morgen früh werden wir uns dem östlichen Ende des Walls nähern. Da wäre es sicher klüger, sich langsamer zu bewegen, denn die dort stationierten Truppen werden wohl ziemlich nervös auf Herannahende reagieren.«

Annia lag schlafend auf dem breiteren Bett des Gastzimmers, und ihre frisch geborene Tochter döste nach dem zweiten Stillen des Abends zufrieden in ihrer Armbeuge. Der Raum war von Öllampen rechts und links des Bettes erhellt. Felicia und Desidra standen in ihrem blassgoldenen Licht. Gerührt beobachteten sie, wie die winzigen Hände des Babys sich im Schlaf zu Fäusten ballten und wieder entspannten.

»Deine Freundin mag der Welt zwar ein grimmiges Gesicht zeigen, aber sie ist sogleich dahingeschmolzen, als sie das winzige Menschlein in den Armen hielt.«

Bei dieser geflüsterten Bemerkung nickte Felicia und erinnerte sich daran, wie es war, als sie Appius zum ersten Mal auf dem Arm hatte. »Das grimmige Gesicht wurde ihr vom Schicksal auferlegt, denn nur widrige Umstände hatten sie dazu gebracht, einer endlosen Abfolge von Männern ihren Körper darzubieten – Männer, für die sie nichts als Abscheu empfand. Sobald man aber hinter ihre harte Maske blickt, findet man dort die gleiche Verletzlichkeit und die gleichen Hoffnungen, die uns alle bewegen.«

Castus' Frau blieb einen Moment stumm und blickte sehnsüchtig auf die Mutter und das Kind. »Ich muss zugeben, dass mich die Anwesenheit eines Neugeborenen stärker berührt, als ich gedacht hätte …«

Felicia nickte. »Das geschieht häufig bei kinderlosen Frauen. Bevor ich meinen Sohn gebar, musste ich ein Kind unter fünf Jahren nur kurz anschauen, und schon verspürte ich den verzweifelten Drang, selbst Mutter zu werden.«

»Und jetzt?«

»Jetzt, Domina, sehe ich ein Baby und denke an jahrelanges Sauberkochen von verschmutzten Windeln, Pürieren von Nahrung und schlaflose Nächte.«

Die ältere Frau betrachtete sie mit einem ungläubigen Lächeln. »Ich sehe, dass du geschickt versuchst, meine Stimmung aufzuhellen, und dafür danke ich dir, Medica. Doch wir wissen beide ganz genau, dass du diesen kleinen Mann ebenso liebst wie seinen Vater. Zweifellos würde auch ich mein Kind lieben, wäre es Artorius und mir vergönnt, Eltern zu werden.«

»Dann hofft dein Gatte auf ein Kind?«

Desidra lachte sanft. »Natürlich! Welcher Mann tut das nicht? Er sehnt sich nach einem Sohn, um sein Blut an die nächste Generation vererben zu können.« Desidra betrachtete das schlafende Baby noch eine Weile. »Sag: Wie wird der Vater des Kindes darauf reagieren, dass es ein Mädchen ist? Nach dem, was Annia gesagt hat, ist er ein Mann von angsteinflößendem Ruf?«

Felicia nickte und zog die ältere Frau aus dem Zimmer. »Ein Ruf, den er sich durchaus verdient hat. Er hat sie damals aus dem Bordell gerettet, worauf der Besitzer versuchte, ihn zu bestrafen, indem er sie erniedrigte und umzubringen gedachte. Als Julius sie in Sicherheit brachte, war er von Kopf bis Fuß vom Blut der Männer überströmt, die er dabei erwischt hatte, wie sie sie schändeten. Annia erzählte mir später, er habe einem ihrer Peiniger das Geschlechtsteil abgehackt, es neben ihm auf den Boden geworfen und ihn dann im Angesicht seines abgetrennten Mannesorgans verbluten lassen.«

Desidras Gesicht verhärtete sich, und ihre Augen wurden schmal, als sie sich die Szenerie vorstellte. »Es gibt mehr als einen Mann, dem ich einen solchen Tod wünschen würde, hätte ich die Gelegenheit dazu. Aber im Ernst: Wie wird ein solcher Mann auf die Geburt einer Tochter reagieren?«

Felicia zuckte die Achseln. »Das vermag ich nicht zu sagen. Doch sei gewiss, das kleine Mädchen liegt in den Armen einer Frau, die *mehr* als imstande ist, Julius den Kopf zu waschen, sollte er schlecht darauf reagieren. Bezüglich ihrer Partnerschaft kann ich nämlich anmerken, dass *sie* das längere Schwert in den Händen hält.«

Als die Soldaten sich in der Morgendämmerung des folgenden Tages aus ihren feuchten Decken erhoben, hatte der wolkenlose Himmel alles mit Reif überzogen, weshalb sie ausnahmsweise froh waren, losmarschieren zu können. Die Kohorte zog bei Windstille nach Nordwesten in Richtung des Kastells Volitanio, wo die Straße nach Norden auf den Antoninuswall stieß. Aufgrund der körperlichen Anstrengung stieg Dampf aus den trocknenden Kleidern der Männer, und die Unterhaltungen beschränkten sich auf gelegentliches Stöhnen, wann immer die Soldaten unter Blähungen litten.

»Hast du heute Lust auf einen Ritt, Zenturio? Der Tribun hat mir aufgetragen, das Gelände um Kastell Volitanio im hohen Norden zu erkunden, und er hat mir erlaubt, dich als Begleitung mitzunehmen, falls du das wünschst.«

Marcus blickte zu dem grinsenden Decurio auf, der neben ihm mit einer Auswahl seiner Leute ritt und mit ironischem Lächeln auf die schwer schnaufenden Truppen herabsah.

»Ich danke dir, Silus, aber nein. Der Erste Speer sagte, es wird heute Morgen eine Unterredung der Offiziere stattfinden, außerdem weißt du ja, wie das bei uns Zenturionen läuft: Wir teilen die Mühen unserer Männer mit derselben Freude, wie wir sie bei ihren Siegen empfinden. Außerdem: Wo sonst könnte ich ein so breites Repertoire von Marschliedern hören, mit denen wir uns die Zeit vertreiben?«

Die Männer in der Frontreihe der Zenturie nahmen seinen letzten Satz als Stichwort und atmeten tief ein. Dann stimmten sie die erste Strophe eines Liedchens an, an dem sie einige Tage herumgedichtet hatten.

Wir sind des Kaisers größter Stolz,
marschieren in den Krieg.
Die weibischen Venicones sind unser Ziel.
Gewiss ist uns der Sieg!

Silus schürzte anerkennend die Lippen. »Das Stück hat eine gewisse Poesie. Und nicht ein einziges Wort über die Kavallerie, was eine sehr willkommene Abwechs…« Sogleich wurden seine Worte von der zweiten Strophe zunichtegemacht.

Die Kavallerie paradiert sehr schön,
mit Rüstungen glänzend wie Speck,
doch kaum gilt es, im Kampf zu steh'n,
lässt sie uns sitzen im Dreck.

Silus blickte mit einem etwas gequälten Lächeln auf seinen Freund herab. »Ihr werdet die Schlacht auf dem gefrorenen See wohl nie vergessen, was? Kommt, Jungs, lassen wir die Maulesel besser in ihrem eigenen Gestank waten.«

Die Reiter zogen in leichtem Galopp an der Soldatenreihe vorbei, während ihnen die Worte der folgenden Strophe nachhallten.

Die Kavallerie sitzt auf schönen Pferden,
auf Schimmeln, Füchsen und Rappen.
Doch edle Rosse sind nichts als Posse …

Die marschierenden Soldaten atmeten wie ein Mann tief ein und brüllten den sich entfernenden Reitern die letzte Zeile hinterher.

Wenn Memmen mit den Zügeln schnappen.

Zwei Stunden später kehrten die Reiter zurück und hatten dem Tribun Neues zu berichten.

»Der Wall ist noch immer bemannt, wenngleich der Zenturio, mit dem ich in Kastell Volitanio sprach, nicht sonderlich hilfsbereit war. Es scheint, als warteten alle nur auf das Kommando, nach Süden abrücken zu dürfen, so schnell ihre Füße sie tragen können. Als ich ihn fragte, wie man am besten einen Trupp Männer ins Gebiet der Venicones einschleusen kann, deutete er lediglich nach Westen und sagte, wir sollten besser zum nächsten Kastell ziehen, das Piger Montis heißt.«

Silus' schlechter Eindruck wurde bestätigt, als die Kohorte am späten Nachmittag zum Kastell Piger Montis hinaufzog und dort auf ein bereits existierendes Feldlager verwiesen wurde, das sich in einem erbärmlichen Zustand befand. Julius überließ es seinen Zenturionen, den Wiederaufbau ordnungsgemäß durchzuführen, und unternahm mit Marcus und Dubnus eine Erkundungstour. Als er Scaurus später Bericht erstattete, tat er es mit ungläubig klingender Stimme.

»Nicht gut, Tribun, ganz und gar nicht gut. Das Kastell ist zwar einigermaßen wiederaufgebaut worden, doch die Erdwälle sind in kläglichem Zustand. Das passiert immer wieder bei Erdwällen, wenn sie nicht in Ordnung gehalten werden, aber wenn bereits Bäume aus dem Bollwerk sprießen, ist das ein schlechtes Zeichen. Sie haben zwar Wachoffiziere eingesetzt, doch die scheinen nicht das geringste Interesse zu haben, etwas anderes zu tun, als ihre Schicht abzusitzen und sich gleich danach zu verkrümeln. Wir haben so viele rostige Rüstungen und schmutzige Tuniken gesehen, dass der gute alte Onkel Sextus – möge Cocidius über ihn wachen – eine ganze Kuh ausgeschissen hätte, wäre ihm der Zustand der Ausrüstung zu Augen gekommen. Und nicht eine einzige Waffe war scharf! All das sagt mir, dass sich der Mann, der diese Kohorte befehligt, überhaupt nicht für den Zustand seiner Leute interessiert. Ich habe ein wenig mit dem diensthabenden Zenturio geplaudert, der etwas kampflustiger wirkte als der Rest, und er hat meine Einschätzung bestätigt. Sein ranghöherer Zenturio hat die Anweisung, nichts zu tun, was die Einwohner des Umlands provozieren könnte, und er scheint diese Order mit Vergnügen auszuführen. Der Rest der Offiziere ist gelangweilt, frustriert oder einfach nur entnervt, während die Soldaten in ständiger Angst verharren, dass die Venicones über den Erdwall springen und sie erledigen. Das verstehe ich zwar, denn die Jungs sind Überlebende aus der Schlacht des Verlorenen Adlers und haben zwei Jahre fast pausenlos gekämpft, aber ehrlich, Tribun: Dieser Ort schreit förmlich danach, in einer Katastrophe unterzugehen.«

Scaurus nickte angesichts der Beschreibung, die sein Erster Speer vom Zustand der Garnison im Kastell lieferte, und zuckte resigniert mit den Schultern. »Nichts, was wir tun oder sagen, kann diesen Zustand verändern. Der Arm der Armee hat sich im Norden zu weit vorgewagt, und diese Männer wissen nur zu gut, was es bedeuten würde, wenn die Stammeskrieger an ihre Tür klopfen. Daher halte ich es für das Beste, sie zu ignorieren und lieber den Auftrag zu erledigen, aufgrund dessen wir hergekommen sind. Nebenbei gesagt bin ich zumindest in einem Punkt mit ihnen einig: Je eher wir wieder diesseits des Walls sind und nach Süden ziehen, desto besser. Finden wir also heraus, was der Befehlshaber uns über den Zustand auf der nördlichen Seite zu berichten weiß.«

Sie trafen den Ersten Speer der Kohorte im Hauptquartier des Kastells. Er salutierte zwar zackig vor dem soeben angekommenen Tribun, doch Marcus spürte, wie bedrückt er in Wirklichkeit war. Sein Kinn war weder von einem Bart bedeckt noch war er sauber rasiert. Zudem ging ein starker Geruch von Alkohol von ihm aus, sodass Julius die Nasenflügel blähte und demonstrativ schnüffelte. Der Legionsoffizier lächelte schuldbewusst, bot den Männern mit einer Handgeste Stühle an und griff selbst nach der Lehne eines Stuhls, auf dem er Platz nehmen wollte, sobald der ranghöhere Offizier sich gesetzt hatte.

»Als die Wachen berichteten, dass ihr die Straße heraufmarschiert, wagte ich zu hoffen, ihr würdet uns den Befehl überbringen, nach Süden zu ziehen, oder wärt als Ablösung für uns gekommen.«

Scaurus stieß ein bellendes Lachen aus, ignorierte die Sitzgelegenheiten und warf seine niedergeschriebenen Befehle auf den großen Holztisch mitten im Raum. »Ich fürchte nein, Erster Speer. Wir wurden von Legionstribun Sorex entsandt, um einen Überraschungsangriff im feindlichen Gebiet durchzuführen. Unser Ziel ist eine Festung der Venicones, die, wie ich glaube, ›Der Hauer‹ heißt.«

Der Zenturio riss den Mund auf und schüttelte heftig den Kopf. »Aber ihr könnt doch nicht …« Als er das Gesicht des Tribuns sah, verstummte er abrupt und fasste sich. »Was ich damit sagen will, ist, dass die Einheimischen sich gerade ruhig verhalten und wir es gerne dabei belassen würden. Sie haben genügend Krieger, um jedes Kastell längs des Walls einzunehmen, und ihr könnt euch sicher sein, dass keine der anderen Garnisonen uns zu Hilfe kommen würde, denn alle haben den Befehl, die Stellung zu halten. Ganz zu schweigen davon, dass die einheimischen Irren noch immer bei Weitem in der Überzahl wären, selbst wenn ein halbes Dutzend Kastelle ihre Männer ausschickten.«

Julius trat mit grimmigem Gesicht vor. Sein ohnehin

dünner Geduldsfaden war offensichtlich kurz davor zu reißen. »Dann solltet ihr eure Männer anweisen, die Erdwälle instand zu setzen und eure Speere zu schärfen, denn wir haben die Anordnung vom Kommandeur *eurer* Legion, auszuziehen und *euren* Adler den Fängen dieser tätowierten Irren zu entreißen. Habt ihr erst einmal den Befehl erhalten, euch zum Hadrianswall zurückzuziehen, ist diese Chance ein für alle Mal verloren. Die Tage der glorreichen Feldzüge im Norden sind vorüber, euer Feldzeichen wird in den tiefsten Wäldern verschwinden und nie wieder von jemandem erblickt werden außer von den Stammespriestern, die sich bei ihren Ritualen den Hintern damit abwischen.« Er ließ seine Worte einen Moment wirken. »Noch schlimmer: Die ›*Siegreiche*‹ Sechste« – er schnaubte verächtlich – »wird höchstwahrscheinlich aus den Aufzeichnungen gestrichen werden, mit der Anmerkung ›*Adler verloren – Legion aufgelöst*‹. Ein trauriges Ende für eine ehemals stolze Legion, für das *du* höchstwahrscheinlich zur Verantwortung gezogen wirst. Keiner wird einem Zenturio einer der vier Kohorten einen Gefallen erweisen, die das Massaker des Verlorenen Adlers überlebt haben, glaubst du nicht auch? Solltet ihr scheitern, eure Ehre wiederherzustellen, indem ihr den Vogel zurückholt, wird der Kaiser irgendwann die Geduld verlieren, und dann seid ihr erledigt. Die Kohorten, die euch als Verstärkung aus Germanien geschickt wurden, werden abgelöst, denn schließlich hatten sie mit der schmutzigen Geschichte nichts zu tun. Der Rest von euch wird aufgeteilt, um die Reihen der anderen Legionen in Britannien aufzustocken, während die Männer in glänzenden Rüstungen eine neue Legion mit unbeflecktem Namen aus dem Boden stampfen werden. Ich kann es mir sehr gut vorstellen …« Er hielt kurz inne und strich sich nachdenklich übers Kinn. »Ja, die Erste Kaiserliche Legion Commodus, so wird sie wohl heißen. Eine Legion, die imstande ist, sich ordnungsgemäß um ihren Adler zu kümmern, und kein einziger Mann, der am Verlust des vorherigen Adlers beteiligt war, wird ihren Namen besudeln. Wahrscheinlich wurde der neue Adler bereits gegossen und in die Provinz verschifft, wo er nur auf den Befehl wartet, dass euer Heer aufgelöst wird und er einer neuen Legion überreicht werden kann.« Er verharrte erneut und musterte den Ersten Speer mit strengem Blick. »Zusammengefasst heißt das, dass ich an deiner Stelle schleunigst versuchen würde herauszufinden, was ich für die Leute tun kann, die das verdammte Ding zurückholen wollen. Verfügst du über eine Karte des umliegenden Geländes?«

Der Legionsoffizier zog ein Gesicht, als wäre ihm übel. Nachdem er Julius' Rede verdaut hatte, schob er einen Vorhang zur Seite, der eine große Landkarte bedeckte, und zeigte mit seinem Rebstock darauf. »Hier ist Piger Montis, wo wir uns gerade befinden. Du erkennst es am Wall, der östlich und westlich von uns verläuft. Und hier sind die Hohen Berge, die sich nach Nordosten ziehen.« Er deutete auf ein schwarzes Kreuz auf der Karte. »Und das hier ist Der Hauer. Er wandte sich mit nahezu verzweifeltem Unterton an Scaurus. »Mithras sei mein Zeuge, Tribun: Wenn du deinen Fuß an diesen Ort setzt, seid ihr alle auf Nimmerwiedersehen verloren. Es gibt nur einen Mann hier, der es jemals über die Mauern geschafft hat, und sogar er weiß bis heute nicht recht, wie es ihm gelang zu fliehen.«

Scaurus zog die Augen zu Schlitzen zusammen. »Dann war einer von deinen Männern im Inneren Des Hauers?«

Der Zenturio lächelte verkniffen. »Er ist eine Art Berühmtheit hier, Tribun. Doch ehrlicherweise muss ich einräumen, dass er nicht mehr ganz richtig da oben ist, weshalb ich dir raten würde, alles, was er sagt, mit größter Vorsicht zu genießen. Er wurde vor etwa drei Monaten von den Venicones gefangen genommen und war der einzige Überlebende einer Gruppe von etwa dreißig Männern, die wir auf die Jagd geschickt hatten. Das war noch zu der Zeit, bevor wir die Anweisung erhielten, nur Einheiten von drei Zenturien und mehr auf die Nordseite des Walls zu schicken. Als wir die Leichen fanden, waren sie verstümmelt, ihre Köpfe und Schwänze waren abgetrennt und als Trophäen mitgenommen worden. Einige Männer fanden wir überhaupt nicht. Deshalb nahmen wir an, sie wären abtransportiert und von den Venicones auf ihren steinernen Altären geopfert worden. Wir gingen alle davon aus, dass die tätowierten Affen ihre Gefangenen bis zum Wahnsinn foltern und dann umbringen würden, weshalb keiner erwartet hätte, auch nur einen von ihnen je wiederzusehen. Doch dann tauchte vor drei Wochen Verus hier auf, splitternackt, abgesehen vom Pelzmantel einer Frau, die er getötet und verscharrt hatte. Er brabbelte etwas vor sich hin, er sei acht Tage auf der Flucht gewesen, und er wog dreißig Pfund weniger als vor seiner Gefangennahme.«

Der Tribun nickte entschlossen. »Ich will ihn sprechen. Allein.«

Der Legionszenturio nickte und wollte hinausgehen.

»Einen Moment noch, Zenturio. Die geistige Verwirrtheit des Mannes…«

»Ja, Tribun?«

»Worin drückt sie sich aus? Trinkt er vielleicht schon in aller Frühe, um seine Nerven zu beruhigen?«

Das Gesicht des Zenturios verzog sich, als hätte man ihm einen Faustschlag versetzt. Als er antwortete, hielt er die Augen geschlossen, und seine Stimme war nicht mehr als ein Flüstern. »*Nein* …«

»Nun, das ist doch schon etwas, findest du nicht?« Scaurus näherte sich dem beschämten Zenturio und senkte die Stimme, um außerhalb der Amtsstube nicht gehört zu werden. »Ich kann dir nur raten, dich zusammenzureißen und dein Kommando ordentlich auszuführen, bevor hier alles den Bach runtergeht. Du weißt ja, wie es läuft: Man muss sich entscheiden – man kann führen, man kann folgen … oder den Weg frei machen. Wenn du meinst, du schaffst es nicht, deine Männer anzuführen, schlage ich vor, du ernennst einen anderen zum Ersten Speer und machst auf diese Weise Platz für jemanden, der dazu imstande ist.«

Lange herrschte Stille, dann öffnete der Zenturio die Augen und straffte die Schultern. »Ich danke dir, Herr – dafür, dass du mich nicht einfach degradierst, meine ich. Ich werde die Lage hier schon bald wieder unter Kontrolle haben …«

Scaurus nickte und wandte sich ab, um auf die Karte zu blicken. »Dich zu degradieren würde meine Befugnisse ein wenig überschreiten, Erster Speer, obwohl ich tatsächlich mit dem Gedanken gespielt habe. Außerdem wenden meine Männer und ich lieber den direkten Weg an, wann immer es um Offiziere geht, die ihre Vorgaben nicht erfüllen. Solltest du mich also enttäuschen, kann ich dir versichern, dass du uns nicht entkommen wirst – ganz gleich, wer und wie viele von uns dieses augenscheinliche Selbstmordkommando überleben werden.«

Ein paar Minuten später öffnete sich die Tür, und ein

Soldat betrat den Raum, nahm Haltung an und salutierte zackig, wobei er die Wand hinter Scaurus anstarrte. Seine nackten Unterarme waren mit Malen übersät, die aussahen, als handle es sich um erst kürzlich verheilte Brandwunden. Seine Augen glänzten entschlossen unter seiner dichten weißen Haartracht.

»Soldat Verus meldet sich wie befohlen, Tribun!«

Die Tungrer nahmen sich einen Augenblick, um seine Verfassung zu beurteilen, und Marcus stellte fest, dass dies der am besten gekleidete und ausgerüstete Legionär war, den er seit seiner Ankunft gesehen hatte.

Scaurus trat vor und winkte den Soldaten herein. »Setz dich bitte, Verus. Meine Herren, nehmt ebenfalls Platz, denn wir können gut auf Förmlichkeiten verzichten.« Er wartete, bis alle saßen, und fuhr dann fort. »Ohne deine Kameraden in irgendeiner Weise beleidigen zu wollen, muss ich sagen, dass du mit Abstand der ordentlichste Legionssoldat bist, den ich heute gesehen habe. Woran liegt das, glaubst du?«

Verus lächelte düster. »Das ist leicht zu beantworten, Tribun. Ich bin den Venicones von nahem begegnet und gehe davon aus, sie schon bald wiederzusehen. Wenn sie dann den Wall erklimmen, werden sie zumindest auf *einen* Mann treffen, der bereit ist, seinen Göttern in sauberer Rüstung zu begegnen und seine Speerspitze mit Blut zu schwärzen.«

»Ich verstehe. Dein Erster Speer sagte mir, du wärst kürzlich von den Einheimischen gefangen genommen worden und hättest es bemerkenswerterweise geschafft, ihnen zu entkommen?«

Der Soldat nickte mit unbewegtem Gesicht. »Das ist korrekt, Tribun. Ich habe siebenundfünfzig Tage in ihrer Gefangenschaft verbracht, bevor die Götter mir ihre Gunst erwiesen und mir einen Weg zeigten, aus der Festung zu fliehen.«

Scaurus lehnte sich gespannt vor. »Lass mich sichergehen, dass ich dich richtig verstanden habe. Man hat dich also in die Festung gebracht, die sie ›Der Hauer‹ nennen?« Verus nickte erneut. »Dein Erster Speer erzählte uns, er habe geglaubt, du seist zu dem Zweck gefangen genommen worden, nicht sofort getötet, sondern geopfert zu werden.«

»Das stimmt, Herr. Und ich glaube nach wie vor, dass die Venicones mein Blut ihren Göttern darbringen wollten. Doch zunächst wollten sie meinen Geist zerrütten.«

Seine Worte hingen schwer in der Luft, worauf Julius sich vorlehnte und das Wort ergriff. »Dann haben sie dich also gefoltert?«

Verus blickte ihn unverwandt an. »Ja, Erster Speer. Sie haben mich an jedem einzelnen der siebenundfünfzig Tage gefoltert. Die meiste Zeit sperrten sie mich in eine Zelle, die zu klein war, um sich hinlegen zu können. Dort kroch ich in meiner eigenen Scheiße herum und habe so wenig geschlafen, dass ich jedes Zeitgefühl verlor. Sie benutzten glühende Eisen, um mir ihre Kultsymbole in die Haut zu brennen. Dadurch haben sie mir genügend Schmerz zugefügt, dass ich permanent dem Tode nahe war, aber nicht sterben konnte. Sie haben mir auch auf andere Weise Gewalt angetan und mich gedemütigt, damit ich mich nicht mehr wie ein Mann, sondern wie ein Sklave fühlte. Eigentlich noch niederer als ein Sklave …«

»Und trotzdem hast du standgehalten?«

Der Soldat betrachtete Scaurus mit triumphierendem Blick. »Ich hielt stand. Natürlich brüllte ich vor Schmerzen, schrie meine Demütigung heraus und heulte wie ein Baby vor Scham, genommen zu werden wie eine Frau – dennoch war ich mir stets bewusst, wer ich war.«

»Und wer bist du, Legionär?«

Scaurus stellte diese Frage mit sanfter Stimme, doch die Antwort darauf war alles andere als das.

Der Soldat sprang auf die Füße, wobei sein Stuhl nach hinten kippte, nahm Haltung an und entgegnete mit donnernder Stimme: »*Legionär Verus, Fünfte Zenturie, Achte Kohorte, Siegreiche Sechste Legion des Kaisers, Tribun!*«

Nachdem Verus auf das freundliche Geheiß des Tribuns seinen Stuhl wieder hingestellt und sich gesetzt hatte, stellte Julius ihm die Frage, die auch Marcus auf der Seele brannte.

»Dann erzähl uns doch, Soldat, wie du es geschafft hast, aus Dem Hauer zu fliehen?«

Der Legionär sah einen Augenblick zur Decke und lächelte, in seine Erinnerung vertieft. »Meine Folterer wurden mit der Zeit unachtsam. Sie hielten mein Schweigen und mein erbärmliches Aussehen für ein Zeichen, dass sie mich vernichtet hatten, wie das bei anderen Männern vor mir der Fall gewesen war. Sie achteten nicht mehr so sorgfältig auf ihre Werkzeuge, deshalb ließ irgendwann einer von ihnen ein kleines Messer zu Boden fallen, ohne es zu bemerken. Ich stellte meinen Fuß auf die Waffe, und als er sich umdrehte, um das Feuer für seine Brandeisen zu schüren, beugte ich mich lautlos hinab, hob es auf und steckte es mir unter meine dreckigen Beinkleider, zwischen die Pobacken. Als sie mich wieder in meine Zelle brachten, war mir klar, dass ich im besten Fall ein paar Stunden hatte, bevor sie das Fehlen des Messers bemerkten. Um zu verstehen, was ich daraufhin tat, müsst ihr zunächst wissen, wie die Festung aufgebaut ist.«

Er blickte fragend Julius an, der nickte und ihm mit einer Geste bedeutete fortzufahren.

»Der Hauer befindet sich auf dem Gipfel eines Berges. Der Ort sieht aus, als sei er schon zu Beginn aller Zeiten befestigt worden, und seine Wände stehen auf einem alten Erdwall. Darauf haben sie eine zehn Fuß hohe Steinmauer über einem hölzernen Gebälk errichtet, das mit Mörtel gefüllt ist. Über die Jahre sind Holz und Mörtel verfallen und verrottet, sodass die Konstruktion inzwischen etwas instabil ist. Ich hatte schon vorher bemerkt, dass der Mörtel um einen großen Stein an der Außenwand meiner Zelle bröckelte. Dass es sich tatsächlich um eine Außenwand handelte, folgerte ich aus dem Umstand, dass die Steine nachts sehr stark abkühlten. Überdies wusste ich nicht, wie lange ich ihre Folter noch würde ertragen können beziehungsweise wie lange es dauern würde, bis sie meines Widerstands müde wurden und mich ihren Göttern opfern würden, auch ohne dass ich zuvor aufgrund der Demütigungen den Verstand verloren hätte. Der Priester, der mich an jenem Tag gebrandmarkt hatte, schien mit dem Ergebnis seiner Arbeit besonders zufrieden, denn er trat zurück und betrachtete mich aus verschiedenen Winkeln, als wolle er eine vollendete Handwerksarbeit begutachten. Er schien stolz auf sein Werk zu sein, weshalb ich annahm, dass ich nun, wo alle Kultsymbole auf meinem Körper angebracht waren, jeden Augenblick umgebracht werden könnte.«

»Dann hast du dir einen Weg aus der Zelle freigegraben?«

Verus beantwortete Marcus' Frage mit einem eifrigen Nicken. »Wie ich schon sagte: Der Mörtel war bröselig. Bei der Legion arbeite ich als Bauhandwerker, daher weiß ich, wie zerfallen Mörtel sein kann, ohne dass man es überhaupt bemerkt. Das Zeug war wie Staub und die Messerklinge das perfekte Werkzeug, um ihn wegzukratzen. In der Mitte der Nacht hatte ich den Stein mehr oder weniger von den anderen gelöst, und an diesem Punkt war die Enge meiner Zelle von Vorteil: Ich lehnte mich nämlich mit dem Rücken an die Innenwand und stemmte die Füße an die Außenwand, dann drückte ich mit aller Kraft, die mir verblieben war. Es gelang mir, den Felsbrocken zu verrücken, worauf ein Loch entstand, hinter dem Finsternis wartete. Natürlich wusste ich nicht, ob ich womöglich über einer steil abfallenden Felsklippe hinauskriechen würde, doch ein schneller Tod erschien mir immer noch besser als das, was die Priester mit mir vorhatten. Also zwängte ich mich durch das Loch und landete auf dem Grasabhang am Fuß der Festung.« Er betrachtete die Männer um ihn herum, und sein Gesicht machte einen aufrichtigen Eindruck. »In jener Nacht weilte Fortuna an meiner Seite. Ich kroch so leise wie möglich den Hügel hinab, und da der Mond nicht schien, bin ich den Männern auf den Festungsmauern nicht aufgefallen. Bis sie bemerkten, dass meine Zelle leer war, hatte ich schon fast das Ende des Abhangs erreicht, doch der Krach, den sie daraufhin lostraten, war laut genug, dass mir das Blut in den Adern gefror.«

»Sind sie dir gefolgt?«

Verus nickte, und trotz der Wärme des Raumes erfasste ihn ein Schaudern. »Ja, sie sandten mir eine Truppe von jungen Stammesfrauen hinterher – das sind blutrünstige Weiber, die sie die Fähen nennen. Sie jagten hinter mir den Hügel herab und stießen ständig in ihre Hörner. Ihre Hunde bellten und heulten, nachdem sie meine Fährte aufgenommen hatten, doch sie kamen zu spät. Das Gelände rechts und links des Trüben Flusses besteht aus Sumpfland, müsst ihr wissen. Es ist mit dichtem, dickfleischigem Moos bewachsen, das tiefe Tümpel mit wässrigen, faulenden Pflanzen bedeckt. Ich kroch in den Morast und tauchte in einem dieser Tümpel unter, wobei ich mich an einem herabhängenden Busch festhielt, um nicht unterzugehen und zu ertrinken. Ich zog meine Beinkleider aus, wusch mir den ekelhaften Gestank der Zelle ab und verschmolz mit der Landschaft, wodurch es für die Hunde unmöglich war, meine Fährte wieder aufzunehmen.«

Marcus runzelte die Stirn. »Der Erste Speer berichtete uns, du hättest acht Tage für deine Rückkehr gebraucht. Dabei können es doch nicht mehr als ein Dutzend Meilen sein?«

Verus nickte mit gespitzten Lippen. »Die Hunde vermochten mich zwar nicht aufzuspüren, aber die bösartigen Weiber jagten mich Tag und Nacht, denn ich konnte ihre wilden Schreie und Verwünschungen durch das Marschland hallen hören. Sie gaben die Jagd niemals auf, nächtigten im offenen Gelände und schlichen im Nebel herum. Sie waren listig genug, dass ich mehr als einmal fast von ihnen erwischt worden wäre ...«

Er erzitterte und ließ den Kopf mit so angsterfüllter Miene in die Hände sinken, dass Scaurus mitleidig aufstand und dem Soldaten angesichts seiner Seelenqual aufmunternd auf den Rücken klopfte.

»Verzeih uns, Legionär Verus. Wir haben dich lange genug verhört.«

Nachdem Verus den Raum verlassen hatte, wandte sich Scaurus mit fragendem Blick an Julius und Marcus.

»Nun, Erster Speer, was hältst du davon?«

Julius schüttelte den Kopf. »Er erscheint mir wie ein überspanntes Balliste-Geschoss. Die Art, mit der er wie ein Irrsinniger aufsprang, als du ihn fragtest, wer er sei, ist ein untrügliches Zeichen. Wenn man eine Balliste überdreht, kann man auslosen, wer beim Lösen des Geschosses größeren Schaden nimmt: der Feind oder die Ballistenschützen selbst.«

Der Tribun bedachte die Meinung seines Ersten Speers mit einem nachdenklichen Nicken. »Ich sehe das ebenso. Andererseits: Wenn es ihm tatsächlich acht Tage lang gelungen ist, einer Gefangennahme zu entgehen, sich dabei von dem zu ernähren, was er fand, und zu allem Übel nicht mehr als eine Schicht Schlamm als Kleidung zur Verfügung zu haben, muss er das Gelände zwischen hier und dem Hauer außerordentlich gut kennen.«

Julius nickte widerstrebend. »Wie ich schon sagte: Es ist ein Glücksspiel …«

Scaurus war derselben Ansicht. »Andererseits können wir die günstige Gelegenheit, die er darstellt, nicht ignorieren. Wer immer unseren Sturmtrupp anführt, wird in jedem Fall ein gutes Auge auf ihn haben und sofort reagieren müssen, sollte er etwas Unbedachtes tun.«

»Sofort reagieren? Schlägst du gerade vor, den armen Teufel wieder ins Stammesgebiet der Venicones zu jagen und ihm eine Klinge in den Rücken zu stoßen, falls es so aussieht, als würde er dem Wahnsinn verfallen?«

Scaurus warf seinem hochrangigen Zenturio einen entschlossenen Blick zu und hob in stummer Frage eine Braue.

Julius hielt seinem Blick einen Moment stand, dann schüttelte er den Kopf und wandte sich ab. »Dabei behaupten immer alle, *ich* sei der brutalste Kerl der Kohorte …«

Der Abend in der Festung Eburacum folgte der üblichen Routine, mit dem entfernten Klang von Befehlen und dem Stampfen von Stiefeln während der Wachablösung am nahe gelegenen Tor. Das schlafende Baby hörte die Geräusche und zuckte zusammen. Annia erwachte, da der Mutterinstinkt sie auch auf die winzigste Bewegung ihres Kindes reagieren ließ, doch auf einem Stuhl ihr gegenüber saß Felicia und schüttelte den Kopf. Die noch immer von der Geburt abgekämpfte Mutter ließ sich in die Kissen zurücksinken und schlief sofort wieder ein. Beim Anblick von Mutter und Kind, die gemeinsam vor sich hin dösten, erhellte ein zufriedenes Lächeln Felicias Gesicht, und sie schloss ebenfalls die Augen, um diesen seltenen Moment des Friedens zu genießen. Ein langer, bedächtiger Atemzug entwich ihren Lippen.

In selben Augenblick klopfte es an der Tür, und die Medica wurde aus ihrer Träumerei gerissen. Geräusche aus dem Korridor ließen sie die Brauen zusammenziehen, insbesondere, als sie die Stimme von Tribun Sorex erkannte. Wenig später tauchte er im Türrahmen auf, gefolgt von Desidra, die ein nervöses Lächeln aufgesetzt hatte und offensichtlich von der Anwesenheit des hochrangigen Offiziers unangenehm berührt war.

Sorex ergriff flüsternd das Wort, um die Schlafenden nicht zu wecken. »Ich hörte, deine Assistentin habe ihr Kind geboren, daher dachte ich, ich sollte vorbeikommen und dem neuen Erdenbürger meinen Respekt zollen. Hier, ein kleines Geschenk für das Baby.«

Er reichte Felicia einen goldenen Aureus, worauf sie dankend nickte. »Ich bin sicher, Annia wird überaus gerührt sein, Tribun. Erlaube mir, dir in ihrem Namen zu danken. Sie wird es selbst tun, nachdem sie aufgewacht ist.«

Sorex verbeugte sich geschmeidig. »Tatsächlich, Domina, gäbe es einen Weg, wie du dich bei mir bedanken kannst: Du könntest mir einen kleinen Gefallen tun. Dürfte ich vielleicht deine professionelle Meinung in einer persönlichen Angelegenheit erfragen?«

»Mit Vergnügen, Tribun. Dann gehen wir wohl besser in ein anderes Zimmer?«

Sie traten in den Korridor, und Felicia sah zu Desidra hinüber, da sie erwartete, die Hausherrin würde ihr ein Zimmer zur Verfügung stellen.

Doch Sorex zeigte lediglich auf die Haustür und wandte sich mit einem vielsagenden Lächeln an die Frau des Präfekten. »Dies ist eine persönliche Angelegenheit, weshalb du nicht vonnöten bist, Domina. Du wirst mir also die Gunst deiner Abwesenheit erweisen, denn du weißt gewiss, was dir und deinem Gatten guttut.«

Zu Felicias Entsetzen warf die ältere Frau ihr einen entschuldigenden Blick zu und huschte durch die Tür, worauf die Medica allein mit Tribun Sorex zurückblieb.

Dieser nahm ihre Hand und beugte sich herab, um ihr etwas zuzuflüstern. »Desidra weiß, was gut für sie ist. Sie weiß, dass ich, wärst nicht gerade du hier, ihr auf dem Bett, das sie mit Präfekt Castus teilt, die Beine spreizen würde. Sie hat schon lange verstanden, dass es weniger unangenehm ist, sich hin und wieder von mir ficken zu lassen, als zu ertragen, was ich dem Präfekten ohne größere Mühe antun könnte. Doch jetzt bist du hier, Medica, und du stellst einen wesentlich reizvolleren Ausblick auf ein kleines erzwungenes Vergnügen da, findest du nicht?«

Felicia riss die Augen auf und wich vor seinem wollüstigen Grinsen zurück, doch er packte ihre Hand fester. Während sie noch zusammenzuckte, schob er seine Finger unter den Rand ihrer Stola und griff gierig nach ihrer Vulva.

»So, und nun erkläre ich dir, was jetzt passieren beziehungsweise nicht passieren wird, meine Schöne. Du wirst meine Zuwendungen auf wohlwollende Weise entgegennehmen, ermunternde Geräusche ausstoßen und ganz allgemein alles tun, was in mir den Eindruck erweckt, du würdest die Sache ebenso genießen, wie ich das zweifellos tun werde. Du wirst *nicht* um Hilfe schreien, ganz abgesehen davon, dass es ohnehin nichts bringen würde, denn hier befindet sich ja nur eine Frau, die erst gestern entbunden hat und die ich ohne Hemmungen ohnmächtig schlagen würde, nachdem sie ihre schlechte Meinung über mich so deutlich geäußert hat. Als Gegengabe für dein Mitspielen werden deine Freundin und ihr Kind von allen Gefahren verschont bleiben, die Orte wie diesen so häufig heimsuchen. Immerhin sind in der Festung Hunderte Soldaten eingepfercht, denen lediglich eine Auswahl von schlaffen, ausgemergelten Huren zur Verfügung steht, um ihre Bedürfnisse zu befriedigen. Es würde niemanden, und am wenigsten mich, überraschen, wenn ein halbes Dutzend von ihnen deine Freundin entführen würde, sodass sie auf Nimmerwiedersehen verschwindet oder als Leiche wieder auftaucht. All das kann ich mit wenigen Worten bewerkstelligen, wenn ich sie in das richtige Ohr flüstere. Ich kenne nämlich einen willigen Zenturio, der alles tut, was ich ihm auftrage, und er braucht dazu nicht einmal besonders viel Ermunterung. Haben wir beide also eine Übereinkunft getroffen, Medica?« Er machte sich am Knoten ihres Lendentuchs zu schaffen, löste es und warf es zu Boden. Dann drückte er Felicia mit dem Rücken an die Wand und fingerte energisch zwischen ihren Beinen.

»Da sind wir ja! Ein bisschen trocken zwar, doch ein paar Minuten Handarbeit werden das schon bald ändern.«

Felicia verzog in Anbetracht seines ungewollten Eindringens das Gesicht und schloss die Augen, um sein triumphierendes Grinsen nicht sehen zu müssen.

»Du weißt, dass mein Gatte dich dafür umbringen wird, sobald er von dort zurückkehrt, wo du ihn hingeschickt hast?«

Sorex zog die Hand weg, mit der er ihre Scham befingert hatte, und schlug ihr ins Gesicht. »Öffne die Augen, Domina! Glaube bloß nicht, dass ich befriedigt bin, wenn du die ganze Zeit heulst und das Gesicht verziehst. Vielmehr will ich sehen, dass du jeden Augenblick genießt, sonst kann ich meinen Teil unserer Abmachung nicht erfüllen und deine Freundin unbeschadet lassen. Was aber die Rückkehr deines Gatten anbelangt, so lass mich anmerken, dass ich seine Kohorte in die Fänge des grausamsten und gefährlichsten Stammes dieser abscheulichen Insel entsandt habe. Der Zenturio wird samt seiner Kohorte spurlos in den nebligen Mooren nördlich des Antoninuswalls verschwinden, und du wirst als Witwe allein hier zurückbleiben. Folglich freue ich mich auf eine lange und vergnügliche Beziehung zwischen uns beiden, zumindest, bis ich nach Rom zurückberufen werde, um die Früchte meiner Arbeit zu ernten. Immerhin habe ich den richtigen Leuten die gewünschten Resultate geliefert. Doch nun genug von mir selbst. Ich denke, es ist an der Zeit, dir den Hauptdarsteller dieser abendlichen Darbietung zu präsentieren.« Mit einem seligen Grinsen in ihr entsetztes Gesicht hob er seine Tunika und zeigte ihr seine auf und ab wippende Erektion. »Oh, da ist er ja, und er sieht ziemlich begierig aus, wenn ich das anmerken darf.

Zweifellos ist er scharf darauf, tief in dich einzudringen, meine Liebe, und ich sehe keinen Grund, sein Begehren nicht umgehend zu erfüllen. Ich denke, du bist so bereit, wie du das nur sein kannst…«

Er drehte Felicia um, packte ihr Haar und beugte sie nach vorn, wobei er ihr Gesicht gegen die getünchte Gipswand drückte und mit den Füßen ihre Beine spreizte.

»Hört sofort auf!«

Sorex wandte den Kopf und sah Lupus in der Tür des Esszimmers stehen, wo er allein gespielt hatte. Sein blasses Gesicht brannte vor Wut, und er hatte sein kleines Schwert gezogen.

Sorex packte Felicias Haare noch fester und drehte ihr Gesicht in Richtung des Jungen. »Befiehl ihm, uns allein zu lassen, Domina, sonst bin ich gezwungen, ihm sein Spielzeug zu entreißen und es ihm in den Hals zu stopfen!«

»Was du nicht sagst, Tribun!«

Sorex ließ Felicia los und drehte sich wutschnaubend um. Ein großer, dunkelhäutiger Mann stand in der offenen Haustür. Hinter ihm kauerte Desidra und blickte mit entsetzter Miene an ihm vorbei.

Nach einer kurzen Stille trat der Neuankömmling in den Raum, löste den Verschluss seines Mantels und warf ihn über einen Stuhl. »Fulvius Sorex, ich glaube, es ist üblich für einen Tribun, in der Anwesenheit eines höherrangigen Offiziers Haltung anzunehmen. Also erinnere ich dich daran, dass ich diese Legion zwar nicht mehr befehlige, meine Anweisungen jedoch nichts von einer Absetzung erwähnten, daher hast du lediglich die Aufsicht über die operativen Abläufe der Sechsten inne. Ich war und bin noch immer Legat, weshalb ich jedes Recht, jedes Privileg und jeden Respekt verlange, den ich mir in meinen zehn Jahren Dienst für den Kaiser verdient habe. Abgesehen davon habe ich vier sehr hässliche und aufbrausende Soldaten in meiner Leibwache, die größtes Vergnügen daran hätten, dir Manieren beizubringen, sollte ich sie dazu auffordern.« Er warf einen ironischen Blick auf die dahinwelkende Erektion des Tribuns. »Und das da gilt *nicht* als Haltung annehmen, Tribun, wenngleich ich sagen muss, dass du auch in dieser Hinsicht Schwierigkeiten zu haben scheinst …« Er ging zu Felicia hinüber, die sich aufgerichtet und ihre Kleidung zurechtgezogen hatte. »Medica, es ist mir eine Freude, dich wiederzusehen, wenngleich wir uns wohl glücklichere Umstände gewünscht hätten. Ich hoffe, deine Würde ist nicht allzu sehr befleckt worden – andererseits scheint mir dieser Mann ohnehin nicht fähig, einen nachhaltigen Eindruck bei dir zu hinterlassen.«

Felicia nickte und sah auf das Kind, das noch immer mit erhobenem Schwert und leidenschaftlichem Mörderblick in der Esszimmertür stand.

»Ah, wenn ich mich recht entsinne, heißt dieser junge Mann Lupus?« Der Junge nickte, starrte aber weiterhin Sorex an. Der Legat schritt langsam durch den Korridor und ging vor ihm in die Hocke, wodurch sein Gesicht nur knappe fünfzehn Zentimeter von der Spitze des Kurzschwerts entfernt war. »Ich bin Legat Septimius Equitius, junger Mann, und kenne deinen Beschützer Zenturio Corvus schon lange, sodass er mir deine Geschichte selbst erzählt hat. Sagte er nicht, dass du dich mit dem germanischen Diener eures Tribuns fast täglich in der Schwertkunst übst?« Lupus nickte erneut, doch sein Blick war noch immer auf den Legionstribun geheftet, und er hatte die Zähne gebleckt. »Dann könntest du diesen Mann sicher ziemlich übel verletzen, wenn du ihn dafür bestrafen wolltest, dass er unserer Freundin, der Medica, Leid zugefügt hat.« Mit einem beschwichtigenden Lächeln streckte er vorsichtig die Hand aus und schob die Schwertspitze zur Seite. »Steck dein Schwert in die Scheide, junger Soldat. Die Zeit, dass du es in einem Zustand der Wut benutzt, ist noch nicht gekommen, und außerdem gibt es andere Wege, dasselbe Resultat zu erzielen, wenngleich sie im ersten Moment nicht ganz so befriedigend sein mögen.« Er erhob sich und wandte sich mit angewiderter Miene kopfschüttelnd an Sorex. »Was für ein Glück für alle Beteiligten, dass ich Präfekt Castus' Frau im Eingang ihres Hauses stehen sah, während ich zu den Toren der Festung ritt. Zu Beginn wollte sie mir nicht erklären, warum sie aus ihrem eigenen Haus ausgeschlossen war, aber dem Lichtbringer sei Dank, dass ich sie lange genug mit Fragen bedrängt habe. So fand ich nämlich heraus, dass du vorhattest, die Medica zu schänden. Sie hat es mir zwar nicht erzählt, dennoch glaube ich, dass die Frau des Zenturios wohl nicht dein erstes Opfer war. Du kannst den Göttern danken, dass ich gerade noch rechtzeitig kam, um dich vor dem Jungen zu schützen.«

Sorex hatte sein Selbstvertrauen zurückgewonnen und lachte höhnisch. »Vor diesem Kind hier? Ich hätte ihm den Hals umgedreht wie einem unwillkommenen Welpen.«

Equitius hob eine Augenbraue. »Vielleicht hättest du das. Vielleicht aber hätte *er* dir mit diesem harmlos anmutenden Schwert die Schlagader aufgeschlitzt. Für mich sieht es nämlich so aus, als pflegte die Waffe eine enge Freundschaft mit dem Schleifstein. Jetzt jedoch würde ich vorschlagen, dass du von hier verschwindest und dich hütest, eine dieser

Damen weiter zu belästigen. Denn dann hast du mehr zu befürchten als nur einen rachelüsternen Jungen. Ich vermute, dass Präfekt Castus, auch wenn er mittlerweile das Ende seiner militärischen Laufbahn erreicht hat, schwerwiegende und geradezu fatale Einwände hätte, wenn er von deiner erzwungenen Beziehung mit seiner Frau erfahren würde. Und jetzt raus!«

Sorex machte auf dem Absatz kehrt und ging, wobei er dem Legaten noch einen zornigen Blick zuwarf.

»Da geht er und wird fortan nichts unversucht lassen, mich tot oder in Ungnade zu sehen. Nicht dass ich auf Letzteres allzu lange warten müsste. Schon bald trifft der neue Legat mit Anweisungen aus Rom ein, die vermutlich nichts Gutes für mich verheißen.« Er bemerkte eine Bewegung an der Schlafzimmertür. »Ah, Domina! Du musst die stolze Mutter sein, von der Desidra mir berichtete.«

Annia blickte verdattert auf die vielen Personen im Korridor. »Ich scheine etwas verpasst zu haben. Wer ist dieser Fremde, und warum hat Lupus ein Gesicht aufgesetzt wie mein Mann, wenn er jemandem den Schädel einschlagen will?«

4. Kapitel

»Wir sind schon lange genug hier, dass die Venicones unsere Anwesenheit bemerkt haben dürften. Sicher haben sie bereits ihre Kriegshorde zusammengetrommelt, um für einen Überfall gerüstet zu sein. Daher ist es höchst wahrscheinlich, dass jeder Schritt unsererseits nördlich des Walls eine sofortige Reaktion auslösen wird. Gewiss werden sie mit ausreichender Kampfstärke auftreten, sodass sie es problemlos mit einer einzelnen Kohorte aufnehmen können.« Scaurus hielt inne und musterte die Gesichter seiner Offiziere. »Also plane ich, unser Lager geräuschvoll zu verlassen, damit sie hören, dass wir den Trüben Fluss hinaufmarschieren. Bis wir in die Nähe Des Hauers kommen, werden sie jeden kampffähigen Mann in einem Umkreis von dreißig Meilen rekrutiert haben, denn alle Einheimischen träumen davon, eine römische Kohorte in Stücke zu reißen. Folglich werden wir einer *gewaltigen* Meute wütender Barbaren gegenüberstehen. Sie werden den Fluss überqueren wie ein Rudel hungriger Wölfe und hoffen, uns während des Marsches zu überwältigen, wo sie zu schnell sind, als dass wir ihnen davonlaufen könnten, und zu stark, um einen direkten Kampf mit ihnen aufzunehmen.«

Die Kohorte hatte eine zweitägige Zwangspause eingelegt, um den Neumond abzuwarten und sich von dem anstrengenden Marsch nach Norden zu erholen. Tags darauf waren die Zenturionen von ihrem Tribun zu einer abendlichen Besprechung zusammengerufen worden. Jeder von ihnen hielt einen Becher Wein in der Hand, was mittlerweile ein Markenzeichen der entspannten Atmosphäre war, in der Scaurus die Offiziere über seine Absichten zu unterrichten pflegte.

»Wenn die Stammeskrieger uns mit aller Macht entgegentreten, wird Silus mit seinen Kavalleriesoldaten einen hübschen kleinen Trick aus dem Ärmel ziehen und damit die tätowierten Irren davon abhalten, uns zu überwältigen und in den Boden zu stampfen. Während wir die Kriegshorde der Venicones auf diese Weise ablenken, wird Zenturio Corvus sich mit seinen Männern heimlich in ihre Festung schleichen und den Adler der Sechsten Legion zurückholen. Sollte Fortuna mit uns sein, werden wir uns ein paar Tage später wieder hier treffen – zum Leidwesen der Blaunasen und inklusive des Feldzeichens der Legion. Danach werden wir uns schleunigst im Laufschritt Richtung Süden aus dem Staub machen. Wir können nur hoffen, dass die Barbaren uns nicht verfolgen und das Mauerkastell bestürmen, doch selbst wenn sie das tun sollten, ist es unsere Pflicht, den Adler der Sechsten in Sicherheit zu bringen, statt hierzubleiben und gegen sie zu kämpfen.«

Julius hob den Becher. »Darauf stoßen wir an. Sollte Fortuna unseren Gebeten aber kein Gehör schenken, so trinke ich auf die zweitbeste Lösung: den starken Schwertarm und die blutige Schneide des Kriegsgottes Cocidius!«

Die Offiziere bejubelten seinen Trinkspruch und kippten den Wein hinunter. Dann streckten sie die Becher vor, damit Arminius sie erneut füllte.

Dubnus zwinkerte Marcus zu. »Na, dann erzähl mal, Bruder, wen du auf dieses Selbstmordkommando mitzunehmen gedenkst.«

Der Römer tat, als müsse er sich das gut überlegen, bevor er antwortete: »Erst mal natürlich meinen Späher Arabus, der es perfekt versteht, sich vorauszuschleichen und den Feind auszukundschaften. Lugos wird in jedem Fall mitkommen wollen, und der Legionär Verus wird uns den günstigsten Weg zur Festung weisen, denn er kennt sich im Marschland um den Trüben Fluss am besten aus. Abgesehen von uns vieren wird Drest mit seinen Leuten Gelegenheit bekommen zu zeigen, wie gut ihr angebliches Talent zum Kämpfen und Stehlen tatsächlich ist. Damit sind wir acht Leute, was meines Erachtens mehr als genug sein dürften.«

Arminius, der mit dem Weinkrug herumging, ergriff das Wort. »Neun, Zenturio. Ich schulde dir noch immer mein Leben.«

Dubnus grinste seinen Freund Marcus an. »Sieht ganz so aus, als müsstest du unseren aufmüpfigen Sklaven mitnehmen, ob du das willst oder nicht.«

Er hielt den Becher hoch und setzte eine gespielt entschuldigende Miene auf, während Arminius ihn mit verächtlichem Blick nur halb füllte.

»Ich nehme alles zurück! Du bist der beste Krieger, den die Welt je gesehen hat, und ohne deine Unterstützung wäre unser Freund seinen Gegnern auf Gedeih und Verderb ausgeliefert. Füll mir den Becher also anständig, bist du so gut?«

Der muskelbepackte Germane hob lediglich eine Braue und ging zur größten Erheiterung der versammelten Zenturionen zum nächsten Mann weiter. Während er die Reihe entlangstreifte und umsichtig die Weinbecher füllte, knurrte er über die Schulter: »Ein halber Becher, nicht mehr, Zenturio. Morgen wirst du ausrücken, um den Venicones zum zweiten Mal innerhalb von zwei Jahren an den Bärten zu zupfen, doch diesmal wird es keinen reißenden Fluss geben, hinter dem ihr euch verstecken könnt. Daher wirst du einen klaren Kopf brauchen.«

Am darauffolgenden Morgen marschierte die tungrische Kohorte mit großem Fanfarengetöse aus dem Kastell nach Nordwesten, denn die jeweiligen Trompeter der einzelnen Zenturien waren von ihren Vorgesetzten angehalten worden, ihre Kameraden an Lautstärke zu übertrumpfen. Marcus nahm Drest mit hinauf zum Festungswall, wo sie gemeinsam beobachteten, wie die lange Soldatenkolonne die Straße zu den Hohen Bergen hinaufzog. Als die letzte Zenturie der Kohorte das Nordtor verlassen hatte und in die Wildnis marschiert war, schüttelte Marcus den Kopf und spitzte halb finster, halb amüsiert die Lippen.

»Eine marschierende Kohorte erscheint sehr mächtig, solange man selbst in ihren Reihen geht – eine nahezu endlose Kolonne gut ausgebildeter, kampflustiger Soldaten, vollgepackt mit Waffen, Rüstungen und grimmigen Gesichtern. Doch jetzt, wo ich sie von oben betrachte…«

Der Thraker nickte zustimmend. »In der Tat. Von oben betrachtet, wirkt eine Truppe von siebenhundert Mann ziemlich mickrig.« Er wandte den Blick von der Marschkolonne ab und musterte den Römer neben ihm. »Ich nehme an, als du mich hierher beordert hast, wolltest du mir nicht nur die Bedeutungslosigkeit eurer Kohorte angesichts der bevorstehenden Bedrohung illustrieren.«

Der Römer nickte. »Es hätte mich enttäuscht, wenn du meine Absicht nicht durchschaut hättest.«

Ein kalter Windstoß ließ die Flagge des Legionskommandos über ihnen flattern, und die beiden Männer zogen ihre Mäntel fester um sich.

Marcus zeigte über das Tal des Trüben Flusses zu der Bergkette am Horizont, wo ein winziger Fleck die Position der Venicones-Festung markierte. »Ich möchte dir meine Absichten deutlich machen: Ich will den Adler holen, sofern er sich noch innerhalb Des Hauers befindet, und ich habe fest vor, auch den Kopf jenes Mannes mitzunehmen, der beim Raub des Feldzeichens verraten wurde. Dies ist auf Jahre hinaus und vielleicht sogar für immer die letzte Chance, beides zurückzugewinnen, weshalb ich nicht die *geringste* Absicht habe, an dieser Aufgabe zu scheitern. Falls du und deine Leute also planen solltet, euch an dieser Aktion nicht mit all eurer Kraft zu beteiligen, oder falls die Aussicht, euch in eine so abschreckende Festung einzuschleichen, Zweifel in euch weckt, wäre es gut, du würdest es sofort kundtun. Solltet ihr meine Erwartungen nördlich des Walls nämlich enttäuschen, wird das für euch wesentlich gefährlicher, als wenn ihr euch höflich von dem Unterfangen zurückzieht, bevor wir in feindliches Gelände eindringen.«

Marcus verstummte. Die ganze Zeit hatte er die Augen nicht vom Horizont abgewandt, und auch Drest betrachtete die sich entfernenden Gestalten der hintersten Zenturie der Kohorte, während die Morgensonne die Äxte der Pioniere zum Glänzen brachte. Dann beantwortete er Marcus' Frage mit nüchterner Stimme.

»Ich bin in Debeltum in Thrakien geboren, Zenturio, als Sohn eines Ladenbesitzers. Debeltum ist eine Kolonie von

Veteranen, die von Kaiser Vespasian gegründet wurde, da unsere Gemeinschaft sich schon immer durch Treue gegenüber dem Imperium ausgezeichnet hatte. Jahrelang habe ich mich danach gesehnt, der Legion beizutreten und das Kaiserreich zu erkunden, was meinen Vater sehr betrübte, denn er wollte, dass ich sein Geschäft weiterführe und ihn im Alter zu mir nehme. Sechs Monate bevor ich mich bei der Armee hätte verpflichten können, wurde mein Vater unerwartet in den Bankrott getrieben – durch einen Kreditgeber, von dem er sich auf unkluge Weise Geld geliehen hatte. Dass dieser Mann einen Groll gegen ihn hegte, fand mein Vater erst heraus, als der Mistkerl mit einer Bande von Schlägern an unsere Tür klopfte und uns auf die Straße setzte. Mein Vater stand unter Schock und zerbrach unter der Last der Schande, als er sah, wie sein ehrenvolles Gewerbe vor seinen Augen niedergerissen wurde. Darauf war ich gezwungen, als ungelernte Hilfskraft zu arbeiten, wo ich mich von Sonnenaufgang bis Sonnenuntergang schinden musste, um gerade genug zu verdienen, dass wir etwas zu essen hatten. Nach zwei Jahren dieses kärglichen Lebens habe ich den kühnen Schritt gewagt, als Neuling im Ludus, der Gladiatorenschule, anzufangen, da ich hoffte, in der Arena meine Freiheit wiederzuerlangen und genügend Geld zu verdienen, um meinem Vater wieder ein behagliches Leben bieten zu können.« Er hielt inne und blickte Marcus abschätzend an. »Als man mir sagte, ich würde mit dir nach Norden ziehen, sprach ich mit deinen Männern, um herauszufinden, was für ein Mensch du bist. Sie erzählten mir, auch du hättest das Kämpfen von pensionierten Gladiatoren gelernt?«

Der Römer antwortete, ohne den Blick vom Horizont

abzuwenden. »Von einem ehemaligen Gladiator und einem Soldaten, der den Militärdienst erst kurz zuvor verlassen hatte, ja.«

Drest lächelte. »Was erklärt, woher du die schmutzigen Tricks kennst, die du anwendest, sobald du einen Kampf zu verlieren drohst.«

Marcus zuckte die Achseln. »Schmutzige Tricks haben mich beide gelehrt, doch es war der Soldat, der mir beibrachte, wie man alle Scheu und Gesittung hinter sich lässt, um wie ein Tier zu kämpfen, falls es nötig ist. Er war auf den Schlachtfeldern der Germanenkriege dabei und wusste, wie schmal der Grat zwischen Sieg und tödlicher Niederlage zuweilen sein kann.«

»Ja, tatsächlich haben mir deine Männer auch von deiner wilden Seite berichtet.« Der Thraker wartete einen Augenblick, und da Marcus nicht antwortete, fuhr er fort. »Im Gegensatz zu dir war ich nicht für die Arena geschaffen und bemerkte das bereits wenige Wochen nach meiner Verpflichtung. In Gladiatorenschulen herrscht eine simple Hierarchie, und schon wenige Stunden nach dem Eintreffen neuer Rekruten sehen die meisten Ausbilder, ob sie sich in die Hackordnung einzufügen verstehen oder nicht. Es gibt dort viele Idioten, die die Schule gar nicht erst besuchen sollten, da sie schon bei ihrem ersten Kampf unterliegen und wahrscheinlich ihr Leben lassen werden, weil sie zu begriffsstutzig oder körperlich ungeeignet sind. Diese armen Kerle werden nur in den Ludus aufgenommen, um die Anzahl an Gladiatoren zu erhöhen und die Zuschauer schon zu einem frühen Zeitpunkt mit Blutvergießen zu vergnügen. Von zehn Männern entsprechen etwa einer oder zwei dieser Beschreibung. Dann gibt es im Ludus noch die Alltagsgladiatoren mit ausreichend Muskeln, um dem raschen Tempo eines Kampfes standzuhalten. Man kann sie im Schwertkampf trainieren oder ihnen beibringen, ein Netz mit ausreichend Geschicklichkeit zu werfen, um eine Überlebenschance zu haben – vorausgesetzt, sie sind entschlossen, ihre Gegner bei der ersten Gelegenheit zu töten. Sieben bis acht Männer von zehn gehören in diese Kategorie: kompetente Kämpfer, die zwar nie Helden der Arena sein werden, doch mit etwas Glück ihre Laufbahn lebend beenden können. Zu guter Letzt bleibt noch einer von zehn. Das sind die Raubtiere, Zenturio, geborene Tötungsmaschinen, die aufgrund der Umstände und ihrer Ausbildung ihre naturgegebenen Talente aufs Beste auszubauen verstehen. Zeit und Erfahrung stählen sie, sodass sie imstande sind, ihre Gegner in der Arena zu verstümmeln oder zu töten. Wie todbringend sie letztendlich sind, hängt von ihrer Schwertkunst ab, doch die Besten unter ihnen – nämlich die, die schnell und listig genug sind, mit allen Angriffsarten und Waffen fertigzuwerden, die ein Berufskämpfer ihnen entgegenschleudert – werden eines Tages mit einem Holzschwert ehrenvoll in die Freiheit entlassen und können sich über eine lebenslange Pension freuen.« Er hielt inne und sah Marcus an. »Zu welcher dieser Kategorien, glaubst du, gehöre ich, Zenturio?«

Der Römer wandte sich um und musterte ihn von oben bis unten. »Nach zwei Jahren körperlicher Arbeit hattest du sicher Muskeln genug, und auch deine Schwertkunst erscheint mir angesichts dessen, was ich bei deinem Training mit den Sarmaten gesehen habe, ausreichend. Doch dir fehlt eine fundamentale Eigenschaft, um in die Kategorie der Tötungsmaschinen zu fallen.« Drest wartete, und ein ironisches Lächeln zog über sein Gesicht. »Du redest zu viel, sogar beim Kämpfen. Du eignest dich eher für sorgfältiges Kalkulieren und Intrigieren als für das Stich- und Schlagspiel, das in der Arena stattfindet.«

Der Thraker nickte. »Gut erkannt, Zenturio. Das Gladiatorenleben wäre sehr mühselig für mich geworden, denn ich war nie gefährlich genug, um mich von meinen Mitstreitern abzuheben, und riskierte ständig, von einem dieser Raubtiere verstümmelt oder getötet zu werden, nur weil ich ihnen im Weg stand.«

»Was geschah dann? Ganz offensichtlich hast du ja überlebt.«

Drest zuckte mit den Schultern. »Es kam nie zu einem Kampf in der Arena. Im Zuge seiner offiziellen Verpflichtung als Erster Speer der Zwölften Fulminata kam Präfekt Castus eines Abends im Ludus vorbei und suchte Gladiatoren, um eine Darbietung für die Legion vorzubereiten. Zufällig sah er mich, wie ich außerhalb der üblichen Trainingszeiten einem der armen Kerle etwas Nachhilfe gab, der ansonsten beim ersten Kampf gefallen wäre – es sei denn, die Götter hätten ihn mit größerer Nachsicht behandelt als seine Mitstreiter. Das weckte Castus' Interesse, also ließ er mich vom Besitzer der Gladiatorenschule rufen und fragte mich, warum ich mit dem Mann arbeitete, anstatt mich in meiner Zelle auszuruhen. Nachdem ich ihm von meiner Sorge um den Kameraden erzählt hatte, kaufte er mich auf der Stelle dem Besitzer des Ludus ab. Später, als er mich zu seinem Quartier führte und ich mich schon fragte, ob ich als Gegenleistung für meine Rettung wohl sein Bett teilen sollte, wollte ich natürlich seine Gründe für diese Entscheidung wissen. Er antwortete nur, es gebe nicht viele anständige Männer, also müsse man die wenigen retten. In

Wahrheit hatte er eine ausgezeichnete Wahl getroffen, denn obwohl ich nicht den Tötungsinstinkt besitze, von dem ich vorher sprach, so besitze ich doch eine Reihe anderer Fähigkeiten und verstehe auch die Kunst, andere Bedienstete zu befehligen. Und jetzt, Zenturio, willst du zweifellos wissen, warum ich dir all das erzählt habe?«

Marcus sah ihm in die Augen und antwortete eine Spur bissig: »Die Frage war mir in den Sinn gekommen, ja.«

»Ich habe begriffen, dass Präfekt Castus mich davor bewahrt hat, zu sterben oder in der Arena verstümmelt zu werden – stattdessen habe ich ein Jahrzehnt in seinen Diensten verbracht. Überdies hat er mir die Freiheit versprochen, sobald er in Pension geht. Aus diesem Grund, Zenturio, kannst du dir sicher sein, dass ich als Gegenleistung für meine Schuld ihm gegenüber alles in meiner Macht Stehende tun werde – selbst wenn er mir auftragen sollte, den Fluss Styx mit einem Messer im Mund zu durchschwimmen und dem Fährmann Charon sein angehäuftes Münzgeld zu rauben.«

Der Römer betrachtete ihn eine Weile nachdenklich. »Das glaube ich dir. Doch was ist mit deinen Kameraden?«

»Alle von uns schulden dem Präfekten auf die ein oder andere Weise das Leben.«

Marcus schüttelte den Kopf. »Das weiß ich. Doch meine Frage bezieht sich eher auf ihren Charakter als auf ihre spezifischen Lebensgeschichten.«

Drest zuckte mit den Schultern. »Jeder ist für sich selbst verantwortlich. Doch keiner der drei hat je eine Anweisung missachtet, egal, ob diese vom Präfekten selbst oder von mir kam. Daher glaube ich, sie werden zu gegebener Zeit alles tun, was man ihnen aufträgt.«

Der junge Zenturio hob die Hand und zeigte noch einmal auf die Berge am nördlichen Horizont. »Ich hoffe, du hast recht. Ich vermute, der Ort, zu dem wir bald ziehen, ist gnadenlos. Wir sollten besser nicht erst dort feststellen müssen, dass wir uns in deinen Kameraden getäuscht haben. Sag ihnen, wir werden das Kastell eine Stunde nach Sonnenuntergang verlassen, und schick deinen Dieb zu mir. Ich habe einen Auftrag für ihn.«

Vom Piger Montis marschierten die Tungrer eine knappe Stunde nach Nordwesten, passierten die Trümmer eines längst verfallenen Vorpostens und folgten den grasbewachsenen Überresten der gepflasterten Straße, die sich am Rande des Sumpflands am Trüben Fluss entlangzog. Dann ließ Julius sie unvermittelt in einem schmalen Tal anhalten, wo sie vor etwaigen Beobachtern verborgen waren. Die Soldaten blieben stehen und unterhielten sich leise, während die Zenturionen auf das hartnäckige Blasen einer Trompete hin nach vorn eilten.

Sanga stützte seinen Schild auf dem Stiefel ab, um dessen Messingrand vor unerwünschten Schrammen zu bewahren, dann wandte er sich mit einem schiefen Lächeln an Saratos. »Gleich werden wir herausfinden, was der Tribun mit uns vorhat. Wir können nur hoffen, dass er ein paar Tricks im Ärmel hat, sonst sind wir, ehe wir es uns versehen, von haarigen Dreckskerlen wie dir umzingelt.«

Tribun Scaurus gab ohne jede Einleitung seine Anweisungen, und sein Tonfall ließ durchblicken, dass er das Heer umgehend wieder in Marsch setzen wollte. »Die Mitläufer und möglichen Spione in Piger Montis glauben, wir seien nach Norden marschiert, um einen Angriff auf Den Hauer auszuführen. Daher vermute ich, dass zumindest einer der Eingeborenen, die sich um die Legionskohorte scharen wie Fliegen um Scheiße, nach Sonnenuntergang über den Wall steigen und den Fluss überqueren wird, um dem Anführer der Venicones von unserem Abmarsch zu berichten. Wenn wir morgen nicht vor ihren Festungsmauern auftauchen, werden sie verwirrt und ziemlich besorgt sein, denn vom Wall zu ihrer Festung sind es nur zehn Meilen. Sie werden nervös werden und sich fragen, was wir hier draußen treiben, da wir sie nicht direkt angreifen. Es wird ihrem Anführer nicht gefallen, dass wir mit unseren Stiefeln auf seinem Land herumtrampeln und er nicht weiß, wohin wir ziehen. Also wird er versuchen herauszufinden, wo wir geblieben sind. Sie werden Späher aussenden, die uns aufgrund unserer deutlichen Spuren natürlich finden werden, und genau dann beginnt das eigentliche Vergnügen. Vergesst nicht, dass ich die Gegend hier sehr gut kennengelernt habe, bevor Calgus die Stämme zur Revolte anstachelte, weshalb ich ein paar passende Landstriche für unsere Unternehmung im Kopf habe.« Er lächelte in die Runde der versammelten Offiziere. »Der erste liegt ganz in der Nähe, weniger als eine Meile die Straße hinauf. Dort, meine Herren, befindet sich eine Gabelung: Ein Weg führt längs des Trüben Flusses nach Norden und so nahe am Hauer vorbei, dass die scharfäugigeren Wachen der Venicones die wenigen Zähne zählen könnten, die unser Kollege Otho noch im Mund hat …«

Er machte eine Pause, und der betreffende Zenturio schickte ein von zahlreichen Zahnlücken durchbrochenes Lächeln in die Runde. Er war früher einmal der Boxmeister der Kohorte gewesen.

Scaurus schmunzelte, während die Offiziere grinsten

und glucksten. »Wir hingegen werden einen anderen Weg einschlagen, der durch den Wald nach Westen führt und in eine von Bergen umgebene Senke. Die Soldaten, die bei der ersten Bemannung des Nordwalls hier stationiert waren, nannten diesen Ort ›Bratpfanne‹. Der Boden ist relativ flach, und sobald wir uns dort befinden, sind wir von der Festung aus nicht mehr zu sehen. Dies dürfte Calgus und den neuen König der Venicones, der unter seinem intriganten Einfluss steht, mit Sicherheit schwer beunruhigen. Hoffentlich schnappen sie dann nach dem Köder und greifen uns in großer Zahl an, sodass unser Sturmtrupp freie Bahn hat und ohne Behinderungen zum Hauer gelangen kann. Und nun sollten wir vielleicht die restlichen Fragen besprechen, über die wir lediglich Vermutungen anstellen können.«

Marcus versammelte seine Mannschaft im Hauptquartier der Festung, gerade als in den engen Gässchen und am Erdwall, der die nördlichste Grenze des Kaiserreichs markierte, die Fackeln entzündet wurden. Er verbrachte die folgende Stunde damit, ihnen zu erklären, welche Aufgaben er in der Nacht für sie vorgesehen hatte und wie wichtig es war, dass alles geräuschlos vonstattengehen würde. Währenddessen warteten sie darauf, dass Tarion von seinem Streifzug zurückkehrte. Als der Erste Speer den Dieb in den Raum führte, stellte dieser sich zunächst für eine Weile an den Ofen, denn sein Gesicht war blass und ausgezehrt von der plötzlichen Kälte, die nach Sonnenuntergang wegen des wolkenlosen Himmels über das Land hereingebrochen war.

»Ich habe am Fuß des Walls gewartet und hatte mich gegen die Kälte fest in meinen Mantel gehüllt. Der hinterlistige kleine Bastard wäre fast über mich gestolpert, so nahe war er am Kastell, doch die Farbe meines Mantels verschmolz mit den Schatten, sodass er mich nicht entdeckte.«

»Hast du sein Gesicht gesehen?«

Der Dieb beantwortete die Frage des hochrangigen Zenturios mit einem Nicken. »Nur einen Augenblick. Es war dieser rothaarige Kerl, der für den Besitzer der Bierschenke im Vicus Botengänge erledigt.«

Marcus und Drest tauschten einen Blick. Die Siedlung am Kastell bestand aus gerade mal einem halben Dutzend Gebäuden, um den wenigen Huren Unterschlupf zu gewähren, die geldgierig und unvorsichtig genug waren, jede Gefahr zu ignorieren und der Kohorte an den äußersten Rand des Imperiums zu folgen.

»Gut, dann werde ich den Narren dafür auspeitschen lassen, dass er einen Spion in den Vicus gebracht hat. Ich werde ihn an ein ... Was ist?«

Marcus hatte die Hand erhoben und formulierte seinen Kommentar in beiläufigem Ton, damit der Erste Speer ihn ignorieren konnte, falls ihm das lieber war. »Ich dachte nur, dass du die Sache vorerst vielleicht für dich behalten willst, denn es könnte ja sein, dass der Junge den Mut aufbringt, noch einmal zu kommen. Vielleicht gibt es mehr als einen von ihnen im Vicus, und außerdem bezweifle ich, dass der Besitzer der Schenke in die Sache verwickelt ist, denn er ist ja erst vor weniger als einem Jahr mit der Armee aus dem Süden hierhergekommen. Wenn du alle Beteiligten schnappen willst, wäre es günstiger abzuwarten, ob der Junge einen zweiten Anlauf wagt.«

Der Erste Speer überlegte einen Augenblick und nickte dann bedächtig. »Du hast recht, Zenturio. Wir werden abwarten, ob er noch einmal auftaucht, und dann den ganzen Vicus absperren, während wir die Namen seiner Mitverschwörer aus ihm herausprügeln.«

Marcus zuckte innerlich zusammen, bevor er erneut das Wort ergriff. »In diesem Fall, Erster Speer, halte ich es für am besten, dass wir so still und heimlich wie möglich das Kastell verlassen und uns auf den Weg machen.«

Der Offizier nickte. »Dann solltest du auf der Rückseite des Walls nach Osten bis zur nächsten Meilenfestung gehen und durch deren Tor die nördliche Grenze passieren. Bist du sicher, dass du nicht zumindest für einen Teil des Weges eine Eskorte benötigst? Wir haben das Gelände ziemlich gut ausgekundschaftet, bevor uns der Befehl erreichte, keine militärischen Operationen mehr jenseits des Walls auszuführen. Ich verfüge über ein paar recht gute Späher.«

Marcus schüttelte den Kopf. »Ich danke dir, Erster Speer, doch je mehr wir sind, desto wahrscheinlicher wird man uns entdecken. Außerdem hat mein Späher Arabus viel Zeit mit euren Kundschaftern verbracht, weshalb ich davon ausgehe, dass er das Gelände bereits recht gut im Kopf hat. Überdies weiß euer Soldat Verus wahrscheinlich mehr als jeder Späher. Ich denke, wir werden uns auf neun Personen beschränken und zu unserem Gott Mithras beten, dass die Venicones heute Nacht keinen Jagdausflug machen.«

»Wir sind da. Das dort ist Der Hauer. Ich bin schon einmal hier gewesen, an einem Abend, bevor der Aufstand begann. Zu jener Zeit waren die Kastelle auf dem Antoninuswall nur ausgebrannte Ruinen, die seit knapp zwanzig Jahren verlassen waren. Arminius und ich haben unsere Kavallerieeskorte weggeschickt und sind allein hierhergeritten, damit die

Venicones uns nicht entdeckten und uns als Strafe für unser Eindringen erledigten. Sie hatten schon zu jener Zeit den Ruf, furchterregende Krieger zu sein, lange bevor wir ihnen an den Ufern des Roten Flusses gegenübergetreten sind.«

Tribun Scaurus deutete über das Tal. Sie befanden sich auf einem günstigen Aussichtspunkt oben auf einem Hang, den Scaurus gemeinsam mit Julius erklommen hatte, nachdem das letzte Tageslicht am westlichen Himmel erloschen war. Ein Ring von Hügeln umgab sie wie eine dunkle Silhouette am Horizont, denn die Nacht war klar, und Sterne glitzerten hell am Himmel, doch im Nordosten war ein flackerndes Licht oberhalb der Schatten zu sehen: Dort thronte die Festung der Venicones in zehn Meilen Entfernung hoch über dem Tal. Die Tungrer waren in die Mitte der Geländeformation marschiert, die Scaurus seinen Zenturionen gegenüber als »Bratpfanne« bezeichnet hatte – ein von Bergen gesäumter Talkessel mit einem Durchmesser von etwa zehn Meilen. Dazu mussten sie sich jeweils zu zweit nebeneinander auf Pfaden bewegen, die nicht breiter als Jägerfährten waren, aber dafür wurde das Geräusch ihrer Tritte von einem dicken Teppich aus Tannennadeln gedämpft und verlor sich in dem dichten Wald, der sie auf allen Seiten umgab. Als die Nacht hereingebrochen war, hatten sie inmitten des Talkessels im Schatten eines Berges ihr Lager aufgeschlagen und Zelte in der Ecke eines längst verlassenen Marschlagers aufgestellt, das zwei Jahrzehnte zuvor von Legionstruppen im Wald errichtet worden war.

»Vermutlich wissen sie, dass wir irgendwo da draußen sind, also müssen wir gleich morgen ihre Aufmerksamkeit auf uns lenken, bevor sie Zeit haben zu hinterfragen, ob wir mehr sind als nur eine Hilfskohorte, die nach dem zerschlagenen Barbarenaufstand einen erneuten Vorstoß gegen den einzig noch verbliebenen Stamm wagt.«

Julius runzelte die Stirn, denn er erinnerte sich an einen Tag zwei Jahre zuvor, als ein ganzer Berghang von Barbarenleichen übersät gewesen war. »Dann glaubst du also nicht, dass wir sie bei der Schlacht vor der Festung der Tausend Speere endgültig besiegt haben?«

»Das hatte ich damals tatsächlich gehofft. Doch jetzt?« Scaurus schüttelte den Kopf, was in der Finsternis kaum zu sehen war. »Nein, Erster Speer. Ich glaube, wir haben einen Großteil ihrer Männer vernichtet und ihren König getötet, doch ich würde eine Menge Geld darauf wetten, dass sie immer noch genügend Krieger besitzen, um mit siebenhundert Infanteristen kurzen Prozess machen zu können. Nachdem unser guter alter Freund Calgus sich dort drüben« – er zeigte noch einmal über das Tal – »eine einflussreiche Stellung erschlichen hat und anscheinend wild entschlossen ist, sich vom Rand des Grabs in die Welt zurückzukämpfen, dürfte schon die Erwähnung des Wortes ›Tungrer‹ ausreichen, damit er vor Eifer schäumt, uns endlich zu vernichten. Immerhin war es unser Freund Zenturio Corvus, der ihn vor nicht allzu langer Zeit verstümmelte.«

Julius starrte auf den Lichtpunkt auf dem entfernten Hügel und fragte sich, wie viel Widerstand der Sturmtrupp wohl zu erwarten hatte, falls es ihm gelang, die Festungsmauer zu überwinden. Als er den Blick wieder auf den Abhang vor ihnen zurückstreifen ließ, deutete er auf die Lagerfeuer, die seine Kameraden im Schatten des Berges entzündet hatten. Sollten die Barbaren von der Festung aus, die hoch über dem breiten Tal des Trüben Flusses thronte, nach ihnen Ausschau halten, würden sie die Feuer nicht bemerken. »Dann willst du also, dass wir morgen früh erneut Lagerfeuer entzünden?«

»Genau. Dann aber brauchen wir mehr Rauch – gerade genug, um sicherzustellen, dass die Barbaren wissen, wohin sie galoppieren sollen. Wir werden die Feuer am Brennen halten, bis wir marschbereit sind, dann folgen wir der Standardroutine und löschen sie. Wir sollten jedes Risiko vermeiden, dass unser Trick zu leicht zu durchschauen ist. Jetzt würde ich vorschlagen, wir gehen zu Titus und seinen Leuten und sehen nach, ob sie vor Einbruch der Nacht die Aufgabe erfüllen konnten, die wir ihm übertragen haben. Wenn wir dem Hieb entkommen wollen, den Calgus gegen uns austeilen wird, sobald er zu wissen glaubt, wo wir uns befinden, ist es von größter Bedeutung, dass Silus und seine Reiter morgen eine überzeugende Vorstellung abliefern.«

Nachdem Calgus zum König gerufen worden war, ging er in die große Halle, wo Brem von einem halben Dutzend Männern, den Anführern der Clans seines Stammes, umringt war. Fratze, der Jagdmeister, stand etwas abseits, und einen Schritt hinter ihm befand sich Morrig, die Anführerin seiner Bande von Jägerinnen. Die grauhaarigen Clanführer warfen der Fähe gelegentlich verstohlene Blicke zu. In ihnen konnte der Selgovae die gleiche Mischung aus Neugier und Vorsicht erkennen, die er selbst an den Tag legte, wenn er auf die Jägerin traf. Vor dem König kniete ein junger Mann, der den Flegeljahren gerade erst entwachsen schien und in dem Calgus einen der Jungen wiedererkannte, die auf sein Anraten hin angeheuert worden waren, um den weiten Sumpf hinter dem Fluss zu durchqueren und sich in die römischen Kastelle auf dem Wall einzuschleichen. Als Brem sah, dass Calgus in die Halle schlurfte, nickte er ungeduldig und winkte ihn mit einer Geste zum Thron.

»Da ist er ja! Jetzt, da unser hochgeschätzter Ratgeber unter uns weilt, können wir vielleicht die Neuigkeiten über die Römer erfahren, die unsere Spione über den Fluss gebracht haben!«

Calgus nahm seinen Platz an der Seite des Königs ein und war sich wie immer schmerzhaft bewusst, dass er der einzig Unbewaffnete inmitten der Kriegerhorde war, die vor scharfem Eisen glänzte. Da es sich bei ihnen um zuverlässige Mitglieder aus Brems Führungszirkel handelte, trug jeder Mann mindestens zwei Waffen am Gürtel, einige sogar ein weiteres halbes Dutzend Messer. Calgus hingegen hatte beschlossen, nicht um die Erlaubnis zu bitten, auch nur ein winziges Speisemesser mit sich führen zu dürfen, denn er wusste ganz sicher, dass man ihm seinen Wunsch abschlagen würde.

»Neuigkeiten, König Brem? Bereiten die Römer endlich ihren Rückzug in den Süden vor?«

Brem bedachte ihn mit einem humorlosen Lächeln. »Weit gefehlt, Calgus. Trotz deiner ständigen Versicherungen, dass sie den Schwanz einziehen und sich wegschleichen werden, verstecken sie sich noch immer wie ängstliche Knaben hinter dem Wall. Mir scheint, ich habe meinen instinktiven Drang, meine Krieger zu ihnen zu entsenden, schon zu lange unterdrückt, denn nun haben wir erfahren, dass ihre Leute sogar das Kastell besetzt haben, das sie Piger Montis nennen. Vielleicht weißt du, um welche Männer es sich handelt, wenn ich dir ihren Stammesnamen nenne – mir jedenfalls sind sie durchaus bekannt. Sie heißen *Tungrer.*« Als der Name durch den Raum hallte, zuckte Calgus zusammen, und Brem grinste ihn amüsiert an. »Oh ja, die gleichen Männer, die meinen Neffen besiegten und das Herz meines Stammes herausrissen. Die gleichen Männer, die dir die Kraft deiner Beine raubten, sodass du nun nicht schneller als ein gebrechlicher Greis laufen kannst. Jetzt sind sie erneut in den Norden gekommen und besudeln mein Land mit den Abdrücken ihrer Stiefel.«

Calgus nickte bedächtig. »Von wem stammt diese Nachricht?«

Brem zeigte auf den Jungen, der vor ihm kniete. »Der Junge hier hat im Dunkeln den Sumpf durchquert, um uns die Neuigkeiten zu überbringen …«

Der König sprach weiter, doch Calgus hörte nicht mehr zu, sondern sah dem Jüngling fest in die Augen.

»Wie viele Männer sind nach Norden marschiert?«

Die Antwort kam prompt. »Alle, Herr. Ich habe ihre Standarten gezählt, wie man mir aufgetragen hatte. Dieselben Zenturien, die vor drei Tagen hier eintrafen, haben das Kastell durch das Nordtor verlassen.«

Calgus dachte einen Moment nach und wandte sich dann wieder an Brem, der ihn halb verwirrt, halb ärgerlich ansah, weil das Gespräch ohne ihn geführt wurde.

»Drei Tage? Dann ist es ein Scheinmanöver, Brem. Ihr Streifzug in dein Land dient lediglich der Ablenkung. Es ist eine List, um dich aus deiner Festung zu locken und damit deine Kampfstärke zu schmälern. Sie wollen den Adler zurückholen!«

Brem schüttelte ungläubig den Kopf. »Den Adler?« Er starrte Calgus eine Weile an und sprach dann erneut, diesmal mit lauterer Stimme. »Den *Adler?*« Er erhob sich und schrie seine Worte zum Dach des Turmes hoch über ihm hinauf. »Du sollst mich beraten und mir das bisschen Weisheit zur Verfügung stellen, das du noch besitzt! Stattdessen höre ich immer nur Adler, Adler, Adler von dir! Genug davon! Ich weiß, dass du das römische Feldzeichen erbeutet hast! Ich weiß auch, wie sehr ihnen dieses Vogelbildnis am Herzen liegt! Also brauchst du mich nicht ständig daran zu erinnern, dass du damit einen großen Sieg über die Römer errungen hast!«

Calgus schlurfte näher und hatte die Arme weit ausgebreitet, um den König zum Zuhören zu bewegen. »Aber warum sonst sollten sie drei Tage gewartet haben, bis die dunkelste Nacht des Monats gekommen ist? Während die Tungrer als Wurm am Angelhaken dienen, werden sich andere Männer leise über den Sumpf des Trägen Flusses schleichen und versuchen, in dein Bollwerk einzudringen, um dann …«

Brem winkte ungeduldig ab. »Schweig, Calgus! Ich habe bereits einen Entschluss gefasst. Wir werden beim ersten Tageslicht losmarschieren, mit jedem Krieger, der meinem Aufruf bis dahin gefolgt ist. Die Nachzügler werden unsere Spuren finden und uns nachkommen. Wir werden die Tungrer aufspüren, und dann, so Cocidius mit uns ist, werden wir ihnen die Köpfe abschlagen! Dein geliebter Adler wird nach diesem Feldzug von siebenhundert Augenpaaren überwacht werden, einer ganzen Kohorte, und sein Schrein wird ein Ort des Schreckens sein, weil er vom Boden bis zur Decke mit den Schädeln der Eindringlinge gefüllt ist. In meinem Namen werde ich sie unserem Gott darbringen, der uns zur Belohnung für diese Ehre seine größte Huld erweisen wird. Du dagegen, *Berater*, bist fortan kein Berater mehr, denn jetzt ist die Zeit gekommen zu kämpfen! Da du nicht schneller als ein Kleinkind gehen kannst, wirst du auf eines meiner Pferde gesetzt, sodass du mit mir in die Schlacht reiten kannst. Wenn die Zeit reif ist, werde ich dir ein Schwert reichen, damit du an meiner Seite gegen den Feind kämpfen kannst. Dann kannst du dir den Respekt des Volkes verdienen, das unter deiner Anwesenheit leidet, da ihre Herzen nach dem Tod meines Neffen noch immer vor Rachegelüsten brodeln.«

Calgus verbeugte sich so tief, wie er es bewerkstelligen konnte. »Natürlich, König Brem, dein Wunsch ist mir Befehl. Dürfte ich dennoch fragen, welche Verteidigung du für diesen Ort vorgesehen hast?«

Brem nickte hoheitsvoll. »Ich bin nicht so dumm, wie du anzunehmen scheinst, Calgus. Wir werden fünfzig Männer zurücklassen, die unter dem Kommando meines Sohnes Den Hauer bewachen. Das sind mehr als genug, um die Festung gegen einen eventuellen Sturmtrupp zu sichern, außerdem wird mein Jagdmeister mit seinen Fähen vorsichtshalber am Rand des Sumpfes patrouillieren, falls sich jemand über den Fluss nähern will. Allerdings habe ich noch nie einen Römer getroffen, der diese stinkende Schlammwüste durchqueren konnte, ohne sich dabei ihren Jagdkünsten auszuliefern, was, Fratze?«

Als der Sturmtrupp unter Marcus' Führung die Meilenfestung durch das Haupttor verlassen hatte, bewegten sie sich zunächst langsam, um ihre Augen an die Dunkelheit zu gewöhnen, denn die einzige Lichtquelle waren zahllose winzige Sterne, die majestätisch ihren Kreis am Himmel zogen. Verstohlen schlichen sie den langen Abhang hinab, auf dessen Gipfel sich hinter ihnen die Silhouette von Piger Montis über der geraden Linie des Walls abzeichnete. Ihre Schritte waren nicht lauter als das Rauschen des langen Grases, das die Ebene bedeckte, und auf Marcus' geflüstertes Kommando hielten sie an und versammelten sich um ihn. Lugos entrollte ein Seil, das er sich um den Körper geschlungen hatte, und gab es dem Römer, der wiederum ein Seilende dem wartenden Legionssoldaten reichte.

»Ab jetzt folgen wir Verus. Haltet euch ständig am Seil fest und bewegt euch langsam und vorsichtig. Solltet ihr ein verdächtiges Geräusch hören, zieht zweimal ruckartig am Seil, dann bleiben alle stehen und gehen in die Hocke. Falls das passiert, gibt keiner von euch auch nur einen Mucks von sich, solange ich nicht die Erlaubnis dazu erteile. Jeder, der den Anschluss an die Truppe verliert, wird zurückgelassen. Glaubt mir, wenn ich euch sage, dass ich hier draußen keinesfalls allein bleiben möchte. Arabus, halte dich direkt hinter Verus, denn womöglich werden wir deine guten Instinkte noch brauchen.«

Der tungrische Späher nickte und nahm seinen Platz hinter dem Legionär ein. Er hatte in der vergangenen Nacht den Talboden des Trüben Flusses ausgekundschaftet, nachdem er zuvor den ganzen Tag mit Verus und den Spähern der Garnison von Piger Montis zugebracht hatte. Ausführlich hatten sie diskutiert, wie die Sümpfe des Flusstals sicher zu durchqueren waren. Als er dann kurz nach Sonnenuntergang über den Wall geklettert war, hatte er dies so verstohlen getan, dass die Wachen, die in die Finsternis hinausstarrten, die schwachen Laute seines Fortgangs nicht bemerkt oder für die üblichen nächtlichen Geräusche gehalten hatten. Marcus hatte den diensthabenden Zenturio darüber aufgeklärt, dass Arabus eine Stunde vor Sonnenaufgang zurückkehren würde. Er hatte mit einem Lächeln das ungläubige Staunen des Mannes quittiert, der sich nicht vorstellen konnte, dass jemand das Kastell unbemerkt hatte verlassen können.

»Mein Späher hat seine Kunst im finsteren Arduinna-Forst in Niedergermanien erlernt. Bei der Dunkelheit, die heute herrscht, könnte er jedem deiner Wachsoldaten nahe genug kommen, um ihm den Hals aufzuschlitzen, ohne dabei entdeckt zu werden.«

Der Offizier wollte das nicht glauben, weshalb Marcus ihn schulterzuckend mit sich auf den Wall genommen und die wachhabenden Legionäre vorgewarnt hatte, dass sein Kundschafter gleich zurückkehren würde. Die Wachen unterließen also das übliche gelangweilte Abschreiten des Festungswalls und starrten stattdessen in die dunkle Landschaft hinaus. Schließlich trat der Späher direkt unter ihnen aus dem Wall heraus und begab sich ins Licht der Fackeln. Die Soldaten schnappten nach Luft. Arabus hatte sich dem Wall einige Hundert Schritte vom Kastell entfernt genähert und war äußerst sorgfältig in dessen Schatten herangeschlichen, bis er sich direkt unterhalb der Offiziere befand. Nach diesem Schaustück ging er mit Marcus durch das Tor des Walls und berichtete ihm, was er über die Flussebene des Trüben Flusses herausgefunden hatte.

»Für einen vorsichtigen Späher ist der Sumpf ein dunkler und freundlicher Ort, Zenturio – vorausgesetzt, man weiß, welche Pfade sicher sind. Vor langer Zeit, als dieser Wall die erste Verteidigungslinie des Imperiums gegen die nördlichen Stämme darstellte, bauten die Legionäre erhöhte Fußwege im Überschwemmungsgebiet des Trüben Flusses. Es waren hölzerne Stege auf relativ festem Grund. Sie schütteten darüber hinaus Tonnen von Kies in den weichen Schlamm, um stabile Pfade zu bauen, auf denen sie ihre Männer auf Patrouille senden konnten, ohne sie im Morast zu verlieren. Über die Jahre sind viele dieser Wege jedoch im Sumpf versunken. Ich bin der Richtung gefolgt, die Verus mir angegeben hatte, und habe den Fluss überquert. Dahinter stieß ich auf den Ort, den er mir beschrieben hat: ein Wäldchen nahe am Fuß des Hügels, über dem Der Hauer thront. Dort könnten wir warten, ohne gesehen zu werden. Ich blieb lange regungslos unter den Bäumen stehen, um mich an die Geräusche der Nacht zu gewöhnen.« Er warf Marcus einen warnenden Blick zu. »Im Tal wimmelt es von Lebewesen, die sich meist leise und verstohlen bewegen, aber ich habe auch Geräusche gehört, die nicht von Tieren stammten. Jäger suchen das Nordufer des Flusses ab, glaube ich, und die meisten von ihnen sind ebenso schnell und leise wie ich. Doch kurz bevor ich das schützende Dickicht verlassen wollte, hörte ich noch etwas anderes, das sich durch das lange Gras bewegte. Also blieb ich stocksteif stehen und wartete, dass derjenige auftauchte, der diese Geräusche gemacht hatte. Es war ein Jäger, dessen Speer im Sternenlicht schimmerte, während er im Pflanzenbewuchs herumstocherte und nach etwas suchte – wahrscheinlich nach mir. Irgendwie war er auf mich aufmerksam geworden, vielleicht lag nur ein anderer Geruch in der Luft, oder ich habe ein winziges Geräusch gemacht, während ich das Tal durchquerte.«

Er verstummte, und Marcus musterte ihn einen Augenblick. Er versuchte herauszufinden, welche Empfindungen der Späher gehabt haben mochte, entdeckte in seinen Augen jedoch keine Angst, sondern eher eine gewisse Verblüffung.

»Wie viele waren es, Arabus? Wie viele Männer haben dich gejagt?«

Der Späher hielt seinem forschenden Blick stand, schüttelte jedoch langsam den Kopf. »Das waren keine Männer, Zenturio. Wie schon Verus erzählte, jagen Frauen in den Sümpfen, und sie nutzen Hunde, um Eindringlinge aufzuspüren. Ich denke, der Schlamm des Trüben Flusses hat meinen Geruch überdeckt. Deshalb sollten wir uns nach dem Überqueren allesamt damit einschmieren, um nicht entdeckt zu werden.«

Der Sturmtrupp folgte leise der verlassenen Straße, die von Piger Montis nach Nordwesten führte. Sorgfältig setzten sie die Füße auf die von Lücken durchbrochenen Pflastersteine und schlichen sich vorsichtig durch die dunkle Landschaft. Gegen jede Erwartung empfand Marcus die Anwesenheit einer Straße als beruhigend, obgleich sie ungepflegt und von Unkraut bedeckt war. Von beiden Seiten überwucherten Pflanzen den Weg, wo normalerweise die Ränder auf eine Distanz von zwanzig und mehr Schritten freigehalten worden wären, um der Gefahr eines Hinterhalts zu entgehen. Nach etwa einer Meile tauchten in der schwarzen Masse eines Waldes zu ihrer Linken die Überreste eines Kastells auf.

Verus hielt inne und flüsterte Marcus zu: »Das ist das Kastell Porta Septentrionalis. Einst diente es als Grenzposten, wo die Stämme nördlich des Walls um Einlass ins Kaiserreich baten. Wenn ein Einheimischer in Piger Montis auftauchte, ohne das purpurfarbene Abzeichen der Passiergenehmigung auf der Hand zu tragen, musste er auf der Stelle umdrehen und wurde mit einem Tritt in den Arsch wieder gen Norden befördert. Nun ist der Posten nur noch eine ausgebrannte, vor sich hin rottende Ruine und wird von den Geistern der Männer heimgesucht, die einst ihr

Leben ließen, um diese Stellung zu halten. Sie sind erzürnt, dass wir ihr Opfer verraten und den Wall aufgegeben haben. Ich habe gehört, wie Männer nach nächtlichen Patrouillen erzählten, sie hätten Geräusche aus dem Inneren der Trümmer gehört …«

Marcus nickte und sah zur Silhouette des verlassenen Kastells hinauf. *Wir haben uns zu weit hinaufgedrängt, nur um den Stolz des Kaisers zu befriedigen*, dachte er, *und als Antoninus Pius die Früchte seines Triumphes nicht mehr brauchte, zogen wir uns zum südlichen Wall zurück, ohne uns Gedanken über die zahlreichen Männer zu machen, deren Tod im Dienst unnützer kaiserlicher Hybris durch unseren Rückzug bedeutungslos wurde.*

Er klopfte Verus beruhigend auf die Schulter und sagte mit leiser Stimme: »Dann werden wir die Geister der Verstorbenen besser in Frieden lassen, nicht wahr? Wir sollten weitergehen.«

Als die Straße nach Norden bog, wohin die Tungrer tagsüber marschiert waren, verließen sie sie und begaben sich unter der sorgfältig-langsamen Führung von Verus ins Tal des Schwarzen Flusses, das zum Teil aus Sumpf und dazwischen aus festerem Grund bestand. Der Legionssoldat schlug einen bedächtigen Schritt an, verharrte immer wieder und tastete den Weg vor ihm mit dem Speer ab, um stabilen Boden zu finden, auf dem er die Gruppe weiterführen konnte. In einer dieser Pausen prüfte auch Marcus den Boden neben dem Pfad und musste feststellen, dass sein Stiefel so rasch im flüssigen Schlamm versank, dass er bereits bis zum Knöchel darin steckte, bevor er ihn wieder herausziehen konnte. Das laute Sauggeräusch, das der Sumpf ausstieß, als er den Lederstiefel freigab, veranlasste Arabus zu einem scharfen Zischen.

Arminius wiederum lachte unterdrückt und flüsterte Marcus ins Ohr, während die Gruppe bereits weiterzog. »Du bist wirklich ein ausgezeichnetes Vorbild für uns alle, Zenturio. Vielleicht hätten wir unseren Trompeter mitnehmen sollen, um sicherzugehen, dass die Venicones uns finden?«

Verus hielt inne, als er den Lärm hörte, und wandte sich nach hinten, um dem Sturmtrupp Anweisungen zu geben. Dabei senkte er die Stimme zu einem tiefen Raunen, sodass sie sich anstrengen mussten, ihn durch das sanfte Stöhnen des Windes zu hören, der über die trostlose Landschaft strich – für die Gruppe aufgrund der Dunkelheit zwar unsichtbar, doch nicht weniger bedrohlich.

»Es gibt Tausende solcher Schlammlöcher auf beiden Seiten des Flusses, und jedes kann einen Soldaten samt seiner Rüstung in Sekundenschnelle verschlingen, sodass nur ein paar Blasen von ihm übrig bleiben. Ein geistesgegenwärtiger Mann könnte womöglich noch um Hilfe rufen, bevor er vom Gewicht seiner Ausrüstung in die Tiefe gezogen wird, doch selbst als die Pfade noch gut gekennzeichnet waren und regelmäßig Kies ausgestreut wurde, gab es immer wieder Soldaten, die in die Sümpfe stolperten und auf Nimmerwiedersehen verschwanden. Jetzt aber, wo die Pfade so gut wie versunken sind, ist dieser Ort zehnmal gefährlicher, als er es je war. Passt also auf, wohin ihr eure Füße setzt!«

Er wandte sich zum langsamen Weitergehen und führte die Gruppe durch die undurchdringliche Nacht, bis die spärlichen Überreste des Pfades schließlich an den Fluss gelangten, der sich dunkel vor ihnen ausbreitete. Das schwarze Wasser kräuselte sich in kleinen Wellen unter dem frischen Wind, der über das Marschland wehte, durch das sie sich umsichtig ihren Weg zum Ufer des breiten, langsam fließenden Stroms gebahnt hatten. Lugos trat vor, streifte sein schweres Übergewand ab und glitt so leise wie möglich ins Wasser.

»Gebt mir Schwimmseil.«

Marcus hielt ihm das Ende eines langen Seils hin, das wesentlich dünner war als das mit Knoten versehene Seil, das sie für ihren Abstieg zum Fluss verwendet hatten. Dann reichte er das andere Ende Arminius.

»Kannst du das bitte um einen Baum binden?«

Als das geschmeidige Seil um eine der verkrüppelten Erlen geknotet war, die den Sumpf bedeckten, steckte der stämmige Britannier sich das Ende in den Mund und biss mit den Zähnen darauf. Dann wandte er sich um und stieß sich vom Ufer ab. Sachte glitt er in den tieferen Flussbereich und schwamm langsam und ruhig hinüber. Die Männer beobachteten ihn unter dem schwachen Licht der Sterne und warteten angespannt, ob auf der anderen Seite ein Hinterhalt lauerte, doch nach einer kurzen Weile sahen sie die undeutliche Gestalt des Britanniers mühsam aus dem Wasser heraus in das Sumpfgras steigen. Einen Augenblick später straffte sich das Seil, obgleich es in der Mitte des Flusses noch die Oberfläche berührte, doch die Spannung war groß genug, um die Schwimmer trotz ihrer Waffen und der nassen Kleidung vor der Strömung zu sichern. Marcus gab Arabus ein Handzeichen, der die Sehne von seinem Bogen gelöst und sie fest zusammengerollt in ein mit Öl getränktes Tuch gewickelt hatte. Die beiden Männer tauschten wissende Blicke, dann steckte der Späher sich das Päckchen in den Mund, stieg ins Wasser und durchquerte den Fluss rasch und gewandt, wobei er sich schneller an dem Seil entlangzog, als er gegen die Strömung hätte schwimmen können. Am anderen Ufer stieg er aus dem Wasser, und Marcus wusste, dass Arabus, wie sie es tagsüber besprochen hatten, als Erstes die Sehne wieder auf den Bogen spannen und einen Pfeil einnocken würde, um bereit zu sein, falls die Männer nach ihm ihre Anwesenheit durch zu laute Geräuschen verrieten. Der Römer wartete noch einen Augenblick und bedeutete zunächst Tarion, dann Arminius und zuletzt den sarmatischen Zwillingen, den Fluss zu kreuzen.

»Wie ich sehe, hast du die Reihenfolge unserer Flussüberquerung sorgsam geplant.«

Der geflüsterte Kommentar von Drest enthielt einen bitteren Unterton, den Marcus durchaus bemerkte. Er zuckte die Achseln und beobachtete, wie Ram hinter seinem Bruder ins Wasser glitt.

»Das habe ich in der Tat. Sobald ich deinen Männern traue, werde ich auf derartige Vorsichtsmaßnahmen verzichten, doch bis dahin muss ich sicherstellen, so wenig Gelegenheiten wie möglich entstehen zu lassen, bei denen einer von ihnen unsere Pläne durchkreuzen könnte – egal, wie unwahrscheinlich das sein mag.«

Drest zuckte frustriert mit den Schultern und zeigte mit dem Finger auf den hellen Lichtfleck auf dem höchsten Punkt Des Hauers, der nun vor ihnen sichtbar geworden war. »In diesem Fall solltest du bald eine Entscheidung treffen, Zenturio, denn schon morgen Nacht stehen wir direkt unter den Mauern der Festung. Wenn also jemand mit einem einzigen Schrei eure Pläne zunichtemachen wollte, dann wäre das wohl der beste Zeitpunkt dafür, meinst du nicht auch?« Mit einem letzten vielsagenden Blick zu dem Römer glitt er ins Wasser und zog sich mit den Händen zur anderen Seite hinüber.

Nachdem er sicheren Boden erreicht hatte, löste Marcus das Seil von dem Baum, an den Arminius es geknotet hatte, und band es sich stattdessen um den Leib. Dann trat er vorsichtig ins Wasser und gab den Männern am anderen Ufer ein Zeichen. Der Fluss strömte träge vor sich hin, doch er fühlte sich dickflüssig an, als bestünde er aus mindestens ebenso viel Schlick wie Wasser, weshalb Marcus eine Grimasse schnitt, als der Schlamm unangenehm in seine Achselhöhlen und zwischen seine Pobacken drang. Ein sanftes Spannen des Seils beförderte ihn in die Mitte des Flusses, und kurz danach hatte er die andere Seite erreicht, wo sich ihm Hände entgegenstreckten, um ihm die Böschung hinaufzuhelfen. Nach der eiskalten Umarmung des Wassers schlotterte Marcus heftig. Als er sich umsah, bemerkte er, dass alle Mitglieder des Sturmtrupps mit Flussschlamm bedeckt und ihre Gesichter unter der Schmutzschicht kaum auseinanderzuhalten waren. Lugos löste das Seil von seiner Brust, legte es zu einer engen Rolle zusammen und reichte es Arabus, der näher trat, um mit dem jungen Zenturio zu sprechen.

»Nur noch zwei Meilen, dann erreichen wir das Versteck, von dem ich dir erzählt habe.« Er blickte zum Sternenhimmel empor. »Wir haben genügend Zeit, um langsam und vorsichtig zu gehen. Zumindest wird das hier« – er hob seine schlammbedeckte Hand – »uns helfen, jeglichen Geruch zu übertünchen, den wir mit uns herumtragen.«

Marcus nickte und bedeutete seinen Kameraden, dem Späher in die Finsternis zu folgen. Jeder der Männer ergriff das mit Knoten versehene Seil, das den Abstand zwischen ihnen konstant hielt und überdies die Möglichkeit bot, im Bedarfsfall Alarm zu schlagen.

»Behaltet im Sinn, was ich vorhin gesagt habe: Auf dieser Seite des Flusses sind Jäger unterwegs, daher müsst ihr euch geräuschlos bewegen und beim kleinsten Anzeichen, dass jemand anderer als wir vor Ort ist, sofort regungslos stehen bleiben. Arabus, bring uns zu deinem Versteck.« Er rieb an der Gemme, die er mit feinem Silberdraht an den Griff seiner Spatha gebunden hatte. Während er mit seinen schwieligen Fingern über die fein eingravierten Linien strich, murmelte er ein paar Worte – so leise, dass keiner außer ihm selbst sie vernahm.

»*Und beschütze uns, Herr und Gott Mithras, vor allem, was uns auf unserem Weg begegnen mag.*«

Der Morgen dämmerte in schauriger Stille über der tungrischen Kohorte, und am sich langsam erhellenden Himmel rührte sich kein Windhauch. Die Soldaten folgten ihren Anweisungen und errichteten große Feuerstellen für jede Zenturie, wobei sie dem trockenen Holz, das sie am Abend zuvor gesammelt hatten, genügend Grünpflanzen hinzufügten, damit ausreichend Rauch entstehen würde, um ihre Position über Meilen sichtbar zu machen.

»Mit diesen Feuern werden wir uns vor den bemalten Affen keinesfalls verbergen können. Ich sehe keinen Sinn in der Sache: Erst schleichen wir uns vom Fluss weg, um *nicht* entdeckt zu werden, dann zünden wir Feuer an, *damit* wir entdeckt werden.«

»Dann solltest du vielleicht zuhören, wenn die Großen uns erklären, was wir zu tun haben, oder, Horta?« Sanga schüttelte missbilligend den Kopf über den Soldaten, der die Klage vorgebracht hatte. »Die Feinheiten des Soldatenlebens sind dir noch immer ein Rätsel. Saratos, du bist zwar nur ein armer, einfältiger Barbar, aber vielleicht kannst du unserem begriffsstutzigen Kameraden hier erklären, was wir gerade tun?«

Der sarmatische Rekrut konnte zwar noch nicht perfekt Latein, zog jedoch amüsiert eine Augenbraue hoch und wandte sich an Horta. »Wir hier, und Feind kommt schnell. Wir erlauben Zenturio Marcus, Hauer anzugreifen.« Der Soldat begriff nichts. »Hauer? Große Festung auf Hügel?« Saratos schüttelte den Kopf und stieß einen abgehackt klingenden Wortschwall in seiner eigenen Sprache hervor, der, nach seinem Gesichtsausdruck zu urteilen, mit seinem Erklärungsversuch nichts zu tun hatte. Dann versuchte er es erneut: »Schau, heute wir rennen weg von Barbaren, damit sie jagen Pferde.«

»Warum zum Teufel sollten sie die Kavallerie verfolgen, wenn sie *uns* jagen können? Sie werden doch ohnehin keine verdammten Pferde erwischen, oder?«

Saratos schüttelte erneut den Kopf und tippte mit einem Finger daran. »Ist wie Sanga sagen: da oben ist denken, und da unten« – er deutete auf seinen gestiefelten Fuß – »da unten ist marschieren. Du *marschieren*!«

Der geschmähte Soldat wurde zornig, ballte die Fäuste und streckte das Kinn vor. »Verarschst du mich gerade, Pferdeficker?«

Der Sarmate lächelte ihn an und deutete auf den Dolch, den er am Gürtel trug. »Du sein vorsichtig. Ich beginne nicht Kampf, ich *beende* Kampf, schneller, als du wollen. Ich nicht ficken Pferd, ich ficken deine Schwester. Aber deine Schwester *aussehen* wie Pferd ...«

Er wandte sich ab und schien kein Interesse an einer weiteren Auseinandersetzung zu haben, doch Sanga bemerkte, wie er verborgen vor seinem Gegner eine Hand zum Griff seines Messers führte und die Muskeln spannte, um angriffsbereit zu sein.

Sanga blickte dem wutentbrannten Soldaten fest in die Augen und schüttelte den Kopf. »Ich würde das an deiner Stelle nicht tun, Kamerad Horta. Ich habe schon einmal einem Kampf des Sarmaten beigewohnt und muss dir leider mitteilen, dass es nicht allzu hübsch aussah. Außerdem solltest du auch an deine arme Schwester denken ...«

Er plusterte die Lippen und imitierte ein schnaubendes Pferd, was bei den anderen Männern große Heiterkeit auslöste, sodass sich die typisch gereizte Spannung vor dem Kampf sogleich in unkontrollierbares Lachen verwandelte. Als der beleidigte Soldat begriff, dass er den Streit verloren hatte, fuhr er herum und marschierte mit einer gemurmelten Verwünschung davon, wobei ihm das Lachen der Männer hinterherschallte.

»Dir ist schon klar, dass du dir eben nicht gerade einen Freund gemacht hast, Saratos?«

Der Sarmate zuckte die Achseln und stieß seinen großen Zeigefinger gegen Sangas Brustpanzer. »Er zu dumm zum Streiten und zu weich zum Kämpfen. Und *du* hast mir gesagt, ich soll streiten, oder?«

Sanga nickte und gab ihm achselzuckend recht. »Das stimmt. Wie dem auch sei, du solltest jetzt besser deine Ausrüstung in Schuss bringen und etwas Frühstück in dich hineinschaufeln. Ich nehme an, wir werden schon bald in Bewegung sein, jetzt, wo wir den tätowierten Affen das Signal gegeben haben, zu kommen und uns zu fassen.«

Während sich die Soldaten für den bevorstehenden Marsch bereitmachten, begutachteten Scaurus und Julius das Resultat der Arbeit, die Titus mit seinen Axtkämpfern am Abend zuvor geleistet hatte. Im letzten Licht des Tages hatten sie den Bäumen neben dem tungrischen Lager die Äste abgehackt, und zwar nur auf der von dem Weg abgewandten Seite, dem die Venicones bei ihrer Verfolgungsjagd unweigerlich folgen würden. Dann hatten sie jeweils mehrere Äste zusammengefügt und damit acht Fuß breite Fächer aus Laub gebildet, die sie nun mit Seilen festbanden. Silus stand etwas abseits und diskutierte die Vorrichtungen mit seinem Stellvertreter, der ungläubig den Kopf schüttelte.

»Was hältst du davon, Decurio?«

Silus kratzte sich erstaunt am Kopf. »Um ehrlich zu sein, Tribun, ich weiß nicht so recht. Wenn unsere Pferde mitmachen, werden die Astbündel wohl eine relativ deutliche Spur im Gras hinterlassen, mit der wir die Barbaren narren können, sofern sie nicht genauer hinsehen. Doch wie sollte eine solche Spur jemanden *wirklich* narren können? Es werden ja noch nicht einmal Stiefelabdrücke zu entdecken sein…«

Julius nickte vielsagend. »Diese Frage habe ich auch sofort gestellt. Aber anscheinend gibt es eine sehr simple Antwort darauf, wenn man es sich etwas genauer überlegt.«

»In der Tat.« Scaurus schlug dem Ersten Speer nachdrücklich auf die Schulter. »Lass die Kohorte zum Appell antreten, Erster Speer, dann werden wir ja sehen, wie überzeugend wir unseren Abzug vortäuschen können.«

»Macht es euch bequem, wir werden den ganzen Tag hierbleiben. Unterhaltet euch nur flüsternd und bewegt euch so wenig wie möglich. Wenn ihr scheißen müsst, geht ins Gebüsch, grabt ein Loch und macht es danach wieder zu.

Ich habe keine Lust, hier herumzuliegen und den Gestank vom gestrigen Schweinefleisch in der Nase zu haben, wenn ich bitten darf. Ganz abgesehen davon, wer ihn sonst noch riechen könnte…«

Marcus lächelte, als er Arminius' nüchtern geflüsterte Anweisungen an Drest und dessen Männer hörte. Er wickelte sich in seine Decke und erlaubte sich ein unruhiges Schlummern, das von Lugos' Anwesenheit begünstigt wurde, der mit gekreuzten Beinen und scheinbar schlafend neben ihm saß. Nach einigen Stunden unbehaglichen Dösens, heimgesucht von kurzen Träumen von seinem Vater und dem vorwurfsvollen Schweigen des blutüberströmten Lucius Carius Sigilis, erwachte er plötzlich. Der hünenhafte Britannier saß noch immer in derselben Position, seine Augen waren zu Schlitzen zusammengekniffen, dabei aber offen und aufmerksam. Marcus drückte sich in eine sitzende Position hoch, rieb sich die müden Augen und nahm einen Schluck Wasser aus dem ihm hingehaltenen Lederbeutel.

»Hast du nicht geschlafen?«

Lugos schüttelte den Kopf und antwortete leise grollend: »Habe Wache gehalten…« Er deutete mit dem Kopf auf Drest und seine Männer.

Drest selbst schlief, Tarion spielte einsam mit Knöchelchen, und die sarmatischen Zwillinge unterhielten sich leise in ihrer eigenen Sprache. Der Legionär Verus war in seinen Mantel gehüllt und starrte sie an, als könnte er sie gar nicht sehen.

»Wo sind die anderen?«

Der große Britannier zeigte auf die Lichtung hinaus. »Halten Ausschau nach Venicones. Vorhin kam Kriegshorde, rannte nach Osten.«

»Versuch, ein wenig zu schlafen.«

Plötzlich hellwach, schlich der Römer durch das kleine Wäldchen in die Richtung, die ihm der Stammeskrieger gewiesen hatte. Unter der Deckung einer großen Eiche hockten Arminius und Arabus und blickten über das Meer von Gras. Er setzte sich neben sie und betrachtete ebenfalls den grünen Pflanzenteppich, der die Flussebene bedeckte, doch außer den Grashalmen schien sich nichts zu bewegen. Rechts von ihnen, am Ende des Flachlands, erhob sich der Hügel, auf dessen Spitze Der Hauer thronte. Der Hang war so steil, dass Marcus sich fragte, wie sie ihn in der Dunkelheit wohl erklimmen sollten. Die Festung selbst war nicht zu sehen, da sie vom Blattwerk über ihren Köpfen verdeckt wurde.

»Irgendeine Spur von den Leuten, die letzte Nacht hier gejagt haben?«

Nachdem der Sturmtrupp am Abend zuvor den Fluss überquert hatte, waren sie nur langsam und mit vielen Pausen vorangekommen, da sie immer wieder aus der Ferne das unmissverständliche Geräusch von etwas oder jemandem gehört hatten, das durch das Grasland schlich.

Arminius knurrte etwas und blickte über die Flussaue. »Nichts, was nahe genug gewesen wäre, um sich Sorgen zu machen. Allerdings haben wir einen Kriegertross auf der anderen Seite des Flusses vorbeiziehen sehen, etwa viertausend Mann. Sie bewegten sich in Richtung der östlichen Hügel, wohl, um unsere Kohorte zu jagen.«

»Bist du dir sicher?«

Der Germane zuckte die Achseln. »Wem sonst hätten sie nachjagen sollen? Aufgrund der Anweisungen des Kaisers und der Bedrohung durch die Venicones haben die Legionen am Wall viel zu viel Angst, um sich auch nur einen Zentimeter fortzubewegen. Außerdem haben wir gleich nach Sonnenaufgang Rauch von den östlichen Hügeln aufsteigen sehen.«

Arabus ergriff das Wort, und aus seiner Stimme klang Bewunderung. »Ein sehr schlauer Schachzug. Gerade genug frische Pflanzen, um den Rauch erkennbar zu machen, aber nicht so viel, dass man den Trick durchschauen könnte. Euer Tribun verfügt über die Gerissenheit eines Jägers.«

Arminius schüttelte den Kopf. »Worüber mein Tribun tatsächlich verfügt, sind die Eier eines ausgewachsenen Ochsen. Und manchmal, allerdings nur manchmal, ist er so schlau, wie er es von sich selbst behauptet. Hoffen wir, dass dies eine dieser Gelegenheiten ist.«

Calgus blickte von seinem Pferd herab auf die Spur, die die tungrische Kohorte hinterlassen hatte. Die einst schmale Jägerfährte war nun ein zertrampelter Pfad mit den Abdrücken von Stiefeln und Pferdehufen. Einer von Brems Spähern legte eine Hand auf den Boden und befühlte den Rand des Abdrucks eines genagelten Stiefels.

»Frisch, mein Herr und König. Weniger als einen halben Tag alt. Vorne ging die Infanterie, danach folgten etwa zwanzig Reiter. Die meisten Stiefelspuren sind verwischt, aber sie stammen ganz offensichtlich von römischem Schuhwerk. Schaut, wie sich die Nägel in ihre Stiefel eingedrückt haben.«

Der König der Venicones nickte entschlossen. »Dann werden wir ihnen folgen und sie ohne Vorwarnung von hinten überfallen.«

Calgus runzelte die Stirn, als er die Spur betrachtete, die auf eine Anhöhe führte und dahinter verschwand. »Warum sollten sie nach Westen marschieren? Dort gibt es doch nichts anderes als hier, nämlich Bäume und Hügel bis hinunter zum Meer?«

Brem schnaubte. »Das erscheint mir offensichtlich: Sie versuchen, unsere Verteidigungsanlagen zu umgehen und Den Hauer von Norden und Westen anzugreifen. Damit befinden sie sich auf der flacheren Seite des Hügels und können ihre Attacke zu einem Zeitpunkt ausführen, wenn wir sie am wenigsten erwarten.«

Calgus rümpfte ungläubig die Nase. »Und dann machen sie Feuer an, deren Rauch meilenweit zu sehen ist? Was für eine Art heimlichen Vorrückens soll das denn sein?«

»Sie sind Römer, Calgus. Sie sind es gewohnt, in großer Truppenstärke zu marschieren und zu kämpfen, und verstehen sich nicht auf Feinheiten, weshalb ihre Arroganz sie verrät. Wir werden sie jagen und wie wilde Tiere niederstrecken, ohne ihnen die Zeit oder die Gelegenheit zu geben, ihre üblichen Verteidigungsmaßnahmen zu ergreifen. Hier im Wald befinden sie sich auf *unserem* Gelände, also werden wir ihnen auf altehrwürdige Weise zeigen, welchen Fehler sie durch ihr Eindringen begangen haben – nämlich mit Schwert und Speer. Vorwärts!«

Der ehemalige König der Selgovae zuckte die Achseln und beobachtete schweigend, wie der schnellste der Fährtensucher die breite Spur voraneilte, die die Tungrer hinterlassen hatten. In den nahe stehenden Bäumen entdeckte Calgus nichts Besorgniserregendes, dennoch konnte er es nicht unterlassen, mit missmutigem Stimmfall einen für die anderen nicht hörbaren Kommentar hervorzustoßen. »Das perfekte Gelände für einen Hinterhalt…« Er trieb sein Reittier neben das Pferd des Königs und ignorierte Brems

Leibwachen, die ihre Hände auf die Schwertgriffe legten. »Dürfte ich vielleicht einen winzigen Vorschlag unterbreiten, mein Herr und König?«

»Dein Plan scheint aufgegangen zu sein, Tribun. Ich muss zugeben, dass ich die Idee ziemlich zweifelhaft fand, als ich die Kohorte vor zwei Stunden über die Holzplanken wanken sah.«

Scaurus lugte durch die Büsche, die sich über den Abhang zogen, und sah die Kriegshorde der Venicones im Tal unter ihnen. Er achtete sorgsam darauf, dass sein Kopf von dem Mantel bedeckt blieb, den Julius mit dem dunkelgrünen Futter nach außen gewandt über ihn gezogen hatte.

»Es scheint so. Allerdings befürchte ich, dass dies das erste und letzte Mal sein wird, dass wir unsere Gegner mit einem so simplen Trick narren konnten.«

Schweigend beobachteten sie, wie die Kundschafter der Kriegshorde ihre Spur weiterverfolgten. Die Barbarenspäher musterten aufmerksam die Abdrücke der Männer, die sie vor den Pferden hatten herlaufen lassen, um die notwendigen Stiefelstapfen zu erzeugen, damit ihre vorgetäuschte Spur authentisch aussah.

Dann blickte Scaurus stirnrunzelnd auf die Reitergruppe von Barbaren, die den Kundschaftern folgte. »Ich hätte Qadir und ein paar seiner Bogenschützen mitnehmen sollen. Sie hätten diese Reiter mit geschlossenen Augen von hier aus abschießen können. Wenn ich mich nicht irre, reitet unser alter Feind Calgus auf dem schwarzen Pferd und blickt sich um, als ob er jeden Moment erwartet, die Sechste Legion aus den Bäumen hervorpreschen zu sehen. Nie erschien mir das alte Sprichwort hinsichtlich der Scheiße, die wieder ans

Tageslicht kommt, wahrhaftiger.« Er schüttelte den Kopf. »Wenngleich ich mir nicht sicher bin, ob ich mit meinem Leben für Calgus' Kopf bezahlen möchte, denn das erscheint mir doch ein etwas zu geringer Preis dafür. Wie dem auch sei – die Bestien werden wohl den Rest des Tages Silus und seinen Leuten in Richtung Westen nachlaufen. Dann erreichen sie entweder das Ende der ausgelegten Spur, oder sie sehen den Rauch aus unserem heutigen Feldlager. In jedem Fall werden sie einen Tagesmarsch vom Hauer entfernt sein, während Zenturio Corvus seine Männer den Berghang hinaufführt.«

Julius nickte. »Es sieht aus, als wäre deine List geglückt. Allerdings frage ich mich in diesem Fall, warum wir heute Abend noch einmal das Risiko auf uns nehmen sollten, Rauch in die Luft zu blasen? Du sagtest doch selbst, dass sie uns in kürzester Zeit überwältigen werden, wenn sie uns erwischen, und sollten sie mitbekommen, dass wir sie nur vom Hauer weggelockt haben, könnten sie uns beim Verbrennen des Grünzeugs näher kommen, als uns lieb ist. Warum lassen wir sie nicht einfach mit eingezogenem Schwanz nach Hause ziehen, ohne ihnen einen weiteren Hinweis hinsichtlich unseres Aufenthaltsorts zu liefern?«

Der Tribun beobachtete, wie das Ende des Kriegertrosses hinter dem Hügel abtauchte, bevor er antwortete. Dabei hielt er die Augen auf die Stelle gerichtet, wo der letzte Stammeskrieger aus dem Blickfeld verschwunden war. »Weil wir es uns nicht leisten können, dass die Krieger sich in der Nähe vom Hauer befinden, wenn unsere Männer den Abhang hinunterlaufen und sich über die Flussebene des Trüben Flusses wagen, Erster Speer. Ein paar Venicones-Jägern zu entkommen ist eine Sache – sich aber durch ein paar Tausend Krieger schlagen zu müssen eine völlig andere. Wenn das bedeutet, dass wir uns ein paar weiteren Gefahren aussetzen müssen, können wir uns damit trösten, dass sie nichts im Vergleich zu dem tödlichen Risiko sind, das Zenturio Corvus und seine Männer gerade eingehen.«

Er deutete nach Norden und dann in die Richtung, wohin die Kohorte gezogen war, nachdem sie sorgsam über die Holzplanken gestiegen waren, die Titus am Abend zuvor mit seinen Leuten aus den gefällten Bäumen herausgehauen und ausgelegt hatte. Damit hatten sie keine offensichtlichen Spuren ihres Abzugs hinterlassen, denn die letzten Männer hatten die Planken nach dem Überschreiten entfernt und zwischen die Bäume geworfen.

»Also gut, dann wollen wir mal.«

5. Kapitel

Marcus ging zu der winzigen Lichtung zurück und sah, dass Lugos in seinen Mantel gewickelt im Schatten eines Baumes lag. Verus schien weniger geistesabwesend als üblich, denn er grüßte den Zenturio mit einem schiefen Lächeln.

»Hätte ich dieses Wäldchen nur gekannt, als ich damals den Abhang hinunterlief, dann hätte ich mich in der ersten Nacht meiner Flucht etwas besser ausruhen können.«

Der Dieb Tarion schüttelte entschieden den Kopf. »Das bezweifle ich. Hier wärst du zu nahe an der Festung gewesen, und man hätte dich leichter gefunden. Was hast du denn getan, als die Hörner erklangen und du die Talsohle erreicht hattest?«

Der Soldat betrachtete Tarion einen Augenblick, bevor er antwortete: »Ich bin blind ins Grasland hinausgelaufen und hörte hinter mir die Jäger immer näher kommen, weshalb mich die Angst wohl beflügelt hat. Doch plötzlich stolperte ich in ein Torfloch und blieb dort vom Gras verdeckt liegen, bis ich spürte, wie der Boden unter mir nachzugeben begann und ich immer tiefer im stinkenden Schlamm versank. Hätte ich eine Rüstung getragen, wäre ich wohl spurlos verschwunden, doch aufgrund meiner Nacktheit war ich leicht genug, meinen Kopf an der Oberfläche halten zu können.«

Der Dieb lächelte finster. »Da hast du aber Glück gehabt. Der Schlamm hat also deinen Geruch überdeckt?«

»Richtig. Das Monster, das die Fähen auf meine Fährte angesetzt hatten, war nicht imstande, mich inmitten des dichten Röhrichts aufzuspüren.«

Einer der Zwillinge unterbrach ihn mit ungläubiger Miene. »Das Monster? Hattest du etwa Angst vor einem *Hund?*«

Verus begann zu zittern, und sein Gesicht verfinsterte sich beim Gedanken an das, was er durchgemacht hatte. »Ein Hund, ja. Aber ein anderer Hund als alle, die du je gesehen hast. Er war größer als ein Wolf, mit einem so kräftigen Kiefer, dass er ganze Stücke aus dem Körper eines Mannes herausreißen könnte. Und er heulte wie die Geister der Toten, wenn sie zurückkommen, um an den Lebenden Rache zu üben.« Er schwieg einen Moment, dann schnitt er eine höhnische Grimasse in Richtung der beiden Sarmaten. »Ihr sitzt hier und grinst mich an, dabei habt ihr nicht die leiseste Ahnung und seid auch noch stolz darauf! Ich werde euch erzählen, was geschah, als ich gefangen genommen wurde. Ich war nicht der Einzige, der lebend gefasst wurde, sondern auch einige Kameraden, wobei der Mann neben mir sich in einem bemitleidenswerten Zustand befand. Ich hatte lediglich einen Schlag auf den Schädel abbekommen und war mit einem Messer an der Kehle wieder erwacht. Er aber hatte versucht, den Barbaren davonzulaufen, und wurde von dem Hund erwischt – zumindest erzählte er mir das, als wir schlotternd unter den Speeren der Venicones lagen. Er hatte eine Bisswunde am Arm, die aussah, als wäre er in eine Fußangel geraten; überdies hockte die Bestie in unserer Nähe und bewachte uns mit einem Blick, der uns Entsetzliches androhte, falls wir versucht hätten zu entkommen.«

Verus schüttelte offensichtlich beschämt den Kopf. »Ich hatte furchtbare Angst vor dem Köter, doch immerhin habe ich es geschafft, den Mund zu halten – ganz im Gegensatz zu meinem Kameraden. Ich weiß nicht, wie er hieß, denn er war aus einer anderen Zenturie, aber ich bemerkte schnell, dass er nicht gerade der Mutigste war. Irgendwann hat er sich in die Hose geschissen, und der Hund witterte das ebenso wie seinen Angstschweiß, der von ihm ausströmte. Also fixierte er ihn und kroch näher heran. Je näher er kam, desto verstörter wurde der Soldat, und schon bald standen die Wachen um uns herum, lachten über seinen erbärmlichen Zustand und hielten das Tier an, ihn noch einmal in die Mangel zu nehmen. Als ich dachte, es könne nicht mehr schlimmer kommen, kehrte die Halterin des Hundes zurück. Sie hielt ein blutiges Messer in der Hand, nachdem sie irgendetwas mit unseren Verstorbenen angestellt hatte. Ich hatte schon den Hund für furchteinflößend gehalten, sie jedoch war noch wesentlich beängstigender.« Er hielt inne und schluckte; die Erinnerungen waren noch sehr lebendig. »Das Weibsbild war dünn wie eine Peitsche und bestand nur aus schwarzem Haar, sehnigen Muskeln und Tätowierungen.« Er hielt erneut inne und schüttelte sich, als er die Frau vor seinem geistigen Auge beschwor. »Sie hatte so viele Tätowierungen im Gesicht, dass es wie eine Totenmaske wirkte. Das einzig Lebendige an ihr waren die Augen, sofern man überhaupt von ›lebendig‹ sprechen kann … Sie hatte entsetzlich kalte grüne Augen, und wenn sie einen anstarrte, spürte man sofort, dass sie im Geiste einen Leichnam vor sich sah. Ihre Wangenknochen waren wie Beilklingen, und sie war über und über mit Waffen bedeckt: ein Langschwert auf dem Rücken, ein paar Jagdmesser an den

Hüften, kürzere Waffen mit breiten Eisenklingen auf beiden Oberschenkeln sowie ein hässliches kleines Häutungsmesser in einer Scheide, die sie auf dem Kreuzbein trug. Später habe ich erfahren, dass sie Morrig hieß, doch zu jener Zeit nannte ich sie im Geist bereits nur noch ›die Hexe‹. Sie hat meinen armen namenlosen Kameraden nur einmal angesehen und wahrscheinlich sofort erkannt, dass man keinen Spaß mehr mit ihm haben konnte, denn er leistete keinen Widerstand mehr, den zu brechen sich gelohnt hätte. Sie packte ihn am Nacken und zog ihn auf die Füße, wirbelte ihn herum, bis er in Richtung des Walls blickte, und trat ihm in den Hintern, sodass er zitternd davontaumelte. Eine derartige Gelegenheit musste sie dem Jungen natürlich nicht zweimal anbieten. Er warf uns lediglich einen ungläubigen Blick zu und begann, wie ein Wahnsinniger in Richtung Sicherheit zu rennen. Die Frau blieb stehen und betrachtete ihn ausdruckslos, als würde sie auf etwas warten. Die Wachen lachten und johlten vor Vorfreude, denn sie wussten, was gleich kommen würde. Einen Augenblick hasste und beneidete ich ihn mehr, als ich das je einem Menschen gegenüber empfunden hatte, denn immerhin rannte er um seine Freiheit. Doch dann wandte sie sich um und warf uns einen Blick aus ihren schrecklichen Augen zu, die wie tote Steine aussahen. Da begriff ich, weshalb sie ihn freigelassen hatte. Sobald er außer Sichtweite war, schnippte sie mit den Fingern und schickte ihm die Bestie hinterher, und ich schwöre euch, dass ich noch nie ein schnelleres Lebewesen gesehen habe. Das verdammte Monster schoss davon wie ein Rennpferd, und schon einen Moment später hörten wir die Schreie des Mannes, als es ihn im Dunkeln unter den Bäumen stellte und zu Boden warf. Ich dachte, das sei das Ende, doch plötzlich war ein schreckliches, erbärmliches Heulen zu hören, dann noch eines und wieder eines, und jedes Mal war es noch wilder als das vorangegangene. Später hat uns eine der Wachen in gebrochenem Latein, dafür aber mit größtem Vergnügen erzählt, was es damit auf sich hatte: Er sagte, das Tier töte seine Opfer ganz allmählich, indem es sie erst zu Boden werfe, einen Augenblick zurücktrete und dann seine Zähne in ihre Schenkel, ihren Schoß, ihre Eingeweide schlage. Er sagte uns auch, wie die Frau das Vieh nannte – ein unaussprechlicher Name, doch er war freundlich genug, ihn uns mit den paar lateinischen Wörtern, die er von römischen Gefangenen gelernt hatte, zu umschreiben. Er verwendete den Begriff ›Monstrum‹, weshalb ich das Tier fortan auch selbst nur noch Monster nannte.« Verus schwieg einen Moment. »Wir kauerten am Boden, bebten vor Entsetzen und dankten den Göttern, dass nicht *wir* dort draußen im Dunkeln lagen, während der Drecksköter den Mann langsam in Stücke riss. Jeder seiner Schreie war qualvoller als der vorige. Als er endlich verstummte, murmelte ich ein Gebet an Mithras, er möge seine Seele retten, doch mehr noch betete ich dafür, mein eigener Tod durch ihre Hand möge gnädiger sein als dieser Albtraum. Später warteten wir, dass das Monster zurückkommen würde, doch seine Herrin wandte sich um und ging davon, ohne uns eines weiteren Blicks zu würdigen. Die Wachen lachten erneut und mimten Kaubewegungen in unsere Richtung.«

Als ihm die Bedeutung dieser Worte klar wurde, runzelte Marcus die Stirn. »Dann hat ihn das Vieh … *gefressen*?«

Verus zuckte die Achseln, und sein Gesicht war ebenso regungslos wie das der Kriegerin, die er soeben beschrieben hatte. »Ja, Zenturio. Ich hatte es bereits geahnt, weil die Frau uns so unbarmherzig angesehen hatte, während sie darauf wartete, das Tier loslassen zu können. Der Tod unseres Kameraden war lediglich eine grausam-simple Methode, die dazu diente, uns gefügig zu machen. Als der Hund mit dem Leichnam unseres Kameraden fertig war, ließen sie seine Überreste einfach so liegen, damit die Aasfresser zu Ende bringen konnten, was das Vieh begonnen hatte.« Verus blickte den beiden Sarmaten direkt ins Gesicht. »Ich sehe in euren Augen, dass ihr mir noch immer nicht glaubt. Besäßet ihr genügend Intelligenz, würdet ihr jetzt ein Gebet sprechen. Falls euer Ende auf jenem Hügel erfolgen sollte, so möge es ein Pfeil in eurer Brust oder eine Schwertklinge an eurer Kehle sein – und nicht ein Hund von der Größe eines Esels, der euch die Eingeweide herausreißt, während ihr nach einer Rettung schreit, die niemals eintreffen wird.«

Marcus nickte langsam. »Haben sie denselben Hund auch dir hinterhergehetzt, nachdem dir die Flucht aus Dem Hauer gelungen war?«

»Sie haben acht Tage nach mir gesucht, und die ganze Zeit war die Bestie nie weit entfernt und lechzte nach meinem Blut. Jedes Mal, wenn ich das geifernde Bellen hörte, wünschte ich mir nur, die Jagd wäre endlich vorbei...«

»Dann wärst du bereit gewesen, alles aufzugeben, um die Qual der Verfolgung zu beenden?«

Der Soldat sah mit abschätzendem Blick zu Tarion hinüber. »Nicht der Hund hat mich vom Aufgeben abgehalten. Nach zwanzig Tagen Gefangenschaft hätte ich es willig hingenommen, durch seine Bisse zu sterben, denn die Venicones hegten die Absicht, mich mit scharfen Klingen und heißem Eisen Stück für Stück zu töten. Schlimmer noch: Sie wollten mich innerlich aushöhlen, bis nichts von mir übrig blieb als die herumtorkelnde Hülle eines Mannes.« Er sah zu Marcus hinüber, als wollte er herausfinden, wie viel Überlebenswillen der Römer in einer ähnlichen Situation aufgebracht hätte. »Sieben von uns wurden gefangen genommen, und nachdem das Hexenweib seinen Hund losgelassen hatte, waren wir noch sechs. Zwei von uns waren große Kerle in jeder Hinsicht, harte Jungs, die Schlachten gefochten hatten, bei denen der Feind in unbezwingbarer Überzahl vor ihnen gestanden war. Von Beginn an hatten sie sich bei jeder Gelegenheit gegen unsere Häscher aufgelehnt, kämpften gegen die Fesseln an und spuckten ihnen ins Gesicht, wann immer sie es bewerkstelligen konnten.« Er stieß ein humorloses Lachen aus und blickte zu den Ästen über ihren Köpfen hinauf. »Doch die Venicones brachen sie in nur wenigen Tagen: Sie haben sie auf brutale Weise vor uns allen erniedrigt, um zu demonstrieren, was uns bevorstand. Schon bald waren die beiden zu keinerlei Widerstand mehr fähig, sondern bettelten darum, von der Folter und den Demütigungen erlöst zu werden. Diese Männer haben mich die wichtigste Lektion der Überlebenskunst in dieser Situation gelehrt: sich gegen die unmenschliche Behandlung zu wehren würden unsere Häscher nur zu noch größerer Brutalität anstacheln. Daher bin ich dazu übergegangen, keine Anzeichen von Widerstand oder Hass zu zeigen, sondern meine Wut fest verschlossen hier drin zu behalten …« Er tippte sich auf die Brust. »Nach zwanzig Tagen waren nur noch drei von uns am Leben, weitere zehn Tage später waren auch die letzten beiden auf dieselbe Weise gestorben wie die Männer vor ihnen. Ihr Geist war vollständig ausgelöscht worden, sodass sie als willige Opfertiere den Göttern der Venicones dargebracht werden konnten. Der

Stammespriester des Königs fesselte sie auf einen hohen Altar und tötete sie mit einem langen Messer, das er ständig bei sich trug. Er schlitzte ihnen die Brust auf und riss ihre noch schlagenden Herzen heraus, wobei alle noch lebenden Gefangenen zusehen mussten, denn sie zwangen uns, die Augen die ganze Zeit offen zu halten.«

Der Römer runzelte verständnislos die Stirn. »Du hast sie angefleht, einen schnellen Tod erleiden zu dürfen, und trotzdem haben sie dich einen weiteren Monat am Leben gelassen?«

Verus nickte. »Ich nehme an, sie wussten, dass sie meinen Willen noch nicht gebrochen hatten. Vollkommene Unterordnung war wohl der Preis für das, was sie selbst als barmherzigen Tod betrachteten. Ich vermute, sie konnten es in meinen Augen sehen, die meine Wut und mein Entsetzen angesichts der bestialischen Pein widerspiegelten. Sicher sahen sie auch das Versprechen, das ich mir selbst gegeben hatte: dass nämlich einst der Tag kommen würde, an dem *ich* eine Klinge in der Hand halten und diese Folterknechte zum Schreien bringen würde. Ich hatte mir fest vorgenommen, lieber auf der Flucht zu sterben, statt mich selbst mit ausgelöschtem Geist wie ein Tier auf die Schlachtbank zu legen.«

Tarion, der die Geschichte des Soldaten fasziniert mit angehört hatte, nickte bedächtig. »Und so hast du dich im Sumpf wiedergefunden, zerrissen zwischen dem Drang, deinen Verfolgern entgegenzutreten, und dem Wunsch, dich schnell durchs Dunkel davonzuschleichen und ihrer grausamen Behandlung für immer zu entgehen.« Er beantwortete Verus' fragenden Blick mit einem vielsagenden Lächeln. »Woher ich das weiß, fragst du dich? Ganz einfach: Ich war mehr als einmal in derselben Situation. Wenn man um sein Leben kämpft, muss man zuweilen Risiken auf sich nehmen, die kein normaler Mensch als akzeptabel betrachten würde, sofern er weiterleben will. Ich habe mich zuweilen tagelang mit knurrendem Magen in winzigen Nischen versteckt und darauf gewartet, dass meine Häscher aufgeben würden und ich mich in der Nacht davonmachen könnte.«

Der Legionssoldat verzog das Gesicht. »Ich hätte nie gedacht, bei einem Vergleich zwischen dir und mir etwas anderes als Verachtung für den Weg empfinden zu können, den du eingeschlagen hast – jedenfalls, bevor diese Dreckskerle mich lehrten, dass man seinen Weg gar nicht immer selbst wählen kann. Wie kam es also, dass du zum Dieb geworden bist?«

Tarion zuckte die Achseln. »Wie es stets zu einem Lebensweg kommt, den man sich selbst nicht ausgesucht hätte, wenn andere Möglichkeiten zur Verfügung gestanden hätten. Pech, die falschen Leute …« Er verstummte einen Moment und blickte mit einem schiefen Lächeln in die Runde. »Verus hat recht: Es ist leicht, einen Mann wie mich zu verachten, oder? Einen Mann, der davon lebt, die Früchte der Arbeit anderer zu stehlen, was als die niedrigste Lebensform in einer zivilisierten Gesellschaft gilt. Allerdings, meine Freunde, *leben* wir nicht in einer zivilisierten Gesellschaft, egal, was wir über das edle Kaiserreich daherreden. Mein Vater starb an der Pest, die von Soldaten in unsere Stadt gebracht wurde, nachdem sie im Osten gewesen waren. Meine Mutter konnte weder sich selbst noch die Familie ernähren, da sie sich weigerte, ihren Körper als Hure zu verkaufen. So wurde ich ein Dieb, ohne es gelernt zu haben, und tatsächlich war ich zu Beginn nicht sonderlich gut, doch ich versichere euch, dass ich rasch dazugelernt habe. Beim ersten Apfel, den ich von einem Marktstand entwendete, wäre ich fast geschnappt und in der Folge bestimmt als Sklave verkauft worden. Was mich rettete, war meine Fähigkeit, schnell davonlaufen zu können, doch Diebe schließen sich für gewöhnlich zusammen, daher war ich schon bald Mitglied einer Räuberbande, die sich von Diebstahl ernährte, sobald sich die Gelegenheit bot. Mit der Zeit stellte sich heraus, dass ich über das besondere Talent verfügte, Männer auf der Straße um ihre persönlichen Besitztümer zu erleichtern, insbesondere um den Inhalt ihrer Geldbörsen.« Er hob die Hände und zeigte sie ihnen. »Ich habe weiche Hände, wie ihr seht, und sie sind geschickt. In Kombination mit einer scharfen Klinge konnte ich blitzschnell den Boden eines Geldbeutels aufschneiden und dessen Inhalt in meine Handfläche gleiten lassen. Die Sache wurde noch leichter, wenn eines der hübschen Mädchen aus unseren Bekanntschaften mit einem kecken Lächeln um die jeweiligen Opfer herumscharwenzelte. Für eine kleine Münze taten sie uns gern diesen Gefallen, und sofort interessierten sich die Männer mehr dafür, was sich unter ihrer Stola befand, als dass sie den Kerl bemerkten, der sie anrempelte und im nächsten Moment schon wieder verschwunden war. Doch eines Tages passierte etwas, was jedem Dieb früher oder später geschieht: Mein Glück war erschöpft, oder ich hatte meine Fingerfertigkeit verloren – je nachdem, ob ich mich selbst bedauern möchte oder nicht, beurteile ich das auf die eine oder andere Weise. Jedenfalls wurde ich erwischt, just als meine Hand in der Tasche eines Mannes steckte. Zuerst haben sie mich ohnmächtig geschlagen, dann zerrten sie mich vor einen Magistrat, der mich gerade zur Kreuzigung freigeben wollte, als Drest auftauchte und anbot, mich stattdessen als Sklaven zu kaufen.«

»Was geschah mit deiner Mutter?«

Tarion sah zu Marcus hinüber. »Meine Mutter? Sie starb im Schlaf, genau eine Nacht vor meiner Verhaftung, Zenturio. Die harte Arbeit, die sie nach dem Tod meines Vaters zu verrichten gezwungen war, hatte sie ausgezehrt. Vielleicht fragt ihr euch, ob ich womöglich deshalb erwischt wurde, weil ich aufgrund ihres Todes unkonzentriert war.« Er verzog das Gesicht und schüttelte den Kopf. »Oder ihr fragt euch, ob die Götter ihren Tod und damit die Erlösung von der Sklaverei, die sie zwar nicht offiziell, aber faktisch erdulden musste, zum richtigen Zeitpunkt erfolgen ließen, damit sie die Schande meiner Festnahme und wahrscheinlichen Hinrichtung nicht miterleben musste.«

Marcus führte unwillkürlich seine Hand zu dem Amulett, das den Griff seiner Spatha schmückte.

»Doch was ist mit dir selbst, Zenturio? Wie kommt es, dass du unter der Deckung eines Baumes sitzt und auf die Dunkelheit wartest, um dich in den gefährlichsten Ort ganz Britanniens schleichen zu können? Nach deiner Sprechweise zu urteilen, hörst du dich wie ein gebildeter Mann an, dessen Geldbeutel ich geleert hätte, ohne mir Gedanken darüber zu machen, ob der Verlust ihm Schwierigkeiten bereiten könnte.«

Der Römer quittierte die Frage des Diebes mit einem Achselzucken, da er sich schon lange daran gewöhnt hatte, derartige Erkundigungen mit einer Mischung aus Tatsachen und Erfundenem zu beantworten. »Geld mag Menschen zwar die Bürde des täglichen Lebens erleichtern, doch nicht jeder, der reich geboren wurde, hat auch das Glück auf seiner Seite. Meine Familie hatte es nicht, weshalb ich mich hier in Britannien wiedergefunden und den Tungrern angeschlossen habe. Es mag dir ironisch erscheinen, wenn ich sage, dass ich seitdem durchaus mit Glück gesegnet war – nicht zuletzt deshalb, weil meine Waffenbrüder große persönliche Risiken auf sich nehmen, um mir ihren Schutz zu gewähren. Wenn sich also die Gelegenheit bietet, etwas Wahnsinniges zu tun wie heute Nacht, halte ich mich für den richtigen Kandidaten, denn damit kann ich mich zumindest ein bisschen dafür revanchieren, dass sie mich in ihre Reihen aufgenommen haben.«

»Das scheint mir aber nicht die ganze Geschichte zu sein.«

Marcus blickte zu Drest hinüber. Der Thraker war erwacht, hatte sich aufgesetzt, rieb sich die Augen und ließ die Schultern kreisen.

»Du siehst aus, als würdest du eine Last mit dir herumtragen, Zenturio, ein schweres Gewicht von Schuld oder vielleicht Scham. Oder handelt es sich womöglich nur um ein dringendes Bedürfnis nach Rache? Was immer es sein mag, du bist dir sicher darüber im Klaren, dass all diese Gefühle gleichermaßen zerstörerisch sind und den Geist eines Menschen zermürben, bis man irgendwann zu einem inhaltslosen, leeren Gefäß wird.«

Der Römer sah ihm direkt in die Augen. »Mein Glaube wird mich davor schützen. Unser Herr Mithras wacht über mich.«

Der Thraker schüttelte den Kopf. »Der Lichtbringer? Er ist nur eine weitere Gestalt im Pantheon nicht existierender Götter, die ausschließlich dazu dienen, ihren Anhängern weiszumachen, dass alles, was geschieht, auf den ›Willen der

Götter‹ zurückgeht.« Er wandte sich an den Dieb. »Und jetzt genug geredet, Tarion. Du solltest dich lieber hinlegen und ein bisschen schlafen. Heute Abend wirst du als Erster über die Festungsmauer steigen, daher wäre es für uns alle von Vorteil, dass du ausgeruht bist, wenn du deinen Kopf über die Brüstung schiebst.«

»Immerhin haben wir bis Sonnenuntergang kein Anzeichen der Feinde gesehen, daher würde ich diesen Tag als durchaus erfolgreich bezeichnen, findest du nicht?«

Julius beantwortete die Frage des Tribuns nicht sofort, sondern beschattete stattdessen die Augen mit seiner Hand und starrte nach Westen über das Feldlager hinweg in den Sonnenuntergang. »Lass uns hoffen, dass du diese Aussage nicht voreilig getroffen hast, Tribun. Denn wenn meine müden Augen mich nicht täuschen, sehe ich dort hinten ein paar Reiter…«

Der Ruf der Wachen unterbrach ihn, und sofort machten sich alle im Lager hektisch bereit, ihre Gefechtspositionen einzunehmen. Männer griffen nach Speeren, packten ihre Schilde, rannten zum Erdwall und stellten sich in einer Reihe auf, was dem üblichen Prozedere beim Herannahen unbekannter Reiter entsprach.

»So spät abends? Das kann nur Silus mit seinen Kundschaftern sein.« Scaurus beschattete ebenfalls mit der Hand die Augen und folgte der Richtung, in die Julius blickte. »Ja, das ist Silus, ich sehe die rote Drachenstandarte im Sonnenuntergang wehen. Die Sättel zweier Pferde sind allerdings leer.«

Rasch begaben sich der Tribun und sein Erster Speer ans Westtor des Durchgangslagers und begrüßten die ankommenden Reiter, während die Sonne zum Horizont sank.

Silus sprang von seinem schweißgebadeten Pferd und reichte einem anderen Reiter die Zügel, wobei er auf die Tiere deutete. Eines davon war ohne Reiter, ein anderes hatte zwischen den Sattelknäufen den Leichnam eines Soldaten über dem Rücken liegen.

»Sorg dafür, dass sie ordentlich abgetrocknet werden. Sie dürfen keinesfalls die Nacht mit feuchtem Fell verbringen. Und gib ihnen eine halbe Portion Futter extra, das haben sie sich verdient.« Er schickte den Mann mit einer Geste weg, drehte sich dann zu seinen Vorgesetzten um und salutierte, allerdings mit derart niedergeschlagener Miene, wie Julius sie noch nie bei ihm gesehen hatte oder auch nur für möglich gehalten hätte. »Guten Abend, Herr… und Erster Speer. Verzeiht, dass ich ein wenig verschwitzt bin, doch wir hatten einen ziemlich anstrengenden Tag.«

Scaurus machte kehrt und bedeutete den beiden Männern, ihm zu folgen. »In diesem Fall, Decurio, gehe ich davon aus, dass dir ein Becher Wein guttun wird.«

In der Geborgenheit des Kommandozelts nippte der Decurio mechanisch an seinem Becher, ohne dass er den Wein zu schmecken schien. Einen Moment schloss er die Augen und strich mit der Hand über sein wettergegerbtes Gesicht. »Wir haben sie etwa fünfzehn Meilen hinter uns hergelockt, wie du es befohlen hattest, Tribun. Als wir weit hinter dem westlichen Rand der Bratpfanne angelangt waren, haben wir uns aus dem Staub gemacht und sind den Gebirgszug im Westen entlanggeritten. Ich war überzeugt, wir hätten ein hervorragendes Ergebnis erzielt, als wir plötzlich von Bogenschützen beschossen wurden.«

Julius warf Scaurus einen Blick zu, bevor er nachfragte: »Bogenschützen?«

»Ja. Nicht mehr als ein Dutzend, und sie schossen ihre Pfeile von dem Hügel aus, der sich am nördlichen Rand der Bergkette über dem Pfad erhebt. Entweder waren sie die besten Schützen des ganzen Stammes, oder sie hatten mehr Glück als Verstand. Wir haben zwei Männer verloren – den einen habt ihr gesehen, der andere fiel mit einem Pfeil im Rücken von seinem Pferd herunter. Cocidius möge mir vergeben, doch ich ließ ihn dort liegen und weiß nicht, ob er tot oder lebendig war. Ich wusste nur, dass ich ihn nicht holen konnte, sonst hätten die Bogenschützen weitere von uns erwischt, und ich wäre mit noch mehr leeren Satteln zurückgekommen.«

Er nippte erneut am Wein, worauf Julius mit einem warnenden Blick auf Scaurus zu reden begann.

»So ist es leider, Silus. Das ist die entsetzliche Wahrheit, wenn man hier draußen Männer befehligt und niemanden hat, der für getroffene Entscheidungen die Verantwortung übernehmen könnte. Wenn man versucht, seinen Leuten gerecht zu werden, macht man sich schuldig, indem man einen von ihnen zurücklässt; wenn man ihm aber gerecht wird, könnte man noch mehr Soldaten ohne jeden militärischen Nutzen verlieren. Wie hättest du dich wohl gefühlt, wenn du tatsächlich zurückgeritten wärst und die Hälfte deiner Abteilung vor deinen Augen gefallen wäre?«

Silus nickte, und seine Augen füllten sich mit Tränen.

»Wenn du deshalb weinen willst, erledige es lieber gleich hier und verlasse das Zelt so lange nicht, bis du deinen Männern in die Augen sehen und ihnen klarmachen kannst, dass du das Richtige getan hast – ganz gleich, wie schlecht es sich für dich auch anfühlt. Immerhin hast du einen Ruf zu verlieren: nämlich den, ein verbissenes, rechthaberisches

Arschloch zu sein, dem alles scheißegal ist. Hast du das vielleicht vergessen?«

Der Decurio starrte ihn einen Augenblick an, schob das Kinn vor und kippte seinen Wein in einem einzigen Zug hinunter. Dann knallte er den Becher auf den Landkartentisch, stand auf, salutierte und drehte sich in Richtung des Zeltausgangs. Kurz davor blieb er stehen, straffte die Schultern und trat hinaus, um sich den prüfenden Blicken seiner Kohorte zu stellen.

»Das war ziemlich ruppig, Julius – auch wenn es so aussieht, als sei es dir gelungen, ihm wieder ein bisschen Leben einzuhauchen.«

Der Erste Speer blickte Scaurus mit zusammengekniffenen Augen an. »Du hast recht, Tribun. In Wahrheit wäre es deine und meine Aufgabe, uns wegen dieses einem grausamen Tod ausgelieferten Mannes zu grämen. Er dürfte sich in diesem Moment wohl gerade unter den Messern der tätowierten Dreckskerle winden. Andererseits sind wir beide schon lange gegen diese Art von seelischem Dilemma gefeit, oder? Und jetzt vergib mir, dass ich dich allein lasse, denn ich muss den Wachen auf dem westlichen Wall deutlich machen, was ich davon halte, Silus und seine Leute *vor* ihnen erblickt zu haben. Immerhin muss ich meinen Ruf verteidigen, ein ekelhaft rachsüchtiger Mistkerl zu sein, sobald ich irgendeine Art von Schwäche an meiner Kohorte entdecke.«

Er trat aus dem Zelt, und der Tribun sah ihm nach. Scaurus füllte sich etwas Wein nach und trank ihn aus, ließ den leeren Becher auf den Tisch fallen und beobachtete, wie er zum Rand rollte und auf den Grasboden purzelte. Von draußen hörte er das wütende Geschrei seines Ersten Speers und schüttelte mit geschürzten Lippen den Kopf.

»Gegen diese Art von seelischem Dilemma gefeit? Für mich hört sich das eher so an, als hätte jeder seinen eigenen Weg gefunden, mit dem Leid umzugehen. Was aber nun das Dilemma des morgigen Tages anbelangt…«

Er rollte die notdürftig skizzierte Landkarte des Gebiets nördlich des Walls aus und zog eine Lampe näher heran. Dann stützte er die geballten Fäuste auf den Tisch und starrte mit nachdenklicher Miene auf die Linien, die das dicke Papier bedeckten.

»Mein Herr und König! Der Spähtrupp, den ihr nach Norden entsandt habt, ist zurück.«

Brem erhob sich von der Feuerstelle, an der er sich mit seinen Leibwächtern wärmte, und drehte sich zu dem Sprecher um. Neben dem Mitglied seines Hofes stand der Anführer des halben Dutzends von Männern, die er unwillig auf Calgus' Anraten zum nördlichen Rand der Berge entsandt hatte. Das stark tätowierte Gesicht des Mannes machte im Schein des Feuers einen furchteinflößenden Eindruck, und Brem erkannte ihn als einen der Jäger, die üblicherweise seinen Jagdmeister Fratze begleiteten. Diese Männer besaßen die Fähigkeit, sich wie Geister durch die Wälder bewegen zu können, ohne Spuren zu hinterlassen, außerdem hatten sie ein angeborenes Talent für das Bogenschießen. Unter den Tätowierungen erblickte er ein hartes, faltiges Gesicht, das von einem Leben im Freien unter unterschiedlichsten Wetterbedingungen gezeichnet war. Die Augen traten wie steinerne Fenster aus der tätowierten Maske hervor, und hinter ihnen schien ein unerschrockener Geist zu hausen.

»Du hast Nachricht von den Römern?«

Zur Erleichterung des Königs verbeugte sich der Späher, bevor er zu sprechen begann, weshalb Brem sich nicht überlegen musste, ob er ihn dafür bestrafen sollte, nicht den angemessenen Respekt walten zu lassen. Überdies spürte er, dass ein Mann wie dieser sich keine Gedanken um derlei Dinge machte. Als er antwortete, tat er es mit einem leisen Knurren, das über das Geräusch des im Feuer knackenden Holzes kaum zu hören war.

»Feindliche Reiter, König Brem. Sie ziehen an der nördlichen Seite der Berge entlang in Richtung Osten. Zwei von ihnen konnten wir von ihren Pferden schießen.«

»Haben sie überlebt?«

Calgus hatte diese Frage über Brems Schulter hinweg gestellt. Er schien vor Ungeduld zu beben.

»Nein. Eine der Leichen wurde von den Feinden mitgenommen, der andere Römer war auf der Stelle tot. Aber ich habe Trophäen dabei...«

Er deutete auf einen Lederbeutel an seiner Seite, doch der König hob die Hand, um das grausige Schauspiel zu unterbinden.

»Gut gemacht. Überbringe die Trophäen den Priestern, sobald du zum Hauer zurückkehrst, dann werden sie einen stolzen Platz im Schrein des Adlers einnehmen. Und nun geh und sättige dich an dem Wild, das deine Brüder uns gebracht haben.«

Der Jäger nickte, trat aus dem Feuerschein zurück und verschwand im Schatten. Brem und Calgus wechselten einen Blick. Der Selgovae machte ein ausdrucksloses Gesicht, denn er hielt es für besser zu vermeiden, seine Genugtuung darüber kundzutun, dass seine Ahnungen bezüglich der Absichten der Tungrer bestätigt worden waren.

»Es scheint, dass du recht gehabt hast, Calgus. Die Feinde

sind irgendwo da draußen zwischen uns und Dem Hauer. Nachdem wir ihrer so deutlichen Spur gefolgt sind, befinden wir uns jetzt viele Meilen zu weit westlich.«

Calgus verbeugte sich tief. »Lediglich ein Zufallstreffer, mein Herr und König, und Glück, dass du eingewilligt hast, als ich dich bat, deine besten Männer auszusenden, um meine wilden Spekulationen zu überprüfen. Es freut mich, dass ich dir zumindest diesen kleinen Dienst erweisen konnte.«

Der König starrte ihn einen Augenblick an, um sich von der Aufrichtigkeit dieser zur Schau gestellten Bescheidenheit seines Beraters zu überzeugen. »In der Tat. Doch nun stellt sich die Frage, wie wir auf diese Neuigkeit reagieren sollen. Ich würde sagen, wir schicken unsere Männer dorthin, wo die Späher die Reiter gestellt haben, und folgen ihrer Spur bis zum Feldlager, das die Römer für die Nacht errichten werden. Ich möchte wetten, wenn wir dort eintreffen, sind sie noch nicht weit gekommen.«

Calgus dachte einen Moment fieberhaft nach, während er sein Entsetzen über diesen aller Voraussicht nach zum Scheitern verurteilten Plan hinter einer gelassenen, grüblerischen Miene verbarg. »Tatsächlich, Herr, finde ich deine erste Reaktion auf die Nachricht durchaus angemessen. Dennoch frage ich mich, ob wir damit nicht Gefahr laufen, dass deine Krieger bei unserer Ankunft erschöpfter sind, als es für einen Angriff auf die Römer ideal wäre. Außerdem sollten wir nicht vergessen, dass sie noch immer genügend Reiter besitzen, um das Gelände auszukundschaften, sodass sie uns zweifelsohne erspähen werden, bevor *wir* sie sehen. Ich traue es diesen Tungrern durchaus zu, dass sie bis zu unserem Erscheinen Stellung bezogen haben. Ich bezweifle, dass unsere Zahl groß genug ist, um sie unter derartigen Umständen zu schlagen. Vielleicht wäre es günstiger, unsere Kräfte auf andere Weise einzusetzen?«

Er hielt den Atem an und wartete darauf, dass der König seine Einwände vom Tisch fegte, doch der erfolgreiche Ausgang der Spähpatrouille, die auf sein Anraten hin entsandt worden war, hatte ausgereicht, um sich Brems Wohlwollen zu sichern.

»Auf welche Weise denn? Was schlägst du vor?«

Der Selgovae hockte sich unter heftigen Schmerzen auf den trockenen Boden und wischte mit den Fingern darüber. »Ich werde es dir zeigen. Dürfte ich mir vielleicht ein Messer ausleihen, um ein Bild in den Boden zu ritzen?«

Brem zog einen Dolch vom Gürtel und reichte ihn Calgus, musste aber sogleich seinen Leibwächtern abwinken, da diese reflexartig die Griffe ihrer Schwerter gepackt hatten.

»Sprich weiter.«

Der Selgovae zeichnete mit der Messerspitze einen Kreis in den Staub, dann zog er den Lauf des Trüben Flusses im Nordosten nach. »Das hier sind die Berge, hier liegt Der Hauer, und hier sind wir …« Er kratzte ein paar Kreuze in den harten Boden: eines neben dem Fluss, das andere fast genau gegenüber, hinter der ringförmigen Bergkette im Westen. »Unsere Gegner sind etwa hier …« Er machte ein weiteres Kreuz im Norden der Bergkette. »Auf den ersten Blick scheinen wir im Nachteil zu sein, denn die Feinde befinden sich zwischen uns und unserer Festung. Doch ich glaube nicht, dass sie vorhaben, uns dort anzugreifen, denn sie wissen, dass sie dann auf der falschen Seite des Flusses in der Falle sitzen und mit größter Wahrscheinlichkeit vernichtet würden. Nein, ich glaube, sie werden uns erneut aus dem Weg gehen und hoffen, dass wir sie jetzt, wo wir ihren Aufenthaltsort kennen, verfolgen. Und es gibt nur eine Richtung, in die sie gefahrlos ziehen können.«

»Nach Süden?«

»Richtig, mein Herr und König, nach Süden. Ich denke, sie werden die Berge überqueren und sich wieder in die dichten Wälder unten im Talkessel schlagen. Die einzige Frage ist also, ob sie nach Osten oder Westen ziehen werden, sobald sie die Gabelung in der Mitte der Senke erreichen.«

Brem sah auf ihn herab, und sein Gesicht leuchtete rot im Feuerschein. »Was würdest du anstelle der Römer tun?«

Calgus zögerte keinen Augenblick. »Natürlich das, was du am wenigsten erwarten würdest, mein König. Ich denke, ich würde... nach Westen ziehen, und das so rasch wie möglich, solange du mich im Osten suchst. Diese Strategie hat nämlich noch einen weiteren Vorteil.« Er wartete, bis das Schweigen des Königs ihn zum Weitersprechen aufforderte. »Würden wir ihre Spuren schließlich finden, die vom Hauer wegführen, wären wir wütend, weil wir erneut genarrt worden sind, und würden sie nach Westen zurückjagen. Währenddessen könnte der, der entsandt wurde, den Adler zurückzuholen, in aller Ruhe flüchten.«

Er wartete gespannt, ob die Erwähnung des Adlers zu der üblichen, unvermeidlichen Wutexplosion führen würde, doch zu seiner Überraschung nickte Brem bedächtig.

»Tatsächlich sieht das Verhalten des römischen Kommandeurs immer weniger danach aus, als suche er eine günstige Position für eine kriegerische Auseinandersetzung. Er benimmt sich eher wie ein kleiner Hund, der kläffend um einen Bullen herumrennt und ihn über den Hof jagt, um ihn zu verwirren. Wir müssen sie schnappen und niedermachen, bevor sie Gelegenheit finden zu entkommen. Was würdest du mir raten, um dieses Ziel zu erreichen, Calgus?«

Der Selgovae zeigte auf das Bild, das er in den Boden gekratzt hatte. »Ich hätte eine Idee, mein Herr und König. Wenn meine Vermutung zutrifft, gibt es einen Weg, den Tungrern im Wald eine Falle zu stellen und sie dennoch jagen und besiegen zu können, falls sie eine andere Richtung einschlagen. Was passiert aber in der Zwischenzeit mit Dem Hauer?«

Brem schüttelte den Kopf. »Du solltest dich mehr darum sorgen, wie du mir die Köpfe dieser Römer bringen kannst, statt dir zu überlegen, welche Spielchen sie in den Sümpfen vor meiner Festung aufzuführen gedenken. Fratze und seine Fähen werden kurzen Prozess mit jedem dieser armen Narren machen, den sie über den Fluss entsenden, dessen kannst du dir sicher sein!«

Der Sturmtrupp wartete, bis die Sonne hinter dem Horizont verschwunden war, bevor die Männer sich regten und für den Anstieg zu den Festungsmauern Des Hauers bereitmachten. Während Marcus ihnen die letzten Anweisungen gab, kauten sie auf Stücken getrockneten Fleisches herum, das Arminius ihnen reichte.

»Verus wird uns den Hang hinaufführen. Er war ja schon einmal hier und weiß besser als der Rest von uns, worauf zu achten ist. Hinter ihm komme ich, gefolgt von Arabus, dann Drest mit seinen Leuten, zuletzt Lugos und Arminius. Irgendwelche Fragen?«

Die Männer warfen ihm in der heraufziehenden Dunkelheit nur stumme Blicke zu.

»Sehr gut. Dann ziehen wir los, sobald das Tageslicht ganz verschwunden ist. Haltet euch bereit.«

Sie verließen die Deckung des Wäldchens, als über ihnen die Sterne aufzublitzen begannen, und glitten lautlos den flachen Abhang in das hoch stehende Gras hinunter. Weiter vom Fluss entfernt war der Boden, der sanft zu dem steilen Hügel aufstieg, trocken, und die Stille über der Ebene wurde nur vom Rauschen des Grases unterbrochen, wenn der Wind durch die langen Halme strich.

»Hörst du etwas?«

Als Antwort auf Marcus' geflüsterte Frage schüttelte Arabus den Kopf. »Gar nichts. Sollte jemand hier draußen sein, liegen sie still und warten darauf, dass die Beute zu ihnen kommt.«

Beide blickten zur Festung empor, die Hunderte Fuß über ihnen auf dem Berggipfel kauerte, und sahen das Flackern der auf den Festungsmauern angebrachten Fackeln.

»Das ist ein gefährlicher Ort. Heute Nacht wirst du deinen Gott an deiner Seite brauchen, Zenturio, ebenso wie ich meinen.«

Der Späher griff in die Tunika und zog ein Amulett der Göttin Arduinna heraus, das sie beim Ritt auf einem wilden Eber zeigte. Er rieb das Figürchen zwischen Daumen und Zeigefinger, bevor er es wieder unter die Kleidung steckte und sich erneut dem Berg zuwandte. Sie folgten Verus ins Grasland hinunter und durchquerten langsam und vorsichtig die kurze Entfernung zwischen dem Wäldchen und dem Punkt, wo die Ebene sich plötzlich zu einem schwindelerregend steilen Hang erhob, auf dessen Spitze die Festung der Venicones thronte. Der Legionär hatte bereits mit dem Anstieg begonnen und starrte auf die schwarze Bergsilhouette hoch über ihnen. Marcus folgte ihm und vernahm kaum hörbar Arabus' weiche Fußtritte hinter sich. Nach etwa hundert Schritten hielt Verus schwer atmend an. Marcus gesellte sich zu ihm und fühlte das gleiche Keuchen in der Brust, während er die kalte Nachtluft einsog und sich umdrehte, um weit entfernt hinter der Ebene die glitzernden Punkte der Fackeln auf dem römischen Wall zu betrachten.

Der Soldat zeigte auf etwas, wobei er angestrengt das Gesicht verzog, da ihm das Luftholen große Mühe bereitete, und flüsterte Marcus unter keuchenden Atemstößen zu: »Kannst du dir vorstellen … Zenturio … was ich … fühlte … als ich mich damals … im Dunkeln … diesen schrecklichen Abhang … herunterkämpfte? Wie es war, nach vorne zu blicken … und die Lichter auf unserem Wall zu sehen … so weit weg … während über mir die Hörner … meiner Verfolger … durch die Nacht schallten?«

Marcus nickte und verstand nun, dass Verus sein Gesicht nicht nur aufgrund körperlicher Anstrengung verzogen hatte. »Du musst schreckliche Angst gehabt haben.«

Der Soldat wandte sich ihm zu, und im schwachen Licht der Sterne bemerkte der Römer, dass er die Zähne gefletscht hatte.

»Schreckliche Angst? Oh ja …« Er atmete erneut ein, jetzt aber langsamer, da sein Körper sich von der Anstrengung zu erholen begann. Seine Armmuskeln traten hervor, die er bei Marcus' Frage angespannt hatte. »Mehr als Angst empfand ich allerdings Wut … ich war *wütend*, Zenturio, dass man mich einfach zurückgelassen hatte … und dass mir die Venicones so grausam mitgespielt hatten. Diese Wut war es, die mir die Kraft zum Überleben gab, die Kraft, meinen Verfolgern zu entkommen und von einem stinkenden Sumpfloch zum nächsten zu kriechen.« Er drehte sich weg und begann wieder zu klettern.

Marcus starrte ihm einen Augenblick nach, bevor er ebenfalls den Berg hinaufkraxelte. Hintereinander stiegen sie beständig weiter nach oben, bis sie eine Stelle erreichten, wo der fast senkrechte Berghang plötzlich flach wurde. Verus legte sich auf den Boden und bedeutete dem Römer, es ihm gleichzutun. Marcus signalisierte den Männern hinter ihm, sie sollten ihre Stellung halten, kroch neben den Legionär und spähte über den Bergabsatz. Etwa fünfzig Schritte von dessen Rand entfernt erhob sich eine abgeflachte Bergkuppe, auf der die Außenmauer Des Hauers thronte – ein zehn Fuß hohes Bollwerk aus grob behauenen Steinblöcken, das ihr gesamtes Blickfeld einnahm und augenscheinlich den größten Teil des Berggipfels bedeckte. Innerhalb der Festungsmauer war ein weiterer Bau, zwei Drittel kleiner im Durchmesser als der Außenwall, dafür aber wesentlich höher – gute vierzig Fuß, wie Marcus schätzte. Entlang der Brüstung waren Fackeln entzündet und warfen ihr gelbes Licht auf den Boden hinter den Mauern. Während Marcus sich weiter umsah, schritt eine einsame Wache über die Brustwehr, und das Licht der Fackeln ließ ihre Speerklinge glänzen.

»Da! Da lag ich eingekerkert, und von dort bin ich auch geflohen.« Verus zeigte auf einen Abschnitt der Mauer auf der westlichen Seite der Festung zu ihrer Linken. »Der einzige Zugang zum Bollwerk liegt auf dieser Seite des Hügels und ebenso der Bau, den wir als Wachhaus bezeichnen würden. Wir müssen uns also rechts halten und die Mauer auf der Ostseite erklimmen. Der Adler der Legion wird in einem Schrein aufbewahrt, der im obersten Geschoss des Turms liegt. Sie haben mich mehrmals dorthin geschleift und gedroht, mich vor den Augen ›meines Gottes‹ zu töten, womit sie meine Willensstärke brechen wollten, um hernach meine Opferung durchzuführen.« Einen Moment starrte er wütend auf den Turm, doch dann riss er sich zusammen und sprach weiter. »Üblicherweise sind auf den Mauern drei Wachen postiert, die die Nachtschicht übernehmen. Ich habe sie jedes Mal gesehen, wenn man mich aus meiner Zelle herausschleppte, um mich zu meinem Folterer, dem Stammespriester, zu bringen. Eine Wache beobachtet den Ostwall, eine den nördlichen und eine den südlichen – das ist der Mann, den wir gerade sehen. Die Westmauer wird vom Tor aus überwacht. Wann immer ich auf Wachen stieß, standen sie zwischen den Fackeln, um sich von ihnen nicht blenden zu lassen, doch aus meiner eigenen Erfahrung im Wachestehen könnte ich wetten, dass sie im Dunkeln nicht allzu viel sehen. Sobald der Mann sich bewegt, sollten wir das auch tun.«

Marcus nickte zustimmend, blickte zu den wartenden Männern am Rand des Abhangs zurück und winkte sie zu sich. Als sie eintrafen, scharten sich alle zu einem dichten Haufen zusammen.

»Das nächste Mal, wenn der Mann auf der Mauer sich abwendet, um seine Runde zu drehen, laufen wir los – schnell, lautlos und alle gemeinsam. Haltet euch bereit.«

Sie warteten schweigend und angespannt auf den Befehl loszurennen. Die Wache auf dem südlichen Festungswall hob eine Hand und rieb sich die Augen, worauf der Römer unwillkürlich lächeln musste bei der Erinnerung daran, wie er selbst während seines Wachdienstes gegen die Müdigkeit angekämpft hatte, wenn nichts geschah und keine besonderen Ereignisse zu erwarten waren. Der Barbar streckte die Arme, wandte sich nach rechts und schritt den Wall entlang zum Haupttor. Mit einer stummen Geste winkte Marcus seine Leute voran und führte sie mit leichtfüßiger Eile zur Mauer, dann schmiegte er sich an die Steine und horchte angestrengt, ob jemand Alarm schlagen würde. Nichts rührte sich. Als Marcus sich davon überzeugt hatte, dass ihre Annäherung unbemerkt geblieben war, bedeutete er seinen Männern, ihm zu folgen, und schlich vorsichtig um den Wall zur östlichen Seite hinüber. Dabei drückte er sich stets an die Steine, bis er der Ansicht war, sie befänden sich mehr oder weniger unterhalb der Stelle, wo der nächste Krieger Wache stand. Er nahm ein paar dicke Wollstreifen, die er sich um den Gürtel geschlungen hatte, und wickelte sie um seine Stiefel. Dann vergewisserte er sich mit den Fingerspitzen, dass die schweren Stiefelnägel von dem groben Wollstoff bedeckt waren, und wartete, bis seine Kameraden es ihm gleichgetan hatten. Als sämtliche Stiefel angemessen umhüllt waren, zeigte er auf die Brüstung des Walls und machte über die Schulter hinweg mit dem Finger ein Zeichen zu Drest, der sich sogleich umwandte und die Sarmaten-Zwillinge heranwinkte.

Der Sturmtrupp beobachtete schweigend, wie die Sarmaten sich mit dem Rücken zur Mauer stellten und die Hände zusammenfügten, um eine Art Steigbügel zu formen, in den Tarion zunächst einen, dann den zweiten Fuß setzte. Lautlos hoben die Zwillinge den Dieb hoch, bis sich sein Kopf gerade unterhalb der Mauerkrone befand, worauf Drest vortrat und dessen Knöchel umfasste, um ihn sicher an der Wand zu halten. Tarion zog ein Messer von seinem Gürtel, presste sich an die Steine und wartete, bis er die Fußtritte der Wache auf der Ostmauer hörte, die über den gekrümmten Wehrgang heranschritt. Als die Wache der

Venicones ein paar Fuß von ihnen entfernt war, streckte der Dieb sein Messer aus und klopfte mit der Spitze leicht gegen die Mauer, um ein fast unhörbares Geräusch zu erzeugen. Er führte das leise, aber beharrliche Klopfen des Eisens gegen den Stein fort und wartete, wobei er aufmerksam zum Rand der Brüstung hinaufblickte. Er presste sich flach an die Mauerwand und streckte seine freie Hand mit gespreizten Fingern nach oben.

Ein Kopf tauchte über der Mauer auf, denn die Wache war von dem winzigen metallischen Klopfen auf dem Stein angezogen worden und spähte in die Finsternis hinaus, um den Ursprung des Geräuschs auszumachen. Mit der gleichen atemberaubenden Geschwindigkeit, die Marcus bereits im Hauptquartier von Piger Montis verblüfft hatte, ließ der Dieb die Hand hochschnellen, schnappte den Haarschopf der Wache und riss seinen Kopf nach unten, während er gleichzeitig die lange Messerklinge in den unbedeckten Hals des Barbaren stieß. Eine dicke Blutfontäne spritzte auf die Männer herab, und der Barbar wand sich einen Augenblick stumm, da seine Stimmbänder und die Halsschlagader durchtrennt waren, dann verlor er das Bewusstsein und sank auf der Brüstung zusammen. Tarion riss die Klinge heraus und packte die Kleidung des Mannes auf der Höhe des Genicks, dann zog er den reglosen Körper mit einem Ruck über die Brüstung und ließ ihn ins Gras fallen. Nur der dumpfe Aufschlag der Leiche auf dem Boden verriet den fast lautlosen Angriff. Er zischte den blutbefleckten Sarmaten einen Befehl zu, die sogleich die Arme hochstreckten und Tarion über den Mauerrand hievten. Er rollte sich leise ab, und im Licht der Sterne war seine Silhouette zu sehen, wie er den an die Wand gelehnten Speer der toten Wache schnappte und sogleich selbst die Haltung einer Wache einnahm, als würde er das Gelände hinter dem Bollwerk beobachten. Auf diese Weise würden die Wachsoldaten, falls sie zu ihm herüberblickten, ein vertrautes Bild sehen.

Nachdem sich auf der Mauer nichts rührte und niemand aufschrie, ließ Tarion das Seil zu Boden fallen, das er sich um die Schulter gewickelt hatte. Ein Seilende warf er den wartenden Kameraden zu und band das andere an den massiven Holzpfahl einer Treppe, die vom Innenhof nach oben führte. Marcus stieg als Erster über die Mauer, duckte sich unter den Schatten der Brüstung und starrte über den offenen Raum der Festung auf die undeutlichen Gestalten der Männer, die die südliche und nördliche Mauer bewachten und sich in einer Entfernung von weniger als fünfzig Schritten befanden.

Während Verus geräuschlos über die Mauerkrone stieg, flüsterte Tarion dem Römer ins Ohr: »Solange wir ihnen keinen Anlass dazu bieten, werden sie uns nicht bemerken. Sie stehen tagein, tagaus hier oben, ohne je etwas von Interesse zu sehen. Weshalb sollte es heute Nacht anders sein?«

Arabus glitt über die Brüstung in den Schatten, wo Marcus und Verus bereits auf ihn warteten. In der einen Hand hielt er den Bogen, mit der anderen griff er automatisch nach einem Pfeil, bevor er noch tiefer in Deckung schlich.

Marcus berührte seinen Arm und zeigte auf den Innenhof der Festung. »Ich suche mit Verus und dem Dieb den Adler. Schieß keinen Pfeil ab, es sei denn, du musst. Sollte es aber notwendig werden, ziele auf alles, was sich bewegt, egal, was es ist. Du kennst die Parole.«

Der Späher nickte seinem Zenturio zu und glitt an der Wand herunter, um Drest vorbeizulassen, der hinter ihm ging. Lugos und die sarmatischen Zwillinge blieben unten, um den Ausgangspunkt zu überwachen.

Marcus tippte Verus auf die Schulter und zeigte erneut auf den dunklen Innenhof. »Keine Komplikationen, bitte. Bring uns einfach so schnell und lautlos wie möglich zum Schrein, in dem sich der Adler befindet.«

Der Legionär lotste sie an der gekrümmten Brüstung der Mauer entlang und dann eine Steintreppe hinab ins Innere Des Hauers, während Drest die Rolle des Diebs übernahm und Wache spielte. Mit jedem vorsichtigen Tritt auf Zehenspitzen, der ihn tiefer in die finstere Festung führte, kam es Marcus mehr vor, als würde er in dunkles, stilles Wasser eintauchen. Als Verus am unteren Ende der Treppe innehielt und sich wachsam umblickte, drehte der Römer den Kopf und horchte, ob die Festungsbesatzung ihr Eindringen bemerkt hatte. Die Stille war nahezu greifbar, als hätte die Zeit einen Augenblick ausgesetzt. Nach einer Weile begriff Marcus, dass Verus ohne Ermutigung wohl nicht weitergehen würde. Er streckte den Arm aus und berührte den Legionär an der Schulter, woraufhin er das Zittern des Soldaten durch seine wollene Tunika spürte.

Noch bevor Marcus etwas sagen konnte, schlich Verus sich tiefer in die Finsternis, blieb aber stets unter der Deckung der südlichen Mauer, dicht gefolgt von Marcus und Tarion. Umsichtig schritten sie voran, bis sie dem Eingang des Turmes, der der Festung ihren Namen gegeben hatte, so nahe wie möglich waren und nur noch dreißig Schritte über offenes Gelände sie davon trennten. Vorsichtig entfernte sich Verus rückwärtsgehend von der Mauer und legte den Kopf in den Nacken, um die Wache auf der südlichen Seite zu sehen. Der Stammeskrieger stand an die Mauer gelehnt, hatte den Kopf in die Hände gestützt, und sein Speer lehnte an der steinernen Brüstung. Der Legionär winkte Marcus und Tarion heran, drehte sich um und eilte über den freien Raum, wobei das Geräusch seiner Stiefelnägel von den Wolllappen gedämpft wurde. Mit heftig schlagendem Herzen folgte ihm Marcus und wagte einen schnellen Blick über die Schulter. Die Wache stand noch immer reglos an der Brüstung und schien das Flusstal des Trüben Flusses zu beobachten. Während die beiden Männer Verus folgten, der wie unter einem Bann auf die massive hölzerne Eingangstür des Turmes zuschritt, flüsterte Tarion dem Zenturio etwas ins Ohr.

»Der Wachsoldat schläft!«

Als Marcus und Tarion den Turmeingang erreichten, sahen sie, dass Verus ein geradezu wahnsinnig anmutendes Grinsen aufgesetzt hatte.

Durch die Stille der Festung zischte er ihnen ein paar Sätze zu. »Wartet nur, was passiert, wenn sie herausfinden, dass wir uns mit dem Adler davongemacht haben – und er hat nichts bemerkt! Der Dreckskerl wird auf der Stelle zu Tode geprügelt werden!«

Obgleich Verus die Stimme gesenkt hatte und kaum zu hören war, fragte sich Marcus, ob nicht ein hysterisches Beben darin mitschwang. Doch noch bevor er etwas anderes tun konnte, als zweifelnd die Augenbrauen zusammenzuziehen, hatte Verus bereits die Tür geöffnet und war in der mittleren Schanze verschwunden, die über ihnen aufragte. Marcus bedeutete dem Dieb, ihm zu folgen, und blickte sich ein letztes Mal um, bevor er auch selbst in den Gebäudeteil glitt, wobei er den Gladius des verstorbenen Legaten aus der Scheide zog und das leise Kratzen von blankem Eisen erklang. Das Erdgeschoss des Turms war größtenteils leer: eine gut fünfzig Schritte messende Halle, erhellt von Fackeln, die in schweren Eisenhaltern steckten. Der Raum wurde von einem Thron aus massivem Holz beherrscht, der sich auf einem Sockel an dessen Ende befand. Eine hölzerne Treppe führte an den Mauern entlang zum ersten Geschoss empor, das aus einer offenen Plattform bestand, die vom schweren Gebälk des Turmdachs bedeckt war. Verus stieg bereits die Treppe hinauf, und obwohl er sich auf der Außenseite der Stufen bewegte, um jegliches Knarren zu vermeiden, das bei mittigen Tritten unvermeidlich erklungen wäre, hatte Marcus das unangenehme Gefühl, dass die Situation mit jedem Schritt des Soldaten weiter außer Kontrolle geriet.

Er tauschte einen Blick mit Tarion und stellte fest, dass der Dieb seine Sorge teilte. Also stieg der junge Zenturio hinter Verus die Treppe hinauf, so schnell er es riskieren konnte. Im ganzen Gebäude herrschte eine unbehagliche Stille. Der Legionär wollte offensichtlich einen Ort oberhalb von ihnen erreichen, und als Marcus durch die Halle zu ihm hochsah, bemerkte er, dass Verus in heftigen Schweiß ausgebrochen war und stumm die Lippen bewegte. Marcus beeilte sich, um den Soldaten einzuholen, doch auch Verus bewegte sich schneller, und nun waren seine Tritte nicht mehr geräuschlos, sondern ein Knarzen ertönte, wann immer er die Füße aufsetzte. Als Verus das Ende der Treppe erreicht hatte, hielt er geradewegs auf eine der vier Türen zu. Mit erhobenem Schwert schob er den Riegel hoch und drückte die schwere Holztür auf.

Als Marcus, dicht gefolgt von Tarion, kurz hinter dem Soldaten bei der Tür ankam, blickte er dem Legionär über die Schulter und begriff, was diesen so unwiderstehlich die

Treppe hinaufgezogen hatte. Das Rauminnere, nur schwach erhellt von zwei Fackeln links und rechts an den Wänden, glich einer grotesken Kombination aus einem Schrein und einer Folterkammer. Die Wände waren mit den abgeschlagenen Köpfen von zahlreichen Männern gesäumt, deren Haut sich seltsam geschrumpft und leicht verzogen um die Schädel spannte. Die Luft war schwer vom Duft verbrannten Holzes und dem leichten, doch unverkennbaren Gestank der Verwesung.

Verus drehte sich mit blassem, angespanntem Gesicht um und flüsterte Marcus seine Erklärung für dieses bizarre Schauspiel zu. »Sie trocknen die Köpfe, wie man Fisch konserviert: Sie verbrennen Holzschnitzel und Sägemehl, und der dabei entstehende Rauch erhält das Fleisch der Toten.«

Marcus nickte. Er schob den Soldaten, der die Augen weit aufgerissen hatte, in den Raum und bedeutete Tarion, ihnen zu folgen. Lautlos schloss der Dieb die Tür hinter ihnen und wandte sich mit finsterer Miene um. Dabei richtete er seine Aufmerksamkeit auf das andere Ende des Raumes, wo er etwas gesehen zu haben glaubte. Dort befand sich ein steinerner Altar mit eingelassenen Rillen in der Oberfläche, durch die das darauf vergossene Blut abfließen konnte. Dahinter stand eine große Holzkiste mit fest geschlossenen Klappen. An beiden Seiten des Altars waren Gestelle mit Eisenstäben unterschiedlicher Länge und Dicke zu sehen, und in einer Ecke des Raums stand ein schweres Kohlenbecken, neben dem sauber aufgestapeltes Brennholz lag.

Marcus trat vor, nahm eine Fackel aus dem Halter und führte das Licht über die Wand, um die Reihe von Köpfen genauer zu betrachten, die auf beiden Seiten des Altars auf flachen Holzsockeln ausgestellt waren. »Das waren Römer.«

Die Köpfe stammten unverkennbar von Soldaten, zumindest die meisten, denn sie trugen das Haar kurz geschoren, manche hatten verheilte Narben im Gesicht, andere frische, zum Teil entsetzliche Wunden, die nie die Zeit gehabt hatten zu heilen. Der junge Zenturio musterte die toten Männer vor ihm, doch dann wurde sein Blick von einem von ihnen angezogen. Er streckte den Arm aus, hob den Schädel vom Sockel und blickte in die toten Augen des Legaten, von dem er erst nach dessen Tod in der Schlacht des verlorenen Adlers erfahren hatte, dass er sein leiblicher Vater war.

Der Dieb ging um den Altar herum und hielt vor der Holzkiste an, die augenscheinlich den zeremoniellen Mittelpunkt des Raums bildete. Mit der Hand löste er den Eisenriegel, der sie verschlossen hielt, und öffnete die Klappen. Als er den Inhalt sah, stieß er einen erleichterten Seufzer aus. Schwach im Fackellicht glänzend, hockte der Adler der Sechsten Legion in Augenhöhe auf einem Holzpfahl mit den eingravierten Symbolen eines Gottes, den nicht nur die Venicones anbeteten, sondern auch viele einheimische Rekruten am römischen Wall: Cocidius, der Jäger. Die vergoldete Oberfläche des Adlers war mit einem dunklen Belag überzogen, der in grobschlächtigen, willkürlichen Bewegungen darübergestrichen war, weshalb an einigen Stellen die ehemals glänzende Oberfläche unter dem Schwarz hervorblitzte. Marcus kratzte ein wenig an dem Feldzeichen, roch sorgsam daran und wandte sich mit fragendem Blick an Verus.

»Das ist keine Farbe, sondern das getrocknete Blut jener Männer, deren Köpfe hier zum Zeugnis ihrer Qualen ausgestellt sind. Die Stammespriester der Venicones holen den Adler bei ihren Opferzeremonien aus der Kiste und bespritzen ihn mit dem heißen Blut der Männer, die sie ihrem Gott opfern. Auf diese Weise wünschen sie den Geist des Feldzeichens zu erniedrigen und ihre Macht über alles zu stärken, wofür der Adler steht.«

Marcus nickte grimmig, als er diese Worte hörte, dann stellte er die Fackel wieder in den Halter und schritt zu Tarion hinüber. Er berührte den Stab, auf dem der Adler in der Kiste stand, und prüfte, wie fest er mit dem reich verzierten Holzpfahl verbunden war.

»Zu fest, als dass ich ihn freibekommen könnte, und wenn ich ihn abschlage, machen wir zu viel Lärm. Also werden wir ihn so mitnehmen müssen.« Er spähte in die Kiste, aus der sie die Trophäe herausgenommen hatten. »Was ist das?«

Lächelnd streckte Tarion seine Hand hinein und zog eine schwere Metallschüssel heraus, die er mit ehrfürchtiger Sorgfalt auf den Altar stellte. Sie war so groß wie ein Schildbuckel, bestand aus massivem Gold und war mit den gleichen Mustern verziert wie der Holzpfahl, auf dem der Adler saß.

»Diese Schüssel benutzen sie bei ihren Kulthandlungen, um das Blut der Opfer aufzufangen, nachdem sie das Feldzeichen der Legion besudelt haben.« Marcus blickte den Soldaten fragend an, der ohne erkennbare Gemütsregung die Achseln zuckte. »Ich musste ihren Ritualen beiwohnen. Wahrscheinlich dachten sie, wenn ich sehe, wie sie unserem Adler mitspielen, würde das meinen Überlebenswillen brechen.«

»Der Verlust dieses kostbaren Gegenstands wird Calgus in eine sehr prekäre Lage bringen.«

Marcus warf Tarion einen vielsagenden Blick zu, den der Dieb zu deuten verstand. Er schob die Schüssel unter seinen Mantel und ließ sie in eine tiefe Tasche gleiten, die in das Kleidungsstück eingenäht war. Dadurch hatte er beide Hände frei, weshalb Marcus zunächst den Adler von seinem Platz über dem Altar entfernte und dann den Kopf des Legaten vom Sockel herunternahm und ihn Tarion reichte.

»Es wird riskant, mit solchen Trophäen entkommen zu wollen. Wir sollten schnellstens hier verschwinden.«

Als sie sich zum Ausgang umdrehten, hörten sie ein Geräusch vom oberen Treppenabsatz: die Stimme eines sich unterhaltenden Mannes, der sich anscheinend auf der anderen Seite der dicken Holztür befand. Marcus legte einen Finger an die Lippen und warf Verus einen scharfen Blick zu. Der Legionssoldat hatte sich an die Wand neben dem Eingang gepresst und war in den Schatten geglitten, sodass die Umrisse seines Körpers nur schwach zu erkennen waren. Marcus und Tarion gingen hinter dem Altar in die Hocke, damit sie vom Eingang aus nicht zu bemerken waren, und der Dieb schloss flink die Klappen der Holzkiste. Inständig hofften sie, dass der noch offene Riegel ein zu unwesentliches Detail war, um genauere Nachforschungen auszulösen. Die Tür öffnete sich, weiche Fußtritte bewegten sich über die Schwelle und traten in den Raum. Der Römer wartete, bis das Geräusch der sich schließenden Tür zu hören war, dann bedeutete er Tarion aufzustehen und machte in seine Richtung eine Geste, bei der er sich den Finger quer über den Hals zog.

Der Neuankömmling hatte den Eindringlingen den Rücken zugewandt, während er sich am Türriegel zu schaffen machte. Noch immer sprach er leise und mit knurrender Stimme zu sich selbst. Es war ein älterer Mann, dessen langes weißes Haar in Wellen über seinen buckligen Rücken fiel, da es anscheinend gerade erst aus einem Zopf gelöst worden war. Der Dieb spannte sich an und hob den Arm, um das aus seiner Tunika herausgezogene Messer zu werfen, noch bevor sein Opfer sich umdrehen und die Gefahr hinter seinem Rücken bemerken konnte. Doch gerade als er die andere Hand vorstreckte, um den Messerwurf auszubalancieren, zerriss Verus die Stille mit einem Schrei, der ihnen das Herz stocken ließ. Wutgeheul quoll aus ihm heraus wie das gellende Kreischen eines Mannes, der die heftigsten Folterungen zu erdulden hatte. Mit drei raschen Schritten sprang er aus dem Schatten heraus und postierte sich direkt vor dem alten Mann. Er hatte die Arme weit ausgebreitet, und sein Gesicht war vor Zorn zu einer Grimasse verzogen, während er einen weiteren ohrenbetäubenden Schrei ausstieß. Der erschrockene Priester wandte sich um und blickte ihm mit verblüfftem Ausdruck ins Gesicht, der sich aber sogleich in Entsetzen verwandelte, als er begriff, wer der blutbeschmierte Wahnsinnige vor ihm war. In einer unnützen Geste der Selbstverteidigung murmelte der Priester etwas in seiner eigenen Sprache, doch schon sprang der Legionär auf ihn, warf ihn zu Boden und packte seinen Hals mit beiden Händen.

Tarion reagierte als Erster, ließ sein Wurfmesser wieder in die Scheide gleiten und gestikulierte zu Marcus hinüber. »Wir müssen weg!«

Nachdem der Römer aus seiner lähmenden Schockstarre erwacht war, folgte er ihm durch den Raum, und sie kamen an der Stelle vorbei, wo der alte Mann unter Verus' irrsinniger Attacke zu Boden gefallen war. Mit einer Hand drückte der Legionär ihm den Hals zu, hatte sich aber weit genug über den matt kämpfenden Priester erhoben, um seine andere Hand zur Faust ballen zu können, die er nun ins Gesicht des Mannes donnern ließ, während er ihm gleichzeitig die Luft abdrückte. Der Stammespriester stieß ein verzweifeltes Gurgeln aus, das sich in ein Ächzen verwandelte, wann immer der rasende Soldat ihm mit der Faust ins Gesicht schlug. Tarion riss die Tür auf, trat auf den breiten hölzernen Treppenabsatz und wich entsetzt zurück, als er sah, was sie dort erwartete. Mit seiner freien Hand zog Marcus ihn zur Seite, warf ihm den Pfahl mit dem Adler entgegen und zog seine lange Spatha. Dann trat er selbst auf die hölzerne Plattform.

Ein stämmig gebauter Krieger, gefolgt von einem weiteren Mann, kam auf ihn zu und warf seinen Speer nach ihm, als er gerade aus der Tür trat. Marcus riss den Kopf zurück, war aber zu langsam, um der grausam scharfen Klinge ganz zu entgehen, denn als der Speer sich in den Türrahmen neben ihm bohrte, spürte Marcus etwas Kaltes, Stechendes an Nase und Wange. Nach anfänglicher Taubheit löste die Wunde den altgewohnten brennenden Schmerz aus, und Marcus knurrte vor Wut. Er duckte sich unter dem Speerschaft hindurch und trat dem Venicones-Krieger entgegen, der sein Schwert aus der Scheide gezogen hatte. Den ersten Stoß des Kriegers parierte er mit dem abgewinkelten Rand seiner Spatha, dann hob er den Gladius des Legaten mit der linken Hand wie den Stachel eines Skorpions empor. Er rammte seine Schulter heftig in die Brust des Mannes, um ihn zu stoppen, und nutzte den Rückprall, um sich flink umzudrehen und sein kürzeres Schwert tief im Nacken seines Gegners zu versenken. Als die kurze Eisenklinge eindrang, spürte er, wie die Wirbelsäule des Kriegers brach, bevor das Schwert aus dem Mund wieder hervortrat. Er ließ die

Waffe im zusammensackenden Körper des Kriegers stecken, packte seine Spatha mit beiden Händen, schwang die lange Klinge hinter seiner rechten Schulter hoch in die raucherfüllte Luft, ging dann einen Schritt nach vorn und schlug sie auf den Mann, der hinter seinem ersten Opfer herangetreten war. Der Venicones-Krieger erzitterte unter dem glitzernden Bogen glänzenden Stahls und stieß ein Knurren aus, doch die gemusterte Klinge des Schwerts sank tief in den Körper des hilflosen Mannes und spaltete ihn von den Schultern bis zur Hüfte in zwei Teile. Der leblose Körper taumelte einen Augenblick und klaffte dann in einem Strom von Blut und herausquellenden Eingeweiden auseinander, während Marcus noch immer im Ausfallschritt stand und sein Schwert in beiden Händen hielt, dessen Spitze nun fast den Boden berührte. Sein Gesicht war blutbefleckt und seine Miene von animalischer Wildheit gezeichnet.

»*Lauf!*«

Tarions Schrei riss Marcus aus seinem betäubten Zustand. Sein Blick folgte der Hand des Diebs, die über das offene Turmgeschoss auf die andere Seite des Treppenabsatzes zeigte, denn von dort kamen weitere vier Männer aus dem Raum gegenüber gerannt. Marcus zog seinen Gladius aus dem ersten Widersacher heraus, musste dabei aber auf den Kopf des Toten treten und die Klinge drehen, um sie von der festen Umklammerung der durchtrennten Wirbel zu befreien. Dann folgte er dem bereits davonlaufenden Dieb, indem er drei Stufen auf einmal nehmend die Treppe hinuntersprang. Als er sich umblickte, sah er, dass Verus den erschrockenen Priester hochgehoben und sich über die Schulter gelegt hatte, um ihn auf den Treppenabsatz zu tragen. Dabei schrie er den vorpreschenden Kriegern Verwünschungen entgegen, während der Greis hilflos gegen Verus' eisernen Griff ankämpfte. Als er wankend den Rand des Absatzes erreicht hatte, ächzte der Legionär laut auf und warf den Stammespriester in den Abgrund. Darauf stieß er ein helles Lachen aus, das Marcus aufgrund seines irrsinnigen Klangs die Nackenhaare aufstellte, und zog das Schwert zum Kampf. Mit einem lang anhaltenden letzten Angstschrei flog der Priester durch die Luft, doch sein Geheul verstummte augenblicklich, als er mit einem krachenden Geräusch den Steinboden erreichte.

Tarion warf Marcus einen entsetzten Blick zu. »Sollten sie dort unten bis jetzt noch nicht aufgewacht sein, werden sie vermutlich ewig weiterschlafen. *Beeil dich!*«

Die beiden Männer sprangen die Treppe hinunter, stürmten an dem gestürzten Stammespriester vorbei, und Marcus bemerkte aus dem Augenwinkel, dass ein Finger des alten Mannes noch auf den kalten Steinplatten zuckte. Als er zum Treppenabsatz hinaufblickte, sah er, wie Verus von den anstürmenden Männern überwältigt wurde. Einer der Krieger stach ihm seinen Speer tief in die Seite, dann, während der Legionär noch unter dem Schmerz der ersten Wunde herumtaumelte, stieß ein anderer ihm sein Schwert in den Kiefer. Marcus wandte sich wieder der Halle zu und zog seine Waffen, während Tarion die schwere Holztür öffnete und sich duckte, um an dem dicken Türrahmen vorbeizuspähen. Etwa ein halbes Dutzend Körper lagen über den Innenhof verstreut, einige davon regungslos, doch zwei Männer wanden sich noch und zogen ohne sichtliche Wirkung an den Pfeilen, die aus ihren Körpern ragten. Als er in das dunkle Gelände hinausblickte, zischte links ein Pfeil vorbei und prallte von der Steinmauer am Haupttor ab.

»Wir können nicht hierbleiben!«

Der Dieb packte Marcus an der Schulter und zeigte auf die Venicones, die hinter ihnen die Treppe herabliefen, ihre Klingen schwarz von Verus' Blut.

Marcus nickte entschlossen und atmete tief ein. »Folge mir!«

Er duckte sich, schob sich um den Türrahmen und rannte, dicht gefolgt von dem Dieb, zur östlichen Seite der Festung. Er wusste, dass die Bogenschützen auf der gegenüberliegenden Seite ihre Pfeile abfeuern würden, sobald sie Menschen im Hof sahen. Mit dem zischenden Geräusch von Federn und dem Pfeifen von Eisen, das die Luft durchschnitt, flog ein Pfeil so nahe an Marcus' Ohr vorbei, dass er ihn fast ebenso deutlich spürte wie hörte.

»*Adler! Verbündete kehren zurück!*«

Marcus vernahm aus der Tiefe unterhalb der östlichen Festungsmauer die Stimme von Arminius, dessen Antwortruf sich dringlich anhörte.

»*Runter mit euch!*«

Marcus kauerte sich auf den Boden, zog den Dieb mit sich hinunter und zuckte zusammen, als ein Hagel Pfeile über ihre Köpfe schwirrte. Als er sich umwandte, sah er einen Krieger, der offensichtlich entschieden hatte, sie trotz der Bogenschützen zu verfolgen. Gleich darauf taumelte er nach hinten und fasste sich an die Brust, während ein anderer sich umdrehte, in die Deckung des offenen Turmeingangs zurückhumpelte und seine Hand gegen eine Wunde am Oberschenkel presste.

»*Jetzt! Rennt, so schnell ihr könnt!*«

Auf dieses Kommando hin sprangen die beiden auf die Füße und rasten über den Innenhof, während Pfeile von der

Westmauer an ihnen vorbeisausten und von den Steinwänden abprallten.

»*Hier!*«

Marcus erkannte erneut Arminius' Stimme und rannte fast blind auf ihn zu, denn nach dem hellen, von Fackeln beleuchteten Turm war sein Sehvermögen im Dunkeln noch nicht wiederhergestellt. Tarion folgte ihm. Arminius packte Marcus am Arm, und sie stiegen die Steintreppen hinauf, die zum Zwinger führten.

»Wir müssen uns beeilen, bevor sie aufwachen und Leute vor die Festungsmauer schicken, um uns den Fluchtweg abzuschneiden!«

Er drängte sie an die Mauer hinter den beiden Sarmaten, die Pfeile eingenockt hatten und blindlings in die Dunkelheit am anderen Ende der Festung schossen. Als der Germane an den Zwillingen vorbei war, feuerten sie beide noch einen letzten Pfeil ab, gaben dann die Stellung auf und schlossen sich Marcus an, der wiederum Arminius über die gekrümmte Mauer zu der Stelle folgte, wo Drest hinter einem schweren Holzschild kauernd auf sie wartete. Zwei Pfeile steckten darin, einer nur wenige Zentimeter vom Rand entfernt. Arminius deutete auf die Mauer. Kommentarlos warf der Thraker seinen Schild über die Brüstung und kletterte hinterher, wobei er den Körper eng an die Steine presste. Marcus wollte sich gerade für den zehn Fuß tiefen Fall von der Mauer bereitmachen und trat vor, doch in diesem Augenblick traf ihn ein heftiger Schlag von hinten, und sein Gesicht wurde gegen die kalte Wand gepresst. Der Adler rutschte aus seiner Hand und landete mit einem lauten metallischen Klappern auf dem steinernen Boden des Wehrgangs.

6. Kapitel

Marcus schob den Körper eines regungslosen Mannes von seinen Schultern, wandte sich mühsam um und sah Tarion auf den Knien, der sich zurücklehnte, als wollte er den Nachthimmel betrachten.

»Ein Pfeil«, kommentierte Radu und zeigte auf den Rücken des Diebs. »Er ist dem Tod geweiht, auch wenn er noch atmet.«

»Ja«, flüsterte Arminius dem jungen Römer resigniert ins Ohr. »Wir müssen ihn zurücklassen.«

Mit einem widerstrebenden Kopfnicken deutete Marcus mit dem Daumen über die Schulter zu den beiden Sarmaten. »Geht.«

Die beiden Männer drängten sich an Arminius vorbei, der vortrat und seinen Schild vor Marcus hielt, um weitere Glückstreffer oder zielgenaue Pfeilschüsse auf den Römer abzuwehren. Marcus wandte sich wieder dem Dieb zu, befühlte den Rücken des Sterbenden und fand den Pfeilschaft. Er fasste ihn und drehte ihn ruckartig, um den dünnen Holzstift herauszureißen. Tarion bebte und stöhnte vor Schmerz, als die mit Widerhaken versehene Pfeilspitze in der Wunde bewegt wurde. Wenngleich er sich dafür hasste, riss der Römer mit angewidertem Gesicht den Mantel des Diebs herunter, tastete in der verborgenen Tasche nach der goldenen Schüssel und dem Schädel des toten Legaten und legte ihn sich dann selbst über die Schultern. Er zog einen Dolch aus dem Gürtel und schnitt dem Dieb ohne viel Federlesens die Kehle durch, um ihm weitere Qualen zu ersparen. Darauf steckte er die Waffe wieder in die Scheide zurück und berührte die Gemme am Knauf seiner Spatha.

»Ich habe keine Münze für dich, mein Freund, doch möge unser Herr Mithras dich als Belohnung für deinen ehrenvollen Tod in den lichterfüllten Freuden des Jenseits empfangen.«

Nachdem Marcus den Adler aufgehoben hatte, schwangen sich die beiden Männer über die Brüstung und sprangen auf den Boden, wo Drest bereits mit fragendem Gesicht die Mauer hinaufblickte und auf sie wartete.

»Tarion?«

Marcus schüttelte betrübt den Kopf und hob den Holzpfahl mit dem Adler, um Drest den glänzenden Metallvogel zu zeigen. »Er ist tot.«

Der Thraker machte eine seltsame Geste mit den Fingern vor seiner Stirn, bevor er antwortete: »Dann sollten wir gehen. Kommt.«

Als sie um die Biegung der Festungsmauer bis kurz vor den fast senkrechten Abhang gekommen waren, stießen sie auf Arabus und die beiden Sarmaten. Alle drei hatten Pfeile schussbereit in ihre Bogensehnen gespannt, doch es war kein Ziel zu erkennen. Hinter den Bogenschützen kauerte Lugos, und als er das Wort ergriff, hörte er sich äußerst frustriert an, denn offensichtlich gefiel es ihm nicht, anderen das Kämpfen zu überlassen.

»Venicones versuchen angreifen.«

Er zeigte auf das Gelände vor ihnen, das vom Licht einer

Fackel auf der Mauer erhellt wurde. Marcus bemerkte mehrere Leichen, die über den Boden verstreut lagen.

Der Britannier deutete mit der Hand auf das Blutbad. »Sie kommen nicht ohne Verstärkung zurück. Sie holen andere Männer aus dem Lager.«

Marcus nickte im blassen Licht der Fackel. Als wenige Minuten zuvor Alarm geschlagen worden war, hatten sich mindestens die Hälfte der Krieger, die zur Bewachung Des Hauers abgestellt waren, im Lager neben der Festung befunden.

»Schon bald werden sie genügend Leute zusammengetrommelt haben, um uns nachzujagen…« Er blickte über das Gelände zu der nahe gelegenen Stelle, wo der sanfte Abhang in einen finsteren Abgrund mündete. »Wir müssen sofort hier weg.« Er zeigte auf die Sarmaten-Zwillinge und bedeutete ihnen mit der Hand den Fluchtweg. »Lasst eure Bogen liegen und lauft!«

Die beiden Männer warfen sich einen Blick zu.

»Lauft!«

Als sie den von Drest bekräftigten Befehl hörten, sprangen beide gleichzeitig auf und ließen ihre Bogen fallen. Dann streiften sie sich die Köcher von den Schultern, die nur noch wenige Pfeile enthielten, ergriffen ihre Schilde und rannten zum Abgrund, worauf sie in der Finsternis verschwanden. Marcus nahm einen der Bogen, nockte einen Pfeil ein, und Drest tat es ihm gleich. Dann wandte sich der Römer an seine Kameraden.

»Arminius und Lugos als Nächstes!« Der Germane öffnete den Mund, um zu protestieren, schloss ihn aber sofort wieder, als er Marcus' Gesichtsausdruck sah. Während die beiden Barbaren über die Steilkante kletterten, warf Arabus ihm einen Blick zu und stieß einen warnenden Schrei aus. Der Römer sah zur Festung hinüber, von wo eine Gruppe Männer, geschützt von einem Wall aus Schilden, vorsichtig auf sie zurückte. Ohne nachzudenken, schoss Marcus seinen ersten Pfeil ab, sah, wie er in die Meute flog, und griff sofort nach dem nächsten.

»Tief zielen!«

Die drei Männer hantierten mit aller Kraft an ihren Bogen und lösten Pfeil um Pfeil in Richtung der Venicones. Unter dem Pfeilhagel verlangsamte sich deren Ansturm, denn immer mehr Männer, die an den Beinen getroffen worden waren, strauchelten. Als sie näher kamen, hielt Marcus die Distanz für kurz genug, um Pfeile durch die mehrlagigen Holzschilde schießen zu können, also hob er den Bogen etwas an und zielte direkt darauf. Ein Schmerzensschrei und das plötzliche Zurückwanken seines Opfers zeigten ihm, dass er mit seiner Vermutung richtiggelegen hatte. Auch Drest schoss einen weiteren Pfeil, warf dann aber seinen Bogen weg, da er keine Geschosse mehr hatte.

»*Verschwinden wir!*«

Der Römer ließ seinen Bogen fallen, schnappte sich den Adler und führte seine Kameraden zur Hügelkante. Unterwegs hob er seinen Schild auf, wo er ihn liegen gelassen hatte, dann tastete er mit dem Stiefel über den Boden und stellte fest, dass er bereits am Abhang stand. Als er sich umwandte, sah er die Venicones nur ein Dutzend Schritte von ihnen entfernt, und sie hatten bereits ihre Speere erhoben, um sie im schwachen Licht der einzigen Fackel nach ihnen zu werfen.

»*Springt!*«

Nach dem Aufprall glitt er einige Fuß den Abhang hinunter und war sich schmerzhaft bewusst, dass sie der Stelle, wo der steile Hang sich in einen fast senkrechten Abgrund verwandelte, schon gefährlich nahe waren. In hohem Bogen flogen Speere über ihre Köpfe hinweg, die Marcus eher hörte als sah, und verschwanden in der Finsternis. Mit einem wütenden Aufschrei sprang einer der Stammeskrieger, der entweder mutiger oder törichter als seine Mitstreiter war, gleichfalls über die Hügelkante und rannte den steilen Hang hinunter. Als er sich auf gleicher Höhe mit Marcus befand, streckte er die Hand aus, um ihm den Adler zu entreißen, wobei der Römer fast das Gleichgewicht verlor. Er versuchte, seine Stiefelabsätze fester in den Boden zu rammen, um seinen Lauf zu verlangsamen, senkte den Holzpflock mit dem Adler und hieb ihn auf die Knöchel des Kriegers. Dabei schlug er ihm die Füße unter dem Körper weg, wodurch der Venicone seinen Schwung nicht mehr kontrollieren konnte und ein Dutzend Fuß weiterrollte. Mit einem hilflosen Aufschrei erreichte er eine Bodenwelle, wurde in die Luft geschleudert und fiel brüllend und strampelnd aus Marcus' Blickfeld auf die Felsbrocken, die den Steilhang übersäten.

Ein Speer zischte an Marcus vorbei. Er blickte den fast senkrechten Hang hinauf und sah über sich die Silhouette einer Gruppe Stammeskrieger, die schreiend ihrer Enttäuschung Ausdruck verliehen, dass sie den Adler nicht hatten zurückgewinnen können. Ein Pfeil schoss zwischen dem Römer und Drest hindurch, ein weiterer traf den Adler und prallte mit einem metallischen Klang von ihm ab. Die beiden Männer tauschten einen Blick, und Marcus hob die Stimme, um den Männern weiter unten zuzurufen:

»*Schilde hoch!*«

Auch Marcus hob den schweren Holzschild, den er an der Hügelkante aufgelesen hatte, und begann vorsichtig wieder mit dem Abstieg, wobei er den Schild über den Kopf hielt und zu Mithras betete, er möge ihm seinen göttlichen Schutz gewähren. Plötzlich verspürte er einen heftigen Schlag gegen seinen erhobenen Schildarm, und als er aufblickte, bemerkte er eine Pfeilspitze, die sich durch das Holz gebohrt hatte. Er wandte sich zu Drest und sah, dass dessen erhobener Schild von einem Felsbrocken getroffen wurde, gegen seinen Kopf prallte und ihm fast die Füße unter dem Körper wegschlug.

»*Weiter!*«

Dann hörte Marcus Hörner, die in der Ferne rechts von ihnen erklangen.

»*Die Jägerinnen!*«

Er nickte Arabus entschlossen zu und konzentrierte sich darauf, seine Füße auf dem Steilhang unter Kontrolle zu halten. Für jeden Schritt nach unten musste er mit einem Fuß sicheren Halt suchen, während er sich mit dem anderen einen halben bis einen Meter vortastete, um festen Grund zu finden. Ein Pfeil knallte an den Rand seines Schildes, wurde abgelenkt und verschwand in der Finsternis. Dann herrschte Stille, die nur von fernen Schreien und Hörnerklang durchbrochen wurde, während die Jägerinnen die flache westliche Hügelseite hinunterhasteten. Als Marcus zurückblickte und sich fragte, warum sie von oben nicht mehr bedrängt wurden, sah er, dass eine Handvoll tollkühner Krieger ebenfalls den Abstieg wagte. So schnell sie es vermochten, tasteten sie sich den steilen Abhang herunter, und ihre Umrisse zeichneten sich vor dem Sternenhimmel deutlich ab. Als er nach unten blickte, war der Sturmtrupp nicht mehr zu sehen, denn seine Männer waren in der Schwärze des Abgrunds verschwunden.

»Drest, gib mir ein Seilende!«

Auf diese geflüsterte Anweisung kam der Thraker herbei und reichte ihm den mit Teer versiegelten Anschnitt eines Seils, das er über der Schulter trug.

»Geh so weit rechts, wie du kannst. »Sobald ich ein Mal am Seil ziehe, gehst du in die Hocke und straffst es! Wenn ich dann ein zweites Mal ziehe, rennst du so schnell wie möglich mit dem Seil den Hang hinauf!«

Marcus sah, wie Drest seine weiß aufblitzenden Zähne fletschte, dann war er verschwunden und kroch, so flink er konnte, quer über den Abhang. Ihre Verfolger waren näher gekommen, denn Marcus vernahm bereits ihre leisen Rufe, während sie geschickt den steilen Hügel herabsprangen. Er riss ein erstes Mal am Seilende, dann zog er fest daran, um das durchhängende Tau zu straffen, und hob es auf eine Höhe von etwa einem Fuß. Der Stammeskrieger, der ihm am nächsten war, bemerkte den Römer aus den Augenwinkeln, bevor er in die Falle tappte. Er wandte sich mit offenem Mund um, um seinen Kameraden eine Warnung zuzurufen, doch schon stolperte er und rollte den Hügel hinab, wobei er laute, ächzende Geräusche ausstieß, als würde man ihm Schläge in den Bauch verpassen. Marcus riss ein zweites Mal am Seil und rannte den Abhang hinauf. Das Blut in seinen Beinen pulsierte heftig, während er das Seil mit sich zog und betete, dass Drest es ihm gleichtun würde. Ein zweiter Krieger strauchelte und verschwand, ohne die Stolperfalle bemerkt zu haben, dann schlug das Seil gegen etwas Festeres. Mit einer letzten, gewaltigen Anstrengung drehte Marcus sich um und stieg rückwärts mit dem Seil ein paar weitere Schritte den Hang hinauf. Seine Oberschenkelmuskeln brannten bereits von der Strapaze. Doch seine Mühe wurde von einer wilden Kakophonie an Gebrüll belohnt: Die Männer, die aufgrund der Schreie ihrer Kameraden angehalten hatten, wurden ruckartig umgeworfen und rollten den Abhang hinunter. Marcus horchte eine Weile, ob sich weitere Krieger in der Nähe befanden, konnte jedoch nur das Geräusch des Windes vernehmen, der über den Hügel strich. Sogar die Schreie der Jägerinnen waren verstummt – allerdings vermochte Marcus nicht zu sagen, ob dies ein gutes oder ein schlechtes Zeichen war.

Vier Sanduhrumdrehungen nach Einbruch der Dunkelheit trat Sangas Zeltgemeinschaft zur Wache an und wurde vom stets reizbaren Quintus – dem Optio und in Marcus' Abwesenheit diensthabenden Zenturio – zu dem ihnen zugewiesenen Abschnitt des Erdwalls geleitet, der das Marschlager umgab.

»Ihr wisst, was ihr zu tun habt. Haltet den Mund geschlossen und stattdessen eure Augen und Ohren offen. Falls ihr etwas Spannenderes hören solltet als einen grunzenden Igel beim Scheißen, blast eure Pfeife und wartet, bis der Rest der Zenturie zur Verstärkung kommt, verstanden?«

Während ein Großteil der Kohorte dem Luxus frönte, die Stiefel ausziehen und sich in die Mäntel und Decken rollen zu dürfen, konnte die Fünfte Zenturie nur sporadisch vor sich hin dösen. Sie trugen ihre gesamte Ausrüstung bei sich und hatten Waffen zur Hand, um die erste Verteidigungslinie bilden zu können, falls etwas Bedrohliches aus der stygischen Dunkelheit herausbrechen sollte. Sanga, der inoffizielle Anführer der acht Soldaten zählenden Zeltmannschaft, die ein Drittel des Walls bewachte, salutierte vor dem Optio und blickte ihm nach, wie er ins Innere des Lagers zurückhumpelte.

»Armer Bastard! Solange kein Zenturio da ist, der ein paar seiner Aufgaben übernehmen könnte, muss er alle zwei Stunden aufstehen und sicherstellen, dass die nächste Wache rechtzeitig aus den warmen Betten steigt und ihre Schicht antritt.« Er spuckte kopfschüttelnd auf den Boden. »Der Mann tut mir fast leid. Allerdings nur fast…«

Neben ihm stieß Saratos ein Knurren aus und schob eine Hand in den Ärmel seines schweren Kettenhemds, um sich in der Achselhöhle zu kratzen. »Er hatte schlimmen Tag. Sein Bein macht viel Schmerz, so wie er laufen.«

Sanga zuckte die Achseln, was im schwachen Licht der Sterne kaum zu sehen war. »Wie ich schon sagte, fast tut mir der Mistkerl leid. Nun denn, Kameraden, legen wir los wie üblich. Stellt euch im Abstand von fünfzig Schritten auf dem Erdwall auf und stoßt die Markierungen in den Boden, damit ihr wisst, wo eure Runde beginnt und endet. Bleibt ständig in Bewegung, haltet Augen und Ohren offen und ruft mich, wenn ihr irgendetwas seht oder hört, was euch nicht gefällt. Lasst eure Helme oder das Helmfutter weg, es sei denn, ihr vernehmt das Signal, auf Gefechtsposition zu gehen, sonst hört ihr nicht, wenn sich die Blaunasen anschleichen. Und ja, es ist mir scheißegal, ob euch deshalb eure empfindlichen kleinen Öhrchen abfrieren. Sollte ich jemanden dabei erwischen, wie er sich an den Wall lehnt, ramme ich ihm diese hier in den Bauch« – er hielt seine vernarbte Faust hoch –, »und falls ich jemanden schlafend antreffe, muss er sich keine Sorgen um seine Hinrichtung machen, denn ich werde ihn höchstpersönlich zum Fährmann befördern, klar?«

Die um ihn gescharten Männer nickten missmutig und begaben sich auf ihre jeweiligen Positionen längs des Erdwalls, denn sie waren diese Routine ebenso gewohnt wie Sangas Drohungen.

Saratos blieb noch einen Augenblick und sah zu, wie die anderen auf Stellung gingen, dann wandte er sich an Sanga. »Wir marschieren fünfzehn Meilen heute, Norden, dann Osten. Morgen marschieren wir vielleicht Westen zu Loch im Hügel, dann Süden zu Lager von gestern, dann zurück zu Kastell Piger Montis. Du glaubst, Quintus kann so weit marschieren?«

Sanga lachte leise im Dunkeln. »Der gute alte Quintus? Er hat schon seit Jahren Probleme mit der Hüfte, und jeden Winter sieht es so aus, als würde es schlimmer. Doch ich würde einen frisch geprägten Goldaureus gegen einen abgebrochenen Sesterz wetten, dass er auch morgen die Strecke gut hinter sich bringt. Die Sache ist nämlich die: Sollte er mit den Jungs, die er so gerne anbrüllt, nicht mithalten können, taugt er als Optio nicht mehr als ein Schürhaken aus Holz, worauf man ihm seine Entlassung anbieten wird, ohne ihm die Chance zu lassen, das Angebot auszuschlagen. Und wie die meisten dieser dummen Scheißkerle hat er nicht die leiseste Ahnung, was er mit seinem Leben anfangen soll, wenn er den Soldatendienst beendet hat. Jetzt mach dich an den Wachdienst, alter Junge, und vergiss nicht, dass ich dich windelweich prügle, sollte ich dich am Wall lehnend vorfinden – ob wir Kumpel sind oder nicht!«

Der sarmatische Rekrut lächelte in sich hinein und wandte sich ab. Dann schritt er den Erdwall entlang, bis er seinen Abschnitt der vier Fuß hohen Verteidigungsmauer erreichte, der so weit entfernt lag, dass hinter der Ecke bereits die nächste Zeltmannschaft ihre Wachschicht absolvierte. Er unterdrückte ein Gähnen und begann seine Runde den Erdwall hinauf und wieder hinab. Alle paar Schritte hielt er an, um in die Finsternis zu starren und seinen Blick über die Landschaft gleiten zu lassen. Dabei neigte er den Kopf zur Seite, um aus den üblichen Geräuschen der Nacht Anzeichen von etwas Außergewöhnlichem herauszufiltern, die auf eine feindliche Präsenz hindeuten könnten. Abgesehen vom sanften Wehen des Windes durch die Bäume hinter dem Wall trat kaum ein Laut an seine Ohren, nur das gelegentliche traurige Bellen eines Fuchses in der Ferne. Als ihn ein winziges Geräusch erreichte, das wohl eher in seiner Fantasie als in der Wirklichkeit existierte, stierte er einen Moment in die Finsternis und wandte dann den Kopf, um den Wallabschnitt zu seiner Rechten zu betrachten, wo die zuständige Wache im Dunkeln nicht zu sehen war. Als er zur linken Seite blickte und sich gerade fragte, ob die Wache der angrenzenden Zeltgemeinschaft ihre Schicht vielleicht mit einem Scherz zu unterbrechen gedachte, wurde er hinterrücks von zwei Männern überfallen. Der Ansturm war überaus heftig und raubte ihm zunächst den Atem.

Er riss den Mund auf, um eine Warnung auszustoßen, doch sogleich wurde ihm ein Stofffetzen hineingeschoben, der seinen Aufschrei zu einem unhörbaren Murmeln dämpfte. Einer der Männer hieb ihm die Faust gegen die Schläfe und machte ihn damit kurzzeitig kampfunfähig. Der Sarmate blinzelte wild, um das Blitzen aus den Augen zu bekommen, dann spürte er, wie er über das Gras unter einen kleinen Baum geschleift wurde. Der Baum war nicht entwurzelt worden, weil der Aufwand zu groß gewesen wäre, denn das Lager war nur für eine Nacht gedacht. Eine scharfe

Stimme näherte sich und flüsterte ihm mit bedrohlichem Unterton ins Ohr.

»*So, du besserwisserischer Dreckskerl von einem Barbaren! Jetzt werde ich dir zeigen, wie wichtig es ist, Leute zu respektieren, die schon länger als du hier sind, Pferdeficker!*«

Saratos war wieder zu sich gekommen und erkannte den Flüsterer als Horta – den Soldaten, mit dem er schon am Morgen eine Auseinandersetzung gehabt hatte. Als er sah, dass Horta einen silbrig glänzenden Dolch in der Hand hielt, verfinsterte sich sein Blick. Kopfschüttelnd versuchte er, wieder auf die Beine zu kommen, doch Sliga, der Kamerad des Messerstechers, trat ihm die Füße weg, beugte sich über ihn, legte ihm eine Hand aufs Gesicht und flüsterte ihm warnend etwas zu, während er mit der anderen gleichfalls ein Messer herauszog. Seine zischend hervorgestoßene Drohung ließ Speichel auf Saratos' Wangen spritzen.

»Du wirst *nicht* aufstehen, zum Teufel! Stattdessen akzeptierst du deine Strafe, wie ein braver kleiner Junge es tun würde!«

Saratos nutzte dankbar die Gelegenheit, die sich ihm durch diesen Fehler des Soldaten bot: Er spuckte den Knebel aus und ließ seine freie Hand vorschnellen. Dann packte er seinen Gegner an dem Tuch, das sie alle um den Hals trugen, um sich vor den Rändern der Kettenhemden zu schützen, und zog das Gesicht des Soldaten zu seinem herunter. Bevor der andere reagieren konnte, steckte dessen Nase bereits zwischen Saratos' Zähnen und schmerzte so heftig, dass ihm all sein Armrudern nichts nutzte. Er streckte den Arm aus, um seinen Dolch einzusetzen, doch der Sarmate hatte mit der freien Hand seine Faust umschlossen und drehte die Waffe gegen seinen eigenen Körper. Nach einem weiteren scheußlich schmerzhaften Biss des sarmatischen Rekruten in seine Nase wurde Sliga unvermittelt weggeschleudert, als Saratos aufsprang und den Dolch des Angreifers in der Hand hielt.

»Du Mistkerl! Was hast du ihm angetan!?«

Während sein Kamerad noch wimmernd am Boden lag und mit der Hand seine blutige Nase umfasste, war Horta mit gezücktem Dolch vorgestürzt, denn vor lauter Wut hatte er vergessen, dass er den Konflikt eigentlich heimlich hatte austragen wollen. Saratos parierte den Stich mit der Klinge des anderen Soldaten, schob den Dolch beiseite, wedelte mit seiner freien Hand, um Horta abzulenken, und stieß dann sein Knie zwischen die Beine des Angreifers. Dieser ließ sofort die Waffe fallen, krümmte sich vor Schmerz, taumelte rückwärts und fiel hart auf den Boden, worauf er mit einem qualvollen Stöhnen seine gepeinigten Hoden umfasste.

»Was zum Teufel …?«

Sanga starrte entgeistert auf die am Boden liegenden Soldaten. Dann wandte er den Blick zu Saratos, gerade als der Sarmate den Dolch neben seinem ersten Opfer fallen ließ.

»Sie finden lustig, mich im Dunkeln angreifen und Lektion mit Messer geben.«

Der altgediente Sanga musterte die hilflosen Männer mit gekräuselter Oberlippe. »Ihr Vollidioten! Ich hatte euch gewarnt, was passieren würde, wenn ihr es mit einem Kerl aufnehmen wollt, der bereits ein ausgebildeter Barbarenkrieger war, als ihr noch mit Knöchelchen gespielt habt. Sobald ihr mit Flennen fertig seid, begleite ich euch zu eurer Zeltgemeinschaft und zeige eurem Anführer, wie ihr zugerichtet worden seid. Es würde mich nicht wundern, wenn er euch daraufhin eine weitere Tracht Prügel zukommen ließe, nachdem ihr zu blöd wart, eure Arbeit anständig zu verrichten…«

Horta versuchte taumelnd, sich zu erheben. Er hatte beide Hände auf die Knie gestützt, in einer von ihnen hielt er noch immer den Dolch. Sein Gesicht war von eiskaltem Hass erfüllt, und aufgrund der Schmerzen, die in seinem Schoß wüteten, zuckte er wieder und wieder zusammen.

»Das war noch nicht alles, Pferdeficker! Wir sind keinesfalls fertig mit dir, noch lange nicht…«

Sanga schnaubte, hob ein Knie und trat dem kauernden Soldaten mit der Sohle seines genagelten Stiefels ins Gesicht. Horta brach zusammen, als habe man ihm einen Axtstiel übergezogen, und Blut rann aus den Rissen auf seinen Wangen, die die Eisennägel geschlagen hatten. Dann packte Sanga ihn am Ohr und schleifte ihn zu seinem Freund hinüber, der noch immer dasaß und mit beiden Händen seine geschundene Nase umfasste. Im schwachen Sternenlicht musterte Sanga das Gesicht des unterlegenen Soldaten und zog eine Grimasse, als er die blutigen Spuren sah, die Saratos' Zähne auf dessen Haut hinterlassen hatten.

»Das wird ein paar hübsche Narben hinterlassen. Ich vermute, fortan wird man dich ›Häppchen‹ nennen, denn ich werde dafür sorgen, dass jeder erfährt, wie dein Riechkolben zu dieser interessanten Verzierung kam.« Er zog den Mann am Ohr zu seinem halb ohnmächtigen Zeltkameraden, packte dann die Ohrmuscheln beider Männer und zerrte ihre Köpfe zueinander. »Ihr zwei meint also, es sei noch nicht vorbei? Nun, dann lasst mich mal kurz etwas klarstellen: Es *ist* vorbei, verdammt noch mal! Das nächste Mal, wenn ich einen von euch dabei erwische, wie ihr meinen Kumpel auch nur schief anschaut, werde ich ihm die Erlaubnis erteilen, genau das zu tun, wovor er sich gerade zurückgehalten hat.« Er starrte die beiden mit mitleidigem Blick an und schüttelte langsam den Kopf. »Habt ihr Trottel es noch immer nicht kapiert? Angesichts dessen, was ich hier angetroffen habe, hätte Saratos euch kurzerhand aufschlitzen können und wäre sogar straffrei geblieben, denn ihr wart blöd genug, ihn im Freien während des Wachdienstes anzugreifen. Er aber war äußerst zuvorkommend, denn er hat euch nur ein paar Beulen, Narben sowie eine kleine Lektion erteilt, die ihr nicht vergessen werdet. Nur zwei Arschgesichter wie ihr« – er zerrte an Hortas Ohr und zog ihn so nahe heran, dass er seine Worte im Flüsterton vorbringen konnte – »sind bescheuert genug, eine derartige Warnung nicht ernst zu nehmen, daher wird es ab sofort keine solche Warnungen mehr geben. Beim nächsten Mal könnt ihr direkt eure Beiträge aus dem Bestattungsfonds abholen, denn sollte Saratos euch nicht umbringen, werde ich es tun! Ihr wisst ja, dass ich eine Scheißlaune habe, seit mein Kamerad Narbengesicht von den verdammten Barbaren in Dakien kaltgemacht wurde.« Er erhob sich, hielt jedoch die Ohrmuscheln der beiden fest und zwang sie damit in eine unbequeme Hockstellung. »Gut, dann sollten wir jetzt euren Vorgesetzten mit den Einzelheiten dieser kleinen Meinungsverschiedenheit vertraut machen, findet ihr nicht? Mit ein bisschen Glück wird er die Angelegenheit an meiner statt regeln …«

Marcus rutschte das letzte Dutzend Schritte zum Fuß des Abhangs hinunter. Dort stieß er auf Arminius und Lugos, die sich mit blutigen Klingen über die Leichen der Männer beugten, die ihnen über den Steilhang gefolgt waren. Dahinter standen Ram und Radu, hatten ihre Schwerter jedoch nicht aus der Scheide gezogen.

»Die eine Hälfte von ihnen war schon tot, als sie hier unten ankamen, und der Rest zu benommen, um Widerstand zu leisten.«

Am Nacken einer der Leichen blitzte etwas Goldenes auf, und Marcus beugte sich hinab, um den Gegenstand von der Brust des Mannes zu lösen. Es war eine Kette aus dicken goldenen Ringen – so schwer, dass Marcus die Augenbrauen hochzog.

»Das muss ein bedeutender Mann gewesen sein.«

Der Römer nickte zustimmend, als er Drests Kommentar hörte, blickte sich um und sah den Thraker und Arabus ganz in der Nähe stehen. »Wahrscheinlich war er der Anführer der Männer, die zur Bewachung der Festung abgestellt waren. Ich hatte ihn bereits zum Straucheln gebracht, als er versuchte, mir den Adler zu entreißen, und der Abhang hat ihm den Rest gegeben.«

Aus der Ferne erklang das Bellen eines Hundes. Sogleich antworteten ein Dutzend Tiere mit besorgniserregend wütendem Geheule, das sich anhörte wie ein Wolfsrudel auf Beutezug.

Marcus winkte seinem Späher und deutete in die Finsternis, in Richtung des Flusses. »Wir müssen verschwinden, bevor diejenigen, die auf der längeren Route den Hügel herabsteigen, uns einholen. Arabus, führ uns von hier weg.«

Arabus trat mit fragender Miene vor. »Ich fürchte, wenn wir denselben Weg nehmen, auf dem wir gekommen sind, werden diese Fähen vor uns am Fluss sein. Sie kennen die Pfade durch den Sumpf besser als wir und können sich zweifellos schneller bewegen. Ich erinnere mich einigermaßen an die Landkarte des Zenturios, weshalb wir einen etwas südlicheren Weg wagen und ihrem Netz vielleicht entgehen können.«

Der junge Zenturio nickte zustimmend. »Dann sind wir jetzt in deiner Hand. Lass mich nur noch etwas erledigen, bevor wir uns auf den Weg machen.«

Er legte den Holzpfahl, auf dem der Adler angebracht war, auf den Boden, zog seine Spatha heraus und hackte ihn wenige Zentimeter unter dem Metallsockel des Feldzeichens ab. Nachdem er sein Schwert wieder in die Scheide gesteckt hatte, löste er die Wollstreifen von seinen Stiefeln und wickelte sie um den Adler. Schließlich ließ er das Feldzeichen zu der goldenen Schüssel und dem Schädel des Legaten in die Manteltasche gleiten, dann wies er den Späher an loszugehen.

Arabus entrollte sein Seil und wartete, bis alle es fest in der Hand hielten. »Folgt mir. Ab jetzt wird nicht mehr gesprochen, außer es ist unvermeidlich. In dieser Gegend hört man Geräusche über weite Entfernungen.«

Er führte sie in raschem Tempo vom Wäldchen weg und tastete dabei den Boden vor ihnen mit seinem Bogen ab. Kurze Zeit später ging der Pfad aus hartem Kies in faulende Holzbalken über, das Relikt eines schmalen Fußwegs. Urplötzlich jedoch verwandelte er sich in einen Teppich aus staunassem Moos, das unter ihren gestiefelten Füßen quatschte.

Arabus wandte sich um und flüsterte Marcus zu: »Auf der Karte war dies als Weg für Streifengänge gekennzeichnet, meine ich mich zu erinnern. Er führte zu einer Flussquerung etwa zwei Meilen von hier entfernt. Die Venicones haben den Pfad zerstört, damit er nicht von Angreifern benutzt werden kann, doch der Boden darunter scheint größtenteils fest zu sein.«

Die Hunde heulten erneut, diesmal näher und rechts des Sturmtrupps, weshalb ihr aufgeregtes Kläffen nun von der gegenüberliegenden Seite des Sumpfes zu ihnen drang.

Arabus nickte vielsagend. »Dann sind sie also zur leichteren Flussquerung gegangen. Wir hätten die Furt keinesfalls vor ihnen erreicht.«

»Die *leichtere* Flussquerung?«

»Auf dem Hinweg haben wir den Trüben Fluss am schmalsten Punkt gekreuzt, der über Meilen zu finden ist und näher beim Hauer liegt. Jetzt aber führe ich uns weiter weg, wo der Fluss mindestens doppelt so breit ist. Damit vermeiden wir, rasch entdeckt zu werden, allerdings wird sich unser Fluchtweg schwieriger gestalten.«

Der Sturmtrupp stieß tiefer in den Sumpf vor, weshalb der moosige Boden unter ihren Füßen mit jedem Schritt wässriger wurde, bis Marcus' Stiefel schließlich bis zu den Knöcheln in dem zähen Schlamm versanken.

Nach einer weiteren Viertelmeile hörten sie das Geschrei von Kriegern über den Sumpf hinweg, worauf der Römer seinem tungrischen Späher auf die Schulter klopfte und ihm ins Ohr flüsterte: »Es hört sich an, als hätten unsere Verfolger den Fluss erreicht und festgestellt, dass wir einen anderen Weg genommen haben. Führe uns rasch weiter, Arabus, denn unsere einzige Chance besteht darin, den Fluss baldmöglichst zu erreichen, sonst sitzen wir bei Sonnenaufgang in der Falle und sind ihren Speeren wehrlos ausgeliefert.«

Die Gruppe kämpfte sich weiter durch das Marschland.

Gedämpfte Verwünschungen und Flüche ertönten, wann immer ihnen die Stiefel von den Füßen glitten und sie sie aus dem Schlamm und dem klebrigen Moos herausziehen mussten. Die ganze Zeit hörten sie die Geräusche ihrer Verfolger, zunächst von der rechten Seite, dann eher von hinten.

Nur fünfhundert Schritte nach ihrem letzten Halt wandte Arabus sich um und warf Marcus einen bestürzten Blick zu. »Ich fürchte, ich habe den Weg verloren. Die Baumeister der Legion müssen die Richtung geändert haben, um dem Morast auszuweichen, daher gibt es auf dieser Route vermutlich keinen sicheren Weg über den Fluss mehr. Wir müssen zurück und ...«

Der Römer neigte lauschend den Kopf und schüttelte ihn gleich darauf entschlossen. »Dazu ist keine Zeit mehr!« Das aufgeregte Bellen der Jagdhunde kam näher und näher. »Sie haben unsere Fährte aufgenommen, was mich angesichts des vielen Bluts, das wir in der letzten Stunde verloren haben, nicht überrascht. Außerdem werden wir bei diesem Tempo den Fluss sowieso nicht vor dem Morgengrauen erreichen.« Er dachte einen Augenblick über etwas nach, das Verus den Zenturionen im Hauptquartier von Piger Montis erzählt hatte. Dann traf er eine Entscheidung, über die er nachgedacht hatte, seit sie in den Sumpf hinausgestolpert waren. »Nein, zurück ist keine Lösung. Stattdessen werden wir noch tiefer in den Sumpf vordringen.«

Drest trat vor und wisperte mit dringlicher Stimme: »Bist du dir sicher, Zenturio? Für mich sieht das eher wie eine tödliche Falle aus. Selbst wenn wir nicht in den Schlammlöchern versinken sollten, wären wir, sobald der Tag anbricht, sofort zu sehen.«

Marcus schüttelte den Kopf. »Als Verus vor den Jägerinnen floh, tat er genau das. Wir müssen so weit in das Sumpfgebiet vorstoßen, wie wir es riskieren können, und uns dann so tief wie möglich im Schlamm vergraben. Mit etwas Glück sehen die Venicones uns nicht, und ihre Hunde können unsere Witterung nicht aufnehmen, da sie vom Gestank faulender Pflanzen überdeckt wird. Uns bleibt nur diese eine Möglichkeit, sofern wir keinen Kampf mit diesen Fähen riskieren wollen. Außerdem haben wir einen Vorteil ihnen gegenüber: Sie kennen den Weg außerordentlich gut, während wir planlos in diese Schlammwüste aus Dreck und Wasser hinausgetorkelt sind.«

Drest runzelte missmutig die Stirn. »Ach ja? Und was sollte daran vorteilhaft sein?«

Wieder ertönte der schrille Ruf einer Jägerin. Es klang, als käme er aus dem Jenseits, weshalb sich den Soldaten die Nackenhaare sträubten.

»Wir haben keine Zeit mehr. Ich werde es euch erklären, sobald wir im Schlamm sitzen. *Los jetzt!*«

»Dieselbe Prozedur wie gestern, Herr?«

Tribun Scaurus nickte ungerührt und starrte über die von der Morgendämmerung grau erhellte Landschaft. Damit beschäftigt, auf einem Stück alten Brotes herumzukauen, antwortete er erst, als er es hinuntergeschluckt und mit einem Becher Wasser nachgespült hatte. »Exakt, Erster Speer, genauso wie gestern. Es ist meine Absicht, die Venicones auf dieselbe Weise abzulenken, wie man es mit einem heranstürmenden Bullen tun würde. Nachdem sie unsere Reiter überfallen haben, wissen sie ungefähr, wo wir uns befinden. Daher halte ich es für am günstigsten, wir marschieren auf demselben Weg nach Süden zurück, durch den hübschen kleinen Hohlweg und dann wieder in die Bratpfanne. Das Beste daran ist: Sobald wir dort angekommen sind, werden wir nach Westen drehen und ihnen entgegenmarschieren.«

»Ihnen *entgegen*?«

Scaurus grinste, als er Julius' ungläubige Miene sah. »Du hast richtig gehört. Allerdings werden *wir* dann auf der südlichen Seite der Hügel sein, während sie zu unserer letzten Stellung vorrücken und sich damit nördlich der Hügel befinden. Wir werden durch die Bratpfanne Richtung Westen ziehen und von dort über die Hügel am äußeren Ende der Senke. Sobald wir den Hügelrand überwunden haben, können wir zu einem der Kastelle marschieren und damit die geschützte Seite des Walls erreichen. Mit ein bisschen Glück werden sie die Route, die wir genommen haben, erst finden, wenn wir jenseits des Walls in Sicherheit sind.«

Der Erste Speer kratzte sich am Kopf, überlegte einen Augenblick und antwortete. Allerdings gelang es ihm nicht, den offenkundig besorgten Unterton in seiner Stimme zu verbergen. »Das scheint mir nicht gerade die raffinierteste aller Listen zu sein, Tribun. Was ist, wenn sie doch herausfinden, was vor sich geht, und beschließen, *nicht* nach unserem Köder zu schnappen? Wenn die Kriegshorde nun auf einem anderen Weg heranzieht und wir irgendwo in dem verdammten Wald auf sie treffen?«

Scaurus kommentierte Julius' Einwand mit einem Nicken. »Es ist Zeit, Silus und seine Reiter auszuschicken, damit sie für uns den Weg ausspähen. Falls die Venicones entscheiden, auf derselben Route wie gestern hierherzuziehen, sollten wir auf diese Weise zumindest ausreichend früh vorgewarnt sein.«

Julius salutierte und ging davon, um die Zenturionen zusammenzutrommeln. Dabei grübelte er über die verhängnisvollen Risiken nach, die der Plan des Tribuns seiner Meinung nach enthielt.

»Er sieht ganz und gar nicht glücklich aus.«

Sanga schnaubte, als er den Kommentar seines Zeltkameraden hörte. Er war gerade dabei, seine Sachen in eine Wolldecke zu packen und ein Bündel daraus zu schnüren, das an den Haken seiner Furca passte.

»Das würdest du auch nicht, Kamerad, wenn du die Verantwortung für eine Kohorte innehättest und dabei von einem Tribun befehligt würdest, der wild entschlossen ist, auf feindlichem Gebiet herumzuschwänzeln und dem Bullen, der ihm die Hörner in den Arsch rammen möchte, laut ›*Komm und hol mich doch!*‹ zuzuschreien. Jeden Tag, an dem wir dieses hübsche Tänzchen aufführen, brauchen wir eine Menge Glück, um von den Blaunasen nicht entdeckt zu werden – sie hingegen müssen nur ein einziges Mal Glück haben, dann erwischen sie uns. Wie es aussieht, wird es auch heute wieder ein Tag in doppeltem Marschtempo, daher solltest du dir besser ein wenig Brot zurücklegen, damit du während der Plackerei darauf herumkauen kannst.«

Er blickte auf und bemerkte, dass ihn ein Mitglied der angrenzenden Zeltgemeinschaft mit blankem Hass anstarrte. Der Mann hatte ein so übel zugerichtetes Gesicht, dass er ihn nicht gleich erkannte, also glotzte Horta ihn noch eine Weile an, bevor er sich abwandte und seinem Kameraden etwas zuflüsterte. Darauf drehte auch dieser sich um und warf Sanga einen ebenso hasserfüllten Blick zu. Seine Nase war geschwollen und wies tiefe Bissspuren auf. Sanga erhob sich, legte seinen Schultergurt und seinen Gürtel an und rückte das Schwert zurecht, sodass der Griff sich direkt unter seiner rechten Achsel befand. Er zog seinen Dolch von dessen angestammtem Platz an der linken Hüfte hervor und prüfte einen Augenblick die Klinge, bevor er ihn wieder in die enge, glänzende Lederscheide steckte. Dann sah er zu den beiden Männern hinüber, die ihn noch immer mit verbitterten Mienen anstarrten.

Angewidert schüttelte er den Kopf, schritt zu ihnen hinüber, stellte sich direkt vor sie und hob warnend einen Finger. »Falls ihr Streit sucht, könnt ihr gerne bei mir vorsprechen, sobald wir unsere aufregende Mission zu Ende geführt haben. Dann richte ich euch derart zu, dass die Medica euch einen Monat lang verarzten muss. Und solltet ihr vorhaben, mich unvorbereitet zu erwischen, wird es der letzte Streich sein, den ihr je zu spielen gedenkt. Seid also gewarnt, in Ordnung?«

Mit einem verächtlichen Lächeln drehte er sich weg und sah Quintus, der mit Morban die Zenturie abschritt und die Augen über die Soldatenreihen streifen ließ, wohl in der Hoffnung, etwas zu entdecken, an dem er Anstoß nehmen könnte.

»Dann mal los, Jungs! Aufstellung, bevor der Optio zu brüllen anfängt! Solltet ihr eine schlechte Figur machen, fällt es auf mich zurück, und dann werde ich die Scheiße, mit der er mich überschütten wird, an denjenigen weitergeben, der sie verdient hat!«

Seine Worte waren laut genug, dass sie bis zu Quintus vordrangen, der Sangas unverblümte Umgangsweise hinsichtlich der Männer seiner Zeltmannschaft mit einem ironischen Lächeln quittierte. Dann atmete der Optio tief ein und rief den ersten Befehl des Tages.

»Aufgepasst, ihr haarigen Affen! Stellt euch mitsamt eurer Ausrüstung in ordentlichen Reihen auf und macht euch marschfertig! Der Letzte, der Position bezieht, bekommt meinen kleinen Freund hier zu spüren!« Er hob die glänzende, mit Messing eingefasste Eisenkugel am Ende seines Optiostabs und grinste erbarmungslos die Reihen seiner Zenturie an. »Das mag kein Rebstock sein, doch ihr werdet schnell feststellen, dass ich ihn ebenso flink schwingen kann. *Bewegt euch!*«

Die Venicones machten sich gerade bereit, das Lager abzubrechen, als etwas Außergewöhnliches geschah. Im schwachen Licht und der Kälte des frühen Morgens versuchten die Krieger, ihre Müdigkeit abzuschütteln, scharten sich um die neu entflammten Feuerstellen und kauten auf allem herum, was vom vergangenen Abend übrig geblieben war. Brem unterrichtete die Clanführer über seine Pläne für den Tag, die auf Calgus' Anraten so einfach wie möglich gehalten waren, um sicherzustellen, dass nicht viel schiefgehen konnte. Der ehemalige Selgovae-Führer ließ Brem die Anweisungen alleine vortragen, denn er wusste, dass jede Äußerung seinerseits von den Männern des Königs mit tiefem Misstrauen aufgenommen werden würde.

»Die Hälfte unserer Leute wird nach Nordosten ziehen, um nach dem römischen Lager Ausschau zu halten, und zwar auf der nördlichen Seite der Hügel. Wenn du sie entdecken solltest« – Brem nickte dem Mann zu, dem er das Kommando seiner halben Streitmacht übertragen hatte –, »folgst du den Römern gerade schnell genug, um sie einzuholen, doch wähle das Tempo so, dass deine Männer danach noch kampftauglich sind. Ich vermute, sie werden zunächst über die Hügel und dann durch den Wald nach Süden ziehen. Die andere Hälfte unseres Heeres, die ich selbst kommandieren werde, marschiert direkt nach Osten und bereitet einen Hinterhalt im Wald vor. Ich gehe davon aus, dass dieser Römertribun versuchen wird, uns noch einmal zu narren, also wird er seine Männer gen Westen schicken, nämlich in die Richtung, die wir am wenigsten vermuten. Sollte er das tatsächlich tun, werde ich ihn erwarten. Falls sie nach Westen marschieren, wie ich annehme, folgt ihr ihnen, so schnell ihr könnt, und agiert als der Hammer, der die Tungrer an unserem Amboss zerquetscht – vorausgesetzt, wir haben ein paar Feinde am Leben gelassen.«

»Was ist, wenn er stattdessen nach Osten ziehen sollte, mein Herr und König?«

»In diesem Fall schickst du mir einen Boten und stellst die Feinde, bevor sie den Wall erreichen. Das ist *die* Gelegenheit, den Kopf dieses Mannes an einen meiner Dachbalken zu nageln! Ich werde die Chance nicht ungenutzt lassen, die mir durch die gestrigen Auskünfte unserer Späher in die Hände gespielt wurde. Also, meine Brüder, dann geht jetzt und...«

Ein Mann durchbrach den Kreis von Männern und warf sich zu Boden, um für sein Eindringen um Verzeihung zu bitten.

»Mein Herr und König, der Römerwall!«

Brem sah stirnrunzelnd zu ihm hinab. »Was ist damit, Trottel?«

»Die Mauerkastelle, mein König. Sie...«

»Sie brennen, Lord Brem.« Calgus humpelte in den Kreis der Männer und kümmerte sich nicht darum, wie er von den versammelten Edelmännern der Venicones empfangen werden würde, denn was er am südlichen Horizont gesehen hatte, machte all seine Vorsicht zunichte. »Die Wachen haben drei Mauerkastelle brennen sehen. Und wenn drei davon angezündet wurden, kannst du sicher sein, dass jede einzelne ihrer stinkenden kleinen Befestigungen zwischen dem Fluss Clota und der Mündung des Trüben Flusses in Flammen steht. Mein Herr und König, die Römer ziehen sich von deinem Land zurück, genau wie ich es dir versichert habe.«

Brem ballte eine Hand zur Faust und reagierte auf die Neuigkeit mit brüllender Freude. »Nichts wie los, meine Brüder! Lasst uns aufbrechen, die Römer aufspüren und ihnen zeigen, was die Venicones unter Rache verstehen!«

Dann aber, zum größten Ärger der Männer, die den König umringten, trat Calgus vor, hob die Hand und sprach leise durch das unwillige Gemurmel. »Herr, ich würde eher vorschlagen ...«

Keiner der Edelmänner hatte ihrem Monarchen je widersprochen, und nun stand hier der verhasste abgesetzte König der Selgovae und wagte es, so mit ihm zu reden. Ein halbes Dutzend von ihnen trat drohend vor, doch zu ihrem Missvergnügen hob Brem die Hand, um sie am Eingreifen zu hindern.

»Lasst ihn sprechen.«

Calgus blickte lächelnd in die Runde, wobei er denselben wissenden Gesichtsausdruck aufsetzte wie an jenem Tag, als Naradoc und sein kleiner Bruder auf sein Anraten hin ermordet worden waren. Dann wandte er sich wieder an Brem und verneigte sich tief. »Mein Herr und König, ich wollte nur sagen, dass dies eine glückliche Fügung des Schicksals ist, die niemand hätte vorhersehen können. Ein

Wendepunkt in deinem Kampf gegen die Invasoren, von dem viele – und sicher auch die Römer, denen wir nachjagen – noch nichts wissen...« Er hielt inne und schenkte Brem in seinem wiedergewonnenen Selbstvertrauen ein breites Lächeln, da sich die Situation auf eine Weise zu seinen Gunsten entwickelt hatte, wie er es sich nie hätte träumen lassen. »Um es kurz zu machen, mein König: Diese Nachricht verändert *alles.*«

Die Morgendämmerung erreichte den Sumpf nur zögerlich, und das schwache Licht vermochte den dichten Nebel, der über dem Flusstal des Trüben Flusses waberte, kaum zu durchdringen. Der Sturmtrupp hatte sich zwischen dem spärlichen Pflanzenbewuchs des Morasts versteckt, und die Männer pressten ihre Körper in das durchweichte Moos, während sie auf die Geräusche der Jäger lauschten, die inzwischen deutlicher zu vernehmen waren. Marcus hielt sich dicht am nassen Boden, hob den Kopf nur mit größter Vorsicht und starrte in die graue Düsternis hinaus, um auszumachen, ob sich dort etwas bewegte. Sein Körper war mit dem dicken, klebrigen Schlamm bedeckt, der sie von allen Seiten umgab, und sein Kopf war schwer von dem Dreck, den sie auf Arabus' Geheiß auf ihre Gesichter und Haare geschmiert hatten. Dichter Nebel hing über dem nassen Boden, wodurch sie nicht weiter als ein Dutzend Schritte sehen konnten, doch er schützte sie auch vor den scharfen Augen ihrer Verfolger, deren Stimmen sie zu ihrer Rechten hörten. Wieder stieß eine der Jägerinnen einen frustriert klingenden, hohen Schrei aus, und der Römer unterdrückte ein erstauntes Kopfschütteln, dass das Grasland der Flussebene tatsächlich von Frauen patrouilliert wurde. Gleichzeitig rief er sich warnend in Erinnerung, dass sie sich deswegen keinesfalls in geringerer Gefahr befanden, als wenn es sich um männliche Krieger gehandelt hätte. Einen Augenblick zuvor hatte Marcus das dumpfe Aufblitzen einer Klinge im Dunst gesehen, weshalb ihm deutlich bewusst war, dass die Verfolger ihnen nicht nur sehr nahe waren, sondern auch über ausreichend Waffen verfügten, um mit ein paar abgekämpften Eindringlingen fertigzuwerden.

Marcus schob sich näher zu Drest und flüsterte dem Thraker ins Ohr: »Siehst du? Wir kennen die Pfade hier nicht halb so gut wie sie, daher sind wir vom Weg abgekommen und stecken nun tief im Sumpf. Sie hingegen wissen, wo das Gelände stabilen Halt bietet, und sind einer Route um uns herum gefolgt. Es scheint so, als könnten ihre Hunde uns tatsächlich nicht wittern.«

Ob die Jagdhunde aufgrund des dichten Nebels ihren Geruch nicht aufnehmen konnten oder ob der faulige Gestank des Schlamms, mit dem sie sich bedeckt hatten, ihre Sinne verwirrte, vermochte Marcus nicht zu sagen. Das gelegentliche verdrossene Kläffen der Hunde machte aber deutlich, dass sie die Witterung ihrer Beute verloren hatten. Nun übertönte eine Stimme die gereizten Klagen der Jägerinnen. Es war eine kräftige, männlich klingende Stimme, die anscheinend eine Reihe Anweisungen gab. Die Lautstärke des unsichtbaren Mannes schien zuweilen stärker, dann wieder schwächer zu werden, klang mal näher, dann plötzlich wieder entfernt, was Marcus auf das Zusammenwirken von Nebel und einer kräftigen Brise zurückführte, die über das Marschland strich.

Vorsichtig hob er den Kopf, um durch den Busch zu blicken, und sah eine undeutliche Gestalt, die sich langsam durch das Moos bewegte und einen Speer kampfbereit in der Hand hielt. Die Frau befand sich nahe genug, dass sie, hätte sie ihn gesehen, ihren Speer leicht in seine Brust hätte schleudern können. Mit bedächtigen, vorsichtigen Tritten schritt sie durch den moosigen Sumpf. Sie hatte den linken Arm vorgestreckt, um das Gleichgewicht zu halten, hätte diesen aber sofort zurückziehen können, sobald sie auf ein Opfer stieß, um ihrem Speerwurf größere Wucht zu verleihen. Unwillkürlich nickte Marcus in Anerkennung ihrer Geschicktheit. Die Frau sah sehr jung aus, war nicht älter als fünfzehn, doch der Römer wusste, dass sie nicht nur aufgrund ihrer Kampfkunst eine Gefahr für sie war, sondern auch weil sie ihn entdecken und Alarm schlagen könnte. In diesem Fall würden er und seine Kameraden es mit mehr Speeren zu tun bekommen, als sie würden abwehren können. Während Marcus sie noch beobachtete, hielt sie plötzlich inne, hob den Kopf und starrte über den Sumpf. Ihre jungen Augen blitzten wachsam aus einer dicken Schlammschicht hervor, mit der auch die Jägerinnen sich zur besseren Deckung beschmiert hatten.

Unter ihrem wachsamen Blick wagte Marcus nicht, sich zu bewegen – obgleich er der Meinung war, der Busch würde ihn verborgen halten, solange er regungslos blieb. Er hob den Blick zu der bedrohlichen Silhouette der Festung über ihnen. Zu seiner Erleichterung war Der Hauer aufgrund des wabernden Frühnebels nicht zu erkennen, doch er bemerkte, dass er in nördlicher Richtung den dunklen Streifen des Hügels ausmachen konnte, auf dem die Festung thronte. Nachdem die Frau die schlammige Einöde sorgfältig abgesucht hatte, drehte sie sich um und verschwand wie ein Gespenst in der Finsternis. Der Römer fragte sich, wie lange es dauern würde, bis die Sonne hoch genug stand, um den Dunst aufzulösen, der ihnen Deckung bot.

Darauf senkte er wieder den Kopf und kroch langsam zwischen den anderen Männern hindurch zu Arabus. »Wir können nicht mehr lange hierbleiben. Sobald der Nebel sich lichtet, sitzen wir in der Falle. Sollten sie uns entdecken, wird sich jeder Einzelne von uns von zwei bis drei Speeren durchbohrt wiederfinden.«

Der Späher nickte verdrießlich. »Der Trübe Fluss liegt etwa eine halbe Meile entfernt.« Er deutete leicht mit dem Kopf in Richtung Süden. »Sobald wir näher am Wasser sind, wird die Vegetation dichter, sodass wir uns besser verbergen können. Doch ein Großteil des Weges besteht lediglich aus Moos und Gras, und außerdem erwartet uns wohl eine weitere Reihe stinkender Schlammlöcher, bevor wir den Fluss erreichen.«

Marcus nickte und legte ihm eine Hand auf die Schulter. »Wir müssen hier weg, und das so bald wie möglich. Geh voraus in Richtung Fluss und schau, ob du etwas findest, das uns die Flucht erleichtern könnte. Ich bleibe so lange hier und halte die Männer ruhig.«

Weit draußen im Nebel wurde die Stille der Morgendämmerung von wildem Flügelschlagen durchbrochen, als eine Schar Wasservögel aufgeschreckt wurde und sich quäkend in die Luft erhob. In einem Chor von Geschrei rannten die Fähen zu der betreffenden Stelle, und das Wasser spritzte geräuschvoll bei jedem Tritt ihrer nackten Füße auf das Moos. Marcus neigte den Kopf leicht zur Seite und lauschte dem Kläffen der aufgeregten Hunde, während die Jägerinnen ein Netz über etwas warfen, das die Vögel von ihren Nistplätzen aufgeschreckt hatte. Eine von ihnen warf mit wildem Triumphgeschrei einen Speer, stöhnte dann aber enttäuscht auf, als sie lediglich das helle Quieken eines tödlich verwundeten Tieres durch das Marschland dringen hörte. Einen Moment herrschte Stille. Dann begannen die Hunde hektisch zu kläffen und balgten sich um das Fleisch der unglückseligen Beute, die den Weg der Jägerinnen gekreuzt hatte. Das Tier stieß ein paar letzte, erbärmliche Schreie aus und wurde dann in Stücke gerissen.

Neben Marcus knurrte Arminius, während er auf den undurchdringlichen Nebel starrte. »Sie müssen einen Otter oder irgendein anderes Wassertier gefunden haben. Sollten sie uns entdecken, werden sie mit uns auf die gleiche Weise verfahren...«

Marcus drehte sich zu Arabus hinüber, doch der Späher war bereits im Nebel verschwunden.

»Du hast uns rufen lassen, Erster Speer?«

Die Tungrer waren schweigend über den Pass am nördlichen Hügelrand der Bratpfanne marschiert, wobei sie zwischen normalem Marschtempo und schweißtreibendem Laufschritt abgewechselt hatten. Julius wollte so viel Abstand wie möglich zwischen sie und die noch unsichtbaren Stammeskrieger bringen, bevor die Venicones entdeckten, dass sie ein zweites Mal genarrt worden waren. Als sich die Kohorte in Sicherheit inmitten des Hügelrings befunden hatte und vom dichten Wald, der die breite Senke bedeckte, verborgen war, hatten sie eine kurze Pause eingelegt. Silus war mit seiner Reitereinheit zu Julius getrottet, da der Erste Speer ihn hatte rufen lassen. Ein Blick ins Gesicht seines Vorgesetzten hatte ausgereicht, um Silus davon zu überzeugen, dass sie heute das übliche Wortgeplänkel besser unterlassen sollten. Also war er von seinem Pferd gesprungen und hatte zackig vor dem Ersten Speer und dem Tribun salutiert.

Julius erwiderte den Salut und trat vor. »Es ist an der Zeit, uns auf die andere Seite des Walls zu begeben, Decurio, sonst riskieren wir, Fehler bei diesem Tänzchen mit den Venicones zu machen. Und dann bekommen wir womöglich Gelegenheit, die Farbe unserer Leber in Augenschein nehmen zu können.«

Silus nickte und blickte sich um. Auf beiden Seiten des Jägerpfads erstreckten sich endlos die Bäume. »Da die Sicht hier nicht mehr als fünfzig Schritte beträgt, nehme ich an, du willst, dass ich das Gelände auskundschafte und herausfinde, ob der Weg frei ist?«

Julius nickte grimmig, trat näher an den Decurio heran und senkte die Stimme. »Richtig. Lieber stößt du mit deinen Reitern auf die Barbaren, als dass wir die ganze Kohorte in einen verfluchten Hinterhalt führen.« Er sah Silus vielsagend an. »Im Falle eines Angriffs will ich dich lebend wiedersehen, verstanden? Schick ein paar Männer voraus, die dich mithilfe eines Botenreiters auf dem Laufenden halten, dann bist du vorgewarnt, falls uns voraus etwas Hässliches erwartet, und läufst nicht selbst in die Pfeile der Gegner.«

Silus lächelte etwas gequält, salutierte erneut und bellte die standardmäßige Antwort zur Entgegennahme von Befehlen heraus. »Befehle werden ausgeführt; warte auf weitere Anweisungen!«

Julius musterte den Decurio einen Augenblick, dann zeigte er ihm die grobe Skizze, die er mit Scaurus auf eine Wachstafel gezeichnet hatte. »Folgt diesem Pfad über zwei Meilen, dann erreicht ihr eine Gabelung. Nehmt den rechten Pfad, der am südwestlichen Hügelrand aus der Bratpfanne herausführt, und wenn ihr dort seid, schickt uns eine Nachricht, dass der Weg frei ist. Wir marschieren indessen in raschem Tempo hinter euch her, also bleibt dort in Stellung, und danach ziehen wir gemeinsam zum nächstgelegenen Mauerkastell weiter. Und verdammt noch mal keine Heldenstückchen, Decurio! Sobald ihr auf Venicones stoßt, verschwindet ihr augenblicklich, und wir marschieren im Laufschritt nach Osten über Piger Montis zu sicherem Gelände. Verstanden?«

Silus nickte, salutierte erneut und sprang in den Sattel. Dann führte er seine Abteilung in raschem Trab davon.

»Du glaubst doch nicht ernsthaft, dass er deinen Befehl befolgt, sich selbst nicht in Gefahr zu begeben?«

Julius wandte sich zu Scaurus und schüttelte bedauernd den Kopf. »Nach allem, was vergangene Nacht passiert ist? Nie im Leben, Tribun! Seit du ihn letztens mit seinen Männern vom gefrorenen See in Dakien wegbeordert hast, leidet er. Dass er einen seiner Männer gestern in den Fängen der Venicones-Bogenschützen zurücklassen musste, wird die Wunde wieder aufgerissen haben, also ist heute für ihn die perfekte Gelegenheit, seinen Leuten zu zeigen, dass er noch Eier in der Hose hat. Sein ›*Befehle werden ausgeführt*‹ überzeugt mich nicht im Geringsten, doch immerhin ist er im Wissen davongeritten, dass ich ihn lebend wiedersehen möchte, falls unsere Pferdejungs tatsächlich in ein Schlamassel geraten. Wir können nur hoffen, dass er nicht vor die Entscheidung gestellt wird, zu kämpfen oder davonzurennen. Tatsächlich erscheint mir der Zeitpunkt ideal, um ein paar Worte mit deinem Lichtbringer zu wechseln und ihn zu bitten, er möge uns seinen Segen erteilen…«

Die Stimmen der Fähen verklangen in Richtung Norden. Die jungen Kriegerinnen tauschten Rufe aus, während sie das moosige Sumpfland in enger Reihe durchkämmten, wohl in der Hoffnung, dass sie in dem immer dichter wabernden Nebel früher oder später unweigerlich über die versteckten Soldaten stolpern würden.

Als Arabus aus der Finsternis auftauchte und zu Marcus kroch, bibberten der Römer und seine Kameraden vor Kälte.

»Ich habe den Fluss entdeckt und herausgefunden, wie wir dorthin gelangen, ohne gesehen zu werden. Folgt mir.«

Er führte sie auf demselben Weg, den er gerade gekommen war, durch die nebelbedeckte Landschaft und umging dabei mit sicheren Schritten die dunkleren Stellen des schwammigen Bodens, um etwaige Schlammlöcher zu vermeiden, in die sie unversehens hätten fallen können. Der Sturmtrupp folgte ihm. Marcus hatte die anderen vorausgewinkt, bewegte sich vorsichtig und richtete seine Aufmerksamkeit nicht nur auf den Pfad, sondern auch auf die Nebelwand, die sie vor den Jägerinnen schützte. Aufmerksam versuchte er, alle Anzeichen von Bewegung auszumachen, die darauf hätten schließen lassen, dass ihr Rückzug zum Fluss bemerkt worden war. Ein dampfiger Luftwirbel im Nebel ließ ihn zusammenzucken, da es kurzzeitig so aussah, als bewege sich eine menschliche Gestalt aus der Finsternis auf sie zu. Marcus verlor einen Moment die Konzentration und kam etwa einen Schritt von dem Weg ab, auf dem der Späher sie voranführte. Missmutig spürte er, wie sein Fuß im Moos versank und sich sein ohnehin schon nasser Stiefel mit dem übel riechenden Sumpfwasser füllte. Noch bevor er den Fuß wieder herausziehen konnte, klaffte die oberste Schicht des Pflanzenbewuchses auf, und sein Bein versank im wässerigen Nichts. Marcus verlor das Gleichgewicht und sackte hilflos durch das Moos in die stinkende Masse aus Wasser und verfaulten Pflanzen hinab. Schwapp- und Zischgeräusche waren zu hören, als die frei gewordenen Gase aus der Tiefe an die Oberfläche aufstiegen. Der Römer zuckte angesichts des Gestanks von Verwesung zusammen, war jedoch bereits bis zur Taille im Schlammloch versunken. Instinktiv wedelte er mit den Armen, um sich aus dem Schlamm herauszuarbeiten, begriff jedoch sofort, dass seine Versuche, sich freizukämpfen, ihn nur tiefer hinuntersogen. Das Wasser reichte inzwischen bis zu seinen Achseln, doch obwohl er von nun an regungslos blieb, spürte er, wie das Gewicht der Waffen und der schweren goldenen Schüssel, die sich in der Tasche seines dicken Wollmantels befanden, ihn allmählich immer tiefer in den Morast hineinsaugte.

Er blickte sich um und sah, dass der Sturmtrupp in südlicher Richtung im Nebel verschwunden war, ohne zu bemerken, was dem letzten Mitglied ihrer sich vorkämpfenden Reihe zugestoßen war. In diesem Augenblick dämmerte Marcus, was die simple, doch unausweichliche Folge seines Verhängnisses sein würde: Er war verurteilt, allein und unbemerkt von den anderen im Sumpf zu versinken – es sei denn, er würde um Hilfe schreien. Doch diese einzige Rettungsmöglichkeit würde auch die Aufmerksamkeit ihrer Verfolgerinnen auf sie ziehen, und dann hätten alle eine wesentlich längere tödliche Qual zu erleiden als das relativ schmerzlose Ende, das ihm bevorstand. Sein Kopf arbeitete fieberhaft, und plötzlich tauchten in seiner Vorstellung die beiden Dinge auf, die ihm am wichtigsten waren: seine Familie und sein Glaube.

Marcus schloss die Augen und murmelte ein Gebet zu

seinem Gott. »Lichtbringer, ich flehe dich an, mir noch eine letzte Gunst zu erweisen ...«

Er bewegte den Arm von der Oberfläche weg, schob ihn in den Morast und spürte, wie sein Körper weiter versank. Er wechselte die Position, um den Griff seiner langen Spatha zu fassen und sie aus der Scheide zu ziehen. Er hievte sie durch das morastige Wasser und musste sich anstrengen, die Klinge durch die klumpige Masse verfaulter Pflanzen zu bekommen. Mit letzter Kraft zwang er das Langschwert aus dem Sumpf heraus, streckte es im grauen Morgenlicht in die Höhe und starrte auf die kunstvoll gravierte Gemme, die mit Silberdraht am Knauf befestigt war. Mit einem sanftmütigen Lächeln nickte er dem Bildnis des wohltätigen Gottes zu.

»Ich danke dir, Herr. Sollte es dein Wille sein, so sorge dafür, dass diese edle Waffe meiner Frau zurückgegeben wird.«

Marcus hielt die glänzende Klinge aus poliertem Stahl hoch über dem Kopf und spürte, wie der Sumpf unter ihm einsackte, als eine weitere Gasblase sich löste und seinen Körper tiefer in das stinkende Schlammloch hinabzog, sodass sich lediglich seine Nase außerhalb des brackigen Wassers befand. Instinktiv atmete er tief ein und hatte gerade noch Zeit, die Augen zu schließen, als der Morast ihn ins Herz des Abgrunds sog und er das kalte Wasser über dem Kopf zusammenschlagen spürte. Marcus, gänzlich mit sich im Reinen, wartete darauf, dass die Dunkelheit ihn einholen würde, sobald die Luft aufgebraucht war und er es nicht länger ertragen konnte, den Atem anzuhalten.

Silus und seine Leute erreichten die Weggabelung, ohne jegliche Anzeichen der Venicones zu bemerken. Als sie von den Pferden stiegen und horchten, war abgesehen vom Rauschen der Blätter, durch die der Wind strich, kein Geräusch im Wald zu vernehmen.

Der Decurio blickte sich stirnrunzelnd um und schüttelte den Kopf angesichts dieser trügerischen Stille. »Nichts. Dieser Ort ist so unschuldig wie eine Jungfrau, bevor sie den Freuden eines Schwanzes auf die Schliche kommt.« Er spuckte auf den Rand des Pfades. »Natürlich könnte ein ganzer Stamm in Reichweite eines Bogenschusses sein, und wir würden es nicht bemerken, bis einer von ihnen zu furzen anfängt.« Die Männer der Einheit grinsten amüsiert, denn sie waren die blumige Sprache ihres Anführers gewohnt. »Gut, dann sollten wir die Sache nun genau so angehen, wie der gute alte Julius es uns aufgetragen hat.« Er zeigte nacheinander auf vier Reiter und zog einen Mundwinkel hoch, als er sah, wie sie zusammenzuckten. »Ihr vier reitet voraus und sucht nach Anzeichen feindlicher Präsenz. Nach *jedwedem* Anzeichen, wohlgemerkt. Auch wenn es sich dabei nur um besorgt dreinblickende Dachse oder nervöse Eichhörnchen handelt – sobald euch etwas beunruhigt, dreht ihr um und reitet im selben Tempo wieder zu uns zurück. Keine fluchtartigen Bewegungen, bitte, denn solltet ihr zufällig schon an ihren vordersten Spähern vorbeigekommen sein, werden sie euch mit Pfeilen übersäen, und euer Tag wäre gelaufen. Tut einfach so, als hättet ihr die euch angewiesene Entfernung bereits ausgespäht und wärt nun auf dem Rückweg, ohne dass es etwas zu berichten gäbe. Schickt uns in regelmäßigen Abständen einen Reiter zurück, damit wir wissen, dass ihr noch am Leben seid. Wenn der Weg dann aus diesem hinterlistigen Wald herausführt und zu den Hügeln ansteigt, könnt ihr anhalten und auf uns warten. Ab mit euch!« Silus sah ihnen nach, während sie in Richtung Osten davontrabten, dann schüttelte er erneut den Kopf und sprach mehr zu sich selbst als zu den anderen. »Als ich mich bei der Kavallerie verpflichtet habe, hatte ich nicht erwartet, mir meinen Lebensunterhalt auf diese Weise verdienen zu müssen.« Mit einem schicksalsergebenen Achselzucken löste er das Band seiner Beinkleider, drehte sich zum Wald und stieß ein erleichtertes Stöhnen aus, als er seine Blase in die Büsche neben dem Pfad entleerte. »Nutzt die Gelegenheit, solange sie noch greifbar ist, Jungs. Es gibt nichts Schlimmeres, als sich mit von erkalteter Pisse durchtränkten Beinkleidern durch eine Barbarenhorde zu kämpfen.«

Marcus spürte, wie ihn die Selbstbeherrschung verließ. Der Schmerz in seiner Brust war von dumpfem Druck zu einem Stechen angeschwollen, als stieße man ihm einen rot glühenden Dolch durch die Rippen, und sein Pulsschlag klang dröhnend in seinen Ohren. Das Schwert in seiner Hand bewegte sich leicht, als habe es ein Eigenleben entwickelt, der Knauf entglitt ihm und wurde von einer Hand ersetzt, die ebenso lange und kräftige Finger besaß, wie er sich das immer ausgemalt hatte. Der Römer lächelte selig angesichts dieses göttlichen Zeichens und gab sich dem Bedürfnis hin, seinen letzten Atemzug zu nehmen. Doch gerade als sich seine Lunge mit dem stinkenden Wasser füllte, spürte er, wie er unvermittelt durch die klebrige Moorerde emporgezogen wurde, und riss die Augen auf. Als er wieder festen Boden unter sich hatte, stieß er einen Schwall dreckigen Sumpfwassers aus, öffnete die Augen und sah eine stämmige Gestalt, die sich über ihn beugte. Erneut musste er Wasser spucken, starrte seinen Retter hilflos an und sog Luft in seine Lunge. Sogleich musste er heftig husten und hielt sich die Hände vor den Mund, um dem unwiderstehlichen Drang Herr zu werden, auch den letzten Rest des fauligen Schlammwassers aus sich hinauszubefördern. Als es ihm schließlich gelang, ein paar Worte zu ächzen, war seine Stimme nicht mehr als ein heiseres Krächzen.

»Einen Augenblick dachte ich, ich sei tot und du seist Mithras höchstpersönlich.«

Als Antwort darauf hörte Marcus ein raues Flüstern, während sein Retter den Kopf senkte und ihm in die Augen sah. »Mithras wird sich noch ein wenig gedulden müssen, Zenturio. Aber du solltest leiser husten, sofern du diese Harpyien nicht auf uns hetzen willst!«

Der Römer glotzte den Mann einen Augenblick perplex an, schloss die Augen und schüttelte leise kichernd den Kopf. »Ich danke dir, Arminius. Wenngleich ich tatsächlich etwas Enttäuschung verspüre, nicht im Jenseits angelangt zu sein.«

Der Germane hob eine Braue. »Wenn das dein Wunsch ist, das lässt sich leicht arrangieren. Allerdings bezweifle ich, dass der Allmächtige gütig auf einen Verstorbenen blicken würde, der von einem verärgerten Germanen um die Ecke gebracht wurde – ganz anders als ein Mann, der den Beschluss fasst, in aller Stille zu ertrinken, um seine Kameraden keiner Gefahr auszusetzen.«

Marcus setzte sich schwerfällig auf, ließ den Blick über die um das Sumpfloch stehenden Männer schweifen und lächelte matt. »Das schien mir das Beste zu sein, was ich tun konnte …«

Arminius zog ihn auf die Füße und beugte sich hinab, um das Schwert des Römers aufzuheben und es wieder in die Scheide zu stecken. Dabei schwappte ein Schwall Wasser aus dem durchnässten Lederetui. »Das Beste, was wir jetzt tun können, ist, von hier zu verschwinden, bevor sich der Nebel lichtet. Er sieht schon ein wenig dünner aus, wenngleich dies auch der aufsteigenden Sonne geschuldet sein könnte.« Ein hoher Schrei drang aus nördlicher Richtung über den Sumpf, der sofort von einem Dutzend Stimmen beantwortet wurde. »Siehst du? Sie jagen noch immer nach uns.«

Der Römer nickte und winkte Arabus zu. »Führ uns zum Fluss.«

Der Späher wandte sich um und ging erneut in Richtung Süden. Dabei bewegte er sich mit umsichtigen Schritten, während Arminius dem Römer eine Hand auf die Schulter legte und ihn hinter dem Tungrer herschob.

»Doch diesmal, Zenturio, solltest du aufpassen, wohin du deine Füße setzt. Ich hatte dir mein Leben geschuldet, doch nun ist meine Schuld beglichen. Sollte ich dich also ein weiteres Mal aus einem Stinkloch herausziehen müssen, bist du es, der mir sein Leben verdankt.«

7. Kapitel

Je tiefer sich die Kavallerieeinheit in die Mitte der Bratpfanne vorwagte, desto weniger konnte Silus ein Gefühl der Nervosität abschütteln, das ihn seit ihrer Trennung von der Kohorte umgetrieben hatte. Der Wald war völlig ruhig, sogar die Vögel hatten aufgrund der Störung durch die Reiter aufgehört zu singen. Das Fehlen aller natürlichen Geräusche, abgesehen vom Wind, der durch die Bäume strich, fühlte sich beängstigender an, als wenn der Lärm einer marschierenden Soldatenkohorte die Stille durchbrochen hätte. In leichtem Trab kam ihnen ein Reiter entgegen, zügelte sein Pferd und salutierte vor dem Decurio.

»Keine Meldungen, Herr! Der Wald ist ruhig, und wir konnten nichts entdecken, was darauf schließen lassen würde, dass noch jemand anderer hier unterwegs ist.«

Silus nickte und deutete auf den Pfad. »Dann mach dich sofort auf den Rückweg, und sobald du bei deinen Kameraden bist, schickst du einen neuen Reiter zu uns.«

Der Kavallerist salutierte, wendete sein Pferd und galoppierte in östlicher Richtung davon. Silus' Sesquiplicarius murmelte etwas und betrachtete mit missmutigem Gesicht das Meer von Bäumen, während die Reitergruppe sich weiter den schmalen Pfad entlangbewegte.

»Vielleicht ist dieser Ort tatsächlich menschenleer. Zumal man den tätowierten Trotteln ja nicht unbedingt viel Verstand zutraut, was? Wahrscheinlich laufen sie gerade zu der Stelle, wo wir letzte Nacht das Lager aufgeschlagen hatten.«

Der Decurio zuckte mit den Schultern. »Einer der Vorteile, einen feinen Herrn wie den Tribun als Vorgesetzten zu haben, ist, dass er mit einem Weinglas in der Hand interessante und informative Geschichten zu erzählen weiß. Gestern Abend habe ich zufälligerweise gehört, wie er seinem Ersten Speer etwas von einem Arminius erzählte – und damit meinte er nicht den dumpfbackigen Riesen, der ihm die Stiefel säubert, sondern einen Stammesführer, der vor zweihundert Jahren in Germanien eine Revolte gegen den Kaiser anführte. Es scheint, der Mann sei ein Stammesprinz gewesen, gerade mal ein Jüngling, und er wurde seiner Familie als Teil des Friedensabkommens entrissen, das der Stamm nach seiner Niederlage auszuhandeln gezwungen war. Er wurde von unseren Soldaten als Mitglied der Adelsklasse nach Rom gebracht, und sie haben ihn gelehrt, was Zivilisation bedeutet. Man hat ihn zu einem vornehmen römischen Herrn erzogen beziehungsweise zu dem, was er aufgrund seiner Abstammung an Vornehmheit erlangen konnte. Dann haben sie ihn in die Armee aufgenommen, natürlich direkt im Rang eines niederen Offiziers. Nach allem, was der Tribun erzählte, war er ausgesprochen tüchtig, stürmte stets als Erster in die Barbarenhorden und hackte mit seinem Schwert die vorderste Reihe nieder – statt auf seinem Pferd herumzusitzen und in kultivierter Sprache Befehle zu erteilen, wie das die meisten von ihnen tun.«

Die Männer murmelten ihre Zustimmung, und mehr als einer von ihnen legte eine Hand auf den Schwertgriff oder berührte den Eisenkopf seines Speers in einem stillen Gebet.

»Wie dem auch sei: Dieser Arminius wurde irgendwann von seinem Heimatstamm dazu überredet, Rom zu verraten. Also führte er drei vollzählige Legionen tief in ein Land wie dieses, wo es keinen Platz zum Manövrieren gab, und dort deckte er dann seine Karten auf. Die Krieger seines Heimatstammes warteten nämlich, bis die Legionen hübsch aufgereiht auf einem schmalen Pfad wie diesem hier in der Falle saßen« – er warf einen Blick in die Runde und deutete auf den Wald um sie herum –, »dann stürmten sie von beiden Seiten heran und schlugen auf die Soldaten ein, bevor die armen Kerle Zeit oder Raum fanden, in Schlachtformation zu gehen. Drei vollzählige Legionen wurden niedergemetzelt und alle Überlebenden versklavt. Sie haben sämtliche Adlerfeldzeichen geraubt und die hochrangigen Offiziere und Zenturionen auf Altären ihren Göttern geopfert, während die restlichen Soldaten die Schreie mit anhören mussten und darauf warteten, selbst abgeschlachtet zu werden. Der Tribun erzählte, der Kaiser habe, als er die Nachricht erfuhr, vor Wut den Kopf an die Wand gehämmert, habe herumgebrüllt und den törichten Mistkerl von einem Aristokraten verflucht, der seine Armee in diesen offensichtlichen Hinterhalt geführt hatte – wenngleich mir nicht ganz klar ist, *wie* offensichtlich er im Vorhinein tatsächlich war. Hinterher sind ja immer alle schlauer, oder?« Er hielt inne und blickte mit fragender Miene in die Runde. »Nun, und was lernen wir aus der Geschichte des Tribuns?«

»Den Scheißbarbaren nie und nimmer zu trauen?«

Silus schnaubte. »Das wussten wir schon vorher, Schwachkopf. Was aber ist mit der Angriffsmethode der Germanen?«

Ein anderer Reiter ergriff das Wort, und seine Stimme hatte etwas Zögerliches, da er sich keinesfalls vor seinen Kameraden blamieren wollte. »Geht es darum, dass sie erst einmal abwarteten, bis die Legionen sich samt und sonders in der Falle befanden, bevor sie ihren Angriff starteten?«

Silus nickte. »Du hast dir eine Belohnung verdient, denn genau so ist es. Die Barbaren haben sich mucksmäuschenstill verhalten, bis die Maulesel allesamt in der Todeszone waren, erst dann haben sie ihre altbekannte Methode des Herausstürmens und Drauf-los-Hackens angewandt. Und das, meine Jungs, ist auch der Grund, warum Julius uns ausgesandt hat, den Pfad auszuspähen, bevor er seine Kohorte dorthin entsendet. Haltet also eure verfluchten Augen und Ohren offen und hört auf, ans Saufen und Huren zu denken – sonst werdet ihr nämlich bald herausfinden, was passiert, wenn man gefangen genommen wird und ein großer, haariger, tätowierter Affe beschließt, einen zu seiner neuen Freundin zu erküren. Verstanden?«

Der Sturmtrupp schaffte es ohne weitere Zwischenfälle zum Ufer des Trüben Flusses. Arabus hatte sie an einem Zufluss entlanggeführt, dessen gut vier Fuß hohe Ufer ausreichend Deckung auf der letzten halben Meile durch den gefährlichen Sumpf gewährten.

»Und was machen wir jetzt? Ich kann die andere Seite nicht sehen, erinnere mich aber aufgrund der Landkarte, dass der Fluss zu breit ist, als dass wir hinüberschwimmen könnten.«

Arabus beantwortete Marcus' Frage mit einem triumphierenden Grinsen. »Die Späher in Piger Montis erzählten mir, sie hätten des Nachts die besten Männer der Garnison ausgesandt, um das Gelände zu erkunden, da sie das Marschland mittlerweile ebenso gut kannten wie die Einheimischen. Sie sollten Gleiches mit Gleichem vergelten und den Stammeskriegern etwas Respekt einflößen, indem sie Einzelne von ihnen aufgriffen, sie aufschlitzten und ihre verstümmelten Körper liegen ließen, damit die Venicones sie bei Sonnenaufgang finden würden. Wann immer es der Nebel erlaubte, kamen sie hierher und überquerten mit Booten den Fluss, anstatt die leichtere und damit offensichtlichere Flussenge weiter oben zu nutzen, die natürlich von den Venicones bewacht wurde. Einer der Späher erzählte, sie hätten damals auf beiden Seiten des Flusses Boote in den Binsen versteckt. Sie lagen außerhalb des Wassers, waren mit gut geteerten Rümpfen gegen die Feuchtigkeit ausgestattet und wurden vom Schilf verdeckt, sodass man sie ohne genaue Angaben nie hätte finden können. Ein paar Hundert Schritte weiter in diese Richtung« – er deutete am Flusslauf entlang nach Südosten – »liegt eines dieser Boote, und es sieht stabil genug aus, um eine letzte Überfahrt zu wagen.«

Er führte die abgekämpften Soldaten das Ufer hinab, und die Männer blickten sich nervös im Nebel um, der während ihrer Durchquerung des Marschlands von einem trüben Grau zu einer übernatürlich anmutenden weißen Schattierung übergegangen war. Der tungrische Späher hatte ein Tempo angeschlagen, das sie nach Luft japsen ließ, denn bei jedem Schritt mussten sie ihre Stiefel aus dem dicken Schlamm herausziehen, die schon beim nächsten wieder im Dreck versanken. Bald brannten ihre Beinmuskeln aufgrund des anstrengenden Stakens längs der Flussböschung. Marcus wollte gerade eine Rast befehlen, als Arabus sie anhalten ließ und in das dichte Schilfrohr huschte, welches das Uferland bedeckte. Dankbar sanken alle in das Ried hinab, ohne sich um den stinkenden Schlamm zu scheren, der ihre Unterkörper besudelte. Der Römer massierte sich die Oberschenkel, denn seine Muskeln zitterten aufgrund der qualvollen Schinderei, dann wischte er die fauligen Überreste von Pflanzen und den Dreck weg, der seine Schwertgriffe bedeckte.

»Wie erwartet liegt dort das Boot, und es scheint einigermaßen für die Überquerung zu taugen.«

Marcus riss sich aus seiner erschöpften Träumerei, kam auf die Füße und kroch hinter dem Späher durch das Schilf. Arminius folgte ihm, während der Rest der Truppe sich müde in die Deckung der Flussböschung sinken ließ. Vorsichtig bewegten sich die drei Männer durch das vier Fuß hohe Schilfrohr, bis sie auf eine kleine Lichtung innerhalb der dichten Vegetation stießen. Arabus zog ein verrottetes Leinentuch von einem gewölbten Haufen, der sich in einer kleinen Lücke zwischen dem Röhricht befand, und ein acht Fuß langes Boot kam zum Vorschein.

»Seht ihr? Sie haben eine dicke Schicht Planken über dem Schlamm ausgelegt, um den Bootsrumpf vor Nässe und Fäulnis zu schützen.«

Der Römer lehnte sich vor und strich mit dem Finger über die grobe Sitzbank, wobei er die Nase rümpfte, denn das einst massive Holz hatte über die Zeit eine schwammige Konsistenz angenommen. Im Gegenzug fühlte sich der dick mit Teer bestrichene Bootsrumpf relativ stabil an, wenngleich schon bei oberflächlicher Betrachtung klar wurde, dass die Festigkeit der Holzplanken durch gut zwanzig Jahre im Freien beeinträchtigt worden war.

»Das Ding wird nicht alle gleichzeitig tragen können –

schon gar nicht, wenn ein Britannier von der Größe eines einjährigen Bullen an Bord sitzt.«

Marcus quittierte Arminius' trockene Bemerkung mit einem zustimmenden Nicken. »Wir werden in zwei Schichten übersetzen müssen. Arabus und ich werden vorausfahren und Drest sowie seine Männer mitnehmen. Dann kann Arabus das Boot zu euch beiden zurückbringen, während wir in der Zwischenzeit das Gelände auf der anderen Seite erkunden. Mit etwas Glück sind wir fort, bevor sich der Nebel lichtet, und die Venicones werden nichts davon mitbekommen.«

Arminius nickte widerstrebend. »Das hört sich recht vernünftig an – sofern du der Meinung bist, diesen bösartigen sarmatischen Mistkerlen trauen zu können.«

Der Römer zuckte die Achseln. »Findest du nicht, sie hatten bereits ausreichend Gelegenheit, uns zu verraten?«

Der Germane antwortete mit zweifelnd hochgezogener Braue. »Das mag sein. Es wird trotzdem besser sein, du kehrst ihnen nicht den Rücken zu.«

Die beiden tauschten einen wissenden Blick, dann trieb Arminius den Rest der Truppe zusammen, um das Boot aus dem Versteck die dreißig Schritte zum Fluss hinunterzutragen. Kritisch beobachteten die Männer, wie es auf die Wasseroberfläche glitt, während Arabus bis zu den Schenkeln im Fluss stand, um die Barke ruhig zu halten.

Marcus beugte sich über das Boot und untersuchte dessen Boden. »Es läuft ein bisschen Wasser hinein, aber nicht so viel, dass man sich Sorgen machen müsste.« Er wandte sich an Drest und winkte ihn zu sich. »Wir werden mit deinen Männern vorausfahren. Nachdem wir auf der anderen Seite angekommen sind, wird Arabus das Boot zur Überfahrt der anderen beiden zurückbringen.«

Der Thraker nickte, kletterte in das Boot und bedeutete Ram und Radu mit einer Geste, ihm zu folgen. Um Marcus' Gewicht beim Einsteigen auszugleichen, lehnten sie sich auf die andere Seite der Barke und zogen Arabus über den Bootsrand, bevor Arminius sie vom Ufer abstieß. Mit gemächlichen Ruderschlägen und sorgsam darauf bedacht, keine Spritzgeräusche zu erzeugen, die ihre Flussquerung hätten verraten können, lenkten Marcus und Drest das Boot über den stillen, ruhig strömenden Fluss, während die beiden Sarmaten mit unlesbaren Gesichtern in den Nebel auf beiden Seiten hinausstarrten. Nach einem Dutzend Ruderschlägen war das nördliche Flussufer fast gänzlich verschwunden, und sie paddelten schweigend durch den dichtesten Teil des Nebels, wobei jeder seinen eigenen Gedanken nachhing. Nach einer Weile steten Ruderschlagens tauchte das südliche Ufer aus der Finsternis auf und sah genauso aus wie das nördliche: eine weitläufige Ebene aus Marschland und windbewegtem Schilfrohr. Als das Boot auf dem schlammbedeckten Ufer aufsetzte, kletterte Marcus vorsichtig hinaus, zog seine Spatha und ging in Richtung des Röhrichts. Einen Moment lang neigte er den Kopf, um zu horchen, dann drehte er sich wieder zu den anderen.

»Nichts zu hören. Drest, hol deine Männer aus dem Boot und halte hier die Stellung, während ich die Gegend vor uns erkunde und sicherstelle, dass uns kein Willkommenskomitee erwartet. Arabus, du kannst indessen zu den anderen zurückfahren.«

Der Späher nickte und wendete das Boot. Dann setzte er sich in den Bug und paddelte auf beiden Seiten des spitzen Schiffsschnabels, wobei sich das Heck ein wenig hob. Schnell verschwand die Barke im Nebel.

Marcus wandte sich an Drest, ließ den Mantel des Diebs von den Schultern gleiten und warf ihn neben den Thraker. »Behalte ihn für mich im Auge. Falls uns irgendwer im Nebel erwartet, hast du zumindest den Adler und kannst ihn Präfekt Castus zurückbringen.«

Drest nickte ermattet, stand auf und legte eine Hand auf den Schwertgriff. »Das Feldzeichen ist bei mir in Sicherheit. Geh nicht so weit in die Suppe hinaus, dass du die Orientierung verlierst und den Weg zurück nicht findest, in Ordnung?« Marcus nickte, wandte sich um und trat in den Sumpf, der das Flussufer säumte, doch Drest schickte ihm noch eine weitere Bemerkung hinterher. »Und versuche, nicht wieder in ein Loch…« Er hielt mitten im Satz inne und stieß ein Knurren aus.

Als Marcus sich umdrehte, sah er den Thraker stocksteif mit verdutztem Gesichtsausdruck dastehen. Hinter ihm ertönte eine barsche Stimme, die zwar mit hartem Akzent, aber wesentlich fließender sprach, als die Sarmaten-Zwillinge es bis dahin getan hatten.

»Genug geschwatzt, alter Mann.«

Drest starrte fassungslos auf seine Brust, als wollte er herausfinden, woher die Schwertspitze kam, die aus seinen Rippen herausragte. Während der Römer noch zusah, hob Ram, der direkt hinter dem Thraker gegangen war, die Hand und stieß Drest mit einem schiefen Grinsen von seinem Langschwert weg. Dass sein bisheriger Herr auf den feuchten Boden fiel und Blut aus den Wunden in seinem Rücken und seiner Brust strömte, quittierte er mit einem Achselzucken.

»Jetzt willst du sicher wissen, warum, stimmt's?« Radu ging um seinen Bruder herum, zog sein eigenes Schwert und richtete es auf Marcus. »Warum haben wir nicht gewartet, bis du außer Hörweite bist, bevor wir ihn umbringen und uns den Adler schnappen?«

Der Römer senkte seine Schwertspitze zu Boden und schüttelte zur Antwort den Kopf. »Das weiß ich bereits. Ihr wurdet dafür bezahlt, den Adler zurückzugewinnen und sicherzustellen, dass sein Wiederauffinden aus irgendeinem Grund geheim bleibt. Doch wahrscheinlich hat man euch noch mehr Geld angeboten, falls ihr es schafft, eurem neuen Herrn noch etwas anderes zu bringen, stimmt's?«

Ram stieg über Drests zusammengesackten Körper und stellte sich neben seinen Bruder, wobei er seine blutbefleckte Waffe direkt vor Marcus' Gesicht hielt. »Richtig. Wir wurden zwar für das Zurückbringen des Adlers angeworben, doch unser Lohn wird sich verdreifachen, wenn wir dazu auch noch deinen Kopf abliefern.«

Radu grinste Marcus voller Vorfreude an. »Das wird die bestbezahlte und leichteste Auftragsarbeit, die wir je erledigt haben.«

Der Römer hob seine Spatha, zog den Gladius mit dem Adlerknauf hervor und richtete die kürzere Klinge neben der längeren aus. »Dabei vergesst ihr allerdings zwei Dinge.«

Die Zwillinge rückten vor, da sie an dem Gespräch nur so weit interessiert waren, wie es Marcus ablenken würde, während sie sich langsam trennten, um den Römer von zwei Seiten anzugreifen.

»Und welche zwei Dinge wären das, Todgeweihter?«

Marcus bedachte Ram mit einem freudlosen Grinsen. »Erstens habe ich schon einmal eine Klinge an deinen Hals gelegt, doch diesmal werde ich meine Schwerter nicht fallen lassen.«

Der Sarmate schnaubte verächtlich und ging einen weiteren Schritt zur Seite. »Und was wäre das Zweite, bevor wir loslegen und dir den Kopf abschlagen?«

Der Römer wandte sich ab und schwang seine Spatha dann in einem raschen, schwirrenden Bogen, der die nebelverhangene Luft des Flussufers zerriss.

»Ich habe heute schon einmal die Hand meines Gottes gespürt. Und einmal ist genug.«

»Wir haben den ganzen Weg von hier bis zum Rand der Bratpfanne abgeritten.«

»Und nichts entdeckt?«

Silus beantwortete Julius' Frage mit einem zustimmenden Nicken. Das Reiterkommando war eine Meile westlich der Weggabelung wieder auf die Marschkohorte gestoßen, und der Erste Speer hatte eine Rast befohlen, um in Ruhe mit seinem Decurio sprechen zu können.

»Gar nichts. Der Wald ist still wie ein Grab, Erster Speer. Wenn du also diese Route begehen willst, um zurück zum Wall zu gelangen, würde ich vorschlagen, wir setzen uns sofort in Bewegung, bevor die bemalten Irren beschließen, unseren Wünschen nicht länger entgegenzukommen.« Julius nickte entschieden und wandte sich um, um seine Befehle zu erteilen, doch Silus ergriff erneut das Wort. »Gestattest du mir noch eine Bemerkung, Erster Speer?«

Der hochrangige Zenturio drehte sich zu ihm zurück und hatte angesichts dieser ungewohnten Förmlichkeit ironisch eine Braue hochgezogen. »Decurio?«

»Meine Jungs und ich haben über diese Geschichte geredet, die uns der Tribun gestern Abend erzählte. Du weißt schon: die Sache mit den drei Legionen, die in Germanien von den Barbaren niedergemetzelt wurden. Einer der helleren Köpfe unter meinen Leuten hatte daraufhin eine ziemlich gute Idee, wie wir die Blaunasen hereinlegen könnten, falls sie vorhaben sollten, uns da draußen in einen Hinterhalt zu locken.«

Julius runzelte die Stirn. »Sagtest du nicht, der Weg sei frei?«

Silus breitete entschuldigend die Hände aus. »Ja, das sagte ich. Doch ich sagte auch, der Wald sei still wie ein Grab. Das bedeutet nicht, dass ich mit Sicherheit sagen könnte, die Venicones hätten in den vom Tribun ausgelegten Köder gebissen und wären nach Nordosten abgezogen, findest du nicht?«

Der Erste Speer nickte bedächtig. »Und was wäre diese brillante Idee deines Mannes? Dass wir uns bereithalten, wie der Blitz davonzulaufen, sobald wir die ersten Anzeichen hässlicher Männer mit scharfen Klingen erblicken?«

Silus nickte, und sein Gesicht erhellte sich aufrichtig amüsiert. »Mehr oder weniger. Allerdings hatte er dieser elementaren Taktik noch einen kleinen Kniff hinzuzufügen.«

Mit wachsamer Miene lauschte Julius den Ausführungen des Decurios und nickte nachdenklich, als ihm der Sinn dieses Vorschlags deutlich wurde. »Nicht schlecht, wenngleich es sich ebenso riskant anhört wie alles andere, was dem Tribun dazu eingefallen wäre. Bald bist du Scaurus ebenbürtig im Ausdenken hinterlistiger Pläne, die entweder Wunder bewirken oder uns allesamt umbringen werden.« Er wandte sich an seinen Optio. »Hol den Tribun und die Zenturionen, ja, Pugio? Ich denke, wir sollten die Sache ein bisschen genauer besprechen…«

Die Sarmaten traten erneut vor und machten je einen vorsichtigen Schritt zur Seite, um den Römer dazu zu zwingen, seine Aufmerksamkeit auf zwei Angreifer zu verteilen. Mit einem selbstzufriedenen Lächeln ergriff jetzt Ram das Wort.

»Tribun Sorex sagte, wenn wir deinen Kopf *nicht* mit zurückbringen, könnten wir ganz wegbleiben. Er kann dich ganz und gar nicht leiden, Zenturio, wenngleich er eine bessere Meinung von deiner Frau zu haben scheint.«

Rechts von Marcus trat Radu einen Schritt vor und führte seine Klingen so nahe an die Spatha des Römers heran, dass schon die geringste Bewegung den Kampf ausgelöst hätte.

»Oh ja, er hatte definitiv ein Auge auf sie. Er wollte das hübsche kleine Ding bei der ersten Gelegenheit wie ein Preishengst besteigen, und wahrscheinlich steckt er gerade bis zu den Eiern in ihr drin…«

Er stach das längere seiner zwei Schwerter mit einem mächtigen Stoß nach vorn, beugte das Knie, um die Schwertspitze in Marcus' Brust zu treiben, während er die andere Waffe hochhielt und sich bereitmachte, entweder zu parieren oder zuzuschlagen. Ram sprang von der anderen Seite auf den Römer zu und suchte nach einer Lücke, durch die er einen tödlichen Hieb landen könnte. Im Bruchteil einer Sekunde entschied sich Marcus für einen Kampf mit dem schon einmal besiegten Zwilling, wich Radus Attacke aus, parierte Rams ersten Hieb, führte mit dem Gladius in seiner Linken eine Finte aus, bevor er sich zwischen den beiden Männern hinabbeugte und flink um sich selbst drehte, damit er mit seiner langen Spatha einen Streich gegen Rams Schenkel landen konnte. Der Sarmate sprang zurück und war beinahe schnell genug, um den Hieb zu vermeiden, doch die Klinge durchtrennte seine Beinkleider, und ein dickes Rinnsal Blut trat aus der Wunde. Während der Römer wieder in Deckung ging, spürte er einen Streifen kalt wütenden Feuers auf seinem linken Bizeps und wusste, dass es Radu gelungen war, ihn bei seiner Drehung am Arm zu treffen. Der Sarmate grinste ihn breit an, hob erneut seine Schwerter und deutete mit dem Kopf zufrieden auf den Tropfen Blut, der die abgewinkelte Klinge seiner Spatha herabrann.

»Du blutest, Zenturio. Ein paar weitere Hiebe wie dieser werden deine Leichtfüßigkeit schon bald zunichtemachen.«

Marcus ignorierte die Stichelei und wich in Richtung Fluss zurück, denn er wusste, dass er eine Gelegenheit finden musste, einen der Brüder anzugreifen, ohne dass der andere aus seiner Abgelenktheit Nutzen zog. Die Sarmaten-Krieger folgten ihm noch immer auf zwei Seiten verteilt. Mit leichtem Hinken aufgrund der Fleischwunde in seinem Schenkel bewegte sich Ram seitwärts zu seiner Rechten, stieg über Drests zusammengesackten Körper und hatte den Blick direkt auf Marcus' Augen geheftet.

»Wir sollten ihn nicht bluten lassen! Nachdem er mich verletzt hat, werde ich dem Scheißkerl glatt den Schädel abhauen. Ich werde …«

Abrupt verzog sich sein Gesicht vor Schmerz. Drest hatte sich mit bleichem Antlitz ein Stück weit aus dem Schilfrohr erhoben, den Fuß des Sarmaten gepackt und die Zähne tief in dessen Achillessehne versenkt. Ram führte eine unbeholfene Drehung durch und hieb sein Schwert auf den Kopf des Thrakers. Der Aufprall der schweren Klinge hörte sich an, als würde man einen Kohlkopf mit einem Hackbeil bearbeiten. Marcus wusste, dass Drests selbstmörderischer Angriff ihm nur einen kurzen Augenblick Zeit verschaffte, weshalb er blitzschnell Radu angriff und den Kniff wiederholte, den er schon bei Ram auf dem Exerzierplatz von Kastell Arbeia angewandt hatte: Er parierte den Schlag der Klingen des Sarmaten, riss sie dann weit auseinander, warf sein Schwert weg und trat nahe genug an ihn heran, um ihn an der Tunika zu packen. Sein Gegner grinste ihm zu und zog das Gesicht zurück, um einen Kopfstoß des Römers zu vermeiden. Dabei fasste er sein Kurzschwert fester und winkelte die Klinge ab, um sie tief in die ungeschützte linke Seite seines Feindes zu stoßen. Marcus schrie vor Wut und Anstrengung, hob den verblüfften Sarmaten vom Boden hoch und spürte aufgrund dieser Muskelanspannung einen Stich in seinem verwundeten Bizeps. Dann ließ er die Arme krampfartig nach vorne schnellen, um Radu mit aller Kraft rücklings in den Nebel zu schleudern. Er wartete gar nicht erst ab, ob sein Versuch gelungen war, sondern rannte auf Ram zu und zog dabei das kleine Messer aus seinem Gürtel, das er aus der tödlichen Schwertklinge eines Banditenanführers hatte schmieden lassen, den er ein Jahr zuvor in Tungrien getötet hatte. Ram war es mittlerweile gelungen, Drest ohnmächtig zu schlagen, griff mit einem frustrierten Schmerzensschrei nach unten und löste den festgebissenen Kiefer des Sterbenden von seinem Knöchel. Als er sich wieder Marcus zuwandte, verpasste der angreifende Römer ihm einen heftigen Schlag, mit dem er ihn ins Röhricht hinabstieß, dann packte er ihn mit der freien Hand, während die andere mit dem grausam scharfen Messer zustach. Ein, zwei, drei Mal sank die geriffelte Stahlklinge zwischen die Rippen des Sarmaten, und mit jedem neuen Stich stieß Ram ein verwundertes Knurren aus und riss die Augen weit auf, während sich die Spitze des Messers wieder und wieder in seinen Körper rammte.

Marcus rollte von seinem Opfer weg, rappelte sich mühsam in die Hocke, bemerkte dann aber, dass Ram bereits im Sterben lag. Mit jedem Herzschlag schäumte Blut aus seiner Brust, während er mit trüben Augen den Kopf schüttelte und vergeblich versuchte, die Schwerter zu heben, die noch immer in seinen tauben Händen lagen.

»Ra… Ra-du!«

Marcus blickte zu der Stelle, wo der andere Zwilling auf dem Boden gelandet war, und schüttelte den Kopf. »Radu kann dir diesmal nicht helfen. Ich würde dir raten, dich auf den Weg zu deinen Göttern zu machen, doch nachdem dein Kopf demnächst auf dem Grund des Trüben Flusses liegen und der Rest von dir an Land verfaulen wird, scheint mir das nicht allzu passend…«

Er wandte sich von dem Sterbenden ab und hörte das Geräusch hektischer Ruderschläge. Das Boot tauchte aus dem Dunst auf, klatschte ans Flussufer, und zwei Krieger kletterten heraus. Stocksteif blieben sie stehen, als sie ihren Zenturio vor sich erblickten, der gerade seine Schwerter an Rams Mantel säuberte.

Lugos schüttelte ungläubig den Kopf und zeigte auf die andere Seite des Flusses. »Wir hören Eisen im Nebel. Die Fähen haben es auch gehört. Wir hören, dass sie folgen.«

Der Römer nickte und schob seine Spatha in die nasse Scheide. »Es scheint, Ram und Radu haben lediglich auf die Gelegenheit gewartet, in eurer Abwesenheit zuzuschlagen, damit ihr beide ihr Spiel nicht vereiteln konntet. Ich wusste, dass ich sie schnellstmöglich loswerden musste, sonst hätten sie uns an die Venicones verraten und versucht, inmitten des entstehenden Chaos zu fliehen. Sie haben Drest ein Schwert in den Rücken gerammt, ihn damit aber nicht getötet. Er hat darauf seine Zähne in Rams Bein geschlagen und ihn lange genug abgelenkt, dass ich mit Radu fertigwerden konnte – andernfalls wärt ihr wohl zu spät aufgetaucht, um mehr tun zu können, als uns beide zu begraben.«

Als habe er seine Worte gehört, zuckte der Thraker zusammen, hob eine zitternde weiße Hand und starrte, ohne zu sehen, in den grauen Himmel hinauf. Seine Lippen bewegten sich lautlos. Marcus neigte sich zu ihm hinab und legte sein Ohr ans Gesicht des sterbenden Mannes.

»Unser … Herr Jesus … möge mir … ewige Ruhe …«

Ein Beben erfasste ihn, dann lag er still, und der Römer stand kopfschüttelnd auf.

»Es scheint, er war Christ. Ich frage mich, ob sich Präfekt Castus bewusst darüber war, einen religiösen Verrückten in seine Familie aufgenommen zu haben.«

Arminius lachte, zeigte dann aber auf den Zwilling, dessen Bein Drest zerbissen hatte. »Christ oder nicht – er hat dir das Leben ohne jede Waffe, nur mit seinen Zähnen gerettet. Wenn ein solches Verhalten auf das Christsein zurückzuführen ist, sollten wir uns vor ihnen hüten, falls sie je eine Armee zusammenbekommen.«

Er lehnte sich über den keuchenden Ram und schüttelte den Kopf, als er die grausamen Wunden sah, die Marcus ihm in die Brust geschlagen hatte. Dann legte er seine Schwertklinge an die Kehle des Sarmaten und drückte sie fast beiläufig hinab, um den Sterbenden von seinem aussichtslosen Überlebenskampf zu erlösen.

»Es scheint, sie haben unterschätzt, in welche Bestie du dich verwandelst, wenn man dich provoziert, was, Zenturio?«

Marcus nickte müde. »Du weißt ja, wie es ist. Wenn jemand unbedingt einen Kampf mit mir anzetteln will...«

Arminius zuckte die Achseln. »Wo ist der andere Zwilling?«

»Er hier.«

Der Germane wandte sich um und sah Lugos, der ein halbes Dutzend Schritte entfernt auf den Boden blickte und erstaunt den Kopf schüttelte.

Arminius drehte sich mit fragendem Gesicht zu Marcus. »Hast *du* ihn dort hineinbefördert?«

Der Römer zuckte mit den Schultern. »Nur ein Glückstreffer, als ich ihn weggestoßen habe.«

Arminius sah zu Radu hinab, der sie aus der Mitte eines Schlammlochs anstarrte und trotzig den Mund über dem Wasser geschlossen hielt, das bereits sein Kinn benetzte. Dann warf der Germane Marcus einen anerkennenden Blick zu.

»Nun, du weißt sicher am besten, wie er sich gerade fühlt.« Er wandte sich an den todgeweihten Sarmaten. »Bist du mit den Füßen schon am Boden angelangt, Radu?«

Der Sarmate blickte sie finster an. Seine Augen traten hart aus dem plötzlich erblassten Gesicht hervor, denn er hatte begriffen, dass er dem Tod nahe war. Er legte den Kopf in den Nacken, um noch ein letztes Mal einzuatmen, und schrie den zusehenden Männern seine Verzweiflung entgegen.

»Scheiß auf euch! Scheiß auf euch alle! Ich verfluche euch! Im Namen des Donnergotts Targitai und der Geister meiner Vorfahren, ich verfluche euch, auf dass ihr...«

Noch während er ihnen seine letzten, trotzigen Worte entgegenkreischte, streckte Lugos seinen Hammer vor und legte die flache Seite der bleischweren Waffe erstaunlich sanft auf Radus Scheitel. Ohne abzuwarten, was der Sarmate ihnen als Vergeltung für seinen Tod wünschte, drückte er die Waffe mit dem Stiel hinab, bis sich der Mund des wehrlosen Mannes unter Wasser befand und seine Augen vor Hass weit aufgerissen waren.

Lugos lachte und schüttelte den Kopf zu dem Sarmaten hinunter. »Fluch wirkt nicht, wenn ich ihn nicht höre.«

Radu kämpfte noch einen Augenblick, während der stinkende Schlamm seine Nase bedeckte, dann seine feindseligen Augen und er geräuschlos unter die Oberfläche glitt. Eine Kette öliger Blasen stieg empor, und er verschwand aus dem Blickfeld.

Marcus hob den Mantel auf, in dessen Tasche der Adler verborgen war, und blickte sich müde nach dem Pfad um. »Wir müssen los, bevor die Fähen den Fluss überqueren und uns schnappen. Es macht mir Sorge, dass …«

»Nein, Zenturio! Lass uns diesmal nicht darüber spekulieren, was *noch* alles geschehen könnte.« Arminius steckte sein Schwert in die Scheide, wandte sich von der gekräuselten Sumpfoberfläche ab und zog kopfschüttelnd eine Grimasse. »Ein lebensmüder Christ, ein Zwillingspaar mordlüsterner Barbaren und eine Schar schwer bewaffneter Frauen, die nur darauf warten, mir den Schwanz abzusäbeln und ihn ihren Hunden zum Fraß vorzuwerfen – das scheint mir genug für einen Tag. Sollte uns noch Schlimmeres bevorstehen, darfst du das gerne für dich behalten.«

»Halt!«

Auf Julius' Kommando kam die tungrische Kolonne bereits zum dritten Mal in einer Stunde zum Stehen. Die

Soldaten stützten sich auf ihre Waffen, während der Erste Speer den nun leicht ansteigenden Weg vorausmarschierte und den Kopf neigte, um andere Geräusche als das Seufzen des Windes in den Bäumen oder Vogelgezwitscher auszumachen. Lange blieb er stehen und horchte, noch immer mit geneigtem Kopf, dann schüttelte er ihn verwirrt.

»Nichts, Erster Speer?«

Scaurus war Julius nach vorne gefolgt und hatte die Hand auf den Gladius gelegt. Nun betrachtete er seinen hochrangigen Zenturio mit gehobener Augenbraue.

Julius schüttelte erneut den Kopf. »Nichts. Dennoch: Sollten sie irgendwo einen Hinterhalt planen, wäre dies der perfekte Ort dazu beziehungsweise irgendwo zwischen hier und dem Rand der Senke. Ich wünschte, wir hätten Marcus' tungrischen Späher dabei. Man könnte ihn einfach in den Wald hinausschicken, und er würde in kürzester Zeit herausfinden, ob etwas faul ist. Ich …«

»Erster Speer? Tribun? Dürfte ich vielleicht einen Moment eurer Zeit beanspruchen?«

Die beiden Männer wandten sich um und sahen Qadir, der in respektvoller Haltung auf sie wartete. Hinter ihm auf dem Pfad erhob sich kaum sichtbar eine dünne Rauchsäule aus der Mitte der Kohorte, etwa dort, wo seine Zenturie innerhalb der Marschreihe positioniert war.

»Was gibt es, Zenturio?«

Der Hamier salutierte und zog eine Wachstafel von seinem Gürtel. »Ich werde euch nun demonstrativ diese Wachstafel zeigen. Sie enthält jedoch nichts anderes als eine Auflistung der Kampfstärke meiner Zenturie, die ich während unserer morgendlichen Besprechung notiert habe. Ich halte sie euch lediglich hin, damit wir in Ruhe miteinander reden können, ohne den Verdacht der Männer zu wecken, die uns, wie ich meine, gerade beobachten.«

Scaurus nickte, schürzte die Lippen und zeigte mit dem Finger auf die Tafel. »Dann glaubst du also, wir sind bereits in einen Hinterhalt geraten?«

Qadir nickte und deutete seinerseits auf die ins Wachs geschriebenen Textzeilen. »Ich denke, wir bewegen uns gerade mitten hinein, Tribun. Sie werden darauf warten, dass wir noch tiefer in die Falle tappen, bevor sie zum Angriff übergehen. Es sei denn, natürlich, wir würden verraten, dass wir den Hinterhalt bemerkt haben.«

Julius stemmte die Hände in die Hüften und zwang sich, den Blick nicht umherschweifen zu lassen, um nach Anzeichen einer drohenden Attacke Ausschau zu halten. »Und woher weißt du das so genau?«

Qadir deutete wieder auf die Liste. »Der Abdruck eines Stiefels auf dem Pfad, Erster Speer. Es war zwar lediglich der Absatz zu sehen, als sei der Träger des Schuhwerks über den Weg gesprungen, um keine Spuren zu hinterlassen und Verdacht zu erregen – wahrscheinlich ist sein Sprung nur etwas zu kurz geraten. Der Abdruck ist deutlich und mit Sicherheit frisch. Einer meiner Männer bemerkte ihn fast gleich nach unserem Halt und wies mich darauf hin. Ich sagte ihm, er solle die Sache für sich behalten, und habe das Blattwerk in der Nähe untersucht. Es gibt Anzeichen, dass mehrere Männer vor kurzem hier vorbeigekommen sind, als habe eine Gruppe Jäger den Pfad gekreuzt, ohne Spuren zurücklassen zu wollen. Ich glaube, die Stammeskrieger befinden sich in unmittelbarer Nähe.«

Er zeigte auf eine Textzeile im weichen Wachs der Tafel, und Julius nickte entschlossen.

»Sehr gut, Zenturio. In diesem Fall werden wir Silus' Idee in die Tat umsetzen. Du weißt, was du zu tun hast.«

Der Hamier nickte und salutierte mit regungslosem Gesicht. »Ich habe die notwendigen Maßnahmen bereits getroffen. Und ich werde zu unserer Göttin Deasura beten, dass unsere List von Erfolg gekrönt sein möge.« Er wandte sich ab und ging rasch die Marschreihe zurück.

»Dann werden wir also wirklich die wilden Fantasien des Decurios in die Tat umsetzen?«

Als er den konsternierten Ton seines Vorgesetzten hörte, lachte Julius in sich hinein und wandte sich mit einem breiten Grinsen an ihn. »Es sei denn, Tribun, du hättest eine bessere Idee. Sobald die Männer dort draußen bemerken, dass wir keinen Schritt tiefer in ihre Falle tappen, werden sie das Übliche tun: Ihre Bogenschützen werden uns mit einem Pfeilhagel überschütten, ihre Krieger werden von beiden Seiten heranstürmen und versuchen, unsere Kampfstärke in einzelne Zenturien aufzuspalten. Dann werden sie sich auf die kleineren Soldatengruppen stürzen und uns fertigmachen. An jedem Ausgang des Hinterhalts warten wohl ein paar Hundert Krieger, um unseren Fluchtweg zu blockieren, und da sie wissen, wie viele Männer wir sind, wird ihr Anführer mindestens doppelt so viele Krieger entsandt haben. Nein, in Abwesenheit anderer Lösungen bin ich der Meinung, wir sollten Silus' Idee umsetzen. Du hast keinen besseren Vorschlag, nehme ich an?«

Scaurus schüttelte den Kopf und kommentierte die entschlossene Miene des Ersten Speers mit einem wehmütigen Lächeln.

Julius zeigte auf den Pfad, der zum Rand des Talkessels führte. »Lassen wir sie in dem Glauben, dass wir noch tiefer in die Falle laufen und ihnen die Sache leichter machen. Du hingegen, Tribun, könntest mich zur Ersten Zenturie begleiten, wo wir beide besser geschützt wären. Ich brenne darauf, uns bald wieder hinter freundlichen Schilden zu wissen.«

In vorgetäuschter Sorglosigkeit schritten die Männer den Pfad entlang, worauf Julius' Standartenträger und sein Trompeter aufsprangen, um sich für den Weitermarsch bereitzumachen.

»Blas das Signal: alle auf ihre Posten!«

Durch die Stille des Waldes hallte der Ruf, sich in Marschstellung zu begeben, worauf sich die Luft mit dem Lärm Hunderter Soldaten füllte, die aufstanden und sich zum Weiterrücken bereitmachten. Julius bemerkte, dass sie dies wie immer unter Murren taten, doch jede ihrer Bewegungen verdeutlichte, wie vertraut ihnen die Details der täglichen Routine waren. Er hoffte inständig, dass keine voreiligen Krieger unter den Venicones waren und der Hinterhalt zu früh aufgedeckt würde, denn in diesem Fall würde der Plan, den er vor weniger als einer Stunde mit seinen Zenturionen besprochen hatte, nicht aufgehen.

Julius lehnte sich näher an den Trompeter heran und rief ihm ins Ohr: »Blas dasselbe noch mal und geh dann direkt in das Signal über, eine Schlachtreihe zu bilden!«

Während der Trompeter das erste Signal wiederholte, nutzte Julius die kurze Pause, um das dicke Lederband zu straffen, das die Wangenklappen seines Helms fest an seinem Gesicht hielt. Als das Hornsignal unvermittelt in den dringlichen Ton des Kommandos zur Bildung einer Schlachtreihe überging, hob er den Rebstock, wie er das mit seinen Offizieren besprochen hatte, und gemeinsam scheuchten sie ihre Männer in Stellung.

»Kampfreihe bilden, Schilde auf beiden Seiten! Speere bereit!«

Längs der vier Mann breiten Kolonne wurden Schilde erhoben, um am Rand des Pfades gegen die Feinde gewappnet zu sein, die sie mit ihren Speeren und Schwertern angreifen würden. Die Männer in der Mitte der Reihen hoben die Schilde über die Köpfe, um sich und die am Rand befindlichen Soldaten gegen den Pfeilhagel zu schützen, der erwartungsgemäß das erste Anzeichen eines Hinterhalts sein würde. Die Zenturionen riefen ihren Leuten Befehle zu und ermutigten die Zenturien, eine durchgehende Linie zu bilden und keine Lücken zu lassen, die einzelne Soldaten isolieren und dem Verderben ausliefern würden. Aus der Tiefe des Waldes konnte Julius ebenfalls Kommandorufe vernehmen, weshalb er den Tribun tiefer in die Deckung des zweiseitigen Schildwalls zog.

»Jetzt geht's los!«

Schon hämmerte der erste Pfeilhagel herab. Einige Geschosse prallten an den schweren Eisenbuckeln und Rändern der Schilde ab, während andere die mehrlagigen Schichten aus Holz und Leinen durchbohrten und wie Stachel eines Igels darin stecken blieben. Der folgende Pfeilhagel zischte einen Augenblick später durch die Luft, bevor auch er die hastig gebildete Reihe traf. Neben Scaurus erstarrte ein Mann, als habe ihn eine Schlange gebissen, und fiel auf den Pfad, denn ein Pfeil war durch eine schmale Lücke des Schildwalls gedrungen und hatte sich tief in seinen Nacken gebohrt.

Julius riss dem Sterbenden den Helm herunter und warf ihn Scaurus samt dem gepolsterten Futter zu. »Setz ihn auf! Du wirst ihn brauchen!«

Er griff nach dem Schild des Mannes und hielt ihn gegen

das entstandene Loch, bevor die Lücke zur Zielscheibe des nächsten Pfeilhagels werden konnte.

»*Pugio!*«

Auf Julius' Ruf hin rannte sein Stellvertreter heran, drängte sich durch den engen Gang zwischen zwei erhobenen Schildreihen.

»Falls er noch nicht tot ist, erlöse den armen Kerl von seinen Qualen! Wir werden schon bald vorrücken, und jeder, der nicht Schritt halten kann, muss entweder durch unsere eigenen oder ihre Hände sterben!«

Der dritte Pfeilhagel prasselte herab, doch soweit Julius es beurteilen konnte, hielt die Kohorte stand. Julius wusste, dass mit jeder Sekunde, die ohne einen vierten Pfeilhagel verstrich, die Wahrscheinlichkeit größer wurde, dass die feindlichen Krieger sich ihnen bereits näherten. Er ließ den Schild fallen, reckte den Kopf und brüllte den Befehl heraus, der sie entweder aus dem Hinterhalt befreien oder dem schrecklichen Tod entgegenführen würde, den er seinen Feinden zugedacht hatte.

»Jetzt, Qadir! *Jetzt!*«

Vom Teil des Schildwalls, unter dem die hamischen Bogenschützen gewartet hatten, wurde nun ebenfalls ein Pfeilhagel in Richtung Wald losgelassen, doch diesmal sausten die Geschosse hoch in die Bäume, und es war offensichtlich, dass sie gar nicht auf menschliche Ziele gerichtet waren. Jeder Pfeil zog ein dünnes Band öligen Rauchs hinter sich her, denn die Eisenspitzen waren mit brennenden Wollfetzen umwickelt. Die Hamier hatten die Geschosse nämlich mit in Öl getränkten Stofffetzen aus den Mänteln der Bogenschützen präpariert, um sie bei Bedarf an der Fackel anzuzünden, die Qadirs Optio seit ihrem letzten Halt mit sich getragen hatte. Jeder Pfeil fand sein Ziel in einem Umkreis von fünfzig Schritten um den Pfad und schlug in eine der Kronen der Nadelbäume, die sich zu beiden Seiten der Soldatenreihen bis weit in die Ferne zogen. Sekundenschnell erfasste das Feuer die leicht brennbaren Tannennadeln, und als die Venicones-Krieger aus ihrer Deckung im Wald auf die wartenden Kampfreihen der Römer zustürmten, hatten sie ihre Stimmen zu einem Chor blutrünstiger Schreie vereint. Doch die Bäume über ihnen knackten und zischten bereits in den auflodernden Flammen. Mit finsterer Genugtuung beobachtete Julius, wie die Offiziere ihren Leuten den Befehl zuriefen, sich für den Ansturm der Venicones bereitzumachen, worauf die Soldaten rasch eine dichte Hecke aus Speerköpfen bildeten, um der Barbarenattacke entgegenzutreten.

Die Stammeskrieger kämpften sich durch das Dickicht, rannten in Richtung des doppelten Schildwalls und der wartenden Speere der Kohorte, doch schon erhellte sich der Wald über ihnen vom Licht des sich rasant ausbreitenden Feuers. Mittlerweile hatten die Flammen nicht nur die ursprünglichen Ziele der Bogenschützen versengt, sondern blitzschnell alle Baumkronen erfasst. Eine kurze Weile setzten die Venicones den Angriff fort, doch mehr und mehr von ihnen blickten über die Schulter zu dem Flammendach hinauf, das sich in den Bäumen hinter ihnen ausbreitete, und spürten, wie die Hitze allmählich stärker wurde. Selbst unter dem Schutz des Schildwalls konnte Julius die von Sekunde zu Sekunde ansteigende Temperatur fühlen und bemerkte mit grimmiger Faszination, wie am hinteren Teil der angreifenden Horde Rauch aufzusteigen begann.

Unter jähem Schmerzgeheul hatte einer der Krieger zu

brennen begonnen, seine Kleider und sein Haar flammten auf, und er verließ das Kampfgeschehen, um irgendwie seine unerträglichen Schmerzen zu lindern. Dabei rannte er jedoch nur noch tiefer in die scheinbar undurchdringliche Flammenwand, die sich immer näher an die Tungrer und ihre Angreifer herandrängte. Schließlich verschwand der brennende Mann im Inferno, seine Schreie wurden noch lauter, dann verstummten sie abrupt. Einen Augenblick hielten die Krieger inne und starrten sich fassungslos an, weil ihnen klar wurde, in welch schreckliche Falle sie da geraten waren. Als hätten sie eine einhellige Entscheidung getroffen, brachen die feindlichen Kräfte unvermittelt auseinander und rannten in sämtliche Richtungen davon, denn jeder versuchte, den Flammen zu entgehen, die indessen auch die Baumkronen oberhalb der römischen Soldaten erfasst hatten. Durch den Helm hindurch spürte Julius, dass die Hitze schon bald nicht mehr auszuhalten sein würde, und ihm wurde bewusst, dass seinen Leuten dasselbe Schicksal wie den Venicones bevorstand, wenn sie sich nicht bald aus dem Staub machten.

Er rüttelte seinen vor Schreck erstarrten Trompeter an der Schulter und schrie dem jungen Soldaten ins Gesicht: »*Rückzug! Blas verdammt noch mal zum Rückzug und lauf!*«

Die ersten Töne des Hornsignals drangen durch das anschwellende Flammengeräusch und rissen die Tungrer jäh aus ihrer geradezu hypnotischen Betrachtung der Feuerzungen. Rasch wandten sie sich von den angstschlotternden Feinden ab und stattdessen dem Weg zu, der ins Herz des Waldes führte.

»Zu langsam!«

Julius trat aus der Deckung, die ihm seine Leute gewährten, legte beide Hände um den Mund und schrie ein einziges Wort über die gesamte Länge der Kohorte hinweg.

»Rennt!«

In Ermangelung ihres Verstands, der angesichts des entsetzlichen Flammenmeers um sie herum ausgesetzt hatte, folgten die Soldaten der eingebläuten Routine, und die Kolonne setzte sich ruckartig in Bewegung. Angetrieben von den Schreien und Stäben der Offiziere und Optiones stolperte die hinterste Zenturie den Pfad zurück, auf dem sie nur wenige Minuten zuvor heranmarschiert war. Auch Julius' Männer begannen den Rückzug, und er war dankbar für den Helm und den Schutz seiner Rüstung gegen die Hitze. Als er sich umblickte, stellte er fest, dass die barbarische Kriegshorde, statt sie wie geplant in einer unaufhaltsamen Woge zu überrollen, sich aufgrund der schrecklichen Macht der Feuersbrunst zerstreut hatte. Die Krieger der Venicones rannten noch immer in alle Richtungen und hofften, dem Flammenmeer auf diese Weise zu entgehen. Er erblickte einen großen, kräftig gebauten Mann mit einer Axt, die er auf die tungrische Kampfreihe hatte niedergehen lassen wollen – nun aber rannte er mit loderndem Haar und Bart durch die Bäume und schrie sich seine Qual und Angst aus dem Leib. Ein Baum über ihm knackte heftig, dann krachte ein schenkeldicker Ast aus der Krone herab und begrub den brennenden Mann unter einem Funkenschauer. Julius zuckte zusammen und brüllte der Kolonne von Soldaten vor ihm einen letzten Befehl zu.

»Rennt! Rennt um euer verdammtes Leben!«

Unter Arabus' Führung taumelte der Rest des Sturmtrupps mit mehr Glück als Verstand aus dem Sumpfland des Trüben Flusses heraus und erreichte einen mit Kies bestreuten Pfad. Arabus ging in die Knie, um den steinigen Boden zu berühren, als wollte er der göttlichen Vorsehung danken, dass sie wieder festen Grund unter den Füßen hatten.

»Auf diesem Weg sind wir vorletzte Nacht hergekommen. Die Straße nach Piger Montis liegt ungefähr eine halbe Meile südlich, von wo aus wir nach etwa einer weiteren Meile das Kastell Porta Septentrionalis erreichen.«

Hinter ihnen löste sich der Nebel allmählich auf, weshalb sie ihre Verfolger besser hören konnten und das Bellen der Hunde in einem Chor eifrigen Kläffens und Heulens über die stille Landschaft hallte.

Der Späher blickte zu seinen Kameraden und schüttelte den Kopf. »Die Jägerinnen haben den Fluss überquert. Sie sind ganz nah – zu nahe, als dass wir ihren Hunden davonlaufen könnten.«

Lugos ballte die Faust und hob angriffslustig seinen Hammer. »Dann wir kämpfen!«

Marcus schüttelte den Kopf. »Es müssen mindestens zwanzig Verfolger sein, vielleicht sogar mehr. Wenn wir uns ihnen hier entgegenstellen, werden sie von allen Seiten auf uns einstürmen und uns aufgrund ihrer Übermacht erledigen. Der einzige Ort, an dem wir gegen so viele Angreifer eine Chance haben könnten, muss mit Mauern versehen sein.« Er deutete auf die graue Spur des Kiespfads vor ihnen. »Wir haben keine andere Wahl: Entweder wir schaffen es bis Porta Septentrionalis, oder wir werden hier sterben, und alles, was wir uns wiedergeholt haben, fällt erneut in die Hände der Venicones.«

Arminius und Lugos tauschten einen Blick und nickten. Dann streckte der Germane Marcus die Hand entgegen.

»Also gut, laufen wir. Sobald wir das Kastell erreichen, positionieren wir uns günstig und stellen uns ihnen entgegen. Aber jetzt gib mir den Mantel, denn du hast sein Gewicht schon lange genug geschultert.«

Marcus zuckte die Achseln und wandte sich dem Pfad zu. »Ich werde ihn noch ein Weilchen tragen. Der Kopf meines leiblichen Vaters und ein Feldzeichen der Legion sind keine Last für mich, außerdem ist es mir lieber, dass Lugos und du die Hände frei zum Kämpfen habt.« Erneut ertönte das lange, von Bellen unterbrochene Gejaule eines Hundes, und wieder klang das Geräusch näher, als das Tier ihrer blutigen Fährte durch das Marschland folgte. Die Männer setzten sich in Bewegung und rannten im Laufschritt durch den Dunst.

Instinktiv spürte Julius, dass er zur Spitze der flüchtenden Kohorte laufen musste, also warf er den Schild beiseite, den er gerade erst aufgehoben hatte, und kämpfte sich mit der Schulter rempelnd durch seine Männer zur rechten Seite. Als er die Reihen der Zenturie durchbrochen hatte, erreichte er den kniehohen Bodenbewuchs zwischen dem Pfad und dem nahe gelegenen Wald, wo aufgrund der Feuersbrunst Dampf aus dem Grasboden aufstieg. Befreit von der Einengung durch die Soldaten, rannte er durch struppige Büsche und Dornensträucher die gesamte tungrische Kolonne entlang und keuchte, denn das Flammenmeer sog die Luft aus dem Wald und machte das Atmen schwer. Bis jetzt hatte der hintere Teil der tungrischen Kohorte das Inferno gut überstanden, doch der Erste Speer stellte mit Beunruhigung fest, dass die Soldaten langsamer wurden, sich zusammenscharten und ihr ursprünglicher Lauf sich inzwischen auf ein rasches

Spaziergangtempo reduziert hatte. Als er das vordere Ende seiner Zenturie erreicht hatte, verstand er den Grund der Verlangsamung: Seine Männer mussten anhalten, weil sie bereits in das hintere Ende der Zehnten Zenturie hineinrannten, deren Pioniere sich durch mehrere Dutzend Venicones-Krieger hindurchschlagen mussten. Offensichtlich waren die Feinde dazu angehalten worden, den Römern den Fluchtweg abzuschneiden, weshalb sie trotz der verzweifelten Lage, in der sie sich befanden, stur gegen die vorderen Reihen von Tungrern ankämpften. Die hünenhaften Axtträger der Zehnten hieben mit ihren entsetzlichen Klingen auf die Feinde ein, doch der Wald zu beiden Seiten reduzierte die Angriffslinie auf nicht mehr als ein halbes Dutzend Männer. Trotz des überwältigenden Ansturms der Angreifer hielten die Venicones ihre starrsinnige Verteidigung aufrecht. Hinter der Frontreihe brüllender Kampfsoldaten machten sich die Pioniere daran, das Gestrüpp rechts und links des Pfades abzuhauen, um die in Unterzahl befindlichen Barbaren seitlich zu umgehen und die Schlacht zu einem schnellen Ende zu bringen, doch das undurchdringliche Dickicht widerspenstiger Dornbüsche trotzte ihren Versuchen, weshalb sie nur sehr langsam vorankamen.

Titus, der Befehlshaber der Pioniere, trat zu Julius, als der Erste Speer gerade innehielt und die Situation überdachte. In der Hand hielt er seine Streitaxt mit Doppelklinge, und obwohl er sich an Julius' Ohr lehnte, war seine tief grollende Stimme durch die dröhnende Feuersbrunst kaum zu hören.

»Sollten wir ihren Widerstand nicht bald brechen können, werden wir alle in den Flammen sterben!«

Julius nickte und verzog das Gesicht zu einer Grimasse, da er spürte, wie der vertraute unwiderstehliche Drang der

Kampfeslust ihm die Nackenhaare aufstellte und ihn den Griff seines Schwertes fester packen ließ, sodass seine Knöchel weiß wurden. Er antwortete mit krächzender Stimme und geblähten Nasenflügeln. »Du hast recht, Bär. Es ist Zeit, dass wir uns um unsere Rebstöcke verdient machen und den verfluchten Affen zeigen, wer die wahren Bestien in dieser Schlacht sind!«

Titus nickte, winkte zwei seiner Männer heran und antwortete, indem er sich die Faust gegen die Brust schlug. »Vier Personen reichen, um die Barriere zu durchbrechen. Wenn ihr drei mir den Weg bereitet, werde ich den Wald mit dem Blut dieser Schafficker rot tünchen!«

Er nahm einem seiner Soldaten die Axt ab, sodass er nun eine in jeder Hand hielt. Die beiden herangewunkenen Männer traten aus ihrer Reihe, die hinter dem verzweifelten Kampf zum Stillstand gezwungen war. Mit stolzen, entschlossenen Gesichtern legten sie ihre Schilde beiseite und packten ihre Streitäxte mit beiden Händen, wie das schon ihre Stammesväter getan hatten, denn die schweren Eisenklingen waren doppelt so groß wie die üblichen Kriegsbeile der Zenturie. Innerhalb ihrer Einheit, die aus besonders hochgewachsenen und kräftigen Männern bestand, überragten die beiden ihre Kameraden um einen halben Kopf und waren damit fast ebenso groß wie Titus selbst. Ihre Schultern waren mit mächtigen Muskeln bepackt, sodass sie die schweren Waffen im Kampf problemlos schwingen konnten. Julius grinste Titus und seine Männer an und trat dann wortlos vor die Feinde. Er nahm den Helm vom Kopf und warf ihn samt seinem Rebstock beiseite, um für das Handgemenge gerüstet zu sein, dann zog er sein Schwert aus der Scheide und beugte sich hinab, um einen Schild und eine Axt aufzuheben, die ein Verwundeter hatte fallen lassen. Schließlich brüllte er den feindlichen Kriegern, die nicht mehr als ein Dutzend Schritte von ihm entfernt standen, seinen Schlachtruf zu.

»Tungrien! Tungrien und Cocidius!«

Er stemmte die Füße fest in den Boden, machte sich angriffsbereit und heftete den Blick auf die schmale Feindesreihe. Er spürte die Präsenz der großen Kämpfer neben sich, denn die von Titus ausgewählten Soldaten hatten sich rechts und links von seinen Schultern postiert, während der hünenhafte Zenturio direkt hinter dem Ersten Speer stand. Mit grölender Stimme wiederholten sie seinen Schlachtruf laut genug, dass die feindlichen Krieger über die Angreifer vor ihnen hinweg auf die kleine Gruppe von Männern blickten.

»TUNGRIEN!«

Julius fletschte unwillkürlich die Zähne, hob mit seiner Rechten die Axt und richtete ihre Klinge auf das Gesicht eines der Krieger. Es war ein Mann mit einer langen weißen Narbe quer über dem Kiefer, und Julius hatte ihn, ohne weiter darüber nachzudenken, als erstes Opfer für seine aufflammende Mordlust erwählt. Der Stammeskrieger rief ihm eine Verwünschung zu und hob den Speer, doch sein trotziges Auftreten brachte den Tungrer unwillkürlich zum Lachen, während er selbst die Axt sinken ließ, sich zum Angriff bereitmachte und einen letzten tiefen Atemzug nahm. Wie ein Wettläufer, der sich noch einmal konzentriert, um seine Kraft explosionsartig freisetzen und das Rennen gewinnen zu können, betrachtete der Erste Speer den Mann ein letztes Mal. Er beugte leicht die Knie und spürte, wie seine Oberschenkelmuskeln sich anspannten, dann preschte er unvermittelt los. Sein wutentbrannter Kampfschrei drang durch das Feuerprasseln, und alle Köpfe wandten sich, um das attackierende Knäuel von Männern zu betrachten. Eilig sprangen die anderen Pioniere aus dem Weg, doch ihre Augen brannten beim Anblick des Ersten Speers und die Zenturionen, die sich furchtlos auf die Feinde warfen, weshalb auch sie bereit waren, sich hinter ihren Offizieren in die Schlacht zu stürzen.

Julius jagte auf den Mann zu, den er sich als erstes Opfer erkoren hatte, und sah, dass der Venicones-Krieger einen Schritt zurücktrat, um dem Aufprall entgegenzuwirken. Bevor Julius den erhobenen Schild des Gegners rammte, war er noch wachsam genug, dem Speerwurf des Mannes auszuweichen, und wunderte sich einen Augenblick, wie leichtfüßig der große Soldat zu seiner Linken die gleiche Bewegung ausführte. Doch der Tungrer hatte keine Zeit für taktische Überlegungen, also senkte er die Schulter, knallte seinen Schild heftig gegen den seines Feindes und durchbrach mit Triumphgebrüll die Reihe der Krieger, die sich im momentanen Chaos zerstreute. Wissend, dass Titus nur einen halben Schritt hinter ihm kam, drehte er sich nach links weg, während der Krieger noch versuchte, sein Gleichgewicht zurückzugewinnen. Julius ließ den Axtgriff durch die Hand herabgleiten, bis er die grausame Waffe an den letzten Zentimetern des Stiels hielt, dann vollführte er einen nahezu perfekten Bogen mit der scharfen Klinge und versenkte sie kurz oberhalb der Gesäßbacken im Kreuz seines Opfers. Der Krieger bog bei diesem brutalen Schlag mit kaltem Eisen den Kopf in den Nacken, doch sein Rückgrat war durchtrennt. Der Erste Speer riss die Augen weit auf und stieß einen Triumphschrei aus. Sein Opfer krümmte sich unter der Axtklinge, dann sackte es regungslos auf den Boden.

Julius trat auf die Wirbelsäule des gelähmten Kriegers, um eine stärkere Hebelwirkung zu erzielen, dann riss er mit einem heftigen Ruck die Waffe heraus und machte sich daran, sein nächstes Opfer zu suchen. Hoch schwang er die Axt über dem Kopf und ließ sie in den Schädel eines weiteren Stammeskriegers krachen, der gerade sein Schwert erhoben hatte, um Titus anzugreifen. Der stämmige Zenturio hatte sich seinen Weg durch die Krieger gebahnt, indem er beide Äxte durch die Luft schwang, sodass das Blut nur so spritzte. Die schwere Klinge drang durch die Eisenhaube des Kriegers tief in seinen Schädel, wo sie derart feststeckte, dass Julius bereits am Griff spürte, es würde zu lange dauern, sie im Schlachtgetümmel aus dem Körper des sterbenden Mannes herauszuziehen, also ließ er die Axt los. Der Venicone taumelte stöhnend davon, und seine Augäpfel verdrehten sich, als das Gewicht der Axt seinen Kopf nach unten zog. Während der Erste Speer noch zusah, wankte er, fiel vornüber auf den Boden, und der Axtgriff zeigte auf bizarre Weise in die Baumkronen hinauf. Der Tungrer starrte ihn an, doch schon rief einer von Titus' Leuten ihm eine Warnung zu.

»Pass auf!«

Julius hatte gerade noch Zeit, den Kopf zu heben, als ein Schildbuckel ihn so hart traf, dass ihm die Zähne aufeinanderschlugen. Der Aufprall auf seiner Schulter warf ihn zurück, worauf ein Speer an seinem Kettenhemd abglitt, der ihn nur deshalb nicht durchbohrte, weil er einen Schritt nach hinten gewichen war, um nicht das Gleichgewicht zu verlieren. Julius wusste, dass er den nächsten Streich des

Barbaren keinesfalls abwarten durfte, sondern sein Schwert ziehen, vortreten und zum Gegenangriff übergehen musste. Der Venicone wartete bereits mit erhobenem Schild und mit beiden Füßen fest auf dem Boden stehend auf ihn. Der Krieger betrachtete den Tungrer mit einem gelassenen Blick und hielt seinen Speer auf ihn gerichtet. Julius vollführte einen eher raschen als geschickten Hieb mit dem Schwert, doch der feindliche Krieger konnte die Klinge leicht zur Seite schlagen, um durch diese Verteidigungsmaßnahme die Vorderseite seines Gegners für einen tödlichen Speerstich freizubekommen. Julius wusste genau, was kommen würde, als der Stammeskrieger seinen Fuß hob, um mit einem Ausfallschritt die glänzende eiserne Speerspitze in seinen Hals zu stechen.

Als der Tungrer die lange Klinge auf sich zurasen sah, trat er verzweifelt nach links, wich der Attacke aus, und der Speerstich ging knapp an seinem Gesicht vorbei. Plötzlich aber fiel er auf den Rücken und japste unvermittelt nach Luft, denn der Krieger hatte ein Bein in seines eingehakt, ihn zum Straucheln gebracht und sogleich die Waffe erneut erhoben, um seinen hilflos am Boden liegenden Feind zu erstechen. Der Venicone stellte den rechten Fuß vor, um einen tödlichen Stoß auszuführen, und einen Moment hing die glänzende Klinge direkt über Julius, doch plötzlich erbebte der Krieger und riss entsetzt die Augen auf, als sich eine Axt in seinen Rücken rammte. Der Soldat, der an Julius' rechter Seite ins Kampfgetümmel gelaufen war, zog seine Klinge aus der klaffenden Wunde am Oberkörper des wankenden Barbaren und warf ihn mit einem gnadenlosen Tritt gegen das Knie zu Boden. Dann schwang er in hohem Bogen seine zweite Axt und schlug dem Krieger den Kopf ab.

Der Soldat beugte sich über Julius und keuchte nach dem kurzen, aber heftigen Kampf vor Anstrengung. Der Erste Speer kam wieder auf die Füße, und seine Rüstung war überströmt vom Blut der Venicones, die unter seinen Axthieben gestorben waren. In diesem Moment zog dröhnendes Gebrüll die Aufmerksamkeit beider Männer auf sich, und Julius' Ärger verrauchte sogleich, als er Titus umringt von einem halben Dutzend feindlicher Krieger stehen sah. Ein weiteres halbes Dutzend und mehr lagen bereits zu seinen Füßen, während er sich wie wild mit beiden Äxten durch die Feinde kämpfte und die durch die Luft wirbelnden silbernen Klingen im Feuerschein rot leuchteten. Julius und der Soldat beobachteten, wie er einem Stammeskrieger in die Schulter hieb und dessen Oberkörper bis zur rechten Brustwarze spaltete, doch plötzlich wankte er, denn ein Gegner hatte ihn von hinten mit einem Langschwert getroffen. Während die beiden zu ihrem bedrängten Kameraden rannten, bemerkte Julius, dass die Kampfreihe der Venicones auseinanderfiel, denn die wutentbrannten Soldaten der Zehnten Zenturie waren vorgestürmt, um ihren Offizier vor dem Angriff zu retten. Noch bevor sie den umzingelten Zenturio erreichen konnten, stießen zwei Krieger nacheinander ihre Waffen tief in Titus' Rücken, denn die Eisenringe seines Kettenhemds waren nicht stark genug, um ihn vor den scharfen Schwertspitzen schützen zu können. Mit einem Gesicht, das vor Qual eher an die Fratze eines Tieres erinnerte, sank er auf die Knie. Beim Anblick ihres gefallenen Zenturios brachen die Tungrer in Wutgeheul aus und stürmten wie rasend vor, um die verbliebenen Venicones-Krieger in die Flucht zu schlagen.

Unter ihnen erblickte Julius auch den Optio der Zenturie, schnappte ihn am Arm, zog ihn zu sich heran und schrie ihm durch das Getöse aus Kampf und Feuersbrunst ins Ohr: »Der Bär ist kampfunfähig, also hast du jetzt das Kommando! Trag die Verwundeten weg oder erlöse sie von ihren Schmerzen – aber sorg dafür, dass deine Scheißzenturie im Laufschritt den Pfad entlangrennt! Reiß dich zusammen und *mach* es einfach!«

Der Optio brauchte einen Augenblick, um sich zu sammeln, dann nickte er, wandte sich ab und begann, den Männern, die sich den anderen beim Verfolgen der Stammeskrieger zugesellten, Befehle zuzurufen. Julius steckte sein Schwert in die Scheide und nahm einen tiefen Atemzug. Dann zwang er sich, zu dem niedergestreckten Zenturio zu gehen, der regungslos am Rand des Pfads lag. Zwei Männer knieten an seinen Seiten – einer der beiden war der Soldat, der Julius gerade eben gerettet hatte. Mit verzweifeltem Blick schaute er zum Ersten Speer auf, denn er konnte die Pein seines Zenturios kaum ertragen.

»Ich hatte es kommen sehen«, sagte Titus mit kaum vernehmbarer, angestrengter Stimme, und ein Rinnsal Blut tropfte von seinen Lippen. Julius beugte sich hinab und legte sein Ohr nahe an den Mund des verwundeten Zenturios. »Ich habe das Eisen in meinem Rücken gespürt und fühle es immer noch. Es bleibt mir wohl nicht mehr viel Zeit, Julius? Lüg mich bitte nicht an, Junge …«

Der Erste Speer schüttelte den Kopf und spürte plötzlich jemanden neben sich kauern.

»Liegst du schon *wieder* während der Arbeitszeit herum, Titus?«

Titus' Gesicht verzog sich zu einem Lächeln, als er über Julius' Schulter blickte.

»Kommst du schon wieder erst dann, wenn das Gefecht vorbei ist, Dubnus?« Er hob eine zitternde Hand und legte sie auf die Schulter seines Offiziersbruders. »Diesmal hast du einen guten Kampf verpasst, kleiner Bruder, denn es gab genügend tätowierte Affen für jeden von uns. Unser Erster Speer hier hat gekämpft wie ein Barbar …«

Julius lächelte sanft. »Und unser Kamerad hier wie ein Kriegerkönig.« Er deutete auf den schwer verwundeten Zenturio. »Cocidius war mit Sicherheit neidisch auf ihn.«

Titus hustete, mehr Blut rann aus seinem Mund, und seine Stimme senkte sich zu einem fast lautlosen Flüstern. »Das wird er mir schon bald selbst sagen können. Aber jetzt hebt mich hoch. Ich will nicht auf dem Hintern sterben.«

Julius und Dubnus nickten sich zu, hievten Titus behutsam auf die Beine und gestatteten den beiden Männern, die den Zenturio und den Ersten Speer in die Schlacht begleitet hatten, ihrem vorgesetzten Offizier unter die Arme zu greifen und ihn aufrecht zu halten. Tränen liefen über die Wangen der beiden und hinterließen Streifen in der Maske aus trocknendem Blut, das ihre Gesichter bedeckte. Auch der Rücken des Zenturios war nass vom Blut, das aus seinen Wunden quoll, und Dubnus bemerkte ein halbes Dutzend klaffender Schnitte in seiner Rüstung, die ihm von hinten beigebracht worden waren, während er die Äxte schwang. Auch er vergoss eine Träne, als er den ramponierten Leib seines Offiziersbruders sah.

»Dann hast du dich auf sie geworfen wie ein Bär auf ein Rudel Hunde, was?«

Titus starrte mit unscharfem Blick auf seine Kameraden herab, schwankte ein wenig und musste von den beiden Männern aufrecht gehalten werden.

»Keiner lebt ewig, Julius.« Er hustete erneut, und diesmal ergoss sich ein ganzer Strahl Blut über seinen Brustpanzer. »Ich glaube, es ist Zeit, dass wir uns alle aus dem Staub machen. Ihr müsst dort entlang…« Er nickte müde in Richtung des Pfads und der vorbeimarschierenden Soldaten.

Einige starrten ihn wie betäubt an, doch viele wandten den Blick ab, weil sie es nicht ertragen konnten, den scheinbar unverwüstlichen Zenturio in einem solchen Zustand zu sehen. Das Dröhnen der Feuersbrunst wurde lauter, und Julius bemerkte, dass in der großen Hitze sogar das Blut auf dem Körper seines Freundes zu verdampfen begann.

»Wir müssen tatsächlich los, bevor das Feuer, das ich auf dein Geheiß entzündet habe, uns alle verschlingt«, sagte Qadir, der mit trauriger Miene hinter ihnen stand. »Leb wohl, Bruder Titus. Ich hätte gerne mehr Zeit gehabt, dich besser kennenzulernen, doch offensichtlich haben die Götter etwas anderes mit dir vor. Ich werde dich in die Gebete an meine Göttin Deasura einschließen und sie darum bitten, für deine Seele einzustehen.«

Titus lächelte matt und schloss die Augen. »Das ist gut, auch wenn ich dich noch immer für eine orientalische Schwuchtel halte.« Er verstummte, und sein Körper bebte unter den Händen der Soldaten, dann griff er zitternd nach dem Amulett an seinem Handgelenk, streifte es ab und legte es in Dubnus' Hand. »Übernimm das Kommando über meine Männer, kleiner Bruder, sofern du die Eier dazu besitzt, und bitte Cocidius, er möge meine Seele heimführen. Nun stellt mich an einen Baum und lasst mich mit den anderen Leichen verbrennen. Trinkt einen Becher Wein auf mich und singt ab und zu die alten Marschlieder in meinem Gedenken, ja?«

Titus' Kopf sackte herab, und die Soldaten, die ihn stützten, blickten fragend auf Julius.

»Wir könnten ihn natürlich mit uns tragen, aber ich glaube, es ist besser, wir tun, worum er gebeten hat. Lehnt ihn an diesen Baum und lasst uns verschwinden, bevor die Flammen uns mitsamt unserem Bruder verschlingen.« Er wandte sich an Dubnus und Qadir. »Geht zu euren Zenturien zurück und treibt sie an. Wir müssen noch mehrere Meilen laufen, bevor wir den See erreichen. Später können wir uns Gedanken darüber machen, wer das Kommando übernimmt, doch jetzt müssen wir erst einmal aus dem Feuer heraus.«

Die beiden Männer salutierten und rannten den Pfad entlang hinter ihren Zenturien her. Julius griff in die Gürteltasche, zog eine kleine Münze heraus und schob sie dem toten Zenturio in den Mund, wobei er ein rasches Gebet an die Gottheit entsandte, an die sein Kollege geglaubt hatte. Als er sich vom Leichnam seines Offiziersbruders abwandte, sah er, dass Scaurus auf ihn wartete, während seine eigene Erste Zenturie als Abschluss der Kolonne an ihm vorbeirannte.

Der Tribun rief über das Feuer hinweg und deutete auf den Boden, wo Julius' Helm und sein Rebstock im hohen Gras lagen. »Ich frage dich jetzt nicht, was passiert ist, denn dazu haben wir keine Zeit. Sammle lieber deine Ausrüstung ein und lauf eine Runde mit uns. Dieser Ort ist der Gesundheit nicht sonderlich zuträglich, nachdem ein Irrer eine Million beschissener Bäume in Brand gesetzt hat!«

8. Kapitel

»Schneller! … Sie kommen … näher.«

Halb rennend, halb wankend bewegten sich die vier verbliebenen Mitglieder des Sturmtrupps über den Kiespfad auf die Überreste des Kastells Porta Septentrionalis zu. Das Bellen der Hunde, die die Fähen auf sie angesetzt hatten, schien sich direkt hinter ihnen zu befinden, also kämpften sie sich durch den sich lichtenden Dunst zu der vermeintlichen Zuflucht des Grenzpostens vor, der nur noch aus einer ausgebrannten Ruine bestand.

Arminius warf einen Blick über die Schulter zurück, bevor er Marcus' keuchend hervorgestoßenen Kommentar beantwortete, und auch in seiner Stimme schlug sich die heftige Anstrengung nieder. »Wenn sie … uns schnappen … lauft … ihr beiden weiter. Lugos und ich … kommen allein … mit ein paar … Hunden zurecht.«

Die Hundestimmen wandelten sich abrupt vom vorherigen Gejaule zu einem Chor wilden Kläffens, und die Flüchtenden tauschten einen vielsagenden Blick, denn sie wussten, was gleich geschehen würde.

Lugos rannte noch immer recht mühelos, denn aufgrund seiner Größe legte er mit zwei Schritten dieselbe Distanz zurück wie die anderen mit drei. Doch nun wandte er sich um, nahm den schweren Streithammer von der Schulter und ergriff mit gelassener Stimme das Wort. »Venicones schicken Hunde, uns zu stoppen. Nun müssen wir kämpfen.«

Arminius hielt ebenfalls inne und gesellte sich zu ihm. Arabus zog den Bogen von seinem angestammten Platz auf seiner Schulter und trat vom Pfad herunter, um freien Blick für einen Schuss zwischen den beiden Barbaren hindurch zu haben. Er wickelte sich den Mantel um seinen Bogenarm, steckte eine Handvoll Pfeile in den Boden vor ihm und nockte einen davon ein. Dabei senkte er die Waffe mit dem Geschoss nach unten, da er seine Muskeln unter dem schwer gepolsterten Arm nicht ermüden wollte. Marcus warf den Mantel des Diebs zu Boden und zog seine lange Spatha, wobei er kurz mit dem Daumen über das eingravierte Bildnis von Mithras strich und dem Lichtbringer ein rasches Gebet darbrachte.

»Ich dachte, wir hätten vereinbart …«

Der Römer brachte Arminius mit einem Kopfschütteln zum Schweigen und nahm seinen Platz auf der anderen Seite des Kiespfads neben den beiden Kameraden ein, um das Blickfeld des Spähers nicht zu beeinträchtigen. Dabei schnaufte er heftig, um seine Atmung zu beruhigen. »Vielleicht hast du das vereinbart … ich aber nicht. Wenn es auf einen Kampf hinausläuft … dann ist mein Platz hier … Ich werde nicht in Deckung rennen … solange euer Leben in Gefahr ist.«

Schweigend warteten sie und starrten auf den Pfad, während das aufgeregte Bellen der Hunde immer lauter wurde. Ein sanftes Quietschen erklang, als Arabus den Pfeil nach hinten zog, den er kurz zuvor eingenockt hatte. Er dehnte die Bogensehne, so weit es ging, und hielt den Pfeil fest, um ihn nicht vor der Zeit zu lösen. In hektischem Durcheinander flitzte das erste halbe Dutzend Hunde aus dem Dunst heraus und raste wie ein fliegender Teppich aus Fleisch und Fell auf sie zu. Der Späher löste seinen ersten Pfeil und griff bereits nach dem nächsten, als das durchdringende Jaulen eines Hundes erklang, der vom schweren Eisenkopf des Geschosses getroffen worden war und auf den Kies rollte. Arabus' zweiter Pfeil zeitigte ein ähnliches Resultat, trotzdem ließ er statt eines dritten den Bogen fallen und zog sein langes Jagdmesser aus der Scheide. Dann jagten vier Hunde gleichzeitig auf die wartenden Schwerter der Kameraden zu.

Als der Rudelführer Arminius ansprang, trat er einen Schritt nach links und führte einen waagrechten Schwerthieb aus. Die Eisenklinge trennte die Beine des Tieres direkt unter dessen Brust ab, worauf es sich vor Schmerz jaulend vor seinen Füßen wand. Zwei Hunde griffen Lugos an, der den einen zunächst mit einem Stoß seines schweren Streithammers betäubte, sich dann auf der Stelle drehte und den zweiten mit einem Hieb des dicken, metallbeschlagenen Hammerstiels im Sprung erledigte, wobei das Knacken splitternder Knochen zu hören war. Der letzte Hund stürzte sich auf Arabus, doch der Späher hatte sein langes Jagdmesser gezückt und streckte den Arm vor, den er mit dem Mantel umwickelt hatte. Das Tier hieb sogleich seinen mächtigen Kiefer in den ihm angebotenen Körperteil und wollte seine Beute zu Boden ziehen, doch der Tungrer war schneller und führte den entscheidenden Schlag: Er legte die lange Klinge unter den Kiefer des Hundes und schnitt ihm mit einer raschen Bewegung aus dem Handgelenk die Kehle durch. Dann schüttelte er das sich windende und würgende Tier vom Arm und tötete es mit einem zweiten Streich. Er schob das Messer in die Scheide zurück und nockte zwei weitere Pfeile in die Bogensehne, hielt den Bogen aber nicht senkrecht, sondern in der Waagrechten und mit dem Pfeil auf den Pfad gerichtet. Dann nickte er Marcus zu, der mit angehobener Braue verfolgt hatte, wie der Späher mit dem Hund kurzen Prozess gemacht hatte.

»Im Arduinna-Forst gibt es Rudel wilder Hunde, Zenturio. Meine Jahre als Jäger haben mich gelehrt, dass ein gepolsterter Arm die beste Methode ist, ein Tier nahe genug heranzulocken, dass ich es mit der Klinge töten kann. Hunde schmecken sehr gut, vorausgesetzt, es handelt sich nicht um ältere Tiere.«

Marcus warf seinen Kameraden rechts und links einen Blick zu, trat drei lange Schritte zurück und schätzte die Distanz zwischen ihm und den anderen ab. Kopfnickend hob er die gemusterte Klinge seiner langen Spatha und richtete sie für den ersten Hieb aus. Noch während er sich kampfbereit machte, brach eine weitere Schar Hunde aus dem Nebel. Dabei handelte es sich um die langsameren, schwereren Tiere, die hinter den schnelleren Rudelmitgliedern zurückgebliebenen waren. In ihrer Mitte lief ein überaus stämmiger Hund, den Marcus sogleich als »das Monster« erkannte. Furchtlos jagten sie auf die wartenden Männer zu, und Arabus schoss seine Pfeile ab, wobei der erste den Rudelführer traf und das Tier jaulend zu Boden schickte, der zweite jedoch über die Meute hinwegflog und sich im Nebel verlor. Ungeachtet des mitleiderregenden Kläffens des beinlosen Hundes, der sich noch immer vor Arminius' Füßen wand, rotteten sich die anderen zum Angriff zusammen. Es waren derart viele, dass die Männer sich unwillkürlich näher zusammenscharten.

Gleichzeitig fletschten die Hunde die Zähne und sprangen wie ein einziges Tier auf sie, wobei sie geschickt den Schwertklingen auswichen und sich stattdessen auf die dahinter befindlichen Körper der Männer warfen, wie man es ihnen beigebracht hatte. Arminius gelang es noch, den vordersten Hund mit dem Schwert zu enthaupten, doch ihm folgten zwei weitere, von denen der eine die Zähne in seinen Knöchel schlug, während der andere sich auf seinen Schwertarm stürzte, sich am Handgelenk festbiss und ihn zu Boden riss. Mit einem Schmerzensschrei wollte der Germane nach seinem Dolch greifen, während der eine Hund die Zähne noch tiefer in seinem Unterschenkel versenkte, doch nun biss ihn ein drittes Tier in die Hand und vereitelte Arminius' Versuch, die Waffe zu ziehen. Lugos wiederum zertrümmerte den Schädel seines ersten Angreifers mit einem Schwung seines schweren Schlagdorns, doch als er den riesigen Streithammer zum zweiten Schlag hob, wurde er von zwei Hunden gleichzeitig angesprungen. Das furchteinflößende Monster warf sich derart heftig gegen die Brust des stämmigen Britanniers, dass er rücklings auf den Kiespfad fiel und dort liegen blieb.

Während Marcus noch zusah, stürzte sich der wilde Hund auf den Körper seines Opfers. Er hob den Kopf und hatte das Maul kurzzeitig weit offen, als überlege er sich, in welche Stelle er die Zähne schlagen sollte, und entschied sich dann für Lugos' unbedeckten Hals, um ihn rasch außer Gefecht zu setzen. Während der Hund blitzschnell den Kopf senkte und noch bevor der Römer seinem Freund Hilfe leisten konnte, hatte sich die spatengroße Hand des Britanniers um das Glied und die herabhängenden Hoden des Tieres geschlossen. Mit schmerzverzerrtem Gesicht ballte er die Finger zur Faust und riss den Arm in Richtung seiner Beine, um die Bestie aus seinem Gesicht zu bekommen. Während er den Hundekopf mit aller Gewalt von seiner Kehle wegzog, schrie das Tier auf wie ein erdolchter Stammeskrieger, und seine Zähne schnappten ins Leere. Marcus trat mit der Spatha vor, sah dann aber verblüfft, wie der Hund die Muskeln anspannte, dem schraubstockartigen Griff des Britanniers um sein Geschlecht trotzte und erneut mit weit offenem Maul vorsprang, um seine Zähne irgendwo in den Kopf des am Boden liegenden Riesen zu schlagen. Lugos drehte das Gesicht weg, schrie jedoch vor Schmerz auf, als das Tier ein Stück seines rechten Ohrs abbiss. Heftig zerrte er an den Hoden des Tieres, und die Muskeln seines rechten Arms traten hervor, dann drehte er brutal die Hand herum, worauf das Tier sich unter qualvollem Gejaule zusammenkrümmte.

Marcus hob erneut das Schwert und hielt sich im Gleichgewicht, um die Klinge durch den Hals der Bestie zu stoßen, doch noch bevor er seinen Hieb ausführen konnte, drehte sich der Hund auf Lugos' Brust herum, riss sich von dessen Griff und den entsetzlichen Schmerzen los und jagte in den Nebel hinaus, ohne den Blick zu wenden. Der Zenturio wandte sich von dem hünenhaften Britannier ab und konzentrierte sich auf die Hunde, die Arminius bedrängten: Mit raschen, zielgerichteten Hieben tötete er sie nacheinander, bis ihre blutigen Kadaver den Boden um seinen Freund übersäten. Der Germane blickte wild um sich, kam auf die Füße und hob das Schwert auf, das er im Zuge der Attacke hatte fallen lassen. Dann starrte er Marcus an, der dabei war, seine Waffe abzuwischen und sie in die Scheide zurückzustecken.

»Da hatte ich mich gerade erst von der Blutschuld dir gegenüber befreit, und nun erlegst du mir eine neue auf!« Er blickte zu Lugos hinüber, der mit blutüberströmter Kopfhälfte seinen Streithammer aufhob. »Und was zum Teufel ist mit dir passiert?«

Lugos legte eine Hand auf sein blutverschmiertes, zerbissenes Ohr und fluchte, als er fühlte, welchen Schaden die Bestie angerichtet hatte: Das obere Drittel seines Ohrs war abgerissen und hatte einen zerfetzten Rand hinterlassen.

»Das Monster.«

Der Germane lachte trocken. »Sieht ganz so aus, als ginge diese Runde an den Hund.«

Marcus hob den Mantel auf und wandte sich in Richtung der Kastellruine. »Wir müssen weg, bevor die Fähen kommen und uns auf offenem Gelände stellen.«

Sie rannten wieder los, doch Arminius hinkte wegen seines beim Hundeangriff verwundeten Beins. Die ganze Zeit über hörten sie hinter sich die Geräusche ihrer Verfolger, denn die Fähen riefen, wenn auch vergebens, nach ihren Hunden. Nach weniger als fünfhundert Schritten hallte ein hoher Klageschrei durch den Nebel – die gepeinigte Stimme einer Frau. Arminius schlug einen rascheren Schritt an, doch bei jedem Aufsetzen des verwundeten Beins zuckte er vor Schmerz zusammen. Leise murmelte er vor sich hin, obwohl sie ohnehin keine Chance mehr hatten, sich vor ihren Verfolgern zu verbergen.

»Lauft … schneller.«

Die Ruine von Porta Septentrionalis tauchte aus dem Dunst auf. Die vier Männer verlangsamten das Tempo vom anstrengenden Laufschritt zu einem ruhigeren Gang und starrten auf die rußgeschwärzten Holzbalken und zertrümmerten Tore des Gebäudes. Marcus blickte sich kurz um und betrachtete den Pfad, der sich im Nebel verlor, doch die Geräusche der Verfolger waren nun so laut, dass sie fast unmittelbar hinter dem ermatteten Sturmtrupp sein mussten.

»Sie wissen, dass wir hier Zuflucht suchen. Wir haben eine Menge Blut auf dem Pfad verloren, also muss ihnen klar sein, dass wir nicht mehr weit laufen können. Eigentlich müssten sie nun Fackeln entzünden und uns rasch folgen, aber es gibt hier meilenweit nichts, was man verbrennen könnte; außerdem sind diese Mädchen Jägerinnen und keine Kriegerinnen. Wäre ich ihr Anführer, würde ich sie im Rudel ins Kastell schicken, um uns in aller Stille kaltzumachen. Im Nahkampf können wir einzeln gut gegen sie bestehen, doch sollten sie uns in Scharen überfallen…«

Arminius nickte und hinkte weiter auf das Kastell zu. »Dann trennen wir uns, und jeder übernimmt einen Bereich des Gebäudes. Auf diese Weise müssen auch sie sich aufteilen.«

Die anderen folgten ihm durch das offene Tor und blickten sich um. Alle Bauten des Kastells waren ausgebrannt, doch ihre steinernen Mauern standen noch und waren mit den Exkrementen von Vögeln befleckt, die in den unzugänglichen Lagen der Ruine nisteten. Nach einer Weile nickte der Germane seinen Kameraden zu und verschwand in den Schatten, als er sich mit gezogenem Schwert am Eingang des Hospitals postierte. Arabus zog eine Handvoll Pfeile aus dem Köcher, lief über die Hauptstraße des Kastells und tauchte kurz danach in die Finsternis nahe der jenseitigen Mauer ein. Lugos zuckte die Achseln und ging zu zwei Kasernenblöcken, zwischen denen er Stellung bezog. Marcus stand nun allein auf der Straße. Er überlegte einen Augenblick und schritt dann lautlos zum Eingangstor zurück. Dort senkte er sich auf Hände und Knie, bevor er einen Blick um die rußschwarzen, verrottenden Holzbalken warf. Zunächst konnte er nichts sehen außer der von Nebel überzogenen Landschaft, doch dann tauchte eine undeutliche Gestalt aus dem wabernden Nebelvorhang. Es war ein großer Mann in einer Kutte, deren Kapuze er sich über den Kopf gezogen hatte. In einer Hand hielt er einen langen Stab, und sein Gesicht war von einer schon lange verheilten, doch noch immer entstellenden Narbe in zwei Teile geteilt. Er blieb stehen, starrte aufmerksam auf das Tor, winkte dann und zeigte auf das Kastell.

Aus dem grauen Dunst hinter ihm tauchte eine zweite Gestalt auf, deren Körper langsam Gestalt annahm, als sei sie direkt aus dem Nebel gezaubert worden. Sie stellte sich neben ihn, dann folgten ihr etwa zwanzig Jägerinnen, von denen einige Schwerter und Speere, andere Bogen trugen. Der Jagdmeister sagte etwas, und die Bogenschützinnen rannten rasch nach links und stellten sich gegenüber dem Kastelleingang auf. Mit flinken, geschickten Bewegungen spannten sie ihre Bogen und nockten Pfeile ein. Wenngleich er riskierte, entdeckt zu werden, beobachtete Marcus weiter die Jägerinnen und sah, wie ihr Meister ihnen einen schroffen Satz oder Befehl zurief. Die Frauen zückten ihre Klingen, blieben einen Moment regungslos und schritten dann langsam auf ihn zu. Ihre Anführerin ging ihnen voran, doch Marcus vermochte im blassgrauen Licht den Ausdruck ihres vollkommen tätowierten Gesichts nicht zu deuten.

»Du weißt schon, dass kein Mensch diese Geschichte jemals glauben wird?«

Julius hob den Kopf, betrachtete Dubnus müde und setzte

ein ironisches Lächeln auf. »Das mag sein. Aber du weißt auch, dass mir das scheißegal ist, oder? Mir reicht es, dass wir es geschafft haben, uns ohne größere Verluste aus der Falle zu befreien, die irgendein barbarischer Schlaukopf für uns ausgelegt hat. Die Feuersbrunst wird die Venicones über den ganzen Wald verteilt haben, was bedeutet, dass wir vorerst nicht mit Verfolgern rechnen müssen. Nur schade, dass Silus und seine Jungs auf der anderen Seite des Waldes stecken geblieben sind. Die Chancen, sie je lebend wiederzusehen, stehen nicht allzu gut.«

Sein Freund nickte ernst. »Ich werde ihn vermissen, falls er es nicht geschafft haben sollte, sich einen Weg durch die Barbaren zu schlagen. Es gibt nichts Besseres, als einen zahmen Kavalleristen unter den eigenen Leuten zu haben, den man aufziehen kann – sonst muss man immer den ganzen Tag warten, bis zufällig einer vorbeireitet.« Er dehnte den Rücken und betrachtete die abgekämpften Soldaten der Kohorte, die am östlichen Rand des Waldes saßen oder auf dem Boden lagen. »Also, was möchtest du mit der Zehnten Zenturie machen?«

Der Erste Speer zuckte die Achseln. »Sie werden mit Sicherheit einen neuen Zenturio brauchen. Ihr Optio ist ganz in Ordnung, aber er taugt nicht zum Offizier. Außerdem sind sie ein ziemlich wilder Haufen, denn zehn Jahre unter Titus' Führung haben in ihnen die Überzeugung genährt, dass sie dem Rest der Kohorte weit überlegen sind. Bist du dir sicher, dass du sie anführen kannst?«

Dubnus zog gequält eine Augenbraue hoch. »Du redest von mir, Julius. Hast du die lange Zeit vergessen, in der ich dein Optio war?«

Sein Freund nickte und erinnerte sich an die willkürlichen Gewaltausbrüche, mit denen sich der muskelbepackte Soldat um die Rolle als sein Stellvertreter verdient gemacht hatte, bevor er später zum Zenturio befördert worden war.

»Ich zweifle nicht an deiner Fähigkeit, eine Zenturie an den Eiern zu packen und sie dazu zu bringen, alles auszuführen, was du ihnen befiehlst. Aber die Zehnte besteht ausschließlich aus stämmigen Kerlen, die einen halben Kopf größer sind als du. Wenn du versuchst, sie zu unterjochen, werden sie dich fertigmachen, und du wirst danach wesentlich weniger hübsch aussehen als jetzt. Da das aber keinen großen Unterschied macht, möchte ich anmerken, dass mir eher der Disziplinverlust Sorge bereitet, der damit einhergehen würde, denn der ist schlimmer als jeder Schaden, den du davontragen könntest.«

Dubnus zuckte mit den Schultern, spannte seinen massigen Bizeps und betrachtete wieder die Soldatenreihen. »Ich meine, diese Diskussion stellt sich gar nicht. Die Männer brauchen *jetzt* jemanden, der sie an den Eiern packt, bevor sie sich zu sehr in den Verlust von Titus hineinsteigern. Wenn das nicht gleich geschieht, werden sie sich daran gewöhnen, bei ihrem Optio auch mit Mord ungestraft davonzukommen, und dann hat der nachkommende Zenturio ein echtes Problem. Außerdem: Was ist, wenn wir erneut in die Schlacht ziehen müssen?«

Julius hob kapitulierend die Hände »Einverstanden. Sag aber hinterher nicht, ich hätte dich nicht gewarnt!«

Dubnus nickte, wandte sich ab und ging die Kolonne entlang zu seiner bisherigen Zenturie, wo er seinen Optio heranrief. Der ehemalige Legionär nahm aufstampfend Haltung an und erwartete seine Befehle, doch als er hörte, was der Zenturio zu sagen hatte, riss er die Augen auf.

»Nun, heute scheint dein Glückstag zu sein. Jetzt, wo der Bär gemeinsam mit Cocidius jagt, werde *ich* die Zehnte übernehmen. Du hast damit die Befehlsgewalt über diesen Haufen inne, bis die Lage geklärt ist, also solltest du deine Arbeit ordentlich verrichten, damit ich dich weiterempfehlen kann, wenn es darum geht, dir einen Helm mit quergestreiftem Kamm und einen hübschen harten Rebstock zu verschaffen, mit dem du deine Männer verdreschen kannst. Solltest du die Sache versauen, wirst du in Zukunft Anweisungen von einem deiner Kameraden entgegennehmen müssen, und ich kann dir versichern, dass das nicht allzu vergnüglich ist – abgesehen davon, dass sie dich hinter deinem Rücken auslachen werden. Und lass dich bloß nicht von dem ganzen ›Habitus‹-Gehabe ins Bockshorn jagen.« Er schenkte seinem Optio, der mit aufgerissenem Mund vor ihm stand, ein breites Lächeln und klopfte ihm auf die Schulter. »Jetzt ist die Zeit der Wahrheit gekommen. Du erinnerst dich an meine Geschichte über diesen Zenturio Habitus? Nun, das war nur eine Geschichte, die ich erfunden habe, um dafür zu sorgen, dass ihr euch schuldig fühlt, nichts weiter. Wenn also einer deiner Jungs meint, er könne die Geschichte ausnutzen, um sich eine bessere Behandlung zu sichern, haust du sie ihm um die Ohren, sonst werden sie nämlich *dich* unter ihre Fuchtel bekommen statt andersherum. Viel Glück!«

Er ließ den Mann stehen, der ihm fassungslos nachstarrte, und ging die Kohorte entlang, bis er zur hintersten Zenturie kam. Dort lagen die hünenhaften Axtträger der Zehnten beidseits der Straße im Gras und musterten ihn mit missbilligendem Stirnrunzeln.

»Canus, her zu mir!«

Der Optio tauchte aus einer Gruppe Soldaten auf und präsentierte sich Dubnus mit einem Blick, der alles sagte, was er über den Mann wissen musste. Dubnus trat nahe an seinen zukünftigen Stellvertreter heran und blickte ihm entschlossen in die Augen. Dann wählte er seine Worte mit Bedacht und brachte sie mit so nüchterner Stimme vor, dass weder Zeit noch Raum zur Widerrede bestand.

»Die Haltung, die du gerade an den Tag legst, kannst du dir gleich abschminken. Wenn du mir noch einmal so einen Blick zuwirfst, werde ich dir das Gesicht runterreißen und meinen Arsch damit wischen! Hast du verstanden?!« Sein Gegenüber schluckte, nickte zögerlich, und in derselben Sekunde wusste Dubnus, dass er den Mann auf seiner Seite hatte. »Ganz recht, ich bin euer neuer Zenturio. Der Bär selbst hat mir die Aufgabe übertragen, zusammen mit diesen Sachen…« Er hob die Axt des verstorbenen Zenturios und schwang sie einmal durch die Luft, sodass das Cocidius-Amulett am Lederriemen herumbaumelte. »Aus Gründen, die wir nie erfahren werden, schien er zu glauben, dass euer Soldatenhaufen die Liebe und Zuwendung braucht, die nur ein Mann wie ich zu geben imstande ist, denn ich habe den Ruf, meine Männer auf sanfte Weise anzuführen. Gewöhn dich also lieber daran; und während du das tust, ruf die Jungs zusammen, damit ich ihnen die gute Nachricht mitteilen kann.«

Canus wandte sich mit versteinertem Gesicht ab und befahl der Zenturie, sich um ihren neuen Offizier zu versammeln. Die Männer der Neunten, die in der Marschordnung direkt vor ihnen liefen, beobachteten neugierig das Geschehen.

Dubnus wartete, bis die Soldaten sich in einem Halbkreis

um ihn geschart hatten, dann ergriff er das Wort. »Wie viele Männer haben wir bei dem Hinterhalt verloren, Optio?«

Der Optio, offensichtlich immer noch schockiert von der soeben erduldeten Zurechtweisung, antwortete sofort. »Fünf Soldaten sowie den besten Zenturio der Kohorte, Zenturio!«

Bei diesen Worten nickten die Soldaten, und ihre Gesichter drückten tiefe Trauer aus. Ein Großteil starrte auf den Boden oder richtete die Augen zum Himmel, und nur wenige sahen ihren neuen Zenturio direkt an.

Dubnus blickte sich mit unverhohlener Missbilligung um. »Schaut euch nur an! Ihr seht aus, als kämt ihr gerade von der Beerdigung eures Vaters, der im Schlaf dahingeschieden ist. Stattdessen habt ihr einen stolzen Mann gesehen, der von den Barbaren in Stücke gehauen wurde! Nicht einer von euch scheint bereit zu sein, als Vergeltung dafür sein eigenes Blut zu vergießen!«

Nun glotzten ihn alle an. Als ihnen die Beleidigung bewusst wurde, verhärteten sich ihre Gesichter, und einer der größeren Männer erhob sich ungehalten mit wütender Miene.

»Setz dich!« Der Soldat zögerte eine Sekunde, als er Dubnus' Kommandoton hörte, also trat der Zenturio auf ihn zu und hatte den Schaft seines Rebstockes so hart gepackt, dass seine Knöchel weiß wurden. Sein Gesicht war vor Wut verzerrt. »Setz dich verdammt noch mal hin, oder ich werde dich höchstpersönlich auf den Arsch befördern!«

Der stämmige Mann ging langsam wieder in die Hocke, und der Zenturio nickte bedächtig.

»Schon besser. Ich will meine eigenen Männer nicht züchtigen – schon gar nicht, wenn Barbaren in der Nähe sind. Also, wo war ich?«

Er drehte sich einen Augenblick weg und kehrte den wutschnaubenden Soldaten den Rücken zu, wusste aber genau, dass lediglich die eingebläute Disziplin sie davon abhielt, ihn direkt anzugreifen. Als er sich ihnen wieder zuwandte, saß die Zenturie noch immer wie festgewachsen da – wie ein gefährliches Tier, das sich nur kraft seiner Persönlichkeit kurzfristig von einer Attacke zurückhielt.

»Ihr seht aus wie ein Haufen trauernder Witwen.« Er hielt inne und gab ihnen Zeit, auch diese Beleidigung zu verdauen. »Nun, in diesem Fall habe ich Neuigkeiten für euch Mädchen. Wir sind nämlich Soldaten, und Soldaten sterben zuweilen! Wenn wir einen Bruder im Kampf verlieren, sollten wir uns darüber freuen, *wie* er gefallen ist und wie viele feindliche Leben er mit sich in den Tod gerissen hat! Wenn wir herumsitzen und unsere Verluste beweinen, schwächt uns das nur für die folgende Schlacht, wodurch unser eigener Tod noch schneller kommt! Ihr betet doch alle zu Cocidius, oder?«

Er hielt ihnen das Amulett entgegen, worauf einige Männer mit einem wütenden Knurren ihre Zustimmung signalisierten.

»Nun, Cocidius will sicher nicht, dass ihr euch in die Hose macht und um Titus heult. Cocidius hat Titus nämlich genau jetzt an seinem Tisch zum Festmahl sitzen, mit einem Krug guten Biers in der einen und gebratener Hammelkeule in der anderen Hand. Über sein Kinn läuft fetter Fleischsaft, das Bier spritzt auf seine beste Tunika, und ein paar vollbusige Weiber unter dem Tisch ölen ihm den Schwanz und die Eier!« Ein paar Gesichter verzogen sich zu einem traurigen Lächeln, als sie an die legendäre Fähigkeit ihres verstorbenen Anführers zurückdachten, sich bei jeder Gelegenheit von ganzem Herzen dem Feiern hinzugeben. »Gerade jetzt, Brüder, überhäuft Cocidius den alten Dreckskerl mit Lob angesichts seines ruhmreichen Todes! Und dasselbe werde auch ich tun! Der Bär lebte wie ein Mann, und er starb wie ein Krieger, und sollte ich einen ebenso ruhmreichen Abgang hinlegen, wäre ich mehr als glücklich, während der Fährmann mich über den Fluss schifft.« Nun waren die Gesichter der Männer eher nachdenklich als ärgerlich. »Wenn wir wieder in zivilisierteren Gefilden weilen, werde ich zum Gedenken an unseren gefallenen Bruder einen Altar errichten lassen, genau neben dem, den wir für unseren hartgesottenen Freund Narbengesicht im Fort Habitancum erstanden haben. Und dieser Altar wird nicht nur seinen glorreichen Tod rühmen, sondern auch die Ehre, die er damit unserem Gott erwiesen hat!«

Er hielt erneut inne und sah, dass die Soldaten zustimmend nickten. Er hatte sie schon fast auf seiner Seite. *Fast.*

»Natürlich werden einige von euch denken, ich sei nicht der richtige Anführer für euch. Sie werden denken, ich sei nicht groß genug …« Er hielt inne und lächelte ironisch, dass er etwas Derartiges aussprechen musste. »Ihr werdet einander sagen, ich sei nicht hart genug, um die Zehnte zu befehligen – die Zehnte, die sich aus den größten und gefährlichsten Männern der Kohorte zusammensetzt. Ihr werdet sagen, ich sei nicht stark genug, um die Axt des Bärs tragen zu können.« Er blickte sich erneut um, schob herausfordernd das Kinn vor und hob die Waffe des gefallenen Zenturios hoch über den Kopf. »Zum Teufel mit derartiger Scheiße! Der Bär selbst hat sie mir gegeben, samt seinem Cocidius-Amulett, und er hat mir aufgetragen, euch in *seinem* Namen zu Ruhm und Ehre zu führen! Also, ihr Weicheier!

Ich bin euer Zenturio, zumindest so lange, bis wir wieder auf der anderen Seite des Walls sind und nicht mehr von einer Horde wütender Stammeskrieger durch die Landschaft gejagt werden. Sobald wir uns in Sicherheit befinden, könnt ihr gerne entscheiden, ob ihr riskieren wollt, mich im Kampf herauszufordern, dann können wir vielleicht herausfinden, wie viele von euch es braucht, um mich auf den Rücken zu werfen. *Vielleicht*. Jetzt aber sind wir im Krieg, also gilt das Kriegsrecht so lange, bis jener glückliche Tag kommt. Das bedeutet, dass jeder, der meine Autorität anzuzweifeln gedenkt, die üblichen Strafmaßnahmen in Kriegszeiten zu erwarten hat. *Meine* Strafmaßnahmen. Solltet ihr der irrigen Ansicht sein, der Bär sei zuweilen etwas grob gewesen, dann versucht euer Glück gern mit mir!«

Arabus wartete lautlos im Schatten der nördlichen Kastellmauer. In der Nähe befanden sich die Überreste einer ausgebrannten Kaserne, weshalb seine Nase sich mit dem Geruch von verbranntem Holz und Pech füllte. Er sah den Zenturio, der mit lautem Geklapper seiner genagelten Stiefel vom Südtor weg über die Pflastersteine rannte und sich in der Ruine des Hauptquartiers versteckte, gerade als die ersten Fähen im grauen Licht unter dem Tor erschienen. Er hob den Bogen und lehnte sich vor, um die Lippen auf die winzige Statuette der Göttin Arduinna zu pressen, die er an den Holzrahmen gebunden hatte. Dann murmelte er ein leises Gebet.

»Beschützerin meines Heimatlands, gewähre deinem in ferne Länder verbannten Diener das Geschenk deiner scharfen Augen und deiner ruhigen Hand.«

Er schoss und verengte kurz die Augen, als er sah, wie die Frau, die als Erste durch das Tor geschritten war, mit hörbarem Ächzen auf die Pflastersteine fiel. Er nahm einen zweiten Pfeil, nockte ihn geschickt und ohne besondere Mühe ein und ließ den gefiederten Pfeilschaft los, noch bevor der Bogen ganz gespannt war. Eine zweite Jägerin wankte an die Wand neben der ersten, und eine dritte taumelte mit einem Pfeil in ihrem Oberschenkel, während die folgenden Frauen nach rechts und links auswichen, um Schutz vor dem tödlichen Eisenhagel zu finden, den er über der etwa hundert Schritte messenden Straße niedergehen ließ. Eine Weile herrschte Stille, da die Fähen sich hinter den Steinmauern verbargen. Arabus suchte indessen das Gelände nach einem Ziel für seinen vierten eingenockten Pfeil ab. Ein Kopf lugte aus dem Gebäude zu seiner Rechten am Ende der Straße hervor, und schon löste sich der Pfeil aus dem Bogen und verpasste das winzige Ziel nur um wenige Zentimeter. Plötzlich sauste ein feindlicher Pfeil an ihm vorbei, den er gar nicht bemerkt hatte. Ohne darüber nachzudenken, zog der Späher die letzten beiden Pfeile aus dem Boden vor ihm und kroch tief gebückt nach rechts über die Straße. Als die Frauen die Bewegung sahen, riefen sie sich etwas zu, und der Späher wand sich innerlich, da er begriff, was für ein Fehler es gewesen war, den sicheren Schatten zu verlassen, nur weil ein zufälliger Schuss ihn beinahe erwischt hätte. Ein weiterer Pfeil schwirrte mit zischenden Flugfedern an seinem Kopf vorbei und prallte an der Wand hinter ihm ab, wobei der Aufschlag der Eisenspitze auf dem Stein in der Stille des verfallenen Kastells hallte wie das Schlagen eines Hammers auf einen Amboss. Als zwei weitere Pfeile über die Straße flogen, wollte der Späher Deckung in dem Gebäude suchen, wobei die Bogenschützen willkürlich Pfeile auf seine undeutliche Gestalt abfeuerten.

Arabus spürte einen heftigen Schmerz am rechten Bein, stolperte, fiel kopfüber auf die Pflastersteine und schlug sich das Kinn bis zum Knochen auf. Er rollte sich auf den Rücken, fühlte ein Stechen im Unterschenkel und begriff, dass eines der hastig abgefeuerten Geschosse tief in seine Wade eingedrungen war. Er stützte sich auf den gesunden Fuß, wankte teils hüpfend zum Eingang des Gebäudes und verzog das Gesicht vor Schmerz, als er sich hineinschob. Er fand sich im engen Quartier des Zenturios oberhalb der Schlafräume mit acht Pritschen wieder, die den Großteil der Kaserne ausmachten. Der Raum war trotz des zerstörten Daches dunkel und feucht, denn Feuer und Plünderei hatten ihn verwüstet, und es stank nach verbranntem, verfaultem Holz. Allerdings gab es hier kein Versteck vor den Verfolgerinnen, die sicher bereits über die Hauptstraße des Kastells herannahten. Der Tungrer nockte seine letzten beiden Pfeile in die Bogensehne und kauerte sich in die hinterste Ecke des Raums. Er richtete seine eisernen Geschosse auf den Eingang und verzog vor Qual das Gesicht, denn seine Wade brannte bei jeder Bewegung. Als er durch die Stille ein leises Kratzen von Leder auf Stein vernahm, wusste Arabus, dass mindestens eine der Fähen auf der anderen Seite des Eingangs stand. Also zog er langsam die Bogensehne zurück, bis die Waffe zu zwei Dritteln gespannt war, und lauschte nach Anzeichen des nun unvermeidlichen Angriffs.

Arminius beobachtete stumm, wie Marcus sich ins ruhige Innere des Kastells zurückzog, und wartete auf das Erscheinen der ersten Barbarenjägerin unter dem Tor. Er rief eine barsche Verwünschung hinaus, trat aber sofort in das Hospital zurück, bevor die herannahenden Frauen ihre Pfeile auf ihn abfeuern konnten. Mit gezogenem Schwert rannte er den langen Gang hinunter und atmete erleichtert aus, als er den Untersuchungsraum des Medicus fand, mit dem alle Hospitale der Kastelle im Kaiserreich ausgestattet waren: ein kleiner Raum in der Mitte des Gangs, der zu den Krankenzimmern mit vier Pritschen führte. In einer Ecke der Amtsstube ragte eine kurze Steinmauer aus der Wand, die das Zimmer vom Korridor trennte, also ging er rasch über die Steinfliesen dorthin, um zu sehen, was sich dahinter befand. Die schweren Holztüren waren verschwunden, ebenso die Regale, die einst die Vorräte an Medikamenten enthalten hatten. Üblicherweise wurden solche Arzneien sicher verwahrt, um die Soldaten nicht in Versuchung zu führen, sich ohne Grund in taube Seligkeit zu versetzen. Der Germane zwang den massigen Leib in das enge Versteck, senkte die Schwertspitze auf den Boden und mühte sich mit geschlossenen Augen, den Atem ruhig zu halten. Allmählich spürte er, wie sein Herzschlag langsamer wurde, und kurz darauf kam es ihm vor, als sei er mit der ihn umgebenen Dunkelheit verschmolzen.

Aus dem Korridor erklangen leise Schritte, vermutlich von zwei oder drei Fähen. Arminius wartete und horchte, wie sie sich dem Untersuchungszimmer näherten, dann hörte er, dass eine Person in den kleinen Raum trat und höchstens drei Schritte von ihm entfernt stehen blieb. Lange herrschte Stille, und er spannte sich bereits an, um herauszuspringen und zu kämpfen. Er war sich sicher, dass die unsichtbare Verfolgerin bemerkte, dass die Amtsstube eine Versteckmöglichkeit bot, und gleich einen Schritt nach vorne treten würde, um ihn zu entlarven. Tatsächlich hörte der Germane einen verstohlenen Tritt und konnte sich gerade noch zurückhalten, aus dem ehemaligen Schrank hervorzuspringen, als er bemerkte, dass die Jägerin das Zimmer verlassen hatte. Im Gang erklangen leise Stimmen, und die Frauen schienen tiefer in das Gebäude vorzudringen. Als Arminius vorsichtig den Kopf um den Rand des Schranks streckte, war der Raum leer.

Er atmete tief ein, trat behutsam aus seinem Versteck heraus, presste sich an die Wand neben der Tür und lugte in den Korridor. Die Frauen schlichen vorsichtig durch das schmale Gebäude. Zwei von ihnen traten in die Krankenzimmer zu beiden Seiten des Gangs, während die dritte ihnen Rückendeckung gab, falls aus den Zimmern, die sie noch nicht überprüft hatten, eine Gefahr drohte. Ohne darüber nachzudenken, trat Arminius hinter sie, zog sein Jagdmesser, griff ihr über die Schulter und stieß ihr die Klinge ins weiche Fleisch unterhalb des Kiefers. Die Jägerin blieb stocksteif stehen, als sich das scharfe Eisen durch ihre Zunge bohrte, doch es gelang ihr nicht, einen Ton hervorzustoßen, denn Arminius zog sie an sich, riss das Messer aus ihrem Kiefer und schnitt ihr die Kehle durch. Er ließ ihren krampfartig zuckenden Körper zu Boden gleiten und legte das Messer neben sie, um keine Zeit damit zu verlieren, es erst wieder in die Scheide zu stecken. Dann zog er sein Schwert und packte es mit beiden Händen, während er zu den Eingängen zurückging, durch die sich die beiden Jägerinnen nur einen Augenblick zuvor wie zwei Raubtiere geschlichen und dabei mordlustige Blicke getauscht hatten.

Eine Bewegung von links ließ ihn automatisch das Schwert durch die Luft schwingen, womit er einer Jägerin, die gerade aus einem der Krankenzimmer heraustrat, einen tödlichen Hieb versetzte. Die Klinge schlug ihr den Kopf ab und blieb tief im faulen Holz des Türrahmens stecken. Die Frau wankte, sackte zu Boden, und ihr Schädel krachte auf die Steinfliesen. Ein Kreischen hinter Arminius warnte ihn gerade noch rechtzeitig, dass die dritte Jägerin fast bei ihm war, also ließ er das Schwert zunächst im Türrahmen stecken, trat über die kopflose Leiche hinweg und glitt in das leere Krankenzimmer hinter ihr. Dann riss er seine Klinge aus dem Holz und wandte sich um, um der Fähe gegenüberzutreten. Sie stürmte durch die Tür hinter ihm in den Raum und warf mit lautem Klappern ihr Schwert auf den Steinboden. Dann zog sie zwei Jagdmesser aus ihrem Gürtel und ging vor dem Germanen in hockende Kampfstellung, blieb jedoch außerhalb der Reichweite seines Langschwerts.

Einen Moment musterten sie sich schweigend. Arminius richtete sein Schwert aus, damit es auf ihr Gesicht zeigte, und spreizte die Beine etwas weiter, während die Frau mit blau tätowiertem Gesicht, in dem wutentbrannte grüne Augen blitzten, die beiden Jagdmesser hob, um seinem Langschwert zu begegnen. Der Germane schleuderte ihr seinen Schlachtruf entgegen und sprang vor. Er wollte ihr die Schwertspitze durch den Hals bohren und die Sache damit beenden, doch die Frau wich rasch zur Seite aus und schob die Klinge mit dem Messer ihrer rechten Hand weg, während sie gleichzeitig die Linke vorschnellen ließ und einen Schnitt über seinen Bauch führte, sodass er zurückweichen musste. Sie sprang zwei Schritte vor, hielt mit dem einen Messer noch immer sein Schwert fern und schwang das andere von der Seite gegen seine Brust. Der Germane war ihr jedoch entgegengetreten und hatte ihr den Ellbogen ins Gesicht gerammt, noch bevor die Klinge ihn treffen konnte. Sie taumelte rückwärts an die Wand, aber während er sich noch sammelte, um ihr sein Schwert waagrecht in den Körper zu schlagen, stieß sie sich bereits wieder von der Wand ab, schoss mit einem ohrenbetäubenden Schrei auf ihn zu, wirbelte beide Messer durch die Luft und verwundete ihn mit zwei langen Schnitten an den Armen.

Angesichts der Schmerzen fletschte der Germane die Zähne, und ihm wurde klar, dass er diesen Kampf wohl verlieren würde, denn auf so kurze Distanz konnte er mit seinem Langschwert keine tödlichen Hiebe führen. Also wich er einen Schritt zurück, ließ abrupt die Arme vorschnellen und schleuderte ihr das Schwert entgegen, sodass sie sich vor dessen tödlicher Klinge ducken musste und Arminius damit einen winzigen Aufschub verschaffte. Er stürmte durch die Tür des Krankenzimmers hinaus und wollte über den Gang der Fähe entkommen, verfing sich jedoch mit dem Fuß am Leichnam der Frau, die er zuvor enthauptet hatte, worauf er kopfüber neben seinem Opfer auf den Boden fiel. Er rollte sich auf den Rücken und spannte die Muskeln an, um gleich wieder aufzuspringen, doch schon sah er seine Gegnerin durch die Tür preschen. Sie stürzte sich mit ihren Messern auf ihn, als wären es Krallen eines herabstoßenden Falken.

Marcus stand im Vorraum des verfallenen Hauptquartiers, also in jenem Bereich, zu dem die Soldaten mehr oder weniger freien Zutritt hatten, um Botschaften zu überbringen oder Gegenstände auszuhändigen. Ein ehemals stolzes Mosaik des Gottes Mars war von feuchten Brandresten bedeckt, die den gesamten Boden übersäten, außerdem waren Hunderte der daumennagelgroßen Mosaiksteine bei der Zerstörung des Kastells herausgerissen worden – ein unsinniger Akt des Vandalismus, der typisch für den Drang der Venicones war, nach dem Rückzug der Legionen vom Wall vor zwanzig Jahren jede Spur der Invasoren aus dem Süden auszulöschen. Einem plötzlichen Impuls folgend, hob er eine Handvoll Keramiksteine auf und zog sich in die hinteren Gemächer zurück, die unter normalen Umständen, während das Kastell besetzt war, ausschließlich den Zenturionen und dem Befehlshaber der Kohorte vorbehalten waren. Auf der anderen Seite des Raums befanden sich zwei Schatzkammern, in denen einst der Sold der Kohorte und die Feldzeichen verwahrt wurden. Einen Augenblick überlegte Marcus, ob er sich dort im Dunkeln verstecken sollte. Dann aber begriff er, dass es in dem ganzen Kastell kein Versteck gab, das die Fähen nicht entdecken würden. Also legte er seinen schweren Mantel auf den feuchten Steinboden, zog seinen Gladius aus der Scheide, da dessen kürzere Klinge sich in der engen Kammer wohl als nützlicher erweisen würde als die Spatha. Gerade spannte er die Muskeln für den bevorstehenden Kampf, als ihn das Geräusch vorsichtig-langsamer Fußtritte aus der Tür zwischen den beiden Räumen erreichte. Als sie nahe genug waren, dass sie sich seines Erachtens nur noch wenige Fuß von ihm entfernt befanden, nämlich genau auf der gegenüberliegenden Seite der Mauer, an die er den Rücken presste, warf Marcus zwei Mosaiksteinchen in die Ecken der Zimmer vor und rechts von ihm. Dann hob er den Gladius, sodass die letzten Zentimeter der Klinge nur eine Handbreit von seinem Gesicht entfernt waren. In der spiegelnden Oberfläche sah er das verzerrte Bild einer weißen Gestalt, die aus dem Dunkel in der Tür auftauchte, doch noch bevor ihr Antlitz sichtbar wurde, erblickte er etwas Eisernes – eine Speerspitze oder einen Pfeil, deren Wirkung aber gleichermaßen tödlich sein würde, wenn er der Frau erlaubte, zuerst zuzuschlagen.

Er sah zum Eingang und warf ein weiteres Steinchen an die Wand ihm gegenüber. Bei dem plötzlichen Klicken trat die Fähe hastig mit erhobenem Speer in den Raum. Als sie durch die Tür huschte, hatte sie die Aufmerksamkeit nach links gerichtet. Marcus konnte ihr sein Schwert tief zwischen Schulter und Nacken stoßen, dann drehte er die Klinge und zog sie heraus. Ächzend wankte die Frau, versuchte noch, sich umzudrehen und ihren Speer zu benutzen, fiel jedoch vornüber und blieb, abgesehen von einem leichten Zucken der Hände und Füße, regungslos auf dem Boden liegen. Marcus ließ die Mosaiksteinchen fallen, trat vor, nahm sein Schwert in die linke Hand und hob den Speer auf. Er drehte sich rasch auf der Stelle, rückte vor und rammte den schwarzen Speerkopf durch den Eingang, als sich eine zweite Frau gerade schreiend durch die Türöffnung drängte. Die Speerspitze drang tief in die Brust der Fähe, und während sie entsetzt und unter größter Qual zurücktaumelte, riss Markus den Speer heraus und hieb ihr die Speerklinge über den Hals, um ihr die Schlagader zu durchtrennen. Eine Blutfontäne spritzte durch die Kammer. Marcus trat ihr in den Rücken, sie fiel in den Vorraum, doch dann zuckte er zusammen, weil er hinter der Sterbenden eine Bewegung bemerkte. Er drehte sich hastig weg und stellte sich mit erhobenem Speer neben die Tür. Mit einem Geräusch scharrender Füße stürmte ein weiterer Eindringling durch die Tür, doch Marcus' heftiger Speerstoß landete im Nichts, und noch bevor er die Klinge zurückziehen und erneut zustechen konnte, packte etwas seinen Knöchel und warf ihn zu Boden. Es war das Monster, das die Zähne in seiner Wade versenkt hatte und dann immer wieder blitzschnell zubiss. Wild stach Marcus mit seinem Speer um sich, verfehlte sein Ziel jedoch, worauf die riesige Bestie die Zähne fletschte, auf ihn sprang und die Schnauze um seine Schwerthand schloss, noch bevor er den Gladius benutzen konnte. Wütend schlug das Tier seine Reißzähne in die zarten Knochen und Sehnen seiner Hand und riss Marcus das Schwert weg. Dann sprang es erneut auf ihn zu, und plötzlich befand sich der Römer mit dem Kopf vor der Schnauze des Hundes und musste hilflos zusehen, wie das Monster sein Maul weit aufriss und sich daranmachte, das Gesicht seines wehrlosen Opfers zu zerfleischen.

Eine Gestalt huschte am Eingang vorbei, und Arabus verschoss seine letzten Pfeile, doch noch während er dies tat, erkannte er, dass er auf eine List hereingefallen war und die letzte Chance eines Angriffs verschwendet hatte. Die eisernen Pfeilspitzen prallten an der Wand hinter dem offenen Türrahmen ab und fielen nutzlos zu Boden. In der Stille, die darauf folgte, zog Arabus sein langes Jagdmesser und bereitete sich aufs Sterben vor. Eine Fähe trat geschmeidig durch die Tür und hielt ihren Speer wurfbereit, doch dann bemerkte sie, dass ihr Opfer seinen letzten Pfeil verschossen hatte. Einen Augenblick musterten sie sich gegenseitig, dann folgten zwei weitere Jägerinnen, von denen die eine ein Langschwert trug, die andere einen Pfeil an die Bogensehne gelegt hatte. Die Gesichtszüge der ersten Frau waren unter den vielen Tätowierungen nicht zu erkennen, doch ihre Augen glühten wie zornige braune Oasen in leuchtendem Weiß. Sie ging auf den hilflosen Späher zu und fletschte die Zähne, was ihm wesentlich deutlicher als die abgehackten Wörter in ihrer eigenen

Sprache machte, dass sie ihn beschimpfte. Mit raschen Stößen ihres Speers forderte sie ihn auf, das Jagdmesser wegzulegen, seine einzige Verteidigungswaffe. Als er verneinend den Kopf schüttelte, bohrte sie ihre Klinge in seine Wade, neben die Wunde, in der noch der Pfeilschaft steckte. Als sie den Späher vor Schmerz zusammenzucken sah, lächelte sie und trat ihm das Messer aus der Hand. Während sie den Speer herauszog, schnitt der Tungrer eine qualvolle Grimasse und spuckte ihr vor die Füße – die einzige Art von Widerstand, die er jetzt noch zu leisten imstande war.

»*Schlampe!*«

Mit einem breiten Grinsen reichte die Fähe ihren Speer der Bogenträgerin hinter ihr und griff sich an den Gürtel, der aus einem breiten Stoffstreifen mit aufgenähten Lederstücken bestand. Sie zog ein kurzes Häutungsmesser mit breiter Klinge aus der Scheide und winkte ihre Gefährtinnen zu sich, während sie ihre Beute prüfend betrachtete.

Arabus lachte ungläubig und sprach sie mit gespielter Tapferkeit an. »Überlegst du dir gerade, wo du anfangen sollst? Ich würde euch alle drei zu euren Göttern schicken, wenn mir nicht dieser Pfeil in …«

Sie ohrfeigte ihn so hart, dass er einen Augenblick Sterne sah. Während er noch von dem Schlag benommen war, sprangen die anderen Frauen bereits heran, hielten seine Arme fest und hockten sich auf seine gespreizten Beine. Die Anführerin kniete sich dazwischen, und im Angesicht seiner Verwundbarkeit dämmerte dem Späher, dass sein Tod der am wenigsten furchteinflößende Teil dessen war, was ihm bevorstand. Mit einem selbstzufriedenen Lächeln griff die Jägerin nach dem Pfeil in seinem Unterschenkel und zog ihn heraus, wobei Arabus erneut vor Schmerz stöhnte. Als die stark blutende Wunde frei lag, zog sie ihm die Beinkleider herab und setzte die breite Spitze ihres Häutungsmessers an die Pfeilverletzung.

»*Nicht!*«

Die Jägerin grinste und schob die Klinge in die Wunde, wodurch sie deren Größe von einem Fingerbreit auf drei erhöhte und dem Späher einen gequälten Schmerzensschrei durch zusammengebissene Zähne entlockte. Entsetzt starrte Arabus auf den Holzgriff des Messers, das aus seiner Wade herauszuwachsen schien. Kurz danach zog die Frau das Messer wieder heraus, führte es an die Nase und roch genussvoll seufzend am Blut, das die Klinge bedeckte. Dann lehnte sie sich vor, griff mit Daumen und Zeigefinger nach seinem Penis, blickte zu ihm auf und schüttelte in vorgetäuschtem Mitleid den Kopf. Sie wedelte das schlaffe Geschlechtsteil hin und her und sagte etwas zu den Frauen, die seine Arme und Beine festhielten, worauf beide lachten. Trotzdem starrten sie weiterhin mit entschlossenen Gesichtern auf den hilflosen Mann hinab. Wieder sagte die Fähe etwas zu ihm, deutete mit dem Finger auf eine der Trophäen an ihrem Gürtel und zeigte dann mit einem bösartigen Grinsen auf sein Geschlechtsteil. Sie setzte das blutige Messer an die Wurzel seines Penis und zog ihn mit der anderen Hand in die Länge, um das Abtrennen zu erleichtern. Arabus, der die Schmerzen in seinem Unterschenkel völlig vergessen hatte, starrte sie fassungslos an und entleerte vor Angst seine Blase. Mit einem angewiderten Schrei ließ sie seinen Schwanz los und schlug stattdessen so fest auf seine Hoden, dass er einen lauten Schrei ausstieß, dann packte sie seinen Hodensack und ließ einen der Testikel zwischen die Finger gleiten. Einen Augenblick starrte sie zunächst den Hoden, dann den angstschlotternden Späher an, fletschte hasserfüllt die Zähne und trennte mit einem einzigen Schnitt ihres Messers den Testikel vom Hodensack ab.

Irgendwo im verfallenen Kastell schrie ein Mann in entsetzlicher Pein und wusste vor lauter Schmerz wohl gar nicht, dass er überhaupt ein Geräusch ausstieß. Der Hund verharrte einen Augenblick und stellte das Ohr in Richtung des Schreis, was Marcus Gelegenheit gab, all seine Kraft zu sammeln, den Speer fallen zu lassen und seine bissfreie Hand zur Faust zu ballen, die er so heftig in den Kiefer des Tieres schmetterte, dass seine Knöchel von den Hundezähnen Verletzungen davontrugen. Mit Wutgeheul ließ das Monster den Kopf vorschnellen, versenkte die Hauer in Marcus' Oberarm und zerrte so stark an seinem Bizeps, dass der Römer vor Schmerz für einen Moment stocksteif wurde. Marcus tastete mit der anderen, bereits verwundeten Hand auf dem Steinboden nach seinem Schwert und spürte schließlich den Mantel des Diebs unter seinen Fingern. Verzweifelt schob er die Hand in das Kleidungsstück und fühlte den Rand der Schüssel aus massivem Gold, die sich noch immer in dessen Tasche befand. Er riss sie heraus und hieb das schwere Gefäß in hohem Bogen auf die Schläfe des Monsters. Der Hund jaulte überrascht und ließ seinen anderen Arm los, dann schüttelte er angesichts des harten Aufpralls den Schädel. Der Römer hob die Schüssel erneut und wiederholte den Schlag mit aller Kraft, die ihm seine verletzte Hand gewährte. Dabei drehte er den Schüsselrand so, dass er auf derselben Stelle am Kopf des Tieres landete. Mit einem hörbaren Knacken brach der Schädel des Hundes, und als das Tier rittlings auf ihm zu wanken begann, schwang Marcus die improvisierte Waffe ein drittes Mal und fühlte den Schüsselrand tief in die zerbrochene Schläfe des Tieres eindringen. Der Hund rollte von ihm herab und versuchte ungelenk, auf die Beine zu kommen, was dem Römer Gelegenheit gab, selbst aufzustehen. Er hob den Speer vom Boden, rammte ihn seitlich in die Bestie und spürte einen kurzen Widerstand, doch dann schob sich die scharfe Eisenspitze durch den Brustkorb des Tieres bis ins Herz hinein. Das Monster jaulte noch einmal auf, dann starb es und fiel mit weißen, nach hinten gerollten Augäpfeln auf den Steinboden.

Als Marcus ein Trittgeräusch im Vorzimmer hörte, stieg er auf die Brust des toten Tieres und zog seinen Speer aus dessen Körper. Blitzschnell drehte er sich zu seiner nächsten Angreiferin, die mit einem Wutschrei in den Raum stürmte und mit einem verblüfften Ächzen direkt in seinen Speer rannte. Der Römer wandte sich zur Seite und nutzte die ihm verbliebene Kraft, um die Frau vom Boden hochzuheben und sie durch den Raum zu tragen. Dann warf er sie in das Loch des Tresors, der in den Boden der Schatzkammer eingelassen war, und zog dabei den Speer aus ihrem Körper. Kopfüber landete sie in dem vier Fuß tiefen Steinschacht, sodass nur noch ihre Knöchel und Füße herausragten. Kurz zuckte ihr rechter Stiefel, dann regte sie sich nicht mehr. Während Marcus sich noch zu sammeln versuchte, sah er aus dem Augenwinkel eine Bewegung, die ihn sich sofort wieder zur Tür drehen ließ, und er hob den Speer, um sich seinem nächsten Gegner zu stellen. Als er die Waffe vorstieß und dabei auf die Brust der finsteren Gestalt zielte, parierte diese mit einem heftigen Schwerthieb seinen müden Angriff, sodass die eiserne Speerspitze vom Schaft gerissen wurde. Der Römer wich in das hintere Zimmer zurück, hob sein Schwert vom Boden auf und schrie die Gestalt an, die hinter dem leeren steinernen Türeingang lauerte.

»Komm schon! Komm rein und mach mich fertig!«

Arabus brüllte vor Angst und Schmerz, aber bevor die Folterin sich aus ihrer knienden Stellung zwischen seinen Beinen erheben konnte, wo sie sich an seiner Verzweiflung weidete und seinen abgeschnittenen Hoden hochhielt, erblickte er aus dem Augenwinkel einen schemenhaften Schatten. Ein schwerer Fußtritt erklang hinter ihr, und die Peinigerin runzelte fragend die Stirn, doch als sie den Kopf drehte, um dem Geräusch auf den Grund zu gehen, wurde ihr dieser von einem entsetzlichen Schlag zertrümmert, sodass sie mit grotesk entstelltem Gesicht von Arabus' liegendem Körper weggeschleudert wurde. Lugos trat einen Schritt zurück und schwang seinen Streithammer hoch in der Luft, bevor er den eisernen Hammerkopf auf den Fuß einer der Jägerinnen schmetterte, die Arabus festhielten. Fleisch und Knochen wurden zu Brei zermalmt, worauf die Frau in ungläubiger Wut den Körper in einem stummen Schrei krümmte.

Die einzige noch unverwundete Jägerin sprang von dem Späher weg und versuchte, ihr Messer zu fassen, doch schon hatte der riesige Britannier den Hammer erneut erhoben und ließ ihn auf die Frau niedergehen, deren Fuß er zuvor zerschmettert hatte. Ein durchdringender Schmerzensschrei gellte auf, der die Stimme der anderen Frau fast ganz übertönte.

Sie kreischte vor Angst.

Lugos drehte den eisernen Griff des Streithammers in der Hand, hob ihn erneut und wandte sich einmal um sich selbst, um einen waagrechten Schlag gegen die letzte Jägerin zu führen. Diesmal war es der halbmondförmige Schlagdorn auf der Rückseite des Streithammers, der durch ihre nutzlos vors Gesicht erhobenen Hände sauste und ihren Schädel waagrecht spaltete, als handle es sich um ein gekochtes Ei. Als Arabus sah, wie ihr zur Hälfte enthaupteter Körper an der Wand hinter ihm abprallte und vor die Füße des Britanniers fiel, zuckte er zusammen. Lugos ignorierte das heisere Schreien der mit dem Tod ringenden Jägerin und kniete sich neben Arabus, der aufgrund der stechenden Schmerzen in seinem Schoß das Gesicht verzog.

»Du hast Glück. Hast immer noch Schwanz und ein Ei. Nimm das …«

Er schnitt einen Streifen Wollstoff von der Tunika der gefallenen Jägerin, rollte ihren Leichnam beiseite und offenbarte damit die entsetzliche Wunde, die sein Hammerkopf ihr ins Gesicht geschlagen hatte. Er wickelte den Stoff um Arabus' Peniswurzel und straffte die Binde, bis der Blutfluss aus dem zerschnittenen Hodensack versiegte.

»Du leben. Komm mit mir.«

Der Späher hinkte gequält die Hauptstraße des Kastells entlang und konnte lediglich schwach nicken, als er Marcus und Arminius auf den Stufen des Hauptquartiers auf sie warten sah. Die Tunika und die Beine des Germanen troffen von Blut.

Lugos zeigte auf den Schädel, den Arminius an den Haaren gepackt hatte und in seiner linken Hand trug. »Alle tot?«

Der Germane nickte. »Sieht ganz so aus. Nachdem der Zenturio anscheinend das Hexenweib umgebracht hat, das diese Schar von Harpyien anführte, dachte ich, wir könnten den Schädel vielleicht wieder mit den anderen vereinen?

Marcus hätte mich übrigens ebenfalls erledigt, hätte ich ihn nicht gerade noch davon abhalten können, mich mit einem Speer zu durchbohren.«

Der Späher saß mit niedergeschlagenem Gesicht auf den Steintreppen und hielt wegen der starken Schmerzen zwischen seinen Beinen die Augen geschlossen. Marcus hingegen schritt vorsichtig zum Tor, dicht gefolgt von Arminius und Lugos.

Der hünenhafte Britannier zeigte auf die Schnitte an Arminius' Armen und runzelte die Stirn, als er die blutüberströmte Schulterpartie seiner Tunika sah. »Was dir passiert?«

Arminius setzte eine geringschätzige Miene auf und hob den Frauenkopf, um in dessen Gesicht zu spucken. »Eine der Schlampen hat mich mit ihren Messern in Streifen geschnitten, also musste ich mein Schwert auf sie werfen. Dann habe ich so getan, als wollte ich davonlaufen und sei gestürzt; in Wirklichkeit aber wollte ich nur mein Jagdmesser in die Hände bekommen. Als sie auf mich sprang, gelang es ihr, mir eine ihrer Klingen hier hineinzustechen« – er deutete mit dem Daumen der Schwerthand auf den blutigen Riss im Schulterbereich seiner Tunika –, »doch sie hatte keine Ahnung, dass ich bereits mein eigenes Messer für sie bereithielt. Somit ist sie jetzt ein kopfloser Leichnam, während ich noch immer einen Schild halten kann.«

Mit einer Grimasse hob er vor Lugos seine linke Hand mit dem Kopf. Der Britannier nickte anerkennend, hob einen der von den Frauen hinterlassenen Schilde auf und reichte ihn dem Germanen. Kurz vor dem Tor zum Kastell verlangsamte Marcus seinen Schritt und sprach leise über die Schulter zu ihnen.

»Gebt mir den Kopf.«

Der Römer bückte sich und hob einen Schild auf, der einer der Jägerinnen gehört hatte, die Arabus' Pfeilen zum Opfer gefallen waren. Dann bedeutete er seinen Kameraden, außer Sicht zu bleiben, und stieg müde die Steinstufen hinauf, die zum Zwinger über dem Eingangstor führten. Als er oben ankam, erblickte Marcus den von Narben entstellten Anführer der Jägerinnen, der mit zwei Bogenschützen an seinen Seiten dreißig Schritte vom Kastell entfernt stand.

Der Römer deckte sich mit dem Schild, bevor er dem Mann zurief: »Ihr seid gescheitert!« Seine Stimme hallte deutlich über die kurze Distanz. »Ihr habt kleine Mädchen ausgeschickt, um gegen Männer zu kämpfen, und wir haben sie wie Wölfe in Stücke gerissen. Lauft um euer Leben, solange ihr es noch könnt!« Er schleuderte dem Stammeskrieger den abgeschnittenen Kopf vor die Füße.

Der ältere Mann betrachtete ihn einen Augenblick missmutig, bevor er sein ekelhaft vernarbtes Gesicht dem Römer zudrehte. »Ich sollen weglaufen, du Dieb? Ich glaube eher nicht. Mein Herr Brem will, dass ich dich jage, den Adler zurückhole und Rache nehme für den Mord an seinem Sohn! Meine Fähen haben euch verletzt, da bin ich mir sehr sicher! Wir sind vier Spuren gefolgt, zwei davon blutig. *Euer* Blut. Wie viele von euch können noch kämpfen? Es gibt keine Flucht aus dem Kastell, Römer, denn es hat nur ein Tor. Keine Flucht ohne ein Seil. Habt ihr ein Seil?« Er hielt inne und schüttelte den Kopf zu Marcus hinauf. »Nein, ihr habt kein Seil. Ihr seid müde von der Nacht im Sumpf und dem Morgen mit Kämpfen gegen Hunde und Fähen. Es gibt keine Rettung für euch, Römer. Die Männer, die von eurem Wall nach Norden marschierten, sind alle gestorben. Wir haben Feuer im Westen gesehen. Und wenn du nach Süden siehst, was siehst du, Römer?« Er zeigte auf den Wald hinter Marcus, der mittlerweile sichtbar geworden war, da der Morgen den Nebel zwischen den Bäumen aufgelöst hatte.

Als der Zenturio sich umblickte, bemerkte er, dass die entfernten Hügel von Finsternis überschattet waren und eine dicke Rauchsäule vom Grund des Waldes aufstieg. Zu seiner Rechten blickte er über die Bäume, die das verfallene Kastell auf drei Seiten umgaben, und zuckte zusammen, als er auch am südlichen Horizont mehrere dünne Rauchsäulen ausmachte.

Der entstellte Jagdmeister ergriff erneut das Wort, und aus seiner Stimme war triumphierender Jubel herauszuhören. »Die Kastelle auf dem Wall brennen, Dieb! Eure Armee rennt, und Venicones-Stamm ist jetzt Herr hier! Es gibt keine Rettung für euch, Dieb, eure Freunde sind tot durch das Feuer im Wald, und eure Armee flüchtet nach Süden.« Er streckte die Hand aus. »Wirf herunter, was du gestohlen hast, und ich lasse dich gehen. Wenn du schnell läufst, lebst du vielleicht. Oder du sitzt hier in der Falle, bis Brem kommt und alle tötet. Er wird euch alle langsam töten, Dieb, viele Tage, lässt euch bluten für Tod von seinem Sohn!« Marcus starrte hinter der Deckung des Schildes auf ihn hinab und ließ den Blick über die qualmenden Mauerkastelle und das Gelände zwischen ihnen und den Venicones schweifen. Erneut rief der Mann ihm etwas zu, und seine Stimme bebte angesichts seines offensichtlichen strategischen Vorteils. »Du kapitulierst, Römer, dann gebe ich dir die Chance zu rennen!«

Der junge Zenturio beugte sich über die Brüstung und unterbrach die Drohungen des Kriegers der Venicones mit barscher Stimme. »Du hast recht, Venicone, man sieht von diesen hohen Mauern aus wahrhaftig besser. In der Tat steht Rauch im Süden, und die Zerstörung unserer Kastelle lässt mich vermuten, dass die Legionen wirklich zum Rückzug beordert wurden. Aber ich sehe noch *mehr*. Ich sehe deinen eigenen Untergang aus dem Süden herannahen, und er kommt mit raschen Hufschlägen, die du wahrscheinlich hören könntest, wenn du einfach mal kurz den Mund halten würdest.«

Der Jagdmeister wandte sich in Richtung des brennenden Kastells Piger Montis, neigte den Kopf zur Seite, und schon einen Augenblick später war das entfernte Geräusch von Hufschlägen zu hören, die sich ihnen rasch näherten.

Marcus erblickte von seinem Aussichtspunkt eine Schar Reiter, die den Waldrand entlang auf sie zuritten. Noch während er sie beobachtete, ertönte ein gedehntes Hornsignal, das bedeutete, dass die Kavalleristen neue Beute erblickt hatten. Er beugte sich noch weiter über die Brüstung und zeigte nach Norden. »Lauf, Venicone!«, rief er dem nachdenklichen Stammeskrieger zu. »Und lauf schnell, bevor meine Brüder euch niederreiten und aufspießen wie die Bestien, die ihr in der Tat seid!«

Während die Jäger noch immer auf die herannahenden Reiter starrten, stürmten Arminius und Lugos aus dem Kastelleingang und stießen hinter den Schilden, die sie den toten Fähen abgenommen hatten, Schlachtrufe hervor. Als sie deren blutgetränkte Kleider und Waffen sahen, machten auch die letzten Jägerinnen kehrt und rannten entsetzt davon, doch anstatt in Richtung des Waldes zu laufen, wo sie vielleicht Zuflucht hätten finden können, liefen sie direkt auf die Kavalleristen zu. Der vernarbte Krieger starrte Marcus noch einen Moment an, bevor er sein Schwert zückte und sich den Reitern zuwandte. Vielleicht hatte er gehofft, einige von ihnen in die Ewigkeit mitnehmen zu können, aber sein Ehrgeiz war nicht von langer Dauer. Während die Reiter den fliehenden Frauen nachjagten und sie erbarmungslos mit ihren Speeren niederstachen, beugte sich Silus aus dem Sattel, hieb die schwere Klinge seiner Spatha in den Rücken des Jagdmeisters und ließ ihn tot auf dem nassen Boden zurück.

Dann trabte er zum Kastell hinauf, und als er Marcus auf dem Eingangstor stehen sah, steckte er seine Klinge in die Scheide zurück und kommentierte mit einem Kopfschütteln die Tollkühnheit der beiden Barbaren. »Verflucht, ich dachte, wir hätten selbst harte Zeiten erlebt! Aber ihr drei seht aus, als wärt ihr zu den Toren des Hades und wieder zurück marschiert! Wo ist der Rest eurer Truppe?«

Arminius steckte mit einer matten Bewegung sein Schwert in die Scheide und sah mit vor Erschöpfung zusammengekniffenen Augen zu dem Decurio hoch. »Die meisten wurden in Stücke gehackt, wenngleich der Riese hier einen von ihnen ertränkt hat, damit er uns nicht verfluchen konnte.«

Silus wandte den Kopf in Marcus' Richtung, der von der Mauer herabgestiegen war und ihnen entgegenging. »*Alle* tot? Nur ihr drei habt überlebt?«

Arminius schüttelte den Kopf und stieß ein freudloses Lachen aus. »Arabus lebt noch, ist aber nicht ganz der Alte. Ein kleiner Teil von ihm wird auf immer verloren sein …«

Silus musterte ihn fragend, konnte die Sache jedoch nicht vertiefen, da Marcus ihm in dringlichem Ton eine Frage stellte. »Was ist mit der Kohorte?«

Der Decurio schüttelte den Kopf. »Ich weiß es nicht. Wir

wurden vom Feuer, das Julius bei dem Hinterhalt entzünden ließ, nach Westen abgedrängt …«

»Wir haben das Feuer selbst entzündet? Wessen Idee war das?«

»Unsere, um genau zu sein. Sollten sie überlebt haben, so hat sie das wahrscheinlich gerettet. Wir sind um den südlichen Rand der Bratpfanne geritten, nur um festzustellen, dass zweitausend wütende Barbaren sich auf denselben Weg gemacht hatten und offensichtlich alle Überlebenden zur Strecke bringen wollten, die es aus dem Wald schafften.«

Marcus betrachtete ihn mit neu gewonnenem Respekt. »Dann seid ihr in dem Wissen hierhergeritten, dass es keinen Fluchtweg mehr geben wird, sobald die Venicones die Straße südlich des Walls besetzen?«

Silus zuckte die Achseln. »Ich verspürte plötzlich den unbegreiflichen Drang, ein letztes Mal vor meinem Tod das Lied zu hören, das deine Maulesel immer über uns singen.«

Arminius sah zu ihm hoch und schüttelte unwillig den Kopf. »Unbegreiflich … das ist wohl das richtige Wort dafür.«

»Sieht gar nicht so übel aus, oder?«

Scaurus drehte den Adler in den Händen und untersuchte die Kerben und Kratzer, die sich das Feldzeichen in seinem zweihundertjährigen Bestehen zugezogen hatte. Der Tribun stand mit Julius an der Spitze der tungrischen Kolonne. Die Soldaten lagen zu beiden Seiten des schwach sichtbaren Pfads, der den Wald nördlich des Walls säumte, und die meisten nutzten die Gelegenheit, nach den Anstrengungen der vergangenen Stunden ein wenig zu schlafen.

»Die Beschädigungen, meinst du?«

Julius nickte und zeigte auf einen langen Kratzer unter dem linken Vogelflügel, der aufgetaucht war, nachdem die Schichten getrockneten Blutes sorgfältig vom Feldzeichen entfernt worden waren. »Ein so bedeutender Gegenstand sollte nicht aussehen wie ein Stück Tand, das nicht einmal ein Schrotthändler würde haben wollen.«

Scaurus schüttelte sogleich den Kopf und betrachtete den Adler in seinen Händen. »Du scheinst den Sinn des Ganzen nicht zu verstehen, Erster Speer. Natürlich könnte man diesen Kratzer leicht wegpolieren, doch das Feldzeichen ist nicht nur ein Symbol der kaiserlichen Macht, sondern steht auch für die Langlebigkeit derselben. Wir haben die Länder um das Mittelmeer über Hunderte von Jahren beherrscht und die mächtigsten Reiche bezwungen, die die Welt je gesehen hat. Griechenland, Ägypten, Karthago, die Gallier, die Perser – sie alle sind von unseren Stiefeln in den Staub getreten worden, egal, welche Verluste wir dabei hinnehmen mussten. Der Adler der Sechsten Legion ist ein Zeuge dieser Vergangenheit und hat bereits zweihundert Jahre überdauert. Er wurde von Caesars Großneffe Octavian geweiht, den wir heute den göttlichen Augustus nennen, und war in der Schlacht bei Actium dabei, die seinen Sieg über den Thronräuber Marcus Antonius besiegelte. Er thronte über Lucius Galba, als dieser im Feldlager der Sechsten Legion als Widersacher Neros zum Gegenkaiser erklärt wurde, wenngleich ihm das nicht sonderlich zuträglich war. Der Adler war ein beredtes Symbol des Kaisertums, als die Bataver sich am Fluss Rhenus auflehnten und blutig niedergeschlagen werden mussten, und er ist mit Trajan in den Krieg gezogen, um Dakien zu erobern. Wenn dieser ramponierte, zerkratzte Vogel sprechen könnte, Erster Speer, würde er uns Geschichten erzählen, bei denen wir beide die Augen aufreißen würden angesichts der ruhmreichen Handlungen, deren Zeuge er war, und wir wären entsetzt vor Scham, was er seit seinem Raub hat erdulden müssen.« Er sah zu Julius hoch. »Es ist unsere Pflicht sicherzustellen, dass er nie wieder in die Hände von Barbaren gerät – entweder, indem wir uns durch ihre Reihen in Sicherheit kämpfen, oder, falls dies nicht möglich sein sollte, indem wir ihn so verstecken, dass er keinesfalls von ihnen gefunden werden kann. Letzteres scheint mir in Anbetracht des Berichts unseres Decurios die wahrscheinlichere Lösung.«

Silus war eine halbe Stunde zuvor mit den Überlebenden des Sturmtrupps zu ihnen gestoßen, gerade als die Kohorte abgekämpft aus dem östlichen Rand des Waldes herausgestolpert war. Wenngleich ihre Herzen einen Moment gejubelt hatten, dass ihre Kameraden zwar ramponiert, aber siegreich zurückgekehrt waren, hatten die Nachrichten aus dem Süden ihre Hoffnungen doch schon einen Augenblick später zunichtegemacht.

Julius nickte finster und spuckte auf den Boden. »Die Garnisonen am Wall werden die Straße nach Süden hinuntergeeilt sein, ohne einen Gedanken an uns zu verschwenden, und die brennenden Kastelle werden den bemalten Affen davon deutliche Kunde gebracht haben. Wir hatten Glück, dass es Silus gelang, sie zu umgehen und uns zu warnen.«

Scaurus legte den Adler auf den Boden und wandte sich wieder seinem Ersten Speer zu. »Das sehe ich genauso. Doch was sollen wir jetzt deiner Meinung nach tun? Sollen wir davonlaufen und damit das Unvermeidliche wohl nur ein wenig hinauszögern, oder sollen wir uns ihnen entgegenstellen und in einem riesigen Hügel von Leichen enden?«

Julius schüttelte den Kopf. »Davonlaufen? Wohin denn? Im Süden wartet eine Kriegshorde, im Westen steht ein abgebrannter Wald, im Osten liegt ein undurchdringbarer Sumpf, und wenn wir nach Norden rennen, werden die Venicones uns schon bald niedermachen, zumal wir völlig erschöpft sind und keine Vorräte mehr haben. Wir würden es noch nicht einmal vor ihnen zum Hauer schaffen, und glaub mir, dass ich auch diese Möglichkeit ernsthaft in Betracht gezogen habe. Also werden wir aufstehen und kämpfen müssen, wenngleich es angesichts ihrer Übermacht eine verdammt kurze Schlacht werden wird …« Er runzelte die Stirn, als er mit entschlossenem Schritt einen Zenturio die Kolonne heraufmarschieren und auf sie zukommen sah. »Cocidius sei mir gnädig. Das hat mir gerade noch gefehlt.«

Scaurus wandte sich um, und als er sah, was Julius meinte, zog ein ironisches Lächeln über sein müdes Gesicht. »Etwas an seiner Gangart erinnert mich an seinen Vorgänger, den er nun als Anführer der Zehnten Zenturie ersetzt hat. Zweifellos wird er uns alle schon bald ›kleiner Bruder‹ nennen und sich einen Bart wachsen lassen. Vorausgesetzt, wir leben noch so lange …«

Julius stemmte die Hände in die Hüften, wartete, bis Dubnus bei ihnen war, und quittierte den Salut seines Offiziers mit einem Kopfnicken. »Du hast wohl die Neuigkeiten gehört und willst uns nun deine Jungs als Menschenopfer darbringen, mit dem wir die Venicones ablenken können, während wir anderen uns davonmachen, richtig?«

Sein Offiziersbruder schüttelte den Kopf, ohne in den ausgelegten Köder zu beißen. »Weglaufen wird uns nichts nützen. Wir müssen kämpfen – aber nicht hier.«

Der Tribun hob fragend eine Augenbraue. »Wenn nicht

hier, Zenturio, welchen Ort würdest du dann vorschlagen, damit wir bei einem Kampf eine minimale Chance auf Erfolg haben?«

Der große Mann zeigte mit dem Finger auf den Wald. »Wieder dort drinnen, Herr.«

Julius schüttelte den Kopf. »Hier draußen sind wir sicherer. Zumindest können wir eine ungefähre Kampfreihe bilden, während sie uns im Wald von allen Seiten angreifen und über uns herfallen würden wie ein Wolfsrudel über einen Hirsch.«

Er wollte bereits gehen, doch Dubnus hatte ihm eine Hand auf den Arm gelegt. »Du irrst dich, Julius. Du vergisst nämlich, dass ihr eine Zenturie überaus kampflustiger Axtträger zur Verfügung habt beziehungsweise *fast* eine ganze Zenturie, die alle darauf warten, an den Venicones Rache zu nehmen.«

»Und?«

»Ich weiß, dass wir uns die Wut dieser Männer im Kampf zunutze machen können, um die Dreckskerle zu schlagen.«

Der Erste Speer wandte sich ihm zu und betrachtete das Gesicht seines Offiziers genauer. »Glaubst du im Ernst, dass wir ohne eine geschlossene Kampflinie eine derart große Anzahl wild gewordener Irrer zurückhalten können?«

Dubnus grinste ihn an. »Gib mir eine Stunde Zeit, dann verschaffe ich dir eine Kampflinie inmitten des Waldes, mit der wir die Dreckskerle wesentlich länger von uns fernhalten als mit allem, was wir hier draußen im freien Gelände tun könnten.«

Julius nickte bedächtig und drehte sich zu seinem Tribun zurück. »Du hattest recht, Herr, er verwandelt sich tatsächlich vor unseren Augen in Titus. Na schön, Zenturio: Was immer du zu tun gedenkst – du solltest besser schleunigst damit anfangen. Wir können schon von Glück reden, wenn wir überhaupt eine Stunde zur Verfügung haben, um die List, die dir vorschwebt, in die Tat umzusetzen.«

9. Kapitel

Calgus starrte mit einer Mischung aus Stolz und neuer Hoffnung auf das brennende Kastell, das von den Römern Piger Montis genannt wurde, wie ihm der Anführer von Brems Leibgarde mit nunmehr größerem Respekt mitgeteilt hatte. Sein Stolz beruhte darauf, dass er richtig vorausgesagt hatte, die Invasoren könnten den äußersten Rand des Imperiums nicht mehr lange halten. Seine Hoffnung hingegen gründete auf der schwachen Chance, dass sich sein Traum, die Römer aus der Provinz zu jagen, womöglich doch noch erfüllen könnte. Er überlegte, dass er Brem nun erneut raten würde, sich mit den Stämmen nördlich des Königreichs zu verbünden, indem er ihnen große Reichtümer in Aussicht stellte, wenn sie ihre Kampfkraft den Venicones zugesellen würden – dem Stamm, der die Römer verjagt und die Stammesgebiete südlich des Walls zurückerobert hatte, ohne dafür in eine Schlacht ziehen zu müssen. Die Caledonii, das rachsüchtigste Volk, das er je gesehen hatte, litten noch immer unter der Niederlage, die ihnen mehr als hundert Jahre zuvor durch Gnaeus Agricola zugefügt worden war, und waren bereit, in großer Zahl nach Süden zu ziehen, wenn man sie nur auf die richtige Weise dazu anstachelte. Der geraubte und geschändete Adler der römischen Legion könnte Anreiz genug sein, in erdrückender Übermacht ins Feld zu ziehen und sich durch den südlichen Wall zu kämpfen, wie es sein eigenes Volk zwei Jahre zuvor getan hatte, als sie die Briganten aus ihrer Gefangenschaft hinter dem Wall zum Aufstand überredeten. Stand erst der gesamte Norden in Flammen, würden sich die Römer in ihre Legionsfestungen zurückziehen, es sei denn, Calgus' Kriegshorden – dann nämlich stünde die Armee von Rebellen gewiss wieder unter seinem Kommando – konnten sie schon vorher auseinandertreiben und nacheinander überrennen, sodass die unermesslichen Reichtümer des verteidigungslosen Südens offen vor ihnen lagen, um ergriffen zu werden…

Jemand berührte seinen Arm, fester, als ihm lieb war. Der einstige Herrscher über die nördlichen Stämme zuckte unwillkürlich zusammen und kehrte mit seinen Gedanken in die Gegenwart zurück. Der Meisterkämpfer des Königs hatte sein Pferd neben die Stute gelenkt, die Calgus zur Verfügung gestellt worden war, und deutete wortlos auf den König. Letzterer starrte ihn wutentbrannt an und zeigte auf einen Mann neben ihm – derselbe hartgesottene Späher, der die tungrischen Reiter abends zuvor in den Hinterhalt gelockt hatte.

»Die Zeit, brennende römische Kastelle anzuglotzen und von ruhmreichen Taten zu träumen, ist vorbei, Berater, denn nun ist es Zeit zu kämpfen! Mein Sohn ist tot! Meine Späher sind nördlich von hier auf Fratze und seine Fähen gestoßen. Sie alle waren tot, bis auf meinen Jagdmeister. Er wurde hilflos mit gebrochenem Rückgrat zurückgelassen. Bevor sie ihm den Gnadenstoß versetzten, erzählte er ihnen, ein paar Römer seien in Den Hauer eingedrungen und hätten den Adler gestohlen. Mein Sohn wurde leblos am Fuß des Hügels gefunden! Mein eigener Sohn!«

Calgus verließ der Mut, er schloss die Augen und sank im Sattel seiner Stute zusammen. »Sie haben den Adler?«

Brem schnaubte aufgebracht. »Aber nicht lange! Ich werde diese Dreckskerle aufspüren und sie mit dem Speer durchbohren! Sollten sie das überleben, werfe ich sie mit aufgeschlitzten Bäuchen den Wölfen zum Fraß vor! Meine Krieger kochen vor Wut und lechzen danach, sich an den Männern zu rächen, die ihre Brüder im Wald haben verbrennen lassen. Ich werde sie nach Norden schicken wie ein Rudel Hunde, das Blut geleckt hat!«

Calgus musste sich zusammenreißen, um bei der Erwähnung des von ihm erdachten Hinterhalts auf dem Pfad durch den westlichen Teil der Hügelsenke nicht zusammenzuzucken. Noch immer taumelten Männer aus dem Wald heraus, doch es waren schmerzlich wenige, und auf jeden kampftauglichen Krieger, der aus den Bäumen hervortrat, kamen zwei weitere, die mit so schlimmen Brandwunden zu ihren Brüdern zurückkehrten, dass sie nur selten überleben, geschweige denn an einer Schlacht teilnehmen würden. Nur wenige waren dem Flammenmeer entronnen, ohne ihre Haartracht und Bärte zu verlieren, und diejenigen, die gesund aussahen und in Zweier- oder Dreiergruppen beieinanderstanden, hatten leere Augen und schienen unter Schock zu stehen. Nach dem, was sie erzählten, hatten die Römer den Wald in Brand gesetzt, sich dann aus der ausgelegten Falle herausgekämpft und dabei mehrere Stammesclans niedergemetzelt. Calgus zwang sich, dem König aufmerksam zuzuhören, wenngleich ein winziger Teil seiner selbst noch immer die Möglichkeit eines Zusammenschlusses der Nordstämme erwog, um die Provinz zu befreien. In seinem Traum führte natürlich er selbst diese Kriegshorden an, und Brems Anteil daran war nicht mehr als eine knappe Zeile in den Heldenliedern, die über Generationen hinweg für Calgus den Roten gesungen werden würden, den Befreier Britanniens.

Der König aber ballte die Faust und rief den um ihn gescharten Männern kriegerische Parolen zu. »Wir müssen die Römer finden und sie töten, bevor sie in den Wald flüchten und wir die Gelegenheit versäumen, Rache an ihnen üben zu können!«

Der Selgovae zog zweifelnd die Augenbrauen zusammen. »Mein Herr und König, wir könnten sie doch ebenso gut in ihrer selbstgebrauten Suppe köcheln lassen? Mittlerweile haben sie bestimmt alle Vorräte aufgebraucht, und außerdem haben sie in der Feuersbrunst die gleichen Qualen erlitten, die auch unseren Kriegern zugesetzt haben. Warum sollten wir ihnen nicht einfach den Fluchtweg blockieren und abwarten, bis sie aufgeben? Immerhin sind ihre Aussichten, von den am Wall stationierten Legionen gerettet zu werden, gerade nach Süden abmarschiert…« Er unterbrach sich, denn der König hatte mit entschlossenem Gesicht den Kopf geschüttelt.

Als Brem antwortete, hatte seine Stimme den grimmigen Klang eines Mannes, der nach Gewalt lechzte. »Du kannst vielleicht den Schmerz ignorieren, den die Invasoren mir zugefügt haben, Calgus, doch *ich* kann es nicht! Sie haben meinen Sohn umgebracht, ihn gefällt wie einen Baum und ihn vom Berg heruntergeworfen, während er unsere Festung verteidigte! Oh nein, sie müssen für das Unheil bezahlen, das sie über meine Familie und mein Volk gebracht haben! Ich werde meine Krieger in die Schlacht führen und sie besiegen. Ich werde jegliche Anzeichen von Widerstand ausmerzen, ihnen die Köpfe abschlagen und ihre Schädel an meinen Wänden ausstellen. Ich werde meine Tauglichkeit als König unter Beweis stellen, indem ich Rache an den Invasoren übe!« Die Männer um ihn nickten zustimmend, und Brem schüttelte mit einem verächtlichen Lachen in Richtung seines Beraters erneut den Kopf. »Abgesehen davon schreckt *mein* Stamm nicht vor einem Kampf zurück, solange unsere Feinde überheblich und kühn durch unser Land stolzieren!« Er blickte Calgus direkt in die Augen. »Ist das bei den Selgovae vielleicht anders?«

Calgus lachte bitter. »Nein, mein Herr und König, bei uns ist es genauso. Vor weniger als zwei Jahren stand ich selbst auf dem Schlachtfeld und hörte auf die Worte eines Mannes, der mir gegenüber dieselbe Rolle einnahm wie ich für dich. Er redete ganz ähnlich wie du: Selbst wenn der Kriegsschauplatz bereits mit dem Blut einer halben Legion getränkt wäre, würde mein Volk nie dulden, auch nur eine einzige Kohorte von Hilfstruppen am Leben zu lassen. Meine Krieger würden den Respekt vor mir verlieren, wenn ich Vernunft walten ließe und sie tatenlos dazu verdammen würde, nur mit dem Adler der Legion und dem Kopf ihres Anführers vom Schlachtfeld zu gehen. Also habe ich meine Männer einen Hügel hinaufbeordert, um den Feinden die Köpfe abzuschlagen, und zugesehen, wie ihr Ansturm die Kampfformation der Kohorte durchbrach wie eine Woge, die über den Strand rollt. Doch als meine Männer kurz davor waren, die erbärmliche, völlig aufgeriebene Kohorte niederzustrecken, tauchten zwei frische Legionen an deren Flanken auf und trieben meine Leute in kürzester Zeit in die Flucht. Dass ich den Vorschlag meines Beraters damals annahm, hat mich das Leben Tausender Krieger gekostet, die niedergeritten und in den Boden gestampft wurden, während sie vor der blutigen Rache der Legion zu fliehen versuchten. Damals habe ich die bittere Lektion gelernt, niemals eine römische Armee anzugreifen, die ausreichend Zeit hatte, ihre Verteidigung vorzubereiten. Du hegst Zweifel an meiner Geschichte, Brem, doch vielleicht hilft es dir, wenn ich meiner Erzählung noch ein kleines Detail hinzufüge.« Er hielt inne und schüttelte den Kopf angesichts der Ironie des Schicksals. »Die Kohorte, die damals dem Angriff meines Stammes so lange zu trotzen vermochte, bis die Legionen mit ihrer übermächtigen Kampfstärke auftauchten … es war exakt dieselbe Kohorte, die uns jetzt gerade auf Gedeih und Verderb ausgeliefert ist, falls wir die nötige Disziplin aufbringen, entweder ihre Kapitulation abzuwarten oder uns zu gedulden, bis sie einen letzten, vergeblichen Versuch wagen, sich durch unsere Reihen in den Süden zu schlagen. Solltest du aber beschließen, die Kohorte auf einem Gelände ihrer Wahl anzugreifen, werden die römischen Soldaten gewiss eine große Anzahl deiner Krieger töten.«

Brem schüttelte erneut den Kopf und machte eine widerwillige Geste, als wollte er die Argumentation des Selgovae vom Tisch fegen. »Du bist anscheinend kein guter Zuhörer, Calgus. Trotz der schweren Verluste, die wir im Wald erlitten haben, verfüge ich noch immer über zweitausend Speere – was für ein paar Hundert müder, ausgehungerter Soldaten mehr als genug sein dürfte, meine ich.« Er hob die Stimme und rief den um ihn gescharten Clananführern zu: »Wir werden kämpfen, meine Brüder! Wir werden so lange vorrücken, bis wir auf die Feinde stoßen. Wir werden unsere Überzahl nutzen, um sie von allen Seiten zu bedrängen und sie dann nach Herzenslust in Stücke zu reißen.

Unsere Schwerter und Speere werden diesen Invasoren zeigen, was es heißt, den Stamm der Venicones gegen sich aufzubringen! Holt meine Krone!«

Die versammelten Adligen brachen in freudiges Geschrei aus und stießen die Fäuste in die Luft, während Brem sich den goldenen Kranz auf den Kopf setzte und seinen Männern zurief, ihm zu folgen. Mit verächtlich verzogenen Lippen und einem kurzen Blick auf Calgus nickte er seinem Meisterkämpfer zu, der grinsend das Zaumzeug von Calgus' Stute ergriff und ihn zu Brem führte. Die berittene Leibwache scharte sich um sie, und der Meisterkämpfer knotete das Zaumzeug der Stute an den Sattel des stämmigen Schlachtrosses des Königs. Unter der Führung der Gruppe von Adligen um den König sammelte sich die Kriegshorde in einer dichten Menschenmenge und folgte ihrem Herrscher, wobei sie die alten Lieder von Schlachten und Siegen sangen, Verwünschungen gen Himmel richteten und sich mehr und mehr in ihre Mordlust hineinsteigerten.

Calgus, der dicht hinter Brem ritt und aufmerksam den Boden vor ihnen betrachtete, bemerkte als Erster, dass Reiter auf sie zutrabten, obgleich sie noch etwa eintausend Schritte von dem Kriegertross entfernt waren. Als sie sich weitere fünfhundert Schritte genähert hatten und die Leibwache des Königs bereits um Erlaubnis grölte, sich auf die Feinde stürzen zu dürfen, hielten diese auf einmal an, und von jedem Pferderücken sprang ein zweiter Reiter herab. Die abgestiegenen Männer rannten einige Schritte vor, bildeten eine geordnete Reihe und standen einen Augenblick still, bis ein über die Distanz fast unhörbares Kommando sie in Bewegung setzte. Mit erhobenen Armen entsandten sie einen schwirrenden Pfeilhagel hoch in die Luft. Als die eisernen Geschosse den höchsten Punkt ihrer Flugbahn erreichten, glitzerten ihre Spitzen im Sonnenlicht, dann sausten sie herab und landeten mitten in der Kriegshorde. Es wurden zwar nur wenige Männer getroffen, doch ihr Aufschlag erregte ängstliches Wutgeheul, worauf der König sich im Sattel umdrehte und den Befehl erteilte, die Schilde zu heben, was die Männer zu seinen Seiten bereits getan hatten, um ihren Anführer vor der Bedrohung zu schützen.

Ein zweiter Pfeilhagel prasselte herab und traf einige Männer mehr, doch nun hoben diejenigen, die Schilde besaßen, sie über ihre Köpfe, um sich selbst und ihre sich rasch darunter drängenden Kameraden abzuschirmen.

»Das ist nur eine Verzögerungstaktik!«, tobte Brem, zeigte auf die Bogenschützen und hob die Stimme, um über das Chaos hinwegzurufen. »Reitet sie nieder, Brüd…«

Unvermittelt wurde er zur Seite geschleudert, da ihn ein Pfeil in der linken Körperhälfte getroffen hatte. Calgus' Stute wich einen Schritt zurück, aber schon pfiff ein weiterer Pfeil nahe an ihm selbst vorbei, worauf der Selgovae begriff, dass auch er eine Zielscheibe für die Männer war, die den Hinterhalt vorbereitet und zwischen den Bäumen auf sie gewartet hatten. König Brem sackte auf dem Hals seines Pferdes zusammen, worauf Calgus in der einzig ihm vertrauten Weise reagierte und den Clanführern hinter ihm Befehle zurief. Er deutete auf den Saum des Waldes.

»Schickt Männer in den Wald! Tötet diese Bogenschützen und lasst den Waldrand vor uns auskundschaften, um weitere Hinterhalte zu vermeiden!«

Die Adligen reagierten unverzüglich, ohne Fragen zu stellen, und Calgus trieb sein Pferd nach vorn unter die Schilde, die die Leibwächter des Königs hochhielten.

Brem hatte es geschafft, den Körper wieder aufzurichten, keuchte jedoch vor Schock und Schmerz, während er auf seine blutüberschmierte Hand hinabsah. »Wie närrisch … auf diesen … alten Trick … hereinzufallen.« Er stemmte die Hand in die Seite, schloss die Augen in Vorbereitung auf die bevorstehende Pein und brach dann ruckartig den aus der Wunde ragenden Pfeilschaft ab. Kurz wankte er im Sattel und wäre gewiss vom Pferd gefallen, hätten ihn starke Hände nicht von beiden Seiten gestützt.

Calgus wartete, bis Brem die Augen wieder geöffnet hatte, und nickte dann mürrisch, wenn auch respektvoll angesichts der Entschlossenheit des Königs. »Kannst du weiterreiten, mein Herr und König?«

Brem nickte, doch sein Gesicht war blass vor Entsetzen. »Ich habe keine andere Wahl. Ihr da …« Er winkte den Leibwächtern neben seinem Pferd. »Haltet mich aufrecht. Versucht zu vermeiden …« Ein gequältes Husten ließ seinen Körper erbeben, und er spuckte blutigen Schleim auf den Nacken des Tieres. »… dass meine Verletzung zu offensichtlich aussieht. Und beeilt euch, denn ich weiß nicht, wie lange ich die Schmerzen aushalten werde.«

Nachdem die feindlichen Bogenschützen ihr Ablenkungsmanöver beendet hatten, stiegen sie hinter den Kavalleristen, die sie zu ihrer Schussposition getragen hatten, wieder auf die Pferde und trabten davon. Kurz darauf verschwanden sie etwa tausend Schritte weiter nördlich in den Bäumen.

»Nett von ihnen, uns zu zeigen, wo sie sich versteckt halten.«

Calgus nickte zerstreut, als er diesen herausgeächzten Kommentar des Königs hörte. »In der Tat, Herr. Wenngleich ich mich frage, warum sie ihren Feinden ausgerechnet im

Wald entgegentreten, wo wir sie aufgrund unserer Überzahl leicht umzingeln und von allen Seiten angreifen können.«

Brem hustete erneut, und diesmal war es ein gurgelndes Würgen. Gleich darauf spuckte er Blut auf den Boden, dessen Spuren rot auf seinen Lippen hängen blieben. Die aufgerissenen Augen traten in dem vor Schmerz erblassten Gesicht des Königs weit aus ihren Höhlen. »Das interessiert mich nicht. Denn wir werden sie aufspüren und sie an Ort und Stelle zermalmen. Erst dann bin ich bereit, mich den Qualen zu stellen, die das Herausziehen der Pfeilspitze mir bereiten werden.«

Der Weg, auf dem die feindlichen Bogenschützen zu ihren Kameraden zurückgekehrt waren, wies deutliche Spuren auf, denn er war von Hunderten Männern breitgetreten worden.

Steif beugte sich Brem vom Pferd herab und betrachtete die Fährte mit einem gequälten Lachen. »Kein Täuschungsmanöver diesmal, wie ich sehe, lediglich ...« Er verstummte und neigte den Kopf, um zu lauschen.

In der Ferne konnten sie schwach das Geräusch von Äxten hören, die in Holz gehauen wurden – eine Unzahl von Äxten, sodass ein unaufhörliches Hämmern entstand. Knarzend fiel ein Baum um, doch das Aufprallgeräusch war im stetigen Hacken nicht zu hören.

Als Calgus begriff, was die Tungrer im Wald taten, lächelte er verstohlen. »Sie errichten für ihre Verteidigung einen Baumwall.«

Brem spuckte erneut, und sein Mund trat einer klaffenden Wunde gleich aus seinem bleichen Gesicht hervor. »Das wird ihnen nichts nützen, denn wir werden sie wie ein Rudel Wölfe erlegen. Kein Wall kann sie vor meinem

Zorn schützen.« Er hustete noch einmal. »Kein Wall ist lang genug, als dass wir ihn nicht umgehen und anschließend über sie herfallen könnten. Weiter!«

Die Krieger stürmten an ihnen vorbei und verteilten sich mit kampfbereiten Waffen und Schilden zu beiden Seiten des Pfades. Während sie sich auf das schwache grüne Licht des Waldes zubewegten, war noch immer das Hacken von Beilen zu hören, und immer wieder vernahm Calgus das unverkennbare Prasseln von gefällten Bäumen, die auf dem Boden aufschlugen. Nach und nach fielen weniger Bäume, doch der Lärm der Äxte wurde lauter, bis der Kriegertross einen Bergrücken erreichte und von dort den Ort erblickte, an dem die Feinde ihnen entgegentreten wollten. Calgus starrte mit einem kalten Lächeln über die Köpfe der Krieger hinweg, die sich um die Reitergruppe ihres verwundeten Königs drängten.

Brem saß mit blassem Gesicht über den Nacken seines Pferdes gebeugt, doch als er Calgus' lebhaften Gesichtsausdruck sah, nahm er all seine Kraft zusammen und sprach ihn mit schwacher, aber hörbar gereizter Stimme an. »Was ist denn so verdammt lustig, Calgus?«

Der Selgovae schüttelte bedächtig den Kopf und antwortete, ohne den Blick von dem Schauspiel vor ihnen abzuwenden. »Ich hätte es nicht voraussagen können, und dennoch ist es völlig offensichtlich, mein Herr und König: Unsere Feinde haben eine Schlachtreihe gebildet, die deine Männer niemals seitlich umgehen können.«

In der Lichtung unter ihnen hatten die tungrischen Axtträger einen weitläufigen Kreis von etwa zweihundert Schritten Durchmesser gebildet. Alle umstehenden Bäume waren so gefällt, dass sie mit den Baumkronen in die Mitte des

Kreises zeigten. Die improvisierte Palisade war von außen kaum zu durchdringen, da die ineinander verzahnten Äste der gefällten Bäume den Zugang erschwerten. An den wenigen Lücken, die die Axtträger nicht hatten füllen können, warteten bereits Tungrer in Gruppen von vier bis fünf Reihen hintereinander auf ihre Feinde und machten sich für den Kampf bereit.

»Ich hege keine Zweifel, dass wir diese müden, hungrigen Männer besiegen können, mein König, doch ich weiß auch, dass sie uns einen hohen Preis für dieses Vergnügen bezahlen lassen werden. Bist du sicher, dass du nicht die billigere Lösung wählen willst und wir sie einfach über einen Zeitraum von ein bis zwei Tagen aushungern?«

Brem schüttelte den Kopf. Als er antwortete, klang seine Stimme noch schwächer als zuvor. »Keinesfalls. Warum sollte ich riskieren, dass sie den Adler des Nachts herausschmuggeln, wo ich doch all ihre Soldaten tot vor mir liegen haben kann, noch bevor die Sonne untergeht? Wieso sollte ich den Mördern meines Sohnes Gelegenheit geben, meiner Rache zu entrinnen? Niemals! Blast das Hornsignal! Ich werde den Adler zurückgewinnen – und sei es das Letzte, was ich tue, bevor ich meinen Vorfahren gegenübertrete.«

»Sie kommen.«

Julius nickte und beobachtete, wie die Venicones über den Rand des Bergkamms strömten. Weiter oben sah er die berittene Gruppe des Königs auf die von den Tungrern errichtete Verteidigungsanlage herabstarren. Bei jedem Hornsignal stießen die Barbaren Freudenschreie aus oder brüllten den auf sie wartenden Soldaten Beleidigungen und Drohungen entgegen.

»Hattest du wirklich erwartet, sie mit ein paar Bäumen abschrecken zu können?«

Scaurus zuckte die Achseln und blickte über den kreisförmigen Raum, in dem die Männer ihre Verteidigung vorbereiteten. »Ich hatte gehofft, ihre Vernunft würde die Oberhand behalten. An ihrer Stelle hätte ich nämlich schlicht so lange gewartet, bis ihre Feinde begreifen, dass sie ohne Essen und Wasser gar nichts anderes tun können, als aufzugeben.«

Julius schüttelte den Kopf. »Dazu scheint diese Bande nicht fähig zu sein.«

Der Tribun seufzte. »Offensichtlich nicht. Meine Hoffnung war von Beginn an auf eine Illusion gegründet. Immerhin hat uns Dubnus mit seinen Männern eine Möglichkeit verschafft, diesen Kampf mit einem gewissen Stolz anzugehen, statt lediglich überrannt und in Stücke gerissen zu werden, ohne dass diese Dreckskerle überhaupt bemerken, dass sie eine Schlacht geschlagen haben.« Er zog sein Schwert. »Ich würde sagen, du übernimmst das Kommando über die Reservetruppen, Erster Speer. Halte dich bereit, deine Soldaten in jede Bresche zu werfen, die die tätowierten Mistkerle in unsere Verteidigung schlagen werden. Ich selbst werde mich indessen umsehen, wo ich mich nützlich machen kann, sobald die Sache sich aufheizt.«

Calgus starrte ungerührt auf die Szenerie unter ihm: Die ersten Barbarenkrieger hatten die tungrische Verteidigungsanlage angegriffen, und Hunderte Krieger strömten, angefeuert von den Clananführern, auf eine zehn Fuß breite Lücke zwischen zwei gefällten Bäumen zu.

»Eine gute Wahl.«

»Was?«

Er wandte sich dem König zu. »Ich sagte, ›eine gute Wahl‹, mein Herr und König. Deine Männer stürmen den schwächsten Punkt der feindlichen Verteidigung und stürzen sich mit einer Wildheit in den Angriff, die wir durchaus gebrauchen können, wenn wir den improvisierten Schutzwall durchbrechen wollen. Du kannst stolz auf sie sein, Brem, denn sie werden in großer Zahl ihr Leben lassen, um dir den erhofften Sieg zu verschaffen.«

Einen Sieg, der deinen Tod leichter hinnehmbar macht, überlegte Calgus, *und der die traurige Tatsache lindert, dass du ohne einen Erben stirbst. Ich werde bis zuletzt die Rolle des uneigennützigen Staatsmannes spielen, denke ich, und versuchen, zwischen den einzelnen Thronanwärtern zu vermitteln. Währenddessen werde ich meine Stellung bei allen so stärken, dass es egal sein wird, wer den Kampf gewinnt, denn bis dahin werde ich bereits als unverzichtbarer Ratgeber gelten. Wenn die Tungrer den Adler tatsächlich geraubt haben sollten, haben sie wohl auch den verdammten Priester samt seinen finsteren Prophezeiungen erledigt. Der Sohn, der Prinz und der Tod? Wie es scheint, sah er wohl eher euren Tod, Brem …*

Plötzlich richtete sich der König kerzengerade auf und starrte auf den Kampf, der unter ihnen tobte. Er war in Schweiß gebadet, und seine linke Körperhälfte war von dem Blut überströmt, das noch immer aus der Pfeilwunde in seiner Seite herausquoll, doch seine Miene war erbarmungslos, als hätten ihm die Götter einen letzten Moment geistiger Klarheit und Stärke geschenkt.

»Ich habe entdeckt, an welcher Stelle wir die Verteidigung durchbrechen können!«

Marcus' Fünfte Zenturie kämpfte in einer Lücke zwischen zwei gefällten Bäumen um ihr Leben, als eine Unmenge von Barbaren versuchte, sie in den Kreis zurückzudrängen. Die römische Phalanx bestand aus einem Dutzend Männern, die mit Schwertern in die dicht zusammengescharten Venicones-Krieger stachen, wann immer sie eine Gelegenheit dazu fanden, doch schon jetzt wiesen ihre Schilde Kerben und Spalten von den Schlägen feindlicher Klingen auf. Hinter ihnen standen in dichter Formation weitere fünfzig Soldaten, die über die Schultern der Frontreihe hinweg ihre Speere in die Gesichter und Hälse der anstürmenden Feinde stießen. Die Römer hatten immer wieder geübt, ihre Verwundeten hinter die Reihen in Sicherheit zu ziehen – die verwundeten Venicones hingegen sanken in den dampfenden Morast aus Blut und Urin unter den Füßen der Kämpfenden, und ihre Versuche, aus dem Handgemenge herauszukriechen, machten das Chaos in ihren Reihen nur noch größer. Dennoch bedrängten sie die tungrische Frontlinie heftig. Ein Krieger kletterte auf einen Baumstamm rechts der Zenturie, hob seine Axt und rief den Männern unter ihm einen Schlachtruf zu, fiel dann jedoch rückwärts ins Geäst, weil einer der Hamier, die hinter der kämpfenden Zenturie standen, ihm einen Pfeil in die Brust gejagt hatte.

»Schiebt sie zurück!«

Quintus hatte sich seines Optiostabs entledigt und warf sich mit einem Speer in den Kampf, den er einem Verwundeten abgenommen hatte. Wieder und wieder stieß er ihn in die Barbarenhorde, selbst als er nach einem Ausrutscher im Matsch unfreiwillig einen Schritt zurückweichen musste. Doch die Überzahl der Venicones begann allmählich, die Reihen der abgekämpften Tungrer zu zermürben.

»Vielleicht kannst du ein wenig Hilfe gebrauchen, Zenturio?«

Marcus wandte sich um und sah den Tribun mit gezogenem Schwert neben sich stehen. Noch bevor er Scaurus antworten konnte, hatte dieser sich bereits umgedreht und rief eine Anweisung zu Julius hinüber.

»Erster Speer! Wir brauchen Verstärkung!«

Brem zeigte auf den Kreis von Bäumen, und Calgus verstand, was der König meinte. Dort, wo er die Krieger hatte angreifen sehen, wurden die Römer schwächer und wichen schrittweise zurück, weil Brems Krieger sie aufgrund ihrer großen Überzahl immer tiefer in die Lücke zwischen den beiden Bäumen zurückdrängen konnten. Noch vor einem Augenblick war ihre Frontlinie nur ein Dutzend Schritte von den Baumstümpfen entfernt gewesen, die das Schlachtfeld säumten, doch nun hatte sich die Distanz auf mehr als zwanzig Schritte vergrößert. Die Gruppe des Königs beobachtete, wie von beiden Seiten Soldaten hinzurannten, um ihren Kameraden Verstärkung zu leisten, jeweils in Verbänden von sechs bis acht Männern aus den weniger bedrängten Zenturien weiter hinten, die von ihren Offizieren zur Unterstützung der Frontreihen beordert wurden. Mit wildem Kampfgeschrei, das auf dem Bergkamm deutlich zu hören war, stoppten sie den Rückzug und begannen, die Venicones wieder aus dem Kreis herauszuschieben. Angesichts der Verstärkung schienen die Römer neuen Mut zu fassen, stemmten sich grölend gegen die Kriegshorde und drängten sie mit ihren Schilden zurück. Dabei traten sie über die toten oder verwundeten Venicones-Krieger und stießen allen, die hilflos im Dreck unter ihnen herumkrochen, ihre tödlichen Speere in den Körper.

Brem wandte sich an den Anführer seiner Leibwache. »Mein Bruder, nun ist es Zeit, dass ich unseren Feinden in der Schlacht begegne und mein Volk dazu ermutige, die Invasoren bis auf den letzten Mann zu vernichten. Bringt mich in den Kampf!«

Der Krieger nickte, ließ den Blick über den Rest der königlichen Garde schweifen und deutete mit dem Kopf auf die Schlacht am Talboden. »Ihr habt gehört, was der König gesagt hat! Wir kämpfen!«

Die berittenen Männer schrien zustimmend, und Calgus zuckte heftig zusammen, als er bemerkte, dass das Zaumzeug seines Pferdes noch immer am Sattel des Königs befestigt war.

»Aber …«

Noch bevor er seine Einwände äußern konnte, hatte sich die Gruppe um Brem bereits in Bewegung gesetzt, ließ den Bergkamm hinter sich und trabte auf die Stelle zu, an der sich nach Ansicht des Königs die Schlacht entscheiden würde. Calgus' Pferd war ebenfalls losgetrabt, da es an Brems Reittier festgebunden war, und bei seinem ersten ruckartigen Schritt hatte der Selgovae sich auf die Zunge gebissen, weshalb sein Protest kaum mehr als ein unverständliches Murmeln war. Brem zog sein Schwert, wobei der neben ihm reitende Mann seinen Arm stützte. Die Leibwächter taten es ihm gleich. Ihre Klingen glänzten matt im schwachen Licht, das durch die Baumkronen fiel. Irgendwie gelang es dem König, seine Kraft zu sammeln, und er erhob sich aus dem Sattel. Er hielt sein Schwert hoch über dem Kopf und stieß einen Schlachtruf hervor, den die in der Bresche kämpfenden, eng zusammengescharten Krieger hören konnten.

»Für Drust! Rache für König Drust!«

Die Venicones beantworteten seine Kampfansage mit Wutgeheul und attackierten die tungrische Linie so heftig, dass die Römer fünf Schritte an Boden verloren. In diesem Moment begriff Calgus, dass das persönliche Eingreifen des Königs womöglich von Erfolg gekrönt sein könnte. Für ihn war es nun Zeit, die Rolle zu spielen, die Brem ihm zugedacht hatte, um seine Glaubwürdigkeit in den Reihen der Stammesadligen zu sichern, wenn der König erst gestorben war.

»Du hast mir ein Schwert versprochen, mein König!«

Brem nickte seinen Männern zu, und Calgus wurde ein Langschwert mit glänzender Klinge gereicht. In angemessen kriegerischer Manier schwang Calgus die Waffe und brüllte, als sei er von wilder Wut erfasst. Er stieß seiner Stute die Stiefel in die Seite und trieb sie neben das Pferd des Königs, um Schulter an Schulter mit ihm in die Schlacht zu reiten.

»Wir kämpfen, wie du befohlen hast, mein Herr und König! Siehst du, dass die feindliche Linie bereits an Kraft verliert? Ein einziger Stoß genügt, dann bricht sie zusammen!«

In dem Kreis der Tungrer wandte Julius sich an Dubnus und deutete auf die Reiter der Venicones, die sich dem hinteren Ende der Kriegshorde näherten, die gerade dabei war, die römische Phalanx zu durchbrechen.

»Wie es scheint, habe ich die Bestien lange genug zurückgehalten. Jetzt hast du die Chance, Titus' Jungs zu zeigen, aus was für einem Holz du geschnitzt bist.«

Als Julius nur wenige Augenblicke zuvor zur Zehnten Zenturie innerhalb des Kreises gestoßen war, hatte er ein Lächeln kaum unterdrücken können, denn es amüsierte ihn, den frischgebackenen Zenturio der Zehnten auf einem Felsbrocken inmitten seiner Leute sitzen zu sehen. Um ihn hatte sich eine schmale, aber erkennbare Lücke gebildet, die bezeugte, dass Dubnus noch immer nicht zu ihnen gehörte. Titus wäre an seiner Stelle im dichtesten Gedränge unter seinen Männern gestanden und hätte ihnen grölend die verheerenden Kriegshandlungen aufgezählt, die sie schon bald über ihren Feinden niedergehen lassen würden. Die Ereignisse der letzten Stunde hatten bewiesen, dass Dubnus die Zenturie der Axtkämpfer zwar befehligen konnte, doch ihre Haltung ihm gegenüber war eher duldend als von echtem Respekt erfüllt. Dubnus stand auf, nahm eine Handvoll Dreck und rieb ihn sich in die Hände, um das Wundsekret zu trocknen, das noch immer aus den Blasen an seinen Fingern lief. Tatsächlich hatte er sich eigenhändig an den fieberhaften Vorbereitungen beteiligt, um die von ihm erdachte Verteidigung fertigzustellen.

»Zehnte Zenturie, hoch mit euch!«

Die Männer erhoben sich von den Plätzen, wo sie sich von den vorherigen Anstrengungen erholt hatten, und einige trockneten sich die Hände auf dieselbe Weise wie ihr neuer Zenturio.

Dubnus blickte sich um und nickte zustimmend. »Schon besser! Jetzt seht ihr aus wie Männer, die darauf brennen, Rache an dem Dreckskerl zu nehmen, der Titus' Tod während des Hinterhalts zu verantworten hat! Wer ist bereit, mich zu begleiten und ihren König zu töten?!«

Einer der am größten gewachsenen Männer der Zenturie trat vor, sah zunächst auf seinen Zenturio hinab und ließ dann den Blick über das dichte Menschengedränge schweifen, das sich zwischen ihnen und den Reitern am hinteren Ende der Barbarenhorde befand. »Ich! Aber wie sollen wir dorthin kommen, solange uns die Bande im Weg steht?«

Dubnus grinste ihn an, und der Mann runzelte die Stirn, da er meinte, in den Augen seines neuen Offiziers einen Anfall von Irrsinn aufblitzen zu sehen.

»Das ist nicht allzu schwer, sofern du die Eier dazu hast!« Er erhob seine Stimme zur Lautstärke, die er üblicherweise auf dem Exerzierplatz anwandte, sodass jeder Mann innerhalb des Baumkreises ihn hören konnte. »Zehnte Zenturie, wer Rache für Titus üben will, folge mir! Sollte jemand nicht Manns genug dazu sein, möge er hierbleiben und hinterher für den Rest seines erbärmlich wehleidigen Lebens bereuen, die Chance nicht ergriffen zu haben! *Für Titus!*«

Er rannte über die Lichtung auf die Barbaren zu. Einen Moment starrten die Männer ihm verblüfft nach, doch dann stieß der Mann, der ihm seine Unterstützung zugesagt hatte, ein ebenso wildes Brüllen aus und lief seinem Offizier mit über dem Kopf erhobener Axt hinterher.

»*Für Titus! Folgt dem Prinzen!*«

Plötzlich setzte sich die gesamte Zenturie in Bewegung, und die Soldaten rannten, so schnell sie konnten, um ihren Zenturio einzuholen. Dabei brüllten sie unablässig »*Titus!*« und »*Der Prinz!*«. Von seiner Stellung hinter der Fünften Zenturie sah Marcus, wie die Pioniere, angeführt von seinem Freund, auf ihn zuströmten, doch gerade als er den Mund öffnete, um sie in der Schlacht willkommen zu heißen, blinzelte Dubnus ihm zu, sprang auf den liegenden Baum rechts von ihm und rannte, so schnell er konnte, den abfallenden Stamm entlang. Seine Männer folgten, andere kletterten auf den Baum zur Linken der Fünften, und der junge Zenturio verzog verblüfft das Gesicht, als er begriff, wo Dubnus seine Männer hinzuführen gedachte. Julius hatte sich ihm und Scaurus am hinteren Ende der stark bedrängten Zenturie angeschlossen und beantwortete den verwunderten Blick seines Tribuns mit einem Schulterzucken.

»Er wird doch nicht etwa …?«

Der Erste Speer zog sein Schwert und spuckte auf den zerstampften Boden. »Doch, das wird er, verdammt noch mal! Er wird uns entweder zum Sieg führen oder uns alle umbringen, aber immerhin offenbart er uns gerade die einzige Möglichkeit, einen Gegenangriff zu führen! Wie sieht's aus? Leisten wir ihm Gesellschaft?«

Erst als die Bäume zu beiden Seiten des unglaublichen Gedränges zu wackeln begannen, begriff Calgus, was geschah: Die Äste erbebten, weil schwergewichtige Axtmänner über die sanft geneigten Baumstämme rannten. Mit wildem Geschrei sprang der Erste von ihnen – nach dem quergestellten Kamm auf seinem Helm zu urteilen wohl ein Offizier – vom Ende des Stamms herunter, spreizte dabei Arme und Beine in der Luft und flog auf die Gruppe des Königs zu. Einen Augenblick sah der Selgovae nur den mordlüsternen Gesichtsausdruck des Mannes, der die Augen weit aufgerissen und die Zähne in einer bestialisch-wilden Grimasse gefletscht hatte. Noch immer verblüffte ihn der augenscheinliche Irrsinn des Tungrers, doch schon landete er auf dem Boden, ein Dutzend Schritte von ihnen entfernt, rollte sich ab und drehte sich nach links. In seiner Rechten schwang er eine große Streitaxt, mit der anderen Hand schmetterte er seinen eisernen Schildbuckel gegen die Stammeskrieger, um sich einen Weg zu bahnen. Ein zweiter Mann sprang hinter ihm vom Baum herab und gesellte sich sofort zu seinem Offizier. Innerhalb weniger Herzschläge befanden sich zehn axtschwingende Monster inmitten der barbarischen

Kriegshorde, und mit jeder Sekunde stürzten sich weitere in den Kampf – riesige Männer, nein, hünenhafte Kolosse, die offenbar im Blut der Venicones baden wollten und mit an Raserei grenzendem Tempo den Weg von ihrer Landestelle vor dem Baum in alle Richtungen freikämpften. Sie fällten mit jedem Schlag ihrer schweren Axtklingen ein bis zwei Männer.

Ein Leibwächter des Königs direkt neben Calgus fiel von seinem Pferd, und der Selgovae stellte fest, dass das Reittier ohne viel Federlesens enthauptet worden war. Der Mann versuchte noch, sich unter dem schweren Pferdekörper hervorzuwinden, doch im nächsten Moment starb er an einer grausamen Brustwunde, aus der eine Fontäne schäumenden Bluts hervorspritzte. Sein Mörder blieb einen Augenblick breitbeinig über dem noch warmen Leichnam stehen, hob die triefende Axtklinge in die Höhe und brach in Triumphgeschrei aus, als das Blut des Leibwächters auf sein Gesicht und seine Rüstung herabregnete. Calgus durchtrennte das Zaumzeug seiner Stute, das ihn an Brems Sattel band, und zögerte, als der König sich umwandte. Brem hob sein Schwert und brüllte ihn wütend an. Er hatte begriffen, dass der Selgovae sich aus dem Staub machen wollte. Bevor Brems Hieb jedoch etwas ausrichten konnte, fiel der König nach hinten. Ein Pfeil steckte in seiner Brust. Erst in diesem Moment begriff Calgus, dass zu beiden Seiten der Kriegshorde gut dreißig Bogenschützen standen, die ihre Pfeile blitzschnell in die dicht gedrängte Schar der Venicones jagten. Calgus duckte sich so tief wie möglich und beobachtete, wie der König steif von seinem Schlachtross herabfiel und unter die Hufe der anderen Tiere rollte. Da es Calgus nicht gelang, das herabhängende Zaumzeug seiner Stute zu fassen, packte er das Pferd am rechten Ohr und zog dessen rassigen Kopf herum, um es von der Schlacht wegzuführen, doch das Tier war zwischen dem Schlachtross des Königs und den herumwuselnden Männern eingeklemmt.

Nun kämpften die Axtträger geordneter, und der zunächst wahnsinnige Ansturm auf das Zentrum des Gefechts hatte sich zu einer Kampfformation gewandelt, die von einem Zenturio angeführt wurde. In doppelseitiger Reihe hackten sie sowohl auf die Stammeskrieger ein, die sich zwischen ihnen und den Verteidigern des Kreises befanden, als auch auf alle Barbaren, die ihre Kameraden zu retten versuchten. Während sie sich ihren Weg durch die stark ramponierten Stammeskrieger schlugen, brüllten sie wieder und wieder dieselben drei Worte heraus. Calgus brauchte eine Weile, bis er verstand, was sie da grölten, doch immer mehr Soldaten stürmten heran und stimmten in den Chor ein, wodurch der Gesang lauter und deutlicher wurde.

»*Titus! Der Prinz! Titus! Der Prinz!*«

Dem Selgovae drohte das Blut zu gefrieren, als er begriff, was er da hörte. Er versuchte nach Kräften, sein Pferd aus dem Gedränge zu führen, während die Tungrer von weiteren Männern verstärkt wurden, die über die gefällten Bäume zu ihnen liefen. Sie hielten die eingekesselten, immer hilfloseren Venicones fest im Würgegriff, während die axtschwingenden Giganten sich nun auf die Krieger konzentrierten, die ihre Brüder retten wollten. Die bereits dezimierte Leibgarde des Königs bemühte sich, den Leichnam ihres verstorbenen Anführers aus dem Gemenge zu ziehen. Calgus startete einen letzten Versuch, sein Pferd zum Rückzug zu bewegen. Diesmal gelang es ihm, das Tier zu wenden, und während er ihm die Stiefel in die Flanken stieß, um es im Schutz des Waldes den Bergkamm hinaufzutreiben, betete er so inständig, wie er das noch nie getan hatte, seine Flucht möge unbemerkt bleiben. Als er sich umblickte, bemerkte er einen römischen Offizier, der sich mit zwei Klingen einen Weg aus dem Chaos bahnte und ihm hinterhersah. Calgus grinste, denn er erkannte in dem Mann den Sohn des verstorbenen Legaten, der ihm bei ihrer letzten Begegnung so grausam die Sehnen über dem Knöchel durchtrennt und ihn auf dem Schlachtfeld dem Tod überlassen hatte. Calgus drehte sich im Sattel herum und rief dem Römer etwas zu, wobei seine Stimme angesichts der fast gelungenen Flucht vor Freude bebte.

»Diesmal nicht, Zenturio! Diesmal werde ich …!«

Ein Hornsignal ertönte, und die Stute unter ihm bäumte sich auf. Calgus richtete den Blick nach vorne zum Bergkamm. Männer standen dort, viele Männer. Ihre Schlachtreihe erfüllte sein gesamtes Blickfeld, und sie starrten ihm ungerührt entgegen. Einer von ihnen deutete mit dem Schwert auf ihn und schrie den in Rüstungen gekleideten Soldaten einen Befehl zu, über dessen Inhalt Calgus keinerlei Zweifel hegte.

»Sechste Legion, *vorwärts*!«

Calgus riss den Kopf der Stute herum und stieß ihr die Stiefel in die Flanken, doch plötzlich fand er sich mit dem Gesicht nach unten auf dem Waldboden wieder. Der Aufprall betäubte ihn derart, dass er nur hilflos liegen bleiben konnte, während sein Pferd sterbend um sich trat und zuckte; ein Speer hatte sich in seinen Hals gegraben. Die Mauer der vorrückenden Legionäre teilte sich, um an dem sterbenden Tier vorbeizuziehen, und der Selgovae musste hilflos zusehen, wie der rachsüchtige Zenturio gelassen den Hügel zu den Soldaten hinaufschritt. Er packte im Kriegergruß den Unterarm des Offiziers, der seine Leute vorangeschickt hatte, und musterte den am Boden liegenden Barbarenhäuptling ungerührt. Sein Gesicht war von Kratzern und Wunden übersät, und ein frisch verkrusteter Schnitt zog sich über Nase und Wange.

»Präfekt Castus! Wie es scheint, bist du gerade noch rechtzeitig gekommen, um uns beim Aufräumen der letzten Reste zu helfen.«

Der ältere Mann lachte und ließ den Blick über das blutgetränkte Schlachtfeld schweifen, wo die geschlagenen Krieger auf einem immer kleiner werdenden Fleck zusammengetrieben und von allen Seiten mit Schwertern und Speeren durchbohrt wurden.

»Ich weiß nicht, wie Rutilius Scaurus es hinbekommen hat, doch bei allen Göttern des Hades: Das Gefecht hier sieht aus wie eine Miniaturausgabe der Schlacht von Cannae! Nur, dass in diesem Fall nicht die Römer niedergemetzelt werden!«

Der Zenturio lächelte grimmig. »Der heutige Sieg ist eigentlich nur zu einem geringen Teil dem Tribun anzurechnen. Ein Zenturio namens Titus hat den Großteil der Arbeit erledigt.«

Castus lächelte erfreut. »Tatsächlich? Dein hünenhafter, axtschwingender Kamerad? Wenn dem so ist, werde ich eine Flasche Wein ausgeben und mit ihm gemeinsam auf seine Gesundheit anstoßen, bis wir von den Stühlen fallen!«

Der Zenturio legte die Hand auf den Schwertgriff, und seine Finger strichen sanft über etwas, das mit feinem Silberdraht an der Waffe befestigt war. »Das wird leider nicht möglich sein. Er starb heute Morgen – möge unser Gott für immer über ihn wachen.«

Castus schüttelte betrübt den Kopf. »Was für ein Jammer! Er war ein echter Kämpfer, wovon es, wie mir scheint, von Jahr zu Jahr weniger gibt. Wir beide werden trotzdem auf ihn anstoßen, gemeinsam mit allen tungrischen Offizieren. Ich hatte mir ausgemalt, meine Laufbahn ruhmreich zu vollenden, indem ich die Legion zu eurer Rettung herbeorderte – stattdessen habt ihr die Barbaren ganz allein in die Knie gezwungen! Allerdings hatte ich das Glück, dass die haarigen Dreckskerle von Piger Montis aus eine Spur hinterlassen haben, der sogar meine Gattin hätte folgen können. Ein noch größeres Geschenk des Himmels war die Tatsache, dass ich selbst den Befehl erhielt, als leitender Offizier die Legionen von der Grenze abzuziehen und hinter den südlichen Wall zurückzuführen.«

Scaurus kam den Hang herauf und grinste bösartig auf den finster dreinblickenden Calgus am Boden hinunter. »Präfekt Castus, nie hat mir deine Ankunft größere Freude bereitet! Eine Freude, die auch nicht davon getrübt wird, dich so unverhoffterweise *nördlich* der Grenze zu erblicken, und das überdies mit einer so großen Zahl von Soldaten. Ich hoffe, du hattest einen guten Grund, die Befehle zu missachten?«

Der ältere Mann verzog das Gesicht zu einem breiten Lächeln und packte den ihm dargebotenen Unterarm zum Gruß. »Ich denke, wir werden diesen kleinen Umweg im Verlauf unseres Rückzugs mit der Nutzung einer sich plötzlich bietenden Gelegenheit rechtfertigen, wie unsere Vorgesetzten es so gern bezeichnen. In diesem Fall bedeutet das, dass ich die Chance ergriffen habe, den Einheimischen ein letztes Mal einzuheizen, bevor wir uns zurückziehen und sie sich in ihrem Sumpfland allein vergnügen können.

Ich hoffe, ich konnte euch dabei helfen, den Adler meiner Legion zurückzuholen?«

Scaurus nickte. »Er ist zwar ein bisschen mitgenommen, wurde geschändet und erst kürzlich vom Blut eurer gefangen genommenen Soldaten befreit – doch ja, der Stolz eurer Legion ist wiederhergestellt.«

Der Präfekt lächelte. »Ausgezeichnet! Dann wird es dich zweifellos ebenso amüsieren wie mich zu hören, dass einer der Zenturionen von Fulvius Sorex den Adler der Sechsten bereits aus einem Versteck bei den Briganten geborgen hat. Dieser Ort lag in unerwarteter Nähe, gerade einen Tagesmarsch von der Festung Eburacum entfernt. Wie es scheint, waren die Gerüchte, der Adler sei bei den Venicones versteckt, lediglich Lügen, die von den Barbaren verbreitet wurden, um deine Kohorte in ihr Gebiet zu locken und zu vernichten. Seltsam, wie die Dinge sich manchmal entwickeln, findest du nicht? Aber nun sag: Sollen wir diesen Mann auf der Stelle kreuzigen oder ihn an einen etwas öffentlicheren Ort bringen, bevor wir ihn festnageln?«

Als sie in der darauffolgenden Woche in Eburacum einmarschierten, waren die Tungrer in erstaunlich guter Stimmung, obwohl sie erneut nach Süden gezogen waren, ohne in ihre Heimatfestung am Hadrianswall zurückzukehren. Sanga verarztete noch immer die Knöchel seiner Hand, die er sich bei einem kurzen, aber schmerzhaften Besuch beim Steinmetz von Fort Habitancum verletzt hatte. Als die Kohorte nämlich am Tor des Kastells ankam und feststellen musste, dass kein Altar für ihren verstorbenen Freund errichtet worden war, hatte Sanga dem Mann, der sein Versprechen nicht gehalten hatte, eine Lektion erteilt. Jetzt enthielt sein

Geldbeutel nicht nur alle Münzen, die er dem Steinmetz ausgehändigt hatte, sondern noch einen beträchtlichen Mehrbetrag, den er ihm als Entschädigung dafür abgepresst hatte, dass er keinen Gedenkstein für Narbengesicht vorgefunden hatte. Mitten in der Nacht, als alle Kameraden seiner Zeltgemeinschaft schliefen, hatte Sanga dem Geist seines verstorbenen Freundes feierlich gelobt, dass er bei der nächsten Gelegenheit einen größeren und schöneren Altar an einem passenden Ort errichten lassen würde.

Die Soldaten waren in der Festung auf die Zweite Tungrische Kohorte gestoßen. Dort standen unerwarteterweise viele leere Baracken für sie bereit. Zu ihrem Missvergnügen mussten sie jedoch feststellen, dass ihre Schwesterkohorte bis zur Woche zuvor lediglich im germanischen Hafen herumgelungert und untätig gewartet hatte. Während die zwei Einheiten ihre Bekanntschaft erneuerten, tranken, sich zankten und in einigen Fällen auch ergebnislose und umgehend mit Strafe belegte Faustkämpfe veranstalteten, welche der beiden die bessere, hartgesottenere oder auch nur vom Glück verwöhntere Kohorte war, begab sich Scaurus mit Julius und Marcus zum Haus des Präfekten Castus. Letzterer war vor ihnen nach Süden geritten, um die Ankunft von vier Kohorten in der Festung vorzubereiten, und empfing sie nun an seiner Tür. Er führte sie durch den Gang in sein Speisezimmer, verweigerte dem Ersten Speer jedoch den Zutritt, indem er ihm eine Hand gegen die Brust stemmte.

»Du nicht, Erster Speer. Du solltest lieber nach rechts gehen statt nach links, mein Freund.«

Julius warf seinem Vorgesetzten einen Blick zu, doch Scaurus lächelte nur geheimnisvoll und deutete mit der Hand auf das Schlafzimmer. Etwas verdattert folgte der Erste Speer der ihm angewiesenen Richtung und trat durch die Tür, während Marcus und der Tribun sich ins Speisezimmer begaben. Der junge Zenturio hatte gerade den Raum betreten, als seine Frau sich in seine Arme stürzte und ihn fast umwarf. Er öffnete den Mund, um sie zu begrüßen, schloss ihn aber sogleich wieder, denn er sah, dass sie in Tränen aufgelöst war, an seiner Brust schluchzte und unverständliche Laute hervorstieß. Verwirrt blickte er sich um, und Castus lieferte ihm rasch eine Erklärung für ihr Verhalten.

»Deine Frau wurde während eurer Abwesenheit von Tribun Sorex bedrängt. Der Dreckskerl hat versucht, sie zu vergewaltigen, wurde aber glücklicherweise von einem alten Freund daran gehindert …« Er zeigte auf einen Mann, der still in einer Zimmerecke saß, und Marcus' Miene hellte sich in einem breiten Lächeln auf, als er seinen früheren Präfekten, Legat Equitius, erkannte.

»Es war ein großes Glück, dass ich genau zum richtigen Zeitpunkt vorbeikam und nach der Enthebung von meinem Kommando meine Leibwache behalten konnte. Ich habe den boshaften Mistkerl aus dem Haus geworfen, bevor er sein schändliches Vorhaben umsetzen konnte. Dennoch wird deine Frau die nächste Zeit gewiss alle Liebe und Fürsorge brauchen, die du ihr geben kannst.«

Marcus nickte, schlang die Arme um Felicia und warf Scaurus einen unverhüllt mordlüsternen Blick zu.

Der Tribun nickte verständnisvoll, hob jedoch sofort die Hand, um einem Kommentar des jungen Mannes zuvorzukommen. »Ich weiß, ich weiß. Du willst ihn umgehend mit der Waffe richten, doch ich glaube, es ist besser, wir halten an unserem ursprünglichen Plan fest. Ich möchte nicht, dass diese Geschichte mit Tribun Sorex das Vorhaben durchkreuzt, auf das wir uns geeinigt hatten, sonst werden wir unsere Absichten wohl kaum in die Tat umsetzen können. Nimm dir etwas Zeit, um deine Frau zu besänftigen, Zenturio. Eine Stunde nachdem die Öllampen entzündet wurden, begeben wir uns zum Hauptquartier.«

Er wandte sich zur Tür und lächelte, als er dort Julius mit verzückter Miene stehen sah. Er hielt seine Tochter in den Armen. Hinter ihm stand Annia, die überaus erleichtert wirkte, dass ihr Mann die Geburt eines Mädchens so herzlich willkommen geheißen hatte.

»Tja, Erster Speer, es scheint, ihr seid fortan zu dritt. Meinen Glückwunsch! Habt ihr euch schon auf einen Namen für das Mädchen geeinigt?«

Annia öffnete den Mund, doch ihr Mann fiel ihr mit seiner kräftigen Stimme ins Wort. »Meine wunderschöne Tochter soll Victoria heißen, zu Ehren der Legion, die hier an ihrem Geburtsort stationiert ist. Ich denke, sie wird zu einer hinreißenden jungen Dame heranwachsen, der ich alles beibringen werde, was sie braucht, damit sie niemals Angst vor Männern haben muss.«

Scaurus lächelte erneut und bemerkte amüsiert das argwöhnische Gesicht, das Annia hinter dem Rücken ihres Mannes aufgesetzt hatte. »Hervorragend! Ich bin überzeugt, deine hochgeschätzte Frau wird alles unternehmen, um dafür zu sorgen, dass Victorias Weiblichkeit erhalten bleibt, während du versuchst, sie zu einem Tungrer zu erziehen! Allerdings scheint sie tatsächlich eine typisch tungrische Eigenschaft zu besitzen: Du warst anscheinend zu lange auf dem Schlachtfeld, Erster Speer, sonst würdest du das delikate Aroma bemerken, das dein Töchterchen ausströmt.«

Julius drehte sich um, und als er das Gesicht seiner Frau

sah, zuckte er leicht zusammen. Hastig hielt er ihr das Kind entgegen. »Hier. Du kannst gleich damit anfangen, sie zur Weiblichkeit zu erziehen.«

Annia trat zurück und verschränkte die Hände hinter dem Rücken. »Von wegen, du Riesenkerl von einem schwanzgesteuerten Idioten! Du hast ihr, ohne mich zu fragen, einen Namen verpasst – dann kannst du ihr auch gleich ohne meine Hilfe eine Windel verpassen! Betrachte es als Übung. Sie wird dir helfen, künftig nie wieder Angst vor dem vollgeschissenen Hintern deines Kindes zu haben …«

Später, während Scaurus mit Castus zusammensaß, um die Marschroute der Tungrer aus Eburacum am folgenden Tag zu besprechen, hielt Marcus die Hände seiner Frau fest in den seinen, während sie ihm von Sorex' Übergriff erzählte, den sie hatte ertragen müssen.

»Verzeih mir, Liebster, aber er hat mir keine Wahl gelassen. Entweder hätte er Annia und ihr Baby getötet, die sich nicht dagegen hätten wehren können, oder …«

Ihr Mann drückte ihre Hände und küsste sie zärtlich auf die Wange. »Da gibt es nichts zu verzeihen. Wie könnte ich dich dafür tadeln, dass du deine Freundin und ihr Kind auf die einzig mögliche Weise schützen wolltest! Abgesehen davon – nach allem, was der Legat erzählte, ist er ja nicht sehr weit gekommen, bevor er unterbrochen wurde.«

Felicia nickte und strich zärtlich mit dem Finger über die halb verheilte Narbe, die das Gesicht ihres Gatten zierte. »Deine arme Nase! Nein, er ist nicht weit gekommen, aber er hat mir voller Stolz erzählt, dass er die Frau des Präfekten schon seit seiner Ankunft hier geschändet hat. Er hat ihr gedroht, die Laufbahn ihres Mannes zu beenden, falls sie sich seinen Wünschen nicht unterwarf.«

Marcus betrachtete Felicia mit gerunzelter Stirn. »Weiß Artorius Castus davon?«

»Natürlich nicht, und er darf es auch keinesfalls erfahren, Marcus, sofern du ihn als Freund schätzt. Diese Nachricht würde ihre Ehe zerstören, wo doch ganz offensichtlich ist, wie sehr sie sich lieben. Außerdem würde er mit hoher Wahrscheinlichkeit den Tribun zum Duell herausfordern.«

»Und?«

»Ich glaube, das ist nicht die Art, wie Tribun Scaurus mit ihm zu verfahren gedenkt. Ich bin mir sicher, dass er diese Angelegenheit wesentlich subtiler angehen wird, als ihr Soldaten es zu tun imstande wärt…«

»Meinen Glückwunsch zu deiner überaus glücklichen Hand bei der Wiedererlangung des Legionsadlers, Fulvius Sorex. Gewiss bist du hocherfreut, so nahe an deiner Heimatfestung fündig geworden zu sein?«

Der Legionstribun bedachte Scaurus mit einem triumphierenden Lächeln, neigte angesichts des Lobes aber nur knapp den Kopf, sodass Marcus sich fragte, ob er sich womöglich über Scaurus' Ansprache lustig machte.

»Ich danke dir, Rutilius Scaurus. Es war in der Tat eine äußerst günstige Wendung des Schicksals, denn ich wollte ja lediglich die einheimischen Krieger etwas auf Trab halten, nachdem die Armee sich endgültig zum Hadrianswall zurückgezogen hat. Doch es heißt ja, wie ich glaube, man müsse sein Glück selbst in die Hand nehmen, was sich nun erneut bestätigt hat. Hätte ich nicht so energisch Streifengänge angeordnet, wären wir nie auf das Feldzeichen der Sechsten Legion gestoßen. Ein Teil der Anerkennung gebührt natürlich auch Zenturio Gynax, der das betreffende Dorf überaus gründlich durchsucht hat.«

Scaurus lächelte, und die Männer um ihn blieben stumm, wie er es ihnen wenige Minuten zuvor eindringlich nahegelegt hatte. Auch ihren Ärger darüber, dass Sorex den Sieg über die Venicones nicht einmal erwähnte, mussten sie unterdrücken.

»Erzähl mir, Kollege, ob dir das Glück auch so gewogen war, dass du neben dem Adler auch den Schädel von Legat Sollemnis wiedererlangen konntest?«

Sorex schüttelte traurig den Kopf. »Leider nicht. Womöglich ist er inzwischen schon verfault? Ich bezweifle, dass es ausreicht, den Kopf eines Menschen in Zedernöl zu legen, um den natürlichen Verwesungsprozess länger als ein paar Wochen hinauszuzögern.«

Darauf lächelte Scaurus Sorex so lange an, dass dessen selbstzufriedene Miene langsam von seinem Gesicht verschwand. Als sich der überhebliche Ausdruck schließlich ganz aufgelöst hatte, drehte sich Scaurus zu Julius herum.

»Reich mir bitte den Gegenstand, von dem wir gesprochen haben, Erster Speer.«

Der stämmige Zenturio griff in die Tasche, die er ins Hauptquartier mitgebracht hatte, und zog einen Behälter heraus, in dem der Kopf von Legat Sollemnis in Öl schwamm. Er öffnete den Holzdeckel und stellte den Behälter auf den Tisch vor seinem Tribun, wobei er bei dem Gestank, den das dunkelfarbige Öl ausströmte, das Gesicht verzog.

Scaurus krempelte den rechten Ärmel seiner Tunika hoch und wandte sich in beiläufigem Plauderton an den verdatterten Sorex. »Verzeih mir bitte diese Ferkelei, Tribun, doch als Zenturio Corvus mir diesen Gegenstand aushändigte, roch er schon ein bisschen streng. Wie du ganz richtig angemerkt hast, ist die Angewohnheit der Venicones, die Köpfe ihrer Opfer über brennenden Holzspänen zu trocknen, bei weitem keine perfekte Konservierungsmaßnahme. Deshalb habe ich Vorkehrungen getroffen, um zu gewährleisten, dass dieser Schädel Rom in einem wiedererkennbaren Zustand erreicht. Auch dieses Öl ist natürlich keine vollkommene Methode, die Verwesung von Körperteilen zu verhindern, aber in diesem Fall scheint es ganz gut funktioniert zu haben.« Er schob seine Rechte in das Öl, griff mit leicht angewidertem Ausdruck nach etwas und zog es mit vorsichtigem Schwung aus dem kleinen Fass, wobei Tropfen des beißend riechenden Öls auf den Boden der Amtsstube tropften. »Da haben wir ihn: der Kopf des verstorbenen Legaten. Nach allem, was er seit seinem Tod durchmachen musste, hat er zumindest einen gewissen Grad an Würde wiedererlangt.«

Sorex glotzte auf den abgeschlagenen Schädel, und Legat Sollemnis starrte mit Augen zurück, deren weiße Augäpfel vom Öl schwarz gefärbt waren.

»Wie können wir sicher sein…?«

»Dass es tatsächlich sein Kopf ist? Ich habe mir die Freiheit erlaubt, den Ersten Speer deiner Neunten Kohorte einen Augenblick zur Seite zu nehmen, als wir hier ankamen. Ich bin mit dem Mann noch aus der Zeit ziemlich gut bekannt, als wir Einsätze nördlich des Antoninuswalls durchführten. Er wiederum kannte den Legaten recht gut, da er regelmäßig an den von Sollemnis anberaumten Kommandeursbesprechungen teilnahm. Er hat bestätigt, dass es sich tatsächlich um den Kopf des Legaten handelt, zumal er zwei besondere Kennzeichen nennen konnte, die du vielleicht gerne überprüfen würdest?« Er zeigte auf ein Muttermal am Kiefer des Verstorbenen. »Da wäre erst einmal das hier, wenngleich mir bewusst ist, dass dies keinen eindeutigen Beweis darstellt. Aber schau einmal hier …« Er drehte den Kopf und zeigte mit dem Finger auf eine lange weiße Narbe am rechten Ohr. »Anscheinend hat er diesen Schnitt etwa ein Jahr vor seinem Tod davongetragen, als er wie gewöhnlich mit echten Waffen trainierte. Der Erste Speer erzählte, es habe Stunden gedauert, bis die Verbandträger die Blutung stoppen konnten.« Er verstummte und wartete mit amüsiert hochgezogenen Brauen auf Sorex' Reaktion.

Der Tribun starrte noch eine Weile auf den abgeschlagenen Kopf des Legaten, bevor er eine Antwort hervorstammelte. »Nun denn … es … es scheint, als hätte ich in diesem Fall gleich doppelt Glück gehabt. Ich habe den Adler der Legion zu seinem rechtmäßigen Platz zurückgebracht und der Siegreichen Sechsten die Schande erspart, aufgelöst zu werden. Du hingegen hast auf meine Anweisung hin Legat Sollemnis wieder zu seiner Würde verholfen. Meinen Glückwunsch, Rutilius Scaurus! Damit hast du dir eine Erwähnung in dem Bericht verdient, den ich morgen früh nach Rom schicken werde, um diese höchst erfreulichen Wendungen zu melden.«

Scaurus lächelte wieder, ließ den abgetrennten Schädel ins Öl zurückgleiten und wischte sich die Hand an einem Tuch ab, das ihm Julius reichte. Dann nahm er von seinem Ersten Speer noch etwas entgegen, das mit schwerem Stoff umwickelt war.

»Sicher wird Prätorianer-Präfekt Perennis mehr als erfreut sein, dass du seine Erwartungen und sein Vertrauen in dich erfüllt hast. Immerhin« – er hielt das geheimnisvolle Paket einen Moment in beiden Händen, bevor er den Stoff löste und den zurückeroberten Adler vor ihm auf den Tisch stellte – »hast du es meisterhaft verstanden, einen ehemals ehrenwerten Zenturio zu einem Täuschungsmanöver anzustiften, das du so raffiniert ausgeheckt hast.«

Sorex glotzte das auf Hochglanz polierte Feldzeichen an, das in jeder Hinsicht identisch mit dem gefälschten Adler neben ihm war.

»Aber das ist doch…«

»Richtig, das ist ein kleines Problem, findest du nicht? Vor nur einer Woche hatte die Sechste gar keinen Adler und stand kurz davor, die Strafe zu erhalten, die für eine derartige Schande vorgesehen ist. Und nun besitzt die Legion gleich zwei dieser wunderbaren Feldzeichen. Man könnte sagen, das sei des Guten etwas zu viel.«

Sorex startete einen neuen Versuch. »Das kann nur eine Fälschung sein, die die Venicones zusammengeschustert haben oder dieser Calgus, nach dem ich dich ausgesandt hatte. Meiner ist der echte Adler!«

Scaurus verzog die Lippen. »Dasselbe habe ich auch befürchtet, wenn ich ehrlich bin. Es war ja offensichtlich, dass gewisse Personen einen Nutzen aus der Geschichte ziehen konnten, indem sie einen falschen Adler anfertigen ließen. Überdies muss ich einräumen, dass deiner wirklich sehr authentisch aussieht. In der Tat ist er dem Adler, den Zenturio Corvus und seine Leute aus Dem Hauer zurückgeholt haben, in Machart und Endbearbeitung so ähnlich, dass er vermutlich in den Originalformen gegossen wurde – mit Gussformen also, die, wie du sicher weißt, in Rom aufbewahrt werden.« Scaurus verstummte und wartete eine

Weile. »Du antwortest nicht, Tribun? Zweifellos fragst du dich nun, ob du deinen Adler, sobald diese etwas peinliche Besprechung beendet ist, tatsächlich deinen Männern übergeben und ihn in die Hände eines neuen, hocherfreuten Standartenträgers legen sollst, den du aus den Reihen der besten und eifrigsten Soldaten der Legion in diesen Rang befördern wirst. Die Soldaten werden mit größter Begeisterung darauf reagieren, dass die Schande, die in den letzten beiden Jahren wie eine dunkle Wolke über ihnen hing, endlich von ihnen genommen wird. Daher wird sich keiner sonderlich dafür interessieren, wenn ein ganz offensichtlich verbitterter Tribun einer Hilfskohorte behauptet, das echte Feldzeichen zu besitzen – schon gar nicht, wo der von dir aus den Händen der Briganten ›gerettete‹ Adler so authentisch ist.«

Endlich sah Sorex seinen Kollegen direkt an, und Marcus erkannte an seinem wütenden Blick, dass Scaurus ins Schwarze getroffen hatte. Lange starrte der Legionstribun auf Scaurus, dann schüttelte er den Kopf und hob beide Hände, als wollte er seinen Kollegen um Verständnis bitten. »Was hätte ich tun sollen, Rutilius Scaurus? Ich hatte doch keine Wahl. Meine Familie ist Perennis auf Gedeih und Verderb ausgeliefert, und wenn ich seine Anweisungen nicht befolge, wird uns das alle ins Unglück stürzen. Der Adler … *mein* Adler … wird seinen rechtmäßigen Platz im Herzen der Legion einnehmen.«

Scaurus nickte wissend. »Genau wie ich erwartet hatte. Wenn die drei neuen Legaten hier eintreffen, um das Kommando zu übernehmen, werden sie exakt das vorfinden, was ihnen ihr Meister angekündigt hatte, bevor sie sich aus Rom auf den Weg nach Norden machten. Drei Legionen, die hübsch zusammengeschart am Hadrianswall ihr Lager aufgeschlagen haben und deren Kummer, nach Norden entsandt worden zu sein, durch den Rückzug an die südlichere Verteidigungslinie wettgemacht wurde. Die Sechste Legion wird sich noch lange an der Freude ergötzen, den verlorenen Adler wiedergewonnen zu haben. Und natürlich werden die Legaten wie befohlen auf dich stoßen, der hier mit genügend Gold auf sie wartet, um jedem Legionär des Landes zwei Jahre Extra-Sold ausbezahlen zu können. Trifft das in etwa so zu?«

Scaurus hielt Sorex' entrüstetem Blick stand und nahm dann den Adler in die Hand, der aus Dem Hauer zurückgeholt worden war. Er drehte ihn um und ließ den Blick aufmerksam über das Metall schweifen, auf dem die Feldzüge von zwei Jahrhunderten durch winzige Flecken und Kratzer ihre Spuren hinterlassen hatten. Nachdem er ihn auf den Tisch gestellt hatte, hob er den falschen Adler hoch und musterte diesen ebenso sorgfältig. »Eine sehr schöne Arbeit; sogar die künstliche Alterung ist gut gelungen.« Er hob den Metallvogel hoch und zeigte auf die feine Patinierung, die der Patina des Originals sehr ähnlich war. »Du hast also diesen Adler zusammen mit dem Befehl aus Rom hierhergebracht, den Stolz der Legion wiederherzustellen. Dann hast du meine Kohorte nach Norden entsandt, um eine sinnlose Jagd auf einen Gegenstand durchzuführen, der deiner Ansicht nach schon vor ewiger Zeit in den nördlichen Nebelfeldern verloren gegangen war. Du hast uns die Mission übertragen, einem Gerücht hinterherzujagen, nur um den letzten Befehl des Prätorianer-Präfekten ausführen zu können: nämlich Zenturio Corvus samt dem Rest von uns in den Tod zu schicken, indem du ihm zwei Meuchelmörder zur Seite gestellt hast – für den Fall, dass es den Venicones nicht gelingen sollte, die Sache für dich zu erledigen. Und all das hast du nur getan, um die schrecklichen Folgen abzuwehren, die deiner Familie drohen, falls du deine Befehle aus Rom nicht ausführst.«

Sorex fehlten die Worte, und er war vor Scham rot angelaufen.

»Hast du dazu nichts zu sagen, Sorex? Nun, in diesem Fall werde ich dir einen Verdacht mitteilen, der mich schon eine Weile bewegt: Sobald die drei neuen Legaten ankommen, um die Befehlsgewalt zu übernehmen, werden wir merken, was der Mann hinter dem Thron beschlossen hat: Er hat vor, mit der Tradition zu brechen. Legionskommandeure stammten bisher stets aus dem Senatorenstand – diesmal aber werden es Reiteroffiziere sein. *Reiteroffiziere*, Tribun! Männer, denen die höchsten Stellungen im Kaiserreich immer verwehrt waren, Männer wie ich und, wie dir sicher schmerzlich bewusst ist, Männer wie der Prätorianer-Präfekt Perennis selbst. Ich habe erfahren, es sei ihm bereits gelungen, einem seiner Söhne die Befehlsgewalt über die Legionen in Pannonien zu verschaffen – dem besten Ort im Kaiserreich, um neue Soldaten zu rekrutieren, und so günstig gelegen, dass man schnell in die Hauptstadt marschieren kann. Daher würde ich wetten, dass die Armee in Britannien ebenfalls schon bald unter das Kommando von Reiteroffizieren gestellt und drei Männern übertragen wird, die Zugriff auf eine ungeheure Menge frisch geprägter Goldmünzen haben. Münzen wie dieser hier…« Er warf dem Legionstribun einen glänzenden Aureus zu und beobachtete, wie dieser ihn auffing, auf die Handfläche legte und genau betrachtete. »Durchaus reizvoll gestaltet, wenngleich ein wenig unkonventionell…«

»Wie bist du …?«

»Wie ich an diese Münze gekommen bin? Seit ich Feldpräfekt Castus kenne, hat er sich stets mit Männern umgeben, die über zweifelhafte, aber überaus nützliche Fähigkeiten verfügten. Als ich erfuhr, dass er einen höchst talentierten Dieb in seinem Gefolge hatte, habe ich ihn überredet, mir Beweise zukommen zu lassen, da ich hinsichtlich der schweren Truhen, die du am Schiff vor Kastell Arbeia in Empfang genommen hast, einen gewissen Verdacht hegte. Nach meiner Erfahrung kommen die Goldtruhen für den Sold der Legionssoldaten immer aus Rom, nirgendwo anders her. Der Thron zieht es vor, die kaiserlichen Geldmittel erst einmal in der Hauptstadt anzuhäufen, bevor er dann einen Teil davon in die Provinzen entsendet. Auf diese Weise soll sichergestellt werden, dass keine Veruntreuung – außer der offiziell sanktionierten, natürlich – stattfinden kann. Daher stachelte das Eintreffen einer derartigen Menge Gold in der Provinz meine Neugier an, zumal es auf so unorthodoxe Weise hierherverschifft wurde. Als Prokurator Avus einen Augenblick abgelenkt war, weil Zenturio Corvus sich einen recht brutalen Kampf mit zwei sarmatischen Schwertträgern lieferte, die ihn zu einer etwas heftigeren Trainingseinheit als üblich herausgefordert hatten, ergriff der leider mittlerweile verstorbene Tarion die Gelegenheit, eine Münze aus dem Geldbeutel des Prokurators zu fischen und sie durch eine andere zu ersetzen. Du kannst dir gewiss ausmalen, welche Fragen ich mir stellte, als ich die Münze genauer untersucht hatte. Dasselbe gilt übrigens auch für den Feldpräfekten. Ich mag zwar lediglich ein Reiteroffizier sein, aber selbst *ich* kann zwei und zwei zusammenzählen.«

Sorex schüttelte heftig den Kopf und hob eine Hand. »Ich

hatte lediglich den Auftrag, die Arbeitsmoral der Legion mit einem neuen Adler wiederherzustellen. Ich hatte nicht die leiseste Ahnung …«

Scaurus unterbrach ihn mit tonloser Stimme, die keine Emotionen erkennen ließ. Dennoch trafen seine Worte den jungen Präfekten mit der Wucht einer Ohrfeige. »Oh doch, und ob du die hattest. Immerhin ist es dir gelungen, einen gefälschten Adler ›aufzufinden‹, und du hattest genügend Gold zur Verfügung, um dir die Gefolgstreue von drei Legionen samt ihren drei neuen Legaten zu sichern, noch bevor sie ihr Kommando aufnehmen. Außerdem hast du den Befehl ausgeführt, meine Kohorte gen Norden zu entsenden, in dem Glauben, dass wir von dort mit an Sicherheit grenzender Wahrscheinlichkeit nie zurückkehren würden. Gib es zu, Sorex: Du wusstest genau, was für ein gefährliches Spiel du da spieltest, mit dem Ziel, die notwendige Kampfstärke für einen Putsch der Kavallerie gegen den Thron und natürlich auch den Senat zusammenzubekommen. Commodus hat Perennis ja bereits faktisch alle Macht übertragen, und der Prätorianer-Präfekt sieht offenbar keinen Grund, diesen Zustand mithilfe der pannonischen Legionen unter dem Kommando seines Sohnes nicht zu untermauern. Sobald ihn die Bestätigung erreicht, dass die britannischen Legionen gen Rom marschieren, wird er seinen Filius wohl nach Süden beordern. In diesem Fall gäbe es außer den Truppen in Germanien keine Streitmacht mehr, die die Hauptstadt zurückerobern könnte. Allerdings kam dieses Gold ja direkt aus Germanien hierher, was wiederum bedeutet, dass die Statthalter der germanischen Provinzen wohl zugestimmt haben, die Hände in den Schoß zu legen und dem Spiel ohne Eingreifen zuzusehen. Die Prätorianer-Garde wird ebenfalls überglücklich sein, dass ihr Anführer die Kontrolle über das gesamte Imperium erlangt, denn er wird sie gewiss noch großzügiger entlohnen als die gemeinen Soldaten. Damit ist jedem gedient, findest du nicht, Fulvius Sorex? Ich nehme an, dein Vater darf auf eine gute Stellung in der neuen Regierung hoffen, sobald der Senat sich dem Zwang beugt, Perennis zum Kaiser auszurufen? Vielleicht wird Senator Sorex ja sogar den Chor der Zustimmung anführen?«

Der Legionstribun riss wütend die Augen auf und spie seine Antwort geradezu heraus. »*Wir hatten keine andere Wahl!* Wenn wir nicht tun, was man uns befiehlt, wird unsere ganze Familie ausgelöscht. Hast du eine Ahnung, wozu ein Mann imstande ist, der die Bedrohung abwenden will, dass seine gesamte Sippe ausgelöscht wird? Du bist schon zu lange aus der Hauptstadt fort, Rutilius Scaurus, also weißt du nicht, wie gefährlich das Leben in Rom in den letzten Jahren geworden ist …«

Er verstummte, denn Marcus war vorgetreten und warf ihm einen mörderischen Blick zu.

»Damit hast du natürlich recht«, erwiderte Scaurus gelassen. »Ich habe tatsächlich keine Ahnung, wie es sich anfühlt, wenn ein mächtiger Mann eine ganze Familie ermordet, damit er den Thron besteigen kann. Zenturio *Corvus* dagegen weiß es. Jetzt ist vielleicht eine der seltenen Gelegenheiten, bei denen wir sogar seinen richtigen Namen nennen können. Fulvius Sorex, wie du sicher weißt, ist dieser Mann Marcus Valerius Aquila. Vielleicht erinnerst du dich an die Ermordung seiner gesamten Familie vor zwei Jahren. *Er* ist der Grund dafür, dass du eine ganze Hilfskohorte nach Norden ins Verderben schicken musstest, nur um einen Mann zu beseitigen, der sich auf der Flucht vor der Rache des Prätorianer-Präfekten befindet. Ich sollte vielleicht noch anfügen, dass die Dame, bei deren versuchter Vergewaltigung dich Legat Equitius erwischt hat, seine Gattin ist. Du hast ihr sogar mit dem Mord an einem Neugeborenen gedroht, nur um sie gefügig zu machen.«

Sorex wich einen Schritt zurück und hob abwehrend die Hände, während Marcus mit versteinertem Gesicht auf ihn zutrat.

Scaurus zuckte mit den Schultern, hob den gefälschten Adler hoch und betrachtete ihn einen Moment aufmerksam. »Eine sehr schön ausgeführte Arbeit.« Dann stellte er ihn wieder auf den Tisch. »Welche Verschwendung, eine so meisterliche Handwerksarbeit für schäbige Ränkespiele zu missbrauchen. Aber so verhält es sich nun einmal: Seelenlose Gegenstände sind nicht an sich gut oder schlecht, sondern werden durch ihre Verwendung dazu gemacht. Daher ist es eine gute Sache, dass Präfekt Castus vorsichtshalber bei der ersten sich bietenden Gelegenheit das Gold aus dem Lager entfernen und an einen sicheren Ort bringen ließ.«

Sorex starrte den Feldpräfekten ungläubig an. »Du hast *was*? Du hast das Gold … weggeschafft?«

Der altgediente Offizier nickte ungerührt. »Ja, Fulvius Sorex. Als mir klar wurde, dass man dir nicht trauen kann, habe ich diese Vorsichtsmaßnahme ergriffen und das Gold an einen Ort bringen lassen, an dem es eine weniger große Versuchung für gewisse Leute darstellt.«

»Aber ich hatte doch explizit angeordnet, das Gold Tag und Nacht zu bewachen!«

Castus lächelte kühl. »Ich weiß. Es mag eine schmerzliche Neuigkeit für dich sein, aber wenn ein Offizier, der über dreißig Jahre Diensterfahrung verfügt, was ein Dutzend Narben beweisen, einen hochrangigen Zenturio seiner Legion um Hilfe bittet, wird er üblicherweise ernster genommen als ein Militärtribun, dessen gefährlichste Mission bislang darin bestand, den Lustknaben des Kaisers auf seinen wagemutigen Ausflügen ins Stadtviertel Subura zu begleiten.« Er trat vor und schlug Marcus auf die Schulter. »Wie man sieht, ist das Zenturionat von der liebenswerten Neigung begleitet, immer zuerst an die Ehre der eigenen Legion zu denken. Als ich dem Ersten Speer klarmachte, dass diese wundersame Rettung des Adlers nur ein raffinierter Schwindel war, musste ich ihn zurückhalten, damit er dir nicht ungeachtet aller Konsequenzen seinen Gladius in den Bauch rammte. Und als ich ihm dann noch sagte, das Gold sei nur dazu gedacht, seine Legion zum Verrat zu überreden und auf den Pfad des Verderbens zu locken, war er ohne weitere Umschweife bereit, es an einen sicheren Ort zu bringen.«

Scaurus nickte wissend. »Was letztlich ein wichtiger Punkt meines Plans war.«

»Deines … *Plans?*«

Scaurus winkte Marcus heran und richtete seine Aufmerksamkeit wieder auf den zurückeroberten Adler.

Der junge Zenturio trat dichter an den vor Angst zitternden Legionstribun heran und klopfte auf den Knauf seines Gladius. »Dieses Schwert gehörte einst dem Legaten der Sechsten Legion. Er hat vor seinem Tod bestimmt, es mir zu hinterlassen, da er mein leiblicher Vater war. Deshalb hat er es unter dem Leichnam des letzten Mannes versteckt, der den Adler trug. Seine Legion wurde von einem Sohn des Perennis verraten, was bedeutet, dass beide Männer, die ich Väter nannte, aufgrund der thronräuberischen Pläne des Prätorianer-Präfekten ihr Leben lassen mussten. Jetzt, wo wir das notwendige Belastungsmaterial für Perennis' Hinrichtung beisammenhaben, werden wir dieses Beweisstück nach Rom bringen und den Kaiser über die Gefahr unterrichten, die von dem Mann ausgeht, den er zu seiner rechten Hand gemacht hat.«

Sorex schüttelte nachdrücklich den Kopf. »Ihr könnt nicht einfach in *Rom* einmarschieren. Man würde euch bereits an der Südküste der hiesigen Provinz aufhalten. Sobald die neuen Legaten eintreffen und erfahren, was ihr getan habt, werden sie euch die Legionskavallerie auf den Hals hetzen und euch umgehend zur Rückkehr auffordern. Solltet ihr diesem Befehl nicht Folge leisten, werden sie euch jagen, fangen und mit ihren Schwertern richten.« Er betrachtete Castus betrübt und schüttelte den Kopf. »Und du, Präfekt, wirst dich schon bald auf dem Heimweg befinden, und zwar bestenfalls als Zivilist, und das auch nur, wenn dir das Glück hold sein sollte!«

»Du hast natürlich recht…« Scaurus zuckte gelassen die Achseln. »Sollten Perennis' Handlanger herausfinden, was wir getan haben, werden sie mit Sicherheit ihre ganze Macht ausspielen, um das Gold zurückzuerlangen. Allerdings, Fulvius Sorex, solltest du dir vielleicht eine ganz simple Frage stellen.« Er senkte die Stimme zu einem Flüstern und beugte sich dichter zu seinem Kameraden heran. »Wer wird es ihnen denn erzählen?«

Der junge Legionstribun starrte ihn einen Augenblick an, bevor er die implizite Drohung in Scaurus' Worten begriff. Er riss vor Entsetzen die Augen auf. »Du hast doch nicht etwa vor…?«

»Du gibst sicher zu, dass meine Frage eine unwiderlegbare

Logik enthält«, antwortete Scaurus und betrachtete seinen Kollegen herablassend. »Es gibt nur wenige Menschen, die die Legaten bei ihrer Ankunft darüber aufklären könnten, was hier vorgefallen ist. Der Erste Speer der Sechsten wird es wohl kaum tun, denn er hat bereits dafür gesorgt, dass die Männer, die das Gold abtransportiert haben, niemandem erzählen können, wohin sie es gebracht haben. Er hat sie nach der Erledigung ihrer Aufgabe sofort zum Wall in Marsch gesetzt, um eine der abgelegensten Garnisonen zu verstärken. Damit bist jetzt nur noch du übrig, Fulvius Sorex. Und wenn du ihnen nicht erzählen kannst, dass wir das Gold weggebracht haben, werden sie nie etwas davon erfahren.« Scaurus verstummte und wartete auf Sorex' Antwort.

Der junge Tribun hingegen blickte sich hastig um, als suche er nach einem Ausweg aus der Misere. »Du wirst doch sicher nicht... ich meine...?«

»Keine Sorge, Kamerad. Noch bin ich nicht so weit herabgesunken, dass ich einen Offizierskollegen umbringen würde. Immerhin haben wir als zivilisierte Menschen gewisse Verhaltensregeln zu beachten. Allerdings verstehst du nun wohl das Dilemma, in dem ich mich gerade befinde. Denn wenn ich dich am Leben lasse, wirst du die Legaten mit Sicherheit darüber aufklären, was ich getan habe, hab ich recht?«

»Nicht unbedingt.«

»Ach nein?« Scaurus betrachtete ihn skeptisch. »Welche Garantie habe ich denn, dass du eine mögliche Übereinkunft, die wir treffen, einhältst, sobald ich für dich keine Bedrohung mehr darstelle?«

»Mein Wort! Das Wort eines römischen Ehrenmannes, Rutilius Scaurus!« Der junge Tribun sprang auf die Füße und streckte die Hand mit der Handfläche nach oben aus. »Ich schwöre dir bei jedem beliebigen Gott deiner Wahl, dass ich den Männern des Prätorianer-Präfekten kein Wort verraten werde!«

Scaurus nickte und wandte sich mit fragendem Blick an Castus. »Was meinst du, Präfekt? Letztlich hege ich nicht den Wunsch, im Hauptquartier der Legion Blut zu vergießen.«

Der ältere Mann zuckte die Achseln. »Ich teile dein Widerstreben, diesen Ort zu entwürdigen. Außerdem ist es wohl kaum die Schuld von Fulvius Sorex, dass er sich als Opfer unglücklicher Umstände wiederfindet.«

»Nun gut, Kamerad, dann lassen wir dich am Leben. Allerdings gilt es noch zu besprechen, wie wir dein Schweigen bezüglich unseres Aufenthaltsorts überzeugend gestalten. Unsere Anwesenheit im Legionshauptquartier wurde ja bemerkt, weshalb du die Frage beantworten musst, warum du nicht einfach deinen Wachen befohlen hast, uns gefangen zu nehmen, falls du auch nur den geringsten Verdacht hinsichtlich unserer Absichten gehegt hast. Nein, wir müssen es so arrangieren, dass es glaubwürdig wirkt …«

Castus hob die Hand und zog mit der anderen ein Fläschchen aus seiner Gürteltasche. »Einer der Flüche, die dreißig Jahre Militärdienst mit sich gebracht haben, ist, dass ich zuweilen des Nachts von den Geistern längst verstorbener Männer heimgesucht werde. Wann immer dies geschieht und ich nicht schlafen kann, reichen wenige Tropfen dieses Kräuterextrakts, um mich auf der Stelle wie eine gelöschte Lampe ins Reich der Träume zu befördern.«

Scaurus wandte sich seinem Kollegen zu. »Das ist die perfekte Lösung! Du wirst eine ausreichende Menge dieses

Trunks des Präfekten zu dir nehmen, sodass du die ganze Nacht schläfst. Ich wiederum werde dem diensthabenden Zenturio mitteilen, dass du so betrunken gewesen seist, dass ich noch nicht mal mit dir sprechen konnte. Es kommt ja schließlich nicht jeden Tag vor, dass ein Mann die ruhmreiche Tat vollbringt, den Adler seiner Legion zurückzugewinnen, nicht wahr? Man wird dir sicher in diesem Fall die ein oder zwei Becher Wein zu viel vergeben, die du genossen hast.«

Sorex nickte. Seine Erleichterung stand ihm sichtlich ins Gesicht geschrieben. »Zumal der Handel für mich noch den Vorteil hat, eine ganze Nacht in Frieden schlafen zu können. Das ist wirklich eine hervorragende Idee!«

Er griff nach der Weinflasche, goss zwei Becher voll, reichte einen Scaurus und bot den zweiten mit einer leichten Verbeugung Castus an. Der Feldpräfekt hob das Fläschchen mit der Medizin und ließ vorsichtig drei Tropfen der dunkelfarbigen, öligen Mixtur in den Becher fallen, während er mit dem Tribun redete.

»Ich muss dich warnen: Sogar in verdünnter Form schmeckt der Trunk fast abstoßend süß. Am besten ist es, du kippst den Inhalt des Bechers in einem Zug hinunter, sonst könnte es dir schwerfallen, alles davon einzunehmen. Geben wir zur Sicherheit lieber noch einen Extratropfen hinein, was? Bei den Göttern des Hades, du wirst heute Nacht ganz ausgezeichnet schlafen, doch lass dir gesagt sein: Beim Aufwachen könnten dich leichte Kopfschmerzen plagen …«

Das Geräusch eines Schwerts, das aus der Scheide gezogen wurde, ließ alle im Raum zusammenzucken. Marcus war vorgetreten, und das Schwert von Legat Sollemnis mit seinem Griff in der Form eines Adlers schimmerte unter dem Schein der Öllampen.

»Ihr wollt ihn doch nicht wirklich am Leben lassen? Diesen Verräter, der uns zum Hauer nach Norden entsandt hat, mit der Absicht, eine ganze Kohorte von den Venicones in Stücke hauen zu lassen, nur um *einen* von uns zu ermorden? Ihr wollt den Dreckskerl ungestraft lassen, der meine Frau mit allen Mitteln schänden wollte, obgleich er genau wusste, dass sie eine ehrenwerte römische Domina ist?«

Glühend vor Wut ging er auf den verängstigten Legionstribun zu und hob seinen Gladius, bis dessen Spitze direkt auf sein Gesicht zeigte. Scaurus gab Julius ein Zeichen, der sich bereitmachte, seinen Freund von hinten zurückzuhalten, und trat dann selbst dem Zenturio in den Weg.

»Lass dein Schwert sinken, Zenturio Corvus. Du weißt, dass derartige Racheaktionen nichts Ehrenwertes haben. Abgesehen davon kannst du dich mit dem Wissen trösten, dass Fulvius Sorex den Rest seines Lebens Zeit hat, seine schändlichen Handlungen in dieser Sache zu bereuen.«

Er blickte Marcus fest in die Augen, und der junge Römer betrachtete zunächst Sorex, der vor Angst stocksteif dastand, dann Castus, der lediglich die Brauen hob. Darauf nickte er bedächtig, um klarzustellen, dass er den Befehl seines Tribuns befolgen würde, und trat zurück neben Julius, ohne den finsteren Blick des Ersten Speers zu bemerken. Mit einem erleichterten Seufzen winkte Scaurus den Feldpräfekten heran und sah, wie Castus dem rotgesichtigen Sorex mit einem Augenzwinkern den Weinbecher reichte.

»Denk daran: In einem Schluck, damit du den ekelhaften Geschmack nicht ertragen musst.« Zufrieden beobachtete er, wie Sorex den Becher hinunterkippte.

Dann zuckte der Legionstribun die Achseln und sah verdattert aus, denn er hatte keinen unangenehmen Geschmack bemerkt. »Er ist vielleicht ein wenig fruchtig, aber nicht wirklich schlimm. Wie lange wird es dauern, bis der Trunk wirkt?«

Castus lächelte und deutete auf einen Stuhl. »Ich würde mich an deiner Stelle setzen, Fulvius Sorex. Die Wirkung des Medikaments tritt in so hoher Konzentration sehr schnell ein.«

Der Legionstribun ging wieder zu seinem Schreibtisch, wankte aber bereits, als der Trank begann, seine Wirkung zu zeitigen. Scaurus und Castus ergriffen je einen seiner Arme und halfen ihm auf den Stuhl, dann nahm Scaurus den gefälschten Adler und legte ihn mit einem matten Lächeln in seine Hände.

»Hier, halte ihn nur gut fest, dann sieht es glaubwürdiger aus, falls jemand zur Tür hereinspäht. Ich werde mich an deiner Stelle später um die Fälschung kümmern.«

Sorex öffnete den Mund und wollte etwas sagen, konnte jedoch nur stumm die Lippen bewegen.

Castus strich ihm liebevoll übers Haar. »Hast du etwa die Sprache verloren, Sorex? Das wundert mich nicht, denn die Dame, die mir den Trank ausgehändigt hat, sagte, dass die Opfer häufig schon kurz nach der Einnahme nicht mehr sprechen können, auch wenn das Gift erst etwas später seine ganze Wirkung entfaltet. Es scheint, sie hatte recht. Ich finde es nur angemessen, dir mitzuteilen, dass wir ein weiteres Dutzend Tropfen der ziemlich starken Medizin in deinen Wein geträufelt haben, während du mit Zenturio Corvus beschäftigt warst.« Er lächelte, als er sah, wie eine Augenbraue des Legionstribuns zuckte, während der Rest seines Körpers bereits von der hohen Dosis des Medikaments gelähmt war. »Ja, du wirst schon sehr bald sterben, und es wird kein einziges Anzeichen geben, das Rückschlüsse auf die Art deines Todes zulassen könnte. Nachdem du hier sitzen und den Adler deiner Legion liebkosen wirst, werden die Zenturionen zweifellos annehmen, die Freude über deinen Erfolg habe dich umgebracht. Du kannst doch nicht wirklich geglaubt haben, dass wir dir diesen Unsinn bezüglich deines ›Ehrenwortes als römischer Edelmann‹ abgenommen haben?«

Sorex zuckte zusammen, seine Zunge rutschte aus dem Mund, dann begann er zu zittern und rang nach Luft. Castus hob sein Gesicht an, das von einem Ausdruck völliger Verständnislosigkeit gezeichnet war, und lächelte hart und grausam, als er zusah, wie der junge Mann um sein Leben kämpfte. Seine Atemzüge wurden immer kürzer und flacher, während das Gift langsam, aber sicher die letzten Reste von Leben aus seinem Körper löschte.

»Gleich beginnen die Krämpfe, Sorex, und das entsetzliche Ringen nach Luft, bevor du ohnmächtig wirst. Eine sehr passende Strafe für einen Mann, der mit größter Lust anderen Menschen seinen Willen aufzwang, wie du das mit meiner schönen Frau Desidra und zweifellos mit vielen anderen vor ihr getan hast. Sie hat mir alles gebeichtet, Sorex. Sie erzählte mir, sie habe sich dazu gezwungen gefühlt, um die letzten Jahre meiner beruflichen Laufbahn nicht zu gefährden. Sie rang mir sogar das aufrichtige Versprechen ab, mein Leben nicht dadurch zu ruinieren, dass ich dich mit meinem Schwert richte. Glücklicherweise hatte mich das zweite Opfer deiner Übergriffe da bereits mit dem perfekten Mittel versehen, um mich an dir rächen zu können…« Er verstummte, als er bemerkte, dass alles Leben aus den Augen des Tribuns gewichen war. »Ich glaube, er ist bereits tot.«

Scaurus legte einen Finger an den Hals des Legionstribuns. »Allerdings. Wir sollten umgehend hier verschwinden. Nimm das, Zenturio – sozusagen als Belohnung dafür, dass du dein aufbrausendes Temperament zügeln konntest.« Er reichte Marcus den echten Adler. »Ich denke, es ist besser, wenn wir das Feldzeichen vorerst behalten. Ich kann mir keinen besseren Mann als dich vorstellen, um es zu verwahren, bis die Zeit gekommen ist und wir es an die richtige Person aushändigen können. Jetzt aber sollten wir uns aus dem Staub machen. Es gibt viel vorzubereiten, wenn wir beim ersten Tageslicht gen Süden marschieren wollen, und uns bleibt bis dahin nicht mehr viel Zeit.«

Vor Sorex' Amtsstube wartete der Erste Speer der Legion bereits auf sie. Seine vorausgeplante Anwesenheit schien die wachestehenden Legionäre extrem nervös zu machen; ihnen lief der Schweiß über Gesicht und Hals.

Der Feldpräfekt nahm den Mann mit einem strahlenden Lächeln zur Seite. »Wir haben ausgezeichnete Neuigkeiten, Erster Speer: Der Adler, den der Tribun mit seinen Leuten gestern aufgefunden hat, ist tatsächlich echt. Eine so meisterliche Handwerksarbeit kann man nicht fälschen, außerdem weist er alle geheimen Kennzeichen auf, die bezeugen, dass er in den kaiserlichen Waffenschmieden in Rom angefertigt wurde. Mars sei gelobt: Wir haben den guten Namen der Legion wiederhergestellt!« Er reichte dem Zenturio eine Tafel aus Eschenholz, die mit einem glänzenden Haken- und Ösenverschluss aus Messing versehen war. »Hier ist die Auflistung der besonderen Merkmale des Adlers, notiert von eurem letzten Standartenträger. Damit kannst du die Herkunft des Feldzeichens beweisen. Meinen Glückwunsch zur Wiedererlangung eines so wichtigen Symbols der kaiserlichen Macht! Dies befreit deine Legion von der drohenden

Auflösung, die ja seit der Schlacht des Verlorenen Adlers wie ein Damoklesschwert über euch hing.«

Der altgediente Offizier nickte feierlich. »Das sind tatsächlich ausgezeichnete Neuigkeiten, Herr! Aber was ist mit dem Tribun?«

Castus zwinkerte ihm zu und antwortete: »Tribun Sorex hat offensichtlich ein paar anstrengende Tage hinter sich und, wie mir scheint, ein paar Becher Wein zu viel genossen. Um ehrlich zu sein, war er bereits halb eingeschlafen, als wir eintrafen, und verabschiedete sich ins Reich der Träume, während wir noch das Feldzeichen untersuchten. Ich habe es ihm in die Hände gelegt und ihn einfach schlafen lassen, was ich auch dir anraten würde. Wir wollen ihn doch jetzt nicht in seiner wohlverdienten Ruhe stören!«

Der hochrangige Zenturio nickte beflissen. Er verriet mit keinem Anzeichen, dass er in den Plan der Tungrer eingeweiht war. »Dann werde ich jetzt ausführen, was du mir befohlen hast, Feldpräfekt.«

Castus zeigte auf Scaurus und seine Zenturionen. »Und bevor ich es vergesse: Tribun Sorex hat die Anweisungen von Legat Equitius bezüglich der tungrischen Kohorten bestätigt. Tribun Scaurus soll beide Hilfskohorten nach Süden führen und übers Meer nach Gallien ziehen. Der Legat hat von einem Kollegen in Lugdunum Nachricht erhalten, die Provinz werde von Banditen heimgesucht. Deshalb wird ein Teil unserer Streitmacht dorthin abkommandiert, um ihnen bei der Auflösung der Banden zu helfen. Da die Legion ihr Lager derzeit nicht verlassen darf, hält der Legat es für angemessen, eine Hilfstruppe zu entsenden, zumal die Tungrer über große Erfahrung im Umgang mit Räubern und Strauchdieben verfügen.«

Scaurus trat mit einem respektvollen Nicken in Richtung des hochrangigen Zenturios vor. »Wir planen, im Morgengrauen loszumarschieren, Erster Speer. Allerdings haben wir zu viel Gepäck, als dass wir alles auf unseren Karren unterbringen könnten. Vielleicht könntest du uns helfen und uns ein paar zusätzliche Transportmöglichkeiten besorgen?«

Der Erste Speer antwortete mit völlig ausdruckslosem Gesicht, doch der Unterton in seiner Stimme ließ keine Missverständnisse zu. »Natürlich, Tribun. Ich werde die Fuhrwerke herrichten lassen, die das Gepäck von Tribun Sorex aus dem Hafen vor dem Kastell Arbeia hertransportiert haben. Ich hoffe, sie genügen deinen Zwecken?«

10. Kapitel

Rom, August, 184 n. Chr.

»Na, wenn das nicht Gaius Rutilius Scaurus ist! Schön, dass wir uns wieder einmal treffen, wenngleich die Umstände nicht so günstig sind, wie wir das erhofft hätten!«

Scaurus trat vor, um den hochgewachsenen Mann zu begrüßen, der mitten auf der Straße vor der tungrischen Kolonne stand. Es war spät am Nachmittag, und die Sonne tauchte die Rüstung und die staubbedeckte Bronze-Brustplatte des Tribuns in orangerotes Licht. Senator Albinus führte eine Gruppe von etwa zwanzig muskulös aussehenden Männern an, die Marcus größtenteils für Veteranen hielt. Sie waren bereits über ihre besten Jahre hinaus, von Narben übersät und legten eine fast schon schläfrig gelassene Haltung an den Tag, die verriet, dass sie in zahllosen Schlachten gestählt worden und durch nichts mehr zu erschüttern waren. Der Ort des Zusammentreffens war offensichtlich mit Bedacht gewählt, denn er lag verborgen und konnte von den Siedlungen aus, die die Straße in regelmäßigen Abständen säumten, nicht eingesehen werden. Zumal die Bäume sich hoch über dem Pflaster zueinander neigten und ihre Zweige eine Art grünen Tunnel bildeten. Marcus musste lächeln, als er bemerkte, wie der Erste Speer sich mit unbehaglichem Blick umsah und das Grün nach jeglichen Anzeichen von Bewegung absuchte.

Dann wandte Julius sich an die Männer seiner Zehnten Zenturie, welche die Kohorte anführte. »Den ganzen Weg von Britannien hat sich niemand blicken lassen, der uns auf unserem Vormarsch aufhalten wollte. Sollte uns jetzt noch jemand in die Quere kommen wollen, wird es hier geschehen, bevor wir die Stadt erreichen. Also bleibt wachsam und haltet Augen und Ohren offen, Männer.«

Der Tribun packte derweil Albinus' vorgestreckten Arm zum Gruß und wurde in eine herzhafte Umarmung gezogen. Der Bär von einem Senator begrüßte ihn mit der gleichen, etwas beunruhigenden Herzlichkeit, die er im Jahr zuvor auch an den Tag gelegt hatte, als sie sich in Dakien verabschiedeten. Als Scaurus ihn das letzte Mal gesehen hatte, diente Albinus noch als Legat einer kaiserlichen Legion und trug die entsprechende Kleidung. Damals waren seine Haare und der Bart kurz geschoren, was seinen massigen Kopf und den Stiernacken hervortreten ließ. Ein Jahr nach seiner triumphalen Rückkehr aus Dakien hatte er offensichtlich beschlossen, sich der neuesten Mode der Hauptstadt anzupassen: Sein glänzender, tadellos getrimmter Bart hing gute zehn Zentimeter vom Kiefer herab, und sein Haar war länger und fiel ihm in kunstvoll gedrehten Locken auf die Schultern. Als Albinus den verblüfften Tribun aus seiner Umarmung entließ, trat dieser mit einem gezwungenen Lächeln zurück, nickte respektvoll und zuckte zusammen, als er sah, dass der Dreck, der sich während der Reise auf seiner Rüstung angesammelt hatte, nun die makellose Toga des Senators beschmutzte.

»Verzeih mir, Decimus Clodius Albinus, dass der Schmutz von meiner Reise nun auch deine Kleidung besudelt …«

Senator Albinus unterbrach ihn mit warnend erhobenem Finger, breitete erneut die Arme aus und begann mit lauter Stimme zu sprechen. »Wie ich dir schon in Dakien gesagt habe und hier an den Toren Roms gern wiederhole, Tribun, soll es zwischen uns beiden keine Formalitäten mehr geben – immerhin haben wir gemeinsam eine Reihe entsetzlicher Dinge erlebt und durchlitten.« Julius und Marcus wechselten hinter dem Rücken des Tribuns einen Blick, und der Erste Speer hob spöttisch eine Braue. »Somit bin ich für dich ganz einfach Decimus, dein Freund.« Er versuchte vergebens, die Tunika sauber zu wischen, und hob dann lachend seine schmutzige Hand. »Abgesehen davon: Was ist schon ein bisschen Staub, wenn man drei Monate vom Rand der Welt hermarschiert ist, um das Imperium vor den gierigen Händen eines Thronräubers zu retten?« Er trat näher an Scaurus heran und senkte die Stimme. »Ich habe veranlasst, deine Leute in den Durchgangslagern der Stadt unterzubringen, und würde vorschlagen, dass meine Männer derweil das Gold in die Stadt transportieren. Was sagst du dazu?«

Der Tribun sah ihm direkt in die Augen und ahmte den verschwörerischen Unterton des Senators nach, indem er ebenfalls leise sprach. »Decimus, wenn du mir diese Frage schon stellst, muss ich antworten, dass ich nicht fünfzehnhundert Meilen marschiert bin, um jetzt meine Pflicht vor den Toren der Stadt in andere Hände zu übergeben. Daher würde ich vorschlagen, ich nehme genügend Leute mit, dass sie die Kisten tragen können, und deine Männer marschieren gemeinsam mit uns in die Stadt. Auf diese Weise können wir dem Kaiser demonstrieren, welche Rolle *du* bei dem Unternehmen gespielt hast, ihn auf diese Angelegenheit aufmerksam zu machen.«

Senator Albinus erwiderte mit unbewegter Miene Scaurus' Blick, doch Marcus erkannte in seinen Augen die berechnende Haltung eines Raubtiers. Nach einer Pause, die gerade lange genug währte, um zu zeigen, dass *er* derjenige sein würde, der die Sache zu entscheiden hatte, setzte er ein bedächtiges Lächeln auf. »Ganz wie du meinst, Gaius, ganz wie du meinst. Wir stehen im Begriff, etwas zu vollbringen, über das die Chronisten noch in tausend Jahren berichten werden, daher gibt es keinen Grund, warum wir den Ruhm dieses Abends nicht miteinander teilen sollten.«

Scaurus blickte ihn ebenso lange an, bevor er antwortete. »Und was ist mit dem Risiko, Senator? Der Prätorianer-Präfekt wäre sicher nicht erfreut herauszufinden, dass sein hinterlistiges Doppelspiel so kurz vor der Aufdeckung steht. Sollten uns seine Leute schnappen, bevor wir unsere Beweise vorlegen können, werden wir bald alle kopfüber von unseren Hodensäcken baumeln. Mein Erster Speer ist deswegen schon seit Wochen nervös wie ein junger Adonis, der mutterseelenallein im Badehaus weilt.«

Der hochgewachsene Mann senkte zustimmend den Kopf. »Du hast recht. Was immer heute Abend geschehen wird – wir werden an den positiven wie negativen Ergebnissen denselben Anteil haben.«

Scaurus nickte und wandte sich dann an die Zenturionen hinter ihm. »Lass deine Männer abtreten, Erster Speer. Der Senator und ich werfen derweil einen prüfenden Blick auf das Gold des Kaisers.«

Er führte Albinus an der Reihe der abgekämpft aussehenden Soldaten vorbei und salutierte, während die Männer auf das Kommando ihrer Zenturionen nacheinander Haltung annahmen.

Inzwischen betrachtete der Senator kritisch die abgenutzten Rüstungen und ausgetretenen Stiefel der Soldaten. »Ihre Ausstattung mag zwar ein wenig abgenutzt sein, doch bei allen Göttern, Gaius: Deine Truppen sehen verdammt gut aus für Männer, die gerade quer durch das nördliche Imperium marschiert sind.«

Scaurus nahm das Kompliment mit einem Kopfnicken entgegen. »In der Tat. Insbesondere, wenn man bedenkt, dass wir davor von Britannien nach Dakien und wieder zurück gezogen sind. Ein paar Wochen Aufenthalt in der größten Stadt der Welt werden ihnen besser gefallen, als ein Jahr in einer ruhigen Garnison stationiert zu sein.«

Albinus schnaubte. »Das wird aber eine teure Angelegenheit. Wie sollen deine Jungs mit dem Sold von Hilfstruppen ihre Becher mit Wein füllen und Hurenhäuser besuchen können?«

Scaurus winkte ab. »Geld? Das ist wohl unser geringstes Problem.«

Der Tribun gab diese Antwort in sorglosem Ton, doch Marcus wusste ebenso gut wie Scaurus, worauf der scheinbar beiläufige Kommentar des Senators sich bezogen hatte. Einen Moment lang stand eine unausgesprochene Frage zwischen den beiden Männern, doch dann war Albinus' Geduld hinsichtlich der spürbaren Zugeknöpftheit seines Schützlings erschöpft. Er sprach zwar noch immer mit scherzhafter Stimme und lächelte, doch diese Heiterkeit spiegelte sich nicht in seinen Augen wider.

»Du hast deine Finger doch wohl von den Goldtruhen ferngehalten, oder, Gaius?«

Der beinharte Unterton, der seine vorgebliche Jovialität durchdrang, war für Marcus so deutlich spürbar, dass er instinktiv die Hände zu seinen Schwertgriffen führte, um sich sicherer zu fühlen.

Scaurus hingegen lächelte den Senator nur ebenso humorlos an, wie Letzterer seine Frage gestellt hatte. Als er antwortete, bekamen seine grauen Augen einen unbeugsamen Ausdruck, und seine Stimme klang plötzlich barsch. »Womit du wahrscheinlich fragen willst, ob ich meine Finger in die Truhen gesteckt habe, ohne die Beute mit *dir* zu teilen, Decimus?«

Die Augen des Senators weiteten sich unter Scaurus' unerbittlichem Blick, der allerdings das einzige Anzeichen dafür war, dass er sich von dem älteren Mann nicht einschüchtern zu lassen gedachte.

»Ich sehe, du hast mich bestens verstanden, junger Mann. Nun?«

Der Tribun schüttelte den Kopf und deutete auf die Holzkisten mit den schweren Messingbeschlägen, die auf einem der Ausrüstungskarren der Kohorte aus Britannien nach Süden transportiert worden waren. »Wohl kaum, Senator. Sieh selbst nach.«

Er nickte zu Dubnus hinüber, der neben dem ersten Wagen wartete und den Kopf seiner Axt neben dem rechten Fuß auf den Boden gestützt hatte. Der stämmige Zenturio rief den hünenhaften Soldaten seiner Truppe, die stumm neben den Karren warteten, einen Befehl zu. Die drei Männer beobachteten wortlos, wie die Kisten für die anstehende Inspektion auf den Boden gehievt wurden. Marcus zog einen Schlüssel aus der Gürteltasche, ging neben der nächststehenden Truhe in die Hocke, öffnete das Schloss und hob den Deckel, worauf ein Berg von Goldmünzen sichtbar wurde, der die Kiste fast bis zum Rand füllte. Albinus runzelte die

Stirn, streckte den Arm aus und nahm einen Aureus heraus. Einen Augenblick starrte er auf die fein gearbeitete Figur der Britannia auf der Bildseite, dann drehte er die Münze um und betrachtete den Kopf des Kaisers.

»Ach?«

Scaurus ergriff ebenfalls eine Münze und hob sie in die Höhe. »Allerdings ›ach‹! Die ganze Lieferung enthält nur solche Aurei.«

Albinus zuckte die Achseln. »Na und? Mag sein, dass man die Münzen nicht einfach ausgeben kann, aber sie schmelzen ebenso gut wie jedes andere Gold.«

Der Tribun warf seinen Aureus wieder in die Truhe zurück. »Behalte deine Münze gerne als Erinnerung daran, was wir zu tun gedenken. Ein fehlender Aureus wird sicher nicht auffallen, doch sollten wir mehr davon entwenden, würden wir vermutlich in größte Schwierigkeiten geraten.«

Der Senator zog die Brauen zusammen. »Und warum?«

Scaurus deutete auf die Innenwand der Truhe, wo eine Linie über alle vier Seiten der tiefen Holzkiste geritzt war, um die vorgeschriebene Füllhöhe anzuzeigen. »Die Linie gibt an, wie viel Geld jede Kiste zu enthalten hat. Wenn wir mehr davon entwenden, wird das offensichtlich. Dann werden wir zweifellos so lange befragt, bis einer von uns den Diebstahl zugibt und deswegen einen Tod erleidet, der seinen Vorfahren kaum gefallen wird. Daher meine ich, es wäre am besten, sich diesmal an die Regeln zu halten.«

Albinus grinste anzüglich und senkte die Stimme, sodass nur Scaurus ihn hören konnte. »Im Gegensatz zum letzten Mal, als wir die Hände auf dieses Gold legten, meinst du?«

Der Tribun nickte ernst. »Genau. Aller Wahrscheinlichkeit nach wurden diese Münzen aus demselben Metall geschmiedet, das wir Gerwulf letztes Jahr abgenommen haben, nachdem er die Goldmine von Alburnus Major unter Kontrolle gebracht und ausgeraubt hatte. Jenes Gold hatte ich dir auf deinen expliziten Befehl hin ausgeliefert, sodass *du* der einzig Verantwortliche für seine sichere Überführung in die kaiserlichen Schatzkammern warst.« Scaurus hielt einen Augenblick inne, bevor er weitersprach. »Wie ich schon damals anmerkte, warst du auch für die amtliche Aufzeichnung der Menge und des Werts verantwortlich.«

Albinus nickte und hatte den Anstand, zumindest ein wenig beschämt auszusehen.

»Der Prätorianer-Präfekt muss das Gold aus Dakien irgendwo zu diesen Münzen geprägt haben lassen …« Scaurus verharrte einen Moment und wartete, dass der Senator das Wort ergreifen würde.

Albinus hingegen starrte mit unverhohlener Gier auf das Gold, seufzte dann und wandte sich an den Tribun. »Nun, wahrscheinlich in Illyrien. Perennis ist es gelungen, seine Söhne zu Befehlshabern der Armeen sowohl in Pannonien als auch Dalmatien zu befördern, und in beiden Provinzen gibt es mehrere Städte, die das Recht auf Münzprägung innehaben.« Er verharrte und kaute einen Augenblick nachdenklich auf seiner Unterlippe, bevor er weitersprach. »Er muss wohl angeordnet haben, das Gold von Dakien aus zu einem seiner Söhne zu verschiffen, der dann dafür sorgte, dass es zu diesen recht interessant aussehenden Münzen geprägt wurde. Im Anschluss ließ er es in den Norden nach Britannien bringen. Ich vermute, Perennis hatte auch in Eburacum jemanden vor Ort, der sich darum kümmerte, dass das Gold in die richtigen Hände gelangte?«

Scaurus nickte. »Ja, einen Legionstribun. Perennis hat sich

eine dumme, kleine Meuterei der Zwanzigsten Legion zunutze gemacht, die im Übrigen schon fast vorbei war, als er begann, alle Legaten ihres Amtes zu entheben und sie durch seine eigenen Leute zu ersetzen. Der Legionstribun hieß Fulvius Sorex und hatte den Befehl, dafür zu sorgen, dass das Gold sicher verwahrt wurde, bis Perennis' neue Männer anreisten. Bestimmt wollten sie damit die in Britannien stationierten Legionen bestechen, damit sie gemeinsam einen Aufstand organisierten. Danach hätten sie durch Gallien in den Süden marschieren und sich nördlich von Rom mit den Legionen aus Illyrien zusammenschließen können.«

»Ich verstehe. Drei Legionen aus Britannien, weitere vier aus Pannonien und Dalmatien, plus die jeweiligen Hilfstruppen – das ergäbe eine Armee von mindestens siebzig- bis achtzigtausend Mann, ohne die Truppen am Rhenus überhaupt mitzuzählen. Mit einer so eindrucksvollen militärischen Kampfstärke könnte ein Mann aus dem Umfeld des Throns den Kaiser leicht umbringen, sich die Purpurrobe selbst überstreifen und mit größtem Optimismus etwaigen Kontrahenten vom östlichen Rand des Imperiums entgegentreten. Ich nehme an, der Prätorianer-Präfekt wartet lediglich auf Nachricht aus Britannien, dass sich die dort stationierten Legionen auf seine Seite geschlagen haben. Gleich darauf hätte er Befehl gegeben, die kaiserliche Familie auszulöschen. Allerdings müsste er mittlerweile vom geheimnisvollen Verschwinden des Goldes Mitteilung erhalten haben. Warum also, frage ich mich, hat er in diesem Fall nicht einfach eine angemessen große Armee nach Norden entsandt, um dich abzufangen, bevor du in Rom ankommst?«

Scaurus betrachtete seine schmutzigen Fingernägel mit offensichtlichem Ekel. »Das liegt wohl daran, dass wir Fulvius Sorex in einen Zustand versetzt haben, der nicht dazu angetan war, den von Perennis bestellten Legaten bei ihrer Ankunft etwas zu erzählen. Als wir von Eburacum abrückten, stand die Sechste Legion unter dem Kommando ihres Feldpräfekten, der sich nicht durch besondere Zuneigung zum Prätorianer-Präfekten auszeichnet. Was Perennis' Leute also von Feldpräfekt Castus erfahren haben, ist, dass Sorex selbst das Gold verschwinden ließ und dessen neuen Verwahrungsort niemandem mitgeteilt hat. Schlimmer noch: Es scheint, die Zenturie, die er zu diesem Zweck einsetzte, wurde bei einem Hinterhalt nördlich des Antoninuswalls niedergestreckt, weshalb es nun keine Menschenseele mehr gibt, die wüsste, an welchem Ort der Goldschatz verborgen ist. Ohne dieses Gold werden die von Perennis eingesetzten Legaten es nicht wagen, eine Meuterei anzuzetteln, zumal das Eintreffen des Goldes in der Provinz ja kein Geheimnis war. Die Soldaten der britannischen Legionen werden glauben, die Legaten hätten es für sich behalten, weshalb sie in Ermangelung einer angemessenen Bezahlung wohl kaum einen Aufstand gegen den Thron beginnen werden.«

Albinus nickte bedächtig und musterte erneut die Goldmünze auf seiner Handfläche. »Es scheint so, als hättest du Commodus vor einem schändlichen Tod bewahrt, junger Mann. Perennis wird gewiss trotzdem seinen Staatsstreich durchführen wollen und darauf setzen, dass die pannonischen Legionen stark genug sind, jeglichen Widerstand zu brechen. Angesichts seiner Machtposition würde ich sagen, dass er sogar eine relativ gute Chance hat, die Sache erfolgreich durchzuziehen. Immerhin hat er die Prätorianer auf seiner Seite, und zweifellos kontrolliert er auch die städtischen Wachsoldaten. Falls er also Wind davon bekommt, dass wir in der Stadt sind, wird er uns mit dem Gold nicht einmal auf eine Meile an den Palast heranlassen.«

Scaurus bedeutete Marcus, die Truhe zu verschließen und wieder auf den Wagen stellen zu lassen. »Ich muss zugeben, dass mich genau dieser Punkt seit unserem Aufbruch in Britannien beschäftigt. Es hat nicht viel Sinn, das Gold bis hierher zu transportieren, wenn jeder Versuch, es vor den Kaiser zu bringen, nur damit endet, dass wir auf die Speere von nicht allzu hilfsbereiten Palastwachen blicken. Sag mir also, Decimus: Wie gedenkst du das Gold in den Kaiserpalast zu schmuggeln?«

Nun kehrte ein Lächeln in Albinus' Gesicht zurück. »Oh, dieses Geheimnis werde ich noch ein kleines Weilchen hüten. Ich möchte nur so viel sagen: Der Prätorianer-Präfekt ist nicht der einzige Mann am Hof des Kaisers, der hehre Ambitionen hegt, was seine weitere Laufbahn angeht. Alles wird zu angemessener Zeit ans Licht kommen.« Er wandte sich um und betrachtete die Mauern Roms, die im Licht der nachmittäglichen Sonne rot glühten. »Jetzt würde ich vorschlagen, wir bringen deine Truppen in ihre Kasernen, damit du und die Männer, die das Gold in die Stadt tragen, genug Zeit habt, euch zu waschen, und ein paar saubere Kleider anzuziehen. Rüstungen, Muskeln und Dreck sind zwar eine gute Methode, um Banditen im Zaum zu halten, doch sie würden der Stadtwache bestimmt verdächtig vorkommen, von Commodus selbst ganz zu schweigen, meinst du nicht?«

»Schon wieder einer, dessen Waffe sie konfisziert haben. Die Straßenräuber im Subura-Viertel werden ihre helle Freude haben, wenn all die entwaffneten Männer hier am Tor heute Nacht wieder nach Hause wanken!«

Der Anführer von Albinus' Leibwache, ein stiernackiger Mann von unverkennbar militärischem Aussehen namens Cotta, erhob sich aus der Hocke. Er hatte um die Ecke des letzten Hauses in der Seitenstraße gespäht und schüttelte erstaunt den Kopf, während er über die Kolonne von Männern hinter ihm hinwegblickte. Die sechzig tungrischen Soldaten, die ausgewählt worden waren, die Goldkisten zu tragen, wurden auf beiden Seiten von den zwanzig Männern aus Albinus' Leibwache flankiert. Die meisten Leibwächter hatten eine trügerisch entspannte Haltung eingenommen und plauderten gelassen mit den einheimischen Kindern, die ihre Vorsicht rasch überwunden hatten und nun in der Hoffnung um sie herumscharwenzelten, ein paar Münzen von ihnen zu erhalten.

Cotta salutierte zackig vor Albinus und zeigte auf das Tor. »Dort können wir nicht durch, Senator – es sei denn, wir sind damit einverstanden, dass sie uns alle Waffen und wer weiß was sonst noch abnehmen ...«

Marcus nickte und legte automatisch die Hand auf den Dolch, der tief unter den Falten seiner Toga verborgen war. Albinus und Scaurus waren ähnlich bewaffnet, und jeder Mann ihrer zwanzig Mitglieder zählenden Leibwache hatte mindestens ein Messer am Körper versteckt, außerdem schwere Knüppel, die sie an Oberarmen und Schenkeln festgebunden hatten und die nun von den Togen bedeckt wurden. Die Männer, die zur Bewachung der Porta Viminalis abgestellt waren – eines der Stadttore im nordöstlichen Abschnitt des befestigten Mauerwalls –, ließen sich Zeit, um die vielen Menschen abzufertigen, die Rom betreten wollten. Sie durchsuchten jeden Mann, jede Frau und sogar jedes Kind mit derselben Sorgfalt, weshalb sich am Torbogen eine lange Schlange gebildet hatte. Sogar bei Dunkelheit, Stunden nach Sonnenuntergang, war der Verkehr durch das Tor in die Stadt und wieder heraus so rege wie mittags. Marcus war froh über die Gegenwart von Albinus' Leibwächtern. Sie sorgten nicht nur für den Schutz der unbewaffneten Tungrer, sondern hatten auch lodernde Fackeln dabei. Irritiert blickte er über die Menschenschlange hinweg.

»Ich verstehe noch immer nicht, warum der Zutritt in die Stadt derart begrenzt wird. Als ich aus Rom abreiste, waren die Stadttore überhaupt nicht bemannt, und ich kann mich auch nicht an irgendwelche Wachschichten erinnern. Wieso sollte man ausgerechnet die Tore von Rom bewachen, wo die Stadt doch jedes Fleckchen bewohnbarer Erde über tausend Meilen in sämtliche Himmelsrichtungen beherrscht? Insbesondere, nachdem sie sich bereits weit über die befestigten Mauern hinaus ausgebreitet hat?«

Albinus lachte leise und klopfte ihm mit seiner spatengleichen Hand auf die Schulter. »Schau an, Zenturio! Du hörst dich gerade genau wie ein Senator an, dessen Meinungen zu solchen Fragen ich stets mit größter Bewunderung hörte. Er wurde mitsamt seiner Familie vom Prätorianer-Präfekten ermordet, nur um ihn als etwaigen Dissidenten mundtot zu machen und seine Besitztümer der kaiserlichen Staatskasse einzuverleiben.« Er betrachtete Marcus genau im Licht der Fackeln, als sähe er ihn zum ersten Mal. »Vielleicht ähnelst du ihm nicht allzu sehr, doch was deine Eigenarten und Sprechweise anbelangt, könntest du durchaus der Sohn von Appius Valerius Aquila sein.«

Eine Sekunde lang fragte sich Marcus, ob Albinus die offensichtliche Schlussfolgerung ziehen und ihn als den einzig verbliebenen Nachkommen des verstorbenen Senators ausmachen würde, doch stattdessen deutete der Hüne mit der Hand auf das Tor.

»Die Antwort auf deine verdrossene Frage ist allerdings recht simpel, Zenturio, wenn du die derzeitigen politischen Verhältnisse und unsere heutige Mission in Betracht ziehst. Perennis hält nicht nur die Prätorianer unter Kontrolle, sondern auch die städtischen Kohorten und die Stadtwache. Die Kohorten neigen zwar dazu, die meiste Zeit in ihren Kasernen herumzusitzen und darauf zu warten, dass eine Schlägerei oder ein Bandenkrieg ausbricht, damit sie ein paar Köpfe einschlagen können, aber die Stadtwachen stehen in regem Kontakt mit der hiesigen Bevölkerung, weshalb Perennis sie auch dazu abgestellt hat zu kontrollieren, wer und vor allem *was* ins Innere der Stadt gelangt, wenn du verstehst, was ich meine.«

Scaurus lehnte sich vor und senkte die Stimme zu wenig mehr als einem Flüstern. »Dann glaubst du also, dass sie nach *dem* hier Ausschau halten ...?« Er wandte den Blick zu der am nächsten stehenden Goldtruhe inmitten der Straße, um die geduldig ein halbes Dutzend muskulöser Tungrer stand und sich bereithielt, die schwere Kiste wieder in Trageposition zu befördern.

Albinus nickte und lächelte vielsagend. »Das glaube ich allerdings. Würden wir bis zum Anfang dieser höchst unangenehm riechenden Schlange vordringen, würde man uns gewiss befehlen, die Truhen zu öffnen. Auch wenn wir wesentlich mehr Männer dabeihaben, als Wachleute vor Ort sind. Sie würden sofort Verstärkung rufen, und dann wären wir schon bald verhaftet und würden zu ihrer Wachstation gezerrt« – er setzte eine ernste Miene auf –, »wo wir auf Nimmerwiedersehen verschwänden, nehme ich an.«

Der Tribun hob fragend eine Augenbraue. »Es sei denn …?«

Albinus' Lächeln kehrte in sein Gesicht zurück. »Es sei denn, natürlich, es würde etwas geschehen, das die Wachen von ihrer wichtigen Pflicht ablenkte. Zufällig steht einer der Männer, die soeben durch das Tor schritten – nachdem er sorgfältig untersucht und nichts Bedrohlicheres bei ihm gefunden wurde als die Gurke zwischen seinen Beinen –, kurz davor, uns eine derartige Ablenkung zu verschaffen.« Er hielt einen Moment inne, blickte in den Nachthimmel oberhalb der hoch aufragenden Stadtmauer und sprach dann weiter. »Das Problem, wenn man Liegenschaften in der Stadt besitzt, ist natürlich der Umstand, dass Gebäude leicht in Brand geraten können. Schon der kleinste Funken am falschen Ort reicht aus, um einen ganzen Wohnblock in Flammen aufgehen zu lassen. Auch ein umgefallener Ofen in einer Schenke oder vielleicht auch nur eine Kerze, die ein Stück Stoff in Brand setzt, das dann vom Wind weitergetragen wird, stellen ein Risiko dar. Wenn so etwas geschieht, sind selbstverständlich auch alle danebenliegenden Gebäude in Gefahr. Zum Glück haben wir eine Stadtwache, die sich solcher Notfälle annimmt, findet ihr nicht?«

Wie auf Kommando erklang ein ferner Chor nervöser Schreie, der über die murmelnde Menschenschlange hinwegtönte, und Albinus nickte selbstzufrieden. Nach einer Weile wurden die Rufe hinter der Stadtmauer lauter, und über der Brüstung war ein Glühen zu sehen. Dunkelgrauer Rauch stieg nach oben, der vom Schein der Flammen beleuchtet wurde. Die Anzeichen eines Brandes verstärkten sich, der graue Rauch verdichtete sich rasch und verdunkelte die Sterne, während das Feuer hinter der befestigten Mauer rasch um sich griff.

»Jetzt geht es gleich los, würde ich sagen, oder zumindest hoffe ich das…« Noch während Albinus sprach, wurde das halbe Dutzend Wachen am Stadttor von einem keuchenden Boten weggerufen, worauf der Senator vielsagend nickte und auf einen Hundemischling zeigte, der im Schatten des Tores sein Geschäft verrichtete. »Es scheint, das Feuer ist stärker als angenommen. Vermutlich ist auch das angrenzende Gebäude in Flammen aufgegangen, und ich könnte einen goldenen Aureus gegen den Scheißhaufen dieses Hundes wetten, dass es sich dabei um ein weiteres meiner Anwesen handelt. Wenn die Götter einen Menschen bestrafen wollen, tun sie das zumeist sehr gründlich, hab ich recht?«

Die Wachen riefen den in der Schlange stehenden Bürgern zu, an Ort und Stelle zu bleiben, und rannten zu dem Feuer. Die Wartenden tauschten verwirrte Blicke.

»Genau das ist das Problem, wenn Wachsoldaten gleichzeitig auch Feuerwehrmänner sind. Wer soll denn die Stadt – oder wie in diesem Fall die Tore – bewachen, wenn ein Brand ausbricht? Kommt jetzt, wir sollten unsere Verabredung nicht warten lassen. Er wird nämlich außerordentlich übellaunig, wenn er der Meinung ist, man zolle ihm nicht den verdienten Respekt!«

Der Senator führte sie durch das nunmehr unbewachte Tor und folgte damit den anderen vormals Anstehenden, die ebenso schnell ihren Nutzen aus der Abwesenheit der Wachen zogen.

»Hier entlang, meine Herren, erst rechts herum, dann gehen wir den Viminalhügel hinab, bis wir gezwungenermaßen durch die Armenviertel müssen. Dort wirst du dir dein Gold sauer verdienen, was, Cotta?«

Drei Stunden nach Sonnenuntergang waren die Straßen

von Rom noch immer warm. Marcus spürte die von den Steinen gespeicherte Hitze durch die Ledersohlen der Sandalen, die Albinus ihnen besorgt hatte. Wie der Rest der geborgten Kleidung waren auch die Schuhe von höchster Qualität und bestanden aus butterweichem Leder, das sich wie eine zweite Haut an seine Füße schmiegte. Die drei Offiziere trugen außerdem schwere Wolltogen, und die der beiden tungrischen Offiziere waren zudem mit dem dünnen Purpurstreifen des Reiterstands gesäumt. Die einst frische Leinentunika unter Marcus' schwerer Toga war schon bald nassgeschwitzt. Scaurus hatte leise gelacht, als der jüngere Marcus ungelenk die Toga um sich schlang, denn nach so langer Zeit war er das Drapieren des Kleidungsstücks nicht mehr gewohnt.

Dann aber hatte der Tribun mit mitleidigem Gesichtsausdruck auf den dünnen Streifen der Reiterklasse gezeigt. »Nicht ganz, was du aufgrund deiner Herkunft erwartet hättest, was, Zenturio? Immerhin wurdest du als jemand erzogen, dem ein breiter Streifen gebührte.«

Marcus hatte lediglich kurz auf die purpurne Farbe hinabgesehen, die das Kleidungsstück aus weißer Wolle mit dem Symbol seiner angeblichen Zugehörigkeit zum Ritterstand auszeichnete. Dann hatte er die Achseln gezuckt. »Die kaiserliche Justiz behauptet, aufgrund der angeblichen Verbrechen meines Vaters sei ich ohnehin ein Schwindler, egal, welchen Streifen ich trage oder wie dünn er ist. Abgesehen davon, Tribun, würde ich jedweden Streifen jedweder Breite dafür opfern, um meine Familie von der über ihr schwebenden tödlichen Bedrohung befreien zu können.«

Albinus' Männer bildeten einen Schutzring um die Gruppe, während sie über die Staatsstraße schritten, die schnurgerade den Viminal hinunterführte, und dann in die schmalen, schmutzigen Gassen des Subura-Viertels einbogen. Die Männer scharten sich näher um sie und packten mit vielsagenden Blicken ihre Knüppel, wann immer sich jemand für die Truhen interessierte, die sie mit sich führten. Im Erdgeschoss sämtlicher Wohnhäuser waren Schänken aller Art untergebracht, die von schäbig bis offensichtlich liederlich reichten. Vor ihnen stolzierten Prostituierte samt ihren Zuhältern herum und buhlten mit geldgierigen Schankwirten um zahlende Kunden. Als sie in einen der berüchtigteren Distrikte kamen, entfernte sich auf Cottas Kommando ein halbes Dutzend Männer von der Gruppe und ging ihnen voraus, um die Gassen auf beiden Seiten ihres Weges mit disziplinierter Expertise zu inspizieren, die darauf schließen ließ, dass sie schon häufig zusammengearbeitet hatten.

Als Albinus sah, dass der junge Zenturio aufmerksam seine Leute musterte, wartete er kurz, um neben Marcus weiterzugehen und ihn aufzuklären. »Das sind alles ehemalige Soldaten, Zenturio, die aus den Legionen in Pannonien stammen. Sie bieten ihre Dienste als Gruppe an, und ihr Hauptargument ist, dass sie noch nie einen Kunden verloren haben. Zurzeit arbeiten sie fast rund um die Uhr für mich.« Er deutete mit der Hand auf den Mann, der neben ihnen ging. »Cotta kam auf die hervorragende Idee, mit mehreren Leuten gemeinsam dieses Geschäft zu eröffnen.«

Marcus nickte angesichts von Albinus' erklärenden Worten und schaute dem Mann, auf den der Senator zeigte, in die Augen. Der Anführer der Leibwache sah wachsam, aber dennoch gelassen aus, während er den Blick über die Soldaten schweifen ließ, die unter ihrer schweren Last schwitzten.

»Du musst sehr große Stücke auf sie halten, wenn du

ihnen die Aufgabe anvertraust, uns mit einem so großen und überdies leicht transportablen Vermögen durch die ärmsten und gefährlichsten Viertel der Stadt zu begleiten.«

Albinus nickte zustimmend und verzog das Gesicht zu einem amüsierten Lächeln. »Ich glaube nicht, dass die Gefahr besteht, sie könnten uns verraten. Ich habe als Legat der Ersten Legion Italica mit dem damals hochrangigen Zenturio Cotta gedient, und als er sich vor zwei Jahren im Ruhestand langweilte und beschloss, einige seiner ebenfalls pensionierten Soldaten um sich zu scharen, um dieses hübsche kleine Geschäftsmodell zu entwickeln, kam er zu mir und bat mich um das notwendige Startkapital – das ich ihm selbstverständlich zur Verfügung gestellt habe.« Er beugte sich dichter an das Ohr des jungen Zenturios. »Ein Mann in meiner Stellung sollte dafür sorgen, in den Straßen Roms über angemessenen Schutz zu verfügen, gerade in solchen Zeiten.«

Scaurus, der das Gespräch mit angehört hatte, runzelte die Stirn. »Ein Mann *deiner* Stellung, Senator?«

Der hochgewachsene Senator stieß ein schnaubendes Lachen aus. »Du bist tatsächlich schon zu lange aus Rom weg, Gaius. Mit ›ein Mann in meiner Stellung‹ meine ich jemanden, der als eine Gefahr für den Kaiser angesehen werden könnte, sprich einen Mann, um den sich womöglich andere Adlige scharen könnten, denen Commodus' Art der Herrschaft missfällt. Immerhin bin ich so etwas wie ein Kriegsheld, der zudem mit einem in jüngster Zeit errungenen, vernichtenden Sieg über die Sarmaten in Dakien aufwarten kann. Außerdem habe ich mir unter dem letzten Kaiser einen exzellenten Ruf als Kommandeur einer Ala der Hilfstruppen und zweier Legionen während der Germanenkriege erarbeitet. Ich entstamme einer altehrwürdigen Adelsfamilie und gelte, wie du weißt, in den Augen der Männer, die die kaiserlichen Finanzen unter sich haben, als wohlhabend genug. Daher halten sie ihre gierigen Augen stets offen, um eine Gelegenheit zu finden, meine Loyalität in Zweifel zu ziehen, meine Hinrichtung anzuordnen und sich in der Folge meine Besitztümer und mein Vermögen unter den Nagel zu reißen.« Er schüttelte den Kopf und schenkte dem Tribun ein grimmiges Lächeln. »Diese Gelegenheit werde ich ihnen nicht bieten, denn ich spreche weder öffentlich noch privat negativ über Commodus. Ganz im Gegenteil, um genau zu sein, und dennoch schwebe ich stets in Gefahr, aus politischen Motiven ermordet zu werden. Diese Männer hier sind mein Schutz gegen etwaige Versuche, mir das Leben zu rauben. Schau an, wer kommt denn da die Straße herauf? Das muss jemand mit einer anständigen Portion Mumm sein, wenn er ohne Eskorte durch dieses Drecksloch läuft.«

Sie folgten seinem Blick und sahen einen Mann, der mutterseelenallein auf sie zuschlenderte und den ersten von Cottas Männern mit einem Nicken bedachte. Zu Marcus' Verblüffung reagierten ihre Begleiter darauf völlig überraschend: Sie stießen sich gegenseitig mit dem Ellbogen an und zeigten grinsend auf den Rücken des Mannes. Dieser war groß, sehr muskulös, und sein Gesicht zierten zwei Narben, die ein schiefes Kreuz auf seiner rechten Wange bildeten. Sein Haar war fast bis auf die Kopfhaut geschoren.

»Verdammt, das ist Velox!«

Albinus war stehen geblieben und starrte der sich entfernenden Gestalt verwundert nach.

»Wer?«

Albinus schüttelte den Kopf. »Meine Herren, gerade haben wir einen Mann von wahrhafter Größe gesehen. Er gehört zu einem Gladiatorenpaar, wie es die Stadt mein Leben lang nicht gesehen hat. Velox ist der jüngere von Zwillingen, die seit mehr als einem Jahr die Arena beherrschen. Er und sein Bruder Mortiferum stammen aus einem Gebiet nördlich der Stadt, das einst von den Etruskern regiert wurde. Sie sind zweifellos die schnellsten Schwertkämpfer, die ich je erblickt habe: Jeder von ihnen kann es mit drei römischen Gladiatoren gleichzeitig aufnehmen. Wenn sie in die Arena steigen, was aufgrund ihres Bekanntheitsgrades inzwischen nicht mehr allzu häufig geschieht, betreten sie den Sand als Paar und kämpfen gegen ein halbes Dutzend Gegner auf einmal. Da sie noch nie einen Kampf verloren haben, weder gemeinsam noch als Einzelkämpfer, werden sie vom Volk geradezu angebetet. Das erklärt auch, warum der Mann keine Angst haben muss, allein hier herumzuspazieren, denn es gibt nicht einen Einzigen im Subura-Viertel, der es wagen würde, ihn anzufassen, weil er hinterher von seinen Kameraden zu Tode geprügelt würde.«

Während sie dem einsamen Gladiator nachblickten, trat er von der Straße herunter in den Garten eines Anwesens, das Marcus schon zuvor aufgefallen war, da es zwischen zwei Wohnblöcken eingeklemmt war.

Albinus lachte leise und schüttelte amüsiert den Kopf. »Ich frage mich, ob der Herr des Hauses anwesend ist. Wie ich hörte, hat sich der junge Gladiator nämlich den Ruf erarbeitet, seine Popularität profitbringend zu nutzen. Man erzählt, er habe sich durch die Betten der normalerweise durchaus respektablen Damen aus der reichen und wohlsituierten Klasse geschlagen wie ein heißes Messer durch

Butter. Ach ja, Frauen und Gladiatoren … Was zieht sie nur zu solchen Männern hin, die sich bis zur Schmach erniedrigen? Nebenbei gesagt heißt es, sein Zwilling neige in die andere Richtung, wenn ihr versteht, was ich meine, also könnte es durchaus sein, dass er nur sein Bestes tut, um vorher angerichteten Schaden wiedergutzumachen …«

Er schüttelte vergnügt den Kopf, bedeutete Cotta, den Marsch wieder aufzunehmen, und die Gruppe zog weiter Richtung Süden. Als sie den Rand des Subura-Viertels erreichten, ließen sie noch größere Vorsicht walten. Albinus hieß sie an einer Straßenecke anhalten und blickte beunruhigt auf das erste der Foren, die sie zu überqueren hatten.

»Hier herrscht das größte Risiko, meine Herren. Falls Perennis seinen Straßenleuten mitgeteilt hat, sie sollen nach Männern mit schweren Lasten Ausschau halten, fallen wir hier auf wie Euter an einem Bullen.«

Albinus kaute auf einem Fingernagel, während seine Späher auf den mondbeschienenen, menschenleeren Platz schwärmten und sich dabei, wann immer möglich, im Schatten hielten. Allerdings gab es keine Anzeichen von Prätorianern oder der Stadtwache, weshalb der Hauptteil der Gruppe den Spähern so rasch folgte, wie es die goldtragenden Tungrer aufgrund ihrer schweren Last vermochten. Ein paar weitere nervöse Schritte brachten sie in Sichtweite des Senatsgebäudes am westlichen Rand des Forums, wo Cotta sie unter die Deckung eines Hauses winkte, das etwa hundert Schritte vom offiziellen Sitz der Versammlung entfernt lag.

»Mit Sicherheit stehen Wachen am Senatsgebäude. Also wartet, bis ich euch das Signal gebe, dass der Weg frei ist.«

Er winkte seinen Männern, worauf ein paar robust aussehende Kraftprotze aus dem Schatten traten. Sie hielten die

Arme wie gute alte Freunde verschränkt, die sich nach einem weinseligen Abend gegenseitig stützten, und einer von ihnen öffnete den Verschluss eines ledernen Trinkschlauchs und nahm einen so kräftigen Schluck, dass ihm der Saft aus dem Mund lief und einen roten Fleck auf seiner Tunika hinterließ. Er erhob die Stimme zu einem betrunkenen Grölen und ließ seine Worte über den leeren Platz des Forums hallen.

»Na komm schon, Luca, mein Freund. Lass uns diesen Prätorianer-Weibern zeigen, wie echte Soldaten marschieren, was?«

Sein Kamerad schnappte sich den Trinkschlauch und hob ihn kopfüber an die Lippen, worauf ebenso viel Wein in seinen Mund wie auf seine Tunika floss. Dann schleuderte er den Beutel in vorgetäuschtem Rausch auf das Senatsgebäude und begann, laut herumzukrakeelen.

»Prätorianer-Weiber! Kommt und schaut euch mal ein paar echte Männer an, ihr verdammten Spielzeugsoldaten und Arschküsser!«

Die beiden taumelten auf das Forum hinaus und stimmten ein Lied an. Der Text klang nach einem Tag Suff zwar etwas undeutlich, war aber dennoch gut zu erkennen, denn es handelte sich um eines der Lieblingslieder der Legion aus den Tagen, als die kaiserlichen Wachkohorten gemeinsam mit der regulären Armee ins Feld zogen.

Der Skorpion ist das Emblem des Kaisers liebster Knaben,
stets schreiten sie wie Helden 'rum und krächzen laut wie Raben.
Zur Parade ziehen sie mutig auf, trotzen aller Gefahr in Ruhe,
doch wenn es dann ums Kämpfen geht, bepissen sie sich die Schuhe!

Die Wachen vor dem Senat reagierten als Erste auf die Provokation: Zwei tadellos gekleidete Soldaten stampften die Stufen herab, um die Trunkenbolde zur Rede zu stellen, die es wagten, sie in aller Öffentlichkeit zu verhöhnen. Der Ältere der beiden trat heran, hatte die Hand auf seinen Schwertgriff gelegt, und selbst aus fünfzig Schritten Entfernung konnte Marcus sehen, dass sein Gesicht vor Ärger dunkelrot angelaufen war.

»Verlasst verdammt noch mal sofort das Forum, ihr besoffenen Maulesel, bevor ich die Geduld verliere und euch mit meinem Schwert Manieren beibringe.«

Die schauspielernden Leibwächter blieben einen Moment schwankend stehen, dann brachen sie in hämisches Gelächter aus. Der eine zeigte auf die Wache, während der andere sich auf ihn stützte und einen Anfall hysterischen Feixens vortäuschte.

»Haha … Hahaha!« Er tat so, als müsse er sich die Tränen aus den Augen wischen. »Er bedroht uns mit seinem Schwert!«

Sein Kumpan kreischte vor Lachen, wobei seine Hand von der Schulter des anderen abglitt und er rücklings auf die Steinfliesen purzelte. Dann erhob er die Stimme zu einem weibischen Quietschen. »Oh! Mit welchem Schwert denn? Seiner Fleischwurst vielleicht!?«

Das hysterische Gelächter seines Kameraden schwoll weiter an, während er selbst zunächst in die Knie sank und dann ganz zu Boden sackte. Der Prätorianer schüttelte in ohnmächtiger Wut den Kopf, während die beiden sich vor seinen Füßen im Staub wälzten. Die zweite Wache trat näher, und sie starrten gemeinsam auf die beiden anscheinend harmlosen Besoffenen hinab.

Dann winkte der Ältere mit der Hand zwei weiteren Wachen, die am Vespasianstempel ihren Dienst verrichteten, und rief sie heran. »Kameraden! Wir müssen diesen beiden Idioten eine kleine Lektion erteilen!«

Zu viert packten sie die Trunkenbolde an je einem Arm und stellten sie auf die Füße, was ihnen einen weiteren Schwall Beleidigungen einbrachte.

»Haut ab, ihr Arschlöcher! Habt ihr nicht ein paar Esel zu besteigen?!«

Eine knallende Ohrfeige unterbrach ihn.

»Halt's Maul, Soldatenjunge. Du wirst gleich herausfinden, was passiert, wenn du dich über eine Prätorianer-Wache lustig machst!«

Rasch zerrten die Wachen die augenscheinlich wehrlosen Trunkenbolde in den Schatten des Senatsgebäudes, dann breitete sich Stille über dem Forum aus.

Cotta nickte Albinus zu und deutete auf das andere Ende der breiten Straße. »Der Weg ist frei, Herr. Wollt ihr gleich gehen, oder sollen wir auf die Jungs warten?«

Albinus hob eine Augenbraue. »Das hängt davon ab, wie lange sie für ihren Auftrag brauchen.«

Der Anführer der Leibgarde setzte ein ironisches Lächeln auf. »Zwei Männer, die während meiner gesamten Dienstzeit als Zenturio die besten Faustkämpfer ihrer Kohorte waren? Das wird nicht allzu lange dauern.«

Wie aufs Stichwort traten die beiden aus dem Schatten des Senatssitzes heraus. Während sie wieder zur Gruppe stießen, schüttelte der eine prüfend die Hand und verzog das Gesicht.

»Der letzte Kerl hatte ein verdammt hartes Kinn. Ich glaube, ich habe mir den Handknöchel gebrochen.«

Sie hasteten über den offenen Platz des Forums, und Cotta blickte sich nervös um, ob womöglich noch weitere Prätorianer in der Nähe weilten.

»Sieht so aus, als hätten wir Glück. Hier entlang, und bleibt dicht an der Mauer, damit man uns auch von oben nicht sehen kann.«

An der südlichen Seite des Forums erhoben sich die Mauern des Palatinhügels. Dabei handelte es sich um Verteidigungsanlagen, die eine eigene Stadt innerhalb des Gesamtgebiets von Rom umgaben. Der Palatin bestand aus herrschaftlichen Palästen, die im Laufe der Jahrhunderte auf dem antiken Hügel errichtet worden und über die Zeit zu einer Art befestigtem Domizil der Kaiserfamilie zusammengewachsen waren. Auf Cottas Anweisung umrundeten sie eine Gebäudeecke, und Marcus runzelte die Stirn, als sich vor ihnen eine Sackgasse erstreckte, an deren Ende eine hohe Mauer stand.

Der pensionierte Zenturio hob wachsam die Hand und wandte sich an seinen Herrn. »Wir sind da, Patron. Wartet bitte einen Augenblick.« Er nahm eine Fackel von einem seiner Männer und ging die Straße hinunter, wobei er den schweren Holzknüppel, den er im Ärmel trug, in die rechte Hand gleiten ließ.

Die verbliebenen Leibwächter scharten sich unterdessen um die Tungrer, die die drei Goldkisten trugen. Im flackernden Licht der Fackel beobachtete Marcus, wie Cotta am Ende der Gasse eine glatte Wand aus schweren Steinblöcken erreichte, die sich fünfzig Fuß über den Boden erhob. Er blieb eine Armlänge vor der scheinbar undurchdringlichen Barriere stehen, hob seinen Knüppel und klopfte damit dreimal rasch auf die Steine, machte eine kurze Pause und wiederholte das Zeichen. Einen Moment herrschte Stille, dann knackte es unvermittelt, und Mörtel rieselte auf den Boden. Nun war in der Mauer ein Riss zu sehen, der sich bis auf eine Höhe von sechs Fuß die Steinblöcke hinaufzog. Mit einem kratzenden Geräusch öffnete sich die glatte Oberfläche abrupt, und ein an Angeln befestigter Teil der Mauer drehte sich sanft nach außen, bewegt von drei Männern, die ihn kraft ihrer Muskeln aufdrückten. Eine imposante Gestalt trat durch den Eingang in den Lichtschein von Cottas Fackel und winkte die Gruppe heran, während ein halbes Dutzend Männer mit Fackeln und Maurerkellen an ihm vorbei in die Nacht hinausschritten. Einer von ihnen trug einen schweren Eimer aus gewickeltem, mit Teer versiegeltem Seil, der mit nassem Mörtel gefüllt war.

»Kommt schon! Wir sollten den zweitwichtigsten Mann des Palastes nicht warten lassen.«

Albinus trat vor, und das Grinsen auf seinem Gesicht verriet Marcus, dass er es genoss, Herr der Lage zu sein. Als sie an der verborgenen Tür ankamen, begrüßte er den wartenden Mann mit einer Verbeugung, nahm seine Hand und schüttelte sie energisch.

»Aurelius Cleander, wie überaus entgegenkommend von dir, den geheimen Zugang zum Palast für uns zu öffnen. Ganz offensichtlich liegen dir die Justiz und der Schutz unseres geliebten Kaisers mehr am Herzen als andere Belange.«

Cleander neigte anmutig den Kopf, wenngleich es Marcus wie eine oberflächliche Geste vorkam, die er nicht aus eigenem Antrieb gewährte, sondern nur, weil man es von ihm erwartete. Als er sprach, klang seine volltönende Stimme einschmeichelnd und überzeugend, als nutze er sie nicht nur zur Kommunikation, sondern ebenso als Waffe der Überredungskunst.

»Sei gegrüßt, Clodius Albinus. In der Tat fällt dein Eintreffen gerade auf den richtigen Zeitpunkt, denn ich befürchte, unser gemeinsamer Gegner wird seine Meuchelmörder schon bald beauftragen, unseren geliebten Kaiser aus dem Weg zu räumen. Wir haben keine Zeit zu verlieren.« Er deutete auf den hinter ihm liegenden schwach erhellten Durchgang, in dessen tunnelartige Mauern Lampenhalter eingelassen waren. »Folgt meinen Männern mit euren Truhen in den Palast, wo ich mich in Kürze zu euch gesellen werde. Zunächst aber muss ich sicherstellen, dass die Arbeiter, die den Mörtel neu anbringen, die Bedeutung ihrer Aufgabe genau verstehen. Wahrscheinlich muss ich ihnen auch verdeutlichen, welch unangenehmes Schicksal ihnen bevorsteht, falls ich morgen früh irgendwelche Spuren der verborgenen Tür entdecken sollte.«

Albinus verneigte sich erneut und entließ seinen Leibwächter mit einem Nicken und einer beiläufigen Handgeste. Cotta erwiderte die Verbeugung seines Herrn und verschwand mit seinen Männern in der Finsternis, während der Senator hinter dem von Cleander als Führer beauftragten Mann mit den Tungrern in den Tunnel vorstieß. Er musterte einen Treppenaufgang in der Mauer und schüttelte ehrfürchtig den Kopf.

»Meine Herren, es ist eine Ehre, Zeugen eines der größten und am besten bewahrten Geheimnisse des Kaiserpalastes zu werden. Wir befinden uns nämlich auf einer der Fluchtrouten, die heimlich in den Palast gebaut wurden, für den Fall, dass es zu einer Revolte kommen sollte. Keiner, der nicht in das Geheimnis eingeweiht ist, ahnt etwas von dessen Existenz. Dass Cleander es uns offenbart, noch dazu, wo wir so viele sind, zeigt, dass er unsere Goldmünzen für sehr relevantes Belastungsmaterial erachtet. Kommt also und lasst uns herausfinden, welches Schicksal uns erwartet.«

Er betrat vor ihnen die Treppe, deren Stufen er beschwingt emporstieg, während Marcus hinter sich das Keuchen und die leisen Flüche der Soldaten hörte, die die schweren Kisten die steile Rampe hinaufhieven mussten. Als sie am oberen Treppenabsatz ankamen, wandte er sich um und sah, dass die Männer mit der ersten Kiste dicht hinter ihm waren. Die Soldaten verzogen vor Anstrengung zwar das Gesicht, doch sie wirkten dennoch entschlossen. Albinus und Scaurus gingen zu Marcus hinüber.

»Du nanntest ihn Aurelius Cleander?«, fragte Scaurus flüsternd, sodass Marcus die an Albinus gerichtete Frage nur mit Mühe verstehen konnte. »Dann ist er ein Libertus, also ein Freigelassener?«

»Ja, das bin ich, Rutilius Scaurus.« Cleander hatte sich ihnen geräuschlos genähert, da er weiche Lederschuhe trug. Er warf Scaurus ein spöttisches Lächeln zu, wobei seine Augen und Zähne weiß in der Dunkelheit aufblitzten. »Das sollte dich nicht überraschen, denn natürlich gelangt man nicht in die hohen Sphären, die ich erreicht habe, wenn man nicht für jede Situation, in der man sich befindet, das richtige Fingerspitzengefühl besitzt. Mein vollständiger Name ist Marcus Aurelius Cleander, wie du vielleicht schon erraten hast. Mir wurde vom vorherigen Kaiser die Freiheit geschenkt – mögen die Götter seine Seele in Frieden ruhen lassen. Aus Dankbarkeit für meine Freilassung habe ich seinen Namen angenommen und bin nach seinem Tod weiter im Dienst der Familie geblieben. Ich hatte das Glück, mir eine verantwortliche Stellung als Kämmerer in der Haushaltung am Hof unseres neuen göttlichen Kaisers erarbeiten zu können.« Er bedeutete seinem Untergebenen, die Tür vor ihnen zu öffnen, und streckte vorsichtig den Kopf herum. Nach kurzem, intensivem Spähen nickte er sichtlich zufrieden. »Keine Prätorianer weit und breit, der Moment scheint also günstig zu sein. Folgt mir, so schnell ihr könnt.«

Er führte sie durch den breiten Eingang, trat flink aus dem Schatten der Wand und hielt auf ein eindrucksvolles Gebäude zu, das etwa hundert Schritte entfernt lag. Die Tungrer folgten ihm, so schnell sie das unter der schweren Last der Goldtruhen vermochten. Marcus und Scaurus blickten sich um, ob die Wachsoldaten des Palastes ihre seltsame Prozession bemerkt hatten, während Albinus direkt hinter dem Libertus lief. Als sie das Gebäude erreicht hatten, klopfte Cleander an eine Tür, sprach kurz mit dem Türsteher und winkte die Gruppe herein.

»Wir sollten diese Türe sofort wieder schließen… So ist es gut. Hier sind wir vor neugierigen Augen sicher, denn die Prätorianer betreten diesen Abschnitt des Palastes nicht.«

Als Marcus begriff, wo sie sich gerade befanden, zuckte er unwillkürlich zusammen. »Dann sind wir in der Domus Augustana?«

Cleander musterte ihn argwöhnisch. »Richtig. Aber woher kannst du das wissen, Zenturio, wo du doch noch nie hier warst?«

Der junge Offizier zuckte mit den Schultern. »Ich habe lediglich gehört, der Kaiser verbringe einen Großteil seiner Zeit in diesem Gebäude, daher lag diese Schlussfolgerung nahe.«

Der Mann beäugte ihn noch ein wenig länger. »So, so, es war also eine naheliegende Schlussfolgerung… Ich verstehe.« Er kehrte Marcus den Rücken zu und wandte sich an Albinus, als hätte er seine Verblüffung bereits vergessen. »Jetzt, Senator, haben wir den schwierigsten Teil unseres Unternehmens hinter uns, abgesehen von dem Augenblick, wenn wir Präfekt Perennis mit dem Beweismaterial hinsichtlich seines geplanten Verrats konfrontieren. Ich habe einen meiner Männer vorausgeschickt, um sicherzustellen, dass der Weg zum Thronsaal frei ist und niemand daran Anstoß nehmen kann, dass wir die Truhen dorthin tragen. Während wir auf seine Rückkehr warten, sollte ich euch vielleicht erzählen, was uns erwartet, wenn wir vor Commodus stehen?«

Albinus nickte feierlich.

Der Libertus hielt einen Moment inne und erklärte dann: »Der Kaiser ist ein junger Mann und daher – wie soll ich es ausdrücken? – ein wenig *impulsiv*. Überdies widmet er seine Energie lieber anderen Dingen als der Führung des Imperiums, was Präfekt Perennis Gelegenheit gab, wesentlich größeren Einfluss auf die kaiserlichen Angelegenheiten zu nehmen, als man das unter normalen Umständen für angemessen hielte. Innerhalb kurzer Zeit konnte der Präfekt sich damit eine Machtposition erarbeiten, sodass nun *er*, und nicht der Kaiser, die Stadt Rom und das Imperium regiert. Macht euch also keine Illusionen: Wenn wir nun gleich einer Audienz mit dem Kaiser im Thronsaal beiwohnen, kommt das einer offenen Kriegserklärung gleich, und diesen Krieg *müssen* wir gewinnen. Sollte es uns nicht gelingen, Commodus die Augen zu öffnen, haben wir mit Perennis einen unerbittlichen, erbarmungslosen Widersacher gegen uns. Ihr sagtet, ihr hättet unanfechtbare Beweise für seinen Plan, Commodus den Thron zu rauben und sich selbst zum Kaiser zu ernennen?«

Albinus deutete auf die am nächsten stehende Truhe und zog gleichzeitig einen goldenen Aureus aus seiner Gürteltasche. »Jede dieser Truhen ist bis zum Rand mit Goldmünzen gefüllt, die alle so aussehen wie diese hier.«

Cleander betrachtete die Münze einen Augenblick und zog die Brauen hoch, als ihm klar wurde, was er da vor sich hatte. »Zeigt sie mir.«

Scaurus winkte Marcus, der das Schloss der ersten Truhe löste und den Deckel öffnete.

Der Libertus schob seine Hand tief in die Kiste, zog eine Handvoll Aurei heraus und betrachtete die Münzen eine nach der anderen, um die Bestätigung für das zu erlangen, was ihn so überrascht hatte. »Beim Jupiter, das ist sogar für Perennis' Verhältnisse schamlos! Öffne bitte die anderen Truhen, *schlussfolgernder* Zenturio. Mir scheint, es bietet sich uns gerade die Gelegenheit für ein kleines Schauspiel…«

Der Sklave, der den Weg zum Thronsaal überprüft hatte, kehrte zurück und nickte Cleander respektvoll zu.

Der Libertus schloss die Augen, nahm einen tiefen Atemzug und wandte sich mit einem matten Lächeln an die wartenden Offiziere. »Die kommende Stunde wird weisen, ob wir alle sterben müssen oder uns im Ruhm sonnen können, den Kaiser vor einem schmachvollen Untergang bewahrt zu haben. Sollen wir uns aufmachen und unserem Schicksal entgegentreten?« Ohne auf eine Antwort zu warten, wandte er sich um. »Folgt mir.«

Der Libertus führte sie auf einer Route durch den Palast, die darauf ausgelegt war, die Prätorianer zu umgehen, da sie jede Annäherung an den Kaiser überwachten. Also gingen sie durch schwach beleuchtete Korridore und Zimmer, die offensichtlich kaum genutzt und nur von vereinzelten

Lampen erhellt wurden, deren Lichtschein nicht bis in alle Winkel reichte. Als sie schließlich vor einer verschlossenen Tür angelangten, holte er tief Luft.

»Hinter dieser Tür liegt ein Korridor, der den Hauptzugang zum Thronsaal des Kaisers bildet. Falls einer von euch Klingen bei sich trägt, muss er sie hier zurücklassen. Man wird uns durchsuchen, bevor wir Zutritt zum Kaiser erlangen, und sollten sie dabei irgendwelche Waffen finden, wird das verheerende Konsequenzen für uns alle haben.« Er wartete, bis sie alle verborgenen Dolche unter ihren Togen hervorgezogen und sie auf einen sauberen Haufen geschichtet hatten. »Gut. Das Gold muss einstweilen hierbleiben. Mein Plan wird nicht funktionieren, wenn bei der Durchsuchung durch die Wachen etwas davon zutage tritt. Senator, du und deine Kameraden werdet mich in den Thronsaal begleiten, während eure Träger mit meinem Diener hier warten.« Er wandte sich an den Haussklaven. »Halt die Ohren sorgfältig offen! Sobald du mich nach dem Gold rufen hörst, lässt du es unverzüglich vor den Kaiser bringen.«

Er öffnete die Tür und winkte sie in einen breiten, hell erleuchteten Gang, dessen Boden ein kunstvoll gearbeitetes Mosaik zierte. Die Wände waren mit bestickten Wandteppichen dekoriert. Am hinteren Ende mündete der Korridor in ein Vorzimmer, in dem Marcus zwei Männer in Paradeuniform sah, die vor dem Thronsaal Wache hielten. Beide waren mit Speeren bewaffnet, deren Klingen und Lanzenschuhe wie hochpoliertes Silber glänzten.

Cleander deutete lächelnd auf die Tür hinter den Wachen und murmelte der ihm folgenden Truppe fast unhörbare Worte zu. »Mir nach, und verhaltet euch unauffällig. Die Wachen sind darauf trainiert, Angst und Nervosität zu wittern.«

Er schritt durch den Korridor in das Vorzimmer und grüßte die Wachen mit der gelangweilten Geduld eines Mannes, der sich dem Thron so häufig näherte, dass er diesbezüglich schon völlig abgestumpft war.

»Guten Abend, meine Herren, hier bin ich wieder. Begleitet werde ich von einem edlen römischen Senator und zwei ruhmreichen Offizieren einer der wichtigsten Kohorten des Caesars. Diese Männer haben sich durch glanzvolle Taten ausgezeichnet, weshalb der Kaiser ihnen aufgrund ihrer Dienste in Britannien, Germanien und Dakien erlauchterweise eine Audienz gewährt. Durchsucht uns bitte und lasst uns eintreten, damit diese Offiziere die Anerkennung ihres dankbaren Kaisers entgegennehmen können!«

Die ältere der beiden Wachen zog die Brauen zusammen. »Wir wurden nicht angewiesen, irgendwelche Senatoren oder Soldaten vorzulassen, Kämmerer, sondern lediglich dich.«

Der Libertus runzelte die Stirn. »Nicht angewiesen? Aber diese Audienz ist schon seit Wochen geplant! Wollt ihr mir sagen, dass ich einen der erhabensten Senatoren Roms, der überdies als Held aus dem Dakien-Krieg zurückgekehrt ist, wegschicken soll, nur weil eure Vorgesetzten dieses kleine Detail des heutigen Abendprotokolls übersehen haben?« Er schüttelte den Kopf und zeigte auf die Männer hinter ihm. »Wie viele Männer hat Präfekt Perennis im Thronsaal, die allesamt mit Speeren, Schwertern und Dolchen bewaffnet sind? Ein Dutzend? Oder gar zwanzig? Welche Bedrohung kann da von drei unbewaffneten Männern ausgehen, die ihre Gefolgstreue zum Kaiser auf zahlreichen Schlachtfeldern unter Beweis gestellt haben? Insbesondere in Anbetracht der enormen Überzahl an Prätorianern, den herausragendsten Soldaten des Imperiums? Soll ich dem Kaiser mitteilen, dass ihr seinen erlauchten Gästen den Zugang zu ihm verweigert habt?«

Der Wachsoldat überlegte einen Augenblick und nickte dann widerwillig. »Wir werden deine Gäste einlassen, Kämmerer, und ich werde einen Kameraden losschicken, um meinen Zenturio über diese Protokolländerung zu unterrichten.« Er gab seinem Prätorianer-Kameraden ein Handzeichen, der daraufhin eilig durch den Korridor davonlief.

Cleander verbeugte sich anmutig und winkte seine Begleiter vor, damit sie sich der raschen, aber sorgfältigen Durchsuchung durch den Prätorianer unterziehen konnten. Als die vier Männer die Erlaubnis erhalten hatten, den Thronsaal zu betreten, führte Cleander sie durch die Tür in einen großen runden Raum, der von einem gut dreißig Fuß hohen Kuppeldach bedeckt war. Die Wände waren in der gleichen Weise geschmückt wie das Vorzimmer, und der Boden bestand aus einem atemberaubenden Mosaik, das detailgetreu einen Kreis von Gladiatoren bei allen möglichen Kampfhandlungen zeigte. In der Mitte des Saals befand sich auf einem breiten, ein Fuß hohen Podest ein reich verzierter Thronstuhl, um den sich acht mit Speeren bewaffnete Prätorianer in voller Rüstung scharten.

Cleander zeigte auf eine Stelle auf halbem Weg zwischen der Tür und dem Podest. »Stellt euch hierhin, und du, Senator Albinus, begibst dich bitte einen Schritt weiter vor, da du der hochrangigste Besucher bist. Sobald der Kaiser den Raum betritt, nehmt ihr Haltung an und richtet den Blick auf die Wand vor euch. Commodus mag es nicht, wenn man ihn herausfordert, was auch den direkten Blickkontakt anbelangt – es sei denn, er erlaubt euch zu sprechen.«

Bei diesen Worten lächelte der Freigelassene ironisch, da er sich wohl an etwas erinnerte. »Sollte er das aber tun, rate ich euch dennoch, ihm *nur* in die Augen zu schauen, wenn ihr selbst sprecht, und ansonsten den Blick stets von ihm abzuwenden. Glaubt mir: Ihr solltet den Caesar nicht provozieren, sonst könntet ihr, wie andere vor euch, herausfinden, dass er ein aufbrausendes Temperament besitzt und nur sehr selten Nachsicht walten lässt.«

Der Soldat an der Tür rief den Wachen den Befehl zu, Haltung anzunehmen, worauf sich eine kleine Tür am anderen Ende des Raums öffnete und ein Mann Mitte zwanzig erschien. Trotz der Warnung des Kämmerers gelang es Marcus nicht, seinen Blick vom Kaiser abzuwenden – stattdessen beobachtete er wachsam, wie Commodus durch den Thronsaal schritt und das Podest betrat. Im Gegensatz zu dem jungen Zenturio, dessen Körper nach Jahren militärischen Dienstes muskulös und drahtig war, sah der Kaiser eher stämmig aus und hatte die mächtigen Schultern eines Ringers. Sein Bart und seine Haartracht waren nach derselben Mode wie bei Albinus gestutzt, und er trug eine purpurfarbene Toga aus feinster Wolle. Verschlungene Stickereien in goldener Farbe verliefen oberhalb des Saums und vervollständigten das äußere Erscheinungsbild, das traditionsgemäß siegreichen Generälen vorbehalten war. Cleander schritt zu Commodus, verbeugte sich tief und behielt diese Stellung bei.

Der Kaiser nahm unterdessen auf dem Thron Platz und ordnete sein kunstvolles Gewand. »Erhebe dich, Kämmerer, und kläre mich über das Protokoll des heutigen Abends auf. Ich würde dir raten, diese Unterredung kurz zu halten, denn ich habe in einem anderen Teil des Palastes etwas zu erledigen, das wesentlich erquicklicher ist als diese Ansammlung von Wachen und« – er betrachtete die drei Soldaten zum ersten Mal genauer und runzelte die Stirn – »wem auch immer, der da vor mir steht. Wer genau steht da eigentlich vor mir, Kämmerer?«

Cleander richtete sich auf und nahm Haltung an. »Heil dir, Caesar Marcus Aurelius Commodus Antoninus Augustus! Ich bringe drei höchst ehrenvolle Männer zu dir, die sich um deine ruhmreiche Kaiserfamilie verdient gemacht haben. Es sind Offiziere deiner berühmten Legionen, die Tausende Meilen marschiert sind, um dir einen Schatz zu übergeben, den sie während des erst kürzlich beendeten Krieges in Britannien erbeutet haben. Mit deiner Erlaubnis, Caesar: Gestatte mir, dir …«

Von der Tür, durch die sie den Raum betreten hatten, ertönte ein Krachen, als sei von außen dagegen getreten worden. Die drei Männer wandten sich um und glotzten, doch Marcus bemerkte aus dem Augenwinkel, dass Cleander regungslos stehen geblieben war und den erschrockenen Kaiser anstarrte. Als die Türflügel aufschwangen, marschierte mit grimmigem Gesicht ein Mann in der Uniform eines hochrangigen Wachoffiziers hindurch, und eine Truppe von einem Dutzend entschlossen dreinblickender Wachen folgte ihm. Dem jungen Zenturio lief ein Schauer über den Rücken, der halb von freudiger Erregung, halb von Furcht ausgelöst war, denn er hatte begriffen, dass es sich bei dem Mann um den befehlshabenden Präfekten der Prätorianer handelte. Marcus hatte selbst eine kurze Zeit bei der Prätorianer-Garde gedient und erkannte sofort das Gesicht und die Gangart des Mannes.

»*Stellung halten!*«

Scaurus hatte den Befehl nur geflüstert und dabei kaum die Lippen bewegt, doch seine Stimme klang stählern und eindringlich. Bei dem unmissverständlichen Kommandoton seines Vorgesetzten erstarrte Marcus unwillkürlich. Dennoch spannten sich seine Muskeln an, als er den nahezu unwiderstehlichen Drang verspürte, sich auf den Mann zu stürzen, der den Tod seines Vaters zu verantworten hatte. Prätorianer-Präfekt Perennis ging rasch zu Cleander, baute sich unmittelbar vor ihm auf und bedeutete seinen Wachen, sich um die Gruppe zu scharen. Marcus blieb stocksteif stehen, als ein grimmiger Soldat seinen Speer auf ihn richtete, denn er vermutete, dass die Prätorianer den Befehl hatten, sie bei der leisesten Andeutung von Widerstand zu töten. Als er langsam den Kopf wieder zu Cleander drehte, sah er, dass der Kämmerer sich schließlich herabgelassen hatte, dem Präfekten in die Augen zu sehen. Allerdings reagierte er auf die wutschnaubende Miene des älteren Mannes nur mit einer gehobenen Braue und einem freundlichen Lächeln. Als er das Wort ergriff, klang seine Stimme noch sanfter als zuvor, und seine Worte hatten einen honigsüßen Unterton.

»Präfekt Perennis! Ich wusste, dass du eine Neigung zur Dramatik hast, doch heute Abend scheinst du sogar deine kapriziösesten Auftritte zu übertreffen.«

Er wandte den Blick wieder auf den Kaiser, der mittlerweile seine lässige Haltung aufgegeben hatte und mit verblüffter Miene kerzengerade auf seinem Thron saß.

Der Befehlshaber der Prätorianer-Garde schüttelte ärgerlich den Kopf und stellte sich zwischen den Kämmerer und Commodus. Dann herrschte er Cleander an, ohne zu bemerken, dass ihm die Spucke aus dem Mund spritzte. »Was zum Teufel hast du vor, Cleander? Du hast meine Prätorianer belogen und drei völlig Unbekannte vor den Kaiser geführt! Erkläre dich!«

11. Kapitel

Perennis ließ den Blick kurz über die drei Männer schweifen, die hinter dem Kämmerer standen, und als er Marcus entdeckte, riss er vor Erstaunen die Augen auf. Cleander hob indessen resigniert die Hände, und der Prätorianer wandte sich wieder ihm zu, noch bevor dieser kurze Eindruck des Wiedererkennens in sein Bewusstsein sickern konnte.

»Verzeih mir, erhabener Caesar, dass ich so impulsiv entschieden habe, diese Männer vor dich in den Thronsaal zu bringen. Doch da wir alle wissen, welch tiefe Zuneigung du für die Soldaten der kaiserlichen Armee empfindest, haben mich Senator Albinus und diese beiden ehrenwerten Offiziere gebeten, dir ihren Respekt zollen zu dürfen. Überdies möchten sie dir ein wunderbares Geschenk überreichen, das sie im fernen Britannien erbeutet haben. Wie hätte ich ihre flehentliche Bitte abschlagen können, wo sie doch so innig danach strebten, sich im Namen des Senats und der Legion vor deine Füße werfen zu dürfen? Außerdem wusste ich ja, dass du heute Abend die Toga Picta anlegen würdest. Welcher Anblick könnte für treue Offiziere schöner sein, als ihren Kaiser ausgerechnet in genau jenem Staatskleid zu erblicken, das den kriegerischen Heldenmut feiert, den auch sie in deinem Namen an den Tag legen?«

Perennis konnte sich sichtlich nur mit Mühe beherrschen, und sein Gesicht färbte sich dunkelrot vor Ärger. »Du sprichst nicht mit dem Kaiser, Kämmerer, sondern mit *mir*! Womit willst du rechtfertigen, die Sicherheit unseres geliebten Caesars zu gefährden?! Diese Männer verfügen nicht über die Erlaubnis, sich in die Anwesenheit des Kaisers zu begeben, und es besteht auch kein triftiger Grund dafür. Jeder Einzelne von ihnen könnte ein Meuchelmörder sein, der finstere Taten im Schilde führt!«

Cleander zuckte die Achseln und deutete lässig auf die mehr als dreißig bewaffneten, mit Rüstungen versehenen Männer, die den Thronsaal bevölkerten. Er senkte leicht die Stimme, und ein Unterton unverhohlener Bewunderung schwang für alle Zuhörer in seinen Worten mit. »Nicht doch, Präfekt! Zunächst einmal waren deine Wachen an der Tür überaus pflichtbewusst und haben die Gäste des Caesars aufs Sorgfältigste durchsucht. Schon bevor du mit deinen Männern in den Thronsaal gestürmt bist, waren mehr Mitglieder der Leibgarde vor Ort, als die Vorschriften es normalerweise verlangen. Ich fühle mich gerade sicherer, als ich das inmitten von Senator Albinus' Legionen tun würde, denn wir wissen ja um die sprichwörtliche Gefolgstreue zu unserem geliebten Caesar, die dich und deine Prätorianer-Garde auszeichnet.« Er machte eine vielsagende Pause, um Albinus' Namen und seinen Rang kurz im Raum stehen zu lassen. »Du erinnerst dich doch sicher an den Senator, der dieses Jahr schon einmal überaus herzlich von unserem Kaiser empfangen wurde, als er aus Dakien zurückkehrte. Dort hatte er nicht nur den Aufstand der Sarmaten niedergeschlagen, und das so grausam, dass die Rebellion sich gewiss länger als eine Generation nicht wiederholen wird, sondern er hatte auch eine der ertragreichsten Goldminen des Caesars aus den Klauen eines germanischen Emporkömmlings und Präfekten samt seiner Kohorte von Deserteuren befreit, wenn ich mich richtig entsinne.«

Albinus verbeugte sich leicht vor dem Präfekten, achtete jedoch darauf, dass sich keinerlei Gefühle auf seiner Miene zeigten.

Cleander sprach augenblicklich weiter, da er sehr genau spürte, dass es besser war, dem Prätorianer vorerst keine weitere Gelegenheit zur Einmischung in das Gespräch zu gewähren. »Daher ersuche ich dich inständig, mir meine kleine Schwäche zu verzeihen, Caesar. Der Senator und seine Kollegen, die im Übrigen höchst erfolgreich an seiner Seite kämpften und ihren Beitrag zur Rückeroberung der Goldmine leisteten, stellen für dich ebenso wenig eine Gefahr dar wie die treuesten deiner Leibwächter. Abgesehen davon – als ich den Umfang des wunderbaren Präsents erblickt hatte, das sie von der nördlichsten Grenze deines Reiches als Zeichen der Gefolgstreue der Legionen und ihrer Liebe zum Kaiser mitgebracht haben, wusste ich, dass du mich wie einen treulosen Hund in den Staub treten würdest, wenn ich ihnen eine Audienz verweigert hätte.«

Perennis kniff die Augen zusammen und öffnete den Mund, um zu sprechen. Zweifellos fragte er sich, welches Spiel Cleander sich da ausgedacht hatte, doch der Kaiser kam ihm zuvor. Mit eifriger Stimme verwehrte er dem Präfekten das Wort, noch bevor dieser es ergreifen konnte.

»Ein Präsent? Und worum handelt es sich, Cleander?«

»Um Gold, mein Caesar. Um eine ziemlich erstaunliche Menge Gold.«

Der Libertus lächelte höflich den plötzlich bestürzt wirkenden Perennis an, und als er sah, dass dessen Gesicht aschgrau wurde, grinste er. Commodus nickte, wenngleich es Marcus schien, als sähe er ein bisschen verärgert aus.

»Gold, sagst du? Nun, ich nehme an, ein Kaiser kann nie genug Gold bekommen, wenngleich ein paar kürzlich erfolgte Konfiszierungen die Staatskasse hübsch haben anschwellen lassen, nicht wahr, Präfekt? Ich hatte eher gehofft, Barbarenwaffen zu erhalten oder vielleicht ein paar Dutzend Sklavenmädchen.«

Cleander antwortete rasch, denn er erkannte die Gefahr, die in der lauwarmen Reaktion des Kaisers verborgen lag. »Ja, mein Caesar: Der Präfekt und seine Männer haben dich wohlhabender gemacht, als du dir das je hättest träumen lassen, indem sie diejenigen unter uns aufspürten und verfolgten, deren Gefolgstreue nicht dem Kaiserreich und deiner hochrangigen Stellung als dessen Gebieter galt. Doch das von mir erwähnte Präsent ist ein wahrhaftes *Vermögen*, Caesar, das dir gestatten wird, allem zu frönen, wonach dir der Sinn steht. Ein Kapital, das ausreicht, um deine eigene Gladiatorenarena innerhalb der Mauern des Palatins zu errichten und nur zu deinem persönlichen Vergnügen die besten Gladiatoren des Kaiserreichs zu verpflichten. Es reicht aus, um einen Harem von liebreizenden Damen aus allen Provinzen zusammenzustellen, damit du dich für den Rest deines Lebens jede Nacht an zwei neuen Frauen ergötzen kannst …« Er hielt inne, um Commodus Zeit zu geben, sich diese Fantasien auszumalen, dann aber setzte er zum entscheidenden Schlag an. »In Anbetracht des augenscheinlichen Gewichts der Lieferung würde ich schätzen, diese Männer haben dir Gold im Wert von etwa einhundert Millionen Sesterzen überbracht.«

Als er die Worte seines Dieners begriff, verengten sich die

Augen des Kaisers. Perennis starrte den Libertus indessen mit kaum verhohlenem Entsetzen an, doch schon lehnte sich Commodus vor und winkte den Kämmerer näher heran.

»So viel Gold? Und diese Männer sind den ganzen Weg aus Britannien hierhermarschiert, um mir das Vermögen auszuhändigen?«

Cleander lächelte leicht und hatte das Gefühl, das Gespräch nun so weit unter Kontrolle zu haben, dass er Albinus sprechen lassen konnte. »Möchtest du vielleicht etwas dazu sagen, Senator? Immerhin war das Ganze deine Idee ...«

Der Senator stand hoch aufgerichtet und gespannt da und begann rasch zu sprechen. Er hatte bemerkt, dass Perennis angesichts dieser unaufhaltsamen Wendung des Schicksals vor Wut kochte. »Heil dir, Caesar! Mit deiner Erlaubnis, mein Herrscher: Tribun Scaurus, der hinter mir steht, war es, der diese Beute bei den Barbaren nördlich des Walls entdeckte, der vom göttergleichen Antoninus Pius errichtet wurde, und ihm gelang es ferner, die letzten verbliebenen Feinde an der Grenze zu vernichten. Im Anschluss berichtete er dem befehlshabenden Kommandeur der kaiserlichen Sechsten Legion von seiner Entdeckung, dem Feldpräfekt ...« Er machte eine Pause, als müsse er sich erst an die genauen Einzelheiten erinnern. »Richtig, sein Name war Castus, Feldpräfekt Artorius Castus.«

Perennis zuckte zusammen. In seinen Augen spiegelte sich unverhohlene Verwunderung, dass es sich bei dem genannten Kommandeur nicht um Tribun Sorex handelte. »Ich hatte den Befehl erteilt, sämtliche Kriegshandlungen nördlich des Walls zu unterbinden! Alle Einheiten sollten auf ihren Posten verbleiben, bis ...«

»Das ist richtig, Präfekt Perennis.« Albinus und Scaurus

hatten ihre Geschichte mit größter Sorgfalt ausgearbeitet, bevor sie das Durchgangslager verlassen hatten. Deshalb schnitt der Senator Perennis das Wort ab, bevor dieser die Situation wieder unter seine Kontrolle bringen konnte, zumal Albinus wusste, was die Prätorianer mit ihm anstellen würden, wenn er seine Erzählung nicht zu Ende führen konnte. »Nachdem er die günstige Gelegenheit genutzt hatte, fünftausend Barbaren zu vernichten und ihnen eine erstaunliche Menge Gold abzunehmen, hielt Präfekt Castus – ein mit großer Erfahrung gesegneter Offizier – es für das Beste, Tribun Scaurus mit dem Gold nach Süden zu entsenden. Er ließ es von seinen zwei Hilfskohorten bewachen, denn er wollte unbedingt vermeiden, dass ein derartiges Vermögen nur einem einzigen hochrangigen Offizier unterstellt würde. Der Präfekt war der Ansicht, man müsse jegliche Versuchung aus dem Weg räumen, die ein solcher Reichtum darstellen könnte – immerhin hätte das Gold ausgereicht, sich der Gefolgstreue aller in Britannien stationierten Legionen zu versichern. Daher ergriff Präfekt Castus sogleich die Chance, stattdessen deiner kaiserlichen Herrlichkeit zu huldigen, Caesar. Tribun Scaurus und ich haben gemeinsam in Dakien gedient, also hielt er es für angebracht, das Gold nach Rom zu bringen, wo ich es sicher verwahren konnte. Auf meine Anregung hin haben seine fünfzehnhundert Speerträger die Kriegsbeute zu deinem Palast gebracht, Caesar. Es handelt sich ausnahmslos um Männer, die geschworen haben, ihren Kaiser mit ihrem Leben zu verteidigen. Jeder Einzelne von ihnen hat ein Dutzend Schlachten in deinem Namen ausgefochten, um deinen Triumph zu festigen!«

In der darauffolgenden Stille starrte Perennis den Senator lange an, bevor er sich zum Kaiser umdrehte. Sein rechtes Auge zuckte leicht, was womöglich auf Wut zurückzuführen war oder auch auf die Angst, sein Leben könnte verwirkt sein. »Mit deiner Erlaubnis, Caesar: Ich denke, es wäre unklug, wenn wir uns diesen Fantasiegebilden weiter hingeben würden... Ich werde diese Männer...«

»*Wir*, Präfekt?« Cleander sprach noch immer mit sanfter Stimme, jedoch mit ausreichender Autorität, um den Prätorianer-Präfekten verstummen zu lassen. »Du hältst es für unklug, dass wir uns weiter mit *Fantasiegebilden* beschäftigen? Du bist doch gewiss auch der Meinung, dass es nur dem Caesar gebührt zu entscheiden, ob dieses genannte Präsent ein Fantasiegebilde ist? Dem Caesar, Präfekt, nicht dir. Schließlich kann man eine Million Aurei wohl kaum aus der Luft greifen, meinst du nicht? Aber natürlich ist das deine Entscheidung, mein Caesar...«

Commodus wischte Perennis' empörtes Aufbegehren mit einer Geste beiseite, und als er antwortete, leuchteten seine Augen vor gespannter Neugier. »Lass das Präsent hereinbringen, Cleander, und beweise mir, dass du die Wahrheit gesagt hast. Präfekt Perennis, schicke deine Männer zurück auf ihre Posten.«

Der Libertus schritt zum Eingang des Thronsaals und ignorierte die Prätorianer, die auf den Befehl des Kaisers stocksteif an ihren Plätzen standen. Als er die Türflügel aufstieß, waren die erschreckten Wachen zu sehen, an denen sie zuvor vorbeigegangen waren.

Cleander rief mit lauter, klarer Stimme, die einen starken Kontrast zur vorherigen Sanftheit seines Tonfalls bildete, einen Befehl, der durch den Gang hallte. »Bringt das Gold herein!«

Die Tür zu dem Raum, wo die Tungrer warteten, öffnete sich, und dann wurden die Truhen in einer Reihe durch den breiten Korridor in das Vorzimmer des Thronsaals getragen.

Cleander trat näher an die Türwachen heran, und Marcus hörte, wie er sie mit leisen Worten, aber eindringlich warnte. »Diese Kisten enthalten den Beweis für den Verrat eures Präfekten. Solltet ihr auch nur versuchen zu verhindern, dass sie in den Thronsaal gebracht werden, verspreche ich euch, dass ihr gleich nach ihm sterben werdet. Nur nicht ganz so schnell ...«

Der Libertus kehrte in den Saal zurück und deutete mit der Hand auf die langsam heranschreitende Prozession von Goldträgern, die mit der ersten Truhe bereits an der Tür des Saales standen.

»Diese bis zum Rand mit Gold gefüllten Kisten werden von den treuen Soldaten der Ersten und Zweiten Tungrischen Hilfskohorte hereingetragen, Caesar – denselben Männern, die diese großartige Beute für dich beschlagnahmt haben. Perennis, ich möchte dich darauf hinweisen, dass die Tungrer unbewaffnet sind und keine Gefahr für unseren geliebten Kaiser darstellen.«

Marcus, der den Blick auf Perennis gerichtet hielt, sah, wie sich der Blick des Präfekten bei der Erwähnung der Tungrer erneut verfinsterte. Gleichzeitig nahm sein Gesicht einen leicht verwunderten Ausdruck an, da er instinktiv zu spüren schien, dass der Name ihm etwas sagen müsste.

Doch da setzte Cleander auch schon seine Ansprache an den Kaiser fort. »Diese Männer haben ihre treue Ergebenheit auf zahlreichen Schlachtfeldern im nördlichen Kaiserreich unter Beweis gestellt, wie du auch an ihren Gesichtern erkennen kannst. Nun bringen sie dir den Lohn ihrer Bemühungen dar, um damit deiner herausragenden Stellung unter allen Römern die Ehre zu erweisen.«

Als die erste Truhe in den Thronsaal getragen wurde, erkannte Marcus die grausame Logik, mit der Albinus genau diese Männer als Goldträger ausgewählt hatte: Es waren die größten und stärksten Soldaten der beiden Kohorten, und ihre Gesichter waren von zahlreichen Narben entstellt, die sie in den Schlachten davongetragen hatten, die sie seit dem von Calgus angezettelten Aufstand zwei Jahre zuvor geschlagen hatten.

»Das ist nahe genug!«

Perennis hatte sich in Anbetracht des drohenden Unheils wieder ein wenig gefasst und trat nun vor, um den Einzug zu stoppen, wobei er sein Schwert aus der Scheide zog. Eisen kratzte über Eisen. Cleander lächelte ihn kühl an und schüttelte kurz den Kopf, während die Tungrer ihre Last vorsichtig auf dem kunstvollen Mosaikboden des Thronsaals abstellten.

»Ich dachte immer, es sei ein rein zeremonielles Privileg, dass du das einzige Mitglied des kaiserlichen Hofes bist, das die Erlaubnis besitzt, vor dem Kaiser ein Schwert tragen zu dürfen. Immerhin sind die Tage schon lange vorbei, als Kaiser Trajan seinen Präfekten anwies, das Schwert *für* ihn zu führen, solange er angemessen herrschte, doch *gegen* ihn, falls seine Herrschaft zu wünschen übrig ließ. Doch dass ausgerechnet du dein Schwert in Anwesenheit des Kaisers ziehst, Präfekt?! Wer stellt jetzt für den Caesar die größere Bedrohung dar, frage ich mich: seine treuen Gefolgsleute, die ihr Leben riskiert haben, um ein Vermögen für ihn zu erbeuten, oder der Mann, der es wagt, seine Klinge in Anwesenheit des Kaisers zu ziehen, ungeachtet der hohen

Stellung, die er bekleidet? Wie dem auch sei – ich bin mir sicher, Caesar weiß, was er davon zu halten hat…«

Der Libertus ging durch den Raum, öffnete den Deckel der am nächsten stehenden Truhe, griff in das Meer von Goldmünzen und zog eine Handvoll heraus. Dann nickte er Albinus zu, der rasch die anderen Kisten öffnete, um die Schätze zu offenbaren, mit denen sie fast bis zum Rand gefüllt waren. Darauf schritt er an dem Prätorianer-Präfekten vorbei zum Kaiser, sank vor ihm auf ein Knie und hielt ihm die Münzen entgegen, während Perennis mit bleichem Gesicht zusah.

»Hier, mein Caesar! Schau dir diese Münzen an und sage mir, ob die Behauptung des Präfekten wahr ist, es handle sich nur um Fantasiegebilde.«

Commodus starrte auf den kleinen Haufen glänzender Goldmünzen hinab, nahm eine entgegen und betrachtete sie genauer.

»Sieh, wie die Bildseite der Münze mit einer Darstellung der Britannia gezeichnet ist, als Symbol deines Sieges über die Barbaren, die dir die Provinz zu entreißen versuchten. Soweit mir bekannt ist, müsste die Britannia allerdings nach einem solchen Sieg der Tradition gemäß in Ketten abgebildet sein. Ich bin mir sicher, du kannst dieses kleine Detail ignorieren – es sei denn, das Versehen hätte eine tiefere Bedeutung…« Er hob den Blick und sah dem Kaiser mit ausdrucksloser Miene in die Augen. »Und nun, Caesar, betrachte den Kopf, der die Münzen auf der anderen Seite ziert.«

Commodus drehte den Aureus in seiner Hand herum und starrte ihn lange an. Dann runzelte er die Stirn. »Das ist nicht *mein* Kopf.«

Cleander ergriff erneut das Wort, und nun änderte sich sein Tonfall, als widerstrebe es ihm, dem Kaiser eine unangenehme Wahrheit übermitteln zu müssen. »In der Tat, Caesar, nicht deiner und auch nicht der deines geliebten Vaters. Nach genauerer Betrachtung musste ich feststellen, dass es sich bei dem abgebildeten Kopf um das Profil deines Prätorianer-Präfekten zu handeln scheint – doch gewiss gibt es dafür eine vernünftige Erklärung. Was ist auf dem Rand der Münze zu lesen?«

Die Stimme des jungen Kaisers senkte sich zu einem Flüstern. *»Imperator … Fides Exercitum?«*

Stille breitete sich im Thronsaal aus, während Commodus den ganzen Umfang dessen zu verdauen suchte, was ihm die drei Worte um das Profil seines wichtigsten Beraters mitteilten.

»Kaiser? Die Treue der Soldaten?!«

Der Kaiser brüllte diese Worte förmlich heraus, sprang von seinem Thron hoch, und die Goldmünzen wirbelten glitzernd durch die Luft. Er fuhr herum und deutete anklagend mit dem Finger auf den zurückweichenden Perennis, der hilflos die Hände erhoben hatte und sein Schwert unwillkürlich vor sich ausstreckte.

»Aber mein … m… mein C… Caesar …«

»Kaiser?! Ein verdammter *Kaiser*?!« Commodus trat vor und fuchtelte mit dem Finger vor dem Gesicht des Präfekten, ohne auf das Schwert zu achten, dessen Spitze sich weniger als einen Fuß vor seinem Körper befand. »Du wolltest mir den Thron rauben, und jetzt erhebst du gar das Schwert gegen mich?! Ergreift ihn!«

Die Prätorianer, die Perennis am nächsten standen, wurden von seinen Worten aus ihrem verdutzten Zustand gerissen, traten vor und ergriffen den Mann, der noch einen Augenblick zuvor ihr Kommandeur gewesen war. Perennis ließ das Schwert aus den Fingern gleiten, das klappernd auf das Mosaik vor seinen Füßen fiel. Cleander sagte kein Wort. Doch dann zeigte sich ein grimmiges Lächeln der Befriedigung auf seinem Gesicht, als er beobachtete, wie Commodus' aufbrausendes Temperament hochschlug und sich in einem wütenden Schrei Luft machte.

»Ich werde dich auf der Stelle köpfen lassen, du treuloser Bastard! Ich werde dir bei lebendigem Leib die Eingeweide herausreißen lassen und dich zwingen zuzusehen, und dann werde ich …«

»Caesar!«

Alle Köpfe im Thronsaal fuhren zu dem Sprecher herum, und auch Cleander und Albinus starrten überrascht auf Scaurus, der vortrat und Haltung annahm. Commodus drehte sich langsam zu ihm um. Sein Gesicht war von blinder Wut gezeichnet, sodass Marcus einen Augenblick glaubte, der Kaiser würde sie an dem Mann auslassen, der es gewagt hatte, ihm während seiner Raserei ins Wort zu fallen.

»Verzeih die Unterbrechung, mein Caesar, doch bevor du über das Schicksal dieses Mannes urteilst, muss ich dir noch etwas Wichtiges mitteilen.«

Scaurus verstummte und wartete mit vorbildlich ausdruckslosem Gesicht, wie Commodus reagieren würde. Wieder schien der ganze Thronsaal den Atem anzuhalten, während der Kaiser von seinem Podest aus auf die einsame Gestalt vor ihm herabstarrte. Als Commodus das Wort ergriff, klang seine Stimme zwar ruhig, doch Marcus spürte, dass er nur mühsam die Wut zügeln konnte, die noch einen Moment zuvor in ihm gekocht hatte.

»Und wer bist du, dass du es wagst, deinen Kaiser zu unterbrechen? Vielleicht sollte ich dir die Zunge herausschneiden lassen, damit du lernst, dem Thron Respekt entgegenzubringen!«

Scaurus sank auf die Knie und senkte unterwürfig den Blick. »Mein Caesar, ich würde mir eigenhändig die Zunge herausschneiden, wenn du es befiehlst. Doch habe zuvor die Güte, mich anzuhören.«

Commodus trat von seinem Podest herunter und ging mit langsamen, zielgerichteten Schritten über das Bodenmosaik, das einen Retiarius mit Wurfnetz und gezücktem Dreizack darstellte. Während er auf Scaurus zuschritt, zog er einen reich verzierten Dolch aus den Falten seiner Toga hervor.

»Ich trage den Dolch stets mit mir, seit dieser Trottel von Quintianus eines Nachts versuchte, mich auf dem Heimweg vom Theater zu erstechen. Meine Prätorianer waren damals zu langsam und hatten nicht bemerkt, dass er unter ihnen war. Hätte er nicht angehalten und gerufen, der Senat habe ihn ausgeschickt, mich zu töten, wäre es ihm gelungen, mir die Klinge in den Bauch zu stoßen. Seit jener Zeit trage ich diesen Dolch bei mir, der mich getötet hätte, hätte der Mann sich weniger dumm verhalten.« Er blieb mit erhobener Waffe vor Scaurus stehen. »Erzähle mir deine Geschichte, Tribun, und sei gewiss, dass ich dir höchstpersönlich die Zunge herausschneiden werde, sollte ihr Inhalt nicht wichtig genug sein, deine Unverfrorenheit zu rechtfertigen!«

Von seiner Position leicht seitlich hinter dem Tribun sah Marcus, wie der Kaiser sich mit finsterem Blick direkt vor Scaurus aufbaute und den Dolch nur wenige Zentimeter von dessen Gesicht entfernt hielt.

Scaurus hingegen antwortete gewohnt gelassen, als bemerke er die Bedrohung gar nicht, der er sich da gegenübersah. »Caesar, Prätorianer-Präfekt Perennis hat vor drei Jahren einen seiner Söhne als Militärtribun nach Britannien entsandt. Während er mit der Sechsten Legion an der Grenze seinen Dienst absolvierte, verriet der junge Perennis seinen Legaten an einen Rebellenführer und lockte die Legion in einen Hinterhalt, der nicht nur den genannten Legaten das Leben kostete, sondern bei dem die Britannier auch das Feldzeichen der Legion erbeuten konnten. Er hoffte, aus dem Tod seines Vorgesetzten Profit zu schlagen und sich eine Beförderung während des Feldeinsatzes zu verdienen, um in der Folge das Kommando über die Sechste Legion zu übernehmen beziehungsweise über das, was davon übrig bleiben würde.«

»Das ist eine verdammte Lüge, Caesar! Mein Sohn hätte nie …«

Commodus fuhr herum und starrte Perennis finster an. »Noch *ein* Wort von dir, Perennis, und die ohnehin kurze Lebensspanne, die dir verbleibt, wird sich unsäglich qualvoller gestalten!« Er wandte sich wieder an Scaurus, doch nun klang seine Stimme eher fragend als drohend. »Mir ist der Verlust des Adlers bekannt. Ich weiß jedoch ebenso, dass ein Tribun der Sechsten Legion, der von unserem *ehemaligen* Prätorianer-Präfekten eingesetzt wurde, erst kürzlich den Adler zurückerobert und damit die Ehre der Legion wiederhergestellt hat.«

Scaurus schüttelte den Kopf. »Du wurdest in die Irre geführt, Caesar. Das Feldzeichen, das nun vor der Sechsten hergetragen wird, ist eine Imitation, so kunstvoll gearbeitet, dass sie exakt alle Merkmale des Original-Adlers aufweist.

Dennoch ist der Gegenstand ebenso falsch wie der Mann, der ihn angeblich wiederentdeckt hat. Die sogenannte ›Auffindung‹ des Adlers war vom Präfekten der Prätorianer geplant und erdacht worden, um den Schaden wiedergutzumachen, den sein Sohn angerichtet hatte. Tatsächlich wurde Perennis über dessen Verrat und Tod in einem anonymen Brief informiert, der von einem hochrangigen Offizier der britannischen Armee geschrieben worden war.«

Commodus zog die Augenbrauen zusammen, beugte sich dicht zu Scaurus und sprach leise in sein Ohr. »Hast du Beweise für diese Anschuldigungen?«

Scaurus nickte bedächtig. »Die habe ich in der Tat, Caesar. Der Zenturio hinter mir war nicht nur Zeuge des damaligen Verrats, sondern *er* war es auch, der den Sohn des Präfekten zur Strafe für sein schändliches Verhalten richtete. Als die ersten Gerüchte aufkamen, der Adler befinde sich in einer Barbarenfestung, hielt ich es für angemessen, denselben Zenturio nördlich des Antoninuswalls zu entsenden. Es kostete das Leben vieler guter Männer, das Feldzeichen aus der Festung zu bergen. Dabei fand der Zenturio allerdings noch einen weiteren Gegenstand, der zwar ein wenig schauerlich anmutet, dafür aber die Authentizität des Adlers bezeugt. Wenn du gestattest, Caesar?«

Commodus nickte, worauf Scaurus sich abwandte und Marcus ein Zeichen gab. Unter dem ungläubigen Blick von Albinus ging der junge Zenturio zur letzten Truhe, schob seine Hand tief in das Gold, wühlte einen Moment darin und zog dann den Adler hervor, den sie im Hauer erbeutet hatten. Er trat vor, kniete vor Commodus nieder und hielt ihm das etwas ramponierte goldene Feldzeichen mit beiden Händen entgegen.

Verblüfft reichte der Kaiser seinen Dolch einer Wache, ergriff den Adler und hielt ihn unter das Licht der Öllampen. »Er sieht ziemlich authentisch aus, allerdings vielleicht ein wenig *zu* schäbig, um echt zu sein. Das allein ist jedoch kein Beweis, denn natürlich könnte es sich bei diesem Feldzeichen um eine Kopie handeln.«

Scaurus neigte zustimmend den Kopf. »Wie du selbst sagst, Caesar, reicht dieser Gegenstand allein nicht aus, um meine These zu bekräftigen. Doch wie ich schon andeutete, hat Zenturio Corvus noch etwas anderes aus der Barbarenfestung mitgebracht.«

Marcus schritt zur ersten Truhe, tauchte die Hände in die Goldmünzen und zog aus den Tiefen der Schatzkiste eine schwere Tasche hervor. Er öffnete sie, griff hinein und hielt kurz darauf den konservierten Kopf seines verstorbenen leiblichen Vaters in die Höhe.

»Mein Caesar, dies hier ist der Kopf des Legaten der Sechsten Legion, Gaius Calidius Sollemnis. Er wurde am selben Nachmittag von seinem leblosen Körper abgehackt, als auch der Adler verloren ging. Senator Albinus kann ohne jeden Zweifel bezeugen, dass es sich dabei tatsächlich um den Kopf des Legaten handelt. Vergebt mir den Geruch von Zedernöl – ich habe den Schädel bis vor kurzem darin aufbewahrt, und er riecht etwas streng.«

Der Senator nickte bedächtig und konnte die Augen nicht von dem grotesken Anblick abwenden. »Das kann ich in der Tat bestätigen, Caesar, denn der Legat war ein Freund meiner Familie. Dank des Einsatzes dieser Männer findet er nun endlich seinen Frieden und kann auf dem Anwesen seiner Familie beigesetzt werden.«

Albinus starrte Scaurus einen Augenblick an, und Marcus

bemerkte in seinen Augen eine Härte, die ihm neu war. Der Kaiser nahm den Kopf von dem jungen Zenturio entgegen und rümpfte wegen des unangenehmen Gestanks angeekelt die Nase.

»All dies ist durchaus rührend, doch damit hast du noch immer nicht bewiesen, dass es sich um das echte Feldzeichen der Sechsten handelt.«

Scaurus nickte. »In diesem Fall, Caesar, erlaube mir, dir mein letztes Beweisstück vorzulegen, das die Sache endgültig klärt.«

Er schob die Hand unter seine Toga. Ein halbes Dutzend Männer spannten die Muskeln und legten die Hände auf ihre Schwerter, beruhigten sich jedoch gleich wieder, als er nichts Bedrohlicheres als zwei Schreibtafeln herauszog.

»Das hier ist der endgültige Beweis, Caesar.« Er hielt eine der Tafeln hoch, deren Gehäuse schäbig aussah und einen dunkelbraunen Fleck aufwies. »Diese Schreibtafel enthält die Aufzeichnungen des Standartenträgers der Sechsten Legion. Er war ein überaus fleißiger Mann und hatte eine penible Beschreibung des ihm anvertrauten Adlers verfasst, wobei er auch die kleinsten Kratzer und Kerben vermerkte. Leider fiel er in der Schlacht, nachdem er das Imperium bis zum letzten Atemzug verteidigt hatte. Ihr werdet bemerken, dass das Äußere der Tafel befleckt ist – mit *seinem* Blut. Und dies hier« – er hob die zweite Schreibtafel hoch, deren hölzernes Gehäuse noch scharfkantig war und keinen Makel aufwies – »ist die beschworene Zeugenaussage eines Zenturios der Sechsten Legion, der seinen Feldzeichenträger besser kannte als jeder andere, denn sie waren Brüder. Er bestätigt, dass die Schreibtafel seinem Bruder gehörte und die darin enthaltenen Aufzeichnungen eine exakte

Beschreibung des Adlers liefern. Wenn du gestattest?« Er streckte die Hand nach dem Adler aus und deutete auf eine tiefe Kerbe unterhalb des linken Flügels. Dann öffnete er die befleckte Schreibtafel und las vor, was dort ins Wachs geschrieben stand. »Kratzer, zwei Zoll lang, entstanden bei der Schlacht gegen die aufrührerischen batavischen Kohorten. Vergeltung geübt.«

Commodus nickte nachdenklich und reichte Cleander den Adler. »Nun, wie es scheint, hat sich der Tribun das Recht verdient, seinen Kaiser zu unterbrechen – zumindest in diesem Fall. Kämmerer, hiermit erteile ich dir den Befehl, diesen Adler instand zu setzen und zur Sechsten Legion zurückbringen zu lassen. Gleichzeitig entfernst du jeden Schandfleck aus den Aufzeichnungen der Legion, der auf den Verlust des Feldzeichens hinweisen könnte. Es scheint, als sei Legat Sollemnis ebenfalls den hinterhältigen Methoden unseres ehemaligen Prätorianer-Präfekten anheimgefallen…« Er hielt inne, und plötzlich zierte ein seltsames Lächeln sein Gesicht. »Doch bevor du das tust, habe ich noch eine andere Idee. Du da, komm her.«

Er winkte einem Mann der Prätorianer-Wache, der mit erhobenem Speer an der Eingangstür des Thronsaals stand. Der Soldat, gewohnt an unverzüglichen, bedingungslosen Gehorsam, schritt durch den Raum, nahm Haltung an und hob lediglich die Augenbrauen, als Commodus ihm den Speer abnahm. Der Kaiser streckte die Hand aus und betrachtete den langen Holzschaft der Waffe; dann musterte er eingängig die Stelle, wo der eiserne Speerkopf mit dem Holz verbunden war.

»Ein Schwert!«

Der Soldat gehorchte sofort, zog seine Spatha aus der

Scheide und reichte sie dem Kaiser mit dem Griff voran. Commodus nahm das Schwert, hielt den Speer vor sich, hob die Spatha und hieb sie direkt unter den Ansatz der langen Eisenspitze, die darauf klappernd zu Boden fiel. Übrig blieb ein glatter Holzstumpf, wo einst der Speerkopf angebracht war. Er nickte zufrieden und reichte das Schwert seinem Besitzer zurück.

»Scharf, wie es sich für die Waffe eines Soldaten gehört! Gut.«

Er schickte den verblüfften Soldaten mit einer Handbewegung zu seinem Platz an der Wand zurück, betrachtete den nackten Speerschaft, schritt dann zu Cleander und nahm ihm den Adler ab.

»Da ich weiß, dass militärische Geräte stets für mehr als einen Zweck angefertigt werden, müsste dieses Feldzeichen genau darauf passen ...« Der Kaiser schob den Schaft in den ausgehöhlten Adlersockel und nickte zufrieden. »Genau, wie ich es mir dachte: passt perfekt. Nun denn, Perennis ...« Er ging zu dem in Ungnade gefallenen Präfekten hinüber, wobei er den Speer mit dem Adler fast beiläufig in einer Hand hielt. »Über all die Jahre habe ich dich als einen Mann geschätzt, der ausschließlich für seine Pflicht und das Wohl des Kaiserreiches lebte. Und dabei hast du die ganze Zeit geplant, mich zu ermorden und mir meinen Thron zu rauben. Wahrscheinlich hast du dir sogar ausgemalt, eine ganze Dynastie von Herrschern hervorzubringen, indem du deine beiden Söhne als Kommandeure der Legionen in Pannonien eingesetzt hast? Ein kurzer Marsch durch Italien, und dann hättest du ein weiteres halbes Dutzend Legionen zur Verfügung gehabt, um deinen Thronanspruch mit Unterstützung der frisch gekauften Legionen aus Britannien durchzusetzen. Selbstverständlich werde ich deine beiden Sprösslinge dafür exekutieren lassen. Nur schade, dass du nicht lange genug leben wirst, um dabei zuzusehen. Cleander?«

Der Libertus trat mit ausdruckslosem Gesicht vor, obwohl er innerlich triumphierte. Er hatte seinen größten Rivalen endgültig aus dem Weg geräumt. »Ja, mein Caesar?«

»Entsende ein paar schnelle Reiter, um die Söhne dieses Verräters zurück nach Rom zu rufen, natürlich im Namen ihres Vaters. Lass sie im Glauben, er hätte den Thron an sich gerissen, dann werden sie sicherlich weitere Beweise für seine verräterischen Pläne liefern. Sobald sie von ihren Legionen getrennt sind, sollen beide getötet und an einer Stelle verscharrt werden, wo man sie nie wieder findet.« Cleander verbeugte sich und wollte gehen, um den Befehl seines Herrn auszuführen. »Ach, Cleander!«

Der Diener des Kaisers wandte sich mit einem wissenden Blick noch einmal um. »Ja, mein Caesar?«

Marcus sah, dass der Kaiser nun dasselbe seltsame Lächeln wie zuvor aufgesetzt hatte.

»Lass die *Messer* rufen. Sag ihnen, sie sollen zu mir kommen.«

»Wie du wünschst, Caesar.«

Commodus wandte sich an den gefallenen Präfekten und schwenkte den Adler auf der Speerstange. »Jetzt hat sich das Rad des Schicksals einmal ganz gedreht, Perennis. Du hast meine Messer gedungen, damit sie die notwendige Drecksarbeit erledigen, um das Kaiserreich regieren zu können – und nun werde ich sie auf deine Familie hetzen. Dein Geschlecht wird mit derselben Sorgfalt ausgelöscht werden, wie du es mit dem Clan der Quintili, den Gebrüdern Aquila und...«

»Aquila!«, schrie Perennis und starrte Marcus an, als er ihn plötzlich wiedererkannte. »Das ist er! Das ist Aquila! Er ist sein Sohn, der Einzige der Familie, der überlebt hat. Er sieht zwar anders aus, ist älter, aber er ist es, das weiß ich sicher!«

Voller Entsetzen und Angst vor seinem bevorstehenden Tod klammerte sich Perennis an den Namen von Marcus' Familie. Jetzt endlich hatte er den tungrischen Zenturio erkannt und die Verbindung hergestellt, auf die er zuvor nicht gekommen war. Er entriss seinen Häschern seinen Arm und deutete anklagend mit dem Finger auf Marcus. Seine Stimme schwoll zu einem hysterischen Kreischen an.

»Er hat in der Prätorianer-Garde gedient, bevor sein Vater ihn nach Britannien entsandte, um ihn vor der kaiserlichen Justiz zu schützen. Er war es, der die Männer ermordete, die ich ihm hinterhergeschickt hatte, damit sie ihn nach Rom zurückbrachten!«

Commodus drehte sich langsam um und musterte den jungen Zenturio, der regungslos auf die Wand hinter Perennis starrte. »Tatsächlich? Du willst mir also erzählen, ein Reiteroffizier der britannischen Armee sei der Sohn einer Senatorenfamilie, die du vor drei Jahren aus dem Weg hast räumen lassen? Eine so unerhörte Anklage sollten wir doch gleich überprüfen, nicht?« Der Kaiser wandte sich an Marcus, der zum Zeichen des Respekts stillstand. »Also, Zenturio, wie lautet dein Name?«

Marcus antwortete, ohne zu zögern, denn er wusste um die Gefahr, direkt neben dem Mann hingerichtet zu werden, der den Tod seiner Familie zu verantworten hatte. Daher musste er dem Kaiser seine neue Identität auf überzeugende Weise mitteilen.

»Mein Caesar! Marcus Tribulus Corvus, Caesar!«

»Und wo bist du geboren?«

»In Rom, mein Caesar, auf dem Caeliushügel!«

Commodus dachte nach. »Ich verstehe. Wie kommt es, dass du in einer Hilfskohorte dienst? Würde es dem Sohn eines Angehörigen der Ritterklasse nicht eher gebühren, eine angemessene Stellung bei einer der Legionen zu bekleiden?«

Marcus schürzte die Lippen, als müsse er seine Belustigung zurückhalten, dann senkte er die Stimme und beantwortete die Frage des Kaisers weniger laut und bellend als die vorherigen. »Caesar, als mein Vater so alt war wie ich, diente er bei derselben Kohorte. Er war der Ansicht, es würde meinen Charakter besser formen, wenn ich mit den härteren Aspekten des Militärlebens in Berührung käme.«

Commodus lächelte. »So, meinte er das? Väter scheinen grundsätzlich die Angewohnheit zu haben, ihren Söhnen das angedeihen zu lassen, was sie selbst für das Beste halten, auch wenn es den Neigungen besagter Söhne nicht unbedingt entspricht. Mein Vater beispielsweise – mögen die Götter seinem Geist Ruhe schenken – bestand darauf, dass ich bei einer ganzen Reihe von Tutoren studierte, wo ich selbst doch nichts anderes wollte, als zu lernen, wie man ein Schwert führt.«

Ermuntert vom wehmütigen Lächeln des Kaisers erlaubte sich Marcus einen weiteren Kommentar. »Auch für mich, Caesar, hatte das Erlernen der Waffenkunst stets Vorrang vor dem Studium.«

Der Kaiser nickte geistesabwesend, noch bevor der junge Zenturio zu Ende gesprochen hatte. Er deutete mit der Hand auf Marcus. »Männer wie dieser haben das Kaiserreich zu seinen Erfolgen geführt – Söhne Roms, die ohne zu murren unter beschwerlichsten Bedingungen ihren Dienst verrichten, um unsere Grenzen sicher zu halten. Und du, Perennis, wagst es, den guten Namen dieses Mannes zu besudeln, indem du ihn mit einem allseits bekannten Verräter in Zusammenhang bringst?«

Marcus' Nasenflügel blähten sich, als er unwillkürlich Luft holte und gegen den Drang ankämpfen musste, sich auf den Kaiser zu stürzen, da dieser ahnungslos die falsche Anklage wiederholt hatte, die zur Abschlachtung seiner gesamten Familie geführt hatte. Als er kurz davor war, dem überwältigenden Druck nachzugeben und seine Faust vorschnellen zu lassen, um die Luftröhre des Kaisers zu Brei zu schlagen, kehrte ihm der stämmige Mann den Rücken zu. Er schlenderte zu Perennis zurück, hielt dabei die improvisierte Legionsstandarte in der Hand und näherte sich mit vor Wut anschwellender Stimme dem Verhafteten, der ihm mit fast hündischer Demut entgegenblickte.

»Vor etwa zehn Jahren zog ich mit meinem Vater und einem halben Dutzend Legionen nach Germanien und kann mich noch gut an die Siegesparade erinnern, die wir nach dem Triumph über die Markomannen feierten. Der Feldzeichenträger schritt seiner Legion voran. Einer seiner Arme lag in einer Schlinge, mit dem anderen hob er den Adler würdevoll in die Luft. Mein Vater ging auf ihn zu, legte ihm die Hand auf die Schulter und wandte sich mit einem stolzen Lächeln an mich. »Diese Art von Soldat gefällt mir, Lucius«, sagte er, »ein Mann, der bis zum Tod für seinen Adler kämpft, auch wenn die Feinde in Massen um ihn herumschwärmen.« Er hielt inne und schwenkte die improvisierte Standarte herum, sodass jeder im Thronsaal sie sehen konnte. »Jener Feldzeichenträger hat weitergekämpft, obwohl sein rechter Arm bereits gebrochen war, und ein halbes Dutzend Barbaren niedergestreckt, indem er ihnen die Standarte auf den Kopf schmetterte. Doch das war nicht alles, was er tat, richtig, Perennis? Sicher kannst du dich an die Geschichte erinnern?«

Mit zitternder Stimme fragte der Präfekt: »Mein Caesar?«

»Ich glaube, du weißt genau, wovon ich spreche, Perennis. Dieser edle Standartenträger bediente sich mit aller Kraft und Grausamkeit auch *dessen* hier!«

Der Kaiser drehte die Standarte um und zeigte den Anwesenden das metallisch glänzende untere Ende des Speeres: ein spitz zulaufender Speerfuß aus glänzendem Eisen, der nicht nur den Holzschaft am Splittern hinderte, sondern auch als Waffe diente, sollte die Speerspitze verloren gehen.

»Natürlich ist der Speerfuß im Vergleich zum Blatt keine sonderlich effektive Waffe. Die Griechen nannten ihn *Sauroter*, was so viel heißt wie Lanzenschuh oder Eidechsentöter. Doch wie jener Feldzeichenträger unter Beweis stellte, kann man damit auch Menschen ums Leben bringen, wenn man nur mit ausreichend Brutalität vorgeht ...«

Er drehte sich blitzschnell auf der Stelle, stampfte mit einem lauten Knurren vor und rammte den eisernen Dorn des Feldzeichens mit aller Kraft in Perennis' Unterbauch. Ein dumpfes, feuchtes Klatschen ertönte, und Blut spritzte in einer Fontäne heraus, während der Speer sich durch den Bauch des Prätorianer-Präfekten bohrte und aus seinem Rücken austrat. Perennis keuchte und blickte entsetzt auf den Holzschaft hinab, der aus seinem Körper ragte. Commodus ließ das Feldzeichen los, schüttelte theatralisch die blutüberströmten Hände und wandte sich ab. Sein in Ungnade gefallener Berater wankte und taumelte ein paar Schritte vor, dann fiel er mit dem Gesicht auf eine Stelle des Bodens, wo das Mosaik einen Secutor-Gladiator in voller Rüstung zeigte. Während sich eine Blutlache um seinen Körper ausbreitete, stieß Perennis ein hohes, schmerzerfülltes Wimmern aus.

»Du hast so viele Männer zum Tode verurteilt, Tigidius Perennis, dass du dein eigenes Ende wenigstens wie ein Mann ertragen könntest.« Der Kaiser schritt zum anderen Ende des Thronsaals, wo sich die Tür zu seinen Privatgemächern befand. Bevor er hindurchtrat, rief er noch einen letzten Befehl. »Er bleibt hier liegen, bis er stirbt. Sollte jemand sein Leiden vorzeitig beenden, stirbt er neben ihm auf dieselbe Weise.«

Die Männer im Thronsaal sahen sich an, dann jedoch wurde ihr Blick von dem Prätorianer-Präfekten angezogen, der keuchend auf dem Boden lag und vergeblich an dem Speerschaft zerrte, der seinen Unterleib durchbohrt hatte.

»Wer hätte gedacht, dass sich diese Angelegenheit so ausgezeichnet entwickeln würde?« Cleander drehte sich mit einem breiten Lächeln zu den anderen um. »Mein einziger ernst zu nehmender Gegner am Hofe stirbt mit einem Speer in den Eingeweiden, und ich verfüge über Gold im Wert von einhundert Millionen Sesterzen, mit dem ich herumspielen darf. Überdies hatte ich dann auch noch das Vergnügen, Tribun, dabei zusehen zu dürfen, wie du höchst unbedacht dein Leben riskiert hast, um die Ehre eines Mannes wiederherzustellen, den du gar nicht persönlich kanntest. Sehr verwunderlich…« Er blickte zu Perennis und lächelte den Sterbenden traurig an. »Was nun dich anbelangt, Tigidius

Perennis … ich fürchte, dass ich Commodus' Anweisungen befolgen muss, dass du hier liegen bleibst, bis du stirbst. Prätorianer, verlasst den Raum!«

Die Wachen im Thronsaal zögerten einen Augenblick, doch dann gewann ihre Disziplin die Oberhand und vertrieb ihre Verwirrung. Ihr kommandierender Zenturio gab einen Befehl, sie nahmen mit einem kurzen Stampfen Haltung an und marschierten dann in einer Reihe aus dem Thronsaal. Schließlich waren nur noch die vier Männer übrig, die sich um den sich windenden Körper des sterbenden Perennis scharten.

Cleander deutete mit dem Kopf zu der Tür, durch die sie den Thronsaal betreten hatten. »Ihr dürft ebenfalls gehen, ihr Herren, und nehmt eure Soldaten mit. Das Gold bleibt selbstverständlich hier.«

Scaurus und Albinus wechselten einen kurzen Blick, dann zuckte der Senator mit den Schultern, machte sich auf den Weg zur Tür und bedeutete seinen Kameraden mit einer Geste, ihm zu folgen. Schweigend schritten sie hinter einem Prätorianer her, der angewiesen worden war, sie zum Tor des Palastes zu eskortieren. Dann verließen sie den Kaiserpalast auf dem weitläufigen Palatinhügel und betraten die Treppe oberhalb des Circus Maximus, dessen Sandbahn blass im Mondlicht schimmerte. Cotta und seine Leute warteten geduldig am Fuß des breiten Marmoraufgangs. Doch als er seinen Herrn sah, eilte der pensionierte Zenturio ihm entgegen, wobei er zwei Stufen auf einmal nahm. Der Prätorianer machte kehrt, stieg die Stufen zum Palast wieder hinauf und ließ die Gruppe allein zurück.

Einen Augenblick herrschte Stille, dann wandte sich Albinus an Scaurus. »Ich habe da noch ein Hühnchen mit dir zu rupfen, Tribun, möchte aber keinesfalls, dass glotzende Soldaten unsere Auseinandersetzung mitverfolgen.«

Scaurus bemerkte den kaum unterdrückten Ärger des Senators. Er nickte und wandte sich an die Leute, die um sie herumstanden. »Optio, führe die Männer die Treppe hinunter. Sie sollen sich zum Abmarsch aufstellen. Wir gehen denselben Weg zur Kaserne zurück, den wir gekommen sind, und das Subura-Viertel wird gewiss ebenso belebt sein wie zuvor.«

Cotta und Marcus beäugten sich einen Augenblick. Der Veteran betrachtete den jüngeren Mann mit einem nachdenklichen Lächeln, als rechne er sich seine Chancen gegen ihn aus. Marcus hingegen breitete lediglich die Arme aus, neigte den Kopf zur Seite und zog fragend die Brauen hoch.

Albinus, dem in seinem selbstgerechten Zorn diese Szene entgangen war, drohte Scaurus mit dem Finger und setzte zu einer wütenden Schimpftirade an. »Du hast mein Vertrauen missbraucht, Rutilius Scaurus! Du hast den Groll des Kaisers erregt, der leicht auf mich hätte überschwappen können. Dann wäre ich zusammen mit dir getötet worden! Und was deinen närrischen Trick mit dem Adler anbelangt …«

Der Tribun warf ihm einen harten Blick zu, und Marcus ahnte, dass Albinus gleich eine weitere unangenehme Überraschung erleben würde. »Fehlen dir die Worte, Senator? Bist du vor Erstaunen sprachlos, dass ich das Risiko auf mich genommen habe, die Ehre eines Verstorbenen zu retten?« Er trat einen Schritt näher, und seine Miene war ebenso wütend wie der Ausdruck auf Albinus' Gesicht. »Kehre lieber vor deiner eigenen Tür, *Decimus*, oder soll ich dich nun, da ich deine Würde beleidigt habe, wieder Clodius Albinus nennen? Ein Mann deines Standes ist zu Beginn der Rebellion in Britannien ums Leben gekommen, weil er verraten wurde, und kurz darauf hat man ihn zum Sündenbock für den Verlust des Legionsadlers gemacht! Wenn du nicht imstande bist zu verstehen, dass mein Ehrgefühl es von mir verlangt, seinen Ruf wiederherzustellen, kann ich dich nur bemitleiden.«

Albinus lächelte spöttisch und schüttelte halb wütend, halb verwirrt den Kopf. »Du kannst mich fortan Senator nennen, wenn wir uns auf der Straße begegnen, Tribun, und achte darauf, mir die angemessene Wertschätzung entgegenzubringen, sonst setze ich Cotta und seine Männer auf dich an, um dir den nötigen Respekt mit einer Tracht Prügel beibringen zu lassen. Allerdings wirst du nicht allzu lange über die Straßen von Rom flanieren, denn schon bald wird der Günstling des Kaisers bemerken, wie viel Gold du aus den Truhen genommen hast, um den Adler und den Schädel von Gaius Sollemnis darin unterzubringen.«

Scaurus schenkte ihm ein eiskaltes Lächeln. »Fußt deine Empörung auf deiner Treue zum Thron? Oder ist nur dein Stolz verletzt, dass ich mehr Gold entwendet habe, als du in Dakien in die eigene Tasche stecken konntest, nachdem wir die Goldmine von Albinus Major aus den Klauen von Gerwulf und seinen Germanen befreit hatten?«

Albinus schüttelte den Kopf, und ein hochnäsiges Lächeln spielte um seine Lippen. »Diese Anschuldigung kannst du nicht beweisen, Tribun!«

Sein Lächeln verschwand jedoch sogleich, als er sah, wie Scaurus eine Augenbraue hochzog. »Kann ich nicht, Senator? Bist du dir dessen sicher genug, dass du dein Leben darauf wetten würdest? Als du mir nämlich befohlen hast, dir die Aufzeichnungen zu übergeben, wie viel Gold wir zurückgewonnen hatten – bist du da je auf die Idee gekommen, dass ich womöglich geahnt hatte, wie du auf eine so große Menge Gold reagieren würdest?« Albinus starrte ihn an und schwieg. »Oh ja, ich habe eine Kopie der Aufzeichnungen einbehalten. Um genau zu sein, habe ich *dir* nur eine Kopie übergeben und das Original sicher in meiner Feldtruhe verwahrt. Es ist ein sehr sorgfältig abgefasster Bericht, der die amtlichen Prüfnummern der Goldmine trägt, was ein so kluger Mann wie Cleander sicher in kürzester Zeit überprüfen lassen könnte. Du hingegen hast eine Aufzeichnung erhalten, die ein paar kleine, aber wichtige Ungenauigkeiten aufweist. Ich habe nämlich einen sehr findigen Standartenträger in meiner Ersten Kohorte, der ebenso geldgierig ist wie du. Wann immer es darum geht, Aufzeichnungen zu manipulieren, stellt er sich überaus geschickt an, egal, ob es sich dabei um den Bestattungsfonds seiner Zenturie oder die amtlichen Akten einer kaiserlichen Goldmine handelt.« Er grinste den Senator an, und als er feststellte, wie konsterniert dieser plötzlich aussah, nickte er zufrieden. »Ich habe strikt darauf geachtet, dass er nur winzige Spuren hinterließ, also nichts, was bei einer oberflächlichen Überprüfung ins Auge fallen würde. Doch es sind noch immer genügend Indizien, um dich wegen Veruntreuung in großem Stil verurteilen zu lassen, sollten Andeutungen bezüglich deiner schmutzigen kleinen Unterschlagungen den falschen Leuten zu Ohren kommen und umfassende Überprüfungen angeordnet werden. Ich denke, man könnte leicht herausfinden, wie viel Gold du auf die Seite geschafft hast, wenn man die Zahlen mit den Originalakten vergleicht – die ich dem Kämmerer natürlich jederzeit zukommen lassen könnte, wenn es vonnöten sein sollte. Apropos, Kämmerer …«

Cleander war am oberen Ende der Steintreppe erschienen und betrachtete sie einen Moment lang fragend, bevor er leichtfüßig die Stufen herabsprang und zu ihnen stieß. Zwei mit Speeren bewaffnete Prätorianer blieben oben stehen und starrten missbilligend auf sie herunter.

»Du scheinst ein wenig verstört zu sein, Senator. Haben sich die Ereignisse des Abends nicht deinen Erwartungen gemäß entwickelt? Ich selbst darf sagen, dass ich *sehr* zufrieden bin, jetzt, wo mein einziger Konkurrent um die Oberaufsicht des Kaiserpalastes so grausig ums Leben kam. Ich kenne den Kaiser gut und bin mir sicher, dass er in Ermangelung von Perennis zukünftig nun mich um Rat fragen wird, und diesen Rat werde ich gerne erteilen. Sobald sich unsere neue Beziehung gefestigt hat, werde ich mich höchstpersönlich um die Ausübung der kaiserlichen Macht kümmern. Commodus liebt es ja, seine Energie auf die Verführung junger Mädchen und das Einüben der Schwertkunst zu konzentrieren. Letztendlich wäre er lieber ein namhafter Gladiator als der Herrscher über die zivilisierte Welt. Wenn ich also ausreichend Widerstreben demonstriere, die untragbare Last meines Caesars auf die Schultern zu nehmen, kann ich mir ebenso viel Macht über das Imperium erarbeiten, wie es der Narr Perennis mithilfe seiner Intrigen und Ränkespiele geschafft hat.« Er schenkte ihnen ein vergnügtes Lächeln. »Und jetzt ist es wohl an der Zeit, dass du nach Hause gehst, Senator – im sicheren Wissen, deine Pflicht dem Kaiser gegenüber erfüllt und die Bedrohung ausgeräumt zu haben, die über ihm schwebte, seit der gerade verstorbene Prätorianer-Präfekt an seiner Seite agierte.«

Albinus nickte mit größerem Respekt, als Marcus ihn je zuvor jemandem hatte zollen sehen, und winkte seinen

Begleitern, ihm zu folgen. »Wir werden unsere Diskussion später fortsetzen. Es ziemt sich wohl kaum, sie auf den Stufen des Kaiserpalastes zu führen.«

»Nur du gehst, Senator, und natürlich deine Leibwache. Der Tribun und ich werden noch einen Augenblick verweilen, bevor er sich ebenfalls auf den Weg macht.«

Albinus zog ungläubig eine Braue hoch, sagte aber nichts, da er die Entschlossenheit in Cleanders Blick bemerkte, die jede Widerrede im Keim erstickte. Also winkte er Cotta, wandte sich ab und stieg die Treppe hinunter.

Der Leibwächter starrte Marcus einen Augenblick an und nickte ihm dann zu. »Ich nehme an, wir sehen uns wieder, Zenturio *Corvus*.«

Marcus hielt seinem Blick stand und neigte gleichfalls den Kopf. »In der Tat, Zenturio Cotta. Vielleicht ergibt sich bei unserem nächsten Zusammentreffen die Gelegenheit, uns ein wenig sportlich zu betätigen.«

Cotta lachte laut, während er Albinus auf die Straße hinunter folgte, wo seine Männer auf sie warteten. »Oh, daran habe ich keinen Zweifel!«, warf er über die Schulter zurück.

Cleander grinste Scaurus an. »Du solltest deinen Kampfhund an einer etwas kürzeren Leine halten, Tribun. Er scheint nämlich das dringende Bedürfnis zu verspüren, jedem an die Gurgel zu springen, der in seine Nähe kommt.« Er trat dichter an Marcus heran und musterte ihn von Kopf bis Fuß, als betrachte er ein reinrassiges Pferd, das er vor seinen Streitwagen zu spannen gedachte. »Du bist ein faszinierender Mann, Zenturio … Tribulus Corvus, wenn ich mich recht entsinne?«

Marcus nahm Haltung an. »Zenturio Marcus Tribulus Corvus, Erste Tungrische Hilfskohorte, Kämmerer!«

Cleander nickte. »Richtig, das war dein Name: Tribulus Corvus…« Er warf einen amüsierten Blick zu Scaurus hinüber. »Ist Tribulus nicht eine militärische Waffe, die man vor einem drohenden Reiterangriff in Massen auf dem Gelände ausstreut? Ein hübsches kleines Wurfeisen mit Spitzen, das immer so zu liegen kommt, dass mindestens ein Dorn nach oben zeigt, um die Hufe der Pferde zu durchbohren und sie dadurch außer Gefecht zu setzen? Ein überaus militärischer Name, der gewiss weit in die Geschichte Roms zurückreicht. Allerdings wurde mir von kundigen Männern mitgeteilt, dass es keine Aufzeichnungen hinsichtlich eines sogenannten Familiengeschlechts gibt. Ich habe den Zenturio während unserer kurzweiligen Audienz mit dem Kaiser aufmerksam beobachtet und hätte schwören können, dass er sich mindestens zwei Mal zurückhalten musste, um nicht Perennis und dann sogar unserem geliebten Caesar an den Kragen zu gehen. Er schien dafür alle Selbstkontrolle aufbringen zu müssen, die ihm zur Verfügung stand. Sag mir also, Zenturio: Bist du wirklich nur ein Kampfhund oder womöglich gar noch etwas viel Gefährlicheres?« Einen Augenblick betrachtete er schweigend die beiden Männer. »Ich kann mir nicht vorstellen, dass du, Tribun, etwas tun würdest, das unseren Kaiser einer Gefahr aussetzen könnte, außerdem scheinst du dem Zenturio offensichtlich zu vertrauen. Dennoch fällt es mir schwer, nicht zu dem Schluss zu kommen, dass Tigidius Perennis die Wahrheit sagte, als er mit dem Finger auf den jungen Mann zeigte und ihn als den verbannten Sohn eines Senators identifizierte, der vor drei Jahren wegen Hochverrat hingerichtet wurde. Sollte das der Fall sein…« Er streckte den Arm mit der Handfläche nach vorn, als wollte er einen drohenden Angriff des versteinert dreinblickenden Zenturios abwehren. »Falls du also tatsächlich Marcus Valerius Aquila bist, scheint es dir ja gelungen zu sein, einen Ort an der Grenze des Kaiserreichs zu finden, wo du für den Rest deines Lebens hättest untertauchen können. Deshalb frage ich mich, was dich veranlasst hat, nach Rom zurückzukehren? Der Wunsch nach Rache?« Er hob die Hände in den Nachthimmel. »Wenn ja, bist du ein vom Glück begünstigter Mensch! Immerhin haben die Götter dir das Vergnügen verschafft, den Mann, der deine Familie ausgelöscht hat, mit einem Speer in den Eingeweiden mit dem Tod ringen zu sehen – auch wenn die Waffe nicht von deiner eigenen Hand geführt wurde. Nachdem du nun den Kaiser kennengelernt hast, dürftest du begriffen haben, dass er an der Verurteilung und dem Mord an deinem Vater nur geringen Anteil hatte – fast ebenso wenig wie an der Regentschaft des Imperiums.«

Er wartete auf Marcus' Antwort, der widerstrebend nickte.

»Gut. Perennis ist aus dem Weg geräumt, das Gold, das er für seine eigenen Zwecke einsetzen wollte, ist im Besitz der kaiserlichen Staatskasse, und die Art und Weise seines Ablebens hat gewiss dein Bedürfnis befriedigt, ihn für das Unglück, das er über deine Familie gebracht hat, angemessen leiden zu sehen. Also könnt ihr beide nun zu eurer Kohorte zurückkehren und den jungen Aquila wieder in der Versenkung verschwinden lassen. Ich bin mehr als dankbar, dass ihr mich über diese Angelegenheit aufgeklärt habt, weshalb ich die Wahrheit über deine Herkunft für mich behalten und dir gestatten werde, wieder in die Schatten zurückzukehren, aus denen du aufgetaucht bist. Ich bin sogar bereit, das kleine Detail zu übersehen, wo das Gold hingekommen ist, das ihr aus den Truhen genommen habt, um den Adler und den Kopf von Legat Sollemnis darin unterzubringen. Schließlich hattet ihr auf eurer Reise quer durch das Kaiserreich sicher etliche Ausgaben.«

Scaurus öffnete den Mund und wollte etwas sagen, doch noch bevor er dies tun konnte, hob der Kämmerer die Hand.

»Wie dem auch sei – mir ist klar, dass ihr beide über seltene Charaktereigenschaften verfügt, die dem Thron durchaus dienlich sein könnten, zumindest, solange ich meine Stellung hier in der Stadt zu festigen suche. Zwei Männer wie ihr, gestützt von zwei Kohorten hartgesottener Soldaten, überdies frei von jeglichen politischen Verstrickungen? Ja, Tribun, selbstverständlich habe ich auch dich überprüfen lassen. Dein Name ist in Rom bekannt und steht für ein altes, einst stolzes Geschlecht … wenngleich du gerade nur zu überleben versuchst, ohne Verbindungen mit den mächtigen Familien zu pflegen. Alles in allem bin ich der Meinung, dass eure weitere Anwesenheit in Rom eine Antwort auf die meisten meiner innigsten Gebete darstellen würde. Daher werde ich euch auf keinen Fall nach Britannien zurückkehren lassen, ohne euch zuvor noch einen oder zwei kleine Gefallen abzunötigen. Falls ihr mich nicht recht verstanden haben solltet: Ich habe das Wort *abnötigen* ganz bewusst gewählt und werde von seiner Bedeutung nötigenfalls auch Gebrauch machen. Es handelt sich um Ansinnen, die ihr erfüllen werdet – ob ihr wollt oder nicht.« Er drehte sich um, hielt jedoch inne und sah über die Schulter zurück. »An eurer Stelle würde ich nun zur Kaserne zurückkehren und den Männern die Sehenswürdigkeiten der Stadt zeigen. Ihr werdet euch nämlich schon bald das Getreide verdienen müssen, von dem ihr euch ernährt, und ebenso das Gold, das ihr ausgeben werdet…« Er drehte sich noch einmal um und zwinkerte Scaurus zu, der seinem Blick standhielt, ohne mit der Wimper zu zucken. »Oh ja, ihr werdet euch beides verdienen, sobald ich entschieden habe, für welches meiner zahlreichen Probleme ihr die perfekte Lösung darstellt.«

Der Tribun und der Zenturio sahen dem Libertus nach, wie er die Steinstufen hinaufstieg und wieder im Palast verschwand.

Nach einer langen, gedankenvollen Stille klopfte Scaurus Marcus auf die Schulter und ergriff das Wort. »Also, Zenturio, falls du tatsächlich ein Kampfhund sein solltest, würde ich meinen, es ist an der Zeit, dich wieder in deinen Zwinger zu bringen. Es scheint, dass wir eine Weile in der Stadt bleiben werden, und nach den aufregenden Ereignissen des heutigen Tages hast du wohl ebenso sehr wie ich das Bedürfnis nach einem Bad und einem stillen Gebet im Tempel des Mithras. Wann immer Blut auf diese Art vergossen wird, befleckt es ja nicht nur die Haut, sondern auch die Seele.«

Marcus nickte. »In der Tat, Tribun. Wenngleich ich persönlich unseren Herrn darum bitten werde, er möge mir die Gelegenheit verschaffen, auch das Blut der anderen zu vergießen, die ich ins Jenseits befördern möchte, bevor ich die Stadt verlasse. Diesmal jedoch würde ich es vorziehen, es selbst zu tun und nicht einem anderen dabei zuzusehen.«

Scaurus zuckte die Achseln und wandte sich ab, um die Treppe zu seinen Männern hinunterzusteigen. »Ich weiß nicht… Nicht jeder Mann hat das Glück zuzusehen, wie seine heiß ersehnte Rache vom Kaiser höchstpersönlich genommen wird.«

Marcus blickte eine Weile über den Circus Maximus

hinweg, bevor er antwortete. »Das ist richtig, Herr. Aber wenn ich Frieden mit dem Geist meines Vaters schließen will, muss ich mich selbst mit den Meuchelmördern befassen und nicht danebenstehen, während andere sie richten.«

Der Tribun drehte sich noch einmal um und sah Marcus über die Steinstufen hinauf fragend in die Augen. »Du weißt ja noch nicht einmal, mit *wem* du es zu tun hast, sondern kennst nur den Namen der Bande, die die Schmutzarbeit für den Thron erledigt.«

Der junge Römer zuckte die Achseln. »Das werde ich schon bald herausfinden, Tribun. Es gibt Männer in der Stadt, die sie namentlich kennen, und diese Männer müssen lediglich entscheiden, ob sie mir helfen oder mich behindern wollen. Sollten sie Angst davor haben, was die ›Messer des Kaisers‹ mit ihnen anstellen, wenn sie mir ihre Namen verraten, werden sie in Kürze lernen, mich wesentlich mehr zu fürchten – beziehungsweise die Folgen, wenn sie sich weigern, mir zu helfen. Morgen gehe ich ins Badehaus und mache meinen Frieden mit unserem Gott. Sobald ich das jedoch hinter mir habe, werde ich einer anderen Gottheit dienen, bis die Angelegenheit erledigt und die Ehre meiner Familie wiederhergestellt ist.«

Er ließ den Blick über die schlafende Stadt schweifen, ballte die Faust und beantwortete Scaurus' fragenden Blick mit einem einzigen Wort. Er sprach es mit barscher Stimme, die seine angestaute Wut und den sehnlichen Drang verriet, eine blutige Spur durch Rom zu schlagen, während er die Mörder seines Vaters aufspürte, jagte und endlich tötete.

»Nemesis.«

Der Antoninuswall

Die Verteidigungsanlage, die Kaiser Antoninus Pius zu Beginn seiner Herrschaft in den Jahren 139–142 n. Chr. errichten ließ, wurde lange vom berühmteren, weiter südlich gelegenen Hadrianswall überschattet. Mittlerweile gilt sie aber aus historischer Sicht als ebenso wichtig wie der zwei Jahrzehnte früher quer über Nordbritannien durch Kaiser Hadrian angelegte Wall. Neben anderen Stätten in Deutschland, Österreich, der Slowakei, Polen und Ungarn wurde der Antoninuswall im Jahre 2008 in die Welterbeliste des Römischen Reiches aufgenommen, die auch den Hadrianswall und den Obergermanisch-Raetischen Limes mit einschließt. Aus der Perspektive eines Autors historischer Romane, die zumindest teilweise im Britannien des späten zweiten Jahrhunderts angesiedelt sind – zu einer Zeit nämlich, als die nördlichste Verteidigungslinie schon seit den frühen 160er Jahren verlassen war, womöglich aber sporadisch wieder besetzt wurde –, stellt die Existenz des Antoninuswalls natürlich eine Gelegenheit dar, die man sich keinesfalls entgehen lassen durfte.

Doch lassen Sie uns ganz vorne beginnen: Warum nahmen die Römer die beträchtliche Anstrengung auf sich, nur hundert Meilen nördlich einer bereits bestehenden Grenzanlage eine zweite zu errichten, und das so kurz nach Fertigstellung des perfekt funktionstüchtigen Hadrianswalls? Die offensichtlichste Antwort darauf wäre, dass die nördliche Verlagerung des Sperrwerks an die Landenge zwischen den Meeresarmen Firth of Forth und Firth of Clyde die zu verteidigende Grenzlinie wesentlich schmaler gestaltete, als es bei dem von Hadrians Baumeistern erdachten Wall zwischen dem Fluss Tyne und dem Meeresarm Solway Firth der Fall war. Allerdings wird aus den Aufzeichnungen der Einheiten, die an der neuen Verteidigungslinie stationiert waren, ersichtlich, dass dies in Wahrheit nur einen geringen Vorteil brachte. Die neue Befestigungsanlage wurde von etwa derselben Anzahl an Männern bewacht wie der Hadrianswall (siebentausend, also nur eintausend weniger), weshalb die signifikante Verkürzung der Grenzlinie keine Auswirkungen auf die Truppenstärke zu haben schien, die zu deren Verteidigung notwendig war.

Das mag auch damit zusammenhängen, dass Kaiser Antoninus eine Expansionsstrategie verfolgte und die Macht Roms bis in das Gebiet feindlicher Stämme auszuweiten suchte, die zuvor von den Klientelkönigtümern nördlich des Hadrianswalls in Schach gehalten wurden. Außerdem war das Land nördlich der neuen Grenze schwerer zu überwachen als die Gebiete südlich des Sperrwerks. Dies wirkt auf den ersten Blick zwar etwas unlogisch, da es sich hauptsächlich um unbesiedelte Wildnis handelte, doch wären es landwirtschaftliche Nutzflächen gewesen, hätten bewaffnete Eindringlinge aus dem Norden es mit den Bauern zu tun bekommen, die genau wussten, mit welchen Konsequenzen sie zu rechnen hatten, wenn sie Roms Feinde unterstützten. Unbesiedeltes Land hingegen stellte keine Barriere dar, weshalb die römische Armee den Kriegerstämmen direkt gegenübertreten musste. Die römischen Truppen am Hadrianswall waren zum Großteil in einer Gegend konzentriert, die heute als Waste of Spadeadam bekannt ist – eine abgeschiedene Heide- und Torflandschaft, die in neuerer Zeit dem Militär übergeben und als Waffen- und Raketentestgelände genutzt wurde. Dort siedelten keine einheimischen Bauern, die für etwaige Plünderer ein Problem hätten darstellen können, überdies war das Gelände an manchen Stellen extrem schwer zu verteidigen. Wenn aber die Verlagerung nach Norden keine Einsparungen hinsichtlich der notwendigen Truppenstärke mit sich brachte, was die römische Armee mit Sicherheit wusste, warum wurde der Wall dann überhaupt gebaut?

Die Antwort darauf hört sich geradezu deprimierend vertraut an: aus Prestigegründen. Die Historiker gehen dennoch davon aus, dass Antoninus Pius ein paar gute militärische Gründe für die Ausweitung der nördlichen Grenze hatte und nicht nur sein Image als neuer, militärisch noch unerfahrener Kaiser aufpolieren wollte. Eine aufschlussreiche Tatsache ist, dass er Britannien ganz bewusst als den Ort wählte, wo er seinen ersten Sieg zu feiern gedachte. Trotz seiner langen Regierungszeit und späteren Siegen in anderen Gebieten des Kaiserreichs verspürte er danach nie mehr das Bedürfnis, sich als Imperator akklamieren zu lassen. Sein Vorstoß nach Norden scheint ohne große Opposition genehmigt worden zu sein, denn die Römer waren unter Gnaeus Julius Agricola bereits dort gewesen, außerdem hatten sie viel Zeit, das militärische und politische Terrain vorzubereiten. Als sich die römische Militärmaschinerie schließlich gen Norden bewegte, war es für die leicht bewaffneten, nur dünn gepanzerten Stammeskrieger ein aussichtsloses Unterfangen, den Legionen samt ihren Hilfstruppen in offener Schlacht gegenüberzutreten. Nachdem die Entscheidung, die Pufferzone nördlich des Hadrianswalls zu annektieren, erst einmal gefallen war, war sich der neue Kaiser ziemlich sicher, auch einen Sieg in Nordbritannien davontragen zu können, was die Expansion nach Schottland zu einem relativ risikofreien Manöver machte, um sein Image zu festigen.

Nach dem erfolgreichen Ende des Feldzuges errichtete die Armee nicht nur einen Wall, der in jeder Hinsicht ebenso beeindruckend war wie sein südlicheres Pendant, sondern legte auch eine Straße noch weiter in den Norden an, die am heutigen Stirling vorbeiführt und bis Bertha am Fluss Tay reichte, tief in das Stammesgebiet der Barbaren hinein. Diese Verkehrsachse wurde von mindestens vier größeren Kastellen bewacht und erfüllte dieselbe Funktion wie die Straßenverbindung zwischen dem Hadrianswall und dem Vorposten Trimontium (dem heutigen Melrose) in Südschottland. Wie schon beim Hadrianswall verdeutlicht die Expansion der Macht Roms über die vorherige Grenze hinaus, wozu die Wallanlage tatsächlich dienen sollte.

Der Antoninuswall fungierte also weniger als Wehrplattform, von der aus gekämpft wurde, sondern sollte das römische Territorium unmissverständlich von den unzivilisierten Völkern im Norden abgrenzen. Somit diente er als sichtbare Demarkationslinie des Kaiserreichs sowie als Grenzposten, um auf kontrollierte (also besteuerte) Weise Handel treiben zu können. Außerdem gehörten die Männer, die längs des Walls stationiert waren, zu den am besten ausgebildeten und ausgerüsteten Soldaten weltweit und waren deshalb keinesfalls dazu verdammt, eine statische Verteidigung im Stil der

Maginot-Linie durchzuführen. Neben der Ausweitung der Macht ins barbarische Hinterland und dem Einschüchtern der Einheimischen durch die Zurschaustellung disziplinierter Soldaten mit exzellenter Ausrüstung verfolgten die Kastelle nördlich der neuen Grenze noch zwei weitere Zwecke: von dort aus konnten Informationen gesammelt werden, und man war früh vorgewarnt, falls die Hauptverteidigungslinie angegriffen wurde. Wenn es also zu einem Krieg mit den einheimischen Stämmen gekommen wäre, hätten die nördlichen Kastelle den Legionen und Kohorten die notwendige Zeit verschafft, sich aufzustellen und den attackierenden Heeren in Massen entgegenzutreten. Allerdings existieren keine Zeugnisse darüber, dass der Antoninuswall überhaupt je direkt angegriffen worden wäre – ganz im Gegensatz zum Hadrianswall, der mehr als einmal überrannt wurde. Dennoch wurde der nördliche Verteidigungswall nur etwa zwei Jahrzehnte nach seiner Erbauung aufgegeben, und die römischen Heere zogen sich nach Süden zurück, um die ehemalige Grenze wieder zu besetzen. Doch ebenso wie der Vorstoß nach Norden zwanzig Jahre zuvor wirft diese erneute Änderung der Strategie eine Frage auf: Nachdem anscheinend keine dringenden militärischen Gründe vorhanden waren – warum hat die Armee da ein so offensichtlich beschämendes Rückzugsmanöver eingeleitet?

Die Entscheidung dafür wurde mit größter Wahrscheinlichkeit vom selben Kaiser getroffen, der auch den Vorstoß nach Norden angeordnet hatte: Antoninus Pius, und zwar gegen Ende seiner Herrschaft in den späten 150er Jahren. Ironischerweise ist es durchaus möglich, dass einer seiner Berater (es war bekannt, dass der Kaiser vor großen Entscheidungen immer Rat suchte) Quintus Lollicus Urbicus war – derselbe Mann, der den neuen Wall zwischen den Meeresarmen Firth of Forth und Firth of Clyde in seinem Auftrag errichten ließ und nun als Präfekt der Stadt Rom diente. Archäologische Zeugnisse scheinen zu belegen, dass die aus Legionären und Hilfstruppen bestehende Armee in Britannien zu jener Zeit übermäßig beansprucht war, denn eine große Zahl Soldaten wurde in andere Teile des Reiches entsandt, um dort die Grenzen zu sichern. Und der Prätorianer-Präfekt, der zuvor bei militärischen Angelegenheiten großen Einfluss nahm, hatte sich nach zwanzig Jahren in den Ruhestand begeben, wodurch der Weg für eine sorgfältige und wohl auch längst überfällige Neuordnung der Truppeneinsätze frei wurde.

Nachdem die ursprüngliche Entscheidung, die Armee hoch in den Norden zu schicken, in erster Linie politisch motiviert gewesen war, scheint es plausibel, dass die Männer, die die militärische Strategie Roms ausarbeiteten, den Beschluss guthießen, sich nun wieder in den Süden zurückzuziehen. Die neue nördliche Grenze hatte knapp mehr als zwanzig Jahre bestanden, und außerdem hatte sich Antoninus Pius durch seinen Sieg über die nördlichen Stämme und die Vereinnahmung ihrer Ländereien bereits den Zuspruch des Senats und des Volkes gesichert. Daher hätte der Erhalt der Grenzlinie keine weiteren Vorteile für ihn erbracht, zumal es dort keine begehrten Rohstoffe wie Gold oder Blei gab, die man hätte abbauen können. Rein rechnerisch betrachtet, lohnte sich die Erhaltung der Nordgrenze in Britannien nicht, insbesondere im Vergleich mit Provinzen wie Dakien, das aufgrund seiner reichhaltigen Vorkommen an Edelmetallen dem Imperium hohe Erträge sicherte. Ferner hatte Antoninus Pius den Thron zu jener Zeit schon sehr lange inne, und niemand schien ihn ihm streitig zu machen, weshalb er entspannt den Vorzug genießen konnte, die Heere auszudünnen und die Versorgungsaufwendungen der Soldaten zu kürzen, indem er seine Truppen zu einer Verteidigungslinie zurückzog, die auf lange Sicht erfahrungsgemäß ohnehin leichter zu halten war.

Also vernichtete die Armee alles, was zu vernichten war, vergrub alles, was nicht abtransportiert oder verbrannt werden konnte, und unternahm einen geordneten Rückzug nach Süden, wo sie erneut den Hadrianswall besetzte und die vorherige Pufferzone nördlich des Walls wieder einrichtete, da sie die Königreiche der Selgovae und Votadini kontrollierte. Möglicherweise wurde der Antoninuswall später noch einmal besetzt, nämlich von 208–210 n. Chr. bei einer Militärexpedition nach Schottland, die die wahrscheinlichste Gelegenheit zur Sanierung der nördlichen Grenzlinie darstellte – und keine Sorge, liebe Leser, wir werden zu gegebener Zeit dabei sein, wenn die Geschichte um Marcus Valerius Aquila unter Kaiser Septimius Severus samt seinen streitsüchtigen Söhnen in Britannien weitergeht. Allerdings gibt es keine eindeutigen Belege, dass eine derartige Wiederbesetzung je stattfand. Vielmehr wurde der Wall sich selbst überlassen und seine Kastelle zerstört, mit Ausnahme der wichtigsten Verteidigungsmaßnahme: Torfwall und Graben blieben intakt, fielen aber im Laufe der folgenden zwei Jahrtausende dem natürlichen Verfall zum Opfer.

Sollten Sie mehr über diese unterbewertete Episode antiker Geschichte wissen wollen, kann ich das ausgezeichnete Werk *The Antonine Wall* von David Breeze wärmstens empfehlen. Wie schon bei seiner Studie zum Hadrianswall, die gemeinsam mit Brian Dobson entstand, enthält das Buch so ziemlich alles, was es zum Thema zu wissen gibt, überdies in sehr eingängiger und fesselnder Form, die den Lesern Informationen vermittelt, ohne je bevormundend zu wirken.

Ein letzter, doch wie schon bei früheren Bänden wichtiger Punkt sind die Ortsbezeichnungen. Man weiß nicht genau, wie die Wallkastelle entlang der nur kurze Zeit überdauernden Nordgrenze des Kaiserreichs hießen, was insbesondere damit zusammenhängt, dass der Hadrianswall fast dreihundert Jahre besetzt war, während der nördlichere Antoninuswall im Vergleich dazu lediglich zwanzig Jahre bestand. Allerdings verfügen wir über zwei wichtige Informationsquellen: die *Notitia Dignitatum* (buchstäblich übersetzt eine Aufzeichnung der Würdenträger), eine Niederschrift der amtlichen Dienststellen und Militäreinheiten des Kaiserreichs am Ende des 4. Jahrhunderts, sowie die *Ravennatis Anonymi Cosmographia*, eine Auflistung aller Städte und Straßenposten des Römischen Reiches, die um 700 n. Chr. von einem anonymen Mönch in Ravenna auf der Grundlage diverser Landkarten verfasst wurde.

Ersteres Werk ist eine Beschreibung des Imperiums, die zweihundert Jahre nach Verlassen des Walls entstand, wogegen Letzteres auf kartografischem Material basiert, das gute fünfhundert Jahre nach der letzten Besetzung des Antoninuswalls erstellt wurde. Daher ist es nicht überraschend, dass aus derlei Quellen bezüglich der Namensgebung der Kastelle keine besondere Hilfe zu erwarten ist.

In Ermangelung verlässlicher Informationen war ich also gezwungen, bei zweien der drei Kastellbezeichnungen meine Fantasie zu bemühen, und auch der dritte Name ist hinsichtlich seines Ursprungs eher eine begründete Vermutung als definitiv eindeutig. Das heutige Mumrills hieß aller

Wahrscheinlichkeit nach Volitanio, also »ziemlich großer Ort«, weshalb ich es »Broad View Fort« *(dt.: Kastell Volitanio)* nannte. Die Bezeichnung »Fort Lazy Hill« *(dt.: Kastell Piger Montis)*, das heutige Falkirk, ist in Ermangelung konkreterer Angaben meine eigene Erfindung, dasselbe gilt für »Gateway Fort« *(dt.: Fort Porta Septentrionalis),* das heutige Camelon. Der Name erschien mir passend für einen Vorposten, der zu nahe am Wall lag, um als Frühwarnsystem bei einer Attacke aus dem Norden fungieren zu können, und eher zur Grenzkontrolle und als Zollstation diente.

Wie immer sind alle Fehler hinsichtlich dieser oder anderer historischen Auslegungen ausschließlich mir selbst zuzuschreiben!

Danksagung

Bevor wir in die Danksagung einsteigen, möchte ich vorausschicken, dass Sie, liebe Leserinnen und Leser, ohne den Einsatz und die Unterstützung vieler Menschen dieses Buch gerade nicht in den Händen halten oder auf Ihrem Lesegerät sehen würden. Sicher werde ich beim Schreiben der Danksagungen jemanden vergessen, dennoch bin ich überaus dankbar und zolle jeder und jedem Einzelnen meine Anerkennung für die Hilfe, zumal die Art der Arbeit, die ich verrichte, fälschlicherweise häufig für ein einsames Geschäft gehalten wird. Sollte ich Ihren Namen also vergessen haben, verspreche ich, Ihnen einen Drink auszugeben und den Hut vor Ihnen zu ziehen, sobald wir uns das nächste Mal treffen!

Meine Frau Helen (tatsächlich hat sie mir strikt untersagt, sie als meine »Partnerin« zu bezeichnen) und meine Kinder John, Katie und Nick ertragen geduldig meine selbstgewählte Isolation und die gelegentlichen Stimmungsschwankungen, die beim Herausschälen eines Romans aus den Tiefen meiner Fantasie unvermeidlich auftreten. Die langen Anreisen zu unseren jeweiligen Zielorten, während ich mich im Multitasking versuche – Autofahren, Nägelkauen und Handlungsstränge ausarbeiten, wenngleich nicht immer in dieser Reihenfolge –, sind zuweilen sicher nerven-